KB162645

조선족문학과 아이덴티티

저자 김호웅(金虎雄)

1953년 생, 중국 연변대학교 조한문학원 교수, 문학박사, 박사생 지도교수.

연변대학교 조문학부 주임, 조선 - 한국연구센터 소장, 아시아연구센터 소장, 문과학술위원회 주석 등 역임.

《습작학기초》, 《문학개론》, 《문학비평방법론》, 《재만조선인문학연구》, 《중일한 문화산책》, 《인간은 만남으로 자란다》, 《김학철 평전》(공저), 《림민호 평전》, 《재중조선인 디아스포라 문학연구》, 《디아스포라의 시학》, 《중국 조선족 문학통사》(공저), 《경계의 미학과 가치》 등 다수의 저서 펴냄.

중국의 준마상, 장백산 문예상, 진달래 문예상, 와룡학술상과 길림성고등학교명사, 보강우수교사, 전국모범교사 등 칭호를 받았으며 한국의 동서문화상을 수상했다.

조선족문학과 아이덴티티

초판 1쇄 인쇄 2022년 7월 21일
초판 1쇄 발행 2022년 7월 28일

저　자 김호웅
펴낸이 이대현

편　집 이태곤 권분옥 임애정 강윤경
디자인 안혜진 최선주 이경진
마케팅 박태훈 안현진

펴낸곳 도서출판 역락
주　소 서울시 서초구 동광로 46길 6-6(반포4동 문창빌딩 2F)
전　화 02-3409-2060(편집부), 2058(영업부)
팩　스 02-3409-2059
등　록 1999년 4월 19일 제303-2002-000014호
이메일 youkrack@hanmail.net
역락홈페이지 http://www.youkrackbooks.com

ISBN 979-11-6742-355-9 93810

조선족문학과
아이덴티티

김호웅

역락

책머리에

나는 1990년 10월 일본 와세다대학교 객원연구원으로 있을 때 처음으로 20여 명의 연변대학 출신 학자, 유학생들과 함께 한국에 가서 10여 일 간 수학여행한 적이 있다. 그 후 1993년 한양대학교, 2002년 배재대학교, 2009년 한국국제교류재단의 초청을 받고 방문학자 신분으로 각각 1년간 지낸 바 있다. 그때 한국에서 일하던 조선족 노무자들과 조선족 유학생들이 한국 정부와 국민의 배척과 차별을 받고 있었다. 그들은 고국에서 오히려 정체성의 모순과 곤혹을 느끼고 있었다.

2009년 중국 국내에서도 조선족 지식인들이 조선족의 정체성 문제를 가지고 열띤 토론을 벌이고 있었다. 황유복 교수와 조성일 선생의 논전이 대표적이었다. 황유복 교수는 우리는 "100%의 중국조선족"일 뿐이라고 했다. 즉 조선족은 중국 국민일 뿐이라고 했다. 하지만 조성일 선생은 과경민족인 조선족은 이중정체성을 가지고 있다고 했다. 그 당시 한국의 많은 지식인들이 한국에 체류하고 있던 나의 견해를 알고자 했다. 이리하여 나는 <한중인문학연구>에 <중국조선족과 디아스포라>라는 논문을 발표했고 중국에 돌아온 후 연변대학에서 개최한 두만강포럼에서 <제3의 영역과 이중 문화신분 그리고 잠재적 창조성>이라는 논문을 발표했다.

이때부터 나는 조선족의 역사와 현실에 비추어 그들의 정체성과 문학의 관계에 대해 보다 본격적인 연구를 하게 되었다. 10여 년간 20여 편의 논문을 발표했고 《재중조선인 디아스포라 문학연구》, 《중국조선족문학통사》(공저, 2012), 《디아스포라의 시학》, 《변계의 미학과 창조력》(2019)과 같은 책을 펴냈다.

그동안의 연구 성과들이 오늘과 같은 저서의 형태로 독자들과 대면할 수 있게 된 것은 국내외 학술기관과 학계 동료들의 지지와 도움이 있었기 때문이다.

우선 2015년 중국의 국가사회과학기금의 연구지원(15BZW199)을 받았기에 많은 국내외 도서자료를 구입할 수 있었고 중요한 학술회의에 참가할 수 있었다. 특히 연변대학 전임 총장 김병민 교수께 감사의 마음을 전한다. 국가사회과학기금항목을 신청할 때 김병민 교수는 연구계획에 대해 구체적으로 지도하고 조정, 보충해 주었다. 또한 한국방송통신대학교 조남철 교수, 《중국조선족문학의 탈식민주의 연구》 등 많은 저서와 논문을 펴낸 송현호, 최병우 교수의 도움을 많이 받았고 중국에서 이 방면의 업적을 많이 남긴 조성일 선생과 나의 실형인 김관웅 교수의 도움도 많이 받았다.

둘째로 국내외 여러 학술간행물에서 이 책의 부분적인 내용을 논문형식으로 발표해 주었기에 학계 선후배들의 따뜻한 논평과 조언을 받을 수 있었다. 한국의 《국어국문학》, 《한중인문학연구》, 《통일인문학연구》와 중국의 《민족문학연구》, 《동강학간》, 《연변대학학보》 등 학술간행물 책임자들께 깊이 감사의 마음을 전한다.

셋째로 이 책은 한국어로 집필한 것인데, 출판사를 주선해 주고 교정과 배판을 해주신 장영미 교수와 리위 박사, 어려운 중국어로 번역해 주신 전화민, 주하, 근욱, 림선옥 등 교수님들께도 깊은 감사의 마음을 전한다. 머지않아 중국에서 출판될 것인즉 미리 여기서 감사의 말씀을 드린다.

넷째로 본고에서 다루게 될 한국문학과 중국 조선족문학은 표기법과 띄어

쓰기 면에서 차이점을 가지고 있기에 혼란을 피면하기 위해 중국 조선족의 문학작품과 연구 성과의 인용은 중국 조선족 표기법과 띄어쓰기를 따르고 나머지 부분은 한국어 표기법과 띄어쓰기를 따르고 있음을 미리 밝힌다.

마지막으로 출판 보조금을 대준 연변대학교와 어려운 출판 사정에도 흔쾌히 이 책을 출판해주신 한국 도서출판 역락에 특별히 감사의 인사를 드린다.

2022년 1월 22일, 와룡산 서재에서

정체성의 변화 궤적을 찾기 위한 조선족문학의 사적 정리
— 김호웅 저 《조선족문학과 아이덴티티》 발간에 부쳐

| **최병우** | 강릉원주대학교 명예교수, 전 한중인문학회장

외우 연변대 김호웅 교수가 《조선족문학과 아이넨티티》를 줄간할 예정이라고 하면서 원고를 보내왔다. 그간 재만조선인문학과 조선족문학 연구가로 또 조선족문학에 대한 현장비평가로 왕성한 활동을 해온 김 교수의 원고인지라 조선족문학에 관해 배우겠다는 마음으로 꼼꼼히 읽어 보았다. 원고를 읽는 내내 이 책은 조선족문학의 디아스포라적인 특성에 대한 깊이 있는 연구를 하면서 조선족문학에 대한 현장비평을 지속해 온 김 교수가 그간의 조선족문학에 관한 연구와 비평의 성과를 조선족문학에 대한 애정으로 통합해낸 방대한 작업이라는 점에 외경의 마음을 갖지 않을 수 없었다.

이 책은 중화인민공화국이라는 거대한 국가의 소수민족인 조선족이 가지고 있는 정체성의 문제를 논구하고, 그들이 정체성과 그 변화를 바탕으로 70년 동안 일구어온 조선족문학의 특성과 역사를 정리하고 있다. 무엇보다 한국문학 연구자에게는 낯선 조선족의 역사를 현장감 있게 기술하고, 한반도에서 디아스포라로 된 조선족이 중국 당대 역사의 혼란 속에서 어떻게 정체성이 자리 잡았고 변화를 해왔으며, 그것이 조선족문학의 형성과 발전에 어떠한 영향을 미쳤는지, 그리고 그 결과 조선족문학이 어떻게 변화·발전해 왔는지를 살피고 있다. 이 책은 이렇듯 디아스포라 조선족의 정체성과 그 변화라는 관점에서 조선족문학의 변화를 정리한 점에서 이전에 상재된 조선족문학사와 구별되는 독특한 가치를 확인할 수 있었다.

이 책의 구성은 디아스포라와 관련한 논의를 통해 연구의 방향을 제시한 서론, 조선족의 정체성과 중국사회에서 조선족의 위상을 정리하고 시대별로 조선족문학에 나타난 정체성의 변화를 살핀 다섯 장의 본론, 조선족의 이중적 정체성과 그로 인해 가능한 조선족문학의 창조적 가능성을 정리한 것 등으로 이루어져 있다. 그리고 본론의 각 장은 조선족의 디아스포라와 정체성과 관련한 논의를 전개한 1장과 이러한 논의 결과를 바탕으로 조선족문학의 변곡점으로 설정된 공명시대, 개혁개방 전기, 개혁개방 후기 그리고 코리안 드림 시기에 발표된 조선족의 시와 소설에 나타난 조선족의 정체성을 중심으로 그 변화와 의의를 세밀하게 검토하였다.

목차의 구성을 보면 기존의 조선족문학사의 틀을 벗어나지 못한 듯하지만, 이 저서는 조선족문학 전체를 조선족의 정체성과 관련하여 논의를 전개함으로써 연구의 독창성을 보여준다. 주지하다시피 문학 연구는 큰 범주에서 문학사와 문학비평으로 나뉜다. 역사의 흐름에 따른 문학의 변천을 연구 대상으로 하는 문학사 연구는 ① 사회 변화에 따라 시기를 구분하고 시기별로 문학의 양상을 밝히는 역사주의적 방법, ② 역사발전의 원리에 따라 문학의 변화와 발전을 해명하는 사회주의적 방법, ③ 문학의 주제가 시대에 따라 변화하는 양상을 기술하는 주제학적 방법, ④ 시대에 따른 문학의 변화를 정신사적 흐름과 관련하여 해석하는 정신사적 방법, ⑤ 시대정신과 작품 구조의 상동성을 규명하는 구조주의적 방법 등 다양한 방법으로 진행되고 있다. 그리고 문학비평은 개별 작품을 해석하고 평가하는 문학 소통의 실천적 영역으로 그 방법론은 비평가마다 나름의 이론을 내세울 만큼 다양하다. 그러나 문학비평은 그 방법론이 어떠하든 문학의 일반 이론과 순환론적인 관계에 놓이며, 개별적인 비평적 성과는 문학사 기술에 있어 작품 선택을 위한 기초 작업으로서 중요한 의미를 지닌다. 따라서 문학사 기술은 문학사의 방법론적 원리와 실천 비평의 결과와의 상보적인 관계 속에서 일정한 체계를 갖추어야 한다.

저자는 이 책에서 문학사 기술을 위한 방법론으로 ① 역사적 유물론적 관점에 기대어 조선족문학에 나타난 정체성의 내포와 외연을 분석한다. ② 문학 텍스트와 정체성의 내적 관계에 대해 분석하여 문학 텍스트에 내재한 사회적·미학적 가치를 구명한다. ③ 과경민족인 조선족의 문학에 내재한 특수한 발전법칙을 해명한다. 이 중 ①은 이 책이 역사적 유물론적 관점에 기대어 조선족문학사를 바라보는, 즉 사회주의적 문학사의 방법론을 선택했음을 밝혔고, ②는 문학작품의 가치를 평가하는 비평적 기준이 조선족의 정체성임을 분명히 하였으며, ③은 이 책이 중국문학사와는 달리 조선족이 일구어낸 문학의 역사가 지닌 특수성에 그 중심을 두었음을 천명하였다. 이러한 저자의 관점은 무엇보다 조선족문학사를 학문적으로 접근하는 시각으로 일정한 가치를 지닌다.

이러한 문학사적 관점에 따라 저자는 이 책에서 조선족문학사의 시대를 크게 세 시기로 구분하고 조선족의 특수성이 강조된 하나의 시기를 추가하였다. 이를 구체적으로 살펴보면 중화인민공화국 수립 이후 "문화대혁명"까지의 문학이 정치에 복무하던 시기, 개혁개방 초기에 개혁이 전진과 후퇴를 반복하는 가운데 정치 중심의 전 시기를 반성하고 새로운 문학을 추구하던 시기, 그리고 본격적인 개혁개방으로 중국 사회가 급격히 변화하는 가운데 문학이 무명을 지향하는 시기 등으로 구분하여 중국당대문학사의 시대 구분과 거의 동일한 양상을 보인다. 이는 조선족문학이 중국당대문학의 자장 안에 존재했다는 점에서 너무나 당연한 설정이다.

그러나 이 책은 5장 '코리안 드림과 조선족문학'에서 조선족의 문학이 갖는 특수한 국면을 집중적으로 조명한 점이 문제적이다. 이 책에서 구분한 세 시기의 조선족문학의 변화와 특징을 정리하는 기본적 관점은 중국 당대사의 흐름 속에서 조선족이 정체성을 유지하기 위하여 어떠한 고통과 고민을 경험하였으며, 고민의 결과가 문학에 어떻게 반영되어 있는가이다. 그러나 5장에서는 이와는 조금 달리 코리안 드림 즉 한국 이주 열풍이 조선족의 정체성에 미친 영향과 그것이 조선족문학에 수용된 양상을 살펴 조선족문학의 특수성을 구명하고자 하였다.

조선족이 한국으로 이주한 것은 디아스포라 조선족이 모국으로 귀환하는 것이었다. 그러나 조선족의 귀환은 고향 팔레스타인을 떠나 세계를 떠돌던 유태인이 시오니즘에 따라 고향 땅으로 귀환한 것과는 너무나 달랐다. 디아스포라 조선족이 한국으로 이주하여 접한 것은 모국인의 차별과 멸시였고, 그 과정에서 조선족들은 또 다른 디아스포라를 경험하였다. 조선족은 중국의 조선족 공동체에서 중국 공민과 조선 민족 사이의 정체성 혼란을 겪을 수밖에 없었고, 개혁개방으로 조선족 공동체를 떠나 관내로 이주하며 정체성의 혼란은 더욱 강화되었으며, 한국에서 차별을 경험하며 자신이 한민족인가에 대한 회의를 통해 새로운 정체성을 갖게 되었다. 즉 디아스포라 조선족은 한국 열풍을 통해 자신의 정체성을 심각하게 고민하게 되었고, 한국으로의 이주가 새로운 디아스포라로 인식된 것이다.

저자는 조선족의 이러한 정체성의 혼란을 5장에서 상세히 다루고 있다. 개혁개방 이후 조선족 공동체를 벗어난 조선족은 자신들은 한국인과 다르고, 북한인과도 같지 않고, 중국인이라 하기도 적절하지 않다는 것을 인식하게 되었다. 그들은 조선 반도에서 디아스포라로 되어 만주로 건너왔고, 중국에서 디아스포라 조선족으로 살았고, 개혁개방 이후 관내, 한국, 일본 등 여러 지역으로 이주하면서 또 다른 디아스포라를 겪고 있다는 인식이 강화되어 그것이 조선족의 특수성으로 자리를 잡게 되었다. 이러한 디아스포라 조선족의 정체성의 실상을 조선족 작품을 통해 점검하고, 허련순의 작품을 통해 이를 극복할 대안을 모색해 본 것은 이 책이 조선족문학 연구에서 갖는 커다란 의의라 할 것이다.

끝으로 이 책의 5장 6절 '조선문 창작, 한문 창작과 조선족문학의 발전 전략'은 디아스포라 조선족의 문학이 나아갈 방향에 관한 고민의 일단을 보여주고 있다. 표준어가 한어인 중국에서 소수민족의 언어로 창작하는 민족은 많지 않다. 과경민족인 조선족은 중화인민공화국 수립 이후 70년이 넘는 세월 동안 조선문 창작을 굳건히 지켜왔다. 그러나 조선족문학 초기에도 리근전처럼 중문 창작을 하고 타인이 조선문으로 번역하여 출간하는 경우가 없지 않았고, 21세기 들어 조선족 작가 중에 중문으로 창작하여 중문으로 발표하여 중국 문단의 주목을 받는 작가가 등장하고 있어 조선족 작가의 중문 창작은 조선족 문단의 중요한 관심사가 되고 있다.

조선족문학 초기 대부분의 조선족 작가는 조선족 공동체에서 성장하여 중문 창작 능력이 다소 부족하였으나 최근의 청년 작가의 경우 중문 창작에 부담이 없는 것이 현실이다. 조선문 창작으로 조선족문학이 중국 문단의 관심 밖에 놓이고 또 중국 독자로부터 소외되는 현실에서 중문 창작으로 조선족의 삶과 정서를 소설화하여 중국 독자에게 조선족문학을 알리는 일은 적지 않은 의미를 지닌다. 조선족이 처한 현실이 변화함에 따라 조선족 작가들이 중문 창작을 함으로써 조선족문학이 중국 문단의 중심으로 나아갈 수 있겠지만 조선족문학이 가진 민족적 특수성을 상실할 수 있다. 조선족 작가의 중문 창작이 가진 이러한 양면성 때문에 중문 창작은 조선족 작가와 문학 연구자의 중요한 관심사가 되고 있다. 5장 6절은 조선족 학자의 관점으로 김인순, 전용선 등이 중문으로 창작해 발표한 소설을 검토하여 조선족 작가의 중문 창작의 의미를 해명하여 조선족문학의 미래와 관련하여 생각해야 할 어려운 과제를 제시해 주었다.

김호웅 교수, 우리 어느새 칠순이 되었습니다. 고희라 하는 나이에 이런 방대한 책을 출간하는 김 교수의 필력을 치하하고, 이제 조금은 건강을 돌보며 편안한 시간을 보내기를 바라며 글을 마칩니다.

2022년 2월 초 어느 추운 날에 신정동 우거에서

최 병 우

차례

서론

중국의 조선족은 빛나는 역사와 찬란한 문화를 가지고 있다. 조선족문학 역시 100여 년의 발전과정을 가지고 있다. 조선족문학은 중국의 동북지역을 중심으로 민족의 역사와 문화전통을 견지하면서 중국의 사회문화적 토양에 깊이 뿌리를 박았다. 조선족 작가들은 시대의 변화에 따라 자기의 문화신분을 조정하면서 독특한 영역을 개척함으로써 점차 중국 특색을 가진 소수민족문학의 한 갈래로 자리를 잡았고 중화민족문학의 보물고에 이채를 더해주었다.

하지만 이는 길고도 곡절적인 과정이었다. 조선족은 과경민족으로서 근대적인 이민의 한 갈래이다. 19세기 중엽 이후 조선왕조의 봉건적인 학정과 자연재해, 그리고 일제의 침략과 약탈로 말미암아 조선의 의병장, 독립운동가, 교육가, 문인들이 두만강과 압록강을 건너 연변을 비롯한 중국의 동북지역에 이주했다. 애초에 그들은 무국적자였고 근대적 디아스포라였다. 토지를 가지기 위해 제발역복, 귀화입적(剃发易服, 归化入籍)을 하지 않을 수 없었고 적잖은 사람들이 일제의 황민화정책으로 말미암아 창씨개명을 하지 않을 수 없었다. 1909년 "간도협약", 1930년대의 "민생단사건"과 "만보산사건"에서 보다시피 그들은 중국과 일본의 틈바구니 속에서 양자택일의 고뇌에 직면했고 최종적으로 "희생양"의 비애를 맛보았다. 하지만 그들은 추운 동북지역에 최초로 수전을 일구어 벼농사를 지었으며 반제반봉건의 중국혁명에 특출한 기여를 함으로써 중국 공민의 자격을 획득하였다.

연변과 같은 조선족 집거지역은 특수한 공간적 특징과 의미를 가진다. 조선족들은 중국의 동북변강에 자리를 잡고 있었기에 한족을 비롯한 여러 민족과 함께 생활할 수 있었다. 그들의 거주지는 또 고국과 기타 나라들과 이웃하고 있었다. 그러므로 호미 바바가 말한바와 같이 그들은 "제3의 영역", 즉 "찬란한 변두리"에 살게 되었다. 이러한 "제3영역"은 이질적인 문화들이 서로 교차, 혼합, 융합되어 있었으며 창조적인 긴장감과 가능성을 갖고 있었다. 조선족도 이러한 "제3의 영역"에 살게 됨에 따라 자연스럽게 이중문화신분을 갖게 되었다. 말하자면 조선족은 조선반도의 한민족(또는 조선민족)과 공동한 혈통, 역사경험과 문화전통을 가지고 있을 뿐만 아니라 거주국의 한족을 비롯한 여러 민족의 특성도 적잖게 받아들이게 되었다. 중화인민공화국 수립과 더불어 조선인들은 대부분 중국 국적을 취득하고 중국을 자기의 조국으로 생각하고 중국의 정치, 경제, 문화생활에 적극 참가하게 되었다. 하지만 고국에 대한 향수를 떨쳐버릴 수 없었고 자기의 물질문화, 제도문화, 행위문화와 정신문화에 대한 높은 긍지와 사랑을 가지고 있었다. 그들은 자기의 말과 글을 지키고 민족교육과 문학예술을 통해 성공적으로 민족적 정체성을 지킬 수 있었다. 그러므로 조선족은 당당한 중국 공민인 동시에 이중문화배경을 가진 중국 소수민족의 한 갈래라고 하겠다.

디아스포라의 이중문화신분을 두고 에드워드 사이드는 자기 자신의 체험을 염두에 두면서 다음과 같이 말한다.

"많은 사람들과 마찬가지로 나는 하나의 세계에만 속하지 않는다. 나는 팔레스타인 출신의 아랍인인 동시에 미국인이기도 하다. 이는 나에게 기괴하

면서도 실지에 있어서는 괴이하다고 할 수 없는 이중배역을 부여하였다. 이
밖에 나는 학자이기도 하다. 이러한 모든 신분은 모두 분명하지 않다. 매
하나의 신분은 나로 하여금 색다른 영향과 작용을 하게 한다."[1]

사이드와 같은 탈신민주의문화의 이론가들은 이중 내지 다중 문화 배경과
신분을 갖고 제1세계에서 제3세계의 대리인의 역할을 함과 아울러 제1세계
의 이론을 제3세계에 전파해 제3세계 지식인들을 문화적으로 계몽시켰다.
《여용사(The Woman Warrior, 女勇士)》(1976)라는 작품으로 화예문학계(華裔文學
界)와 미국 주류문학계에서 모두 이름을 떨친 바 있는 저명한 여성작가 양정
정(楊亭亭, 1940~)의 경우도 마찬가지이다.

"그 자신은 미국의 화인구역에서 자란 화인후예 여성작가이다. 그는 학교
에서 거의 모두 미국식 교육을 받았다. 그러나 그의 기억과 마음속 깊이에는
늙은 세대 화인들이 그에게 들려준 여러 가지 신물이 나면서도 전기적인
이야기가 자리를 잡고 있었다. 게다가 그가 비범한 예술적 상상력으로 쓴
이야기 그 자체는 전통적인 의미의 소설이 아니라 보다 더 자전(自傳)적인
색채를 지니고 있다. 그의 작품을 두고 적잖은 화예작가와 비평가들은 전통
적인 '소설'영지(領地)에 대한 경계 넘기(越界)이며 뒤엎기(顚覆)라고 말하고
있지만 그의 생활경력을 잘 알고 있는 사람들은 그러한 자전적 성분에 지나
치게 많은 '허구'적 성분이 끼어있다고 말한다. 실지에 있어서 다중(多重) 문
체를 뒤섞는 이러한 '혼잡식(混雜式)'책략이야말로 양정정의 '비소설(非小
說)'로 하여금 미국 주류문학 비평계의 주목을 받게 하였고 영어권 도서시장
에서도 성공하게 하였다. 양정정, 그리고 그와 동시대에 살고 있는 화예작가
들의 성공은 비단 '다문화주의' 특징을 가진 당대 미국문학에 일원(一元)을

---

1   Cf. Edwand Said, Rofleclions on Exile and Other Essays, pp.xxx~xxxi, p.397.

보태주었을 뿐만 아니라 해외 화인문학의 영향도 넓혀주었다."[2]

　　에드워드 사이드나 양정정과 마찬가지로 중국의 조선족들, 특히 조선족 지성인들은 "조선문화"와 "중국문화"라는 이중문화신분을 갖고 광복 전에는 중국 경내에서 "조선혁명"과 "중국혁명"이라는 이중역사사명을 완수하기 위해 싸웠고 광복 후, 특히 개혁개방 후에는 중한 교류의 가교역할과 남북통일의 교두보 역할을 수행했다. "조선문화"적인 요소로 말미암아 조선족은 한족은 물론이요, 기타 소수민족과도 구별되며 또 "중국문화"적 요소로 말미암아 조선족은 남한이나 북한 또는 세계 각국에 흩어져 살고 있는 재외동포와도 구별된다. 조선족의 대표적인 지성인이었던 김학철 선생이 중일한 3국을 무대로 싸웠고 후반생을 피타는 고투로 중국에서의 입지를 굳혔지만, 임종을 앞두고 그 자신의 뼈를 고향인 강원도 원산(元山)에 보내기를 바랐던 사례[3]에서 알 수 있다시피 중국의 주류사회에 참여, 적응하여 자기의 확고한 위치를 찾으면서도 자기의 역사와 문화전통을 고수하는 것, 이것이 바로 조선족의 문화적 실체요, 이중문화신분이다.

　　이처럼 디아스포라는 이중적 문화신분을 갖고 있기에 모국과 거주국 사이에 갈팡질팡, 우왕좌왕할 뿐만 아니라 문화변용을 일으키기 마련이다. 다년간 중국인 디아스포라현상에 대해 연구를 해온 왕경무(王庚武) 선생은 모국과 거주국 문화 둘 중에 어느 쪽에 치우치는가에 따라 "해외에 흩어져 살고 있는 화인(華人)들 중에서 다섯 가지 신분이 나타나고 있는데, 그것들로는 잠간 여행하거나 거주하는 자(旅居者)의 심리, 동화된 자(同化者), 조절하는 자(調節者), 민족적 자부심을 가진 자, 이미 생활방식이 철저히 개변된 자이다"[4]

2　　王宁, 《'后理论时代'的文学与文化研究》 北京大学出版社, 2009年, 133页。
3　　김호웅, 김해양, 《김학철 평전》, 실천문학사, 2007 참조.

라고 하였다.

여기서 베리(Berry)의 문화변용에 관한 이론을 참조할 수 있는데, 그는 문화
변용을 3단계로 구분하였다. 제1단계는 접촉단계로서 서로 다른 2개의 문화
가 만나는 초기단계이고 제2단계는 갈등단계로서 이민자들이 수용하는 주류
사회가 이민자들에게 변화와 압력을 가하는 단계인데, 이때 이민자들은 기원
사회(Origin Society)와 정착사회(Host Society)의 문화 정체성 사이에서 어느 한
쪽을 선택해야 하는 정체성의 혼란을 경험한다. 제3단계는 해결단계로서 문
화변용의 특정한 전략을 사용해서 정체성의 혼란을 극복하는 단계이다. 또한
베리는 소수민족집단 이민자들의 문화변용이 "다른 인종과 민족집단과의
관계를 얼마나 중요하게 여기는가?"와 "자신들의 문화적 특성이나 관습의
유지를 얼마나 중요하게 여기는가?"에 의해 문화변용은 통합, 동화, 고립,
주변화의 네 가지 유형으로 분류된다고 지적하였다. 여기서 통합(Integration)
은 소수민족 이민자들이 거주국의 주류사회에 활발히 참가하면서도 자신들
의 고유한 전통과 문화를 유지하는 경우이고, 동화(Asslation)는 이민자들이
주류사회에 활발히 참여하는 과정에 자신들의 고유한 문화정체성을 상실하
고 주류집단에 흡수되는 경우이다. 고립(Isolation)은 이민자들이 사회참여를
활발하게 하지 않으면서 자신들의 문화정체성을 강하게 유지하려고 하는
경우로서, 이들은 보통 차이나타운과 같은 소수의 이문화집단의 거주지에
격리되어 산다. 마지막으로 주변화(Marginality)는 주류사회에 참여하지도 않
고 자신들의 문화도 잃어버리는 경우로서, 사회의 밑바닥 계층으로 전락하여
기성질서에 반항하는 가치관과 행동양식을 갖게 될 수도 있다.[5]

4　Cf. Wang Gungwu, "Roots and Changing Identity of the Chinese in the United States",
in Daedalus(Spring 1991). p.184.
　　王宁,《'后理论时代'的文学与文化研究》北京大学出版社, 2009年, 第132页。

본고에서는 기존의 연구 성과를 널리 참고하면서 중국의 정치, 경제, 문화의 변천과 당대 조선족 문화신분의 조정과 변화 과정을 살펴본 기초 위에서 당대 조선족문학을 공명시기의 문학, 개혁개방 전기의 문학, 개혁개방 후기의 문학으로 나누어 단계적으로 살펴보기로 한다.

본고에서는 역사적 유물론과 변증법적 유물론의 입장과 관점, 보다 넓은 문화적 시야를 가지고 당대 조선족문학에 나타난 문화신분의 내함과 외연을 깊이 있게 분석할 것이다. 비단 문학텍스트와 문화신분의 내적 관계에 대해 분석, 논의할 뿐만 아니라 문학텍스트에 내재한 사회적 미학적 가치도 함께 구명할 것이다. 동시에 과경민족의 문학에 내재한 특수한 발전법칙도 구명할 것이다.

---

5   윤인진, 《코리안 디아스포라》, 고려대학교출판부, 2008, 36~38쪽.

제1장
조선족과 문화신분

1945년 8월 항일전쟁 승리 후 중국경내 조선인사회는 급속한 정치, 경제, 문화적 변화를 겪게 되며 1949년 10월을 계기로 중국공산당이 이끄는 중국사회에 국민자격으로 편입한다. 연변을 중심으로 하는 조선족사회는 1952년 9월 3일 연변조선족자치주를 성립함으로써 민족자치를 하게 되고 조선족은 명실공이 중국의 국민으로 탈바꿈한다. 하지만 이들의 문화신분은 이중적이다. 아래에 조선족의 국적과 문화신분에 관한 여러 학자들의 견해를 소개하고자 한다.

제1절 조선족의 형성과 국적문제

조선족역사 연구영역의 거두로는 연변대학의 박진석, 방학봉, 박창욱을 들 수 있다. 박진석(朴眞奭, 1926~)은 평생 고구려 호태왕비 연구를 중심으로 중한고대관계사, 중국동북사 등 연구 분야에서 일가를 이루었고 방학봉(方學鳳, 1930~)은 발해사연구의 독보적인 존재로, "발해왕"으로 불리고 있으며, 박창욱(朴昌昱, 1928~2011)은 항일투쟁사를 중심으로 하는 조선족역사 연구의 개척자요, 가장 권위적인 학자였다. 박창욱을 두고 연변대학 전임 총장 박문

일은 조선족역사의 "산 사전(活辭典)"이라 했고 한국의 전임 통일원 장관 이종석(李種奭)은 연변지역 민족해방과 혁명사의 "걸어 다니는 사전"이라 했다.

박창욱의 제자인 송춘일은 《조선족역사 연구에 대한 박창욱 교수의 탁월한 기여》[6]와 《중국조선족역사연구의 거목 : 박창욱》[7]이라는 글에서 그의 주요한 학술 관점과 업적을 아래와 같이 평가했다. 하나는 조선족역사의 상한(上限)을 명말청초로 잡은 것이요, 둘째는 반제반봉건투쟁에서 중국 경내 조선인들은 이중사명(双重使命)을 짊어지고 싸웠다고 하였으며, 셋째로는 조선민족사연구에 있어서의 한국과 조선 학자들의 한계를 지적한 것이며, 넷째로는 많은 영재들을 키워 중한 학술교류에 기여했다는 것이다.

박창욱의 대표적인 연구 성과로는 《조선족약사》[8], 《중국조선족역사연구》[9], 《중국조선민족발자취총서》(전8권)[10]가 있다. 방창욱은 1985년부터 석사연구생을 받았는데 그의 제자들은 후에 국내외 명문대학에서 박사학위를 받았다. 현재 그들은 조선족사학계의 핵심적인 멤버로 맹활약을 하고 있다. 손춘일은 한국학중앙연구원에서 《재만조선인에 대한 만주국의 토지정책 연구》로 박사학위를 받았고 김춘선은 한국 국민대학교에서 《간도지역 조선족사회형성 연구》로, 최봉춘은 중국 절강대학에서 《해동고승 의천 연구》로, 김태국은 한국 국민대학교에서 《만주지역 '조선인민회' 연구》로, 강룡범은 중국 연변대학에서 《근대 중조일 3국의 간도 조선인에 대한 정책 연구》로, 류병호는 한국 중앙대학교에서 《재만조선인 국적문제 연구》로, 우영란은 한국 경북대

---

6   延边大学民族研究所 编,《朴昌昱教授八十寿辰纪念论文集 : 中国朝鲜族历史诸问题研究》, 延边大学出版社, 2008年.
7   인하대학교 한국학연구소 엮음,《연변학의 선구자들》, 소명출판, 2013, 127~150쪽.
8   연변인민출판사, 1986년.
9   연변대학출판사, 1995년.
10   민족출판사, 1999년.

학교에서 《일제의 경제침략과 간도의 대일무역》으로, 방민호는 연변대학에서 《이홍장의 조선에 대한 정책》으로 각각 박사학위를 받았다.

여기서 이 글의 주제와 관련이 있는 김춘선의 논문 《재만 한인의 국적문제 연구》[11]를 소개한다. 이 논문에서는 중일한의 문헌자료를 충분히 동원해 재만 한인의 국적문제를 역사적인 맥락에서 소상하게 구명하였다.

"1981년 청정부는 러시아의 남하정책과 국경도발을 제지하기 위하여 북간도 일대를 개방하고 '이민실변(移民實邊)'정책을 실시하였다. 이를 계기로 조선북부지역의 변민들이 북간도를 비롯한 중국 동북지역에 대량 이주하였다. 이 시기 청정부는 한인 월간민들이 "청령(淸領)"을 경작하기에 청국민으로 간주한다는 방침 하에 그들에게 민족동화를 상징하는 '치발역복(薙髮易服)'을 강요하였다. 그러나 한인이주민들은 청정부의 민족동화정책에 능동적으로 대처하면서 동북지역에 새로운 생활의 터전을 가꾸어 갔다. 그 후 청정부의 "치발역복"정책은 1900년의 러시아의 간도침입, 1901년 조선정부 진위대(鎭衛隊) 및 변계경무서의 설치, 1902년 북간도관리사의 파견 등 일련의 사건을 겪으면서 사실상 유명무실해졌다. 1907년 일제는 이른바 한인들의 "생명 안전 보호"를 빌미로 룡정촌에 통감부파출소를 설치하고 공개적으로 한인들의 관할권을 요구하였다. 청정부는 외교부를 통해 강력히 항의하는 한편 귀화한인들은 이미 "치발역복"하였기에 청국국민임을 주장하였다. 이에 일제는 청정부에 그들이 청국국민이라는 증거를 제시할 것을 요구하였고, 청정부는 1890년 총리아문에서 귀화한인들에게 발급한 토지집조가 바로 그 증거라고 주장하였다.

1909년 청정부는 <대청국적조례>를 발표하였다. 이는 동남로도(東南路道)

---

11   이해영 편, 《귀환과 전쟁, 그리고 근대 동아시아인의 삶》, 도서출판 경지, 2011, 14~48쪽.

가 근대적인 국적법에 근거하여 한인의 입적 문제를 원만히 해결할 수 있는 하나의 획기적인 계기로 되었다. 이를 토대로 동남로도는 한인들의 입적조건에 알맞은 <입적세칙>을 제정하여 한인들의 입적을 적극 추진함과 동시에 《제한세칙(制限細則)》과 《취체세칙(取締細則)》을 만들어가지고 한인들을 이용한 일제의 토지약탈에 대해 미연에 방지하고자 하였다.

중화민국시기 한인이주민들의 국적문제는 1915년 <만몽조약> 체결을 계기로 이른바 "상조권분쟁"에 휘말려들면서 중일 양국 간의 첨예한 외교문제로 비화되었다. 이 시기 중국 당국은 한편으로는 한인들의 귀화입적을 보다 적극적으로 권장하고 다른 한편으로는 한인들의 토지소유권과 소작권에 대한 관리를 강화하였다. 결과 한인 주민들의 귀화입적자 수는 대폭 증가하였다. 그러나 1922년 새로 수정된 《중화민국국적법》이 공포되고 여기에 1925년 <삼시협정(三矢協定)> 체결을 계기로 동변도(東邊道)지역에서 실시되던 한인구축 정책이 전반 동북지역으로 급속히 확산되면서 한인들에 대한 압박이 강화되어 수많은 한인들이 본국으로 귀환하는 사태가 빚어졌다.

위만주국은 "5족협화"를 표방하였으나 한인들은 본인들의 의사와는 관계없이 일본천왕의 '신민(臣民)'으로 생활할 수밖에 없었다. 위만주국은 한인을 '만주국 국민'으로 육성하려 했고, 조선총독부는 "내선일체"를 표방하면서 한인을 "일본제국신민"으로 육성하려 하였다. 결과 재만한인들은 위만주국과 조선총독부 양자로부터 이중적 탄압과 지배를 받았다.

광복직후 2백여 만 명의 재만 한인 중 약 50여 만 명이 자유롭게 조선반도로 귀환하였다. 그 후 국공내전이 전개되면서 동북지역은 국민당의 수복구와 공산당의 해방구로 양분되었다. 초기 국민당은 동북지역을 비롯한 재중한인들을 한교(韓僑)로 취급하여 일본인과 크게 구별하지 않고 적국(敵國)의 국민 내지는 포로에 준하여 처리하였다. 1946년 <한교처리방법대강>을 제정하여 한인들에 대한 구체적인 관리방침을 규정하였으나 그 중심내용은 지역별 집중수용과 국내송환이었다. 1946년 2월부터 7월까지 천진을 통해 18,723명의 한인들이 귀환하였다. 동북행정원에서도 1946년 12월부터 두 차례에 걸쳐 2만 5천 명의 한인들을 한반도로 송환하기로 계획하였으나 여러 가지 원인으로 겨우 2,484명을 호로도(葫芦島)를 통해 인천으로 송환하는데 그쳤다. 이러한 실정에서 동북행정은 한인들에 대한 '잠준거류(暫準居留)'를 '준예거류(準豫居留)'로 수정하고 3만 4천여 명에게 체류증을 발급하였다.

중국공산당은 1928년부터 동북지역 한인들을 중국 경내 소수민족으로 인정하였다. 광복 후 중국공산당은 해방구에서 상술한 민족정책을 공유지분배, 토지개혁 등을 통하여 실질적으로 구현하였다. 1945년 9월 중공중앙 동북국은 "동북지역의 조선민족을 중국 경내 소수민족으로 인정하며 한족(漢族)과 동등한 권리와 의무를 향유하도록 한다."고 선포하였으며, 1946년 "신년축사"에서 '중국국적을 원하는 한국인은 입적하여 중화민국의 국민으로 될 것'을 호소하였다. 한편 중공연변주위는 현 주민 중 귀환을 요구하는 자들은 북조선측과 협의하여 귀환조치를 취했으며 타 지방에서 귀환을 위해 두만강 일대로 몰려온 유민들에 대해서는 소산(疏散)과 집단이민 등 방법으로 그들의 생활안정을 도모하였다.

1946년 5월 4일 중공중앙의 <5·4지시>가 전달되자 동북해방구의 토지개혁은 본격화되었다. 토지개혁을 앞두고 중공연변지위는 한인들을 두 개의 조국을 가진 이중국적자로 인정하고 토지개혁에 참여시켰다. 그리고 자원으로 토지개혁에 참여한 한인들에게 호적을 등록해주는 방법으로 중국 경내 소수민족, 즉 중국조선족으로서의 법적지위를 인정하였다. 결과 근 백만에 달하는 한인들이 중국조선족으로 동북지역 해방구에 정착하게 되었으며 1952년에는 연변지역에 조선민족자치구를 설립하여 민족자치를 실현하게 되었다."[12]

요컨대 조선족은 이주초기부터 1945년까지 본질적으로는 "무국적자"로서 청정부와 일본의 이중삼중으로 되는 압박과 착취를 받았고 여러 세력의 틈바구니에서 희생양으로 충당되었다. 하지만 조선인들은 끈질긴 생명력을 가지고 이 땅에 정착하였으며 동북에서 수전을 개발하고 항일저항운동과 국민당과의 투쟁에서 그 어느 민족보다도 용감하게 싸움으로써 중국 국적을 가질 수 있는 여건과 자격을 가지게 되었다.

제2절 조선족 문화신분의 조정과 변화

1949년 10월 1일에 중화인민공화국이 창건되었다. 공화국의 창건은 중국 역사에서 천지개벽의 새로운 장을 열어놓았다. 공화국이 창건된 후 중국공산당은 민족압박제도를 철저히 폐지하고 민족평등정책을 실시하였다. 이로부터 조선족은 중화인민공화국 대가정의 일원으로서 중국공산당의 민족정책의 빛발 아래 여러 민족과 함께 정치, 경제, 문화 등 면에서 평등한 권리를 누리게 되었다.

1949년 9월 21일, 주덕해는 조선족을 대표하여 북경에서 열린 중국인민정치협상회의 제1차 회의에 참석하여 공동강령을 제정하는데 참여하고 모택동을 중앙인민정부 주석으로 선거하는데 한 표를 행사하였다. 그때로부터 조선족은 국적도, 아무런 권리도 없던 자기들의 역사에 종지부를 찍고 나라의 주인으로 되어 국가대사와 지방사무관리에 참여하게 되었다. 말하자면 "조

---

12   앞의 책, 41~44쪽.

선족은 제1차 중국인민정치협상회의로부터 진정한 의미에서 중화인민공화국 공민이 되었다."[13]

이 무렵에《인민일보》는 논평을 발표해 조선인 대표들이 제1차 중국인민정치협상회의에 참석한 일을 높이 평가하면서 다음과 같이 쓰고 있다.

"자기의 피와 땀으로 바꾸어온 과실(果实)은 그들 자신이 충분한 권리를 가지고 맛볼 수 있다. 120만의 동북에 거주하는 조선인민들은 중국공산당의 영도아래, 인민정부의 민족정책이 정확하게 집행됨으로 하여 '개척민', '교민'이라는 객적(客籍)의 지위에서 주인의 일분자(一分子)로 되었다. 그들은 이 대가정 속의 기타 민족 인민들과 평등하게 해방 후의 정치, 경제, 문화 등 여러 방면의 건설사업에 참가하게 되었다. 해방전쟁이 진전됨에 따라 조선인민들이 집거하고 있는 여러 지역에 그들의 지방정권이 세워졌다. 조선인들과 한족들이 섞여 살고 있는 지구에서도 조선인민은 인구의 비례에 따라 지방정권사업에 참가하고 있다. 1949년 9월 중국인민정치협상회의가 개막됨으로 하여 동북경내의 조선인민들은 중국 경내의 소수민족의 자격으로 여러 민족과 만나게 되었다."[14]

민족구역자치는 민족문제를 해결하는 중화인민공화국의 기본 정책이다. 1952년 8월 9일에 반포된 <중화인민공화국 민족구역자치요강>에 따라 1952년 9월 3일 연변조선족자치구가 성립되었고 1955년 연변조선족자치구를 연변조선족자치주로 개칭하였다. 1958년 9월 15일 길림성 장백조선족자치현이 성립되고 길림성, 흑룡강성, 요녕성, 내몽골 등 지역에도 선후로 42개 조선족자치향이 성립되었다. 민족구역자치를 실시한 후로부터 조선족인민은 나라

13   孙春日,《中国朝鲜族史稿》, 香港亚洲出版社, 2011, 339页。
14   《中国东北境内的朝鲜民族》,《人民日报》, 1950年12月6日。

의 주인이 되어 본 민족지역 내부의 사무를 스스로 관리하게 되고 자치기관 간부의 민족화를 실현하였다. 자치권리를 누리게 되자 조선족들은 사회주의 건설에서 커다란 적극성을 보여주었다.

중화인민공화국이 창건된 후 역사상 전례 없던 국가의 통일과 민족의 대단결이 이루어지고 여러 민족이 단결, 우애, 평등, 호조하는 사회주의적 민족관계가 이루어져서 국가의 통일을 수호하게 되었다. 중국공산당과 정부는 1952년 7월 팽택민(彭澤民, 1877~1956)을 단장으로 하는 중앙방문단을 연변지역에 파견하여 공산당의 민족정책을 선양하고 관철하였다. 한편 1950년 9월, 연변지역에서는 림민호(林民鎬, 1904~1970, 당시 연변대학 부교장)를 단장으로 하는 100여 명의 조선족국경관례단을 파견하여 중화인민공화국 국경절 첫돌 경축모임에 참가하였다.

중국 공민에의 편입과정에 박차를 가하면서 조선족은 중국의 정치, 경제, 문화의 제반 영역에서 주인공의 자태로 특출한 활약상을 보였다. 일례로 "6·25"전쟁이 터지자 조선족인민은 "항미원조, 보가위국(抗美援朝, 保家为国)"운동에 적극 참여했다. 2만여 명의 조선족장병들이 중국인민지원군에 편입되어 조선반도의 여러 전선에서 싸웠는데 그들 중에는 김길송, 차린호, 리영태와 같은 전투영웅들이 나왔다.

하지만 조선족은 감정과 정서, 지어는 민족관과 국가관에서도 일부 애매모호한 인식과 혼란상을 보여주고 있었다. 이는 조선족 지도층에서도 마찬가지였다. 중화인민공화국 건국직전에 있었던 일을 보기로 하자. 1948년 12월 길림시에서 민족사업좌담회가 열렸다. 이 좌담회는 동북항일연군 제2군 군장으로 활약했던 길림성 성장 주보중(周保中, 1902~1964)이 중공중앙의 위탁을 받고 주로 연변과 기타 지역의 조선동포문제를 해결하기 위해 소집한 것인데 조선인의 대표로서 림춘추(林春秋, 1912~1988, 당시 연변전원공서 전원), 림민호와 주덕해가 참가하였다. 《주덕해평전》은 그 당시의 상황을 다음과 같이 전한다.

"조선민족의 제반 문제를 두고 오랫동안 토의를 벌였으나 세 가지의 각기
다른 의견이 제기되어 좁혀들 줄 몰랐다. 임춘추를 대표로 하는 한쪽은 연변
을 북한에 귀속시켜야 우리민족의 문제를 근본적으로 해결할 수 있다고 주장
하였다. 한편 림민호를 대표로 하는 다른 한쪽에서는 소련의 방식에 좇아
연변을 장차 자치공화국으로 만들어야 한다는 의견이었다. 주덕해는 이 두
가지 의견에 다 동의하지 않았다. 연변을 북한에 귀속시키자는 것이나 소련
식의 자치공화국을 세우자는 것은 모두 연변 경내에 사는 동포들의 역사와
현실에 입각하지 못한 추상적인 생각이며 중국의 실정에서 실현할 수 없는
공론에 불과하였기 때문이다. 북한에의 귀속 여부는 국가 간의 문제로서 이
회의에서 토의될 수 있는 성질의 것이 아니었고 자치공화국을 세우자는 생각
은 중국 국정에 맞지 않을뿐더러 우리 민족의 자체 발전을 위해서도 불리하
였다. 그리하여 주덕해는 구역자치를 실시해야 한다는 의견을 내놓았다. 구
역자치안은 주보중 성장의 지지를 이끌어냈을 뿐만 아니라 중공중앙에서도
이 의견에 높은 관심을 보였다."[15]

연변을 조선에 귀속시키자는 발상은 중국과 조선은 우방이요, "6·25"전쟁
직전에 북한의 요구에 의해 중국 경내에서 항일투쟁을 하고 국내해방전쟁에
참가했던 조선인 부대를 흔쾌히 보내준 그러한 연장선에서 나온 것이겠지만,
이는 전혀 불가능한 일이다. 소련식의 자치공화국을 만들자는 생각 역시 유
력한 중앙집권을 무시한, 근대국가의 통일 필연성을 인식하지 못한 천진한
발상이라 하겠다.

이처럼 장기적으로 형성된 조선족의 민족문제와 조국문제는 쉽게 해결되

---

15   강창록 외, 《주덕해평전》, 실천문학사, 1992, 160쪽.

지 않았다. 이러한 문제를 해결해야 할 사명은 주덕해의 어깨에 떨어졌다. 주덕해는 걸출한 민족지도자요, 연변조선족자치주 초대 주장으로서 지금도 조선족인민들의 추앙을 받고 있다. 주덕해의 지혜와 아량, 그 관후한 성품에 대해서는 김학철의 잡문 <내 마음눈에 커져만 가는 주덕해의 형상>에서 잘 말해주고 있다.

"…타고난 천성인지 수양의 힘인지 그것까지는 잘 모르겠지만 그는 장자의 풍도가 있는 정치가였다.

내가 농촌에 생활체험을 나갔을 때의 일이다. 어느 농민의 집에서 무슨 제사를 지내는데 온 마을 사람들이 다 일은 안하고 그 집에 모여서 북적북적 하는 중에 당지부 부서기란 사람까지 한 몫 하는 것을 보고 나는 속으로 대단히 못마땅하게 여겼다.

'들일이 바쁠 때 저게 뭐람!'

이튿날 나는 전위에 돌아와서 주덕해 동지에게 이 사실을 반영하였다.

'일들 안 하고… 그게 뭡니까? 더구나 군중의 선봉에 서야 할 당지부 부서기란 게?'

나의 말을 다 듣고 난 주덕해 동지는 빙그레 웃고 타이르듯 말하는 것이었다.

'지금 농민들이 다 배에 기름기가 부족하단 말이요. 무어 먹는 게 있어야지! 그런 무슨 잔치나 제사 같은 때 겸사겸사 한번 모여서들 먹는 거지… 먹이진 않구 자꾸 일만 하랄 수는 없거든.'

나는 머리가 아주 깡통은 아니니까 그 말뜻을 근량대로 다 받아들였다. 그래 인제 잘 알았다는 뜻으로 고개를 끄덕끄덕하였더니 그는 진일보 나를 일깨워주는 것이었다.

'지금 농촌에서 사사로이 술을 빚어먹는 건 법으로 금하지만… 그것도 너무 융통성 없이 금할 수는 없단 말이요. 농촌 늙은이들이 막걸리동이나

담가놓고 컬컬할 때 한 복주깨(주 : 놋그릇의 뚜껑) 떠내다가 부젓가락으로
화토불을 헤집고 데워먹는 걸 어떻게 말리우? 그 재미로들 사는데! 그런 건
다 어물어물 눈감아줘야 하오. 일반 백성은… 배를 곯리면… 애국도 없거든.
그러니 그들의 어려운 형편을 잘 살펴보고 나서 글을 쓰도록.'

　당시 이렇게 나를 타일러주던 주덕해의 형상은 세월이 흐를수록 더 내
마음눈 앞에서 커져만 간다. 그는 아무리 어려운 환경에서도 좀처럼 드놀지
않는 무게 있는 볼셰비키였다."[16]

　주덕해는 연변에 온 후 지위(地委)의 명의로 80여 명의 여러 민족, 여러
계통의 대표가 참석한 좌담회를 소집하고 먼저 민족과 조국에 대한 마르크스
와 레닌의 사상을 학습하고 조국관의 문제, 민족풍속을 존중하며 민족교육을
발전시킬 문제를 가지고 토론하였다. 이때 교육계의 한 사람이 "무산계급의
조국은 소련이고 민족의 조국은 조선이며 현실의 조국은 중국이다."라는 다
국적론을 제기하고 마르크스와 레닌의 저작에서 이런 관점을 입증하는 구절
까지 찾아내서 삽시간에 많은 사람들의 호감을 샀다. 이에 대해 주덕해는
"계급, 조국, 민족 등 단어를 마구 한데 버무려낸 이런 혼란한 개념은 논리적
으로 보아도 성립될 수 없고 이론적으로 보아도 그릇된 것이며 실천면에서
보아도 해로운 것이다"고 비판하였다. 즉 조국이란 역사성과 정치성이 결합
된 개념으로서, 교통도구와 문화적 교류가 활발한 현재에 한 나라에 문화와
풍속이 다른 여러 민족이 공존하여 생활할 수 있다는 도리를 이야기하면서
조국과 국적은 직접 연관되어 있는 것으로서 한 사람에게는 오직 하나의
조국 밖에 있을 수 없으며 한사람이 동시에 부동한 국적을 가질 수 없다고

16　김학철, 《태항산록》, 대륙연구소출판부, 1989, 177~181쪽. 이 작품은 다른 작품집에서는 《주
　　덕해의 프로필》로 제목이 바뀌었다.

하였다. 이어서 그는 100여 년 동안 조선족은 기타 민족과 함께 피와 땀으로 이 땅을 개척하고 피와 목숨으로 이 땅을 지켰으므로 현재의 조선족이 중국의 정치, 경제, 문화 권리를 향수하고 중국국민의 의무를 이행하고 있다고 지적하였다. 아울러 그는 중국의 조선족이 조선국토에 있는 조선반도의 사람들과 비록 같은 민족에 속하지만 부동한 공민권을 향수하고 있는 만큼 어디까지나 중국의 공민이라는 것을 말해준다고 하였다.[17]

주덕해는 조선족은 중화인민공화국의 공민이라는 점을 강조했지만 그렇다고 해서 중국의 주류민족에의 동화는 절대 바람직하지 않다고 보았다. 그는 조선족은 자기의 특성을 살려야 한다고 생각했고 그들이 자기의 말과 글로 정치, 경제, 문화, 교육의 권리를 누릴 수 있어야 한다고 인정하였다. 하여 그는 조선문 신문과 잡지를 발행하고 언어연구기구를 설립해가지고 언어의 규범화를 밀고 나갔다. 또한 조선족의 생활과 풍속습관을 존중하여 정부에서 그들의 음식문화, 복식문화, 생산문화 등을 제도적으로 보장하여 주도록 하였다. 이외에도 그는 조선족 대부분이 조선에 친인척이 있는 상황을 고려하여 그들이 상급정부의 허락을 받고 현지 공안파출소에서 발급하는 변경통행증을 가지고 자유롭게 출입국할 수 있게 하였다. 이리하여 조선족은 고국과 자유롭게 교류할 수 있어 자기의 민족적 정체성을 보존할 수 있게 되었다.

하지만 민족적 정체성을 지키고자 했던 이러한 노력은 56개 민족의 통합을 실현해야 하는 국가적인 전략과 일부 마찰을 빚어내게 되었고 급기야 중국 전토에서 좌경 사조가 득세하고 정치운동이 부절히 일어남에 따라 조선족사회의 정체성은 풍전등화같이 흔들리게 되었다. 건국 직전부터 시작된

17　북경대학교 조선문화연구소, 《중국조선민족문화사대계, 사상사》, 민족출판사, 2006, 273쪽.

필화사건과 정치운동을 적으면 다음과 같다.

1) 1949년 6월의 필화사건 — 설인의 서정시 <밭둔덕>에 대한 비판.
2) 1957년의 "백화제방, 백가쟁명" 방침의 제기와 "반우파투쟁".
3) 1958~1959년의 "대약진"과 신민가운동.
4) 1959년의 "지방민족주의"를 반대하는 정풍운동과 "언어의 순결화"에 대한 비판.
5) 1966~1976년 "민족문화혈통론"에 대한 비판이다.[18]

요컨대, 광복 후에서 "문화대혁명"이 끝날 때가지 중국공산당의 민족정책의 혜택을 받아 조선족은 무국적자의 서러움을 떨쳐버리고 당당하게 중화인민공화국의 공민으로 되었으며 정치, 경제, 문화 영역에서 거대한 발전을 가져왔다. 특히 넓은 흉금과 탁월한 혜안을 가진 주덕해와 같은 지도자들이 중국공산당의 노선과 정책을 확실하게 집행하면서 대중을 계몽하여 민족문화를 계승하고 조선족의 정체성을 지키게 하였다. 그러나 좌경사조의 횡포와 탄압으로 말미암아 조선족은 자기의 전통문화와 정체성을 지키는데 커다란 어려움을 겪게 되었다. 조선족이 자기의 정체성을 되찾게 된 것은 개혁개방 후라 하겠다.

제3절 조선족 문화신분에 대한 철학적 사고

조선족의 이중정체성과 연변의 지정학적 위치에 대해 논의한 학자들로는

---

18   김호웅, 김관웅, 조성일, 《중국조선족문학통사》(상), 연변인민출판사, 2011, 332~368쪽.

정판룡, 강맹산, 조성일, 황유복, 김강일, 김관웅, 김호웅 등을 들 수 있다.

조선족의 이중적 정체성에 대해 처음으로 제기한 학자는 정판룡(鄭判龍, 1931~2001)이다. 그는 한국 전남 담양 출신으로 어린 나이에 아버지의 쪽지게에 얹혀 압록강을 건너 중국 동북지역에 왔는데 연변대학을 나온 후 모스크바대학에서 부박사학위를 받고 귀국해 연변대학의 명교수로 수많은 영재들을 키워냈고 연변의 "민간대통령"으로 많은 일을 했다. 1996년 한국 KBS해외동포상을 수상했는데 그 전액을 장학금으로 내놓아 미담이 되기도 했다.[19]

개혁개방을 시작한 후 조선족사회에는 자기의 문화적 성격에 대한 두 가지 부동한 견해가 존재하였다. 하나는 적어도 1950년대 말부터 시작된 민족정풍과 문화대혁명의 영향으로 말미암아 민족문화를 주장하면 민족분열주의자로 지목될 수 있었기에 조선족문화와 조선반도문화의 동질성을 부정하고 이질성만을 강조하는 경향이었다. 다른 하나는 개혁개방이 심입되고 한국을 비롯한 일본, 미국, 러시아 등 세계 여러 나라에 있는 조선민족과의 인적 교류가 확대되면서 그들과의 동질성을 느끼게 되었고 조선족문화는 세계조선민족문화의 일부분이라고 주장하는 견해였다. 이러한 상황에서 정판룡은 <중국조선족문화의 성격 문제>라는 논문을 발표했고 이 논문에서 처음으로 "중국에 시집 간 딸"이라는 메타포를 동원해 조선족의 정체성과 그 문화적 성격을 형상적으로 설명하고자 하였다. 정판룡은 조선족의 100여 년에 달하는 이민사, 정착사, 투쟁사, 건설사를 고찰한 기초 위에서 다음과 같은 결론에 도달하고 있다.

"첫째, 우리는 중국조선족문화를 역사적으로 볼 때 그것은 간단히 조선문

---

19   김호웅, <정판룡, 우리 모두가 그이를 그리는 까닭>, 《디아스포라의 시학》, 연변인민출판사, 2014.

화의 특성만 가진 문화라거나 중국문화의 특성만 가진 문화라고 말할 수
없다. 조선족역사 자체는 천입민족(遷入民族)이 점차 중국의 소수민족의 하
나로 과도하는 과정이기 때문에 이 문화에는 역사상으로 줄곧 두 가지 특성
이 겸비되어 있었다. 말하자면 이중성격을 띠고 있는 것이다. 우리 중국조선
족 전설을 놓고 보더라도 우리 전설에는 세 가지 부류의 것들이 있다고 하는
데 하나는 조선반도에서 가지고 온 것, 이따금 지명, 인명이 바뀌어져 있지만
기본상 그대로인 것, 다음은 순전히 우리가 창작한 것, 이를테면 백두산, 거북
산 전설 등 여기에는 망향의식, 정착의식, 투쟁의식이 반영되고 있다고 한다.
셋째는 중국전설 가운데 있는 고구려, 발해 때의 전설이 중국조선족 전설로
된 것이다.

기타 문학, 무용 등 영역에서 두 가지 특성이 공존하는 현상은 어디서나
쉽게 발견할 수 있다. 이를테면 무용에서 조화미와 중화미, 함축미와 온화미
로 특징되는 특성은 여전히 조선족무용의 기본특징으로 되고 있지만 삶을
개척하는 길에서 자연과 사회의 일체 악세력을 맞받아나가는 삶의 의식과
불요불굴의 투쟁정신을 나타내려는 노력은 중국조선족무용으로 하여금 자
기의 개성을 가지게 하고 있다고 한다. 이런 개성은 같은 민족무용에서도
볼 수 있다.

둘째, 이중성격이라 하여 두 가지 특성이 동등한 위치에 놓여 있는 것이
아니다. 이민초기에는 조선 문화의 특성이 중요한 것이라면 그 뒤부터는 날
이 갈수록 중국 문화의 특성이 점차 중요한 자리를 차지하기 시작했다고
말할 수 있다. 마치 중국에 시집간 딸처럼 처음에는 친정집에서 양성된 습관
에서 해탈되지 못하다가 그 뒤 점차 습관이 되고 마지막에는 시집의 사람으
로 되는 것과 마찬가지다. 그러므로 오늘의 중국조선족문화는 말 그대로 중
국조선족문화(어떤 사람은 중국특성이 있는 조선족문화라고 한다)이지 결코
재중조선인문화라거나 이민문화라고 할 수 없다. 그것은 우리 문화의 내용만
놓고 보더라도 주요하게는 중국의 정치, 경제, 사회생활을 반영하고 있으며

또 중국조선족문화로서의 특성을 가지고 있기 때문이다.

셋째, 각 부문의 역사를 쓸 때 조선족문화의 이중성이라는 특성을 고려하여 실사구시적으로 써야지 그 어느 한쪽으로 기울어져서는 안 된다. 이를테면 반드시 중국조선족의 것만이 우리 문화로 된다고 하여 조선적인 것을 빼게 된다면 쉽게 편견에 빠지게 된다. 기실 국적문제가 비교적 명확히 된 것은 조선이 독립된 나라로 되고 중국에도 중화인민공화국이 성립된 후의 일이다. 지금은 중국조선족과 중국에 사는 조선, 한국 교민의 계선이 명확하게 되었지만 그 이전에는 사실 명확하지 않았다.”[20]

조선족의 이중정체성, 조선족문화의 이중성격에 관한 정판룡의 견해는 보편적인 공감대를 이끌어냈다. 역사학계에서도 정판룡의 발상에 힌트를 받고 “이중사명론(双重使命论)”이나 “일사양용론(一史两用论)”을 제기하였다.

이를테면 박창욱은 중국조선족이 동북경내에서 전개한 반제반봉건투쟁역사에 대해 독창적인 견해를 내놓았다. 그는 일부 학자들이 조선인의 조선독립운동과 조선민족해방운동을 조선역사의 일부분으로, 바꾸어 말하면 중국역사와는 무관한 것으로 보는 관점과 조선족은 중국의 동북에 자리를 잡으면서부터 중화민족의 일원으로 되었기에 그들의 역사는 중국사의 일부분으로 되며 절대 조선역사와 뒤섞어놓아서는 안 된다는 주장에 이의(异议)를 제기하면서 조선인의 “이중사명설”을 내놓았다. 박창욱은 이렇게 말한다. “우리나라 조선족인민들은 1930년부터 중국공산당의 영도아래 ‘중화민족의 해방을 위해 싸우자’라는 구호를 외치면서 우리나라 여러 민족들과 함께 중국혁명에 직접 참가했을 뿐만 아니라 조선민족의 독립과 해방을 위한 운동을 견지함으로써 역사가 그들에게 부여한 이른바 ‘한 몸에 두 임무를 짊어지는(一身兼

---

20   정판룡, 《정판룡문집》 제2권, 연변인민출판사, 1997, 13~15쪽.

兩任)' 역사적 사명을 충실하게 이행하였다."[21]

강맹산(姜孟山, 1939-2002)의 경우도 마찬가지이다. 강맹산은 1964년 연변대학 사학과를 졸업하고 길림성 사회과학원 연구원으로 일하다가 "문화대혁명"이 터지는 바람에 시골에 추방되어 "노동개조"를 당했다. 그는 1978년에야 비로소 연변대학에 들어와 조선문제연구소 소장, 동북아연구원 원장, 중국조선족사학회 회장 등 직을 역임해가지고 정력적으로 연구와 집필을 할 수 있었다. 그는 "일사양용"의 관점을 처음으로 제기함으로써 사학자의 투철한 역사의식과 학문적 용기를 보여주어 귀감이 되고 있다.[22] 그는 연변대학에 들어온 후 정판룡 교수와 함께 일했으므로 그의 "일사양용"의 관점은 조선족 문화의 이중성격론과 서로 같은 발상에서 나온 것이라 할 수 있다.

강맹산은 <고구려사의 귀속문제>라는 논문에서 처음으로 "일사양용"의 관점을 내놓았는데, 이는 고구려사를 둘러싼 이 시기 사학계의 동향과 깊은 연관을 갖고 있다. 중국에서 "동북변강사와 현장계열연구공정(東北边疆史与现状系列研究工程)"이라는 국가프로젝트를 추진하기 전야인 1990년대 말, 중국사학계는 고구려귀속문제를 두고 많은 의견들이 서로 엇갈리고 있었다. 고구려를 완전히 중국의 지방정권으로 단정하는 학자가 있는가 하면 고구려는 평양천도 이전까지는 중국의 역사에서 다루어야 한다고 주장하는 학자도 있었다. 고구려의 역사귀속의 문제는 동북아지역의 정치, 경제, 지위가 날로 상승함과 더불어 한층 더 민감해졌다. 황차 중한수교 이후 한국의 많은 관광객들이 백두산에 올라 제사를 지내고 "압록강과 두만강을 국경으로 인식하는 관념에서 벗어나 드넓은 간도벌판을 후손들에게 물려주기 위하여 빼앗긴 간도

---

21 박창욱, <중국조선족의 역사 특점>, 《중국조선족역사연구》, 연변대학출판사, 1995, 86쪽.

22 강수옥, <'일사양용'의 창시자 : 강맹산>, 인하대학교 한국학연구소, 《연변학의 선구자들》, 소명출판, 2013, 431~457쪽.

옛 땅을 되찾자"라고 부르짖었는데 이러한 행위는 변강지역을 보호, 안정시키고자 하는 중국정부를 크게 자극하였다.

이러한 상황에서 역사의 진실을 밝히고 중한 양국이 다 받아들일 수 있는 관점을 제기한다는 것은 학자의 용기를 필요로 했다. 강맹산은 고구려는 중국 땅이었다는 관점에 대하여 "고구려사는 중국역사에도 속하지만 또한 조선역사에 속하기도 한다."고 하면서 그 이유를 다음과 같이 들고 있다.

> 첫째, 고구려는 건국초기부터 한반도의 북부지역을 차지하기 시삭하였으며, 4세기에 이르러 남진정책을 폈고 5세기 초에 이미 한반도의 중부와 북부지역을 차지하였다. 그리하여 고구려는 수백 년 동안 중국 동북지역에서 활동했을 뿐만 아니라 한반도의 중부지역에서까지 활동하였다. 오늘날의 국가 경계를 기준으로 볼 때 고구려사는 양국에 모두 속하는 역사이다.
>
> 둘째, 고구려는 서기 427년에 평양으로 천도하면서 정치, 경제, 문화 중심을 한반도로 옮겨갔다. 427년의 평양천도에서 668년의 멸망까지 240년 동안 고구려는 한반도를 중심으로 발전한 국가였다. 셋째, 민족의 혈연관계와 문화계승성의 기준으로 본다면 많은 고구려족이 신라족과 융합됨에 따라 오늘날 조선족과 혈연관계를 갖고 있으며 일정한 문화적 계승성도 갖게 되었다."[23]

고대민족사와 고대국가 간의 귀속문제를 두고 강맹산은 또 다음과 같은 네 가지 기준을 제시했다.

> 첫째, 양국은 평등호혜 원칙에 입각하여 국제법이 확정한 현재의 국가경계를 기준으로 한다. 즉 오늘날 국가경계선을 기준으로 경계 내의 역사는

---

23   姜孟山, 《高句丽史的归属问题》, 《东疆学刊》, 1990年 第4期。

곧 해당 국가의 역사에 속한다.

둘째, 고대국가의 정치, 경제, 문화 중심의 소재는 오늘날 국가경계를 기준으로 그 귀속으로 결정한다.

셋째, 민족 간의 혈연관계와 문화의 계승성의 유무(有无)를 따진다.

넷째, 역대 중앙왕조와 변방 혹은 지방왕조의 관계, 즉 중앙왕조와 지방왕조의 종속관계 존재 여부이다.

상술한 네 가지 기준에 근거하여 강맹산은 고구려사는 중국역사인 동시에 조선역사라는 결론을 도출함과 아울러 "일사양용"의 관점을 제시했다.

연변대학의 김성호도 이러한 "일사양용"의 관점으로 중국 동북경내에서 활동한 조선인 공산주의자들의 항일투쟁을 다루고 있으나[24] 여기서는 약하고 김강일의 관점을 소개하기로 하자.

김강일은 중국 난주대학에서 철학을 전공하고 연변대학에서 동북아연구원 원장, 조선 - 한국연구센터 주임 등을 역임하면서 북한의 핵문제를 중심으로 조선족사회와 한반도의 통일문제를 꾸준히 연구해 괄목할만한 성과를 올렸다. 그는 <중국조선족사회지위론>[25], <중국조선족사회의 문화자원과 발전의 문화전략>[26], <중국조선족사회의 변연문화특성과 민족공동체 재건>[27] 등 논문에서 상술한 학자들의 견해를 비판적으로 계승하고 조선족사회를 초국가성과 변계효용론의 시각에서 바라보아야 한다고 하면서 조선족문화가 갖고 있는 변연문화의 특성과 그 창조적 기능에 대해 논술하고 있다.

---

24 김성호, <중조 연합항일투쟁과 현실의 '일사양용' 문제>, 인하대학교 한국학연구소, 《연변 조선족의 역사와 현실》, 소명출판, 2013.

25 《21세기 해외 한민족공동체 발전전략 국제학술회의 발표논문집》, 전남대학교, 1999.

26 《연변대학학보》, 2004, 1~2.

27 김강일, 박동춘 공저, 인하대학교 한국학연구소, 《연변조선족의 역사와 현실》, 소명출판, 2013.

"조선족문화의 성격을 초국가성의 시각에서 바라보아야 한다. 버토벡 (Vertovec)은 초국경 이주민들의 초국가성은 모국과 거주국의 문화를 혼합하여 새로운 문화양식과 문화적 공간을 만들어낸다는 점에서 잘 나타난다고 주장했다. 조선족의 문화적 성격도 이러한 시각에서 바라볼 수 있다. 중국조선족이 강한 국민정체성을 갖고 있으면서도 민족적 정체성을 유대로 한반도와 밀접한 연계를 유지하고 있다는 점은 주지의 사실이다. 중요한 것은 이러한 '위치설정과 민족감정'은 결코 대치되는 것이 아니라는 것이다. 오히려 조선족문화는 한반도와 중국 사이의 두 개 문화의 기계적 융합이 아닌 융합문화의 성격을 띠게 된다. 즉 원문화(元文化)계통에 없는 언어중개(仲介)와 문화중개의 작용은 물론, 두 개 문화계통을 연결하는 문환전환시스템(文化转换系统)의 기능까지 할 수 있다는 것이다. 다시 말해서, 조선족사회의 문화구조는 한반도문화와 중국대륙문화의 균형적 융합구조의 특성을 갖고 있으며, 또한 이러한 문화구조가 형성되어야만 조선족사회는 자신들의 위치를 한반도와 중국이라는 중간지대에 설정하고 발전을 도모할 수 있다는 것이다. 개혁, 개방 이후 조선족사회는 중국내지와의 상관관계가 밀접해지면서 전통사회에 비해 중국문화를 많이 수용한 동시에, 또한 한국과의 활발한 교류를 통해 근대적 선진문화도 상당히 수용하였다고 볼 수 있다. 이러한 한반도문화와 중국문화 간의 실질적인 융합은 향후 조선족사회의 발전에 있어서 소중한 문화적 자원이 될 수 있다. 그러나 여기서 중요한 것은 이러한 문화적 자원의 우세를 끊임없이 축적하고 활용하기에는 적합한 외부적 환경이 조성되어야 한다는 것이다. 특히 한반도의 통합 내지는 북한의 개혁, 개방이라는 구조적 환경이 마련될 경우 조선족사회는 동북아지역에서 특유한 문화적 가치를 발산하게 될 것이다."[28]

"다시 변계효용론의 시각으로 돌아가서 설명하면, 개방도가 낮은 동북지

역을 우리는 일반적으로 '죽음의 변계(死边界)'라고 일컫는다. 비록 개방된 두 시스템 간의 교차점에서 양자 간의 역동관계가 형성되면서 변계 - 중심으로 이어가는 창발(emergence)효과를 발생시킬 수 있지만, 이에 반해 다른 시스템과 아무런 연계를 형성하지 못하고 있는 변계점의 경우는 상기 효과를 발생시키지 못하기 때문에 일반적으로 '죽음의 변계'라고 일컫는 것이다. 다시 말해서, 개방도의 부족으로 형성된 죽음의 변계는 또다시 변계지역의 지역적 가치의 하락, 즉 지역적 흡인력의 저하라는 치명적인 문제점을 발생시키게 되며, 이는 궁극적으로 중심 - 변계의 역동관계를 형성할 수 없는 근본적 원인이 되는 것이다. 이에 반해, 지역의 개방도가 제고되어 흡인력이 형성될 경우 인구이동은 물론, 역내 경제의 활성화가 현실적으로 이루어지면서 중심 - 변계의 역동관계가 자연스럽게 형성된다. 같은 의미에서 중국 동북3성의 개방도가 향상될 경우 중국과 한반도를 잇는 북한과 중국의 변계에서 경제적, 문화적 교류가 활성화 될 수 있으며 이에 따라 조선족사회는 그 시너지효과를 톡톡히 볼 수 있다는 것이다. 따라서 조선족들이 집거하고 있는 동북변계지역의 중요성과 동 지역의 문화를 열어줄 수 있는 한반도의 지경학적 의미가 부각되는 것은 당연한 일이라 하겠다. 말하자면 만약 한반도가 안정적 국면을 유지하고 또 중국과의 교류에서 충분한 개방도를 형성한다면 조선족사회는 그 발전을 위한 막강한 동력을 획득할 수 있을 것이며 경제적 발전 또한 조선족들에게 상대적으로 여유로운 생활을 보장할 수 있으므로 민족사회 해체의 우려도 해소될 것이다. 결국 조선족사회의 운명이란 한반도의 상황과 직결되는 문제인 것이다."[29]

---

29 위의 책.

제4절 조선족과 디아스포라

조선족의 정체성을 두고 본세기 초반 여러 차례의 논쟁이 일어났다. 이를 테면 김문학의 《중국조선족대개조론》에 대한 비판과 논쟁[30], 남영전의 토템 시에 대한 논쟁[31], 그리고 조성일과 황유복의 논쟁을 들 수 있을 것이다. 여기 서는 지면의 관계로 조성일과 황유복의 논쟁만을 소개하고자 한다.

1990년대 초반 정판룡이 "중국에 시집 간 딸", 즉 조선족문화의 이중적 성격에 대해 처음으로 논지를 편 후 조성일(趙成日, 1936~) 이 좀 더 구체적으로 논의를 전개했고[32] 이러한 관점은 다다소소 차이는 있지만 김강일, 김관웅 등에 의해 보다 더 구체적으로 논의되어 왔다.[33] 하지만 최근 황유복(黃有福, 1943~)은 조선족의 디아스포라적인 성격과 이중적 정체성을 전면적으로 부정 하고 나섰다. 이에 대해 조성일은 강하게 반론을 제기했고 황유복이 다시 매몰차게 받아쳤다.[34]

"조 - 황 논쟁"의 초점과 문제점은 다음과 같다. 조성일이 지적한바와 같이 황유복은 2005년에 <조선족, 조선족문화 그리고 정체성>[35], 2009년 한국에

---

30 김문학, <조선족대개조론>, 《장백산》, 2001년 제1~6기.
     김관웅, <'식민주의사관'과 김문학현상>, 《문학과 예술》, 2001년 제2기.
     김학철, <집중폭격은 금물>, 《장백산》, 2001년 제1기.
     조성일, <김문학현상과 김관웅 교수>, 《내가 본 조선족문단 유사》, 연변대학판사, 2014.
31 남영전, <도템문화가 현대인류에게 주는 계시>, 《문학과 예술》, 2004년 제2기.
     임윤덕, <도템과 남영전의 시>, 《문학과 예술》, 2004년 제2기.
     조성일, 《'도템시'논쟁 대한 자문자답》, 《내가 본 조선족문단 유사》, 연변대학출판사, 2014.
32 조성일, <조선족문화론강>, 《문학과 예술》, 2006.4.
33 김강일, 허명철, 《중국조선족 사회의 문화우세와 발전전략》, 연변인민출판사, 2001.
     김관웅, <사과배와 중국조선족 - 중국조선족의 아이덴티티에 대한 관견>, http://moyiza.net.
34 조성일, <조선족과 조선족문화 이중성 재론>, http://koreancc.com 참조.
     황유복, <이중성성격의 사람은 있어도 이중성민족은 없다>, http://koreancc.com 참조.
35 <문학과 예술>, 2005년 제2기.

서 <중국조선족의 문화공동체>[36]라는 장문의 논문을 발표했는데, 여기서 우리를 당혹케 하는 몇 가지 관점을 내놓았다. 그것들로는 "조선족문화는 이중성격의 문화가 아니다", "조선족은 디아스포라가 아니다", "조선족은 한반도의 족속과 같은 민족이 아니라 '100% 조선족'일 뿐이다", "조선족에 대한 중국 지성인들의 불신을 야기해서는 안 된다" 등이다. 황유복의 관점은 아래와 같은 문제점을 안고 있다.

첫째, 조성일의 기본적인 관점을 반박하지 않고 이른바 "이중성"이란 낱말을 꼬투리로 잡아 상대를 공격한다. 물론 조성일의 논의에 일부 개념을 정치하게 다루지 못한 한계를 가지고 있지만, 총체적으로 정판룡의 뒤를 이어 조선족문화의 이중적 성격에 대해 논의한 것만은 사실이다. 하지만 황유복은 중국의 《현대한어사전》에서 "이중성(二重性)"이란 낱말의 뜻풀이를 이용해 조성일의 지론을 반박했다. 그러나 자세히 살펴보면 오히려 황유복이 오류에 빠지고 있는 것 같다. 조선어에서 이중성은 다음과 같이 뜻풀이가 된다.

1) "한 가지 사물에 겹쳐 있는 서로 다른 두 가지의 성질."(한국《새우리말 큰 사전》)
2) "한 가지 사물이 한꺼번에 아울러 가지고 있는 서로 다른 두 가지 성질."(조선 《현대조선말사전》)
3) "한 가지 사물이 동시에 가지고 있는 서로 모순되는 두 가지 성질." (중국 《조선말 사전》)

이처럼 이중성이란 통일성을 전제로 하지만 그 속에 있는 모순성과 불일치성을 지칭한다. 그런데 황유복은 통일성이라는 이 전제는 거론하지 않고

---

36   해외한민족연구소, 《한반도 제3의 기회》, (사)해외한민족연구소, 2009.

조성일이 마치 "모순성과 불일치성"만 강조한 것처럼 비난한다. 조선어에는 쌍중성(双重性)이란 낱말이 없기에 이중성(二重性)이란 낱말로 대신할 수밖에 없다. 그런데 황유복은 한어의 언어습관과 한어 낱말의 함의를 가지고 조선어로 글을 쓴 조성일의 전반 견해를 왜곡하고 공박한다. 일언이폐지하면 말꼬투리를 잡아서 조성일의 "조선족의 이중정체성론"을 논박함으로써 상대를 "궁지(窮地)"에 몰아넣으려 하고 있다.

둘째, 기실 개념 사용에 있어서 더 큰 혼란에 빠진 것은 오히려 황유복 자신이라는 사실을 유식한 네티즌들이 지적하고 있다. "황유복 선생의 용어 사용에 혼동이 있다. 중국 56개 민족을 nation이라 했는데, 응당 ethnic group라 해야 한다. 황유복 선생은 조선족은 nation의 개념이고 따라서 조선족과 한민족은 다른 민족이라고 했는데, 중국국민이 nation의 개념이고 조선족이 ethnic group의 개념이다. 따라서 ethnic group 면에서 조선족과 한민족은 같은 민족이고 조선족과 중국국민은 nation에서 같은 민족이다."[37] 보다시피 황유복은, 민족은 근대 국민국가의 탄생과 더불어 인위적으로 만들어진 "상상의 공동체"라는 점만 강조한 반면에, 민족은 혈연, 역사적 기억과 문화, 영토와 관련되어 있다는 점은 무시함으로써 편면적인 논의를 하고 있다. 또한 황유복은 한국계미국인들이 "탈한국적인 코메리칸사회"를 만들었듯이 조선족도 100여 년간의 이민사, 정착사, 투쟁사를 통해 이미 중국사회에 튼튼히 뿌리를 내린 것만큼 조선족이 이중적 정체성을 가진다고 보는 것은 일종 허구라고 하였다. 하지만 그는 조선족공동체가 한국사회와 구별되는 점만을 이야기하고 중국 주류사회와 구별되는 점은 일언반구도 언급하지 않고 있다. 또한 이른바 탈모국적인 "100%의 조선족"을 운운하면서도 조선족이 살아남

---

37 http://zoglo.net 참조.

으려면 민족문화, 특히 민족교육을 부흥시켜야 한다고 강조함으로써 스스로 이율배반적인 딜레마에 빠지고 있다. 특히 "100%의 조선족론"은 조선족과 모국과의 문화적 연계를 인위적으로 차단함으로써 조선족의 민족적 정체성 인식에 불필요한 혼란을 초래하고 있다.

셋째, 황유복은 조성일을 비롯한 이른바 "이중성 논자"들을 두고 중국 주류사회의 불신을 자초하고 있다고 비판하고 있는데, 이 역시 지나친 노파심이라 하겠다. "허구의 이중성 민족론은 중국에서 조선족에 대한 불신의 풍조를 키워가고 있다. '장족과 위구르족은 서장독립, 신강독립문제가 있지만 그것은 해외세력의 활동일 뿐이고 국내의 장족과 위구르족은 자신들이 중국사람이라고 생각한다. 진짜 중국과 한마음 한뜻이 아닌 (민족은) 도리어 선족(鮮族), 즉 조선족이다. 그들은 김씨 부자에게 충성하거나 혹은 가난을 혐오하고 부(富)를 추구하면서 자기들이 한국사람이라고 생각한다. 자신이 중국사람이라고 인정하는 사람은 보기 드물다.' 이렇게 믿지 못할 민족이라는 비난이 중국의 지성인들 사이에 만연되고 있다. 우리민족 선대들이 귀중한 목숨과 피땀으로 쌓아온 조선족의 이미지가 계속 무너져내려가고 있다. 56개 민족 중에서 인구비례로 혁명열사가 가장 많은 민족, 교육수준이 가장 높은 민족, 문화수준이 가장 높은 민족… 등등 화려했던 월계관은 점점 퇴색되어가고 있고 중국 다민족의 대가정에서 조선족은 이제 진짜 중국과 한마음 한뜻이 아닌 믿지 못할 민족으로 전락되고 있다."

조성일과 황유복의 논쟁을 두고 김호웅은 두 분은 다 조선족사회의 대표적인 지성인이고 이들의 논쟁은 우리의 역사와 민족적 정체성 및 향후 생존과 발전 전략에 관한 원론적인 문제를 다루고 있음으로 이를 강 건너 불구경 식으로 대할 수 없다고 판단하였다. 그 무렵 한국에 체류하고 있던 김호웅은 2010년 2월 18일 "한국 재외동포포럼(이사장 이광규) 제13차 정기포럼"에서《중

국조선족과 디아스포라》라는 논문을 발표하였다. 김호웅은 이 논문에서 "조
- 황 논쟁"의 문제점을 살펴본 후 탈식민주의 문화이론의 시각으로 조선족
의 디아스포라적인 성격, 이중문화신분, "제3의 영역" 및 "접목의 원리" 등
에 관한 견해를 내놓음으로써 학계의 보다 깊은 논의를 이끌어내려고 하였
다. 후에 이 논문은 《한중인문학연구》에 발표되었는데 그 요지를 간추리면
다음과 같다.[38]

황유복은 중국의 한 사이트에 실린 네티즌의 글을 논거로 삼고 있는데,
이런 선입견과 편견을 가진 사람을 과연 "중국의 지성인"이라고 볼 수 있는
지가 의문이다. 세계적인 석학들인 에드워드 사이드(1935~2003), 가야트리 스
피박(1942~), 호미 바바(1949~)와 같은 이들의 지론은 차치하더라도, 중국의
족군(族群)관계를 이론적으로 분석, 종합하면서 중화민족은 "다원일체의 구
조"를 갖고 있다는 결론[39]을 내린 비효통 선생과 같은 중국 최고 석학의 견해
는 왜 고려하지 않는지? 중국 경내의 소수민족이 가지는 이중문화신분에
관해서 중국의 민족학 학자 왕아남 선생도 다음과 같이 말한다. "통일된 현대
중화민족국가내부에서 사람들은 동시에 이중문화신분과 민족의식을 갖고
있는데 이는 그야말로 역사가 남겨놓은 회피할 수 없는 현실이다."[40] 또한
중국의 탈식민주의문화이론의 권위적인 학자인 왕녕 선생도 "문화신분과
그 동일시는 천성적이고 변화되지 않는 것이 아니다. 신분에는 천성적인 요
소와 후천적인 요소가 있는데, 오늘날 글로벌시대에 있어서 한 인간의 민족
과 문화신분은 얼마든지 이중적이거나 지어는 다중적일 수 있다"[41]고 하였다.

---

38 김호웅, <중국조선족과 디아스포라>, 한중인문학회 《한중인문학연구》 제29집, 2010.
39 费孝通 等著, 《中华民族多元一体格局》, 中央民族学院, 1989年。
40 王亞南, 《概说中国是多民族国家还是統一民族国家》, 《民族发展与社会变迁》, 民族出版社, 2001
    年。
41 王宁, 《'后理论时代'的文学与文化研究》, 北京大学出版社, 2009年, 第133页。

주지하다시피 중국학계에서는 3천만 이상의 화인, 화교들을 디아스포라로 충분히 인정하고 있다. 각종 저서들에서도 디아스포라에 대해 공개적으로 거론하고 있고 이에 대한 중요한 학술회의도 여러 번 한적 있다. 일례로 현재 고등학교 통용교과서로 가장 많이 이용되고 있는 양내교의 《비교문학이론교정》에서는 전문 "신분연구"라는 장을 설정하여 세계의 디아스포라문학을 논하면서 3천만 화교의 이중문화신분이 문학창작에서 어떻게 반영되고 있는가에 대해 논술하고 있다.[42]

그럼 아래에 조선족공동체의 디아스포라 특성에 대해 좀 더 구체적으로 접근해 논의하고자 한다. 대문자 디아스포라(Diaspora)는 원래 이산, 산재(散在)를 뜻하는 그리스어로서 주로 헬레니즘시대 이후 팔레스타인 이외의 곳에 사는 유대인 및 그 공동체를 가리켰다. 오늘날 "디아스포라"라는 말은 유대인뿐만 아니라 팔레스타인인, 아르메니아인이나 세계 각국에 널려 사는 중국의 화교 등 다양한 "이산의 백성"들을 좀 더 일반적으로 지칭하는 소문자 디아스포라(diaspora)로 지칭하는 경우가 많아졌다. 특히 1970년대 탈식민주의문화이론이 나오면서 소문자 디아스포라는 문화신분이나 소수민족담론에서 중요한 용어, 지어는 하나의 이론적 범주로 부상하게 되었다.

현대 "문화연구의 아버지"로 불리는 영국 학자 스튜어트 홀(Stuart Hall, 1932~)은 《문화신분과 디아스포라》라는 저서에서 소문자 디아스포라를 처음으로 탈식민주의문화비평의 중요한 용어로 사용하였다. 그는 이 저서에서 소문자로 디아스포라에 대해 다음과 같이 해석하였다.

"내가 여기서 사용한 이 술어는 그 직접적인 뜻을 취한 것이 아니라 그

---

42   杨乃乔, 《比较文学概论》(第三版), 《比较文学理论教程》, 北京大学出版社, 2008年。

은유적인 뜻을 취했다. 디아스포라는 우리와 같은 분산된 민족공동체, 애오라지 모든 대가를 지불하면서라도, 심지어는 다른 민족을 큰 바다로 내몰면서라도 그 어떤 신성한 고향에 되돌아가야만 비로소 신분을 획득할 수 있는 그러한 특정 민족공동체만을 가리키는 것은 아니다. 그것은 진부하고 제국주의적이고 패권주의적인 '종족'형식이다. 우리는 이미 이러한 낙후된 디아스포라 관념에 의해 팔레스타인 사람들이 당하고 있는 액운, 그리고 서방이 이러한 관념과 동모하고 있음을 보아왔다. 내가 여기서 말하고 있는 디아스포라 경험은 결코 본성이나 혹은 순결도에 의해 정의를 내린 것은 아니며 필요한 다양성과 이질성에 대한 인징으로부터 정의를 내린 것이다. 차이를 인정하고 차이를 이용하는 것을 전제로 하는 것이지 결코 차이를 고려하지 않고 생존을 꾀하는 신분관념은 아니다. 말하자면 혼합성으로부터 출발하여 정의를 내린 것이다. 디아스포라의 신분은 개조를 거치거나 그 차이성으로 말미암아 부단히 생산되고 재생산됨으로써 자신의 신분을 갱신하게 되는 것이다. 독특한 본질을 가진 카리브 사람들은 바로 그 피부색, 천연색과 얼굴 모습의 혼합이며, 카리브 사람들의 음식은 각종 맛의 혼합이다. 디크 헤프디 그의 재치 있는 비유에 의하면 이것은 '뛰어넘기'요, '썰어서 뒤섞어놓기"의 미학으로서 이는 역시 흑인음악의 영혼이기도 하다."[43]

스튜어트 홀이 내린 이상의 정의로부터 알 수 있는바 소문자 디아스포라는 대문자 디아스포라에서 파생되었지만 "문화의 혼합성", "신분의 생산성과 재생산성" 같은 새로운 뜻을 추가함으로써 보다 넓은 개념과 함의를 가진 새로운 용어로 되었다. 바로 이런 까닭에 외래어를 가급적으로 자기의 언어 기호로 전환시켜 사용하기를 고집스럽게 견지해 온, 문화적 주체성이 아주 강한 중국에서는 이러한 소문자 디아스포라를 숫제 "족예산거(族裔散居)" 혹

43　王先霈, 王又平,《文学理论批评术语汇释》, 高等教育出版社, 2006年, 748页。

은 "이민사군(移民社群)"으로 번역해 사용하고 있다.

이 글에서 필자는 근대의 노예무역, 식민지배, 지역분쟁 및 세계전쟁, 시장경제 글로벌리즘 등 여러 가지 외적인 이유에 의해 대부분 강제적이거나 폭력적으로 자기가 속해 있었던 공동체로부터 이산을 강요당한 사람들 및 그들의 후손들을 가리키는 용어로서, 디아스포라라는 용어를 사용함과 동시에 슈트아트 홀이 내린 이상의 정의 중에서 "문화의 혼합성", "신분의 생산성과 재생산성" 같은 내용이 첨가된 새롭게 확장된 소문자로서의 디아스포라의 개념을 받아들이려고 한다.

디아스포라에 대한 연구에서 가장 관심이 모여지는 것은 아이덴티티의 문제이다. 문화연구에서 문화신분이나 정체성이라는 이 두 개념은 영어에서의 아이덴티티(identity)에 해당한다. 영어에서의 아이덴티티의 원래의 기본함의는 물질, 실체의 존재에 있어서의 통일된 성질이나 상태를 뜻하는 것이었다. 철학의 견지에 본다면 독일 철학가 헤겔이 제기한 "동일성"의 개념으로서, 이를 영문으로 번역할 때 역시 아이덴티티(identity)라고 했다. 이 경우에는 아이덴티티라는 개념으로 사유와 존재 사이의 동일성 문제를 설명하였다. 이런 동일성 속에는 사유와 존재의 본질만이 아니라 양자 사이의 차이성도 내포되어 있는데 이 양자 사이에는 일종 변증적관계가 존재하고 있다.

당대 중국의 문화연구 분야에서 서양의 철학, 인류학, 사회학과 문화연구의 영향 하에서 아이덴티티(identity)라는 단어를 번역하여 사용하거나 정의를 내리는 경우에 적잖은 혼란이 존재하고 있다. 즉 학자에 따라 "동일시(认同)", "신분(身分)", "동일(同一)", "동일성(同一性)" 등 한어 단어들을 교차적으로 사용하면서도 명석한 정의를 내리지 않고 있다. 이에 대해 사천대학교 염가 선생은 다음과 같은 정의를 내리고 있다.

"나의 이해에 의하면 당대 문화연구에서 아이덴티티(identity)라는 이 단어에는 두 가지 기본적 함의가 있다. 첫째는 어느 개체나 집단이 특정한 사회에서의 지위를 확인하는 명확하거나 현저한 특징을 가진 의거나 척도, 이를테면 성별, 계급, 종족 등등인데 이런 의미에서 우리는 "신분"이라는 단어를 사용하여 이를 나타낼 수 있다. … 다른 한 방면으로 한 개체거나 집단이 자기의 문화상에서의 신분을 추적하거나 확인하는 경우에는 아이덴티티를 '동일성을 확인한다(认同)'라고 할 수 있다. 단어의 속성으로 보면 '신분'은 명사로서, 그 어떤 척도나 참조계로서, 확장된 그 어떤 공동한 특징이나 표징이며, '동일성을 확인한다'는 것은 동사로서 다수의 경우에는 문화적인 "동일성을 확인하는" 행위를 뜻한다. … 오늘날 문화연구에서 고정불변의 본질주의적인 안목으로 "신분"이나 그것을 확인하려는 입장은 이미 강력한 도전을 받고 있다."[44]

문화연구에서 사람들이 가장 주목하는 것은 특정한 사회에서의 부동한 개체나 공동체의 "사회신분"과 "문화신분"이다. "사회신분"이나 "문화신분" 문제는 간단하게 말한다면 사회와 문화 속에서 "나는 누구(身分)"인가? "어떻게, 왜 누구(认同)인가?"를 묻고 확인하고자 하는 것이다. 본고에서는 이런 의미에서 문화신분, 즉 정체성의 개념을 사용하고자 한다.

조선족은 "과경민족(跨境民族)"의 후예들로서, 근대적 디아스포라라고 할 수 있다. 19세기 중반 이후 조선왕조의 봉건학정과 자연재해 및 일제의 침탈로 말미암아 조선의 농민들을 비롯한 의병장, 독립운동가, 교육자, 문학인들이 두만강, 압록강을 건너와 연변을 비롯한 중국 동북지역에 정착하였는데, 이들은 애초부터 "'집'잃고 '집'을 찾아 해매는 미아(迷儿)"들, 즉 무국적자들

---

44 閻嘉, <文化身分与文化认同研究的诸问题>, 《中国文学与文化的认同》, 北京大学出版社, 2008年, 第4页.

이었다. 이들은 토지를 소유하기 위해서는 치발역복, 귀화입적의 치욕을 감내해야 하였고 일본의 황민화정책에 의해 창씨개명을 강요당하기도 했다. 1909년의 간도협약, 1930년대 초반의 민생단사건, 만보산사건에서 볼 수 있다시피 이들은 중국과 일본의 틈바구니에서 양자택일의 고뇌에 시달려야 했고 궁극적으로 희생양의 비애를 맛보아야 했다. 다행스러운 것은, 중국에 온 조선인들은 논농사를 도입해 동북지역의 개발에 획기적인 기여를 했고 반제반봉건의 중국혁명에 커다란 기여를 함으로써 중국 국민으로 편입될 수 있는 자격을 부여받았다. 이들은 중국을 조국으로 생각하고 중국의 정치, 경제, 문화생활에 적극 참여하였다. 하지만 이들은 고국에 대한 향수를 떨쳐버릴 수 없었으며 자신의 물질문화, 제도문화, 행위문화, 정신문화 일반에 커다란 애착과 긍지를 갖고 있었다. 특히 100여 년간 우리의 말과 글을 지키고 민족교육과 문학예술을 통해 "조선족으로 살아남기"에 성공했다. 이러한 의미에서 조선족은 엄연한 중국국민이로되 여전히 이중 문화배경과 신분을 갖고 있는 코리안 디아스포라의 한 갈래라고 할 수 있다.

디아스포라의 이중문화신분을 두고 에드워드 사이드는 자기 자신의 체험을 염두에 두면서 다음과 같이 말한 바 있다.

> "많은 사람들과 마찬가지로 나는 하나의 세계에만 속하지 않는다. 나는 팔레스타인 출신의 아랍인인 동시에 미국인이기도 하다. 이는 나에게 기괴하면서도 실지에 있어서는 괴이하다고 할 수 없는 이중배역을 부여하였다. 이밖에 나는 학자이기도 하다. 이러한 모든 신분은 모두 분명하지 않다. 매하나의 신분은 나로 하여금 색다른 영향과 작용을 하게 한다."[45]

---

45 Cf. Edwand Said, Rofleclions on Exile and Other Essays, pp.xxx~xxxi, p.397.

사이드와 같은 탈신민주의문화의 이론가들은 이중 내지 다중 문화배경과 신분을 갖고 제1세계에서 제3세계의 대리인의 역할을 함과 아울러 제1세계의 이론을 제3세계에 전파해 제3세계 지식인들을 문화적으로 계몽시켰다. 《여용사(The Woman Warrior, 女勇士)》(1976)라는 작품으로 미국 주류문학계와 화예문학계(华裔文学界)에서 모두 이름을 떨친 바 있는 저명한 여성작가 양정정 (楊亭亭, 1940~)의 경우도 마찬가지이다.

"그 자신은 미국의 화인구역에서 자란 화인후예 여성작가이다. 그는 학교에서 거의 모두 미국식 교육을 받았다. 그러나 그의 기억과 마음속 깊이에는 늙은 세대 화인들이 그에게 들려준 여러 가지 신물이 나면서도 전기적인 이야기가 자리를 잡고 있었다. 게다가 그가 비범한 예술적 상상력으로 쓴 이야기 그 자체는 전통적인 의미의 소설이 아니라 보다 더 자전적인 색채를 지니고 있다. 그의 작품을 두고 적잖은 화예작가와 비평가들은 전통적인 '소설' 영지에 대한 경계 넘기이며 뒤엎기라고 말하고 있지만 그의 생활경력을 잘 알고 있는 사람들은 그러한 자전적 성분에 지나치게 많은 '허구'적 성분이 끼어있다고 말한다. 실지에 있어서 다중 문체를 뒤섞는 이러한 '혼잡식' 책략 이야말로 양정정의 '비소설(非小说)'로 하여금 미국 주류문학 비평계의 주목을 받게 하였고 영어권 도서시장에서도 성공하게 하였다. 양정정, 그리고 그와 동시대에 살고 있는 화예작가들의 성공은 비단 '다문화주의' 특징을 가진 당대 미국문학에 일원(一元)을 보태주었을 뿐만 아니라 해외 화인문학의 영향도 넓혀주었다."[46]

에드워드 사이드나 양정정과 마찬가지로 중국의 조선족들, 특히 조선족 지성인들은 "조선문화"와 "중국문화"라는 이중문화신분을 갖고 광복 전에는

---

46   王宁,《'后理论时代'的文学与文化研究》, 北京大学出版社, 2009年, 第133页。

중국 경내에서 "조선혁명"과 "중국혁명"이라는 이중역사사명을 완수하기 위해 싸웠고 광복 후, 특히 개혁개방 후에는 중한 교류의 가교역할과 남북통일의 교두보 역할을 수행했다. "조선문화"적인 요소로 말미암아 조선족은 한족은 물론이요, 기타 소수민족과도 구별되며 또 "중국문화"적 요소로 말미암아 조선족은 남한이나 북한 또는 세계 각국에 흩어져 살고 있는 재외동포와도 구별된다. 조선족의 대표적인 지성인이었던 김학철 선생이 중일한 3국을 무대로 싸웠고 후반생을 피타는 고투로 중국에서의 입지를 굳혔지만, 임종을 앞두고 그 자신의 뼈를 고향인 강원도 원산(元山)에 보내기를 바랐던 사례[47]에서 알 수 있다시피 중국의 주류사회에 참여, 적응하여 자기의 확고한 위치를 찾으면서도 자기의 역사와 문화전통을 고수하는 것, 이것이 바로 조선족의 문화적 실체이요, 이중문화신분이다.

이처럼 디아스포라는 이중적 문화신분을 갖고 있기에 모국과 거주국 사이에 갈팡질팡, 우왕좌왕할 뿐만 아니라 문화변용을 일으키기 마련이다. 다년간 중국인 디아스포라현상에 대해 연구해온 왕경무(王庚武) 선생은 모국과 거주국 문화 둘 중에 어느 쪽에 치우치는가에 따라 "해외에 흩어져 살고 있는 화인들 중에서 다섯 가지 신분이 나타나고 있는데, 그것들로는 잠간 여행하거나 거주하는 자의 심리, 동화된 자, 조절하는 자, 민족적 자부심을 가진 자, 이미 생활방식이 철저히 개변된 자이다"[48]라고 하였다.

여기서 베리(Berry)의 문화변용에 관한 이론을 참조할 수 있는데, 그는 문화변용을 3단계로 구분하였다. 제1단계는 접촉단계로서 서로 다른 2개의 문화

---

47   김호웅, 김해양,《김학철평전》, 실천문학사, 2007.
48   Cf. Wang Gungwu, "Roots and Changing Identity of the Chinese in the United States", in Daedalus(Spring 1991). p.184.
     王宁,『'后理论时代'的文学与文化研究』北京大学出版社, 2009年, 第132页。

가 만나는 초기단계이고 제2단계는 갈등단계로서 이민자들이 수용하는 주류사회가 이민자들에게 변화와 압력을 가하는 단계인데, 이때 이민자들은 기원사회(Origin Society)와 정착사회(Host Society)의 문화 정체성 사이에서 어느 한 쪽을 선택해야 하는 정체성의 혼란을 경험한다. 제3단계는 해결단계로서 문화변용의 특정한 전략을 사용해서 정체성의 혼란을 극복하는 단계이다. 또한 베리는 소수민족집단 이민자들의 문화변용이 "다른 인종과 민족집단과의 관계를 얼마나 중요하게 여기는가?"와 "자신들의 문화적 특성이나 관습의 유지를 얼마나 중요하게 여기는가?"에 의해 문화변용은 통합, 동화, 고립, 주변화의 네 가지 유형으로 분류된다고 지적하였다. 여기서 통합(Integration)은 소수민족 이민자들이 거주국의 주류사회에 활발히 참가하면서도 자신들의 고유한 전통과 문화를 유지하는 경우이고, 동화(Asslation)는 이민자들이 주류사회에 활발히 참여하는 과정에 자신들의 고유한 문화정체성을 상실하고 주류집단에 흡수되는 경우이다. 고립(Isolation)은 이민자들이 사회참여를 활발하게 하지 않으면서 자신들의 문화정체성을 강하게 유지하려고 하는 경우로서, 이들은 보통 차이나타운과 같은 소수의 이문화집단의 거주지에 격리되어 산다. 마지막으로 주변화(Marginality)는 주류사회에 참여하지도 않고 자신들의 문화도 잃어버리는 경우로서, 사회의 밑바닥 계층으로 전락하여 기성질서에 반항하는 가치관과 행동양식을 갖게 될 수도 있다.[49]

---

49 윤인진, 《코리안 디아스포라》, 고려대학교출판부, 2008, 36~38쪽.

제5절 디아스포라의 시학

2000년대에 들어선 후 정판룡[50], 조성일, 김관웅[51], 김병민[52], 김호웅, 오상순[53], 장춘식[54] 등 비평가들이 디아스포라의 관점으로 적잖은 논문을 펴냈다. 특히 김호웅은 디아스포라의 관점으로 적잖은 문학평론과 논문을 발표했는데 최근에는 제4문학평론집 《디아스포라의 시학》을 펴냈다. 그의 견해는 <디아스포라의 시학>이라는 짧은 글에 극명하게 나타난다.

> 가을비 쓸쓸하게 내리는데
> 고독한 내 신세 그 누가 알아주랴
> 창밖에 밤비는 하염없이 내리고
> 외로운 초불 켜고 머나먼 고국을 그리네.[55]

당나라에 가있던 최치원(857~?)의 한시이다. 12살 어린 나이에 만리타향 당나라에 가서 16년간이나 유학하고 벼슬을 살았던 최치원, 그는 이국타향에서 나그네로 떠돌면서 늘 고독과 소외감을 느꼈다. 그는 오매에도 고국산천과 부모형제들을 그리고 고국의 운명을 걱정하면서 수많은 시문을 남겨 당나라에 크게 문명을 떨쳤는데 그 중 고국을 그린 가장 감동적인 한시가 바로 상술한 시이다.

---

50 정판룡, <중국조선족문학의 성격문제>, 《예술세계》 1992년 제4기.
51 김관웅, <중국조선족문학의 중요한 주제>, 《문화산맥》, 2007.
52 金柄珉, <试论跨国民族的多重认同 : 以对中国朝鲜族认同研究为中心>, 《北京论坛 - 社会学分论坛论文摘要集》 2007年 第11期.
53 오상순, <조선족시문학에서의 민족정체성의식>, 《연변문학》 2015년 제8~9호.
54 장춘식, <朝鲜族移民小说的身份认同>, 《民族文学研究》 2008年 第8期。
55 秋風唯苦吟, 世路小知音, 窗外三更雨, 燈前萬里心。(<秋夜雨中>)

이 시에서도 볼 수 있지만 문학은 본질적으로 두 가지 물음에 답을 준다. 즉 "나"는 누구인가? "나"의 생존상황은 어떠한가? 하는 것이다. 이 근원적인 물음을 던지지 않거나 그러한 물음에 답을 줄 수 없는 문학은 의미가 없다. 요즘 세계적 범위에서 화두에 오르고 있는 디아스포라의 문학(diaspora writing)이 이에 답을 줄 수 있는데 사실 1990년대 이후 토니 모리슨, 주제 사라마구, 고행건, 오르한 파묵 등의 경우와 같이 노벨문학상을 수상한 대부분 작가들이 디아스포라였다.

약 200만으로 추산되는 조선족은 조선반도에 살다가 두만강, 압록강을 건너와 동북에 정착한 과경민족의 후예들로서, 오늘도 여전히 유대민족과 마찬가지로 디아스포라의 특성을 갖고 있다. 조선족공동체에 내재한 디아스포라의 성격을 인정하고 그 잠재적 창조성을 십분 발굴, 발휘할 때만이 우리 조선족문학은 새로운 지평을 열 수 있다.

디아스포라(diaspora)는 그리스어에서 나온 말인데 기원전 6세기 유대인들이 나라를 잃은 후 세계 각지로 나가 떠돌이생활을 해온 그러한 비참한 상황을 가리킨다. 디아스포라는 아래와 같은 세 가지 의미를 포함하고 있다.

첫째는 유대민족은 자기의 고토나 고향을 떠나 타향, 타국에 흩어져 살고 있지만 여전히 자기의 문화적 특성을 보존하고 있다. 둘째는 유대민족은 역사적으로 수난을 당했다는 의식이다. 셋째는 바빌로니아는 유대인들의 추방지요, 그들이 수난을 당했던 곳이기도 하지만 또한 그들이 자기의 문화를 재건한 곳이기도 하다.

하지만 오늘날 디아스포라에 관한 문제를 연구하는 학자들은 유대역사에서 나온 디아스포라 개념과 현대 디아스포라 개념 사이에는 연계성도 있지만 구별점도 있다고 본다. 유대인의 디아스포라는 현대적인 디아스포라의 출발점으로 되지만 그 규범으로는 될 수 없으며 현대 디아스포라의 다양한 형태를 다 대변할 수는 없다.

현대적인 의미에서의 디아스포라는 주로 지난 20세기의 근대적인 여러 가지 힘, 이를테면 정치권력, 경제력이나 군사력, 전쟁이나 혁명 등이 낳은 "경계적인 존재"를 지칭한다. 그들은 어쩔 수 없이 국민국가라는 틀에서 쫓겨난 존재로서 경계적인 삶을 살아가는 인간 또는 민족공동체이다.

이러한 디아스포라적인 인간 또는 민족공동체는 경계적인 삶, 변두리의 삶을 살고 있기 때문에 부동한 문화와의 모순과 충돌 또는 교류와 영향 관계 속에 놓이게 된다. 바꾸어 말하면 디아스포라의 개체 또는 민족공동체는 자기의 고토와 고유문화에 대한 짙은 향수와 집착을 갖는 동시에 다른 문화에의 갈등과 충돌, 동경과 접목을 피할 수 없게 된다. 그 결과 디아스포라의 개체 또는 민족공동체는 문화적 변이를 일으키게 되며 혼종성(hybridity) 또는 다중문화신분(culture identity)을 갖게 된다. 이러한 의미에서 에드워드 사이드 (1935~2003)는 디아스포라의 삶은 "모체에서 찢겨나간 자의 상처"이고 아픔인 동시에 "일종의 특권이며 다시 얻을 수 없는 우세"로 된다고 하였다. 그것은 잡종강세는 하나의 보편적인 진리이기 때문이다. 이러한 의미에서 호미 바바 (1949~)는 새로운 문화는 다양한 문명들이 교차되는 "걸출한 변두리"에서 파생된다고 하였다.

물론 디아스포라는 다른 문화와 교류 또는 접목을 함에 있어서 자기 문화의 뿌리를 지켜야 만이 전반 인류문화의 다원화에 일조할 수 있다. 이와 반대로 주변 문명과 문화에의 피동적인 동화는 문명 또는 문화공동체의 개체수를 격감시키게 되므로 다원공존, 다원공생의 세계를 만드는데 불리하다.

디아스포라적인 실존상황과 가치관을 다룬 것을 디아스포라 글쓰기 (diasporic writing)라고 하는데 이를 광의적인 디아스포라 글쓰기와 협의적인 디아스포라 글쓰기로 나눌 수 있다.

광의적인 디아스포라 글쓰기는 서방과 동방을 막론하고 장구한 발전과정과 독특한 전통을 갖고 있다. 서방의 경우, "유랑자 소설(picaresque novelists)"이나 "망명 작가(writers on exile)들의 작품이 그러하다. 유랑자 소설의 인물들은 시종 유동적인 상황에 놓여 있는데 그 전형적인 소설로 세르반테스의 《돈키호테》, 트웨인의 《톰 소여의 모험》 등을 들 수 있다. 물론 작가 자신이 외국에 망명했거나 외국에서 유랑한 것은 아니다. 하지만 망명 작가들의 경우는 그들 자신의 가정적 불행, 그들 자신의 지나친 선봉의식이나 기괴한 성격, 또는 그들 자신이 모국의 고루한 문화와 비평관행에 불만을 가짐으로 말미암아 하는 수 없이 타국으로 망명한다. 그들은 외국에서 떠돌이생활을 하는 가운데서 오히려 빛나는 작품을 창작해낸다. 영국의 낭만주의 시인 바이런이 그렇고 노르웨이의 극작가 입센이 그러하며 또 아일랜드의 조이스, 영미 모더니즘 시인 엘리엇이 그러하다. 이들은 외국에서 떠돌이생활을 하는 가운데서 자기의 모국과 민족의 현실을 깊이 반성하면서 독특한 형상과 참신한 견해들을 내놓았다.

협의적인 디아스포라 글쓰기는 상술한 유랑자 소설과 망명작가 작품의 연장선 위에서 형성되었지만 주로 20세기 이후 현대적인 의미의 디아스포라 현상과 관련된다. 여기서는 아래와 같은 몇 가지 문제들이 화두에 오른다.

첫째는 잃어버린 고토와 고향에 대한 끝없는 향수이다. 그것은 에드워드 사이드가 말한 바와 같이 망명이란 "개인과 고토, 자아와 그의 진정한 고향 사이에 생긴 아물 줄 모르는 상처로서 그 커다란 애상은 영원히 극복할 수 없기 때문이다." 향수는 디아스포라의 영구한 감정이며 그것은 또 잃어버린 에덴동산에 대한 인류의 원초적인 향수와 이어져 제국의 식민지배와 근대문명에 대한 비판적 기능을 수행한다.

둘째는 디아스포라는 모국과 거주국의 중간위치에 살고 있기에 "집"이 없다고 말한다. 그들은 모국과 거주국 모두에게 백안시당하는 경우가 많으며 따라서 이중적 정체성의 갈등을 경험하게 된다. 이러한 이중적 정체성의 갈등을 극복하기 위한 다양한 시도들, 이를테면 민족적 정체성을 잃은 자의 고뇌와 슬픔, 모체 문화로의 회귀와 그 환멸, 사랑과 참회를 통한 화해, 근대와 전근대의 모순과 충돌, 그리고 이질적인 문화형태들의 숙명적인 결합 등 감동적인 얘기로 펼쳐질 수 있다. 아무튼 이중적 아이덴티티의 갈등은 현대문학의 최고의 주제 — 인간의 소외(疎外)와 맞닿아있으며 그것은 인류의 보편적인 공감대를 획득할 수 있다.

셋째로 디아스포라는 모국과 거주국 사이에서 이중적 아이덴티티의 갈등을 경험하기도 하지만 어쨌든 그들은 아주 미묘한 "중간상태"에 처해 있고 "경계의 공간"을 차지하고 있어 보다 넓은 영역을 넘나들 수 있다. 하기에 디아스포라의 경력은 풍부한 소재를 약속해 준다. 이국의 기상천외한 자연, 인정과 세태를 보여줄 수 있을 뿐만 아니라 이국이라는 타자를 통해 자기 민족과 문화를 비추어볼 수 있다. 여기서 두 가지 형상을 창조할 수 있는데, 하나는 이국의 근대적 발전상을 확인하고 유토피아적 형상을 창조하는 경우이고 다른 하나는 이국의 식민지현실을 확인하고 모국의 식민지 현실을 재확인하는 이데올로기적 형상을 창조하는 경우이다. 둘 다 거대한 인식적, 미학적 가치를 가진다.

넷째로 디아스포라는 "중간상태"에 처해 있고 아주 미묘한 "경계의 공간"을 차지하고 있다. 바꾸어 말하면 디아스포라 문화계통은 쌍개방(双开放)적 성격을 지니며 그것은 디아스포라의 다중문화구조를 규정한다. 이러한 다중문화구조를 가진 "제3의 문화계통"은 단일문화구조를 가진 문화계통, 즉 모국과 거주국의 문화계통에 비해 더욱 강한 문화적 기능과 예술적창조력을 갖게 된다. 특히 예술적 형식에 있어서도 고금중외의 우수한 문학과 예술의 기법을 폭넓게 수용해 변형, 환몽, 패러디, 아이러니와 역설 등 다양한 기법들을 활용할 수 있을 것이다.

여기서 다시 디아스포라의 시학에 비추어 조선족공동체와 그 문학에 대해 말해 보자.

우리문학의 뿌리로 거슬러 올라가보면 혜초(704~387)의 여행기 《왕오천축국전(往五天竺国传)》이나 이 글의 서두에서 본 최치원의 한시 <가을비 속에서>가 바로 광의적 의미에서의 디아스포라 글쓰기라고 할 수 있다.

조선족문학의 경우 강소성 남통에서 외롭게 살았던 김택영(1850~1927)의 시문(诗文), 상해와 북경 등지에서 활동했던 주요섭, 김광주의 소설들, 그리고 룡정, 신경을 중심으로 활동한 안수길, 최서해, 김창걸 등의 소설들을 모두 협의적인 의미의 디아스포라 글쓰기라 할 수 있을 것이다.

해방 후 조선족은 중국 국적을 가졌고 중국 공민의 권리와 의무를 충실히 이행했으니 해방 전과 사정이 좀 다르다고 하겠으나 디아스포라의 아픈 기억은 여전히 집단무의식으로 작용하고 있다. 그리고 연변을 중심으로 하는 동북지역의 조선족집거구는 여전히 조선반도 문화와 중국의 주류문화 사이에 있는 경계적인 지역이요, 여기에 살고 있는 작가들은 어차피 디아스포라의 성격을 다분히 갖고 있다. 황차 1978년 개혁개방 이후 조선족의 한국, 일본, 러시아, 미국 등 나라로의 이동 및 산해관 이남 대도시로의 이주는 새로운 디아스포라를 양산하고 있다.

조선족 작가의 경우, 연변을 비롯한 동북의 조선족작가들은 중국과 조선, 한국 사이를 자유롭게 드나들고 있고 지어는 류순호처럼 미국에, 장혜영처럼 한국에, 김문학처럼 일본에 장기 거주하는 경우도 있다. 또한 리원길, 황유복, 오상순, 서영빈, 장춘식, 김재국처럼 조선족집거구를 떠나 중국의 수도요, 다양한 문화의 합수목인 북경에 "걸출한 변두리"를 조성해 가지고 활발하게 문학활동을 하고 있다. 이들 모두의 움직임을 통틀어 새로운 디아스포라의 글쓰기라 해도 무리가 없을 것이다.

물론 조선족 작가들은 이주초기부터 심각한 디아스포라의 아픔을 경험했지만 그것을 마음 놓고 표현할 수 있는 자유를 부여받지 못했다. 한때 모국의 역사와 문화에 대한 애착, 모국과 거주국 문화 사이에서의 이중적 아이덴티티의 갈등은 의혹과 불신을 초래했다. 하지만 개혁, 개방 후 자유로운 문학의 시대를 맞아, 다원공존과 다원공생의 세계사적 물결을 타고 디아스포라의 삶과 이중적 아이덴티티의 갈등을 형상화하고 그러한 갈등을 극복, 승화시켜 보편적인 인간해방의 시각으로 자연과 인간을 바라보는 우수한 작품들이 많이 나오고 있다. 아마도 조성희의 단편소설 <동년>, 박옥남의 단편소설 <둥지>와 <마이허>, 허련순의 장편소설 《누가 나비의 집을 보았을까》와 연변을 다룬 석화의 연작시집 《연변》 등이 대표적일 것이다. 그럼 석화의 서정시 <연변 2, 기적소리와 바람>을 보자.

> 기차도 여기 와서는/ 조선말로 붕 —한족말로 우(嗚) —/ 기적 울고/ 지나가는 바람도/ 한족바람은 퍼-엉(风) 불고/ 조선족바람은 말 그대로/ 바람 바람 바람 바람 분다//
>
> 그런데 여기서는/ 하늘을 나는 새새끼들조차/ 중국노래 한국노래/ 다 같이 잘 부르고/ 납골당에 밤이 깊으면/ 조선족귀신 한족귀신들이/ 우리들이 못 알아듣는 말로/ 저들끼리만 가만가만 속삭인다//
>
> 그리고 여기서는/ 유월의 거리에 넘쳐나는/ 붉고 푸른 옷자락처럼/ 온갖 빛깔이 한데 어울려/ 파도를 치며 앞으로 흘러간다//[56]

---

56   석화 시집, 《연변》 연변인민출판사, 2006.

이 시는 상이한 것들이 갈등이 없이 공존하는 다문화적 혼종성, 쉽게 말하자면 조선족과 한족이 연변땅에서 공존, 공생해야 하는 숙명 내지 필연성을 유머러스하게 이미지화하고 있다. 제1연에서는 기차와 바람을 의인화하면서 "붕—"과 우(鳴)—", "바람"과 "퍼~엉(风)"의 대조를 통해 조선족과 한족의 언어적 상이성을 확인한다. 그렇지만 제2연에서는 미물인 새들도, 납골당의 귀신들도 서로 상대방의 소리와 언어에 구애를 받지 않고 의사소통을 한다고 했다. 말하자면 두 문화형태 간의 대화와 친화적인 관계를 하늘을 날며 즐겁게 우짖는 새와 납골당에서 이야기를 주고받는 귀신이라는 메타포를 통해 유머러스하게 표현함으로써 몽환적인 색채를 십분 살리고 있다. 제3연은 이 시의 기승전결의 내적 구조에서 보면 "전"과 "결"에 속하는 부분인데 연변의 풍물시라고 할 수 있는 "6·1" 아동절 날, "붉고 푸른 옷자락처럼/ 온갖 빛깔이 한데 어울려/ 파도를 치며 앞으로 흘러간다"고 색채적 이미지를 구사함으로써 다원공존, 다원공생의 논리로 자연스럽게 매듭짓고 있다. 한 마디로 말하면 이 시야말로 디아스포라 글쓰기의 전형적인 사례라 하겠고 필자가 앞에서 구구히 논의한 디아스포라의 시학을 일목요연하게 구현했다고 본다.

이제 석화 시인은 물론이요, 우리문단의 더욱 많은 작가, 시인들이 문화적 자각을 가지고 우리민족의 삶과 운명을 극명하게 파헤칠 수 있는 디아스포라 글쓰기에 동참해야 할 것이다. 디아스포라, 그것은 우리 조선족문학의 "잃어버렸던 주제"요, 특성이며 세계문학과 대화할 수 있는 중요한 통로이기 때문이다.

제2장
공명시대 조선족문학과 문화신분

제1절 사회정치적 변혁과 문학의 전환

1. 건국 초기 조선족사회의 변화

중국 동북3성에 거주하고 있는 조선인들은 조선반도에서 중국에 이주해온 조선민족의 한 갈래이다. 장구한 역사 속에서 중국에 이주해온 조선인과 그들의 문화신분에는 중대한 변화가 일어났다. 1945년 8·15해방, 특히 중화인민공화국이 창건되자 조선인들은 중국의 조선족 또는 중국공민으로의 전변과정을 완수하였다. 그러나 그들은 중국과 조선반도의 접경지대에 살면서 모국문화와 긴밀한 관계를 유지하고 있는 민족공동체를 영위하면서 다음과 같은 특징을 갖고 있었다. 말하자면 조선족사회는 조선반도문화와의 동원성(同源性)을 갖고 있었다. 중국 동북지역의 조선인과 조선반도의 조선인들은 일찍 오랜 세월 속에 공동한 정치경력, 경제생활과 역사적 운명을 포함한 공동한 역사를 갖고 있었다. 하기에 중국 동북3성의 조선인들과 조선반도의 조선인들은 공동한 인종과 문화의 뿌리를 갖고 있었으며 공동한 언어, 문화,

민족감정과 민족의식을 갖고 있었다.[57]

1945년 8·15 이후 중국 동북에 진주한 국민당은 조선인에 대해 중국에 귀화시키는 정책을 실시한 것이 아니라 조선반도로 밀어내는 구축(驅逐)정책을 실시했다. 이에 합세하여 동북 각지의 토비들이 조선인들을 대거 학살하고 박해하는 만행을 저질렀다.[58] 1945년 8·15해방 직전에만 해도 216만 명이나 되던 중국 동북경내의 조선족 인구는 거의 절반으로 격감되었다. 이리하여 조선인들은 중국공산당 쪽으로 기울어져 국민당과 싸웠다. 4년 국내전쟁은 조선인들에게는 말 그대로 "자위전쟁(自衛戰爭)"이었으며 그들이 중국공민의 자격과 중화민족의 문화신분을 가질 수 있는 중요한 계기로 되었다. 그때 연변에 거주하던 조선인은 50만 명 남짓했지만 그중 5만 6천명이나 중국인민해방군에 참가하였고 10만여 명이 전선원호대로 전쟁터에 나갔다. 말하자면 조선족은 중화인민공화국을 창건하는데 혁혁한 전공을 세웠다. 하기에 중화인민공화국 전임주석 양상곤(楊尙昆)은 "중국혁명의 승리의 기발에는 수많은 중국조선족선열들의 피도 물들어있다."고 지적하였다. 1949년 10월 1일 중화인민공화국이 창립된 후 중국경내에 있는 조선인은 거의 다 중국국적에 입적하였다. 그러므로 조선족 구성원들의 민족신분은 "조선족"이며 국가신분은 "중화인민공화국의 공민"이다. 바꾸어 말한다면 조선족문화는 모국으로서의 조선반도문화의 요소를 갖고 있으면서도 날로 증대되는 중국문화의 요소도 갖게 되었던 것이다.

중화인민공화국의 성립과 더불어 조선족문학은 중국문학의 판도에 편입됨으로써 중대한 전환을 가져오게 되었다. 중국의 정치, 경제, 문화 환경 속에서 자기의 문학을 영위하게 된 조선족문학은 모국보다는 중국의 정치, 경제,

---

57 孫春日, 《中國朝鮮族移民史》, 中華書局, 2009年, 第730~731頁。
58 앞의 책, 627~647쪽.

문화 환경의 영향과 제약을 더욱 강하게 받게 되었다.

1945년 8·15광복 이후 중국은 4년간의 국공내전을 겪었고 중화인민공화국 창건이후에는 거듭되는 정치운동과 계급투쟁의 소용돌이 속에 휘말리게 되었다. 조선족문학은 전반 중국을 지배하던 전쟁문화심리와 정치일체화(一体化)의 사회적 분위기 속에서 자유로울 수 없었다.

1945년 8·15광복 이후, 특히 중화인민공화국 창건이후에 조선족문학은 중국의 주류문학과 마찬가지로 정치일체화의 문학단계에 진입하게 되었다. 말하자면 해방 후부터 1978년 12월 중국공산당 11기 3차 전원회의까지의 문학은 모택동의 문예사상에 따라 정치적 도구로 되어 한결같이 국가의 의지 하에 통일된 거대한 시대적 주제들을 다루었다. 이는 문인들이 다양한 문제의식을 가지고 독립적으로 사고하거나 탐구하는 것을 제약하였다. 그것은 다양화나 다원공생과 대립된 "일체화"의 문학이었다. 이런 견지에서 볼 때 이 시기 문학을 정치공명(政治共名)시기의 문학이라고 할 수 있다.[59]

1945년 8월 15일, 일본의 무조건항복으로 중국의 항일전쟁도 최종적인 승리를 거두었다. 따라서 재중조선인들도 장기간 지속되었던 일제의 식민통치에서 해방되었다. 이런 역사적 전변 속에서 재중조선인 중에는 다음과 같은

---

[59] 중국 당대 문학의 저명한 연구가인 복단대학 진사화(陈思和) 교수는 중국당대문학사를 기술하면서 공명과 무명이라는 서로 대립되는 두개의 개념을 제기하고 그 개념의 내함에 대해 다음과 같이 해석하였다. 공명은 한 시대가 공동한 명분이나 주제를 갖고 있다는 뜻이다. 말하자면 공명이란 국가의 의지 하에 통일된 거대한 시대적 주제들을 다루고 동시에 지식인들이 다양한 문제의식으로 사고하거나 탐구하는 것을 제약하는 그러한 문화상태를 말한다. 공명과는 반대로 무명(无名)은 한 시대가 공동한 명분이나 주제를 갖고 있지 않다는 뜻이다. 비교적 안정하고 개방적이고 다원적인 사회환경 속에서 사람들의 정신생활이 날로 풍부해져서 중대하고 통일적인 시대적 주제가 이미 그 시대의 정신적 추세를 좌우지 할 수 없게 되고 따라서 가치가 다원적이고 여러 가지 문화사조나 관념이 공존공생하는 상태가 나타나게 된다. 문화사조와 관념이 시대의 일부분 주제만 반영하여 공명의 상태를 이루지 못하는 이러한 문화상태를 무명이라고 한다.

네 가지의 주장이 존재하고 있었다. 첫째는 중국공산당을 따라서 평화, 민주, 독립, 다민족의 중국을 건립하는 것인데 이는 동북지역의 대다수 조선인들의 염원이요, 주장이었다. 둘째는 동북조선인들 중의 위만주국시기의 관리, 군경, 지주나 일부 유산자들은 공산당을 따라 새 중국을 건설하는 것을 반대하면서 국민당을 따를 것을 주장하였다. 셋째는 동북의 조선인들은 공산당을 도와 북조선에 독립적이고 인민이 주인이 된 새로운 나라를 건설해야 한다고 주장하였다. 넷째는 장기간 민족주의의 영향을 받은 일부 조선인들은 "남조선"으로 돌아가서 국민당과 제휴하여 한중합작을 해야 한다고 주장하였다.[60] 이런 주장들은 크게 두 가지로 대별되는데 하나는 중국에 남아서 중국공산당을 따르는 길이고 다른 하나는 중국에 남아서 국민당을 따르거나 조선반도로 돌아가는 길이었다. 이러한 역사의 갈림길에서 재중조선인 200여 만 명 가운데서 100여 만 명이 중국에 남고 100만 명에 가까운 사람들이 조선반도로 돌아갔다.[61]

1945년 일제가 패망한 후 동북의 많은 지역에서 중국공산당과 국민당이 군사적인 대결을 하였지만 조선족이 거주하는 대부분 지역은 국민당의 통치하에 있지 않았다. 그들은 연안에서 직접 동북으로 진출한 팔로군, 신사군과 관내에서 활동하다가 동북으로 진출한 조선의용군 그리고 동북항일연군의 세력범위에 귀속되어 있었다. 이런 조선인집거지역에서는 중국공산당과 국민당의 대규모적인 군사적 대결이 없었기에 재중조선인들은 해방이 되자마자 중국공산당의 영도를 받게 되었다. 8·15광복 이후 중국에 남은 조선인들

---

60 孫春日,《中國朝鮮族移民史》, 中华书局, 2009年, 第721~723页.

61 1948년의 《조선년감》에 따르면 1945년 8월 이전 동북지역에 거주하던 조선이주민은 210만 명으로 집계되었다. 그러나 1953년 중국 제1차 전국인구보편조사에 따르면 조선족인구는 112만 명으로 통계되었다. 그러므로 1945년 8월부터 1953년까지의 자연성장률의 수자를 삭감한다면 8·15 후 조선반도로 돌아간 이주민은 약 100만 명 정도로 추산할 수 있다.

은 중국공산당의 영도 하에 전국의 해방을 위한 동북근거지의 창설, 민주정
권 건립과 토지개혁, 토비숙청 그리고 제3차 국내혁명전쟁에 용약 참가하여
중화인민공화국 창건에 마멸할 수 없는 기여를 하였다.

1949년 10월 1일 중화인민공화국의 창건은 새로운 역사의 기원을 열어놓
은 획기적인 사회정치적 변혁이다. 공화국창건 후 조선족은 중화민족의 일원
으로 중국공민으로 법적인 승인을 받아 나라의 주인으로 되었으며 소수민족
정책에 따라 민족구역자치를 실시하고 자치권리를 행사하게 되었고 나라의
주인공으로 중국 혁명과 건설에 용약 투신하게 되었다. 이리하여 동북의 조
선인들은 중화인민공화국의 공민으로 되었다.

상술한 획기적인 사변과 사회정치적 변혁은 조선족문학이 새로운 전환을
가져오게 하였다. 해방 전에 많은 경우 조선이주민들이 공동으로 창조하던
이민문학과는 달리 해방 후의 조선족문학은 독자적으로 중국의 실정에 따라
자기 발전의 진로를 열어가게 되었고 건국 후에는 중국문학의 일부분, 중화
민족문학의 구성부분으로 되었으며 사회주의문학의 성격을 갖게 되었다.

해방 전 조선족의 이민문학은 두 갈래의 큰 흐름이 있었는데, 하나는 일제
의 식민통치구역, 국민당통치구역의 문인문학이고 다른 하나는 항일근거지
와 공산당구역의 "항일문학"이다. 해방 후 중국의 정치적 상황, 세계적인 냉
전체제와 이념의 장벽, 조선반도의 민족분열과 국토분단 등으로 하여 해방
전 이민문단의 중견작가(조선반도로 나간 작가)들이 창출한 이민문학 중의 문인
문학을 "자산계급문학"으로 간주함과 아울러 그 계승을 차단하고 항일문학
을 비롯한 이른바 "혁명적 문학"만을 계승, 발양하는 극단적이고 편파적인
방향으로 나아갔다. 심지어 우리 민족의 전통문학인 구전문학도 "문화대혁
명" 시기에 이르러서는 그에 대한 계승권을 불허하였다. 그리고 외국문학을
수용함에 있어서 소련을 비롯한 이른바 "사회주의진영"의 문학 및 20세기

이전의 외국문학의 수용만을 용인하고 20세기 모더니즘문학, 한국문학에 한 해서는 일괄적으로 배격하였다. 이런 "좌"경적인 경향은 1980년대에 들어와 소실되고 말았다.

이 시기 작가대오는 해방 후의 사회, 정치적인 변화에 따라 재조합이 이루 어지며 작가대오의 교체가 이루진다. 해방 전 이민문단의 대부분 중견작가들 이 조선반도로 귀환함에 따라 해방 후 특히 건국 후에 작가군의 재건이 이루 어졌다. 해방 후부터 "반우파투쟁" 직전까지 조선족문학단체의 지도자와 주 요성원은 조선의용군이나 기타 부대의 출신들과 부분적인 교원들이었다. 이 런 문인들이 조선족문단의 중심부에서 주요한 역할을 하였다. 해방 전 이민 문단의 작가였던 리욱, 김창걸 등은 사실상에서 문단의 변두리로 밀려나게 되었다. 그들은 정치상의 "통전대상", "요시찰인물"로 되어 각종 정치운동에 서 비판을 받았다. 건국 후 문단의 끊임없는 인사변동은 "반우파투쟁"과 그 후의 비판운동을 통하여 작가대오의 전면적인 교체로 나타났다. 건국 후 제1세대의 작가들과 지도자들이 거의 다 "우파"로 지목되어 정치권리와 창 작권리를 박탈당하고 문단에서 쫓겨났다. 따라서 1950년대 후반부터 "문화 대혁명" 전야까지의 문학은 주요하게 건국 후, 특히 1950년대 중반과 1960 년대 초에 문단에 데뷔한 작가들에 의해 명맥을 이어가게 되었다. 하지만 "문화대혁명" 시기에 와서는 제2세대의 중견작가들마저도 정치적 타격을 받게 되었다.

해방 후 중국공산당의 직접적인 영도 하에 조선족문학은 모택동문예사상 을 자기의 지도사상으로 삼기 시작하며 공화국창건을 계기로 모택동문예사 상은 정식으로 조선족문학의 지도사상으로 되었다. 해방 후 흑룡강성 목단강 시에서 간행된 《인민신보》에서는 1946년 9월부터 10월말에 이르는 사이에 도합 25회에 걸쳐 모택동의 <연안문예좌담회에서 한 연설>을 번역하여 게재하였고 연변지역에서도 이에 대한 학습을 지도하기 위하여 《중국문예의 새로운 방향》 등 단행본을 출판하였다. 건국 후 1950년 1월 연길에서 성립된 연변문예연구회는 1949년 7월에 북경에서 열린 "중화 전국 제1차 문학예술 일군대표대회"의 정신에 따라 연구회의 취지를 다음과 같이 밝혔다.

"본회의 趣旨와 任務는 延邊에 있어 毛主席의 새 文藝方向에 依據한 人民의 文藝를 硏究하고 創作함으로써 참다운 人民의 文藝工作者가 되며 文藝로써 人民을 위하여 服務함을 目的으로 한다."[62]

보다시피 해방 직후 특히 건국 후부터 조선족문학은 모택동의 <연안문예 좌담회에서 한 연설>을 중심으로 하는 모택동 문예사상을 강령적인 지도사상으로 삼았다. 문학의 사회정치적 기능을 강조하는 것은 모택동 문예사상의 핵심으로 되었다. 그의 주장에 따르면 문학은 정치에 종속되는 정치투쟁의 도구이고 공농병을 위해 복무하고 그들의 생활을 반영하며 이른바 선진인물과 영웅인물의 전형을 부각하고 "광명면"만을 가송하며 반드시 "역사의 본질"을 제시하고 생활의 객관적 법칙을 표현해야 하며 낙관적으로 역사발전의 전경을 제시해야 한다. 언어와 표현 형식에 있어서도 공농병이 즐기는 통속적이고도 알기 쉬운 것을 선택해야 하며 애매하거나 몽롱한 것은 일괄적으로 부정하였다. 문예비평표준에 있어서도 "정치표준 제1, 예술표준 제2"의 원칙을 견지해야 한다고 강조하였다. 모택동은 이러한 문학사상의 전파와 관철 및 새로운 사회주의문학건설을 위해 1950년대에 이른바 낡은 문화(문학) 리론, 제도, 대표인물을 "청리(淸理)"하는 각종 문학사상비판운동을 벌렸으며 1960년대 중반에는 마침내 "문화대혁명"을 발동하였다.

---

62 《문화》 제8호(1950년 2월).

해방 후 조선족문학은 <연안문예좌담회에서 한 연설>을 비롯한 모택동의 문예사상과 당의 문예정책에 따라 나라의 정치와 보조를 같이하면서 해방의 기쁨, 민주정권의 건립, 토지개혁, 국내혁명전쟁 등 거대한 시대적 주제에 한결같이 초점을 맞추어 많은 송가들을 창작하였다. 중화인민공화국의 창건으로부터 1978년 12월 중국공산당 11기 3중 전원회 직전까지의 조선족문학은 더욱 본격적으로 당의 정치노선과 구체적인 정책을 선전하는 도구로 되었고 국가의 의지 하에 모든 문인들이 일체화되어 당이 제시한 시대적 주제를 통일적으로 다루는데 달려들었으니 이 시기의 문학은 일체화와 정치화가 주류를 이루게 되었다.

실로 이 시기의 문학운동과 문학창작은 총적인 방향에서 정치과업의 실현과 일치했을 뿐만 아니라 조직상에서나 구체사업의 보조 상에서도 정치와 완전히 결합되었다. 무엇을 쓰는가(제재)뿐만 아니라 어떻게 쓰는가(제재의 형상화방법, 예술풍격)에 대해서도 무리하게 단일한 규정을 내놓았다. 말하자면 이 시기의 문학은 모택동의 문예사상과 당의 정책 하에서의 고도의 집중, 고도의 조직화된 문학으로서, 이러한 문학세계 속에서 작가의 문화신분, 사회정치생활 속에서의 문학의 위상, 창작의 성격과 방식, 출판과 유통, 독자의 열독심리, 비평의 성격, 제재와 주제, 풍격의 특징 등이 죄다 통일적인 "규범"에 구속된 "일체화"를 요구했다.

이 시기 조선족문학에서의 주류담론은 시대서사로 고착되고 공개적으로 발표된 문학창작은 시대적 공명의 선전물일 수밖에 없었으며 개인적인 사색과 체험, 판단은 시대적 공명으로 대체되었다. 실용적인 이성과 열광적인 정치적 격정의 기묘한 결합으로 고도의 영웅주의 정서의 발양, 이원대립(적아, 흑백, 선진과 낙후 등)적 사유방식의 보편적인 운용, 찬양일변도로 특징되는데, 이런 경향을 반영하는 창작은 크게 두 가지로 구체화되었다. 하나는 송가식 서정작품이고 다른 하나는 계급투쟁이론을 도식화한 서사작품이다. 따라서 1940년대 후반, 특히 1950~1970년대 조선족문학의 주류는 이미 실천에 의해 오유로 증명된 "좌"적인 정치노선과 구체적인 정책을 위한 이념적인 색채를 띠고 있었음을 부정할 수 없다. 하지만 이런 작품들을 무턱대고 일괄적으로 부정할 수 없다. 구체작품은 구체적으로 분석해야 한다.

특히 여기서 짚고 넘어가야 할 점은 이 시기에 시대공명과는 담을 쌓은 작품들도 창작되었다는 것이다. "백화만발, 백가제방"방침이 제기되고 관철된 1956년 5월부터 "반우파투쟁" 직전까지 대략 1년 반 동안에 발표된 적지 않은 소설, 시, 극작품들은 사회 혹은 인간성에 대한 감성적 인식을 진실하게 표현하였고 현실참여와 사회비판을 진행하였다. 특히 조선족이 혁명투쟁사를 다룬 작품들이 하나의 줄기를 이루었다. 특히 리근전의 경우와 같이 개작을 통해 부단히 국가의 의지와 정책을 소설화한 작가가 있는가 하면 김학철과 같이 조선족의 수난사와 항일투쟁사를 형상화하고 권위주의와 개인숭배에 도전장을 던진 작가들도 있었다.

이 시기 문학발전을 장르별로 추적해보면 해방 후부터 건국전야까지는 극문학과 시문학이 성과를 보였고 건국 후에는 시문학, 소설문학, 극문학이 함께 발전하였다. 비평문학의 발전행보는 문학창작실천을 따르지 못했고 산문창작은 후진상태에 머물러 있었다. 이 시기 조선족문학에서 가장 많이 다룬 제재는 농촌제재와 전쟁제재이고 그중에서도 농촌제재가 압도적인 비중을 차지하고 있었다.

농촌제재는 주요하게 농촌합작화운동과 "대약진", 인민공사화운동이었다. 이는 1950년대 문학창작의 중요한 영역이었다. 주지하다시피 합작화운동을 진행하면서 당의 정책은 1955년까지 여러 차례 번복되었다. 그러나 중국공산당은 1979년 이후에 새로운 농촌경제정책을 추진하면서 과거의 농촌정책을 폐지하고 "도거리책임제(联产承包责任制)"를 실시하였다. 여기서 알 수 있는바 중국의 농촌정책은 1950년대의 합작화운동부터 1980년대의 농촌의 신경제 정책까지 일종의 "부정의 부정"이라는 운동과정을 보여주었다고 하겠다. 농업합작화운동의 전 과정과 그 후 20여 년간의 실천을 돌이켜볼 때 오늘날 우리의 입장에서는 역사적 진실에 근접한 평가를 내릴 수 있지만, 직접 1950년대의 "고조기"를 겪고 있던 당시 작가들로서는 후에 맞닥뜨릴 결과에 대해 정확한 판단을 내리는 것이 불가능하였다. 따라서 1950~1960년대 공개적으로 발표된 문학작품은 거의 모두가 농촌사회주의의 개조라는 국가의지를 시대적 공명으로 삼았고 국가의 최신 혹은 최후의 정책조문을 기준으로 삼아 작품을 창작하였다. 몇 천 년 동안 지속된 사유재산제도를 단숨에 벗어나게 한 이 위대한 혁명에 대해서 작가들은 감상적으로 인정할 뿐이었다. 그들은 이 역사적 변동이 농민에게 가져다준 실제상황을 거리낌 없이 밝힐 수는 없었다.[63] 따라서 농촌제재를 다룬 이 시기의 대부분 작품들은 문학적 가치가 없다고 평가할 수밖에 없다. 하지만 적지 않은 작품의 경우에는 정치적인 선전요소의 벽을 넘어 일정한 미학적 가치를 가지고 있다.

전쟁제재는 주요하게 항일전쟁, 국내혁명전쟁, 항미원조 등이다. 중화인민공화국은 수십 년간의 전쟁을 통해 비로소 건립되었다. 따라서 "권력은 총부리에서 나온다."는 구호가 1949년 이후 중국 현대의 혁명사를 선전하는 중요한 내용으로 되었다. 이 시기 대부분 조선족작가들은 군사적 승리에 고무되어 전쟁문화심리에 적극적으로 의기투합함과 아울러 중국공산당의 역사적 관점으로 중국의 현대전쟁사를 반영하는데 예각적인 대응을 꾀하게 되었다. 대부분 경우 이런 작품들은 전쟁 당시 적아(敌我)쌍방이 대치하는 이원대립의

63　陈思和,《中国当代文学史教程》(第二版), 复旦大学出版社, 2011年, 第34~35页。

사유패턴(模式)을 의식적으로 활용하여 작품을 구상하고 영웅주의와 혁명적 낙관주의를 강조하는 것이 특징적이었다. 말하자면 "좋은 사람은 모든 것이 다 좋고 나쁜 사람은 모든 것이 다 나쁘다."는 그러한 이원대립의 도식화가 유행되고 영웅주의 및 혁명적 낙관주의 기조가 고정된 심미형식으로 되어 전쟁에서 최후 승리의 의의를 강조하고 개체생명의 가치를 집체적 승리 속에 용해시켜버렸다. "영웅적인 인물은 가볍게 죽어서는 안 되었고 죽지 않으면 안 될 때조차 더욱 큰 승리의 장면으로 그 비극적 색채를 희석시켜 버렸다. 영웅의 죽음은 전통적 비극의 공포효과를 일으키지 못했으며 도덕적 가치에 대한 찬양이 생명의 가치를 대체했다. 그 결과 전쟁문학에서 비극적 미는 증발되어 버렸다."[64]

이 시기 조선족문학은 1958년까지 사회본질반영론, 전형적 환경에서의 전형적 성격창조, 무산계급세계관과 당파성, 인물의 이상화와 낙관적인 전망 제시 등을 주요내용으로 하는 사회주의사실주의창작방법을 유일한 창작방법으로 삼았다. 그러다가 1958년에 이르러 모택동이 "혁명적 사실주의와 혁명적 낭만주의를 서로 결합시키는 창작방법"을 제기하자 전국 학술계에서 이 창작방법에 대한 열띤 토론을 벌였고 점차 이 창작방법으로 사회주의사실주의창작방법을 대신하였다.

모택동은 경제의 "대약진"과 함께 문예의 "대약진"을 요구함과 아울러 혁명적 사실주의와 혁명적 낭만주의를 서로 결합시키는 창작방법으로 소련으로부터 이식한 사회주의사실주의를 대신하라고 하였으며 낭만주의를 강조하고 두드러진 자리에 놓았다. 노동자, 농민들이 각종 미신을 타파하고 문예에 대한 신비성을 타파하며 골동품(古董)을 멸시하고 "후고박금(厚古薄今)"할

64　同上书, 第57~58页。

것을 호소하였다. 모택동은 이 창작방법에서 "혁명적 사실주의"보다 "혁명적 낭만주의"를 주도적인 지위로 부상시켰다. "혁명적 낭만주의"를 "혁명열정", "원대한 이상"으로 해석하였으며 신민가(新民歌)를 이 창작방법의 전형적 산물로 긍정함과 아울러 시문학의 방향이라고 선전하였다. 이는 유토피아적인 목표나 정치적 의도와 격정으로 생활을 분식하고 허구할 수 있는 이론적 근거로 되었다. 이런 창작방법과 신민가운동을 제창하자 현실을 분식하는 "싸구려 낭만주의 작품"들이 판을 치고 창작에서의 현실성원칙이 파괴되어 현실을 진실하게 반영하는 작품은 발표할 수 없었다. 만약 그런 작품을 발표한다면 재앙을 초래하기 십상이었다. 모택동이 제기한 창작방법은 "문화대혁명" 시기에 이르러 "4인방"의 "중심과업론", "주제선행론", "3돌출론" 등에 이론적 지지와 의거를 제공하였다. 그리하여 "4인방"의 "창작론"은 문예창작에서 그 누구도 거역할 수 없는 "최고지시"로 되어 악영향을 끼쳤다. 따라서 "문화대혁명" 시기 문학은 총체적으로 황폐화되고 무미건조해졌으며 기형적으로 "고공행진(高空行進)"을 하게 되었다.

총적으로 8·15광복으로부터 1978 당의 11기 3중 전회 이전까지의 조선족문단과 조선족문학은 해방과 건국의 기쁨에 고무되고 "좌"적인 정치노선과 경제정책, "좌"적인 문학비판운동과 문학사조의 격랑에 부대끼며 우여곡절을 겪게 되었다. 이 시기 문단과 문학은 희열과 고통, 좌절과 수난으로 뒤범벅이 되었다.

2. 연변작가협회의 성립과 조선족작가의 선택

건국 후의 새로운 사회력사적 환경과 조건 그리고 정치, 경제, 문화 분야의 거대한 변혁은 조선족작가들의 가슴을 무한한 감격과 새로운 지향으로 부풀게 하였으며 문단의 정비작업과 새로운 민족문학건설에 떨쳐나서게 하였다.

그러나 이러한 시대적 요청에 부응하기는 쉽지 않았다. 해방전후 이민문단의 중견작가들이 대부분 조선반도로 돌아갔고 기존의 이민문단은 해체의 위기를 맞게 되었다. 중국에 남은 해방 전 작가로는 리욱과 김창걸뿐이었다. 조선족문단은 그야말로 백지상태나 다름없었다.

이런 상황에서 조선족문인과 관련 인사들은 해방과 함께 문학단체를 결성하기 위해 몸부림쳤다. 그 단체들로는 연길의 간도문예협회, 동라문인동맹, 중소한문화협회, 목단강의 동북신흥예술협회, 도문의 노농예술동맹 등을 들 수 있다. 그러나 이런 단체들은 모두 단명(短命)하였다. 작가들은 정규적인 문학단체도 없이 분산적으로 창작활동을 해야 했다. 이런 상황은 조선족문학의 발전을 엄중히 위협하고 있었다.

이러한 상황을 개변하기 위해 투철한 민족의식과 조선족문학건설의 사명감을 지닌, 전국 여러 지역에 산재해있던 작가들, 이를테면 흑룡강성에서 문학활동에 종사하던 김례삼(金礼三), 김태희(金太熙), 최수봉(崔寿峰), 김동구(金东久), 리홍규(李弘奎), 임효원(任晓远), 황봉룡(黄凤龙), 최현숙(崔贤淑), 연변 밖의 길림성에서 문학적 기량을 과시하던 최정연(崔静渊), 주선우(朱善禹), 백남표(白南杓) 그리고 관내의 태항산항일근거지에서 문학활동을 하던 최채(崔采), 김학철(金学铁), 정길운(郑吉云), 고철(高哲) 등 작가들이 조선족문단의 정비작업과 새로운 조선족문학의 건설을 위해 건국 전야와 직후에 당시 조선족의 정치, 경제, 문화 중심지인 연길에 왔다. 여기에 연변지역에서 문학창작을 하던 작가들, 이를테면 리욱(李旭), 김창걸(金昌杰), 현남극(玄南极), 채택룡(蔡泽龙), 마상욱(马相郁), 설인(雪人), 김순기(金淳基), 홍성도(洪成道), 김창석(金畅锡), 서헌(徐宪) 등이 가세하여 새로운 "문화부대"를 이루게 되었다.

조선족문단의 정비작업과 문학활동에는 난관이 첩첩하였다. 단체결성, 잡지창간, 인사배치 등에서 미처 예측할 수 없는 변화가 생겨 어려움이 많았다. 하지만 문인들은 만난을 박차고 문단기반을 구축하기 위해 노력을 경주했다.

1950년 1월 15일, 제1차 중화전국문학예술일군대표대회(1949년 7월 2일~1949년 7월 19일)의 정신을 받들고 최채, 현남극, 김동구, 임효원 등의 발기 하에 연변문예연구회를 성립하였다. 성립대회는 《동북조선인민보》 대회당에서 열렸다. 주임에 최채, 부주임에 리욱과 김동구, 상무위원에 전춘봉(全春奉), 김태희, 고철, 채택룡, 백남표 등 9명이었다. 연변문예연구회 산하에 문학, 연극, 음악, 무용, 미술 등 5개 부를 두고 문예창작활동을 어러 모로 조직하였다. 당시 회원은 26명이었다. 이 연구회의 출범은 건국 후 조선족문단의 기반을 닦기 위한 첫 조직적인 움직임이었다.

하지만 이 연구회는 조선족문예사업의 급속한 발전요구에 만족을 주지 못했다. 이런 상황에 비추어 1951년 4월 23일에 연변문예연구회 대신에 연변 문학예술계연합회 준비위원회를 결성(주임에 김동구)하여 그 산하에 문학, 연극, 무용, 미술, 음악 등 5개 부를 두었다. 기관지로 《연변문예》를 6호까지 발간하였다. 이 시기의 주필은 김동구, 편집위원은 김순기, 리홍규, 채택룡이 었다.

그해 8월, "3반5반(三反五反)"운동이 일어나자 연변문학예술계연합회 준비 위원회 지도부를 다시 정돈하였는데 주임에 최채와 김학철, 부주임에 서령, 비서장에 임효원이었다. 그해 12월 중공연변지위에서는 "인사변동"을 단행하여 김학철을 주임으로 임명했다. 복잡다단한 준비작업을 거쳐 1953년 7월 10일, 드디어 연변문학예술계연합회 제1차 대표대회(대표 56명, 회원 75명)를 열고 연변조선족자치주 문학예술일꾼연합회(약칭 延边文联)를 정식으로 성립하였다.

연변문련은 1954년 1월 《연변문예》 지를 복간(1956년 12월까지 총 35호를 내고 폐간), 발행함으로써 조선족 작가, 예술인들에게 활무대를 마련해주고 그들의 창작활동을 부추겼다. 연변문련 창립 당시의 주임에 배극과 리홍규, 부주임에 정길운, 김학철, 위원들로는 리홍규, 주선우, 임효원, 김태희, 조득현, 조무, 김순기, 김창걸, 배극, 정길운, 김학철, 정명석, 조창선, 정진옥 등 14명이었다. 《연변문예》 주필은 리홍규, 부주필로는 정길운과 김순기였다. 1956년 3월, 중공연변주위 선전부에서는 《연변문예》 편집위원회를 개선하였는데 주필로는 리홍규, 부주필로는 정길운, 편집위원들로 김순기, 최현숙, 홍성도, 임효원, 주선우, 리근전, 김학철, 황봉룡이었다.

제1차 연변조선족자치주 문예일꾼대표대회가 열리고 연변문련이 성립된 것은 조선족문예사업이 조직적인 궤도에 들어섰음을 의미한다. 또한 그것은 조선족 당대문학의 일대 전환을 의미하는 이정표적인 의의를 지니고 있었다.

연변문련의 성립 및 활동은 연변문학의 발전을 추진하는 역할을 하였지만 날로 늘어나는 작가들의 요구를 만족시키기에는 역부족이었다. 따라서 작가들은 자기들을 대변할 수 있는 독립된 작가협회의 탄생을 갈구하였다. 바로 이 무렵에 리홍규와 황봉룡이 연변지역의 문인들을 대표하여 1956년 1월 중국작가협회의 주최로 개최된 소수민족작가좌담회에 참석하게 되었다. 그 좌담회에서 그들은 연변문단의 상황을 회보함과 아울러 연변에도 작가조직이 있어야 한다고 강력하게 주장했다. 이들의 주장은 중국작가협회 지도부를 감동시켰다. 중국작가협회는 1956년 2월 27일 북경에서 열린 제2기 제2차 이사회에서 신강위글족자치구, 내몽골자치구 및 연변조선족자치주 등에 중국작가협회 분회를 성립하기로 결정하였다. 중국작가협회 동북분회에서는 중국작가협회 연변분회의 성립을 위해 리욱 등 연변작가 10여 명을 회원으로 받아들였다. 연변에서는 중국작가협회 연변분회설립준비위원회(주임에 배극, 위원에 리홍규, 김순기, 주선우, 비서장에 임효원)를 구성하고 충분한 준비작업을 거쳐 1956년 8월 15일 연변조선족자치주 초대소에서 중국작가협회 연변분회 (연변작가협회 전신) 제1차 회원대표대회를 개최하였다.

중국작가협회 연변분회의 탄생을 선언하는 이 대회는 중국작가협회 지도부와 연변주위 지도부의 각별한 배려로 성황리에 진행되었다. 당시 중국작가협회 서기처 강탁 서기, 동북작가협회(심양분회) 사전수 부주석, 길림성문련 마염 부주임, 중공연변주위 서기 주덕해, 연변조선족자치주 인민정부 부주장 교수기, 리호원 등이 대회에 참석하여 자리를 빛내주었다. 대회에서 강탁 서기가 중국작가협회 연변분회 설립에 관한 중국작가협회의 결의를 선포하였다. 결의문에서는 이 단체가 연변 여러 민족 작가 및 기타 지구 조선족작가들이 자원으로 결성한 인민단체로서 중국작가협회에 속하며 당지 당위의 영도를 받는다고 규정하였다. 그리고 중국작가협회 연변분회 준비위원회 주임 배극이 <연변문학의 몇 년래 창작상황과 중국작가협회 연변분회 임무>라는 제목의 사업보고를 하였고 강탁 서기, 사전수 부주석, 마염 부주임이 축사를 드렸다. 강탁 서기는 "소수민족지구에 작가의 조직, 즉 중국작가협회 연변분회를 성립한 것은 우리나라 역사상 종래로 없었던 일이며 천지개벽 이래 처음 있는 일이다. 이 사실만으로도 우리의 축하가 얼마나 충분한 이유가 있는가를 설명한다."라고 말했다.

8월 15일 대회에서는 중국작가협회 연변분회 초대회원 39명(그중 한족회원 2명, 회족회원 1명) 명단을 공포하였다. 초대회원 명단은 다음과 같다.

리욱, 임호(임효원), 김철, 리행복, 최정연, 황봉룡, 김례삼, 란수봉(한족), 조룡남, 정국초(한족), 리근희, 윤정석, 최수봉, 서헌, 최형동, 김인준, 홍성도, 황옥금, 김순기, 차창준, 김창석, 주홍성, 채택룡, 배극, 리홍규, 최현숙, 주선우, 정명석, 마상욱, 김동구, 리근전, 김창걸, 리희일, 정길운, 왕유(회족), 마상욱, 최채, 홍춘식, 김태희.

8월 16일에는 중국작가협회 연변분회 제1기 제1차 이사회의를 개최하여 주석단을 선거하고 이사회를 구성하였으며 <중국작가협회 연변분회 규약>(수정초안)을 채택하였다.

초대주석에 최채, 부주석에 배극, 김순기, 정길운, 최정연이고 이사(12명)에 최채, 배극, 최정연, 정길운, 김순기, 주선우, 임효원, 최현숙, 리홍규, 김창걸, 황봉룡, 리근전이었다.

이 대회에서는 건국 후 조선족의 문학건설과 창작실천의 경험을 총화하고 분회의 중심과업을 다음과 같이 확정하였다.

> "작가들로 하여금 우리 문학의 주인공들의 생활실제에 깊이 침투하도록 조직하고 도와주며 작가들을 사상상과 예술상에서 성숙하도록 하는 방면에서 가능한 일체의 방조를 아끼지 않으며 문학방면에서의 일체의 잠재력량을 발견하고 조직하여 작품을 쓰도록 하며 적극적으로 청년작자를 배양하며 창작경쟁과 자유토론을 전개하면서 당의 '백화만발, 백가쟁명'의 방침을 잘 관철시켜야 한다."[65]

이 대회에서는, 작가들은 거창한 사회주의현실 속에 들어가고 문학신인들을 양성하며 "백화만발, 백가쟁명"의 방침을 관철하여 제재, 장르, 형식, 풍격의 다양화를 제창하고 예술상에서 부동한 유파들 간의 자유로운 경쟁을 제창하며 "시대의 영웅적인민의 찬란한 사시로 되는 작품을 창작"하며 조선족의 문학유산을 발굴, 정리하고 비판적으로 계승해야 한다고 하였다.

중국작가협회 연변분회가 성립된 후 그 산하에 창작위원회, 민간문학위원

---

65 배극, <연변문학의 몇 년래 연변의 문학창작정황과 중국작가협회 연변분회의 임무>, 《연변문예》 1956년 9호.

회, 번역위원회, 간행물위원회를 설치하고 이를 통해 여러 가지 문학활동을 진행하였다. 1957년 1월 문학월간지《아리랑》(그 전신은《연변문예》, 1958년 12월까지 발간하고 1959년 1월부터《연변문학》으로 개칭)을 발간함으로써 작가들에게 문학광장을 마련해주었다. 《아리랑》이 발간되면서 문학창작은 더욱 활기를 띠게 되었고 사회주의적 내용과 민족적 형식을 갖춘 새로운 민족문학을 건설하기 위한 구체적인 방향이 더욱 뚜렷해졌다. 《아리랑》 창간사가 이를 말해준다.

"《아리랑》은 중국공산당의 정확한 민족정책과 '로농병을 위헤 복무'하며 '백화만발, 백가쟁명'의 위대한 문예방침아래 탄생하였으며 독자 여러 동무들의 뜨거운 관심과 적극적인 협조, 지지에 의하여 자기의 첫걸음을 떼였다."

"《아리랑》은 창작상 가장 좋은 방법의 일종인 사회주의사실주의창작원칙에 립각하여 연변 및 국내 각지의 조선족인민들이 전국 각 형제민족인민들과 함께 진행하는 조국 사회주의건설의 줄기찬 로력적 생활모습들을 반영하며 그들을 교육하여 사회주의건설의 더 큰 위훈에로 불러일으킨다."

"《아리랑》은 당의 '백화만발, 백가쟁명'의 방침을 관철집행하기 위하여 제재와 쟝르 범위를 확대하면서 각종 류파, 각종 형식, 각종 풍격의 예술작품을 대담히 선택, 게재하며 간행물의 독특한 풍격과 특색을 수립하기 위해 정상적인 노력을 기울인다."

"《아리랑》은 적극적으로 고전작품을 정리소개하며 민간문예를 발굴, 정리, 소개하는 사업을 집행하며 한족을 비롯한 국내 각 형제민족의 문학성취 및 세계문학의 정화들을 적극 소개함으로써 연변문학으로 하여금 민족문학의 우량한 전통을 계승, 발양하며 민족풍격이 농후한 우수한 사회주의문학으로 되게 하며 조국의 사회주의문학건설의 위대한 사업에 이바지한다."

이상에서 보다시피 중국작가협회 연변분회의 성립과 월간지《아리랑》의 탄생은 조선족 당대문학사의 획기적인 사변이라고 할 수 있다. 이때로부터 중국작가협회 연변분회는 성급작가협회와 동등한 대우를 받으면서 자기의 전문적인 문학단체와 문학지를 가지고 창작활동을 폭넓게 벌릴 수 있었다.

하지만 이런 좋은 형세는 오래가지 못했다. "반우파투쟁"과 그 후 연달아 일어난 비판운동과 문예계의 계급투쟁 확대화와 절대화 등으로 말미암아 조선족문단은 위축되고 작가협회의 기능을 약화되었다. "문화대혁명" 시기에 와서는 중국작가협회 연변분회 등 문학예술단체에 "뻬떼피구락부"라는 죄목을 들씌워 강박적으로 해산시켰다. "문화대혁명"이 끝난 후 1978년 10월에 와서야 연변조선족자치주 문학예술계연합회 제2기 제3차 전체위원(확대) 회의를 거쳐 연변문련과 중국작가협회 연변분회의 기능을 회복할 수 있었다. 이 회의에서 연변분회 지도부를 새롭게 선거하고 연변분회 산하에 소설문학, 시문학, 평론문학, 아동문학, 번역문학 등 창작위원회를 설치하고 하얼빈, 길림, 통화, 장춘, 심양, 북경 등 지역에 작가소조를 건립하였다. 하지만 중국 작가협회 연변분회는 이때로부터 1985년 4월까지 연변문련 산하의 한개 협회로 있었다. 1985년 4월 연변문련에서 정식으로 갈라져 나와 독립된 작가들의 전문단체로 된 중국작가협회 연변분회는 1996년 8월에 기타 성, 직할시 분회와 마찬가지로 중국의 새로운 사단법인등록법에 따라 지방작가협회로, 즉 연변작가협회로 개칭하고 중국작가협회 단체회원의 하나로 되었다.

문학지의 운명도 기구하였다. 지방민족주의를 반대하는 투쟁가운데서 "아리랑"이란 제목은 민족주의색채가 짙다고 하여 1959년 1월에《연변문학》으로 개칭하였다.《연변문학》은 1961년 2월호까지 발간하고 폐간되었다가 1974년 4월에 복간되었다.《송화강》지는 하얼빈에서 1960년에 창간되어 도합 36호를 발간하고 폐간되었다.

여기서 꼭 짚고 넘어가야 할 점은 지난날 조선족 문학지들은 어렵게 생존했다는 사실이다. "좌"적로선의 충격, 경제적인 어려움, 문학시장의 한계 등으로 말미암아 어떤 문학지는 "비명횡사"하였고 어떤 문학지는 "구사일생"으로 살아남았다. 지어는 문학지의 이름도 타의나 자의에 따라 수시로 바꾸지 않으면 안 되었다.

3. 문예계의 정치운동과 문화신분의 갈등

건국 후 중국문단은 그 발전초기부터 간단없는 문학사상비판투쟁과 "좌"적인 문예운동의 격랑에 부대끼면서 숨 가쁘게 전진하였다. 조선족문단도 예외는 아니었다.

건국전야로부터 "문화대혁명"이 끝날 때까지 조선족문단에서도 설인의 서정시 "밭둔덕"에 대한 지상토론, 영화《무훈전》에 대한 토론,《홍루몽》연구 중의 이른바 "자산계급유심론"에 대한 비판, 호풍문예사상에 대한 비판, "반우파투쟁", "수정주의문예사조"에 대한 비판, "지방민족주의"를 반대하는 운동, "사실주의심화론", "중간인물론"에 대한 비판, "민족문화혈통론"에 대한 비판, 신민가운동 등 비판투쟁과 문학운동의 광풍이 휘몰아쳤다. 그중에서도 설인의 시에 대한 지상토론, "반우파투쟁", "지방민족주의"에 대한 비판, 신민가운동, "민족문화혈통론"에 대한 비판은 조선족 문단과 문학의 발전에 커다란 영향이 끼쳤다.

1) 첫 필화사건 — 설인의 서정시 <밭둔덕>에 대한 지상토론

조선족시단의 원로시인 설인(雪人, 원명은 李成輝)은 1949년 6월 서정시 <밭

둔덕>을 창작하여 《동북조선인민보》에 투고하였다. 하지만 이 서정시는 신문에 발표되지도 못한 채 전국적인 범위에서 벌어진 소군의 문예사상에 대한 비판운동에 휘말려들어 억울하게도 비판의 칼도마에 오르게 되었다.

소군(蕭軍, 1907~1988)은 중국 현대의 저명한 작가이다. 그는 1947년 봄 하얼빈에서 로신문화출판사 사장, 《문화보》 주필을 맡았다. 그는 《문화보》에 "오늘에 처해 지난날을 회상한다", "어긋남은 어디에" 등 많은 잡문과 소설 <왔다가 돌아가지 않는 것은 예의가 아니다(来而不往非理也)>를 발표했다. 당시 관계부문에서는 그의 글에 자산계급 "인간성론"과 "암흑을 폭로하여야 한다."는 관점이 스며있다고 억울한 누명을 씌워 1948년 가을부터 1949년 봄까지 《생활보》를 중심으로 소군의 자산계급 "인간성론"에 대한 비판운동을 벌렸다.

연변의 해당 부문에서는 조선족지역에서도 전국과 보조를 같이해야 한다고 생각한 끝에 연변문단에서 소군과 비슷한 사람을 물색하여 비판해야 한다는 결정을 하급 관계부문에 하달하였다. 상급의 지시에 따라 이 비판운동에 배합하기 위해 《동북조선인민보》는 1949년 7월 16일부터 그해 11월 5일까지 근 4개월 동안 지상에 발표되지도 않은 서정시 "밭둔덕"을 "과녁"으로 삼아 지상토론, 좌담회 등 형식으로 비판운동을 벌렸다.

《동북조선인민보》는 1949년 7월 16일과 17일 연속 2일간 서정시 <밭둔덕> 원문을 발표함과 아울러 <설인동무의 시 '밭둔덕'을 실으면서>라는 편집자의 말을 곁들였다. 서정시 "밭둔덕"은 다음과 같다.

새맑안 6월 하늘아래/ 벼와 조 콩과 고량/ 파아란 잎새를 나풀거리며/ 땀을 씻이가는 한의바람에/ 허리를 굽혔다 폈다/ 한창 자라나는 굴신운동이 야단이고// 시내가와/ 멀리 가까이 보이는/ 마을마을의 울타리마다에는/

백양 비수리 능수버들에서도/ 짙은 초록빛 물감이/ 뚝뚝 흘러나릴듯/ 엽록소 좍좍 뻗어가는/ 5월의 대지는 젊기도 하이// "살그랑살그랑"/ 매듭진 굵다란 손아귀에 호미들이/ 쏙뚜기 씀바귀 능쟁이 할것없이/ 세차게 가로세로 찍어넘기는 모습/ 더욱 미덥고 아름다워라// 벌써 다섯 여섯치나 되는 조밭/ 두벌김과 한벌후치질은 끝난지 오라고/ 오늘까지는 콩밭 첫벌김도 끝마쳐/ 래일은 저 허연 물결 찰랑거리는/ 논배미 한복판에 발을 잠그며/ 고히 자라난 머리채인양 미끈한/ 벼묘종 허리묶어 부여쥐고/ 한바닥 두바닥씩/ 파랗게 물들여 놓으리// 줄잡아 매던 콩밭머리쉼임에서/ 엽초 두두룩히 말아/ 한모금 빨아 "후—" 심호흡하면/ 지졌넌 팔다리의 피곤도/ 방금 잊어질듯 거뿐해/ 작년가을 심어놓은/ 애파 두어뿌리 뽑아 입에 넣으면/ 훌훌 미끄러져 넘어간 푸른 이파리/ 위주머니에서도 그냥 싱싱하게 자라날듯// 엄마소 찾는/ 기름진 송아지소리 "음메—"/ 석양노을과 같이 한가히 들려오면/ 은혜로운 혜택에서 스쳐가는 생각/ (지금은 우리 군대/ 어드메쯤에서 승리하는 소리/ 와—와—외치며 돌진하고 있을까…) // 잠간의 쉬임도 송구신듯/ 벌떡 일어나 다시 호미 잡으며/ "여보게/ 오늘 해지기전 이 떼를 끝내야 하네"/ 때를 놓칠세라 다짐하며/ 있는 풀 모조리 찍어넘기는/ 제초소조원의 가슴엔/ 한껏 뻗어 자라는 록음/ 무성하는 6월의 대지처럼/ 푸르디 푸른 샘물/ 줄줄 넘쳐흐르는 행복만으로 가득하다

《동북조선인민보》에 실린 "편집자의 말"은 다음과 같다.

"우리는 금후 이러한 비평토론을 계통적으로 조직하고 문예전선에 있어 사상을 통일하며 조선인작가들의 창작열정을 고취함으로써 인민의 '정신의 식량'에 대한 요구를 만족시키며 더한층 우리 자신을 제고시키기 위하여 문제들을 호상 제기하며 지상을 통하여 기탄없는 비평을 전개시키려고 의도하고 있다."[66]

이런 지도사상에 따라 《동북조선인민보》는 <설인동무의 시 '밭둔덕'을 읽고서>(1949년 7월 27일), <설인동무의 시 '밭둔덕'을 읽고>(1949년 7월 30일), <'밭둔덕'을 읽고>(1949년 8월 6일) 등 글을 실어 지상토론을 벌림과 동시에 9월 17일에는 시좌담회를 열기도 하였다. 서정시 <밭둔덕>에 대한 당시 비판을 간추려보면 다음과 같다.

시평 <설인동무의 시 '밭둔덕'을 읽고서>에서는 "시 '밭둔덕'은 총적으로 가장 주요한 계급 및 정치적 내용이 결핍되어 있다"고 하면서 우선 이 시는 "아름답고 평화로운 자연환경 속에서 일하는 농민들을 노래했는데 진실성 있게 심각히 표현하지 못했다"고 하였다. 이어서 "은혜로운 혜택에서 스쳐가는 생각"이라는 구절은 "실제와 합당치 않으며 농민을 보는 관점이 미약한데서 오는 표현"이며, "중국공산당의 올바른 영도 밑에서 토지개혁, 전선지원, 생산건설의 실제투쟁 속에서 힘 있게 자라왔으며 지금에 있어서는 전국해방을 앞두고 모주석이 호소하신 부강한 신민주주의국가건설에 이바지하는 투쟁열조는 고조에 달했으며 이에 따라 자신의 계급각오도 비상히 높아진" 이런 "객관현실을 노래하는데 우와 같은 표현으로서는 매우 불충분한 것"이다. 그것은 "평화로운 자연환경 속에서 자라나는 곡식과 송아지 우는 소리에 은혜로운 생각에 잠겨(이것도 누구의 은혜를 말함인지 똑똑치 못하다) 전방의 승리를 그리는 농민을 지금에 와서는 찾아볼 수 없는 것이다."라고 하였다.

이 시의 예술표현형식에 대해서도 기본상 부정적인 평가를 내렸다. 이를테면 "파아란 잎새를 나풀거리며…", "짙은 초록빛 물감이 뚝뚝 흘러나릴 듯…", "래일은 저 허연 물결이 찰랑거리는 논배미", "엽초 두두룩히 말아…" 등등의 어구는 "농촌의 풍경을 눈앞에 직접 보는듯한 실제적인 감을" 주기는

---

66 《문학과 예술》 1983년 1호, 70쪽.

하나 "굴신운동이 야단이고", "엽록소 쫙쫙 뻗어가는", "심호흡하면", "위주머니에서도 그냥 싱싱하게 자라날듯…(무엇을 표현한 말인지 모르겠다)" 등은 "대중적이 못 되고 보편화 못 된다"고 하였다. 또한 이 작품은 "객관적진실성을 파악치 못하고 외의와 표면에서 둥둥 떠돌고 심각하고 세밀한 조사연구분석이 부족하였다는 것이 명백히 표현"되었다고 지적했다. 실례로 시 제목을 들었다. "이상하게 여길" 정도로 "시의 내용과 아무 관련이 없이 고립적 행동으로 분산"되고 말았으며 "시의 내용을 혼란케 하였으며 투쟁성과 진실성을 마비시켰다고 본다. 이러한 경위로 내용사건을 전기하였기 내문에 그 진미를 맛보기 어렵다."고 하였다. 그리고 재료수집이 부족하였다고 지적하면서 모든 인민들이 모주석의 올바른 영도 밑에서 "전선에서, 공장에서, 농촌에서 싸우며 그들의 세기의 빛나는 창조의 모습—이것은 모두다 시의 진실성을 띤 산 재료"인데 작자는 "다만 자연원경을 그린 한 폭의 그림모양으로 선이 굵지 못하고 그 사상적진실성이 어렴풋이 보일 뿐으로 명확하지 못하다"고 하였다. 그리고 시의 "1절, 2절에 있어 감정이 그야말로 오곡이 로동으로 이루어진 결실이 아니고 다만 자연 속에서 자연적으로 이루어진 풍광"같이 느껴진다고 하였다. 그리하여 "시는 재료가 불충분한데서 농민들의 진실한 생활을 그려내지 못하였다"고 하였다.

그리고 시평 <'밭둔덕'을 읽고>에서 필자는 시 <밭둔덕> 1연의 후 3행의 자연묘사는 "표현에 있어서 부자연하며 농민의 땀으로 이루어진 풍성한 자연을 노래하는데 표현상 부족으로 따분한 감"을 주며 3연에서 오늘 토지의 주인공이 된 농민들이 밭 한 이랑을 자기 몸과 같이 사랑하며 한포기 풀이라도 남김없이 뽑아버리겠다고 능쟁이, 씀바귀, 쪽뚜기 모조리 찍어 넘기는 소리가 "살그랑살그랑 들린 것은 작자의 가냘픈 말초신경의 감촉"이며 중심이 되어야 할 이 연에서 "김매는 농민 속에 뛰어 들어가 실제적으로 흙냄새를 맡으며 그 모습을 관찰하지 못하고 밭둔덕에 팔짱을 지르고 서서 내려다보는 식의 주관에 흘렸기 때문에 농민들의 김매는 모습을 생동하게 형상화하지 못하고 내용 없는 추상적 어구로써 "더욱 미덥고 아름다워"라는 표현에 그치고 말았다고 하였다. 요컨대 이 <밭둔덕>이란 작품은 "작자가 밭둔덕에 올라서서 경쾌한 한의바람에 옷자락을 나붓기며 얼핏얼핏 눈에 뜨이는 자연풍경과 김매는 농민의 모습을 피상적으로 그려내는데 그치고 농민이 즐기는 밭둔덕… 근로하는 농민의 밭둔덕이 되지 못하였다."고 하였다.[67]

《동북조선인민보》는 4개월간의 비판을 거쳐 그해 11월 5일에 <시 '밭둔덕'에 대한 결론>이란 글을 발표하였다. 이 글의 몇몇 대목을 보면 아래와 같다.

"시 '밭둔덕'의 밭둔덕은 틀림없이 농민의 밭둔덕이지만 여기에 씌여진 밭둔덕은 진실로 농민의 밭둔덕이 되지 못하였다는 것이다. 그들이 매일 보고 생활하는 밭둔덕은 설인동무의 시 '밭둔덕'보다 활기있고 투쟁성이 있다는 것이다. 여기에서 시 '밭둔덕'의 감정은 벌써 농민의 밭둔덕의 감정과 탈리했으니 주요대상이여야 할 농민은 이 작품을 진실로 자기의 것으로 가지지 못하게 되였다", "아직 농민의 감정을 완전히 바탕잡지 못하고 한낱 리설인동무의 소자산계급지식분자의 감정으로 이 작품을 창작하였다는것을 론증할 수 있을것이다", "소자산계급지식분자의 사상감정으로 새로운 농촌과 새로운 농민을 표현할만큼 그 농촌과 그 농민은 현재의 진실한 농촌의 상태와 농민의 사상감정을 표현함이 부족하였고 이로써 현실을 다다소소 충실히 표현하지 못하였는 것만큼 작품내의 정치성과 사상성의 교육의의와 지도적 작용이 미약하다고 하지 않을 수 없다.", "만약 이 작품의 대상을 소자산계급지식분자로 하였다 한다면 현실의 참다운 농민을 그리지 못한것만큼 그들로 하여금 더욱 로농군중에게서 배울바의 사상교육을 받지 못한것으로 결국

---

67 《문학예술연구》 1983년 1호, 70~72쪽.

이 작품이 사회에 주는 효과가 그리 없다고 보게 되는 것이다", "오로지 로농
군중과 생활하고 로동하는 가운데서 자기에게 남아있는 소자산계급지식분
자의 사상감정이 로농군중의 사상감정으로 전변하는데서야만이 참다운 로
농군중의 생활과 로동사상과 감정을 전형적으로 반영함으로써 로동계급을
교육하고 더 나아가 전체 인민을 교육할수 있다." "자연을 묘사하는데 그저
무비판적으로 순간적인 인상을 가지고 전편을 대체하고 말았다. 작품에는
마치 영화촬영사가 촬영기를 여기에 펀득 돌리는 식으로 그저 자연을 찍어넣
기만 하였다."[68]

보다시피 이 비판운동은 건국직전에 시작하여 건국직후까지 지속된 비판
운동으로서 조선족문단의 최초의 필화사건이다. 이 비판운동은 아무런 문제
도 없는 작품 <밭둔덕>에 터무니없는 누명을 들씌웠고 문학문제를 정치적문
제로 인상시켰다. 이 비판운동은 시인 설인을 타격하였을 뿐만 아니라 조선
족문인들의 창작적극성에 손상을 주었으며 정상적인 문예평론활동에 불량
한 영향을 끼쳤다. 이때부터 적지 않은 조선족문인들은 "경궁지조"가 되었고
창작에서 "늘 조심하고", "늘 가슴을 두근거리는" 그러한 비참한 상황에 빠지
게 되었다.

2) "백화제방, 백가쟁명"방침의 제기와 "반우파투쟁"

1956년은 국제, 국내적으로 평범하지 않은 한해였다. 1956년 2월, 소공
20차 대회에서 후르시쵸프는 스탈린의 개인숭배, 개인독재로 인한 많은 오
유와 죄악을 폭로하고 "평화적 공존", "평화적 경쟁", "평화적 이행"이라는

---

68 《문학예술연구》 1983년 1호, 72쪽.

삼화(三和)노선을 내놓아 세상에 큰 파문을 일으켰다. 또한 "폴란드사건"(1956
년 6월)과 "헝가리사건"(1956년 10월말)이 터졌다. 이런 사건들은 사회주의사회가
안고 있는 문제와 모순들을 전면적으로 드러냈다.

이런 국제적사건들의 영향과 집정당으로 된 중국공산당내의 군중을 이탈
하고 실제를 이탈한 관료주의, 종파주의, 주관주의 사상작풍과 교오자만정서
로 말미암아 국내의 적지 않은 지역에서 크고 작은 소동이 속출하였다. 1956
년 겨울과 1957년 봄 사이에 선후 1만여 명 노동자들이 파업을 단행했고
1만여 명 학생들이 동맹휴학을 단행했다.

1956년의 국제, 국내 상황은 중국공산당 중앙의 지도자들, 특히 모택동에
게 전례 없는 충격파를 안겨주었다. 모택동은 이 문제에 대해 심각하게 사고
한 끝에 사회주의가 안고 있는 모순을 평화적이고 민주적으로 해결하려고
1956년 4월에 <10대 관계를 논함>이란 연설을 발표하고 "백화제방, 백가쟁
명"의 방침을 제기하였다. 또 1957년 2월에는 <인민내부의 모순을 정확하게
처리하는 문제에 관하여>라는 연설을 발표하였다. 모택동은 이런 연설들과
지시를 통해 인민내부의 모순을 해결함에 있어서 잔혹한 투쟁이 아닌 "단결
―비평―단결"의 방침을 운용하며 비당인사나 민주당파들과도 "간담상조
(肝胆相照)", "장기공존(長期共存)", "호상감독(互相監督)"을 견지해야 함을 주장함
과 아울러 "백화제방, 백가쟁명"의 방침을 견지해야 한다고 강조했다.

애초에 이렇게 판단한 당중앙은 1957년 4월에 인민내부의 모순을 정확하
게 처리하는 것을 주제로 하고 주관주의, 관료주의, 종파주의를 바로잡는
전당적인 정풍(整风)을 하게 하였고 또한 이 정풍을 원만히 진행하고 실효를
보기 위해 당외 인사들의 의견을 청취하려고 했다. "언자무죄(言者无罪)"라는
미명하에 사회주의대의를 진전시키기 위한 제안을 요구했고 어떤 비판을
하더라도 불이익을 주지 않겠다고 약속하였다. 비당인사, 민주당파, 지식인

들은 그동안 반대의견을 제기하지 못해 마음속에 이런저런 불만을 갖고 있던 터라 존재하는 문제점들을 비판하고 허심탄회하게 의견을 제기하기 시작했다.

1957년 5월 중순까지 정풍운동은 아주 순조롭게 진행되었다. 모택동은 "당외 인사들의 우리들에 대한 비평이 아주 날카롭기는 하나 기본상에서 성근하고 정확한 것이다. 이런 비평의 90% 이상이 우리 당의 정풍에 유조하고 우리들이 결함을 시정하는데 유조하다."고 인정했다. 그러나 당외 인사들과 지식인들의 입에서 점차 일부 첨예한 의견과 신랄한 발언들이 나오기 시삭하자 모택동은 이것은 당을 공격하고 반대하는 행위라고 오판한 나머지 애초의 생각을 버리고 삽시간에 당내정풍을 "반우파투쟁"으로 승격시켰다. 1957년 5월에 하달된 <목전 당외 인사들의 비평에 대처할 데 대한 중공중앙의 지시>라는 문건은 당외 인사들이 "마음대로 말을 하게 내버려두고 잠시 반박을 하지 않음으로써 우익분자들이 자기의 반동적인 몰골을 그대로 드러내게 한다."고 하였으며 상해에서 중공 당내의 고급간부들을 보고 "잡귀신들이 굴속에서 뛰쳐나와서 떠들어대게 해야 한다", "이는 적을 깊숙하게 유인하는 것이 아니라 스스로 그물에 걸리게 하는 것"이며 이것을 이른바 "뱀을 굴 밖으로 유인해내는 전술(引蛇出洞)"이라고 하였다. 이런 "인사출동"의 전술로 "반우파투쟁"을 확대하여 55만 명도 넘는 지식인들을 탄압하였다.

연변은 "반우파투쟁"에서 가장 심한 재난을 입은 지역의 하나였다. 1957년 하반년부터 그 이듬해 봄까지 반우파투쟁의 "광풍폭우"는 조선족문단을 강타하였다. 연변조선족자치주 당위에서는 당중앙에서 제기한 "백화제방, 백가쟁명"방침을 관철하기 위해 1957년 5월 20일과 21일에 연변문예계 지명인사 좌담회를 열고 작가들의 의견을 청취하였다. 당시 조선족문단의 중견작가들은 주당위에서 조직한 좌담회를 비롯한 여러 가지 좌담회를 통해 당을 믿고 당을 돕는 입장에서 문예가 단순히 당 정책의 선전도구로 되는 문제, 문예에 대한 당의 지도 작풍을 개선해야 할 문제, 작품의 진실성문제, 가송과 폭로의 관계문제, 작품에 인간성과 인정미가 결핍한 문제 등을 둘러싸고 자기의 속심을 터놓았다. 이를테면 최정연은 문예계 지명인사 좌담회에서 "당이 문예계를 영도해야 하지만 구체적인 면에 있어서는 약간의 문제들이 있다. 당중앙은 수준이 있기 때문에 영도할 수 있다. 그러나 어떤 당의 지방조직이나 지부서기는 구체 마당에서 문예계를 교육하고 문제를 해석하는데 차이가 있다."고 하였으며 연변조선족자치주 인민대표대회에서는 "지금 사람들, 특히 인민대표들이 제 주견대로 말하지 않고 마치 거수기계나 로봇이 되어버린 것 같다"고 하였다. 또한 최정연은 <개념화, 공식화에 대하여>라는 글에서 문예창작에 "개념화, 공식화"가 존재한다고 하였으며 진실을 쓰고 사회생활에 관여하며 사회의 암흑면, 부정면도 다루어야 한다고 하였다. 이 글 중의 몇 대목을 인용하면 아래와 같다.

"세상에는 좋은 일이 있는 반면에 나쁜 일도 그림자처럼 따라다니는 법이다. 마찬가지로 우리들이 창작해낸 작품들 가운데는 인민들의 부유하고 행복한 생활을 창조하기 위하여 각양각색의 주관주의, 명령주의, 자사자리, 출세주의, 아첨쟁이들과 싸워나가는 간고하고도 복잡다단한 사상활동과 심리적 진상을 힘 있게 고동하고 주대 있게 반영하지 못하고 단순히 새 제도가 우월하고 간부의 영도는 모조리 정확하다는 천편일률의 장대기식 만세만 부른 것이 많다. 이 결과는 인간생활의 사실을 왜곡하는 것으로 사람의 마음을 기쁘게 하거나 슬프게 하는 아무런 감동도 일으키지 못하고 근근히 정책문건을 매우 서툴게 해석하는 느낌밖에 주지 못한다. 다시 말하면 문학예술창작상에 개념화, 공식화가 엄중하게 존재하고 있다는 것이다…

이런 엄중한 문제가 조성되는 주요한 원인의 하나는 작가 본신이 맑스-레닌주의와 민간문학 고전작품들을 참답게 학습하는 열조가 높지 못하고 인간생활을 깊이 연구하며 사색하는 태도가 심각하지 못한데 있다. 작가의 눈은 인간생활의 밝은 면을 정확히 볼 줄 알아야 하고 인간생활의 어두운 곳도 예리하게 찾아낼 줄 알아야 한다. 작가의 붓은 좋은 사람을 찬양할 줄 알아야 하는 동시에 좋은 사람을 해치는 나쁜 사람을 폭로, 규탄할 줄도 알아야 한다. 왜냐하면 작가의 천직은 인간영혼을 개조하는데 있기 때문이다.

다른 하나의 원인으로는 사회적 압력을 들 수 있다. 우리의 적지 않은 영도 일군들 가운데는 자기 본신에나 자기 일터에 존재하는 주관주의, 명령주의, 자사자리, 보수주의, 아첨쟁이 사상들이 폭로되는 것을 심히 아깝게 여기거나 두려워한다. 이런 종류의 사람들은 작가들이 재료를 요해하러 가면 작은 우점을 크게 자랑하기는 좋아하지만 문제를 말해주기는 고사하고 결점을 힘껏 뒤덮어 감추는 것이다. 이런 양반들은 자기가 금시 자랑한 하나의 우점이 열 가지 스무 가지의 암흑사상과의 투쟁과정에서 얻어진 보석이란 것을 모르고 있으며 문예작품에서 간부의 결함을 폭로하는 것은 마치 당과 인민정부를 비방하는 것으로 오해하는 것이다… 이런 사람들은 덮어놓고 좋은 사람, 좋은 일만 쓰라고 하는데 우리의 생활은 광명이 암흑을 극복하는 끊임없는 투쟁이라는 것을 부인하는 무갈등주의적인 견해인 것 같다…

어떤 용감한 청년작가가 지부서기의 관료주의를 신랄하게 폭로하고 규탄하는 작품을 썼는데 그 작품은 편집부에 오지도 못하고 암살을 당했을 뿐만 아니라 그 작품을 쓴 청년은 무서운 미움을 받다가 억지로 반성을 하고서야 용서를 받았다는 것이다. 어떤 청년시인이 '건국둥이'란 시에서 '어금이 부서지는 듯한 진통을 이기고' 애기를 낳은 어머님의 지극한 행복을 노래 불렀는데 이는 파플로프의 무통해산법을 저애하는것으로 정치적 착오라고 모자를 씌워 타격하였던 것이다. 무통해산법이 아직 우리에게 전면적으로 장악되지 못하고 있는 조건하에서 어떻게 아프지 않을 수 있단 말인가? 이런 압력들이 도처에서 각양 형태로 활동하기 때문에 양심에 고민을 느끼면서도 결국 손해

본다는 데서 우리 연변의 작가들은 밤낮 빈농은 견결하고 중농은 동요부절하며 부농은 교활하고 간부는 정확하다는 외통테마에서 벗어나기를 두려워하고 있다. 다시 말하면 우리의 작품들은 모순충돌이 약하고 투쟁성이 매우 희박하다…

다음은 문학작품에 대한 파악이 없이 수개, 보충할 것을 강요하는 현상이다. 이것은 농촌 공장에서 흔히 발생되는 사실인데 문학청년들이 작품을 하나 쓰면 당지부에서는 중시하고 합평회를 조직한다. 대개 단서기, 부녀주임, 촌장, 지부서기 등 간부들이 참가하는데 토론하다 나면 각 부분의 요구와 모두 다르다. 부녀모범을 넣으라느니, 청년모범을 넣으라느니, 군중모범, 간부모범, 무슨 모범, 무슨 모범하다 나면 결국은 예술작품이 아니라 모범인물 명단이 되고 만다. 이것은 매우 관심하는 것 같으나 형태가 다를 뿐이지 결과는 먼저 말한바와 같이 개념화, 공식화를 조장하는 것밖에 되지 않는다…"[69]

상술한 최정연의 글이 보여주다시피 당시의 중견작가들이 당의 정풍을 도와 백가쟁명의 정신에 따라 당과 정부에 합리화건의를 제기하였지만 "반우파투쟁"을 지휘하는 자들은 "무중생유(无中生有)", "전도흑백(颠倒黑白)", "무한상강(无限上纲)", "차제발휘(借题发挥)", "공기일점, 불급기여(攻其一点, 不及其余)"의 수법으로 이런 합리화건의를 당의 문예노선과 정책을 반대하고 사회주의를 공격한 정치문제로 비화시키면서 자산계급우파분자로 몰아붙였다. 가석하게도 그들은 "인사출동"의 유인전술에 걸려들었고 그 발언과 글들이 "화근"으로 되었다.

반우파투쟁과 비판의 불벼락은 삽시간에 조선족문단에서의 신성락락(晨星落落)의 사태가 벌어지게 하였다. 이 "광풍폭우"속에서 조선족문단의 공신들

---

69 《아리랑》 1957년 2호.

인 김학철은 "반동분자"로(그 당시 김학철은 조선국적을 보류하고 있었기에 '우파'라는 감투가 적당치 않아 '반동작가'로 결정), 최정연, 김순기, 김동구, 채택룡, 주선우, 고철, 백호연, 서헌, 김용식, 조룡남은 자산계급 "우파"로 몰려 하루아침에 "계급의 적"으로 낙인이 되어 "18층 지옥"에 떨어졌다. 그리고 그들의 문학작품, 이를테면 김학철의 장편소설 《해란강아, 말하라!》, 단편소설 <괴상한 휴가>, 최정연의 장막극 《귀환병》, 김순기의 단편소설 <돼지장>, 주선우의 시집 《잊을 수 없는 녀인들》, 김동구의 <개고기>, 고철의 풍자극 <일일상사> 등이 반당반사회주의 "독초"로 몰려 가혹한 비판의 "단두대"에 오르게 되었다.

전국적으로 "반우파투쟁"에서 "우파"감투를 뒤집어쓴 사람은 55만 2천여 명이다. 그때로부터 23년이 지난 1978년 12월 중국공산당 11기 3중 전회의 결의정신에 근거하여 다시 심사한 결과 진짜우파분자는 원래의 중앙급 민주인사 5명뿐이고 55만 명은 억울하게 누명을 쓴 것으로 판명되어 명예를 회복하였다. 김학철의 말 그대로 "반우파투쟁"은 단순히 확대된 것이 아니라 "99.999%가 잘못된 정치운동"이었다. 연변의 상황은 더욱 그러했다. 중국공당 제11기 3차 전원회의 이후 "우파분자"를 재심사하고 정책을 시달해 복권시킨 결과 조선족 간부와 지식인들 가운데는 진짜 자산계급우파분자가 단한사람도 없었다. 하기에 연변의 "반우파투쟁"은 그 무슨 "확대화"의 착오인 것이 아니라 100%로 잘못된 정치적 운동이었다.

"반우파투쟁"으로 말미암아 조선족문단의 생태와 문학생산력은 엄중하게 파괴되었고 적지 않은 중견작가와 문학신인들이 "우파"로 몰려 농촌에 추방되어 "노동개조"를 당했다. 채택룡, 김동구, 주선우 등 작가들은 자기의 사랑하는 처자들을 연변땅에 두고 조선으로 피신하여 정치망명객의 비참한 삶을 살았다. 건국 후 조선족문학의 터전을 개척한 그들에게 차례진 것이란 "죄인"이란 감투이고 가정의 풍비박산과 기나긴 정신적 고통뿐이었다. 그들은 젊은 시절에 창작권리를 박탈당하고 사회의 밑바닥에 깔려 무진 고생을 했다. 이리하여 그들은 물론, 발전도상에 있던 조선족문학도 커다란 좌절을 겪게 되었다.

1958년에 와서 전국의 문예계와 마찬가지로 조선족문단에서도 이른바 "수정주의문예사조"에 대한 비판운동을 벌렸다. 이 비판운동은 반우파투쟁의 계속이며 "백화만발, 백가쟁명"방침아래 나타났던 사상해방조류에 대한 청산이었다. 이 운동의 내용을 크게 두 가지로 귀납할 수 있는데, 하나는 이른바 "수정주의문예사조"의 대표인물 및 그들의 "반당역사"를 들추는 것이고 다른 하나는 이른바 "수정주의문예사조"의 대표적인 견해와 작품을 집중적으로, 체계적으로 비판함으로써 이른바 두 갈래 문예노선 간의 근본적인 분기를 해결하는 것이었다.

1958년 1월호《아리랑》에는 <사회주의문예노선을 견결히 보위하자!>라는 표제의 사설을 발표하여 조선족문인들을 "재비판"의 차디찬 물속에 처넣었다. 김학철, 최정연, 주선우, 김동구 등은 일관적으로 반당활동을 진행한 "독사"로, 혁명적 문단에 기여든 자산계급노선의 대표인물로, 수정주의문예이론의 "뿌리"로 몰렸으며 그들이 창작한 장편소설《해란강아, 말하라!》, 시집《잊을 수 없는 녀인들》, 단편소설 <돼지장> 등이 다시 비판의 "단두대"에 오르게 되었다. 따라서 지난날 그들의 모든 문학 활동, 문학주장, 문학작품이 전반적으로 부정당하였다. 이런 비판운동의 결과는 문단에 대한 교조주의의 영향과 통치를 강화하고 문예창작을 막다른 골목으로 내몰았다.

3) "지방민족주의"를 반대하는 정풍운동과 "언어의 순결화"에 대한 비판

1959년 3월에 조선족문단을 비롯한 여러 사회기관들에서 지방민족주의를 반대하는 정풍운동을 벌렸다. 이 운동은 주로 "자산계급조국관", 지방민족주의를 선양한 작품, "언어의 순결화" 등을 과녁으로 삼고 비판의 화살을 날렸다. 이는 조선족사회, 조선족문인들과 조선족문학에 대한 또 한 차례의 정치적 "토벌"이었다.

건국 후 당의 민족정책의 빛발 아래 조선족의 문예유산을 계승하고 이를 바탕으로 민족문학건설을 한결 더 다그치기 위하여 구전문학을 대폭적으로 채집, 정리, 출판하였다. 뿐만 아니라 조선족의 역사제재를 다룬 작품들을 창작하였으며 조선어의 규범화에 모를 박았다. 이러한 작업은 일부 그릇된 점도 있었지만 그 주류만은 옳았고 건전하였다. 그러나 이번 운동은 이런 성과와 건설적인 작업을 모두 지방민족주의로 간주하고 무정한 비판을 가했다.

민족문화전통을 계승하고 발양함에 있어 비판자들은 "'민족의 긍지감'을 교육하기 위해서 '계승'한다거나 '발양'한다는 것은 지방민족주의의 표현"이라고 무단적인 결론을 내렸고 민족전통을 계승하는 것은 "후고박금(厚古薄今)"으로서, "애국주의의 교육에 불리한 것"이라고 역설하였으며 지어는 "형제민족의 우수한 전통과 현대문화재부들을 자기의 것으로 보지 않는 것"도 자산계급의 "협애한 민족주의"라고 고아댔다.

문학과 생활의 관계를 놓고도 비판자들은 조선족작가들이 조선족생활을 반영하는데 치중하는 것을 지방민족주의의 표현으로 간주하였다. 이를테면 어느 한 연극단이 "한족의 극본"을 조선족의 생활로 각색한 것마저 견책하였으며 조선족의 전통적인 애정생활을 다룬 리민창(李民昌)의 장편극시(劇詩)를 "독초"로 매도하였다.

구전민요의 율격으로 엮은 장편극시 《김옥희와 팔거북》은 도합 13장으로 구성되었는데 주로 김옥희와 팔거북의 곡절 많은 사랑의 이야기를 다루었다.

그 경개는 다음과 같다.

진주 아전(衙前)의 서자인 팔거북은 세상에 태어나서부터 온갖 박대를 받으면서 소년시절을 보낸다. 그러다가 어머니가 돌아가자 큰집에 얹혀살게 되지만 큰집에서도 여전히 구박을 받는다. 그는 공부를 그만두고 삼남 각지로 유랑생활을 하다가 우연히 명문대가 김판서의 딸 옥희를 만나게 된다. 옥희는 첫눈에 정이 들어 팔거북을 사랑한다. 그러나 팔거북은 단연히 그 사랑을 물리치고 떠나간다. 거북이 떠난 후 옥희는 유모와 함께 집을 뛰쳐나와 거북을 찾아 나선다. 그러자 김판서는 복녹이라는 노복을 시켜 딸을 죽이라고 한다.

옥희와 유모는 거북을 찾아다니다가 검둥이를 만나 위험에 빠지는데, 그때 마침 복녹이 나타나서 죽음을 면하게 된다. 그런 와중에 팔거북은 활인당의 두령이 되어 탐관오리들을 처단하고 백성들을 구제한다. 한번은 암행어사로 가장하고 판서를 옥에 가두어버린다. 그러나 이것은 어디까지나 가짜암행어사노릇에 지나지 않았다. 그는 또 방랑을 떠난다. 그동안 유모, 옥희, 복녹은 계속 팔거북을 찾아다닌다. 그러던 중 또 검둥이가 나타나 돈을 내라고 으름장을 놓는데 바로 이때 팔거북이 나타나서 검둥이를 쫓아버린다.

옥희와 거북은 상봉한 후 큰 잔치를 베풀고 땅을 모두 작인들에게 나누어주고 집은 선비들이 공부하는 서당으로 남겨둔다. 이리하여 김옥희의 이름이 세상에 알려진다. 평양감사는 김옥희에게 정절부인 칭호와 활인당 편액과 부귀화관을 내리지만 김옥희와 팔거북은 어디론가 멀리 떠나간다.

보다시피 이 작품은 김옥희와 팔거북의 참된 사랑관계를 통해 봉건시대 인민들의 고상한 정신적 도덕적 풍모와 그들의 아름다운 지향에 대해 가송하고 봉건지배층들의 추악상을 적나라하게 폭로, 규탄하였다. 이 극시는 그 주제나 내용 및 격조에 있어 조금도 비난할 것이 없다. 하지만 비판자들은 이 극시를 자산계급민족주의에 기초한 "민족의 얼"을 고취한 "독초"로 몰아 붙이고 무단적으로 비판했다.

문학과 언어의 관계를 놓고도 "언어순결화"의 주장에 정치적 비판을 가했다. 건국 후 조선어는 당의 민족정책의 빛발 아래 자기 발전의 길을 걷기 시작하였다. 하지만 "좌"적인 사상에 경도된 일부 사람들은 부동한 민족어 사이의 차이점을 무시하고 "공동성분"만을 일방적으로 강조함과 아울러 조선어와 한어의 "융합"을 강요하였다. 이런 사조의 영향 하에 조선어를 홀시하거나 우리 민족어의 어휘체계를 고려하지 않고 한어를 무턱대고 "직수입"함으로써 조선어사용에 커다란 혼란을 조성하였다. 이런 실정에 비추어 《연변일보》편집부에서는 1957년 3월 1일부터 6월 29일까지 민족어의 "순결화"와 규범화를 위한 지상토론을 벌렸다.

1957년 3월 1일 1면에 "민족어문은 민족구역자치권리행사의 도구이다", "민족언어의 순결화와 건전한 발전을 위하여 투쟁하자!"라는 기둥제목을 달고 <민족어를 올바르게 쓰기에 주의하자>라는 연변조선족자치주 인민위원회 부주석 임호원의 글과 <왜 민족어를 쓰지 않는가?>(장유평), <조선어의 순결을 수호하기 위하여>(임창길)와 같은 글을 실었으며 "민족어의 중시 및 그의 순결화에 대한 좌담회"를 개최한 소식을 실었다. 그리고 아래와 같은 편집자의 말을 달았다.

"본 편집부에서는 민족언어사용에 중시하고 그것의 순결화와 건전한 발전을 위한 지상토론을 전개한다. 이 토론을 통하여 민족언어의 사용상 현존한 결점과 혼란을 제기하고 문제들을 해결함으로써 민족언어를 중시하며 충분히 사용하고 그것의 순결화와 건전한 발전에 기여하려 하는 바이다."

지상토론에는 지식인들이 많이 참가하였고 일반 독자들도 참가하였다. 선후로 22편의 글이 발표되었다. 지상토론이 본격적으로 진행됨에 따라《연변일보》편집부는 6월 5일에 <순 조선어를 써야 한다>라는 장덕룡의 글을 게재하면서 <금후 어떻게 할 것인가?>라는 제목으로 편집부의 글을 실었다.

"본지에서 3월부터 민족언어사용과 그의 발전에 관한 토론을 전개한 이래 여러 독자들이 주로 민족언어를 중시하여 사용하지 않으며 민족언어의 순결과 건전한 발전에 주의를 돌리지 않은 현상과 그의 악과에 대해 폭로하였다. 우리는 이 기초 우에서 금후 민족언어를 어떻게 중시하고 정확하게 사용하며 그의 순결화와 건전한 발전을 도모할 것인가에로 토론을 전향시키려 하니 여러 독자들이 의견을 많이 제기하기 바란다."

편집부의 의견에 따라 지상토론 참가자들은 민족어의 순결화와 규범화면에 존재하는 문제를 폭로한 기초 위에서 향후 어떻게 할 것인가 하는 과제를 둘러싸고 더욱 열기를 올리면서 훌륭한 해결책들을 내놓게 되었다.

4개월간의 "백가쟁명"을 거친 뒤《연변일보》편집부는 민족어사용문제에 대한 토론을 마무리하면서 그해 6월 29일 3면에 이번 토론에서 거둔 성과를 요약한 다음과 같은 <편집자의 말>을 올렸다.

"약 4개월 동안에 걸쳐 진행된 민족언어를 중시하며 정확히 사용할 데 관한 토론을 통하여 우리는 민족언어를 홀시하며 사용상의 혼란한 현상을 적발하여 사회여론을 환기시켰고 이런 현상이 산생하는 원인을 각 방면으로 구명하였으며 금후 연변에서 어떻게 민족언어를 규범화할 것인가에 대하여서도 대체상으로 합치된 결론을 얻었다."

연변문단도 이 지상토론에 배합하여 《아리랑》 문학지 1957년 7월호에 김
창걸의 <연변의 창작에서 제기되는 민족어규범화문제>라는 글을 실었다. 김
창걸은 이 논문에서 조선어사용에 나타나는 혼란상태를 다음과 같이 귀납하
였다.

"첫째, 이미 조선어화한 한자어와 한자로 표기된 한어화를 혼돈하여 현행
한어의 한자음 그대로를 조선말이라고 쓰는 말들이다…. 둘째, 조선어문장구
성의 감정에 맞지 않는 한어직역식인 말들이 많다…. 셋째, 조선민족의 풍속
습관과 감정에 맞지 않는 말을 역시 한어직역식으로 만들어 쓰는 일이 있다."

김창걸은 조선족문단에 존재하는 조선어사용에서의 혼란상태를 이처럼
예리하게 지적하면서 "민족어규범화라는 우리 민족의 영광스러운 과업을
위해서 우리 작가 시인들은 모두 다 함께 최대의 노력을 기울여야 할 것이다"
라고 주장하였다. 이런 주장들은 전적으로 실제에 부합되는 정확한 견해들이
다. 하지만 지방민족주의를 반대하는 정풍운동 중에서 비판자들은 민족어사
용에서 차이점을 부인하고 융합만을 일방적으로 강조함과 아울러 이런 주
장들을 "민족어순결화"를 고취하는 지방민족주의언론으로 몰아 호되게 비
판했다.

《연변일보》의 지상토론과 김창걸의 론문에서 조선어사용에 존재하는 문
제들이 그대로 드러났고 그 원인도 밝혀지고 향후의 방향과 대책도 논의되었
다. 지상토론에서는 일부 지나친 견해도 제기되었다. 하지만 그 주류는 틀리
지 않았다.

1958년에 와서 리민창도 <우리 글에 대하여>라는 논문을 《연변일보》에
발표하였다. 이 논문은 크게 세 부분으로 구성되었다.

첫째 부분에서 조선어 글체의 발전역사를 개괄적으로 서술하고 우리의 글체를 개조할 데 관한 의견을 제기하였다. 그는 서면어를 개조하기 전에 우선 조선말 사전과 어휘집 그리고 문법책과 교과서를 편찬하고 이 기초 위에서 우리들의 글체를 개조해야 한다고 주장하였다. 이어서 조선어글체개조에 관한 원칙을 내놓았는데 그것인즉 문장은 간단명료해야 하고 어휘사용은 정확해야 하며 글은 아름다워야 한다는 것이다.

둘째 부분에서는 조선 《로동신문》에서 사용된 조선어어휘들을 분석하고 자기의 생각을 피력하였다.

셋째 부분에서는 조선어를 라틴어화할 데 관한 방안을 제출하였다. 오늘의 시점에서 보면 이 논문은 많은 미흡한 점을 안고 있다. 이를테면 조선어문자를 라틴어화할 데 관한 주장 같은 것은 그 당시나 지금이나 모두 그릇된 견해이다. 하지만 조선족의 언어연구사상 조선어글체에 대한 최초의 체계적인 논문으로서 학술적인 참고가치가 있다. 특히 조선말 고유어를 가급적으로 살려서 쓸데 관한 주장은 일부 편파적인 면이 있기는 하지만 민족언어의 주체성을 살려야 한다는 점에 있어서는 오늘도 중요한 현실적 의의가 있으며 조선에서도 한때 진행하였던 고유어살려쓰기운동보다는 적어도 근 20년이나 앞선 전위적인 주장이다.

하지만 이 지상토론과 김창걸, 리민창의 론문발표는 당시 좌적인 비판자들의 과녁으로 되고 말았다. 1958년 4월 중국과학원과 중화인민공화국 민족사무위원회가 공동으로 주최한 제2차 소수민족어문과학토론회는 《연변일보》의 지상토론과 "언어의 순결화"에 관계되는 모든 글들을 전면적으로 부정하였다. 회의에서는 민족어의 "순결화"를 강조하는 것은 "한어를 배척하는 자산계급관점의 구체적 표현"이라고 비판했으며 무릇 소수민족인민대중 속에 아직 없거나 또는 적절하게 표달할 수 없는 새 단어와 술어는 우선 한어휘를 차용하되 될 수 있는 한 한어병음방안을 참작하여 "보통화"음으로 표기해야 한다고 하였다. 그리고 소수민족들이 자기의 민족어 속에서 대등한 말을 찾아 쓰며 자기의 언어자료로 대등한 새말을 만들어 쓰며 같은 계통의 언어로부터 대등한 말을 빌려다 쓰는 것은 "민족 간의 상호교제와 문화교류에 영향을 준다"고 못을 박았다.

실로 이것은 소수민족언어의 민족적 특성을 죄다 부정하고 소수민족언어를 한어화의 길로 몰고 가는 극히 그릇된 "좌"적인 견해였다. 이런 "좌"적 견해의 이론적 기초는 이른바 언어 면에서도 날로 공통성분이 늘어나므로 이를 방향으로 삼아야 한다는 "공통성분증가론"이었다. 이 "공통성분증가론"에 배치되는 것은 모두 민족주의적인 것, 자본주의적인 것으로 간주하였던 것이다.

소수민족어문과학토론회의 정신이 지방에 전달, 관철되자 조선어문사업은 된서리를 맞게 되었으며 지상토론을 조직하였거나 지상토론에 참가한 많은 사람들이 지방민족주의를 반대하는 정풍운동에서 또다시 호된 비판을 받았으며 지어 어떤 사람들은 억울하게 반동적인 "지방민족주의분자"로 매도되었다. 그 사례로 리민창과 김창걸을 들 수 있다.

리민창(李民昌)은 1901년 조선 경상남도 산청군(山淸郡)의 한 가난한 지식인의 가정에서 태어났다. 1919년 3·1운동에 참가하고 3·1운동이 실패로 끝나자 중국 상해로 망명하여 혁명의 길에 들어섰으며 1920년대 초반에 중국공산당에 가입하였다. 그 후 당의 지시에 따라 소련 모스크바(중산대학)에 가서 유학하였다. 1928년 졸업 당시 소련공산당원으로 당적을 옮기고 중산대학 부설 중국문제연구원에서 중국의 토지문제를 연구하였다. 1932년 동방대학 중국반 내몽골과에서 레닌주의를 강의했으며 동방연구대학의 정치경제학도 겸하여 강의하였다. 1934년부터 1936년 봄까지 동방연구대학 일본학과 강좌장을 맡았으며 겸하여 공산학원 태평양부에서 조선문제를 연구하였다.

하지만 그는 1936년 스탈린이 일으킨 "정치적 이단분자숙청운동"에서 "정치적 이단분자"라는 억울한 누명을 쓰고 소련공산당에서 출당을 당한다. 재판을 받은 그는 북국 동토의 어느 노동개조영(집중영)에서 모진 고생을 겪으며 복역하다가 1944년 겨울에 석방되었다. 1946년 가을 우즈베키스탄, 타지키스탄에 정착하여 1956년까지 산전수전을 다 겪었다. 소공 20차 대회가 열린 후의 "해빙기", 즉 1957년 6월 24일에 모스크바군구 군사법정에서 그의 사건을 다시 심의, 재판하여 무죄를 선포하게 되자 그는 드디어 명예가 회복되어 모스크바로 다시 가게 되었다. 그 후 그는 중국공산당의 배려로 1957년 중반에 북경을 거쳐 연변대학으로 오게 되었다.

연변대학에서 교편을 잡은, 반백을 넘은 리민창은 마르크스의 《자본론》 등을 강의를 하는 한편 저술에 몰두하였다. 1958년에 그의 논문집 《우리글에 대하여》(내부참고 자료)가 출판되고 또 같은 해에 《연변일보》에 이 논문집의 제1부분인 <우리글에 대하여>가 발표되었으며 연변인민출판사에 의해 그의 종합작품집 《김옥희와 팔거북》이 출판되었다. 그러나 이런 성과들이 도리어 "죄목"으로 되어 "자산계급민족주의분자"로 억울한 비판을 받았다.

리민창의 비극은 "문화대혁명" 때에 더욱 심화되었다. 그는 "이색분자", "잡귀신", "반동적 학술권위"와 같은 감투를 쓰고 투쟁을 받게 되었다. 그는 문화전제주의의 그늘 아래서 병풍상서(病风伤暑)하다가 1966년 하반년(?)에 원한을 품고 죽게 되었다. 그의 부인 신지화(辛志和)여사도 아무도 눈길을 돌리지 않는 초라한 집 — 창살 없는 "감옥"에서 독수공방(独守空房)하다가 절망 끝에 복분지원(覆盆之冤)을 품고 남편이 사망한 이듬해인가 속세를 떠났다. 그녀의 죽음에 대해서는 어느 해, 어느 날 어찌하여 속세를 떠났는지 기록조차 남은 것이 없다.

리민창은 비판을 받은 지 26년이 지나서야, 그리고 타계한지 20년만에야 1986년 4월에 억울한 누명을 벗고 명예를 회복하게 되었다.

김창걸도 "지방민족주의분자"로 내정되어 비판과 감시를 받았다. 1960년에 와서는 리홍규 등도 이른바 "배극반당집단"의 성원으로 몰려 비판을 받았고 그의 적지 않은 작품들도 비판을 면치 못했다. 이런 비판운동을 거쳐 민족문화전통의 계승, 민족력사제재의 취급, 민족정신과 민족감정의 표현, 형식의 민족화 등은 아무도 건드릴 수 없는 "금지구역"으로 되었다. 이런 "금지구역"은 "문화대혁명" 시기에 와서 더욱 삼엄하게 되었다.

4) "대약진"과 신민가운동

"반우파투쟁"이 끝나자 1958년부터 1959년까지 경제영역의 "대약진"과 함께 문학에서의 "대약진"이 일어났다. 신민가운동(혹은 대약진민가운동)이 그 대표적인 사례라고 할 수 있다. 1958년 3월에 성도에서 당중앙 사업회의가 소집되었다. 이 회의에서 모택동은 <우리나라 신시발전의 길에 대하여>라는 보고에서 "중국시가 나아갈 첫 번째 길은 민가이고 두 번째 길은 고전이다. 이 기초 위에서 신시가 산생되어야 한다."고 하였으며 "혁명적 사실주의와 혁명적 낭만주의를 서로 결합시키는 창작방법"을 제기하였다. 모택동의 지시에 따라 전국적으로 혁명적 사실주의와 혁명적 낭만주의를 서로 결합하는 창작방법에 기초한 신민가운동, 즉 전당과 전민을 총동원하여 신민가를 창작하고 수집하는 문학상의 "대약진"운동이 일어났다. 그 무렵, 곽말약과 주양이 주필을 맡은 신민가집 《홍기가요》(1959년 9월 홍기출판사 출판)가 출판되었다.

문학분야의 좌경적인 "대약진"운동인 신민가운동은 삽시간에 조선족사회에도 파급되었다. 조선족집거구에서 전당, 전민이 일떠나 이른바 대중적인 신민가창작운동을 벌였는데 아주 짧은 시간 내에 《연변민가선집》 과 《연변민가집》(전5권)이 출판되고 <새 민가는 시가의 주류>(《아리랑》 1958년 8호)라는 글을 비롯하여 이른바 신민가창작운동을 찬양하는 평론들이 속출하였다. 《아리랑》 편집부의 이름으로 나간 단평 <새 민가는 시가의 주류>에서는 조선족집거구에서 일어난 신민가창작운동을 긍정적으로 평가하면서 다음과 같이 지적하였다.

> "새 민가는 시가창작에서의 동풍이며 주류이다", "오늘의 새 민가는 필연적으로 혁명적 사실주의와 혁명적 낭만주의가 결합된 시대의 목소리를 형성하고 있는 것이다. 본지에 발표된 일련의 민가에서도 우리는 이와 같은 특점들을 찾아보기가 어렵지 않다.
>
> (1) 약진 대약진하니/ 사십리 길 멀지 않고/ 새벽 셋때 밥짓고/ 밭에서 해와 달 본다
>
> (2) 총로선 들으니 눈이 번쩍 뜨이고/ 사회주의가 멀다 하더니 공산주의가 눈앞에 보이누나/ 내 죽기전에 원을 풀게 되었으니/ 있는 힘 북돋아 건설에 바치리다
>
> (3) 땡땡 뚱뚱 징소리요/ 쿵쿵 쾅쾅 북소리라/ 하늘 울려 개선가요/ 땅을 울려 만만세라/ 열의 넘쳐 건설이요/ 보내오니 첩보라네
>
> 이 세 수의 민가는 현재 다량으로 창작되고 있는 민가가운데서 되는대로 열거한 것이지만 그러나 우리는 이 민가들에서도 이상에 말한 그런 특점들을 볼수 있다."

"대약진", 인민공사화운동중에 나타난 "좌"적 착오 및 이와 관련되는 이른바 예술법칙에 위배되는 마구 지휘하는 풍조로 말미암아 신민가운동은 그 지도사상과 창작에 있어서 엄중한 착오를 빚어냈다. 말하자면 "대약진" 시기

에 주관적인 의지와 주관적인 노력의 역할을 지나치게 과대평가함과 아울러
대중적 창작과 신민가의 사회적 기능을 과분하게 강조함으로써 신민가운동
은 일장 허풍으로 변했다.

　1958년 10월호《아리랑》에서는 <문학위성을 올리자>라는 사설을 발표하
고 1959년 1월호《연변문학》에서는 <전당, 전민적 창작운동을 전개하자>는
사설을 실어 "사람마다 시인이 되고", "사람마다 문학위성을 발사하자"는
구호를 외쳤다. 뿐만 아니라 사람마다 신민가의 창작운동에 투신하도록 강요
하였으며 일면적으로 수량만을 추구하고 형식상의 히장성세를 부리는데 푸
른 등을 켜주었다. 이런 형세 하에 적지 않은 지구에서 이른바 신민가창작의
"헌례운동"을 벌이고 신민가창작의 "실험전", "고산전(高产田)"을 꾸렸으며 터
무니없는 높은 지표를 추구하고 남녀노소를 불문하고 신민가 쓰기에 달라붙
도록 호소하였다. 만일 이런 호소에 따르지 않을 경우에는 "우경"이라는 억
울한 누명까지 씌웠다. <전당, 전민적 창작운동을 전개하자>는 사설 중의
다음과 같은 대목을 보기로 하자.

　"각급 당위, 문련과 작가협회들에서는 이 헌례운동을 매우 중시하고 있으
며 모두 창작계획을 세우고 우람찬 구호들을 제출하고 광범한 군중창작운동
을 발동하고 있으며 벌써 적지 않은 성적들을 거두고 있다. 왕청현에서는
자기들의 창작임무와 구호를 아래와 같이 제출하였다. '전당이 동원되고 전
민이 꾸리며 로, 농, 상, 학, 병이 일제히 동원되어 보수와 미신을 철저히
타파하고 공산주의사상을 강으로 삼아 창작의 대고조를 일으키며 7개월 동
안 착실히 노력하여 1백만 건의 작품을 창작하며 10만 건의 우수작품을 례물
삼아 국경 10주년을 영접하자!' 왕청현에서는 이런 구호와 임무를 실현하는
제1차 전투 중에서 각종각양의 형식으로 된 작품을 10만 건이나 창작하였으
며 장백산밑 첫 마을인 화룡현 숭선향 인민군중들은 135만 건을 창작할 계획

을 제출하였으며 훈춘현에서는 일주일 민가창작운동주간에 7만 건의 민가를
창작하였다."

이와 같이 예술생산법칙을 위반한 신민가운동 ― 군중창작운동은 조잡한
작품의 범람을 초래했을 뿐만 아니라 반사실주의의 창작경향을 조장시켰다.
이때 창작된 적지 않은 신민가들은 실사구시적인 과학정신을 떠나 소자산계
급의 열광적인 성격을 극구 찬미하였고 실제를 이탈한 환상을 숭고한 혁명적
이상으로, 생활의 가상을 생활의 진실로 구가했다. "대약진" 시기의 이런 민
가들은 대부분이 당시 유행하던 "공산주의유토피아" 정치 관념의 도해로서
"혁명적 사실주의와 혁명적 낭만주의를 서로 결합시킨 창작방법"의 전형적
인 산물로 되었다. 이런 문학에서의 "좌"적 착오는 조선족문학의 건전한 발
전에 극히 불량한 영향을 끼쳤다.
　농촌과 도시에서 대폭적으로 벌어진 대중적인 문예창작운동은 작가들의
문학창작에도 커다란 영향을 끼쳤다. 1958년 중국작가협회에서는 문학창작
의 "약진계획"을 세우고 창작에서의 "약진, 약진, 대약진"의 구호를 내걸고
작가들마다 "문예위성"을 발사하라고 호소했다. 이리하여 적지 않은 작가들
은 우경보수의 누명을 쓸까 두려워 실현할 수도 없는 높은 창작지표를 세우
게 되었다. 또한 이 시기에 집단창작을 지나치게 강조함으로써 개인의 정신
노동을 거쳐 실현되는 문학창작의 특수성을 전반적으로 부정하고 작가들의
창작개성을 말살하고 풍격과 유파의 산생과 발전에 찬물을 끼얹었다. 이밖에
도 일방적으로 시기마다 "중심을 쓰고 과업에 따를 것"을 강조하면서 작가들
로 하여금 생활축적을 떠나 익숙하지 못한 소재를 다루게 하도록 강요하였
다. 예술법칙과 배치되는 이런 작법들은 당시 작가들의 예술적창발성을 압제
하였고 문예생산력을 대대적으로 파괴했다.

신민가운동의 열풍은 1960년대 초 "대약진"운동의 실패가 가시화되면서 점차 주저앉았다.

5) "민족문화혈통론" 등에 대한 비판과 문화신분

"문화대혁명"(1966~1976)은 지도자가 잘못 발동하고 반혁명집단에 이용되어 당과 국가와 여러 민족 인민들에게 막중한 재난을 가져다준 내란이다. 이 시기에 조선족문학은 임표, "4인방"의 파쑈통치와 반동적인 민족문화말살정책으로 말미암아 단두대에 올랐고 조선족문단은 여지없이 유린당하여 쓸쓸한 폐허로 되고 말았다. 따라서 "문화대혁명" 시기는 조선족문화발전사에 있어서 전례 없는 수난기라고 말할 수 있을 것이다.

1966년 2월에 강청은 임표와 결탁해가지고 상해에서 이른바 "임표동지께서 강청동지에게 위탁하여 소집한 부대문화사업좌담회 기요"를 전국에 산포하였는데, 이는 임표와 "4인방"이 문예분야에서 파시스트문화독재주의를 실시한 반동강령이며 우리나라의 사회주의문예사업을 파괴하는 선언서였다. 그자들은 이 "기요"에서 건국 이래 17년 동안 문예계에서는 "모주석의 사상과 대립되는 한 갈래의 반당, 반사회주의의 검은 선이 우리에게 독재를 실시하였다. 이 검은 선이 바로 자산계급문예사상, 현대수정주의문예사상과 30년대 문예사상과의 결합이다."라고 터무니없는 결론을 내렸다.

1966년 5월, "문화대혁명"이 시작되자 임표, 강청 반혁명집단은 저들이 찬탈한 권력을 이용하여 "문예계의 검은 선"을 비판한다는 간판을 내걸고 사회주의문예사업에 대한 전면적인 대토벌과 대청산운동을 벌렸다. 이 무시무시한 대토벌과 대청산운동의 광풍 속에서 조선족문학단체가 해산되고 각종 잡지들이 폐간되었으며 김학철, 김철 등은 "현행반혁명"으로 몰려 옥살이를 하였다. 이외에도 많은 문인들은 "간첩", "잡귀신", "반동문인"으로 지목되어 갖은 박해를 받았다. 대다수 문인들은 농촌에 추방되어 "노동개조"를 해야 했고 적지 않은 작가들은 이른바 "군중독재"를 받아 감옥이 아닌 감옥에 감금되어 심사를 받았다. 그중 서헌과 같은 시인은 무정한 투쟁과 잔혹한 박해를 이기지 못해 원한을 품고 자결하고 말았다.

전국적으로 벌어진 이른바 "문예의 검은 선"을 비판하는 운동가운데서 조선족의 집거구, 특히 연변지구의 "반란파"들은 이른바 주덕해의 "매국투항주의문예의 검은 선"의 핵심이라는 "민족문화혈통론"에 대한 대대적인 비판을 진행하였다.

연변조선족자치주혁명위원회 정치부는 전국적으로 벌어진 이른바 "문예의 검은 선"을 비판하는 운동에 배합하기 위해 1969년 6월초부터 7월 중순까지 "연변 신문, 출판, 문화전선 대비판학습반"(이하 약칭 학습반)을 꾸려 비판운동을 벌였을 뿐만 아니라 1969년 7월 29일 연격문이라는 필명으로 연변일보에 <'민족문화혈통론'을 철저히 짓부시자>라는 글을 발표하였다. 이 글에서는 "18년래 연변지구 당내의 자본주의 길로 나아가는 으뜸가는 당권파는 한사코 문예계를 틀어쥐고 그가 긁어모은 '류소기 수정주의 검은 선'과 '국외 수정주의 검은 선'이 합류되어 이루어진 매국투항주의 문예의 검은 선을 기를 쓰고 실시하며 반혁명여론을 대대적으로 조성함으로써 나라를 팔아먹고 수정주의에 투항하며 자본주의를 복벽하는 죄악적 목적을 실현하려 망녕되게 기도하였다."라고 억설하였다.

이른바 "민족문화혈통론"이란 바로 연변지구 당내의 자본주의 길로 나아가는 으뜸가는 집권파의 매국투항주의문예의 검은 선의 핵심이다. 이 논리를 따른다면 문화는 계급에 속하는 것이 아니라 민족에 속하며 착취계급이나 피착취계급이나를 막론하고 한 가지 민족문화, 한 가지 민족정신, 한 가지

민족감정이 있을 뿐이다. 그는 민족문화 "유산"을 "구원하고" 몽땅 계승해야 한다고 고아댔으며 계급내용을 완전히 뽑아버리고 계급모순을 덮어 감추는 이른바 민족정신을 대대적으로 수립하였다. 실상은 자산계급의 민족정신을 대대적으로 수립하고 자산계급민족주의의 검은 물건짝을 팔아먹는 것으로 서 이것이 바로 그의 "민족문화혈통론"의 핵심이다. 이 글에서는 이렇게 무단적인 결론을 내린 후 "민족문화혈통론"을 짓부수자면 "로예인좌담회"의 이른바 "반혁명본질"을 폭로해야 한다고 하면서 비판의 화살을 "로예인좌담회"에 돌렸다.

"로예인좌담회"는 1961년 12월 16일부터 19일 사이에 주덕해의 지시 하에 연변조선족자치주 문화처와 연변문련의 공동주최로 연변가무단에서 열렸었다. 이 좌담회는 "민간문예유산을 대량적으로 수집, 정리, 출판해야 한다."는 중앙 관계 부문의 지시정신을 받들고 조선족의 민간문예유산을 신속히 수집, 정리, 출판하기 위해 마련한 정당한 문화행사였다. 이 좌담회에는 동북3성의 로예인들이 참석하여 민요를 불렀고 전통민속무용을 표현하였으며 민간전설과 설화를 구술하였다. 이 좌담회를 통해 사라져가는 조선족의 귀중한 민간문예유산을 그야말로 "소방차가 불 끄러 가는 속도"로 수집하였다. 이는 어디까지나 정확한 것이었다.

하지만 대비판문장은 "로예인좌담회"에 "같은 민족, 같은 혈통, 같은 선조, 같은 역사, 같은 감정, 같은 문화"란 간판을 내걸고 민족문화유산을 구원한다는 구실로 "그 무슨 기생, 무당, 위만경찰, 법사 등등 거개가 낡은 사회의 찌꺼기"인 그들을 긁어모아 몰락하는 봉건주의, 자본주의, 수정주의 등 반동사상을 대대적으로 선양하면서 조국을 배반하고 수정주의에 투항하는 반혁명여론을 대대적으로 퍼뜨렸다는 죄명을 들씌웠다. 이 글은 다음과 같이 쓰고 있다.

"'로예인좌담회'란 이 검은 회의 '검은 점'이 어디에 있는가? 이 '검은 밑창'을 발가놓자면 반드시 '로예인좌담회'의 3개 허울 ─ '로(老)', '예(艺)', '인(人)' ─ 을 충충이 벗겨놓아야 한다.

이른바 '로'라는 것은 연변 지구에서의 당내의 자본주의길로 나아가는 으뜸가는 당권파가 보기엔 민족에 속하는 것이라면 '오랜 것일수록 더욱 좋고 옛것일수록 더욱 좋고 낡은 것일수록 더욱 좋다'는 것이었다. 동시에 흑백을 전도하고 이목을 흐리우며 그 무슨 '오랜 것일수록 군중들은 더욱 환영한다' 느니 뭐니 하고 허튼소리를 치면서 어느 계급의 것이거나 어느 나라의 것이거나를 막론하고 '오랜'것이기만 하면 모조리 '구원'해내야 한다는 것이었다. 이리하여 '로예인좌담회'에서 등장하여 표연한 사람들이란 이른바 '오랜' 예인들이며 구원해낸 '유산'도 이른바 '민족의 고전'이었다. 여기서 알 수 있는바 이른바 이 '오랜 것'이란 봉건주의, 자본주의, 수정주의의 화신이며 봉건주의, 자본주의, 수정주의의 시체이며 이 '오랜 것'으로 봉건주의, 자본주의, 수정주의의 문화더러 '죽은 사람'을 빌어 혼을 부르게 하는 것이다."

그러면 '예'란 어떤 물건짝인가? 그 본질은 무엇인가? 들어보자! 연변지구에서의 당내의 자본주의 길로 나아가는 으뜸가는 당권파는 어떻게 허튼소리를 쳤는가. 그는 '조선족의 진정한 문화예술은 남조선에 있다.'고 말하였다. 한마디로 까놓고 말하면 이른바 그의 '예술'이란 민족반동파의 '예술'이며 봉건주의의 '예술'이며 자산계급의 '예술'이며 제국주의에 달라붙는 '예술'이다. 한마디로 말하면 달갑게 제국주의 노복으로 되는 '예술'이다. 검은 회는 이른바 그의 이 '예술'의 검은 의사에 따라 민족문예 '유산'을 부랴부랴 '구원' 해내였다. 이를테면 민간이야기 방면에는 '천지의 맑은 물', '열두 삼천리벌', '왕바슴', '룡천골' 등이 있으며 음악방면에는 '도박가', '권주가', '난봉가', '짝사랑', '화류가' 등이 있으며 무용방면에는 '개구리춤', '손벽춤', '무당굿춤' 등이 있다. 헤아릴 수 없는 착취계급의 이런 검은 물건짝들 그리고 극히 반동적이고 저속하기 짝이 없고 잡동사니인 이런 더러운 물건짝들이 바로 '로예인좌담회'의 산물이다.

이른바 이런 민족문예유산은 '같은 민족, 같은 혈통, 같은 선조, 같은 역사, 같은 감정, 같은 문화'란 간판을 내걸고 몰락하는 부패한 봉건주의, 자본주의, 수정주의의 반동사상을 대대적으로 선양하면서 조국을 배반하고 수정주의에 투항하는 반혁명여론을 대대적으로 퍼뜨려놓았다. 그런데 연변지구에서의 당내의 자본주의 길로 나아가는 으뜸가는 당권파 및 그의 조력군들은 이런 대독초들을 '보귀하오, 보귀해!', '내용이 건강하고 체재형식이 다양하고 풍부하다'고 대대적으로 떠받들었으며 봉건문화의 찌꺼기가 조금이라도 잃어질까봐 '문예유산을 원모양대로 보존해야 하지 마음대로 고쳐서는 안된다'느니 뭐니 하고 공공연히 명령하였다. 까놓고 말하면 연변에서의 당내의 자본주의 길로 나아가는 으뜸가는 당권파는 철두철미의 봉건주의, 자본주의, 수정주의의 문화예술의 나팔수이며 '국외 수정주의'문예 검은 선의 실시자이다. 모두어말하면 '로예인좌담회'의 '예술'이란 민족반동파의 '예술'이며 철두철미 국외 수정주의의 '예술'이다.

그렇다면 '로예인좌담회'가 '구원한' 이런 '유산'은 구경 어떤 사람들에 의거하였는가? 연변지구 당내의 자본주의 길로 나아가는 으뜸가는 당권파가 규정한 세 가지 표준에 의하면 춤출 줄 알고 노래 부를 줄 알며 이야기할 줄 아는 것인데 어떤 사람이든 간에 이 세 가지만 구비되면 이 검은 회의에 참가할 수 있다는 것이다. 이런 검은 '원칙'밑에 '로예인좌담회'에 참가한 사람들이라면 그 무슨 기생, 무당, 궁녀, 위만 경찰, 위만 법사… 등등 거개가 낡은 사회의 찌꺼기들이였는바 민족문예 유산을 구원한다는 구실로 이런 자들을 끌어들여 무대에서 표현시킴으로써 독소를 대대적으로 퍼뜨렸다. 이것이 바로 '로예인좌담회'의 내막이다. 이것은 실상 죽은 사람을 빌어 혼을 부르는 회이며 조국을 배반하고 수정주의에 투항하는 여론을 대대적으로 조성하는 칼 가는 회이며 투항병과 반역자를 긁어모으는 선서회이며 자본주

의를 복벽하는 동원회이다. 이로부터 '로예인좌담회'의 심보가 얼마나 지독
한가를 볼 수 있다!"

또한 이 글에서는 1950년대 후반과 1960년대 초반 연변민간문예유산수집
조가 동북3성의 조선족들 속에서 수집, 정리한 460편의 민담과 1,500여 개의
속담을 모조리 대독초라고 판결한 나머지 전설민담집《천지의 맑은 물》(정길
운 정리)을 "민족문화혈통론"을 고취한 전형적인 사례로 삼아 다음과 같이 비
판을 가했다.

"<천지의 맑은 물>은 소위 '로예인좌담회'에서 벼려낸 보이지 않는 칼이
다. <천지의 맑은 물>의 자초지종에 관통되어 있는 것은 바로 '물'이다. 검은
이야기는 '그때로부터 천지의 물이 발원되어 한 탯줄에 낳은 강 삼형제(두만
강, 압록강, 송화강)가 동, 서, 북으로 사이좋게 흐르게 되었다'고 뻔뻔스럽게
말하였다. '한 탯줄에 낳은 삼형제'라는 이 검은 선에는 어떤 사상감정이 포함
되어 있으며 탯줄이란 어떤 탯줄인가? 검은 이야기 자체는 '태'가 바로 피라
고 대답하였다. 검은 이야기는 한 탯줄에서 나온 삼형제를 '한 원천을 가진
세 강'으로 비유하였는데 두말할것도 없이 '물'을 피에 비유하고 수원을 혈통
에 비유하였다. 여기에서 조국의 영토를 팔아먹고 조국을 배반하고 수정주의
에 투항하려고 망녕되게 시도한 연변지구 당내의 자본주의 길로 나아가는
으뜸가는 집권파의 승냥이야심이 남김없이 폭로되었다."

이 글에서는《춘향전》,《흥부전》,《심청전》에 대한 정당한 계승도 하나의
죄목으로 삼으면서 다음과 같이 비판하였다.

"연변지구 당내의 자본주의 길로 나아가는 당권파는 딴 심보를 품고 노동

인민이 창조한 문화의 역사사실을 뜯어고치고 공공연하게 국외 수정주의문
화예술, 지어는 남조선의 이른바 '문화예술'을 연변조선족문화예술의 '혈통'
으로, 문화예술의 '원천'으로 삼은 동시에 그 검은 졸개들을 사촉하여 여론을
대대적으로 조성하면서 '누가 연변조선족에게는 자기의 전통적인 희곡이 없
다고 하던가? '춘향전', '흥부전', '심청전' 등 5대전이 있는데 이것은 모두
좋은 것들이다!'느니 뭐니 하였다. 그래 자산계급적이고 수정주의적인 이런
검은 물건들이 실로 연변조선족문화예술의 원천이란 말인가? 아니다! 아니
다! 아니다!"

그리고 대비판학습반에서는 건국 후 우리 조선족 극문학의 대표적인 성과
의 하나인 장막극 《장백의 아들》(황봉룡, 박영일 작)에도 비판의 불벼락을 안겼
다. 1969년 9월 13일 《연변일보》에 발표된 <매국투항주의 대독초>라는 글이
그러하다. 이 글은 항일무장투쟁을 다룬 훌륭한 장막극 《장백의 아들》을 "민
족문화혈통론"의 표본으로 여기면서 얼토당토않은 죄명을 들씌웠다. 이를테
면 이 작품을 "반역자를 미화하고 노농병을 추악하게 만든" "반동연극"이며
"매국주의를 선전한 대독초"라고 하였으며 "항일전쟁의 역사를 뜯어고치고
조국의 통일을 분열시키며 무산계급독재를 뒤엎고 자본주의를 재생시키는
반혁명수정주의노선을 극력 고취한" 독초라고 죄명을 들씌웠다. 비판과정에
서 그자들은 몽둥이를 휘두르고 시비를 전도하고 마구 짓밟아놓는 수법을
쓰다 못해 지어는 극중 인물인 일본군관의 대사마저 작자의 언론이라고 하면
서 이 작품의 작자와 연출을 왜놈보다 못하다고 모욕하였다.

이와 같이 "민족문화혈통론"에 대한 비판을 통하여 조선족의 문예유산을
전반적으로 부정하고 건국 후 17년간에 달성한 조선족의 문예를 전반적으로
말살하였으며 조선족문예인을 여지없이 타매하였다. 이 대비판운동은 조선

족문예계에 깊은 상처를 입혔는데 "문화대혁명"이 끝나서야 그 상처가 치유
되기 시작하였다.

"민족문화혈통론"에 대한 비판은 본질적으로 "문화대혁명" 시기 악성적으
로 팽창한 "대한족주의"가 소수민족문화에 대해 진행한 대토벌이었다. 중화
민족은 다원일체의 구조를 가진 특수한 다민족공동체로서 그 전제와 출발점
은 문화의 다원성이다. 조선족문화 역시 이 다원적 요소 중의 하나이다. 특히
조선족과 같은 과경민족에게 있어서 그 문화유산과 전통은 조선반도의 전통
문화와 하나의 혈맥으로 이어져왔음은 분명한 사실이다. 이것을 부인하고
다만 중국에 건너온 후 첨가된 중국문화의 요소만을 허용하고 강조한다면
조선족문화에는 애오라지 중국 한족이나 기타 문화로의 동화의 길밖에는
남지 않는다. 이는 중국경내의 각 민족이 자기의 민족문화를 개화, 발전시킬
수 있도록 권장해온 중국공산당의 일관적인 소수민족정책과는 위배되는 것
이다.

제2절 공명시기 시문학을 통해 본 국민의식과 민족의식의 이중주

정치공명시기의 시문학은 해방공간, 건국초기, "반우파투쟁" 이후 이렇게
3단계로 나누어 볼 수 있다.

1. 해방공간 시문학의 주제

1945년 8월 해방으로부터 공화국 창건 전야에 이르기까지 조선족시문학
은 리욱, 윤해영, 김례삼, 채택룡, 설인, 김태희, 김순기, 임효원, 김창석, 서헌

등 시인들에 의해 자기의 진로를 개척했다. 이 시기에 서정시 창작과 더불어 종합시집 《태풍》(1947), 리욱의 시집 《북두성》(1947), 《북륙의 서정》(1949) 등이 출판되었다.

이 시기의 시문학을 주제 별로 보면 해방된 인민들의 감격과 희열 및 새 사회건설의 포부를 노래한 설인의 <환호성>(1945), 채택룡의 <해방>(1945), 윤해영의 <동북인민행진곡>(1946), <동북인민자치군송가>(1946), 리욱의 <두만강에 묻노라>(1947), <그날의 감격은 새로와>(1948), 김순기의 <승리의 감격>(1948); 토지개혁을 노래한 김진의 <토지 얻은 이 기쁨 쏟아 쏟이>(1948), 리욱의 <석양의 농촌>(1948), 김례삼의 <토지 집조>(1948), 채택룡의 <내 땅에 내 곡식>(1948); 국내혁명전쟁을 다룬 윤해영의 <년두음(年头吟)>(1946), 임효원의 <편지>(1947), 장해심의 <전우의 영령 앞에서>(1948), 김창석의 <승리의 전선으로>(1949), 설인의 <양자강가에 봄이 오면>(1949); 우리민족의 역사와 혁명전통을 다룬 신활의 <혁명가의 안해>(1946), 리욱의 <옛말>(1948), 김례삼의 <밀행>(1948) 등이 주목된다.

신활의 서정시 <혁명가의 안해>는 광복 전의 생활을 다루었다는 점에서 과도기적 작품이라 하겠고 남편을 항일투쟁의 최전선에 보낸 아내의 독백을 통해 애틋한 사랑과 광복의 새날을 믿어 의심치 않는 그녀의 굳센 의지를 노래하고 있다.

고량밭 지나 역까지 20리길/ 떠나는 남편을 보낸지도 그 몇해/ 눈보라치는 세린하골에 겨울을 보낼 때마다/ 어린아이를 안고 눈물지우는 밤이면/ 소식이 그리워 잠을 못이루었소// 옥수수죽 한 그릇도 더웁게 앞에 놓으면/ 생각은 어느덧 먼 곳으로/ 지금쯤 어느 산협에서 굶지나 않는지/ 목메인 생각에 가슴이 뭉클했소// ……/ 앞산 고개 넘는 옆으로 가로놓인 오솔길에/

사람의 그림자만 얼른거려도/ 울타리나 마당 앞 백양나무가지에 까치만 울
어도/ 그리 쉽게 안 돌아옴을 번연히 알면서도/ 마음은 남모르게 기다려졌소
// 깊은 밤 회오리바람이 윙윙 우는 밤/ 건너 마을 호개 짖는 바람에 잠을
깨면/ 또 다시 놈들의 경찰이 오는가 하여/ 고스란히 한밤을 그냥 새웠소/
/……/ 눈물 대신 슬그머니 웃는/ 그는 혁명가의 안해/ 남모르게 래일을
기다리는/ 그는 혁명가의 안해였소

이 작품은 시적화자가 통일되지 못해 아쉬움을 남기지만 옥수수죽 한 그
릇 앞에 놓고도 깊은 산속에서 고생하는 남편을 그리는 여인의 심정을 잘
보여주었고 "건너 마을 호개 짖는 바람에"와 같은 청각적 이미지를 통해
지역성을 드러내고 시적 긴장을 확보하고 있다. 혁명가의 아내들에 대한 긍
정, 그들의 외유내강의 미에 대한 찬미를 통해 우리민족이 이 땅에서 주인공
으로 떳떳하게 살 수 있는 당위성을 노래했다고 해도 대과는 없을 것이다.

윤해영(尹海榮, 1909~?)은 광복 전부터 창작활동을 하였다. 그는 8·15해방을
흑룡강성 영안(寧安)에서 맞고 그곳에서 1947년까지 문학창작을 하다가 조선
으로 갔다. 그는 영안의 동북인민민주동맹 선전문화부에서 꾸린 잡지《효종
(曉钟)》을 주관하는 한편 신안촌의 조선인문공단의 지도와 감독을 맡았는데
시 창작에서도 뛰어난 성과를 거두었다. 그는 상술한 작품 외에 <아주까리
등불아래>(1946), <청명시절>(1946), <눈>(1946), <카나리아>(1946) 등을 창작했
는데 그중 <동북인민행진곡>이 널리 보급되었다.

동북의 새벽하늘 동이 트는 대지에/ 새로운 력사 싣고 종소리는 울린다/
모여라 동북인민 우리들의 일터로/ 희망의 아침이다 새기발을 날리자//
무도한 제국주의 침략자의 쇠사슬/ 인류의 적이란다 우리들의 원쑤다/
피압박 약소민족 자유해방 위하여/ 정의의 칼을 들고 너도 나도 싸우자//

선구인 혁명자의 원한서린 붉은 피/ 저녁노을 지평선에 송화강도 붉었다/
잊으랴 경신토벌 "9·18"의 혈세를/ 복수의 날이 왔다 백년 한을 갚으리//
흥안령 부는 바람 흐린 안개 가시여/ 송화강 힘찬 줄기 나갈 길이 보인다/
새로운 민주주의 우리들의 로선에/ 발맞춰 건설하자 새로운 동북을//

이는 <동북인민행진곡>의 전문이다. 이 작품은 동북의 조선족인민들이
당의 영도아래 굳게 뭉쳐 선열들의 뒤를 이어 힘차게 싸워 철저한 민족해방
을 쟁취하며 새로운 동북을 건설하려는 웅심을 격조높이 노래하였다.

설인(리성휘, 1921~)은 광복후에 본격적으로 시 창작을 하였다. 건국 전까지
그는 많은 서정시를 창작하였는데 그중 대표적인 작품이 바로 <양자강가에
봄이 오면>이다. 그는 이 서정시에서 항일전쟁과 제3차 국내혁명전쟁의 빛
나는 승리를 격조 높이 노래하였다. 시의 마지막 부분에서는 바야흐로 다가
올 새로운 중국의 탄생과 거창한 앞날에 대해 다음과 같이 노래하고 있다.

이 나라에 봄이 오면 꽃피는 봄이 오면/ 양자강가에도 봄은 진정 찾아오리
니/ 오래 두고 신음하던 동토는 화창히 풀려 대해에 흐를 것이고/ 굳었던
비바람의 하늘도 맑게 개여/ 휘영청 낯색을 보이리라// 그러면 이 나라/
매 맞아 멍이 졌던 인민의 등허리도 펴질 것이고/ 주름 잡혔던 어머니의
량미간에도 웃음이 올 것이며/ 동결되였던 아가씨의 얼굴에도 웃음꽃 피리
니/ 종달이도 새 보금자리에서 노래 다시 아름다우리라// 오오/ 저기 양자의
강가에 봄이 온다/ 곤륜의 지붕에도 5억의 가슴 가슴에도/ 끝없는 래일과
악수하는/ 실로 기나긴 수천 년 무거운 쇠사슬 끊어버리는 우리들의 봄이//
저기 파도와 같이 늠실늠실 걸어온다/ ……

이 시에서 시인은 중국공산당 군대의 승리를 "우리"의 승리로 인식하고

"실로 기나긴 수천 년 무거운 쇠사슬 끊어버리는 우리들의 봄이// 저기 파도 와 같이 늠실늠실 걸어온다"고 읊조린다. 그것은 연변을 비롯한 동북3성의 5만 명 이상의 조선족 군인들이 중국인민해방군 제4야전군 각 종대에 배속 되어 국민당군대를 무찌르면서 요심전역, 평진전역을 거쳐서 양자강을 넘어 서 국민당통치의 최후의 아성인 남경을 점령하였기 때문이다. 그러므로 8백 만 국민당 대군을 전승한 중국공산당 군대의 승리는 바로 우리 조선족의 승리에 다름이 아니다. 이 시를 통해 우리는 바야흐로 중화인민공화국의 공 민으로 되어가는 조선족의 새로운 국민의식이 형성되어가는 과정을 확인할 수 있다.[70]

요컨대 해방직후부터 건국전야까지의 시문학에서는 해방과 새로운 현실 에 대한 흠모와 칭송의 감정을 표현한 송가와 정치서정시가 주축을 이루었 다. 이런 시편들은 찬양의 열도가 높고 주정토로가 강렬하다. 또한 이런 시들 은 시상이 단순하고 표현이 직설적이며 중국공산당의 이념과 정치적인 요구 를 강조하고 있는 것이 특징적이다. 말하자면 이는 조선족시인들의 국가의식 의 변화와 문화신분의 변화를 의미한다. 이런 경향은 건국 후에 더욱더 전면 에 나타난다.

2. 건국 초기 시문학의 주제

건국 후 조선족시문학은 새로운 역사단계, 즉 사회주의단계에 진입한다. 이 시기 조선족시문학은 광복 전이나 건국 전부터 자기의 시적기량을 과시하 던 리욱, 김례삼, 채택룡, 현남극, 임효원, 설인, 김창석, 서헌과 1950년에 시단

---

70 김관웅, <중국조선족문학에서의 정체성문제에 대한 통시적 고찰>, 《2011년 세계한상문화 연구단 여수시 공동 국제학술회의 논문집》, 2011, 259쪽.

에 나타난 김철, 김성휘, 리행복, 윤광주, 조룡남, 김응준, 황옥금, 김태갑, 김학, 리상각, 리삼월, 김경석 등 시인들의 노력에 의해 가꾸어졌다.

새 중국의 창건에서 "반우파투쟁" 전야까지의 7년 동안에 조선족시문학은 안정된 생활과 일사천리로 발전하는 시대적 분위기 속에서 점차 새로운 발전 단계에 진입한다. 시인들도 건국 후 나라의 주인, 즉 당당한 공화국 공민의 자격을 가졌다. 그들은 가슴에 넘치는 희열, 행복감과 자부심을 가지고 새로운 생활을 다정다감하게 또는 격조높이 노래한 훌륭한 시작품들을 많이 창작하였다. 이 시기에 종합시집《해란강》(1954), 리욱의 시집《고향사람들》(1957), 주선우의 시집《잊을 수 없는 녀인들》(1957), 임효원의 시집《진달래》(1957), 김철의 시집《변강의 마음》(1957)이 선후로 출판되었다.

시인들은 다양한 소재를 다루었고 서로 풍격이 다름에도 불구하고 한결같이 현실긍정의 자세와 진실하고 소박한 이미지로 당과 조국, 인민대중에 대한 그들의 뜨거운 사랑을 노래했는데, 대체로 그 격조가 경쾌하고 명랑하고 투명하였다. 또한 이 시기 시문학은 그 형태와 양식에서도 새로운 특징을 보여주었다. 거창한 현실과 인민들의 행복한 생활, 그들의 아름다운 정신세계를 노래하는 것을 주선율로 하면서 서정서사시와 장시들을 창작하고 시조, 산문시, 풍자시 창작도 자기의 자태를 나타냈다. 특히 송가형식이 압도적인 비중을 차지하여 전례 없는 송가시대의 진풍경을 보여주었다.

건국초기 7년 동안에 무엇보다도 먼저 우리의 이목을 끄는 것은 민족재생의 새봄을 안겨주고 행복한 삶의 요람을 마련해준 당과 수령, 조국에 대한 조선족인민들의 다함없는 흠모와 존경, 찬양과 칭송의 마음을 앙양된 정서적 체험과 화려한 이미지로 뜨겁게 노래한 서정시들이다. 이를테면 임효원의 <새 국기 밑에서>(1949.10), 서헌(徐憲)의 <영예는 조국에>(1949.12), 김례삼의 <공산당의 붉은 기발>(1951), 박응조의 <모주석의 초상화>(1955), 김철의 <꽃방

석>(1954) 등이 그러하다.

1950년 "항미원조전쟁"이 일어나자 애국주의와 국제주의 정신, 전쟁과 평화에 관한 주제를 다룬 서정시들이 속출하였다. 이를테면 임효원의 <이 손에 총을 주소>(1950), 김창석의 <불길은 일었다>(1950), 김순기의 <조선의 싸움터로>(1950), 김례삼의 <선반기 앞에서>(1951), 문극의 <그대 불굴의 영웅>(1952) 등을 들 수 있다. 이러한 서정시들은 군민의 혁명적 영웅주의와 낙관주의 정신을 격조 높이 노래하였으며 정론적인 기백과 전투적인 호소성, 장중하고 박력 있는 시적묘사로 특징지어진다. 이 시기에 전투적인 서정시외에 대중적인 가창운동의 물결을 타고 전방과 후방 인민들의 영웅적인 투쟁과 필승의 신념, 애국증산의 열정을 노래한 가사작품들도 많이 창작되었다. 이러한 서정시와 가사작품들에는 조선족시인들이 새롭게 획득한 중화인민공화국 공민이라는 국가신분과 함께 그들의 국민의식이 분명하게 드러나고 있다.

1950년대의 시문학을 비롯한 전반 조선족문학의 중요한 주제의 하나는 농업합작화운동과 그 시기 농촌현실에 대한 찬미였다. 이런 주제를 다룬 시들로는 임효원의 <처녀들은 노래를 부른다>(1954), 김창석의 <동무여 내 노래 듣는가>(1954), 설인의 <조국은 그대 심장으로 하여>(1954), 김철의 <지경돌>(1955), 윤광주의 <다시 만나자 고향아>(1955), 김응준의 <령을 넘으며>(1955), 김태갑의 <오얏나무 두그루>(1955), 황옥금의 <고향의 봄>(1955), 조룡남의 <아버지와 아들의 이야기>(1956), 김학의 <새날의 아침을 맞으며>(1957), 리욱의 산문시 <새벽의 고조>(1956) 등을 들 수 있다.

농업합작화운동과 이 시기 농촌생활을 다룬 시작품들은 당의 호소와 시대적 이데올로기를 강하게 구현하고 있어 지나치게 정치적 선동의 한계가 드러나기도 하였다. 그렇다고 이런 시들을 일괄적으로 부정할 수는 없다. 농촌생활에 대한 체험과 농민에 대한 깊은 사랑에 바탕을 둔 적잖은 시작품들은 노동의 미와 희열, 향토애와 인간애를 진지하게 표현하고 있어 일정한 미학적 가치를 지니고 있다. 설인의 서정시 <조국은 그대 심장으로 하여>를 보기로 하자.

아침이면 아침마다/ 이슬 머금은 벼이파리/ 반짝이는 구슬을 자랑하며/ 그대를 반겨 손질하니// 실로 이 곳은/ 그대 애띠디애띤/ 아직 새파란 청춘처럼/ 우로 우로 성장만 하는 곳이어니// 쳐다보면 하늘도 푸르고/ 이마에 손을 얹어 내다보면/ 모두다 생명이 뚝뚝 흐르는/ 푸른 물감에 젖어있는 일터가 아닌가// 그대와 우리/ 이렇게 말없이 나란히 하여/ 풀과 싸우는 전투마당/ 염천 칠월의 한복판에서/ 이마에 구슬땀 흘리노라면/ 의례히 흘러나오는 그대의 코노래/ 힘드는 줄 모르는 행복한 시간을 가져오나니// 그대는 실로/ 한창 푸르러 싱싱한/ 칠월의 대지처럼/ 다할 줄 모르는 아름다운 청춘을 가져왔구려!

이 서정시는 농업합작화운동에서 구슬땀을 흘리면서 아름다운 청춘을 가꿔가는 청년농민들의 보람과 희열, 생활의 낭만을 예술적으로 일반화하였다. 말하자면 농업합작화운동에 대한 직접적인 찬양과 개념적인 도해(图解)가 아니라 노동생활의 미와 노동 속에서 성장하는 청춘의 낭만적인 서정세계를 예술적으로 보여주고 있다.

건국 초기 우리 민족의 역사와 혁명전통을 다룬 작품도 적잖게 창작되었다. 서헌의 서정서사시 <청송 두 그루>(1955), 리욱의 서정서사시 <고향사람들>(1957), 서정시 <장백산의 전설>(1957), 설인의 서정시 <묵상>(1957) 등이 그러하다. 서헌의 <청송 두 그루>는 건국 후 조선족시단에서 처음으로 조선족의 유구한 역사와 빛나는 혁명전통을 폭넓게 형상화한 서정서사시이다.

풍만히 흐르는 구수하의 젖줄기를 물고/ 하얗게 팬 벼꽃의 바다에 얼싸안
겨/ 아늑히 들어앉은 새봉마을/ 양지바른 동구앞에 청송 두 그루// 에영꾸부
정 마주섰다 하여/ 길 가던 나그네들 부부솔이라 이름 짓고/ 마을의 젊은
또래 제단에 좋게 붙여/ 처녀총각 죽은 령신이라 불러온다만// 청송 두 그루
엔/ 새봉마을 백년이 흘러온 나날 속에/ 슴배이고 아로새겨진/ 가지가지
이야기 많기도 많아…

이는 <청송 두 그루>의 서시 전문이다. 시인은 서시를 통하여 날 따라
꽃피는 새봉마을의 양지바른 동구 앞에 우뚝 솟은 청송 두 그루에 "슴배이고
아로새겨진" 이야기가 많다고 하면서 독자들을 흘러간 세월로 이끌어간다.
말하자면 서시에 뒤이어 "고난", "투쟁", "굴하지 않는 뜻", "땅을 찾던 날",
"무성하라 청송이여" 등 5장을 통하여 우리 민족의 눈물겨운 수난사와 빛나
는 투쟁사를 풍만한 서정과 다정다감한 이미지로 일반화하고 있다. 특히 시
인은 항일무장투쟁시기 우리 민족의 굴함 없는 투쟁정신과 굳은 절개를 예술
적으로 표현하는데 모를 박았다. 청송 두 그루, 이는 성스러운 이 땅에 뿌리
박은 조선족인민의 상징이며 새 시대를 안아오기 위해 영용무쌍하게 싸우다
가 희생된 혁명선열들의 "마음속의 비문 없는 렬사비"이며 더욱 번영할
생활에 대한 표상이기도 하다. 시인은 청송 두 그루에 깃든 이야기를 엮고
나서 작품의 마지막 부분에서 다음과 같이 주정토로를 한다.

마을을 지켜온 렬사들의 넋이런가/ 청송 두 그루 어깨를 너울거릴제/ 애
솔마저 싱그런 솔향기 풍기며/ 하느적하느적 화답을 하누나!// 조상들의 강
굴했던 피줄을 이어/ 그대들의 다함없는 청춘과 로력으로 하여/ 저 애솔들이
창창히 자라나듯/ 이 마을은 호함지게 흥성하리라!// 천세만세 번영하여 다
함이 없을/ 우리의 새봉마을이여/ "새봉집단농장"이란 금빛글자로/ 청송 두

그루에 새 빛을 들치라!

이 서정서사시는 폭넓은 시공간을 다루고 있지만 시적인 비약과 함축의
수법을 적제적소에 사용함으로써 우리 민족의 기나긴 혁명사를 예술적으로
일반화할 수 있었다. 작품은 높은 격조와 시적 흥분을 생경하게 드러내지
않고 그것을 생동하고 다정다감한 시적 이미지 속에 용해시켰다. 우리 민족
의 역사와 혁명전통의 주제는 그 후에 창작된 리욱의 서정서사시 <고향사람
들>에 이르러 한결 더 풍만하게 형상화되고 있다. 그의 <고향사람들>은 건국
초기 조선족시문학이 거둔 대표적인 성과라고 할 수 있다.

공화국창건으로부터 "반우파투쟁" 전까지의 시문학에서 반드시 짚고 넘
어가야 할 것은 사랑의 주제를 다룬 작품들이다. 1950년대 초반, 대대적인
문예비판운동을 거치면서 문예계와 학술계는 크게 위축되어 있었다. 1956년
초부터 당중앙에서는 문예계와 학술계의 침체가 심화되자 이를 크게 우려하
여 활성화대책을 강구하기 시작하였다. 1956년 5월 모택동은 "백화제방, 백
가쟁명"의 방침을 제기하였다. 이 방침을 보면 앞으로 문예계나 학술계에
대해 어떠한 규제도 가하지 않으며 "창작의 자유"와 "사상의 자유"를 보장한
다고 하였다. 이는 당시 문예계와 학술계를 크게 놀라게 하였다. 문예계에
봄바람이 불어오자 적지 않은 작가와 시인들은 "금지구역"을 깨고 "지뢰밭"
을 지나 사랑의 주제를 다룬 작품들을 선보이기 시작하였다. 이를테면 윤광
주(尹光柱)의 서정시 <그때면 알겠지>(1956), 주선우(朱善禹)의 서정시 <첫사
랑>(1957), 임효원(任晓远)의 서정시 <아 산딸기는 익어가건만>(1957), 주선우의
서정시 <잊을 수 없는 녀인>(1957), 리상각(李相珏)의 서정시 <빨래하는 처
녀>(1957), 김철(金哲)의 서정시 <앵두 네알>(1957), 조룡남(赵龙男)의 서정시 <기
러기>(1957), 김창석(金昌锡)의 서정시 <안해의 노래>(1957) 등이다. 이러한 작품

들을 통해 조선족시인들이 "백화만발, 백가쟁명"의 훈풍을 타고 "사랑의 왕
국"에 접근하며 인간의 "내우주(內宇宙)"에 들어감으로써 문학을 "정치학"으
로부터 "인간학"으로 인식하기 시작했음을 알 수 있다. 하지만 가석하게도
이런 문학현상은 오래가지 못하였다. 1957년 후반부터 중국대지에 휘몰아친
"반우파투쟁"과 여러 가지 비판운동은 삽시간에 백화만발의 호시절을 삼켜
버렸다. 인간의 근원적인 욕구와 직결되는 사랑의 주제를 다룬 문학작품은
무차별포격을 받았다. 조선족문단은 중국의 주류문단과 마찬가지로 중세기
적인 "금욕주의"가 판을 치게 되었으며 문학은 사랑이 없는 "정치사막"으로
되어 버렸다. 사랑의 주제를 다룬 작품들은 죄다 "독초"로 판정되어 "담화일
현(昙花一现)"의 운명을 면치 못했다. 시인들은 사랑의 가야금을 버려야 했고
사랑의 주제는 우리 문학에서 추방되고 말았다. 그들은 소재와 주제의 정치
화에 목을 매야 했으며 국가이데올로기의 "메가폰(传声筒)"으로 되어 버렸다.
이 시기에 애정시와 함께 김철의 <과민증>(1956), 서헌의 <엄청난 결론>(1956)
과 같은 풍자시도 창작되었지만 역시 불우한 운명을 면하지 못하였다.

3. "반우파투쟁" 이후 시문학의 주제

1957년 후반기에 시작된 "반우파투쟁"으로부터 1976년 "문화대혁명"이 결
속될 때까지 조선족시문학은 정치적인 풍랑의 모진 충격을 받으면서 곡절
많은 길을 걸었다. "반우파투쟁"으로 하여 오래전부터 시 창작에 투신하여
성과를 올린 주선우, 채택룡, 서헌과 같은 중견시인들, 새로운 목소리를 가지
고 시단에 갓 등장한 조룡남과 같은 신진시인들이 억울하게도 "자산계급우
파분자"로 몰려 시단에서 쫓겨났다. 정치운동의 폭압과 잔혹한 사상비판은
시인들의 머리를 짓눌렀고 시인들의 영감을 고갈시켰으며 시적 상상의 나래

에 모진 상처를 남겼다.

시단에 휘몰아치던 이런 "좌"적 사조는 1958년에서 1959년까지 "대약진", "인민공사화운동", "반우경투쟁", "신민가운동"으로 이어졌다. 하여 조선족 시문학은 허다한 폐단을 드러냈다. 반사실주의적인 허풍으로 특징지어지는 "낭만주의" 사조가 범람하여 현실을 터무니없이 분식한 싸구려 "송가", 도식화와 개념화로 특징지어지는 정치구호식 시들이 속출하였다. 이런 그릇된 시풍과 경향은 시집 《동풍만리》(1958), 《청춘의 노래》(1959), 《들끓는 변강》 (1959)과 여러 종의 민가집, 그리고 적지 않은 서정시에 노골적으로 드러났다.

하지만 "대약진" 시기에 창작된 적지 않은 시편들, 이를테면 임효원의 <최신지도를 그리는 이들께>(1958), 김성휘의 <고동하시초>(1958), 김철의 <장사들이 예 왔노라>(1958), 리욱의 <염전>(1958), 리삼월의 <겨루어보자>(1958) 등에는 비록 당시의 그릇된 문학사조의 영향이 일부 보이기도 하지만 지지리 못난 가난에서 벗어나려고 하는 그 당시 조선족인민들의 강렬한 욕망과 산촌을 개변하려는 그들의 불같은 열의를 강건하고 청신하며 기백 있는 필치로 보여주기도 하였다.

또한 "대약진" 시기에 혁명전통의 주제를 다룬 김철의 서정서사시 <산촌의 어머니>(1958), 조국을 노래한 리욱의 서정시 <조국>(1959), 김철의 <조국찬송>(1959), 임효원의 <영광스런 나의 조국>(1959), 김창석의 <내 조국을 자랑하노라>(1958) 등이 창작, 발표되어 독자들의 넓은 공명대를 획득하였다. 그리고 리욱의 서정시집 《연변의 노래》가 한문으로 번역, 출판되어 형제민족독자들에게 읽혀졌다.

1960년대에 들어선 후, 조선족시인들은 "대약진" 시기의 열광적이고도 허위적인 "낭만주의" 사조에 대하여 초보적이나마 반성하면서 사실주의가 요구하는 시 창작의 진실성에 대한 추구에 모를 박고 진실한 감정을 읊조리기에 노력하였다. 또한 일부 중견시인들은 고심한 탐구와 창작실천을 거쳐 자기 나름의 개성을 보여주기 시작하였다. 하지만 1962년 9월 중국공산당의 제8기 10중 전회에서 모택동이 "계급투쟁을 절대로 잊지 말자"는 지시를 내리자 전국적인 범위에서 계급투쟁 확대화와 절대화의 바람이 휘몰아쳤다. 이런 "좌"적인 정치사조는 또다시 시인, 작가들의 수족을 묶어놓았다. 따라서 1960년대 전반기 조선족시문학은 여전히 정치적 세파에 부침을 거듭하면서 앞길을 모색했다. 1960년에서 "문화대혁명" 전까지 종합시집 《아침은 찬란하여라》(1961), 《푸른 잎》(1962), 《연변시집》(1964), 《변강의 아침》(1964) 등이 출판되고 많은 서정시와 기타 시작품들이 창작되었다. 이 시기의 시문학을 주제별로 살펴보면 다음과 같다.

1960년대 전반기의 조선족시문학에는 중국공산당의 "조절, 공고, 충실, 제고"의 방침에 따라 "대약진" 시기의 "좌"적 착오를 시정하고 사회주의건설을 다그치는 전진적인 기상, 선진인물들의 아름다운 정신세계, 날 따라 번영, 발전하는 새로운 생활에 대한 감격이 넘친다. 이를테면 이상각의 서정시 <승선시초>(1961), 김철의 <심산속의 오솔길>(1961), 윤광주의 <아침합창단>(1962), 리삼월의 <개간지의 봄노래>(1962), 김성휘의 <고향사람>(1962), 김응준의 <교원의 노래>(1962), 박화(朴樺)의 <백발>(1962), 황상박(黃相博)의 <꽃피는 공소부>(1962), 김창석(金暢錫)의 <꽃수레>(1962), 윤태삼(尹泰三)의 <행복한 어린것들아!>(1962), 김경석(金庚錫)의 <탄광시초>(1963), 김태갑의 <천 짜는 복이>(1964), 허두남(許斗南)의 <기러기>(1964), 허흥식(許興植)의 <대뚜베군처녀>(1964) 등이 바로 상술한 주제에 바쳐진 대표적인 작품이다.

1960년대 전반기에 조국, 당과 수령을 노래한 서정시들이 보다 많이 창작, 발표되었다. 이를테면 김성휘의 <나는 북경에 가고싶소>(1960), 김창석의 <나는 이 땅을 사랑한다>(1961), 한원국(韓元国)의 <조국에 대한 생각>(1961), 김태갑의 <태양송가>(1961), 리상각의 <당을 따르는 마음>(1961), 송정환(宋禎換)의 <조국>(1962), 김철의 <태양성>(1962), 김경석의 <위대한 조국>(1963) 등을 들 수 있다. 송정환의 <조국>은 조국의 주제를 다룬 서정시들 가운데서 그 당시의 많은 독자층을 확보한 작품의 하나이다.

> 내 여기 한 폭의 지도우에서/ 그대의 슬기론 모습과 높뛰는 맥박을/ 가슴 깊이 가슴 깊이 느끼가니// 그대의 넓은 대지우에/ 그물처럼 뻗어있는/ 철도와 도로와 항선/ 이것은 그대의 굵은 피줄이 아니오이까?// 가슴헤쳐 흐르는/ 양자강의 높은 물소리에/ 장백림해 춤추어 화답하고/ 옥야만리에 황금파도 넘실대거니/ 이것은 그대의 약동하는 맥박이 아니오이까!// 지하천척 갱도와 갱도에서/ 굴진기는 멎을 줄 모르고/ 안강에서 포강에서/ 용광로는 끓어 식을 줄 모르오이/ 이것은 그대의 불같은 정열이 아니오이까!//…

이는 서정시 <조국>의 앞부분에서 발취한 몇 대목이다. 시인은 투철한 조국관을 가지고 조국의 지도를 바라보면서 날 따라 번영, 창성하는 조국의 거창한 모습에 대한 칭송의 감정을 격조높이 토로하고 있다. 시인은 거대한 상상의 힘과 웅건한 감정의 폭을 가지고 여러 가지 기법으로 시상을 구김없이 개방하면서 시의 마지막에 다음과 같이 노래한다.

> 누가 만일 나더러 묻는다면/ —무엇이 가장 귀중하냐고?/ 그러면 아들은 서슴없이 말하리라/ 조국!/ 그대 말고 나는 모른다고!/ 그리고 그대를 위해서라면/ 모든 것을 바쳐 싸우련다고/ 오, 조국이여 길이 빛나라!

송정환의 이 시를 통해 우리는 중화인민공화국에 대한 시인의 확고한 조국관과 드높은 공민의식을 볼 수 있다.

1960년대 전반기에 시인들은 조선족의 빛나는 혁명전통과 항일투사들의 숭고한 정신세계도 노래하였다. 이에 바쳐진 대표적인 작품으로는 김태갑의 서정시 <옥중의 노래>(1962), 김창석의 <렬사비>(1962), 김경석의 <항전의 나날에>(1962) 등이 있다.

김태갑의 <옥중의 노래>는 1930년대 항일투쟁시기 유격대의 처녀 — "수리개"를 시적 주인공으로 내세우고 있다. 그는 적들에게 체포되어 사형당하기 전날 밤 옥중에서 절개를 잃지 않고 적들과 용감하게 싸운다. 이 작품은 유격대 대원의 혁명적 영웅주의와 낙관주의 정신을 정제된 시적구성에 담아 감명 깊게 노래하였다. 작품은 적에게 체포된 유격대의 처녀가 옥중에서 "중국공산당 만세"라는 일곱 글자를 수놓는 모습을 보여주면서 이 처녀의 추억과 낭만을 장중하게 읊조린 다음 처녀의 투쟁과 약속된 황홀한 미래, 시대와 더불어 영생할 유격대원 "수리개"의 불멸의 위훈을 다음과 같이 노래한다.

이 밤/ 그대 부른 노래는/ 폭풍 되여 흑운을 쫓고/ 그대 수놓은 글자는/ 홰불 되여 암흑을 태우리니// 이제 날이 새고/ 태양이 솟으면/ 처녀는— 수리개는/ 사형리들 이마빼기에/ 노래로 폭탄을 들씌우고/ 피로 수놓은 기폭 펄펄 날리며/ 조국의 하늘에 나래쳐 오르리!

이와 같이 김태갑의 <옥중의 노래>가 항일투사의 숭고한 정신세계를 반영하는데 초점을 맞추었다면 김창석의 <렬사비>는 혁명전통을 줄기차게 이어나갈 데 관한 주제를 전면에 내세웠다.

산길에는 연분홍진달래/ 들길에는 노란 민들레/ 길복판에 늘여진 두 줄기 수레길/ 고향길은 몇 백리 수레길은 몇 천리// 연변이라 내 고향길 걷기가

좋아/ 꽃이라 범나비 수놓은 들판/ 길섶에 맞아주는 반가운 동지/ 천추에
정기 뿜는 하얀 렬사비// 피바다로 젖어든 조국의 땅/ 걸어온 길 백리 가는
길 천리에/ 손짓하며 바래주는 다정한 동지/ 마음속에 우뚝 솟은 하얀 렬사
비// 한치 땅도 귀중하게 디디자/ 활개치며 못다 걸은 그들의 땅/ 한모금
샘물도 아껴서 마시자/ 갈한 목도 못 추겼던 그들의 샘물

이는 <렬사비>의 전문이다. 시인은 다정다감한 서정과 명랑한 색조로 열
사비가 자리잡고 있는 환경 — 연분홍진달래, 노란 민들레꽃이 피는 화창한
봄날의 아름다운 화폭을 제시하면서 독자들로 하여금 자신들이 누리고 있는
행복한 생활을 연상하게 하고 또 이런 행복을 마련해준 열사들에 대한 존경
의 감정을 자아내게 하였다.

서정시 <옥중의 노래>와 <렬사비>는 깊은 체험세계를 통한 강렬한 서정,
소박하고도 가식 없는 진실한 묘사, 눅잦힐 수 없는 강한 정서적 흥분과 그
속에 깃든 깊은 철리적인 사색과 여운으로 특징적이다. 게다가 두 서정시가
모두 함축되고 세련된 시행과 시련으로 엮어졌다.

요컨대 건국 후부터 "문화대혁명" 전야까지의 조선족시문학은 간난신고
를 겪으면서 전진하였으니 그 성과를 결코 낮게 평가할 수 없다. 하지만 시대
와 인민의 요구에 비해보거나 예술적 차원에서 가늠해보면 적지 않은 미흡한
점들을 가지고 있다.

우선, 시인들은 새로운 공화국의 공민으로 된 기쁨을 안고 조국, 당과 수령
을 노래하고 국가 이념과 정책을 반영하면서 문학을 정치의 시녀로 전락시킨
면이 더러 있다. 이처럼 문학의 사회정치적 기능을 지나치게 중요시한 나머
지 심미적, 오락적 기능을 홀시함으로 말미암아 시문학을 단지 정치와 계급
투쟁의 "도구", "폭탄과 기치"로만 여기는 폐단이 엄중히 존재하였다. 이와

같이 문예와 정치의 관계에 대한 편면적인 인식과 그릇된 처리, 더욱이 과분한 행정적 간섭과 조포한 비평은 예술적 민주를 압제하고 시인들의 수족을 얽어맸으며 그들의 창조적 재능마저 압살하는 지경에 이르렀다. 애정시나 풍물시 같은 것은 건드리기 어려운 "금지구역"으로, 이른바 자산계급의 미학적 이상을 추구하는 "대명사"로 되었다. 조선족시단에 자각적으로 혹은 비자각적으로 정치적인 중심과업과 배합하고 형세만을 따르는 표어나 구호식의 시, 경직된 정치서정시들이 많이 나와 판을 치게 되었다. 이상과 같은 원인으로 말미암아 시문학의 진실성이 크게 약화되었다. 이 시기 적지 않은 시작품, 특히 "대약진" 시기의 많은 서정시들은 들뜬 열광성과 허위적인 "낭만주의"로 진실한 감정의 다각적인 토로를 대신하였다. 이런 시작품들은 이른바 "송가"풍에 휘말려 사회모순을 회피하고 현실생활중의 암흑면을 대담하게 건드리지 못하고 생활의 표층에 보이는 "광명"한 면만을 분식하는 경향이 심했다. 이 시기의 조선족시문학은 예술적 풍격의 형성과 발전에 있어서도 적지 않은 한계를 드러냈다. 건국 후 17년 동안에 시인의 주체성이 홀시됨에 따라 시인들의 개성이 충분하게 발휘되지 못하였다. 시인 "자아"의 감정이 시작품에 구현되면 흔히 자산계급의 "자아표현"으로 간주됨으로 말미암아 시인들의 독특한 감수와 내부적 체험에 기초한 "나"의 서정세계가 일반적인 "우리" 속에 매몰되어 적지 않은 시작품들이 그 시대 정치의 메가폰으로 전락되었다. "사회주의시가의 방향은 민가"라는 사조의 영향 하에 시의 형식에 대한 다양한 탐구와 대담한 혁신이 홀시되고 시의 표현수법에 있어서도 생경한 직설법만이 강조된 까닭에 표현의 단색화, 경직화를 초래하였다.

이런 문제들은 "문화대혁명" 시기에 이르러 더욱더 팽창되어 조선족시문학은 "4인방"의 정치적선전의 메가폰으로 되었고 개인숭배를 고취하며 현대미신을 선양하고 사실주의문학의 진실성원칙을 떠난 싸구려 "송가"문학으로 타락했다. 이 시기에 출판된 시집 《조국에 드리는 노래》(1975), 《공사의 아침》 (1976) 등에 수록된 일부 작품들은 소박한 감정으로 농촌생활과 고향산천을 노래하고 있으나 대부분 작품들은 상기한 "좌"적인 사조에서 자유로울 수 없었다.

2. 주선우, 임효원, 김철의 시문학

1) 사랑과 평화의 시인 주선우

주선우(朱善禹, 1924~?)는 1950년대 초부터 "반우파투쟁" 직전까지 조선족시 단에서 맹활약한 시인이다. 주선우는 1924년 조선 평양 사암리에서 출생하였 다. 그의 전우 최정연은 그의 인적사항에 대해서 1997년 7월에 쓴 수필 <분노 에 타는 편지>를 통해 다음과 같이 밝히고 있다.

> "주선우씨는 1945년 8월 일본 천황이 무조건 항복하기 9개월 전에 군대에 끌려 나갔다가 돌아와 통화에서 조선의용군 1지대(동북민주연군 1지대)에 참 군하여 선전대 편집조에 배속되었다.
> 그는 사람이 솔직하고 남의 어려움을 잘 돌봐주는 너그러운 마음씨를 가 지고 있어서 편집조의 친구들은 그를 조장으로 천거하였고 조직에서도 인차 비준이 내렸다.
> 그는 열렬한 문학청년이었고 시 쓰기를 즐겼다.
> 우리는 3년 동북해방전쟁동안에 전투부대를 따라 행동하면서 주선우조장 의 인솔 하에 많은 '긴급임무', '특수임무', '돌격임무'를 완성하기 위해 행군 하면서도 작품을 구상했고 휴식시간에도 종목연습을 했었고 불철주야 적과 마주선 기분이었다. 주선우씨는 생활에서나 사업에서나 고생은 자기가 안고 명예는 남에게 돌렸다. 그는 종래로 자기는 '후근부장'이 주요임무라고 하면

서 시종일관 작품토론에 같이 참가했고 그 작품이 공연되어 대환영을 받았을
때에도 그 작품의 창작성원 속에 자기의 이름을 써넣지 못하게 했다. 하지만
동북해방전쟁이 결속될 무렵 사단정치부에서는 그에게 대공 1차를 기입해주
었고 가슴에다 큼직한 붉은 꽃송이를 달아주었다.

　　항미원조 전선에 나갔을 때는 모 군단 정치부 선동원으로 임직(군공메달,
국기훈장 등을 수여받음), 최전선에서 부대문예활동을 전개하던 중 불행하게
도 척추에 부상을 입고 1952년 가을에 연길에 와서 연변조선족자치주정부
문교처에 전업하였고 연변작가협회가 성립되자 창작위원회 주임 직을 맡았
다."[71]

　주선우는 분망한 행정사업의 틈을 타서 창작에 열을 올렸다. 그는 다른
시인들과는 달리 "좌"적인 사조와는 일정한 거리를 두면서 주로 사랑과 평화
를 주제로 한 서정시 창작에 몰두하였다. 1957년 4월 그는 연변교육출판사를
통해 시집《잊을 수 없는 녀인들》을 세상에 내놓았다. 그의 창작이 상승세를
타고 있을 때 "반우파투쟁"이 일어났다. 그의 시집이 "문제"가 되어 그는
억울하게도 "우파"로 몰려 투쟁을 받았다. 그때로부터 주선우는 정치권리와
창작권리를 박탈당했다. 지난날의 혁명전사가 하루아침에 "계급의 적"으로
몰려 "집중개조대"에 가서 억울한 삶을 살아야 했다. "집중개조대"에 있던
적지 않은 "우파"들은 나중에 "우파모자"를 벗고 농촌, 공장, 기관에 배치되
어 갔으나 유독 주선우와 같은 이른바 "화강암대가리"들만은 그 "혜택"을
받을 수 없었다. "완고불화(頑固不化)"한 "화강암대가리"로 지목되었으니 "우
파모자"가 벗겨질리 만무하였다. 막다른 골목에 이른 그는 거듭되는 고민과
사상투쟁 끝에 삼십륙계에서 달을 주(走)자를 놓았다. 1960년 하반년 어느

71　최정연,《울고 웃는 인생길》, 료녕민족출판사, 2000, 132쪽.

날 그는 누구에게도 알리지 않고 조선으로 망명하였다. 북조선에 가서도 그의 기구한 운명은 변하지 않았다. 그는 당국의 이런저런 "의심"을 받아 억울한 누명을 쓰고 "독재"를 받아야 했다. 1986년에 다시 연길에 돌아왔으나 마땅한 거처가 없이 연길, 길림, 하얼빈 등지를 돌아다니면서 고생하다가 1986년 말 아니면 1987년 초에 사망되었다.

주선우는 1952년에 조선족문학의 발전을 위해 연변조선족자치주 수부인 연길에 온 후 시 창작에 혼신을 불태웠다. 그는 《동북조선인민보》,《연변문예》,《해란강》,《연변일보》,《아리랑》 등 신문과 잡지에 서정시 <어머니의 부탁>(1954), <궁전을 지을 때도>(1954), <봄전투>(1954), <무산령>(1954), <대가정의 축배>(1955), <가자!>(1955), <파란 댕기>(1956), <포성을 다시 울리지 말라>(1956), <잊을 수 없는 녀인>(1957), <첫사랑>(1957), <민화시 2수>(1957), <이 세상 광명 앞에서 부른 노래>(1957) 등을 지속적으로 발표하였다.

이처럼 시 창작이 무르익어갈 무렵인 1957년 4월, 그는 자기의 첫 시집이요, 건국 후 조선족시단의 첫 서정시집인 《잊을 수 없는 녀인들》을 세상에 내놓았다. 이 시집에는 그의 서정시 26수가 수록되어 있다. 이 시집의 주요한 주제는 사랑, 생명의 가치, 전쟁과 평화이다. 그리고 그의 시문학의 저변에 흐르는 정서적 기조는 비장미와 낙관성이다. 이에 대서 주선우는 "작가, 시인, 평론가들의 친목좌담"(1957년 3월)에서 다음과 같이 말한 바 있다.

"나는 거대한 비장과 거대한 낙관 이 두 가지를 매개 시에 결합했습니다. 어떤 시에는 슬픔이 더 많고 어떤 시에는 기쁨이 더 많은데 이는 내 주인공이 죽었을 때는 슬픔이 더 많고 주인공이 살았을 때는 기쁨이 더 많은 것입니다. 그러나 나의 시의 전반 빠뽀스는 낙관적이며 죽음의 비애를 복수와 분노와 미래에 대한 승리로써 안받침하고 있다고 생각합니다."

먹물을 뿌린듯이/ 캄캄한 밤,/ 명령을 받고 후퇴하는 포 부대가/ 어둠 속에 우뚝 선다// 저 솔밭 속 빨간 들창에서/ 갑자기 터지는 갓난아기의 첫 울음소리/ 시커먼 얼굴들에 미소가 퍼지는구나// 고난이 뒤 따라오는 이 시각이언만/ 우리들에게는 또 하나의 생명이 탄생하였으니/ 전사들은 지금 귀를 기울이고 서서/ 잠시 후퇴명령을 잊었다// 앞에서 움직이지 않고/ 뒤에서도 가자는 말 없어/ 일분/ 이분/ ……// 드디어 침묵을 깨뜨리는/ 지휘관의 추상같은 명령/ "동무들!/ 재진공의 시간을 늦추지 마시오/ 앞으로!"// 아기의 울음소리는 멎어진 듯/ 또다시 포 바퀴가 스럭스럭/ 부대는 앞으로 전진하는데// 그 어둠 속에서 누가 알랴!/ 지휘관도 전사도/ 산비탈을 돌아 설 때까지/ 빨간 들창을 바라보며 걸었다는 것을

이는 주선우의 시집에 수록된 서정시 <빨간 들창>의 전문이다. 시인은 캄캄한 밤에 전략적 후퇴를 하는 장병들이 심산속의 한 농가의 "빨간 들창"으로 나오는 새 생명의 고고성을 듣고 반기는 모습과 다시 전진하면서도 "빨간 들창"을 돌아다보며 걸었다는 이야기를 극적으로 포착하고 그것을 감동적인 장면으로 묘파하는 과정을 통해 생명예찬의 사상과 함께 평화에 대한 갈구를 보여주고 있다.

주선우의 대표작은 사랑을 다룬 서정시 <잊을 수 없는 녀인>(1957)이다. 이 작품은 "반우파투쟁" 때에 억울하게도 자산계급애정관을 고취한 "독초"로 비판을 받았다. 이 작품은 비교적 편폭이 길므로 그 후반부만을 보기로 하자.

지금도 들려옵니다/ 령혼을 위안하던 당신의 음성이/ 어둔 밤에 밝은 봄볕을 가져오던/ 당신의 음성을 듣습니다/ "안해가 있나요"/ ……/ "그러나 외로워 마세요"/ 내 얼굴에/ 당신의 볼을 대였습니다/ 인제는 신념을 주어야

할 시간도 지난줄/ 당신은 잘 알고 있었습니다/ 그리고 내 손을 잡았을 때/ 내 가슴의 풍랑은 잔잔해지고/ 찬란한 물결이 눈시울에 금실거렸으니/ 어머니의 품에 잠드는 듯/ 안해의 애무에 감격된 듯/ 나의 생명은 평온 속에 잠들었습니다// 얼마나 많은 시간이 흘렀는지/ 나는 모릅니다/ 얼마나 당신이 수고하셨는지/ 나한테 말하지 않았습니다// 다만 내 지금 알고 있는 것은/ 안해의 품에 안긴 듯/ 아무 불안도 없었다는 것입니다// 나의 친근한 부부들이여!/ 누가 먼저 죽게 될까 하고/ 롱담 속에서도 말하지 말라!/ 세상에 가장 큰 슬픔은/ 고독한 자의 림종이여라// 나의 친근한 벗들이여!/ 홀어버이를 뜨겁게 모시라!/ 그는 장수해야 하나니// 사랑하는 처녀들아! 총각들아!/ 어서 빨리 사랑을 구하여라!/ 수 천년을 두고 인간을 울려 왔고/ 모—든 종교가 다 해결치 못한 고뇌를/ 그대들의 사랑은 다 해결하여 주리라// 나의 노래는 죽음의 찬미가가 아니다/ 생의 마지막 순간까지의 기쁨을 말하나니// 이 진리를 알려준 이/ 잊을 수 없는 녀인이여 이 시를 그대 앞에 쓰노라!

이 서정시는 시적화자가 전쟁이 끝난 후 지난날 전쟁에서 중상을 입고 병상에 누워있을 때 "한 손에 촛불을 들고/ 깊은 수심에 잠겨/ 나를 지켜 새우시던" 잊을 수 없는 여인을 사무치게 그리고 있을 뿐만 아니라 그때의 절절한 "사랑의 기억"을 떠올리면서 죽음보다 강한 사랑의 에너지, 사랑이 죽음을 이긴다는 철리를 때로는 다정다감하게, 때로는 비장하게 읊조리고 있다.

당시 극좌 정치노선의 억압 하에 대부분 시인들이 사랑의 주제를 다루기 두려워하고 "주제의 정치화", 싸구려 "송가풍"에 목을 매고 있을 때 주선우는 시인의 양심과 자신의 풍부한 전쟁체험에 기대여 이런 정치적 사조와 문학경향에 반기를 들고 대담하게 비극적인 미를 창출하였다. 말하자면 전쟁소재를 통해 비극적인 사랑, 인간의 운명과 생명의 가치, 평화의 소중함을 노래하였으며 인간의 내우주(內宇宙)를 대담하고도 솔직하게 표출하였다. 당시의 엄혹한 정치적 풍토에서 이런 시, 그것도 한두 편이 아니라 20여 수의 애정시를 시집으로 묶었다는 것은 아무나 할 수 있는 일이 아니다.

2) 예민한 정치적 후각과 시적 형상화의 재능 : 임효원론

임효원(任曉远, 1926~2006)은 1940년대 후반부터 시를 쓴 조선족문단의 저명한 서정시인이다.

임효원(필명으로 백천, 광망, 채두, 임호)은 1926년 10월 13일 조선 함경남도 부전령(赴战岭)의 빈한한 화전민가정에서 태어났다. 세 살 되던 해에 부모를 따라 강동땅(지금의 시베리아 지역)으로 이주했다가 여섯 살 나는 해에 북간도에 들어왔다. 9·18사변 후에는 흑룡강성 목단강지역에 있는 철령하마을에 이주하여 화전민으로 살았다. 시인은 이렇게 기아, 유랑, 동란 속에서 자기의 동년과 소년시절을 보냈다.

임효원은 목단강지역에서 소학교와 공업학교를 마치고 장춘에 가서 사도학원을 다니면서 문학수업에 달라붙었다. 1945년 8월 일제가 무조건 항복하자 고향에 돌아가 소학교에서 교편을 잡는 한편 당지의 사회활동과 토지개혁운동에 참가하였다. 이 시기에 그는 처음으로 마르크스주의에 접했고 혁명이론을 배우기 시작하였다. 1945년 겨울에 <려명의 붉은 선>이라는 시를 창작해 목단강의 《건설》잡지에 발표하였는데 이는 그의 처녀작으로 된다. 1947년 6월부터 1948년 말까지 목단강의 《인민일보》, 하얼빈의 《민주일보》 편집으로 일하면서 서정시 <편지>, <변신한 철령하>, <장교와 늙은이>, <마을의 도서실> 등 작품을 발표하였다.

1949년 3월 중화인민공화국 창건을 앞두고 임효원은 당의 지시에 따라 연길로 전근하였다. 그는 《연변일보》 편집실 주임으로 신문을 꾸리면서 꾸준히 시를 창작하였다. 1950년 11월에 서정시 <이 손에 총을 주소>를 발표함으로써 조선족문단에 이름을 날리기 시작했다. 1956년에 중국작가협회 회원으로 되었으며 1956년부터 "문화대혁명" 전까지 선후로 중국작가협회 연변분회 비서장, 연변문련 비서장, 《아리랑》 문학지 주필로 조선족문단의 중심에 서서 활약하면서 많은 작품을 창작, 발표했다. 1957년 첫 서정시집 《진달래》를 세상에 내놓았다. "문화대혁명" 기간 그는 억울한 누명을 쓰고 비판과 투쟁을 받다가 벽촌에 추방되어 갖은 고생을 겪었다. "4인방"이 꺼꾸러지고 새로운 역사시기가 펼쳐지자 연길로 돌아와 다시 시 창작에 매진했다.

건국 후 임효원의 시 창작은 새로운 발전단계에 진입한다. 그는 <시에 대한 단상>(1983)이란 창작담에서 "시대정신이 있는가 없는가, 시대정신을 여하히 반영하였는가 하는 것은 시가의 생명력과 직결된다."고 말한 적 있다. 그는 건국 후부터 이러한 미학관점을 지켜가면서 많은 서정시를 창작하였다. 그의 서정시들은 다양한 소재와 주제를 다루고 있는데 그중 가장 두드러진 것은 뜨거운 조국애와 향토애, 항미원조전쟁에 대한 시적 형상화, 농촌의 변혁과 새로운 인간성격에 대한 찬미, 애정윤리의 탐구, 항일투사들에 대한 추모의 정 등이다.

우선 항미원조전쟁의 주제를 다룬 서정시들이 우리의 이목을 사로잡는다. 항미원조전쟁의 고조 속에서 시인은 미제(美帝)의 만행을 규탄하는 정치서정시들을 많이 창작하였다. 이를테면 <이 손에 총을 주소>(1950), <마을의 교환수>(1951), <항미원조의 더 큰 승리 향해>(1952) 등이 그러하다. 그중에서도 <이 손에 총을 주소>는 많은 독자들의 사랑을 받았다. 시인은 <시에 대한 단상>이라는 글에서 <이 손에 총을 주소>의 창작과정을 두고 다음과 같이 쓰고 있다.

"어느 하루 미국 양키놈들의 비행기가 우리나라 연변과 화룡의 령공에 덮쳐들어 숱한 작탄을 투하하여 우리나라 동포들을 살해하고 허다한 가옥들을 재더미로 만들었다. 나는 먼 길도 마다하지 않고 현장으로 달려갔다. 그 참상을 보니 솟구치는 격분을 금할 수 없었다. 그 현장에서 미제의 폭행을 목격하던 청년들은 서로 다투어 참군신청을 하면서 항미원조의 길에 오를것을 탄원하였다. 나도 례외가 아니었다. 다르다면 저마다 참군신청서를 교부할 때 나는 이 시편을 교부한 그것이다. 만일 이런 현장을 직접 목격하지 못했더라면 나는 이 시를 쓰지 못했을 것이다. 썼다 하더라도 이것처럼 되지 못했을 것은 너무나도 자명하다. 나는 이 시를 미국 양키놈들에게 향한 비수, 총창, 작탄으로 여기고 미제국주의에 대한 적개심을 구절마다 행마다에 슴배이게 하였다."

이 손에 총을 주소/ 그렇지 않으면 폭탄을 주소/ 늙은이라 념려말고/ 이 손에 총을 쥐게 해주소// 피에 굶은 원쑤는/ 우리의 하늘에 쳐들어와/ 그처럼 웃으며 근심 없이 자라던/ 철부지 손자를 죽였쒜다/ 희디흰 가슴팍에 폭탄을 던져/ 글쎄 짓찢어 죽여버렸쒜다// 아니외다/ 이것뿐 아니외다!/ 이웃 조선땅 우에 몰려와/ 수천수만 손자들의 가슴팍에/ 날창을 휘둘러 어린 목숨 앗아가고/ 무수한 아들과 며느리들을 달고 치고 지지다 못해/ 생매장해 치웠쒜다(생략) 갈구리손에 총을 주소/ 이 가슴에 폭탄을 품게 해 주소/ 이 몸에 피 한방울 남는/ 그날까지 싸우리다!/ 불타는 조선의 땅우에서/ 눈물을 잊은 형제들과 함께/ 그 더러운 짐승의 검은 숨통을/ 기어코 쏘아넘기고야 말겠쒜다!/ 산산이 부시여 씹어버리고야 말겠쒜!

보다시피 서정시 <이 손에 총을 주소>는 한편의 격조 높은 서정시이며 시인 자신이 말한바와 같이 비수요 날창이요 작탄이다. 시인은 미제의 무차별폭격에 자기의 철부지 손자마저 잃어버린 한 할아버지의 시점과 어조로

"항미원조, 보가위국"의 정의성을 확인함과 아울러 원수에 대한 한없는 증오감과 적개심을 토로하였으며 복수의 총칼을 들고 끝까지 싸워 반드시 승리하리라는 투쟁정신과 필승의 신념을 박력 있게 보여주었다. 강렬한 전투성과 선동성으로 특징지어지는 이 시편은 당시 인민들의 용기와 투지, 적개심을 북돋우어주는 힘찬 선전고동의 무기로 되어 자기의 역할을 훌륭히 수행하였다.

임효원 서정시의 밑바닥에서는 조국에 대한 뜨거운 사랑이 강물처럼 도도히 흐르고 있다. 조국에 대한 절절한 사랑, 이는 그의 시 창작에 관통되는 하나의 주제경향이다. 오성붉은기가 천안문광장에서 휘날리던 1949년 10월부터 임효원은 누구보다 먼저 조국애의 주제를 자기의 서정시에 담고 건국 후 17년 동안 조국애를 다룬 서정시들을 지속적으로 세상에 내놓았다. 이를테면 <새 국기 밑에서>(1949), <조국찬송>(1956), <사랑의 품이여>(1962), <영광스러운 나의 조국>(1959), <기발> 등이 그러하다.

서정시 <새 국기 밑에서>는 국가의 장엄한 선율과 억만 인민의 환호성 속에서 서서히 떠오르는 국기를 우러러보면서 조국에 대한 긍지와 사랑을 열정적으로 토로하고 새 국기 밑에서 힘차게 전진할 결의를 다지고 있다. 시인은 또한 서정시 <기발>에서 선열들의 뜨거운 피로 물들여진 기발을 동방에 불타오르는 찬란한 노을로, 싸움터에 뿌린 동지의 혈조로, 현장에 남긴 혁명가의 미소로 간주한다. 따라서 그것은 언제나 눈부신 아침의 태양과도 같이, 영원히 고동치는 우리의 심장과도 같이 대지 위에 아름다운 봄을 안아다주는 조국의 기발이요, 당의 기발이라고 자랑차게 노래한다. 조국의 소중함과 숭엄함을 심장으로 체험한 시인은 서정시 <사랑의 품이여>에서 조국이란 무엇인가 하는데 대한 정서적 체험의 개방으로 조국에 대한 벅찬 사랑의 감정을 다음과 같이 쏟아내고 있다.

아, 조국, 넓은 나래를 키워준 이여/ 그대의 넓은 품, 내 한시도 잊을 수
없노니/ 불러도 불러도 마음에 절절한/ 자애로운 어머니여, 사랑의 품이여

건국 후 17년 동안 임효원은 들끓는 현실에 대해 긍정, 찬미하고 새로운
인간들의 고상한 정신적 풍모를 노래한 서정시들을 많이 창작, 발표하였다.
임효원의 서정시 <최신지도를 그리는 이들께>(1958)는 새로운 현실을 노래한
훌륭한 송가이다. 시인은 "지난날 이름 없던 변강의 작은 마을"을 자기 감정
흐름의 시발점으로 삼고 현실의 놀라운 변화에 대한 감격을 총체적으로 구김
없이 개방하면서 다음과 같이 자신의 감정세계를 펼치고 있다.

구름 우에서 머리 내젓던/ 험봉 절벽은 간 곳 없고/ 만년 묵은 진펄 우에는
/ 신형구역이 일어섰노라// 여기 탁 트인 포석에서는/ 중형트럭이 쉴새 없이
달리고/ 저 멀리 펼쳐질 미래의 바다에서는/지금 굴토작업이 한창이다//(생
략) 그렇다! 오랜 날 범람하던 하천도/ 이제는 찍소리 못하고 새 하상으로
흘러드는/ 아, 엄청난 사변으로 충만된 내 고향을/ 그대는 어떻게 지도에
그리려나// 농촌, 아니면 도시라 표식하려나/ 또 아니면 이 순간을 사진 찍어
넣으려나/ 최신지도를 그리는 이들이여/ 차라리 공산주의 새별 하나 그려넣
으라

시인은 이 서정시를 통하여 사회주의건설의 열조 속에서 일어난 변강마을
의 천지개벽의 변화에 대해 앙양된 정서적 흥분을 가지고 혁명적 낭만의
나래를 펴고 격조높이 노래하였다. 시인은 현실의 변천에 감동된 나머지 시
의 마지막 연에 와서 솟구치는 시적 감정을 금할 길 없어 산간마을의 눈부신
변천을 두고 최신지도를 그리는 이들께 서정적인 호소를 하는데 이는 독자들
에게 깊은 감명을 주고 있다. 물론 이 서정시에는 그 시기의 역사적 제한성으

로 하여 "대약진" 시기 좌경사조의 그림자가 비껴 있다. 이는 이 작품이 안고 있는 한계라 하겠다.

서정시 <처녀들은 노래를 부른다>(1954)는 새로운 세대에 대한 찬가라 하겠다. 시인은 흑룡강성 성화집단농장에서 트랙터를 모는 조선족처녀들이 트랙터의 동음에 맞추어 노래를 부르는 장면을 보게 되었다. 여기서 시인은 해방된 조선족여성들의 활기찬 모습과 그들의 가슴에 넘치는 커다란 긍지를 보고 느끼게 되었으며 강렬한 시적 충동을 받게 되어 마침내 서정시 <처녀들은 노래를 부른다>를 창작하게 되었다. 시인은 "뭇별이 반짝이는 북방의 밤/ 지평선 저 멀리/ 마을도 잠들었는데/ 처녀들이 뜨락또르를 몰며 밭을 가는" 장면을 시적 계기로 포착하고 시의 첫머리에서 처녀들이 트랙터를 운전하는 역사적 의의를 다음과 같이 형상적으로 구명한다.

그렇다/ 한 가닥 쟁기에/ 몇몇 식구의 목숨을 건/ 백성의 등허리에서/ 피땀을 앗아가고/ 숨통마저 악착스레 죄이던/ 암담한 력사를 갈아엎고 짓부시고/ 처녀들은 노래 부르며 나아간다

이 서정시는 이어서 트랙터를 모는 처녀들의 굳센 의지력과 벅찬 노력적 투쟁을 열정적으로 노래하고 나서 시인의 정서적 흥분을 다음과 같이 개방한다.

처녀들이여 노래를 부르라!/ 마음껏 부르라!/ 그대들의 노래소리/ 나젊은 우리의 조국─/ 사회주의를 건설하는 새중국의 방방곡곡에/ 억만의 새로운 녀가수들을 낳으리라

이런 청춘송가의 정서적 멜로디는 그의 다른 서정시 <귀분이>(1955)에서도

울리고 있다. 시인은 1955년 5월에 화룡현 숭선수리공사에 가서 산정까지
물을 이어 나르는 아낙네들과 가파른 산길에서 돌을 실은 수레를 홀로 몰고
가는 아가씨를 보았다. 이 감동적인 장면을 본 시인은 세차게 뛰는 심장의
약동을 걷잡을 수 없어 서정시 <귀분이>를 쓰게 되었다. 이 서정시는 쌍태머
리 치렁치렁 가슴에 드리우고 감장치마 받쳐 입은 귀분이의 외형미, 눈보라
울부짖는 십리 새벽길에 돌수레 모는 귀분이의 행실미, 진달래, 살구꽃 산허
리를 단장한 5월에 수문을 여는 귀분이의 어엿한 형상미를 떠올리면서 자신
의 피와 땀으로 풍년수, 생명수, 행복의 감로수를 이끌어오는 귀분이의 아름
다운 정신세계를 노래하였다. 따라서 이 서정시에 일관된 주제는 조국과 인
민을 위해 헌신적으로 일하는 한 농촌아가씨 — 새 시대의 인간성격에 대한
송가에 다름 아니다.

임효원은 현실을 그리는 한편 흘러간 역사의 현장에도 필묵을 쏟았다. 항
일투사들을 노래한 그의 시 <수림은 나의 동지>(1959), <가랑비 내리는 새벽
에>(1959), <장군과 함께>(1963) 등이 그러하다. 그중에서 <수림은 나의 동지>
는 시인의 대표작의 하나로 널리 알려졌다. 서정장시 <수림은 나의 동지>는
항일투사들의 영웅적 투쟁에 대한 찬미와 그들에 대한 추모의 심상을 창출하
는데 모를 박았다. 시인은 조선족항일근거지의 상징으로 되는 장백산의 울울
창창한 수림을 두고 시의 첫머리에서 다음과 같이 시상을 펼친다.

내 조용히 듣노라/ 푸른 달빛아래 설레이는/ 끝없는 수림/ 수림의 거센
숨소리를

시인은 계속하여 "수림의 거센 숨소리"로부터 "그처럼 뜨겁고 그처럼 수
수한/ 영원한 벗, 내 벗의 숨소리"를 연상하는 나머지 장백의 절벽과 봉우리,

매 하나의 송백에 새겨진 항일투사들의 영웅적 업적을 회상함으로써 그들의 혁명정신을 노래하고 그들에 대한 뜨거운 추모의 감정을 표현하였다. 시인은 마지막부분에서 추억의 세계로부터 다시 현실세계로 돌아와 항일투사들의 숨결과 입김이 서려있는 장백의 수림에 대한 자기의 감정과 태도를 다음과 같이 서정적으로 표출한다.

> 아, 나의 노래여, 시여/ 림해의 파도소리 이처럼 호탕하게/ 끝없이 끝없이 쳐오고 가누나/ 그대 숨소리여, 수림이여, 푸른 나래여// 너는 사랑하는 나의 조국 매 한 치 땅 우에/ 아침의 붉은 노을로 피여올라/ 인민과 더불어 영원히 살고/ 공산주의와 더불어 무성하리니// 아, 수림은 나의 벗/ 수림은 나의 동지/ 수림은 나의 생명/ 수림은 나의 영원한 사랑!

이 시편은 시적 계기가 자연스럽고 사색이 심각하며 서정이 풍만하고 서정의 전개와 비약이 진실하다. 또한 이 시편은 항일투사들이 적들의 철교를 까부시는 전투, 왕반장, 복실이 등 전사들의 행군, 움 속에서 수류탄을 만드는 편단적인 장면들을 도입함으로써 작품의 내용을 보다 풍만하게 보여주고 있다. 그런데 이런 서사적 요소는 서정적 계기를 마련하거나 주정토로의 토대를 만드는데 이바지하고 있다. 따라서 시인은 아주 제한된 범위에서 선택한 사건의 편단마저 정서적으로 채색함으로써 서정시의 특징을 효과적으로 살렸다.

시인은 장기간의 시 창작을 통하여 자기 나름의 얼굴과 자세를 가지게 되었다. 그는 형상화된 "시론"이라고 할 수 있는 서정시 <시인>(1958), <서정>(1958), <시>(1979) 등을 통하여 자기의 미학적 주장과 예술적 추구를 일반화하였다. 시인은 "생활의 진실은 시의 생명, 인간의 성실은 시의 성미"로

간주하며 시대정신과 생활의 맥박을 제때에 구가하는 것을 자기의 신성한
사명으로 여겼다. 또한 그는 서정이란 "갈매기의 가벼운 날개"가 아니라 "기
나긴 밤, 번뇌를 뚫고 태어난 천길 바다가 뿜어내는 거센 조류"이니 서정은
뜨겁고도 진실해야 한다고 주장하였다. 또한 시인의 재능은 함축의 수법을
빌려 여운을 남기는 것이라고 하였다. 그의 이런 미학적 주장은 그의 시문학
에 유감없이 구현되고 있다.

2) 송가의 시인 김철

김철(金哲, 1932~)은 건국 후에 시단에 오른 이름난 시인이다.

김철은 1932년 8월 6일 일본 시모노세키(下關)에서 가난한 어부의 아들로
태어났다. 그의 아버지는 열네 살부터 바다의 선원으로, 어부로 뼈가 굵은
사람이었다. 김철은 어릴 적부터 아버지를 따라 대만, 필리핀, 말레이시아
등 남양 일대의 바다를 표류하였다. 전라남도 곡청땅을 밟은 것은 김철이
여덟 살 되던 해였다. 그는 부모님을 따라 중국의 길림교외에 이주하여 어렵
게 소학교를 다녔다. 항일전쟁이 승리한 후 아버지를 따라 다시 오상, 목단강,
룡정 등 지방에 이주하여 살다가 흑룡강성 해림현 신안진에 정착하였다. 그
곳에서 김철은 소학교 교원으로 일하다가 목단강고급중학교에 입학하였다.

1950년 가을 그는 "항미원조"의 호소를 받들고 고중을 중도에서 그만두
고 결연히 중국인민지원군에 입대하여 조선전선에 나갔다. 전쟁시기 통역원
으로도 있었고 보통 전사로 싸우기도 하였으며 문공단에서 일하기도 하였
다. 이 시기부터 그는 예술적 재능을 보여주기 시작하였다. 그가 창작하고
출연한 무용 <공병무>는 중국인민지원군 전군문예콩쿠르에서 1등상을 수상
하였다.

1953년 김철은 부대에서 제대되어 《동북조선인민보》의 기자로 있으면서 본격적으로 창작활동을 벌렸다. 1955년에 서정시 <지경돌>을 창작하여 조선족시단에 커다란 반향을 불러일으켰고 재능 있는 시인으로 각광을 받기 시작하였다. 1956년에 김철이 작사하고 정진옥이 작곡한 대합창 《장백의 노래》는 모스크바에서 열린 제6차 세계청년련환절에서 은메달을 받았다. 1957년 김철은 25세 되던 해에 51수의 시를 수록한 시집 《변강의 마음》을 출판하고 그 이듬해에 시집 《동풍만리》를 세상에 내놓았다.

1950년대 후반에 김철은 서정서사시 <산촌의 어머니>(1958)를 비롯한 시작품을 내놓았고 1958년부터 전국청년련합회 위원, 길림성청년련합회 상무위원, 연변청년련합회 부주석 등 직무를 맡고 사회활동에 적극 참가하였다. 1962년에 중국작가협회 연변분회로 전근하여 "문화대혁명" 전까지 부주석 겸 비서장으로 활약하면서 시 창작에 정진하였다.

시인은 "문화대혁명" 초기에는 "잡귀신", "간첩"이라는 누명을 쓰고 투쟁을 받았고 후기에는 억울하게 "현행반혁명분자"로 몰려 수년간 옥고를 치렀다. 1972년 9월 림표가 몽골사막에서 죽자 김철은 4년 만에 감옥에서 풀려나왔다. 하지만 "4인방"이 계속 살판을 칠 때라 여전히 자택에서 연금생활을 하였다. 그에게는 창작의 자유가 없었다. "문화대혁명"이 끝나서야 그는 자유를 되찾고 창작에 정진하게 되었다.

1953년, 김철은 조선전선에서 돌아온 후 《동북조선인민보》 기자로 있으면서 본격적으로 시를 창작하였다. 이 시기에 그는 당과 수령, 농업합작화와 새 인물, 민족단결과 사랑 그리고 항일투쟁 등을 다양하게 형상화했는데 여기서는 송가문학의 허와 실이라는 관점에서 그의 시들을 살펴보고자 한다. 물론 이때는 중국 주류문학은 더 말할 것 없고 조선족의 시문학도 본격적인 송가시대에 들어섰다. 김철 역시 많은 송가를 창작 발표했는데 그러한 송가에서 가장 많은 비중을 차지하고 또한 가장 수준 높은 송가는 바로 수령 모택동을 노래한 것이다. 그는 창작초기부터 범상치 않은 시적형상화능력을 과시하였는데 <꽃방석>이 이를 말해준다.

　　칠성도 기울고/ 바람도 잘 무렵/ 벌통집 박로인/ 꽃방석 겯는다// 쌀가마 니 그득한 골방에/ 소중히 간직한 해묵은 왕골로/ 꽃무늬 돋쳐가며 정성을 겯는다// 농사일 친순에/ 손매듭은 굵어도/ 송이송이 국화꽃/ 재간은 피는 구나// ―걸 해선 뭘 하시우?/ 초잠 깬 손주놈 잠내 나는 말에/ ―북경에 보낼테다, 서울에 계시는/ 네 모택동 할아버지한테/ 그러면 천진한 얼굴에도 / 화색은 피여/ 맨살 바람에/ 일감을 섬기는데// 불심지 돋우면/ 미더운 그 모습/ 한결 정다와지고// 손재간마냥 살림이 늘어갈/ 앞날을 생각하면/ 흐뭇한 마음에 새봄이 깃드는가// ―애야, 편지 한 장 써다구/ 덕분에 산골에 도 별세상 왔으니/ 부디 만수무강하시여/ 이 방석에 오래오래 앉으시라고// 칠성도 기울고/ 바람도 잘 무렵/ 벌통집 박로인/ 꽃방석 겯는다/ 나래 돋친 변강의 마음/ 정성을 겯는다

　　하나의 특징적인 장면을 보여준 담시(譚詩)다. 말하자면 수령에 대한 감사 의 마음을 시골의 한 조선족 노인이 밤중에 해묵은 왕골로 꽃방석을 겯는 장면을 통해 보여주었다. 선잠은 깬 손주와 할아버지의 대화를 통해 노인네 의 기구한 과거사와 행복한 오늘과 희망찬 내일, 특히 이 모든 행복을 가져다 준 수령에 대한 조선족인민들의 순수한 마음을 유감없이 표현하였다. 꽃방석 을 겯어서는 무얼 할 것인가? "―북경에 보낼테다, 서울에 계시는/ 네 모택동 할아버지한테", 참으로 친근한 대화로 조선족의 국가의식과 중화민족의 신 분의식을 잘 대변하였다고 하겠다. 여기서 모택동은 신적인 존재로부터 보통 인간으로, 나라님으로부터 조선족 가문의 어른으로 탈바꿈하면서 더욱 친근

하게 다가오기 때문이다. 또한 이 시는 서두의 "바람도 잘 무렵/ 벌통집 박로인/ 꽃방석 겯는다/ 나래 돋친 변강의 마음/ 정성을 엮는다"를 마지막에 다시 반복함으로써 시의 앞뒤가 서로 조응이 되고 전반 시를 탄탄하게 구성하였다.

김철의 뛰어난 시적재능은 그의 서정시 <지경돌>에서도 나타난다. <지경돌>은 농업합작화운동의 주제를 다룬 작품으로서 당시 시단의 호평을 받았고 《조선어문》 교과서에도 여러 번 수록된 작품이다. 말하자면 그의 출세작인 셈이다.

> 해토무렵 두 령감/ 지경돌을 뽑는다// 물싸움에 삽자루 동강나던/ 지난 일을 생각하여 얼굴이 붉었는가// 아니 지경 없는 이 밭을/ 임경소 뜨락또르 척척 갈아엎으리니// 오늘부터 한집식구 두 령감/ 오, 행복의 노을이 비꼈노라!

보다시피 시인은 해토무렵에 두 영감 — 두 농민이 소농경제와 산물이며 토지사유의 상징인 지경돌을 뽑아버리는 장면을 포착해가지고 농업합작화라는 당의 정책을 노래했다. 농업합작화의 허와 실에 대해서는 달리 역사적인 평가를 내려야 하겠지만, 아무튼 이 시는 농민들의 감격과 환희, 황홀한 앞날에 대한 낭만을 기발한 착상과 정제된 시적 구성을 통해 노래하였다.

김철의 송가는 개념화, 구호화가 범람하던 정치공명의 시대에 창작된 다른 시인들의 송가에 비하면 그 예술성이 빼어났다. 그리고 해방의 감격, 나라의 주인이 되어 토지를 무상으로 분여 받은 광범한 조선족인민들의 심정을 대변한 것만큼 진정성이 있다고 해야 할 것이다. 바로 이 때문에 김철의 적잖은 송가들은 지금 읽어도 여전히 진한 감동을 준다. 그러나 이러한 소박한 감정은 인간의 독립성과 주체성의 몰락을 가져올 소지가 있다. "반우파투쟁"
이 진행되자 지식인의 독립성과 주체성을 상실한 시인의 단순성과 천박성은
정치적인 맹종으로 나타나기 마련이었다. 이 시기 김철의 시는 당과 수령,
사회주의를 반대했다고 인정하는 "계급의 적"에 대한 비판시, 투쟁시로 탈바
꿈한다. 연변에서 "반우파투쟁"이 고조에 이르렀을 무렵에 창작, 발표한 김
철의 시 <좌파행진곡>(1957.9.8)이 이를 여실하게 보여준다.

> 백색테로의/ 시퍼런 비수가/ 붉은 심장을 노려/ 번개치던 칠칠야밤// 시
> 대의 사나운 풍운을 헤치며/ 좌로! 좌로!/ 첩첩한 고난의/ 길을 더듬어/ 우리
> 는 왔노라/ 여기 마지막/ 시대의 갈림길에/—어느 길로?/ 묻질 마라/ 좌로!
> 좌로! // 공산주의 서광이/ 무지개로 펼쳐진/ 탄탄대로가/ 년륜을 주름잡은/
> 시대의 활주로마냥/ 뻗어 아득히/ 하늘가에 닿았거니/ 허나/ 백화만발한/
> 행복의 대지에/ 저주와 보복의 흑운으로/ 태양을 가리려/ 겨울의 마지막/
> 눈보라 몰아쳐/ 재난과 괴멸의 심연 속으로/ 력사의 발걸음을 막는 자 있거
> 니//⋯⋯ //동지들! 전사들!/ 육탄을 재워라! 한알 두알⋯/ 우리의 심장에서
> 도려낸/ 진리의 총탄으로/ 썩어빠진 령혼의/ 심처를 겨누자!//⋯⋯/당—/영
> 명한 지휘부는/ 백승의 령장으로 /승리의 길 밝히셨거니//⋯⋯//째여진 론
> 리와/사실의 철증으로/ 발악하는 야심가의/ 오금을 꺾자!//인민의 백일천하
> 에/ 음모의 흑심을/ 갈갈이 헤쳐놓자!// 동지들! 전사들!/ 만난을 헤치고 /
> 좌로! 좌로!/ 천세만세/ 공산주의 향해/ 앞으로!

여기서 서정적주인공은 이른바 "영명한 지휘부"의 꼭두각시요, 좌경노선
의 로봇에 다름 아니다. 서정적 주인공은 아예 묻지 말라고 한다. "좌로! 좌
로" 달리기만 하면 공산주의로 간다고 맹신한다. 사실 이러한 좌경노선에,
이러한 노선을 앞장에서 집행하면서 맹목적인 비판과 저주의 화살을 날린

자들에 의해 얼마나 많은 무고한 문인들이 횡액을 입고 가정이 풍비박산이 났던가! 사실 당시 연변문단에서 두들겨 맞은 "우파들", 이를테면 김학철, 김동구, 고철은 목숨을 내걸고 일제와 싸운 항일투사들이었고 최정연, 주선우 등은 해방전쟁시기 리홍광부대에서 국민당과 목숨을 걸고 싸운 혁명투사들이었다. 이런 항일투사와 혁명투사들이 진짜로 당을 반대했겠는가? 단 한 번이라도 냉정하게 독립적인 사고를 해보았더라면 이런 맹신과 맹종은 피할 수 있었으리라 생각한다. 그리고 당을 도와 많은 의견을 제기하라고 주문해 놓고는 돌연습격을 하는 것이 과연 정정당당한 정치행위인가? 단 한번이라도 독립적인 사고를 했더라면 이런 맹신과 맹종은 피할 수 있었을 것이다.

하지만 이 시기에 김철은 이른바 "우파분자"들에 대한 무자비한 비판과 지독한 저주를 담은 <사격명령>(1958), <진실을 쓰라>(1958.10)와 같은 시들을 창작, 발표했고 대약진과 인민공사운동을 노래한 <청춘만세!>, <인민공사 좋을시구>(1958.8.20), <웃음잔치>(1958.8.29), <쇠물>(1958), <조국찬송> 등 허풍치기식, 위랑만주의 시들을 창작, 발표했다. 특히 1960년대 초반에 와서도 김철은 송가를 썼는데 이는 그의 몰주체성을 다시 한 번 증언한다.

주지하다시피 1960년대 초반은 "대약진", "인민공사"의 후유증으로 3천만 명이나 굶어죽었고 따라서 좌경정치노선에 의해 빚어진 악렬한 후과를 수습하고자 하는 당내의 새로운 세력이 나타나 좌경노선을 비판하기 시작하던 때다. 하지만 김철은 여전히 수령송가를 불렀다. 그가 1962년에 쓴 <태양성>은 그의 수령송가의 절정으로 되는 작품이라 하겠다.

> 짜개바지 목마 타고 쌍무지개 쫓으며/ 해 잡으러 가자고 엄마더러 졸랐더니/ 동심을 낚으며 어머니 말씀했다/ 날개 돋친 쌍두룡마 바람결 타고/ 하루에도 구만리 석달 열흘 달려야/ 황홀한 태양성에 이르리라고…// ……//아,

돌아보면 아득한 봉화의 려정/ 남정북전 어려운 초연 만리에/ 태양성을 부르며 백병전에 날아들고/ 태양성을 그리며 칼벼랑 톱았거니/ 새벽추위 뼈 마치는 야영의 밤이나/ 솔잎을 말아 피우는 전지의 휴식에도/ 태양성은 언제나 신기한 화제―// 하여 불타는 숙망의 마음이 앞서/ 전설의 대문을 활짝 열었으니/ 아, 찬란하다 별천지/ 즐비하게 늘어선 황홀한 궁전/ 궁성옥루에 서기가 어렸는가/ 태양도에 반짝이는 금모래마냥/ 복 받은 얼굴들 환하게 웃고/ 하늘가에 굽이친 채색의 흐름인양/ 거리는 비단띠 줄줄이 늘였는데// 온 세상의 자랑찬 메아리 모여/ 피타게 불러보는 격정의 노래/ 아아, 어깨가 휘여드는 행복의 무게여!

김관웅은 이 시를 다음과 같이 분석한다. "이 시에서 시인은 신화적인 과장을 통해 모택동은 '태양성'에 계시는 태양과 같은 존재라고 칭송하는데 이것은 수령을 태양이라고 하거나 태양에 비유하는 전근대사회의 왕권신화, 왕권전설에 단골손님처럼 등장하는 비유법이다. 이를테면 고구려의 주몽신화에서 천제의 아들 해모수가 오룡차를 타고 천상세계에서 지상에 내려오고 해모수의 아들인 주몽은 스스로 천제의 손자요, 태양의 아들이라고 말한다. 이는 지배층이 자기의 왕권을 신성화하기 위해 만들어낸 신화요, 전설이다. 김철의 서정시 <태양성>은 부여, 고구려 왕권신화 같은 신화적 원형의 재현이라고 보아야 할 것이다. 이런 의미에서 김학철이 '반우파투쟁'이후 중국의 1950~1960년대를 <20세기의 신화>라고 꼬집은 것은 탁견이라고 하지 않을 수 없다. 이처럼 사회의 동일한 현상을 바라보는 안목은 시인에 따라 많은 차이성을 보인다고 하겠다."[72] 이 한 단락의 아름답지 못한 역사에 대해 본인

72　김관웅, <건국후 중국 주류문학의 문맥에서 본 김철의 송가문학>, 김관웅, 허정웅,《세계문학의 거울에 비춰본 중국조선족문학》, 연변인민출판사, 2015.

도 젊은 시절에 저지른 어처구니없는 짓이었다고 반성한바 있지만[73] 그 반성의 진정성과 깊이가 없었다. 하기에 김학철은 생전에 신랄한 비판을 가한바 있다.[74]

김철은 상술한 송가풍의 작품과 좌적인 정치운동에 가세하는 시들도 썼지만 애정시와 풍속시 및 항일투쟁을 시화한 작품도 썼다. 서정시 <앵두 네 알>(1957)은 사랑의 주제를 다룬 작품이다. 그 전문은 다음과 같다.

> 눈보라 치는 날이 나는 좋더라/ 그대의 두볼에 빨갛게 익은/ 때 아닌 앵두
> 가 보기 좋아서/ 빨면 단물이라도 날듯한 아, 나의 앵두야/ 오늘도 한겨울
> 눈보라는 매운데// 너와 나 단둘이서 정다히 거닐면/ 오, 한그루에 맺힌 앵두
> 네알

이 시는 사랑하는 여인과 함께 눈보라치는 거리를 거닐면서 사랑을 속삭이는 모습, 빨갛게 상기된 두 얼굴의 네 볼을 "한그루에 맺힌 앵두 네 알"에 비유한다. 놀라운 상상력의 산물이다. 시인은 기발한 착상, 간결한 구조, 상징적인 수법으로 젊은 남녀 간의 불타는 사랑을 절묘하게 묘파하였다.

서정시 "한잔 드세"(1957)는 탈곡과 분배를 마치고 설을 앞둔 그믐날 저녁에 술상을 차려놓고 송구영신하는 장면을 권주가(勸酒歌)의 형식으로 감명깊게 노래하였다.

> 자, 좌상부터 한잔/ 왜 받으란 잔은 안 받으시고/ 담배만 뻑—뻑/ 남의
> 군침을 돋치는 거요?// 올봄/ 미치광이 진눈까비가/ 철없이 쏟아붓던 때/

---

73   김철, <시창작에서의 생활과 탐구>, 《연변문예》, 1983년 제3호.
74   김학철, <명예시민 귀하>, 《연변문학》 2001년 5월호.

제 집 이영이 홀딱 날아났어도/ 선참 방풍장을 추세우고/ 빈대젖같은 담배모
/ 입김으로 녹이시던 할아버지/ 공연히 숨기려고/ 애쓰지 마세요/ 그 일은
세상이 다 아는/ 비밀이랍니다 자, 한잔…// 젊은이, 오죽이나 출출했겠나/
산을 뚫어 강물을 뽑아올릴제/ 그 아슬한 벼랑에 기여올라/ 바위돌을 허물던
날파람으로/ 기름기 도는 동동주/ 자, 이렇게 쭉 굽을 내게!// 농사철엔 온
동네 애들을/ 도맡아 보시던/ 무산집할머니/ 손자놈 자랑을랑/ 그만하시고/
이 술 한잔 받으세요/ 그리고 이 좋은 세상에/ 오래오래 앉으시외다// 아주
머니도, 그/ 우장같은 덧저고릴 벗소!/ 초겨울 탈곡장에서 남정들을 골릴적
엔 어울렸지만/ 이젠 명절이 아니우?!/ 진분홍저고리에 남색치마/ 질질 끌리
게 떨쳐입고/ 이 동네 사내들을 한바탕/ 홀딱 반하게 해보시구려

이 서정시는 하나의 민속화이다. 이 민속화 같은 시에는 우리 민족의 미풍
양속이 담겨져 있고 화목한 인간관계가 찰찰 넘치고 있다. 시인은 우리 민족
의 고유어를 멋지게 살림과 더불어 해학과 익살도 섞어가면서 농민들의 노동
생활을 진솔하고도 다정다감하게 노래하고 있다. 또한 이 시에서 대상과 서
정적자아의 간격이 무너지고 대상과 주체가 한 덩어리로 되어 구수한 민족적
향취와 화기애애한 분위기까지 조성하기 때문에 읽는 사람들에게 잔잔한
감동을 주고 있다.

이 시기 김철의 시문학에서 주요한 비중을 차지하는 것은 항일투쟁의 제
재를 다룬 서정서사시 <산촌의 어머니>(1958)이다. 이 작품은 1930년대 항일
무장투쟁시기에 항일투사들이 발휘한 혁명적 영웅주의와 고상한 동지애, 군
민일치의 기풍을 정서적으로 채색된 사건을 통해 노래하였다. 이 작품의 기
본사건은 주인공인 산촌의 어머니와 유격대 박대장의 행동선에 의해 이루어
졌고 작품의 초점도 두 인물에 맞춰지고 있다.

섣달의 눈보라가 봉창을 두드리는 이른 새벽, 일제의 총탄에 맞아 부상당

한 유격대의 박대장이 산촌의 어머니네 집에 뛰어든다. 뒤미처 적들이 어머니 집에 덮쳐들어 박대장을 내놓으라고 으르렁댄다. 어머니는 적들의 수색에 지혜롭게 대처한다. 놈들은 음흉한 궤계를 꾸며 어린애를 죽이는 것으로 어머니를 위협한다. 하지만 어머니는 여전히 태연자약한 자세를 취하면서 박대장의 피신처를 알려주지 않는다. 놈들은 하는 수 없이 돌아간다. 하여 유격대의 박대장은 사경에서 구원된다. 나중에 산촌의 어머니를 비롯한 마을사람들이 박대장을 따라 유격전에 나선다.

> 밀영을 찾아/ 혈전을 찾아/ 박대장이 길잡이 서고/ 식칼 든 어머니/ 뒤미처 따르고/ 그 버금엔/ 박포수의 화성대/ 최첨지의 마포짐…// 준엄한 대렬은 산으로 산으로!//
> (생략)
> 보복의 홰불로/ 어둠을 태우며/ 승리의 새벽을/ 소리높이 부르며/ 불패의 대오가 나아가거니/ 아, 영광이 있으라/ 구김없는 이 땅의 심장이여/ 이 나라 영생의 불사조여!

이 서정서사시는 굵직한 서사와 진실한 서정토로를 통하여 항일무장투쟁 시기 영웅적인 조선족여성의 형상을 성공적으로 부각하였다. 이 작품은 항일투사에 대한 칭송의 감정과 원수에 대한 치솟는 적개심이 구구절절 맥박치고 있다. 작품은 정서적 체험과 음악성이 강한 특성을 보여주고 있으며 시적표현들이 잘 다듬어지고 정제되어 훌륭한 표현효과를 거두고 있다. 따라서 이 서정서사시는 이 시기 시문학에서 항일투사들의 정신적 특질을 예술적으로 개괄하고 주인공의 성격미를 부각한 대표적인 작품으로서, 혁명전통의 주제를 다루는데 귀중한 경험을 남겨놓았다.

제3절 국가이데올로기의 형상화와 새로운 인간형의 창조

1945년 8·15광복 후 동북3성에서 활동하던 조선인 소설가들이 거의 다 조선반도로 돌아가고 소설가 김창걸 만이 연변에 남았다. 하지만 그는 연변대학에 초빙되어 교편을 잡는 등 여러 가지 원인으로 말미암아 별로 작품을 내놓지 못하였다. 그리하여 해방공간과 국내전쟁시기의 소설은 주로 광복후 문단에 등단한 신진작가들에 의해 창작되었다. 그만큼 단편소설창작에 국한되었고 그 성과도 다른 장르에 비해 크지 못했다. 이 시기 소설작품으로는 안락동의 <불우한 녀성>(1945), 리한룡의 <전선>(1947)과 <고백>(1947), 김창호의 <그들의 길>(1948), 리홍규의 <행복>(1949), 렴호렬의 <새 길을 찾아서>(1949) 등을 들 수 있다. 이런 작품들은 주로 해방의 기쁨, 민주정권의 건설, 토지개혁, 국내해방전쟁, 항일투쟁 등을 다루었다.

건국 후 소설창작은 활기를 띠기 시작하였다. 건국후의 눈부신 변천과 벅찬 현실에 고무된 김창걸, 김학철, 렴호렬, 백호연, 백남표, 마상욱, 최현숙, 리근전 등 소설가들이 중견적인 역할을 하였다. 건국 후부터 "반우파투쟁"까지 현실의 급격한 변화에 쉽게 대응할 수 있는 단편소설이 많이 창작되었는데 선후로 종합단편소설집 《뿌리박은 터》(1953), 《세전이별》(1954), 《새집 드는날》(1954), 김학철의 단편소설집 《군공메달》(1952)이 출판되었다. 이 시기 단편소설들은 사회주의제도의 우월성과 새로운 생활에 대한 희열과 긍정을 보여주면서 자기 운명을 자기 손에 쥐고 새 사회, 새 생활을 가꾸어가는 근로대중의 전형적 성격을 창조하였는데, 대체로 평면적인 인물에 의한 단순한 플롯, 묘사의 진실성과 소박성으로 특징지어졌다.

우선, 사회주의제도에 의해 마련된 새로운 생활에 대한 희열과 감격, 나라의 주인으로 된 농민들의 보람찬 노동생활과 애국증산의 열정을 반영한 작품들이 주목된다. 이러한 주제에 바쳐진 단편소설로 김창걸의 <새로운 마을>(1950), 렴호렬의 <소골령>(1950), 김학철의 <새집 드는 날>(1953) 등을 들수 있다.

김창걸의 <새로운 마을>은 건국 후 조선족문단에 처음 나타난 단편소설이다. 이 소설은 알곡생산, 부업, 문맹퇴치 등 사건과 토지개혁 후 각성한 신형의 농민 갑식의 형상을 부각함으로써 개인영농으로부터 집단영농으로 이행하는 과정에 느끼는 농민들의 희열과 감격, 정치상에서뿐만 아니라 경제면에서도 더욱 큰 변신을 이룩하려는 강렬한 욕구, 보다 아름다운 생활을 안아오기 위한 그들의 노동생활과 그 속에서 꽃펴나는 고상한 정신적 풍모를 소박하고도 진실하게 반영하였다. 하지만 김창걸은 이 소설을 발표한 후 별로 작품을 내놓지 못했다.

렴호렬의 단편소설 <소골령>은 농민들이 "애국심의 결정"인 공량을 수레와 발구에 싣고 눈길을 헤치면서 험준한 령을 넘어가는 감격적인 장면과 그 과정에서 벌어지는 이야기를 통해 이 땅의 주인으로 된 농민들의 조국에 대한 무한한 충성심을 생동하게 표현하였다.

상술한 두 작품은 모두 사실주의창작방법에 입각하여 새 생활을 창조하는 농민들의 노동생활과 그들의 충천하는 애국심을 형상화함으로써 건국 후 조선족소설문학의 첫 페이지를 장식하였다.

이 시기 시대의 변화에 민감한 소설가들은 사회주의제도의 품속에서 성장하는 신형의 인간형상을 창조하는데 주력하였다. 신형의 농민형상을 창조한 리근전의 <과일꽃 필무렵>(1954), 리근권의 <박창권할아버지>(1955), 강철의 <어머니와 아들>(1955), 교육전선의 신근한 원예사 — 참된 인민교원을 노래한 백호연의 <꽃은 새 사랑 속에서>(1950), 원시회의 <최선생>(1956), 새 시대 노동자의 형상을 그린 정관석의 <감화>(1956), 의무일꾼들의 인도주의정신을 구가한 마상욱의 <간호장>(1956) 등이 이런 주제들을 다룬 작품들이다.

단편소설 <어머니와 아들>의 주인공 형준이는 고중을 졸업하고 새 농촌을 건설하려는 아름다운 이상과 드팀없는 신념을 안고 고향에 돌아와 농업생산에 참가한다. 그는 고향의 노농들을 스승으로 모시고 일하는 가운데서 자기의 재간을 키우며 어려운 시련을 이겨내고 점차 믿음직한 농민으로 되어 순복이라는 처녀와 참된 사랑을 나눈다. 이 소설에서 형준이는 지식과 높은 이상을 갖고 있으며 그 어떤 난관과 풍파도 두려워하지 않고 농촌건설의 선두에 나선 새 시대 청년지식인의 형상으로 부각된다. 작품은 그의 형상을 통하여 젊은 세대의 고상한 정신, 도덕적 풍모를 생동하게 그렸다. 이 소설은 플롯이 흥미롭고 인물의 내면세계를 진실하고 섬세하게 그렸다.

단편소설 <꽃은 새 사랑 속에서>는 인민교원의 고상한 품성을 칭송한 작품이다. 여기서는 학생 기봉이와 선생 명훈이의 관계를 설정하고 기봉이를 전변시키는 명훈이의 다각적인 교양과정을 보여주었다. 기봉이는 어릴 때 아버지와 어머니를 여의고 이웃인 박씨네 집에서 자라며 학교를 다닌다. 그 집 어머니는 마음이 나쁜 것은 아니지만 교양이 없는지라 기봉이의 장점은 알아주지 않고 칭찬보다는 늘 꾸짖기만 한다. 기봉이는 차츰 엇나가기 시작한다. 그는 학습에 싫증을 느끼고 동갑또래들을 손아귀에 쥐고 쥐락펴락한다. 그는 "욕설 속에서 자란 탓인지 아무 일이건 대수로워하지 않을뿐더러 사납기 그지없었다." 이런 실정을 알아차린 명훈이는 기봉에게 따뜻한 손길을 내민다. 명훈이는 기봉의 인격을 존중하고 그를 믿어준다. 명훈이는 기봉이를 찾아 이야기를 나누고 그에게 영웅인물들의 이야기를 들려준다. 기봉의 적극적인 요소를 발견하고 칭찬하고 지지해준다. 특히 자신이 모범을 보여 마침내 기봉이를 모범적인 학생으로 전변시킨다. 명훈이는 깊은 밤에 교수안을 쓰고 나서 다음과 같이 일기를 쓴다.

"붉은 오월에 나는 또 새 기쁨과 용기를 얻고 내 사업을 즐긴다. 귀한 것을 꼽자면 나의 생명보다 먼저 후대를 꼽아왔다. 그 새 후대의 한사람인 김기봉을 고치기 시작했다. 물론 이것은 첫 시작이다. 앞으로 해야 할 일은 가정방문과 계속되는 교양이다…

강철이 강하다구? 그러나 나는 더욱 강하게 되련다. 나라는 바위는 물결에 씻기울수록 더욱 강해질 것이다.

자─교육전선에 나선 젊은 혁명가여! 이 일에 자만을 말고 또 새 일을 찾아 전진하자! 사업을 사랑할 줄 모르는 자가 무엇을 사랑하겠는가? 다만 나의 두뇌에 무장된 유일한 깃은 내가 맡은 후대를 훌륭한 로동자의 아들딸로 기르자는 그것뿐이다. 만약 그렇지 못하면 광명한 시대에 살면서 나는 《고요한 돈》의 그리고리의 운명을 걸을 것이다."

이 소설은 뜨거운 사랑과 신뢰, 인정미 넘치는 정면교양 및 이신작칙의 모범으로 후진학생을 감화시켜 선진학생으로 전변시킨 주인공 명훈이의 형상을 통해 새로운 제도 하에서 일하는 인민교원의 고상한 정신적 특질을 생동하게 보여주었다. 이 소설은 선명하고도 흥미로운 플롯, 섬세하고도 진실한 세부묘사, 묘사와 서정토로의 결합으로 작품의 예술적 감화력을 높였다. 이 시기 성과작의 하나라고 하겠다.

건국초기의 조선족소설문학에서 이채를 보여주는 것은 새로운 애정윤리를 묘사한 작품들이다. 최현숙의 <나의 사랑>(1955), 리근전의 <참된 사랑>(1956)이 그러하다.

서한체소설 <나의 사랑>은 발표되자 문단에 큰 반향을 일으켰다. 이 소설은 1930년대 김광주가 발표한 서한체소설 <예지(野鷄)>라는 소설을 연상케 한다. <예지>가 1930년대 상해의 사창가(私娼街)에서 웃음과 몸을 파는 조선인 창녀 이쁜이의 비극적 운명을 다루고 있다면 <나의 사랑>은 친구의 권유를 뿌리치고 농촌에서 새로운 생활을 개척해나가려는 주인공의 향토애와 굳은 의지를 노래하고 있다. 말하자면 농촌에서 자기의 사랑을 찾은 주인공 "나"는 "농촌으로 시집을 가지 말고 거리로 가라"고 권고하는 친구 옥별에게 어찌하여 농촌으로 시집갈 뜻을 굳히게 되었는가 하는 "사랑의 사연을 고백" 한다. "나"는 소학교 4학년 때에 어머니가 세상을 뜨자 학교를 그만두고 살림 을 맡아 하면서 농사일을 한다. "나"는 어렵게 살았지만 마음씨만은 비단 같았다. "나"는 근면하고 선량하며 사리가 밝고 하고자 하는 일은 반드시 하고야 만다. "나"는 농사일을 하는 가운데서 청년단 지부서기 겸 청년생산 돌격대 대장인 동원이와 사랑을 속삭인다. "행복이란 창조할 수 있다"는 신 조를 갖고 있는 주인공 "나"는 "농촌으로 시집을 가지 말고 거리로 가라", "또 시부모도, 시동생도 없구 첫날부터 깨알같은 부부생활을 할 수 있는데를 손톱으로 떵겨가며 골라라"고 하는 옥별의 "권고"도 아랑곳하지 않고 자기의 사랑을 스스로 결정한다. 소설은 "나"의 애정관을 다음과 같이 밝힌다.

> "옥별아! 나는 내가 가장 잘 알고 또 나를 가장 잘 리해하는, 그리고 나도 모르게 마음이 끌려서 보고 싶고 돕고 싶은(이것이 나의 유일한 조건이기도 하다), 네가 반대하는 동원이와 일생을 약속하겠다. 그리고 그의 어머니의 눈이 되겠다. 정말이다. 그러면서 사랑하는 그와 함께 화목하고 아름다운 가정을 꾸리겠다. 이 가정은 우리 사원들이 잘 살 수 있는 행복하고 아름다운 농장건설에다 뿌리를 박게 될 것이다. 그때면 우리는 자동차에 어머니를 모 시고 현대화한 병원으로 갈수 있다. 그러면 어머니는 우리 손으로 꾸려놓은 가정과 인민의 락원을 자기 눈으로 보게 된단 말이다.
>
> 옥별아! 지금 그가 문 앞에 와서 콩 심으러 가자구 부르는구나. 어서 가야 겠으니 할 수 없이 오늘은 붓을 놔야겠다.
>
> 나를 가장 관심해서 권하는 네 뜻을 저버리는 것은 이렇듯 알뜰한 나의

사랑—행복이 움트고 있기 때문이다. 나는 내 고향을 떠날 수 없다. 여기는 나의 사랑이 있고 나의 희망이 깃 들인 곳이다. 세상에 이보다 더 아름답고 행복한 보금자리는 없을 것 같다.

옥별아! 조건부로 대상을 구하여 안위를 얻을 것이 아니라 행복을 창조할 줄 아는 것이 가장 아름답게 사는 것이며 거기에서 진정한 행복을 맛볼 거라고 생각한다."

보다시피 이 소설은 주인공 "나"의 형상을 통하여 젊은 세대들의 고상한 윤리도덕관과 지향을 일반화하였다. 소설 <나의 사랑>은 그가 제기한 사회적문제의 예리성, 주인공의 아름다운 내면세계, 정서적이고도 아름다운 필치로 하여 당시 독자들의 큰 사랑을 받았다.

이밖에도 조, 한 두 민족 간의 단결과 친선을 노래한 백남표의 <김동무네와 왕동무네>(1954), 현룡순의 <누님>(1956) 등이 있다. 이런 소설들은 전통적인 주제를 새롭게 심화시키면서 인민대중에 대한 사상교양에 이바지하였다.

1956년에 "백화만발, 백가쟁명" 방침이 제기되고 잠시나마 "생활에 간섭하고" 진실과 인간성에 대해 쓰라고 하자 조선족소설가들도 사회의 부정기풍, 부조리, 어두운 면을 폭로, 비판하고 인간성을 다룬 단편소설을 속속 창작하였다. 이를테면 김학철의 <괴상한 휴가>(1957.1), 리홍규의 <개선>(1957.6), 김동구의 <개고기>(1957.7), 김순기의 <사주>(1957.9), <돼지장>(1957.10) 등이 그러하다. 김동구의 <개고기>는 짧은 단편소설인데 그 경개는 다음과 같다.

주인공 리철갑은 비서의 "열성적인" 적발로 하여 공사주임으로부터 어떤 공사 20급 과원으로 강등(降級)되었다가 성위의 조사와 심사를 거쳐 다시 복직하게 된다. 리철갑은 다시 원래 공사의 주임으로 복직되어 돌아오던 중 골목길에서 우연히 "상아물부리에 권연을 꽂아 문" 비서내외를 만난다. 철갑이는 반색하지만 비서는 철갑에게 "고슴도치 같은 시선을 던지며 시꺼먼 미간을 찌푸렸고" 철갑이가 문안인사를 드리는데도 비서는 "시틋해서 발걸음을 뺑 돌리며 마치 낯선 사람에게 불리운 양으로 눈을 꺼벅거렸고" 몇 달 전만 하여도 리주임의 "집문턱이 닳도록 찾아오던" 비서의 처는 "반대쪽만 쳐다보"면서 "남편의 허리춤을 쿡 찌르며" 빨리 가자고 다그친다. 비서는 거만하게 존댓말을 쓰지 않고 철갑에게 "하게"로 하대하면서 이것저것 물어보던 차에 복직되어 돌아온다는 말을 듣고는 놀란 나머지 입에 물었던 상아물부리마저 떨어뜨렸고 당장 "하십시오"로 깍듯이 존댓말을 쓰면서 철갑에게 아부한다. 비서의 아내가 "인사가 늦었는걸요. 제가 근시안이란 걸 알아주세요. 주임님! 우리는 당신이 '불행하게' 된 후에도 자나 깨나 근심했지요." 하고 아양을 떠는데 비서는 "거야 진정입니다. 주임동지가 떠나가시니 글쎄, 공사는 휑뎅그렁 빈 것 같았지요." 하고 말하더니 손수건을 꺼내서 콧물을 닦고 "아버지 여읜 고아처럼 아주 쓸쓸했습니다!"라고 말했다. 철갑이는 목에서 구역질이 났으나 자기를 억제했다. 비서의 처는 부끄러운 줄도 모르고 자기 집에서 마침 개고기를 삶았으니 들어가 식사를 하자고 권한다. 철갑이는 "아주머니, 아시다싶이 저는 난생 개고기란 먹어본 일도 없거니와 아예 속에서 받지 않습니다. 미안합니다. 안녕히 계십시오!"라고 말하고는 골목길을 걸어갔다. 비서내외는 "주임동지, 편안히 가십시오!" 하고 "이중창을 부르며 뒤도 돌아보지 않고 걸어가는 철갑이의 등허리에 그냥 허리만 굽신거렸다."

이 소설은 러시아작가 안톤 체홉의 유명한 단편소설 <카멜레온>(1884)과 상호텍스트성을 갖고 있다고 하겠다. 보다시피 이 작품은 자기의 이익을 위해서는 남을 해치고 권세에 아부하는 기회주의자들을 적나라하게 풍자하였다. 작품의 마지막에 이르러 비서의 아내가 리주임에게 개고기를 삶아놓았으니 함께 식사하자는 요청에 리주임이 "아주머니, 아시다싶이 저는 난생 개고기란 먹어본 일도 없거니와 아예 속에서 받지 않습니다."라고 거부하는 대목은 이 작품의 압권이라 하겠다. 말하자면 리주임의 정직성과 남을 물어먹기를 일삼고 상급에게 알랑거리는 "개"와 같은 비서의 얄미운 성격을 멋지게 묘파하였다. 이 소설은 기발한 착상, 부정기풍에 대한 예리한 비판, 대조와 반전, 해학과 풍자의 기법, 생동한 세부묘사로 특징지어진다. 하지만 "반우파 투쟁" 시기에 이 소설은 당에 대항하고 당간부를 모욕, 중상한 "독초"로 매도되었다.

김순기의 단편소설 <돼지장>(1957.10)은 30대의 옥녀가 돼지새끼를 팔러 장마당으로 가게 되는 리유와 장마당에서 돼지새끼를 두고 흥정을 벌린 이야기를 다룬다. 옥녀는 이웃집 할머니가 70원의 빚을 갚으라고 불같이 독촉하는 바람에 반달 전에 낳은 돼지새끼 세 마리를 이고 지고 10여 리 산길을 걷다보니 한낮이 되어서야 장마당에 이른다. 이웃집 할머니도 오늘 꼭 빚을 받아내야 하겠다는 심사로 따라나섰다. 옥녀는 먼저 돼지새끼 시세를 알아보고 돼지새끼를 사려고 온 사람들과 흥정을 한다. 옥녀는 마수걸이로 25원에 한 마리를 팔고나니 기분이 좋아졌다. 그러나 점심때가 되도록 나머지 두 마리를 팔지 못하였다. 어느새 장마당은 휑뎅그렁해지기 시작하였다. 파는 사람은 옥녀와 얼룩돼지 임자뿐이다. 이제는 굿이나 보다가 값이 떨어지면 사자는 심보를 가진 사람 네댓하고 구경꾼 몇이 남았을 뿐이다. 옥녀의 옆에는 빚받이 이웃집 할머니와 얼룩돼지를 가지고 온 노파가 붙어있을 뿐이었다. 기회를 엿본 입술이 두터운 노파가 돼지새끼 한 마리를 20원에 팔라고 한다. 시세로 치면 아무렇게나 잡아도 25원을 받아야 할 돼지를 두고 그 노파와 흥정하던 끝에 이웃집 할머니의 빚 때문에 울며 겨자 먹기로 20원에 판다. 옥녀가 마지막 한 마리도 20원에라도 팔려고 할 때 옥녀의 옆에 앉아 있던 이웃집 할머니는 "되려 가지구 가기유, 그 값으로 어찌 남에게야 주겠소.

우리 굴에다가 넣기요."라고 하면서 반죽 좋게 나선다. 장마당까지 따라와서
는 값을 기껏 내려놓고는 그제야 자기가 사겠다고 하는 이웃집 할머니의
야비하고 욕심 사나운 행실을 보고 옥녀는 "못내 괘씸하고 지어 젖 먹던
뻴까지 치밀어 올라왔다." 그러나 옥녀는 모든 것을 꿀꺽 삼키고 팔지 못한
나머지 한 마리는 이웃집 할머니 돼지우리에 넣어주기로 마음먹었다.

　이처럼 작가는 생활고에 시달리는 농촌여인들의 서글픈 모습을 생생하게
보여주었을 뿐만 아니라 돼지새끼를 헐값에 사려고 온갖 흠을 잡는 사람,
돼지새끼를 사려는 손님들을 트집 잡아 내쫓기도 하는 심술쟁이 노파, 장터
에서 돼지새끼를 두고 옥신각신 실랑이질하는 사람들의 모습 등 장마당의
진풍경을 리얼하게 보여주었다. 이 소설은 사건 전개의 진실성, 인물의 행동
과 심리묘사의 생동성, 당시 인정세태에 대한 대담한 폭로 등으로 특징지어
진다. 이 시기 소설의 수작이라고 할 수 있겠다. 하지만 "반우파투쟁" 시기에
이 소설은 "오늘의 농촌현실과 농민을 지독하게 모욕"한 소설로 비판을
받았다. "마대에 넣어 메고 달아나는 사람도 있고 자루에 넣어서 업고 가는
사람도 있고, 함지나 바구니에 담아서 이고 가는 사람도 있다. 불까는 사람,
밑을 치는 사람, 돼지의 울음소리, 옥신각신 실랑이질하는 사람들, 하여 장마
당은 소란하고 게접스럽다."고 한 장마당의 현장묘사를 두고 그래 오늘 합작
화의 길에서 전도양양하게 내달리는 농촌현실이 이처럼 비참하고 농촌 자유
시장이 이처럼 소란하며, 생산대 대원들의 생활이 이다지도 가련하단 말인
가? 이 작품은 과거 사회 농민들의 가련한 생활환경을 공산당이 영도하는
오늘 현실에서 그대로 중복하고 있다고 비판을 받았다. 뿐만 아니라 빚을
받으려고 장마당에 따라간 사랑집 노친의 형상을 통해서는 공산당이 영도하
는 오늘에도 농촌에는 의연히 서로 뜯어먹으려 하고 아무런 인정도 없는
사람들이 많은 것처럼 묘사했다고 비판하였다.

리홍규의 소설 <개선>을 보자. "나"가 자그마한 이불보따리를 지고 송림
촌에 가서 현지체험을 하려고 십리 길을 걸어가는 도중에 마침 손수레를
만나 얻어 타게 된다. "나"는 수레를 모는 40대의 조선족농민 방창길과 이야
기를 나눈다. 박창길은 농업사 주임으로서 상급의 지시에 맹종하지 않고 실
제로부터 출발하여 처사하고 촌민들을 위해 봉사한다. 그는 상급에서 산전(山
田)에 조를 심어 소출을 올리라는 관료주의적인 "지령"에 맞서 80쌍 되는
산전에 몽땅 감자를 심어 풍작을 거두어 촌민들에게 많은 이익을 가져다주었
다. 당시 부업과 개인영농은 금지되었지만 박창길은 벽돌을 구워 팔고 목재
부업을 하고 정미소를 세우고 철공소를 세워 만든 농구를 팔아서 촌민들에게
농업수입보다 훨씬 많은 이익을 가져다주었고 아낙네들이 밭둔덕에 배추를
심고 산에 가 고사리를 캐는 등등의 일을 자유롭게 하도록 허가했다. 결국
이런 일들로 "학교를 갓 나온" "현에서 온 간부"와 충돌하게 된다. "현에서
온 간부"는 박창길을 헐뜯는 일부 촌민들의 말만 듣고 박창길의 "결점만을
들추어냄"과 더불어 "지어 사주임이 탐오까지 했다고 걸고들면서" 사주임을
개선하려 한다. 달구지를 몰고 외지에 갔다가 돌아오는 40대의 한 농민은
마을입구에서 한족농민 왕보림을 통해 "현에서 온 간부"의 주도하에 박주임
을 개선해버리는 회의를 하고 있는 중이라는 소식을 듣게 된다. 그는 격노한
나머지 수레에서 보따리가 떨어지는 것도 아랑곳하지 않고 "이랴!" 하고 채
찍으로 사정없이 소잔등을 치면서 회의장 쪽으로 달려간다. 전에는 박주임과
관계가 좋지 않았지만 지금은 박주임을 지지하는 한족농민 왕보림도 자전거
를 돌려세워 "현에서 온 간부"의 "개선"의도를 저지하기 위해 40대 농민과
동행한다. 소설은 마지막에 "수레와 자전거는 마치 경주나 하듯 마을을 향해
달렸다"고 끝맺고 있다. 소설은 박창길에 대한 촌민들의 부동한 의견 또는
왜곡된 관점들을 골고루 내놓으면서 박주임은 흠은 좀 있으나 그가 제일이라

는 결론을 내린다. 보다시피 작품은 농촌 사주임의 정면과 반면 즉 오로지 촌민을 위하는 우수한 품성과 원만하지 못한 일처리방법 등 흠집들을 동시에 드러냄으로써 살아 움직이는 농촌 기층간부의 모습을 생동하게 부각하였으며 적지 않은 간부들이 안고 있는 주관주의, 관료주의 작풍에 비판의 메스를 댔다. 이 소설은 부정기풍에 대한 예리한 비판, 인물묘사의 진실성, 재치 있는 구성 등으로 당시 소설 창작에서 이채를 보여주는 성과작이라 할 수 있다. 하지만 이 소설에 대해서도 작가가 "자기의 정치적 음모와 야심을 실현하기 위하여, 자산계급의 반동적 안광으로써 우리 사회의 '암흑면', 소위 '공개하지 못할 비밀'을 '대담'하게 공개한 대표적 작품이다"고 전제하고 나서 "변화 발전하는 우리의 농촌현실을 악의로써 왜곡, 날조하여 당과 당의 작용을 부인하였으며, 당의 영도 밑에서 진행된 토지개혁 등 일련의 정치적운동과 당의 정책, 조치들을 백방으로 비방하였고 우리 시대의 주인공들인 노동인민을 한없이 모함 중상하였다."[75]고 악평하였다.

1950년대 "반우파투쟁" 전까지의 소설문학에서 반드시 짚고 넘어가야 할 것은 사회생활과 인간의 삶을 폭넓게 거시적으로 다룬 중편소설이거나 장편소설들이 창작, 발표되었다는 점이다. 김학철의 장편소설 《해란강아, 말하라!》(1954), 중편소설 《번영》(1957), 김동구의 중편소설 《꽃삼지》 등이 특별히 주목된다.

"반우파투쟁" 이후부터 "문화대혁명" 직전까지 조선족소설문학은 다른 장르의 문학과 마찬가지로 "대약진"과 인민공사화운동, "지방민족주의를 반대하는 정풍", "반우경"투쟁, 계급투쟁 확대화와 절대화 등 정치생활과 경제생활 및 문화생활중의 좌경적사조의 피해를 입으면서 곡절적인 발전의 길을

---

75 <리홍규의 '진실' - 단편소설 '개선'을 비판하여>, 《연변문학》, 1960년 제11호, 3~5쪽.

걸었다.

"반우파투쟁" 이후부터 "문화대혁명" 전까지 현룡순, 허해룡, 김병기, 윤금철, 차룡순, 안창욱 등 신진소설가들이 나타나 소설문단에 새로운 혈액을 보충해주었다. 이 시기에 종합단편소설집 《병상에 핀 꽃송이》(1959), 《장화꽃》(1962), 《봄날이야기》(1962) 등이 선후로 출판되고 훌륭한 단편소설들이 많이 창작되었다. "대약진" 시기에 단편소설창작에서 뚜렷한 자국을 남긴 것은 근로대중의 혁명적 영웅주의정신을 다룬 작품들이다. 이를테면 김병기의 <쇠돌골의 변천>(1958), 안창욱의 <병상우의 해연>(1958), 박내하의 <사막에서의 조난>(1959) 등이 그러하다.

김병기의 <쇠돌골의 변천>(1958)은 농촌건설의 들끓는 현실과 농민들의 감동적인 사상전변과정을 엮은 단편소설로서 주요하게 김영감의 형상부각에 모를 박았다. 김영감은 농촌에서 나서 자란 부지런한 농민이다. 그는 일찍 조선에서 일본놈들의 압박과 착취를 견디다 못해 기미년에 동북의 쇠돌골로 이주하였다. 그는 자기의 두 손으로 쇠돌골을 개척하면서 농사를 지었다. 그는 이 고장에서 해방을 맞고 토지를 분배받고 팔간집도 분배받았다. 그는 이때부터 사회주의건설을 위해 몸과 마음을 다 바쳤다. 하기에 그는 노동모범으로 되어 현성에까지 갔다 왔다. 하지만 나중에 그는 쇠돌골을 뜨려고 한다.

"김령감이 사는 곳은 참 그렇다. 개척된지 오십여 년이 되지만 돌만 남은 발가숭이 산골짜기였다. 그리하여 구들돌도 나고 지어 쇠돌까지 나기 때문에 이곳을 쇠돌골이라 한다. 1948년도만 하여도 60여 호나 잘 되던 것이 모두 해방 덕에 변신하여가지고 벌판으로 이사들을 하였다. 지금은 열여덟 집밖에는 남지 않았다. 그리하여 김령감도 이사할 생각으로 둘째아들 집을 찾아갔던 길이다."

하지만 고향을 떠난다는 것은 그리 쉬운 일이 아니다. 피와 땀을 흘린 고향땅에 대한 애착심이 그를 고민 속에 빠지게 한다.

> "내가 만약 이번 갔던 일이 되였다 하더라도 이곳을 떠나기는 참으로 애수하다. 이게 내가 조선에서 그놈들 단련에 못 견디어 기미년에 두만강을 건너와서 보따리를 풀어놓은 곳이 아닌가? 또한 내가 개척한 곳이 아닌가. 그리고 해방 후 분배받은 팔간집이며 그중에도 특히 아까운 것은 어떤 왕가물에도 좔좔 흘러내리는 돌샘, 찌는 듯한 삼복염천에도 시원한 그 물맛은 더욱 잊을 수 없었다."

마침내 쇠돌골을 뜨려고 했던 김영감의 생각에 동요가 생긴다. 그는 이사하는 문제를 토의하러 둘째아들네 집에 갔다가 한 달 남짓이 지나 쇠돌골에 돌아와 그 사이에 일어난 쇠돌골의 놀라운 변천을 직접 목격하게 된다. 쇠돌골은 한 달 동안에 무척 변하였다. 김영감이 꿈에도 생각하지 못한 쇠돌골에 어느새 전기가 들어왔고 미봉산 옆에 저수지가 생겼다. 이런 엄청난 변천은 김영감의 그릇된 생각을 뒤집어놓는다. 김영감은 자기의 여생을 쇠돌골에 묻고 보다 아름답고 풍만한 새 생활을 꾸려보리라 마음속 깊이 다짐하고 쇠돌골을 개변하는 투쟁의 세찬 물결 속에 뛰어든다.

이 단편소설은 김영감의 형상을 통해 대자연과 박투하는 장엄한 투쟁 속에서 자라나는 농민들의 새로운 사상과 혁명적 영웅주의정신을 힘 있게 보여주었다. 이 소설은 낭만주의색채가 짙고 농민들의 열정과 지향, 꿈과 이상을 반영한 것으로 특색이 있다. 하지만 이 소설은 "대약진" 시기의 "좌"적사조의 영향으로 말미암아 쇠돌골에 일어난 변천과 그에 대한 세부묘사에서 진실성을 잃고 있다.

안창욱의 <빙상우의 해연>은 농촌의 제방공사를 지원하는 현장에 뛰어든 인민해방군의 영웅적 투쟁에 기초하여 창작된 작품으로서 자연개조의 들끓는 현실과 빙상 위의 해연ㅡ한 상등병의 고상한 정신적 풍모를 감동적으로 형상화하였다. 이 소설은 일기체형식으로 되었는데 농촌의 제방공사를 돕는 일을 하다가 머리에 부상을 입은 상등병 종인이가 입원하여 병상에 누운 이틀간의 사상활동을 다루고 있다. 주인공 종인이는 다른 해방군전사들과 마찬가지로 청춘의 기백과 무한한 헌신성을 가진 평범한 전사이다. 그는 공사장에 달려온 첫날부터 어렵고 힘든 일이 생길 때마다 말없이 맡아 나서며 뜨거운 열정과 강인한 의지로 모든 일을 해낸다. 그는 이런 헌신적인 노력투쟁에서 불행하게도 머리에 부상을 입고 병상에 눕게 된다. 그는 입원하자마자 퇴원하여 공사장에 달려갈 결의를 다진다.

"에이 참 부끄러운 일이야! 남들은 오늘도 공사장에 나갔을 텐데 머리를 좀 상했다고 일을 못하다니? 팔다리가 성하고 이처럼 든든한 어깨를 가졌으니 못하긴 왜 못하단 말이냐! 인젠 열한시는 되겠는데 자야겠다. 자고 일어나면 정신도 맑아지고 기운도 날 것이다. 래일 아침엔 일어나자마자 '홍'선생이라고 불리우는 그 위생소장을 찾아가서 출원등기를 해달라고 해야겠다. 물론 얼른 해줄 것이지. 만약 해주지 않기만 하면 한바탕, 아니 영낙없이 해줄 것이다."

종인이는 이렇게 작심하고 이튿날아침 소장을 찾아가서 퇴원시켜 달라고 탄원한다. 소장은 그의 상처가 경하지 않기에 한 달 가량 치료해야 한다고 하면서 그의 퇴원요구를 받아주지 않는다. 하여 종인이는 병문안하러 온 지도원에게 또 퇴원등기를 허락해 달라고 간곡하게 요청한다. 지도원은 다음과 같이 종인이를 타이른다.

"의사의 치료를 거절하는 것은 자기 건강에 대한 말살을 의미하며 나아가서는 조국과 인민의 더 큰 이익을 좀 먹는 것을 의미하는 것이요. 우리들의 앞에는 보다 크고 어려운 일들이 산악처럼 쌓여 있소. 맘껏 일하고 실컷 머리를 쓸 때가 얼마든지 있으니 조급해말고 몸을 잘 휴양해야 하오. 전투에서 큰 승리를 얻기 위하여 잠시 후퇴하는 것과 마찬가지요."

종인이는 더는 하소연할 곳이 없어 애탄에 잠긴 미소를 입가에 띠우며 베개 밑에서 일기장을 꺼내놓고 일기를 쓴다.

"어째 지도원마저 나의 의견을 무시하는가? 지금 당장이라도 공이 날아오면 멋지게 헤딩할 지경인데… 나에게 나래가 있다면 저 높다란 벽돌담을 훌쩍 날아 넘기라도 하련만… 아! 내가 어떻게 아직도 두주일 동안이나 이 병원 한 침대를 지키고 시간을 보낸단 말인가! 두주일! 열네 밤! 아! 그럼 4월은 다 지나가겠구나!… 오늘 이 밤도 저 동산너머 골짜기 공사장에선 사람들의 대하가 줄기차게 흐르고 있겠지! 나의 전우들도 그 높다란 방뚝을 오르고 내리면서 기적을 창조하고 있겠지! 하루에 6메터! 우리가 방금 공사를 시작할 때엔 하루에 겨우 2메터 밖에 쌓아올리지 못했는데… 실로 대기적이야! 그들과 함께 기적을 창조 못하는 것이 큰 유감이고 고통이야! 고통이란 말이야! 아, 생활의 담요에 꽃을 수놓는 나의 사랑하는 공사장이여! 난 지금 병상에 앉아 달빛어린 유리창으로 너의 흐르고 날뛰는 격랑과 바위를 짓부시고 태산을 휘가르는 거센 폭풍우를 내다보고 있노라! 나의 마음의 주류는 용맹한 해연이 되어 나래치며 항시 너에게로만 날으고 있어라!

아! 어서어서 열닷새 째의 아침태양이 솟아라! 해연은 푸른 봄날의 창공을
훨훨 날아 폭풍우의 품속으로 되날아 가련다!"

　보다시피 주인공 종인이는 시대적 책임감을 안고 그 어떤 역경 속에서도
주저하지 않고 낙망하지 않는다. 그는 나래치는 해연마냥 만난을 박차고 당
과 인민의 사업에 자기의 생명도 청춘도 바치려는 고매한 성격의 소유자이
다. 작품은 이런 성격의 바탕에는 병상에서도 간고한 노동을 한 빠웰, 이족을
가지고 비행영웅으로 된 마레씨예브와 같은 영웅인물을 따라 배우며 사기의
사랑하는 집단과 전우들과 함께 고락을 같이하려는 절절한 염원이 깔려있다
는 것을 예술적으로 밝혔다. 이렇게 함으로써 혁명적 영웅주의정신의 체현
자, 사회주의시대를 살아가는 인간들의 참모습을 생동하게 형상화하였다.
이 작품은 일기체형식의 1인칭소설의 특성을 잘 살려 주인공의 내면세계를
깊이 있게 파고들었다. 이 작품이 보여준 기발한 착상과 깐진 구성 및 풍만한
서정은 독자들에게 깊은 인상을 남겨주었다.
　박태하의 <사막에서의 조난>은 고비사막을 배경으로 조선족전사 ― 운전
수 김태희가 사막에서 겪은 이야기를 다루었다. 이 소설은 죽음과 싸우고
자연과 싸우는 김태희의 형상창조에 초점을 맞추었다. 김태희는 생기발랄하
고 진취심이 강하고 황홀한 꿈과 불같은 열정을 가진 젊은이다. 그는 압록강
반의 어느 아늑한 농촌마을에서 자라났다. 그는 사범학교를 졸업하고 전선에
갔다 돌아와 북경후근부학원에서 반년동안 학습한 후 자동차운전수로 고비
사막의 어느 한 부대에 배치되었다. 그는 부대의 손풍금수로 불렸는데 "그가
가는 곳엔 어디나 노래소리와 웃음소리가 따라다녔다." 뿐만 아니라 얌전하
고 언제나 생글생글 웃기 때문에 전사들은 그를 "색시"라고도 불렀다.
　그런데 김태희가 6백여 리 밖의 고비사막에 있는 탐사대의 전우들에게

생활물자를 운송하고 돌아오는 길에 의외의 일에 부딪친다. 말하자면 그가
운전하는 자동차 냉각기의 물이 줄어들어 더 전진한다면 발동기가 모조리
타버릴 위험에 직면하게 되었던 것이다. 김태희는 폭풍이 울부짖는 광막한
사막에서 물을 찾으려 애쓰다가 길을 잃고 방향마저 가늠할 수 없게 된다.
그는 자동차를 찾고 부대로 돌아가기 위하여 초인간적인 의지력으로 광막한
사막에서 7일간 폭풍과 새벽추위, 주림과 갈증 그리고 죽음과 박투한다.

"지금 나의 앞에는 두 가지 길이 놓여있다. 이곳이 고비사막의 중심이겠은
즉 어느 한 방향만 향하여 계속 일주일을 이 주위로 방황하면서 나의 '3NC'
를 찾는것이다. 두번째 길은 매우 모험적인 길이다. 자동차를 발견하지 못하
는 날이면 영낙없이 말라죽는다. 하지만 지금 쓸쓸한 사막에서 애타게 나를
기다리고 있을 사랑하는 '3NC'를 버리고 어디로 도망친단 말인가? 차우에는
조국에 회보하는 광석견본도 있지 않는가!"

그는 이런 두 갈래 길 앞에서 "위경에 처할수록 더욱 굳은 신념을 가져야
하고 과단성과 침착성을 잃지 말아야 하오."라고 하던 정치위원의 말씀을
명기하고 삶을 위해 악전고투한다. 그는 오줌으로 목을 축이고 마침내 자기
의 "3NC"자동차를 찾는다. 죽음은 사정없이 그를 위협한다. 지칠 대로 지쳐
숨길도 고르지 못하고 고개도 돌릴 수 없는 지경에 이르렀을 때 그는 다음과
같이 생각한다.

"생명을 언제까지나 지탱할 수 있으며 나의 사랑하는 '3NC'는 정녕 찾을
수 있겠는지? 찾지 못한다면 나는? …아! 얼마나 사막의 정복을 동경하였던
가! 나의 지망이 실현되어 사막으로 향할 때 나는 얼마나 기뻐 날뛰었던가!
그런데 단 만키로메터도 달리지 못하고 나의 '3NC'와 아니 나의 사랑하는

조국과 영별해야 한단 말인가! 아니다. 나는 꼭 자동차를 찾아가지고 정위한 테로 달려가야 한다." "나의 사랑하는 '3NC'를 찾기 위하여, 탐사대동무들의 회보를 전하기 위하여 그리고 내가 우연히 발견한 이 보물(사막에 있는 고갈된 호수)을 알리기 위하여 나는 기어코 살아야 한다."

그는 이런 정신으로 여러 가지 위협을 전승하면서 6일 동안이나 싸웠다. 하지만 그는 굶은데다가 닷새째 되는 날부터 오줌마저 마시지 못하게 되었다. 목안이 마르다 못해 이제는 숨도 내쉬기 어려웠다. 이레째 되는 날 생명이 오늘로 끝난나는 것을 직감하게 되었다. 그는 이런 역경 속에서도 자기가 걸어온 길, 부대의 전우들, 조국과 당이 자기에게 베푼 배려를 회상하면서 유언을 쓴다.

"20세를 일기로 일생을 끝마치게 될지도 모르는 저로서 지금 가장 유감스러운 것은 지금 갖고 있는 희소식을 속히 전하지 못한다는 것과 미구에 새로운 변강도시로 건설될 이 고비사막의 개척을 위하여 내 힘을 더는 바치지 못하게 되었다는 것뿐입니다. 그러나 나는 이 고비사막이 멀지 않은 장래에 위대한 사회주의 새 도시로 건설되리라고 믿으며 아울러 이곳의 첫 개척자중에는 나도 포함된다고 생각할 때 승리의 쾌감과 긍지를 느껴마지 않습니다."

나중에 그는 정치위원을 비롯한 전우들의 노력에 의해 구원된다. 전우들이 사막에서 그를 찾았을 때 그는 갈증을 이기려고 땅을 헤집고 마른 모래를 한입 물고 있었다. 병원에서의 구급치료를 받고 소생했을 때 그가 한 첫마디는 "정위동지, 저의 자동차는?"라는 말이었다.

단편소설 <사막에서의 조난>은 주인공 김태희의 집단주의와 낙관주의 정신을 가송하면서 시대에 대한 그의 높은 책임감, 조국과 인민 그리고 전우들에 대한 그의 무한한 사랑, 아름다운 이상에 대한 그의 불타는 지향을 뚜렷하게 보여주었다. 이 소설은 조국과 인민에게 바치는 무한한 헌신성으로 자기의 삶을 엮어가는 사회주의시대의 영웅적 인물을 부각하였을 뿐만 아니라 정치위원의 형상도 자못 인상 깊게 창조하였다. 전사의 생명을 구하기 위한 끈질긴 노력, 자동차 밑에 기어들어간 태희의 다리를 낚아채는 장난, 태희의 호주머니 단추 하나가 벗겨졌다고 엄격히 비평하는 장면 등 세부묘사와 에피소드를 통해 전사들을 사랑하고 생활을 낙관적으로 대하며 사업에 대한 요구가 엄격한 당간부의 형상을 유감없이 보여주었다.

이 소설은 1인칭소설의 형식 속에 주인공의 일기를 곁들여 이야기를 기묘하게 엮었고 사건의 전개에 긴장성을 부여하면서 역동적인 절주로 주인공의 내면세계의 움직임을 섬세하고도 실감 있게 묘사하였다. 서술방식에 있어서도 서정적 색채를 강화함으로써 독자들의 예술적 감흥을 한결 더 돋구어주었다. 이 소설에도 "대약진" 시기의 시대적 제한성이 보이지만 싸구려 낭만주의 사조와는 담을 쌓고 생활의 진실을 바탕으로 예술적 진실을 묘파한 그 시기의 수작이라고 할 수 있다.

1960년대에 들어선 후 단편소설창작에서는 새 사상과 낡은 사상 간의 투쟁, 민족단결의 주제를 다룬 작품들도 적지 않게 창작되었다. 윤금철의 <숙질간>(1961), 차룡순의 <약초캐는 사람들>(1965), 허해룡의 <혈연>(1962) 등을 들 수 있다. 1960년대 전반기에 창작된 이런 작품들은 "대약진" 시기의 소설에 비해 일상적인 생활에 모를 박았고 소박한 필치, 진실한 묘사가 돋보이며 플롯이나 성격탐구에서도 새로운 시도를 보여주었다.

차룡순의 <약초캐는 사람들>은 신구사상 간의 투쟁을 염두에 두고 약초캐는 부업생산에서 약초만 캐고 후세를 위해 약초를 심지 않는 그릇된 사상을 비판하는 "인삼아바이"의 긍정적인 형상을 창조하였다. 주인공 "인삼아바이"의 사상성격의 핵은 집단에 대한 사랑과 후세에 대한 깊은 배려이다. "산에 의지해 사는 사람은 산을 키우게 마련"이라고 생각하는 "인삼아바이"는 몸은 심산에 있어도 생각은 미래로 가있다. 그는 젊은이에게 다음과 같이 말한다. "이 장백산이 우리에게 보물을 준다고 해서 자꾸 파내는 재간만 피울 게 아니라 보물을 더 많이 키우고 가꾸는 게 우리 산골사람들의 의무가 아니겠니…" 이와 같이 소설은 "인삼아바이"의 형상을 통해 농민들의 정신적 변화를 시대의 벅찬 숨결과 함께 보여주었다.

허해룡의 단편소설 <혈연>은 민족단결의 주제를 다룬 좋은 작품이다. 그 경개를 보면 다음과 같다.

북경에서 임업대학을 졸업한 주인공 "나"(王青山, 실은 김청산임)는 고향 연변으로 돌아가는 기차에서 장백산에서 가까운 오림공사 위생소의 의사인 슈메이(秀梅, 실은 김순희임)와 우연히 만나서 따뜻한 관심과 치료를 받게 된다. "내"가 집에 돌아오자 할아버지가 "나"와 슈메이와 함께 찍은 사진을 보고 이 슈메이가 바로 할아버지가 병환으로 입원했을 때 수혈까지 해주면서 지성껏 치료해준 고마운 처녀라고 한다. "내"가 사진속의 슈메이를 기차에서 만났고 한족처녀의사라고 하니 할아버지는 순이라는 조선족처녀라고 우긴다. "나"는 슈메이와 순이가 어쩌면 생김새, 직업, 주소가 이다지도 똑같을 수 있을까, 혹시 쌍둥이는 아닐까? 하고 생각한다.

할아버지는 평소에 "나"에게 너의 아버지는 혁명열사라고만 알려준다. 하지만 그 상세한 내막은 비밀에 붙이고 "내"가 대학을 졸업하면 알려주겠다고 하였다. 이번에 "내"가 대학을 졸업하고 고향에 돌아오니 할아버지는 너의 아버지의 산소는 장백산부근의 목림이라는 곳에 있으니 추석날 아버지 산소에 가서 알려주겠다고 한다. 며칠 후 현 임업과에 배치를 받은 "나"는 바로 아버지 산소가 있다는 목림지구 산구개발에 참가하게 되는데 공교롭게도 목림은 슈메이가 살고 있는 오림이라는 고장과 불과 20리도 되지 않았다. 목림인민공사 공소사(供销社)에서 경영하는 려관에서 "나"는 공사의 공소사 당지부서기로 여관을 맡아보고 있는 한 조선족 어머니(슈메이의 어머니이자 청산의 생모임)를 만나게 되어 따뜻한 보살핌을 받으면서 서로 각자의 신상에 대해서도 다소 알게 된다. 이 조선족어머니는 열사가족으로서 외동딸과 함께 살고 있었다. 이 조선족어머니는 청산의 팔에 난 붉은 기미를 보고는 호기심이 동하여 "나"의 신상에 대해서 물어본다. 그리하여 슈메이의 어머니는 "내"가 아버지 없이 할아버지 슬하에서 자라났음을 알게 된다.

추석을 사흘 앞둔 어느 날 "나"는 이 조선족 어머니의 방으로 찾아간다. 거기서 왕진을 갔다가 돌아온 슈메이(순이)를 만나는데 할아버지가 고마워하던 그 순이가 바로 자기가 기차에서 만났던 슈메이었다. 그날은 마침 순이의 생일날이라 "나"는 이들 모녀와 함께 식사를 할 뿐만 아니라 순이를 슈메이로 부르게 되는 사연도 알게 된다.

순이의 아버지 김성팔은 항일투사였다. 그는 일본놈들에게 살해되고 어머니가 순이를 데리고 옥살이를 하였다. 그동안 류씨라는 한족할머니가 순이를 키워주었는데 슈메이라는 이름은 바로 그 할머니가 지어준 이름이었다. 해방 후 의지가지없는 류할머니는 순이네 모녀와 함께 오래동안 함께 살았다. 청산이는 이 사연을 듣고는 "공동한 원쑤를 물리치는 투쟁은 정말 한족과 조선족 사이를 민족으로서가 아니라 계급으로 피로 뭉치게 하였다"고 깊이 느끼게 된다.

추석날, "나"의 할아버지가 목림으로 오셨다. "내"가 묵고 있는 여관에서 친녀동생인 순희 그리고 친어머니와 수십 년 만에 극적으로 상봉하게 된다. 아버지 김성팔의 비장한 최후와 그 뒤 "내"가 할아버지에게 구출되어 한족집에서 자라게 된 경위를 낱낱이 알게 된다. 항일유격대원이었던 김성팔이 일제토벌대에 의해 살해되고 그의 아내는 왜놈들에게 끌려가게 되자 왜놈들은 세 살 먹은 청산이가 갇혀있는 초가집에 불을 지른다. 이 모든 광경을 지켜보던 한족농민 왕씨는 불속에 뛰어들어 청산이를 구해가지고 친손자처럼 키워주었던 것이다. 의지가지없는 왕할아버지는 청산이의 어머니를 딸로 삼게 되고 조, 한두 민족의 두 가정은 한가정식구로 합쳐지게 된다.

이 소설은 항일전쟁시기에 한족인 왕할아버지가 왜놈들에게 체포된 조선족항일투사의 아들을 구원해준 감격적인 사실, 해방 후 20년이 지나서 그들이 서로 만나고 그 아들이 자기의 어머니와 누이동생과 극적으로 상봉하는 곡절 많은 이야기를 통하여 조,한 두 민족 사이에 계급으로, 피로 뭉쳐진 혈연적 관계를 눈물겹게 다루었다. 이 소설은 소재가 참신하고 이야기가 굴곡적이다. 작품의 밑바닥에는 혁명적 인도주의정신이 빛발치고 있다. 하지만 이 소설은 사건전개에서 "우연의 일치"가 많아 진실성에 손상이 가고 주제가 생경하게 노출된 감을 주기도 한다.

이상에서 보다시피 건국 후 17년간의 조선족소설문학은 일정한 성과를 거두었지만 좌경적사조로 말미암아 여러 차례의 곡절을 겪으면서 적잖은 한계를 드러냈다. 부절한 정치운동, 특히 "반우파투쟁" 이후 조선족소설문학은 덮어놓고 현실을 미화하고 생활의 긍정적인 면에 대한 찬양일변도로 나아갔다. 따라서 현실 속의 암흑면을 외면하고 회피하는 경향이 다분하였다. 또한 계급투쟁이 확대화, 절대화됨에 따라 제재와 주제의 정치적 경향성에 신경을 곤두세웠고 애정문제, 민족의 역사와 전통에 대한 문제는 "금지구역"으로 되었다. 인물형상창조에서도 영웅인물만을 전면에 내세우고 기타 인물형상은 깊이 있게 다루지 못했다. 특히 인물의 계급적인 공통성에만 초점을 맞춤으로 말미암아 인간의 희로애락을 깊이 있게 보여주지 못했다. 이밖에도 서술방식과 표현수법이 다양하지 못하고 중편소설과 장편소설 창작에서 커다란 공백을 남겼다.

건국 후 17년간의 소설문학에 나타난 이러한 폐단은 "문화대혁명" 시기에 이르러 더더욱 두드러지게 드러났다. "문화대혁명" 시기 소설문학은 "계급투쟁", "노선투쟁"을 중점적으로 다루면서 "영웅인물"을 부각한다는 미명 하에 "머리에 뿔이 나고 몸에 가시가 돋은 반란파", 말하자면 "4인방"의 "좌"경노선의 견결한 집행자의 형상을 부각하였으며 현실을 미화하고 인물을 이상화하고 생활을 도해하는 개념화, 도식화가 극에 달하였다. "문화대혁명" 시기의 소설들은 그 대부분이 인물이나 플롯에 있어서 당의 노선이나 정책을 단순하게 도해(图解)하는 것으로 나타났다. 작품은 대체로 적아간의 모순과 인민내부모순으로 갈등을 설정하였는데 그중에서도 적아간의 모순과 갈등이 더 빈번히 나타났다. 대공무사하고 당에 충성하는 당지부서기나 혁명위원회 주임, 빈하중농 대표, "문화대혁명"의 시련을 겪은 젊은 세대 등이 긍정인물로 나타났고 그들의 "대항마"로 계급의 적이 나타났다. 긍정인물과 부정인물들(지주, 부농, 주자파, 역사반혁명분자, 현행반혁명분자, 자산계급권위, 기회주의자, 간첩, 숨은 계급의 적 등) 사이에는 "두 갈래 노선", "두 갈래 길"의 사이에서 우왕좌왕하는 중간인물이 있었다. 긍정인물은 당의 노선, 방침, 정책을 무조건 관철, 집행하려고 하는데 계급의 적이 암암리에 음모를 꾸며가며 백방으로 파괴하려 한다. 중간인물은 계급의 적의 꾀임에 든다. 하지만 나중에는 계급의 적의 파괴활동이 긍정인물을 비롯한 진보세력들의 단합과 투쟁에 의해 저지된다. 중간인물은 사실 앞에서 각성한다. 부정인물은 그 죄행이 경할 경우에는 비판, 투쟁을 받고 심할 때에는 독재기관에 체포되어 징벌을 받는다. 이런 현상은 "문화대혁명" 기간에 발표된 허봉남의 <밭머리에서>(1971), 남주길의 <꺼지지 않는 불길>(1974), 김희철의 중편소설 <전우의 딸>(1976)을 비롯한 많은 소설들에서 쉽게 볼 수 있다.

그러나 여기서 지적하고 싶은 것은 이 시기에도 당시 생활에 대한 작가의 느낌을 진실하고도 소박하게 반영한 단편소설도 있었다는 점이다. 이를테면 단편소설집 《우두봉의 매》에 수록된 리봉렬의 <임무>(1972), 리왕구의 <녀용수관리원>(1972), 리선근의 <화수로 가는 길>(1971), 그리고 《연변일보》 부간에 발표된 최견의 <창격표현>(1972.8) 등이 그러하다.

제4절 장편소설 《범바위》의 개작과 그 의미

리근전은 《범바위》, 《고난의 년대》, 《창산의 눈물》 등 3부의 장편소설과 <승리의 길에서>, <호랑이>, <그녀의 운명>, <깨여진 꿈> 등 4편의 중편소설을 발표한 중견작가이다. 그에 관한 연구로는 김동훈의 <리근전론>[76], 조성일의 <리근전과 장편소설 '범바위'>[77], 최병우의 《리근전소설연구》[78], 리해영의 <1960년대 초반 중국조선족 장편소설에 나타난 민족의식의 내면화>[79] 등이 있다. 이 가운데서 최병우의 《리근전소설연구》에서는 리근전의 장편소설 《범바위》와 그 개작의 의미를 상세하게 분석하고 있어 그 골자만 소개하되 그 의미를 새롭게 짚어보고자 한다.

리근전(李根全, 1929-1997)은 1929년 3월 8일 조선 자강도 자선군 삼풍면 운봉동 매상골의 한 가난한 가정에서 태어났다. 1937년 아홉 살 되던 해에 아버지를 따라 중국 길림성 서란현 북대촌에 이주해 자리를 잡았다. 그 이듬해에 영길현 횡도하자 소학교에 입학해 1944년 열다섯 살 되던 해에 졸업하였다. 그는 가정이 어려운 까닭에 더 진학하지 못하고 품팔이도 하고 아버지를

76 임범송, 권철 주필, 《조선족문학연구》, 흑룡강조선민족출판사, 1989.
77 김호웅, 조성일, 김관웅, 《중국조선족문학통사》(상), 연변인민출판사, 2011.
78 한국 푸른사상사, 2007.
79 이해영, 《귀환과 전쟁, 그리고 근대 동아시아인의 삶》, 도서출판 경진, 2011.

대신해 부역에 나가기도 하였다. 1945년 8월 일제가 무조건 항복을 하자 국민당과 공산당 사이에 제3차 국내전쟁이 벌어졌다. 그 해 12월 그는 열여섯 살의 나이로 동북민주연군 제20려 60퇀 의용련에 참군하여 전공을 세우기도 하였다. 1946년 6월 영길현 항굴구(缸窟區) 무공대 대원으로 활동하였으며 1947년부터 1948년 8월까지 영길현 강밀구(江密區)에서 토지개혁공작대 대원으로 토지개혁에 참가하였다. 그해 9월 14일 그는 중국공산당에 가입하였다. 1948년 9월부터 1953년 여름까지 길림시 용담구(龍潭區) 보안대 대장, 중공길림시 강북구위 선전위원, 중공길림시 시교위원회 위원, 중공길림시위 판공실 비서과 고장 겸 상무위원회 비서 등 직무를 맡고 일했다. 제3차 국내전쟁 기간에 빈농출신인 리근전은 혁명에 참가하여 공산당원이 되고 한어를 배워 자유롭게 글을 쓸 수 있는 능력을 길러 사회지도층으로 성장할 수 있는 기반을 닦았다.[80] 1953년에 리근전은 《길림신문》 사에 전근되어 1957년까지 선후로 농촌조 조장, 연변주재소 소장, 《연변일보》(한문판) 제1부주필 등 직무를 맡고 일하면서 점차 문학작품을 쓰기 시작하였다. 1952년 첫 단편소설 <화물차>를 발표했고 1955년에 단편소설집 《과일꽃 필 무렵》을 출판함으로써 문단에 알려지기 시작하였다. 그는 1956년에 중국작가협회에 가입하였다. 1959년 연변에 전근한 리근전은 선후로 중공연변주위 정책연구실 부주임, 중공연변주위 선전부 부부장으로 일하면서 문학창작에 정진하였다. "문화대혁명" 전까지 중편소설 <호랑이>(1960), 장편소설 《범바위》(1962) 등을 발표하고 산문집 《연변산기》(1962)를 펴냈다. 이밖에 그는 또 조선작가 이기영의 장편소설 《고향》을 한어로 번역, 출판하기도 하였다. "문화대혁명" 10년 동안 그는

80　리근전의 생애에 대하여는 본인이 직접 작성한 <幹部檔案材料摘記>와 1988년 7월 13일 길림성과학기술간부국에서 만든 <聘任專業技術職務 : 呈報表>에 리근전 자신이 기록한 "主要學歷及工作經歷"을 참조하였다.

"주자파", "반동작가"로 몰려 박해를 받았고 창작권리를 박탈당하였다. "4인 방"이 꺼꾸러진 후 연변조선족자치주정부와 중공연변주위 선전부에서 지도 사업을 하다가 1983년에 중국작가협회 연변분회의 전직작가로 되었다. 1985년 11월에 중국작가협회 연변분회 주석으로 당선되어 지도사업을 하는 한편 소설창작에 정진하다가 1997년에 타계하였다.

리근전에게 있어서 일제패망 이후 동북민주연군에 참군하고 공산당원이 되는 4년간은 새로운 자아로 태어나는 성장의 체험이었으며, 그 체험은 그가 작가 생활을 하는 동안 창작의 한 원천이 되었다. 실세로 그는 이 시기의 참전체험을 제재로 한 작품들을 적지 않게 발표하였다. 단편 <호랑이>(1959)와 중편소설 <호랑이>(1960), <옥중투쟁>(1961), 장편소설 <범바위>(1962) 그리고 1962년 판 <범바위>를 수개하여 출간한 <범바위>(1986) 등이 그것이다.[81]

물론 이러한 창작의 과정에는 디테일의 정밀함, 사실적인 표현 그리고 새로운 줄거리의 첨가 등 다양한 변화가 있었지만 공산당의 영도 아래 어린 소년이 자원입대하여 무공을 세우고 혁명전사로 성장하는 전체 틀에는 변화가 없었다. 따라서 이들 작품을 동일한 제재의 개작과정으로 이해할 수 있다. 작가들은 작품의 구성을 보다 치밀하게 하기 위하여, 작품의 내용을 보다 핍진하게 하기 위하여, 또 동일한 제재로 새로운 주제를 드러내기 위하여 이왕에 자신이 창작한 작품을 개작한다. 특히 작가가 자기 문학의 본령이라고 생각하는 주제의 경우에는 그의 많은 작품에서 반복되어 사용되기도 하고 작가가 의도적으로 여러 차례 개작하기도 한다. 한 작가가 이렇게 한 작품에 대하여 개작을 하는 것은 김동리(金東里, 1913~1995)의 경우에서 보듯이 작가가

---

81 이하 <연변문학>에 실린 <호랑이>는 단편 <호랑이>, 중편소설 <호랑이>는 단행본 <호랑이>로, 1962년 판 <범바위>는 초판 <범바위>, 1986년 판 《범바위》는 수개본 《범바위》로 명명한다.

평생에 걸쳐 자신이 진정 그리고 싶은 방향으로 작품화해야 한다는 강박
관념의 반영일 수도 있겠지만, 리근전의 경우 자신의 체험을 반복하여 소설
화한 것은 자신의 체험에 대한 애정의 결과로 이해되며 그 과정에 그의 국민
의식과 문화신분의 변화가 자연스럽게 드러난다고 하겠다. 리근전으로서는
혁명의 시기에 무공대로 참가하여 무장투쟁으로 해방을 쟁취하고, 당의 영도
아래 민족 내부에 숨어 있는 반동분자들을 숙청하고, 토지분배를 이루어낸
것은 대단한 자부심으로 남아 있었다. 또한 그가 혁명기간 동안 직접 경험한
조선족과 한족의 협동을 통한 혁명과 혁명과정에서의 조선족들의 헌신적인
노력과 희생 등은 앞선 시대를 산 작가로서 그 시대를 모르는 젊은 세대들에
게 전하고 싶은 생각이 없지 않았을 것이다.[82]

여기서는 리근전의 문학적 원형으로 작용하고 있는 자신의 생활체험을
소설화한 작품들, 즉 <범바위> 계통 소설[83]들의 창작 과정을 살피고 20여
년의 시차를 두고 발간된 초판 <범바위>에서 수개본 <범바위>로의 개작 양
상과 그 개작의 의도와 의미를 밝히는데 목적이 있다. 이는 시대 상황의 변화
에 따라 리근전의 소설이 어떻게 변화해 갔는가를 살피는 일이며 동시에
그의 소설의 한 원형을 찾아내는 일이기도 하고, 리근전의 문화신분과 문학
관의 핵심을 해명하는 일이 되기도 한다는 점에 의의가 있다.

---

82 리근전, <시대감과 주제사상>, 《문학예술연구》, 1982.4, 34쪽 및 리근전, <'고난의 년대'를
쓰게 된 동기와 경과>, 《문학예술연구》, 1983. 1, 50쪽 등 참조.

83 앞에서 언급한 단편 <호랑이>와 <옥중투쟁>, 단행본 <호랑이>, 장편소설 초판 《범바위》와
수개본 《범바위》 등 다섯 편의 작품은 동일한 스토리 라인을 가지고 있다는 점에서 "범바위
계통 소설"이라 명명한다.

1. <범바위> 계통 소설의 창작 과정

리근전 자신의 회고에 따르면 어린 시절 어머니에게서 들은 옛이야기에서 문학이 갖는 진실성과 감화력을 어렴풋이나마 깨달았다고 한다. 그러나 그가 문학이 갖는 감화력을 직접 체험한 것은 1947년 영길현 삼두구에서 토지개혁과 확군사업을 하던 시기였다. 그는 이 시기에 《동북일보》에 실린 실화문학 <눈먼 말삯군 머슴의 원한>을 읽고 크게 감화를 받은바 있어서 마을 사람들과 함께 하는 회의 전에 그 작품을 읽어주었는데, 많은 사람들이 말삯군 머슴의 가련한 일생에 분노를 느끼어 울 뿐만 아니라 칠팔 명의 청년들이 참군하겠다고 나서는 것을 보았다는 것이다. 이때 리근전은 혁명 사업을 하자면 총을 든 군대도 필요하지만 문학 대군도 있어야 한다는 것, 즉 문학은 어떤 무기로도 대체할 수 없는 특수한 기능을 가진 무기라는 점을 가슴 깊이 느끼게 되었다.[84] 이 회고에 따르면 리근전은 문학을 따로 공부한 것은 아니지만 직접적인 체험을 통해 문학이 갖는 선전선동성과 공리성을 깨닫고, 문학이 갖는 교육적 기능의 중요성을 느끼게 되었던 것 같다. 그는 이러한 문학에 대한 깨달음을 바탕으로 해방 이후 중국공산당이 내세운 노선과 방침을 선전하기 위하여 소설 작품을 창작하기 시작한 것이다.

리근전은 국내해방전쟁기간 중에 전사로 참가하여 공산당의 승리를 보았고, 당에 의한 토지개혁을 통해 가난한 농민들이 토지를 분배받고 기뻐하는 모습을 보았으며, 농민들이 자신 소유의 농토에서 열심히 농사를 짓는 모습을 보면서 미래에 대한 희망을 읽을 수 있었다. 그리고 광복 이후 당간부의 자격으로 길림지역의 여러 농촌마을에 가서 토지개혁과 농촌지도 사업을 수행하면서 농민들의 삶에 대해 많은 것을 알게 되었다. 이 시기 그는 현지의

---

84   리근전, <문학창작의 첫발자국>, 《갈매기》, 1987.1, 44~45쪽 참조.

농민들과 많은 이야기를 나누었다. 리근전은 그들에게서 들은 이야기들을 정리해서 글로 써서 많은 사람들에게 알릴 필요성을 느끼고 신문보도를 쓰기 시작하였으며, 이들 이야기가 보다 독자들에게 쉽게 다가가게 하기 위하여 소설에 관심을 갖고 창작을 하게 되었다.[85]

리근전은 1950년대 중반부터 본격적으로 소설을 창작한다. 당의 정책을 실천하고 마을의 발전을 위해 애쓰는 헌신적인 인물을 형상화함으로써 사회주의와 당의 위대성을 선전, 선동하는 단편소설을 창작한다. 이러한 단편소설 창작을 통하여 소설 창작에 어느 정도 자신이 생기자 자신의 전쟁체험을 제재로 한 장편소설 《혁명의 씨앗》을 구상하고 집필하기 시작한다. 리근전은 이 장편소설을 집필하는 동안 먼저 쓴 작품의 일부를 발췌하여 단편소설 <호랑이>라는 제목으로 발표한다. 장편 《혁명의 씨앗》과 단편 <호랑이>의 관계는 단편 <호랑이>의 작품 말미에 첨부된 아래 글에서 확인할 수 있다.

<호랑이>는 장편소설 《혁명의 씨앗》의 한 토막이다.

제3차 인민해방전쟁시기에 작자는 왕련장, 텁석부리 반장 — 서기, 호랑이, 칠순이 등 인물과 고락을 같이 하고 운명을 같이 하였다. 그들의 형상은 지금도 나의 심령 속에 생생하게 남아 있다. 중국공산당원 텁석부리 반장, 왕련장의 애인 손력 동무는 우리나라 각 족 인민의 철저한 해방을 위하여 마지막 피 한 방울까지 흘렸다. 그들이 뿌린 혁명의 씨앗은 호랑이, 칠순이 등을 비롯한 조선족과 한족의 가슴 속에 뿌리박고 자랐다. 지금 소설에서도 나오는 바와 같이 호랑이는 앞뒤를 재지 않고 번번이 일을 저지르는 사람이고 칠순이는 아직 계급성이 없는 인물이지만 그러나 그들은 끝내 왕련장을 대표로 하는 중국공산당의 교양 밑에서 훌륭하고 용감한 혁명전사로 성장한다.

---

85   위의 글, 45~46쪽 참조.

당의 따뜻한 관심과 구체적 령도 밑에서 호랑이와 칠순이를 중심으로 한 날로 성장하는 한조 두 개 민족의 혼합중대는 끝내 반동통치계급과 그들의 대리인 한몽둥이를 타도하고 각 족 인민이 반드시 걸어야 할 길을 개척하였다.[86]

이 글에서 다음의 몇 가지 사실을 읽어낼 수 있다. 첫째 <호랑이>는 완성된 단편소설이기보다는 아직 발표되지 않은 장편소설 《혁명의 씨앗》의 한 토막이라는 점, 둘째 장편소설 《혁명의 씨앗》은 자신의 인민해방전쟁에서의 체험을 소재로 하고 있다는 점, 셋째 인민해방전쟁기간 동안 여러 민족 인민들이 해방을 위하여 헌신하였으며 이는 기록으로 남길 만하다는 점, 그리고 《혁명의 씨앗》의 전체적인 줄거리는 공산당의 영도 밑에 주인공이 성장하는 이야기이며 동시에 한조 두 민족이 힘을 합쳐 반동통치계급과 그 대리인을 타도하는 내용이라는 점 등이다.

이 글에 따르면 단편 <호랑이>는 완결된 하나의 작품이 아니라 작품의 한 부분을 제시한 것에 지나지 않는다. 단편 <호랑이>는 동네 형들과 집을 떠나 인민해방군으로 찾아간 주인공 호랑이가 나이가 어리고 덩치가 작아서 총을 들고 싸울 수 없다는 이유로 전사로 취급받지 못하지만 고향으로 돌아가지 않고 인민해방군에 남아 있다가, 고향 마을의 악덕 지주 한몽둥이 집에 총이 있으며 그것을 빼앗아 올 계략이 있다는 점을 대장에게 알린 다음 앞장서서 일을 성사시켜 하나의 전사로 인정되고 총을 지급받게 된다는 내용으로 되어 있다.[87]

---

86 단편 <호랑이>, 19쪽.
87 단편 <호랑이>는 5개의 장으로 나뉘어 있는데, 이는 단행본 <호랑이> 총 32장 중 초반부 5장에 해당한다. 이 두 부분은 내용과 문장이 거의 일치하나 부분적으로 단어나 문장을 몇 군데 수정하고, 극히 소설적이지 못하다고 판단되는 문장을 빼어 버리는 정도의 작업을

단편 <호랑이>를 발표한 다음 해 리근전은 《혁명의 씨앗》에서 구상한 전체 이야기를 담은 단행본 <호랑이>를 발표한다. 이 단행본 <호랑이>는 중편소설 분량으로 늘어나면서 단편 <호랑이>의 내용을 발단 부분으로 하고, 위에 언급한 《혁명의 씨앗》의 내용이 줄거리 수준에서 전체적으로 제시되어 있다. 이 작품의 줄거리는 작품 서두에 있는 내용 소개란에 다음과 같이 정리되어 있다.

> "해방 직후 장개석 반동파들이 해방구 즉 길림 일대를 미친듯이 대진공할 때다. 호랑이는 마을의 청년들을 따라 팔로군을 찾아 갔으나 나어린 호랑이만은 받아주지 않는다. 호랑이는 팔로군을 도와 악패 지주네 총 23 자루를 탈취해 온 뒤에 정식으로 입대하게 된다. 처음에 호랑이는 군대생활에 단련이 없고 무기률, 무조직적인 행동으로 하여 혁명 사업에 막대한 손실을 주게된다. 허나 당과 벗들의 방조 하에서 자기의 결함을 뉘우친 호랑이는 적과의 치렬한 전투 속에서 인민들과 함께 백절불굴의 정신과 혁명적 영웅기개를 발휘하여 장비군을 타도하고 자기의 고향 마을을 끝까지 지켜 내는 무산계급의 혁명전사로 단련, 성장한다."[88]

이 작품의 내용소개는 앞에서 언급한 《혁명의 씨앗》의 전체 줄거리와 거의 일치하며 <범바위> 계통 소설의 원형으로 되고 있다. "주인공의 팔로군 참군 — 지주네 집에서 총 탈취 — 호랑이의 혁명전사로의 성장 — 적군의 소탕 및 계급 해방"이라는 스토리 라인은 리근전 자신의 체험에서 비롯된 이야

한 것으로 보인다. 예컨대 단편 <호랑이>에 실린 "독자 여러분! 용서 하셔라. 아직까지 세상 만사에 경험이 없는 칠순이는 이밖엔 더 생각할 수 없었다."(앞의 글, 18면)와 같은 문장은 단행본 <호랑이>에는 빠져 있다.

88 단행본 <호랑이>, '내용 소개' 전문.

기로 단편 <호랑이> 이후 여러 차례 이와 관련된 작품으로 창작되었다. 즉 이 내용소개에 제시된 스토리는 단행본 <호랑이>, 초판 <범바위>, 수개본 <범바위>로 이어지면서 다양한 에피소드들이 첨가되어 내용이 더 풍성해지고 시대 상황에 따라 주제도 변화한 것이다. 이로 보아 단행본 <호랑이>의 내용 소개에 정리된 스토리는 리근전에게 있어 창작의 한 원형으로 작용하여 그의 평생을 지배하였다는 지적이 가능해진다.

리근전은 단편 <호랑이>를 발표하고 단행본 <호랑이>를 상재한 다음 해, <옥중투쟁>을 발표한다. 그는 이 작품 서두에서도 <옥중투쟁>이 아직 출판되지 않은 《혁명의 씨앗》의 일부를 발췌한 것임을 밝히고 있다. <옥중투쟁>은 《혁명의 씨앗》 중에서 주인공 호랑이가 공산당에 가입하고 투쟁을 하다가 부상을 입고 체포되어 옥중에 갇힌 후에 옥중에 있는 죄수들을 조직하여 국민당 비도들과 영용하게 투쟁하는 장면인 제41, 42회를 1절과 2절로 나누어 실은 것[89]이라는 것이다. 따라서 <옥중투쟁> 역시 하나의 완전한 단편소설처럼 문예지에 실려 있지만 단독 작품이기보다는 장편의 일부에 해당한다. 리근전이 작품의 서두에 해당하는 단편 <호랑이>와 작품의 결말부에 해당하는 <옥중투쟁>을 2년 남짓한 시간차를 두고 발표한 것은 그 기간 동안 그가 여러 글에서 말하고 있는 《혁명의 씨앗》은 이 기간에 창작되었음을 방증해 준다.

이러한 여러 정황으로 보아 리근전이 단편 <호랑이>와 <옥중투쟁>을 발표할 때 그 존재를 이야기하고 있는 장편소설 《혁명의 씨앗》의 내용은 단편 <호랑이>에서 일부 소개되었고, 이를 바탕으로 줄거리 차원으로 작품의 전

---

89 <옥중투쟁>, 36쪽. 그러나 <옥중투쟁>의 내용은 리근전 자신이 밝힌 바와는 달리 초판 <범바위>의 44장부터 46장까지의 내용 중에서 호랑이와 칠순이의 옥중에서의 고난과 투쟁 부분을 중심으로 발췌하여 정리한 것이다.

체 얼개를 소설화하여 1960년에 단행본 <호랑이>로 출간되었음을 알 수 있다. 그리고 단행본 <호랑이>를 근간으로 하여 사건을 보다 풍성하게 하고 문장을 다듬는 정도로 작품을 보완하여 장편소설로 완성하였으나, 어떤 이유에서인지 제목을 《범바위》로 바꾸어 출판하였음을 알 수 있다.

리근전은 초판 <범바위>를 상재한 후 1980년까지 소설 창작을 중단한다. 약 18년 동안 소설 창작을 중단한 것은 "반우파투쟁"과 "문화대혁명"으로 소수민족의 언어로 창작활동을 하는 것이 자유롭지 못한 것이 중요한 이유이기도 하고 또 "문화대혁명" 기간 중에 리근전 자신이 창작활동의 중단을 강요받은 결과이기도 하다.

"반우파투쟁" 시기와 "문화대혁명" 기간 동안 창작을 중단하였던 리근전은 1980년대에 들어와 다시 소설 창작을 재개한다. 그는 <왈패처녀>(1980), <부실이>(1982) 등의 단편소설을 창작하면서 오랜 기간 동안 머릿속에 그리고 있었던 간도 이주민들의 고난에 찬 삶을 내용으로 하는 《고난의 년대》를 구상하고 창작하기 시작한다. 그가 이 기간 중에 《고난의 년대》의 내용을 발췌하여 <간도풍운>(1981)을 발표하는 것은 1980년 소설 창작을 재개하면서부터 《고난의 년대》를 창작하기 시작하여 2년간의 작업 끝에 상권을 상재한 것이라는 판단을 가능하게 한다.[90]

<고난의 년대> 하권을 발표한 후 리근전은 다시 자신의 생활체험을 소재로 한 초판 《범바위》를 개작하기 시작하여 2년 정도의 기간이 지난 1986년 수개본 《범바위》를 발표한다. 초판 《범바위》에 비해 수개본 《범바위》는 그 분량이 매우 많이 늘어나 있기는 하나, 이 작품 역시 <범바위> 계통 소설의 줄거리는 거의 그대로 수용하여 작품의 근간으로 삼고 있다. 두 작품 모두

---

90 상권은 1982년, 하권은 1984년 연변인민출판사에서 상재하였다.

김치백과 김근택(호랑이)을 대표로 하는 서위자 마을의 조선족인민들이 중국
공산당의 영도 아래, 종교로 가장하여 민족의 틈에 숨어 있는 반동분자들의
분열 활동을 분쇄하고 한조 양 민족의 단결을 강화하여 국민당 반동파를
몰아내고 진정한 해방을 맞는다는 내용이다. 그러나 전체적으로 보아 초판
《범바위》가 이야기의 얼개를 보여주는 정도임에 비해 수개본 《범바위》는
작품 전체의 내용이 풍성해지고 사건의 전개나 디테일 면에서 매우 세밀해졌
다는 차이를 보인다.

리근전은 <범바위>를 수개하면서 자료 조사 과정에서 알게 된 아래와 같
은 세 가지 새로운 사실들을 확인하고 이들을 수개 과정에 새로이 반영함으
로써 시대감을 줄 수 있었다고 주장하고 있다. 이른바 새로운 사실이란 첫째
는 1946년 봄부터 해방될 때까지 심양에 주재하고 있으면서 민족분열을 일
삼았던 남조선 반동기구들에 대한 자료이고, 둘째는 정일권에 대한 자료이
며, 셋째는 이사명(명종우)에 대한 자료이다.[91]

리근전이 초판 《범바위》를 쓸 때에는 민족분열을 일삼은 민족주의자들이
있었다는 사실을 몰랐으므로 서위자촌의 농민들과 지주 한몽등이와의 갈등
과 투쟁이 작품의 중심을 이루었다. 그러나 수개본 《범바위》를 쓰기 위하여
자료를 조사하는 중에 인민해방전쟁시기에 조선인 모두가 공산당을 위해
싸운 것이 아니라 국민당 쪽에 서서 활동하던 사람들도 적지 않았고, 또 민족
주의를 내세워 혁명의 역량을 약화시키는 내부의 적들도 적지 않았음을 알게
된다. 따라서 수개본 《범바위》에서는 민족을 분열시키려는 정일권의 악랄한

---

91   리근전, <시대감과 주제사상 - 장편소설 '범바위'를 수개하면서>, 《문학예술연구》, 1982. 9,
    34~35쪽. 이 글에서 말한 수개 작업은 한문본 작업으로 이 수개본은 1983년 사천민족출판사
    에서 《老虎崖》라는 제명으로 출간되었다. 이 책을 김관웅, 김호웅이 조선문으로 번역하여
    출간한 것이 <범바위>(흑룡강조선민족출판사, 1986)이다.

활동과 조선족들을 한국으로 데리고 간 일들, 국민당 쪽에서 활동하며 국공전쟁에 조선인민들이 희생될 필요가 없다고 주장하면서 조선인민들을 공산당과 분열시키려 애쓴 리사명, 그리고 그 부하들인 김달삼과 같은 인물과 국민당 하부 세력인 한민교회에서 활동하면서 혁명을 안으로부터 파괴하려 암약한 박화선 등 부정적 인물들의 활동과 그들의 비열한 책동을 분쇄하는 인민들의 모습을 포함시켜 보다 실감 있게 당대 현실을 그려낼 수 있었다는 것이다.

리근전의 지적대로 수개본《범바위》는 인민해방전쟁 기간의 조선인들의 삶이 매우 사실적으로 드러난다. 동북에 살고 있는 조선인들이 자신들의 안녕을 위하여 국민당과 공산당 중 어느 쪽을 선택하여야 할 것인가는 삶과 죽음의 갈림길이 되는 엄청난 선택의 문제였다. 극소수 조선인들이 일방적으로 공산당을 따르지 않았다는 사실을 바탕으로 국민당군의 앞잡이가 되어 활동하는 인물들을 등장시키고 그들을 물리침으로써 혁명을 성공시킬 수 있었다는 스토리 전개는 보다 당대 현실을 정확하게 형상화하고 있다. 이로 보아 수개본《범바위》에 이르러 비로소 <범바위> 계통 소설의 창작이 소설적으로 완성된 것으로 평가해 볼 수 있을 것이다.

3. 《범바위》의 개작 양상

초판《범바위》와 수개본《범바위》 사이에는 작가가 밝힌 바대로 작가가 의도적으로 변화시킨 작품의 구조나 제재 그리고 주제 상의 차이가 적지 않다. 리근전 자신이 이야기하는 이러한 차이를 보다 분명히 밝히고 작품의 개작 과정에서 나타난 작품의 구조 변화와 시대 상황의 차이에서 오는 제재나 주제상의 차이를 밝히기 위하여 초판《범바위》와 수개본《범바위》의 치밀한 비교가 선행되어야 할 것이다.

초판 《범바위》가 수개본 《범바위》로 개작되면서 나타나는 변화 중에서 가장 먼저 눈에 뜨이는 것은 작품의 분량이 많아졌다는 점이다. 초판 《범바위》가 384면임에 비해 수개본 《범바위》는 830면으로 늘어나 전체적으로 2~2.5배 정도 늘어나 있다. 또 초판 《범바위》가 전체 46장으로 되어 있는데 비해 수개본 《범바위》는 32장으로 정리되고 각 장의 제목을 붙여 전체 내용을 짐작할 수 있게 한 것도 외적인 큰 변화에 해당한다. 그러나 수개본 《범바위》는 32장으로 장의 수를 줄였지만 각 장에 다시 그 하위에 절을 두었는데 절의 수는 145개에 달한다. 이러한 외적인 변화에 대해 리근전은 수개본 《범바위》의 재판후기에서 아래와 같이 설명한다.

> "이 소설은 내가 젊은 시절에 쓴 것이고 또한 편폭이 비교적 큰 장편이었으므로 실로 뻐근한 작업이 아닐 수 없었다. 그러니까 자연히 사상상으로나 예술상으로나 미숙한 점이 많았던 것이다. 이번에 재판을 앞두고 보충할 것들은 보충하고 삭제할 것들은 삭제하면서 비교적 많이 수정을 가하느라고 하였다. 그래서 원래 48장으로 되었던 것이 32장으로 줄어졌고 그 때 당시 극좌사상의 영향으로 하여 써넣고는 싶었으나 감히 써넣지 못했던 것들을 많이 보태여 넣었다. 지금 내 생각에는 그래도 이 재판본은 초판본에 비해 많이 째인 감이 나고 립체감과 시대감도 전에 비해 짙어진 것 같다."[92]

리근전이 지적한 대로 《범바위》의 개작 과정에 나타난 가장 큰 변화는 장절(章節)의 변화와 함께 작품의 완결성을 위하여 다양한 보충 작업을 통해 작품의 편폭이 늘어난 점이다. 개작 작업에서의 보충 작업 중에서 가장 먼저

92　수개본 《범바위》, 831~832쪽.

지적할 수 있는 것으로 한 사건의 경과나 인물의 과거 등이 상세하게 제시되고 있는 점을 들 수 있다.

다음으로 <범바위>를 개작하는 과정에서 리근전은 소설적인 필연성을 부여하고 리얼리티를 확보하기 위하여 몇 가지 사건을 생략하거나 사건의 전말을 변화시키고 있으며, 여러 가지 예술적 장치를 동원한다. 예컨대 초판《범바위》에서는 서위자촌 사람들이 당의 선택에 갈등하는 상황에서 한몽둥이가 고영민이라는 인물과 마을 사람들을 포섭할 계략을 짜고 그를 자신의 집 머슴으로 고용한 듯이 행동하는 것으로 되어 있다. 그러나 고영민이라는 인물이 갑작스레 등장하고 또 그의 행적이 불분명한 점이 갖는 어색함을 고치기 위해 수개본《범바위》에서는 한몽둥이가 상급의 부름을 받고 밀강에 가서 작인들의 도조도 면제하고 빚에 대한 이자도 삭감해 주라는 명령을 받아서 마을 사람들의 인심을 얻기 위해 애쓰는 것으로 처리한다. 이는 마을 사람들의 인심을 얻어 장기간 시골에 잠복해 있으면서 국민당 측의 승리를 위해 노력해야 한다는 상급의 결정에 따른 것이다. 한몽둥이의 행동 변화에 대한 이러한 설정 역시 단순히 한몽둥이라는 개인이 이익을 위해 마을 사람들의 인심을 얻으려 한 것이 아니라, 지주 계층이 자신들의 기득권을 유지하기 위한 정책적인 결정으로 처리함으로써 보다 리얼리티를 확보할 수 있도록 하기 위한 것으로 이해된다.

그러나 초판《범바위》와 수개본《범바위》를 비교할 때 가장 커다란 변화는 무엇보다 정일권을 비롯한 민족주의자들의 민족 분열 행동에 대해 비판하는 부분이 새롭게 첨가된 것이다. 리근전 자신이 밝혔듯이 이 부분은 <범바위>의 개작 과정에서 가장 중요하게 다루어진 내용이다.[93] 수개본《범바위》

---

93 주 14) 이하 참조.

에는 1장, 6장, 15장, 17장, 21장, 23장, 25장, 28장, 30장을 비롯한 여러 곳에서 정일권과 그가 만든 대한민국 동북민단을 비판하고 있다. 실제로 수개본《범 바위》에서는 팔로군의 장개석군과의 전투에서의 승리와 함께 서위자촌에 숨어있는 정일권 무리가 만든 동북민단과 한교민회의 하부 조직인 박화선과 같은 인물들 즉 밀정과의 투쟁 또한 핵심적인 내용으로 되어 있는 것이다.

8·15 후 일본군 장교였던 정일권이 조직한 동북민단과 한교민회는 장개석 의 지지를 받고 있다. 정일권은 장춘에서 대한민국 동북민단의 책임자로 있 으면서 산하에 보안대대를 두어 군시인재를 육성하여 남한군대의 근간으로 삼으려 하는 인물이다. 실제로 그는 이들을 대거 남한으로 이주시키고 남한 에 가서 참모총장이 된다. 리사명은 정일권이 귀국하면서 길림성 한교민회의 회장으로 내세워 조선족인민들로 하여금 장개석군과 팔로군 어디에도 끼지 않는 중립적 입장을 취하도록 조선족들을 선동한다. 그러나 실상 리사명은 국민당의 동북행원 책반위원회 제5책반조 상좌 조장이라는 고위직을 겸하고 있다. 한교민회는 장개석군대와 결탁한 반공조직으로서 조선족의 이익보다 는 팔로군으로부터 조선민족을 분리시켜 국민당군대에 협조하도록 하는 데 목적이 있다.

이 조직의 하수인인 리규동은 길림 길창주식회사 사장이며 길림성 교민회 의 부회장이다. 그의 수하에는 밀강현 교민회 회장인 김달삼이 있다. 그는 일본 패망 전 우가 분주소 소장으로 일제 경찰의 악질 앞잡이였던 인물이다. 이들은 김근택과 그의 아버지 김치백을 포섭함으로써 서위자촌의 민심을 회유하려는 목적으로 한준기의 마름이자 서위자촌 교회의 장로인 박화선을 끌어들인 후 그를 통해 김치백을 포섭하려 한다. 또 서위자촌에 자리잡은 무공대의 전투력 때문에 어려움이 있자 박화선의 처남 황효식을 시켜 왕대장 을 죽이려는 계획을 세우기도 한다.

특히 팔로군과 장개석군의 전투로 사회가 어수선해지자 서위자촌을 떠났던 삼분이네가 정일권 측의 동북민단에 끌려들어가 고생만 하고 거지꼴이 되어 서위자촌으로 돌아온다. 특히 보안대대에 참가했던 아들 삼만이는 그들의 속임수에 속아 남한으로 끌려가게 되는데 그가 마지막으로 부모에게 보낸 편지에는 정일권이가 우국지사인 줄 알았는데 일제 치하에 높은 벼슬을 한 사람으로 자신의 영달을 위해 보안대대 사람들을 남한으로 끌고 가는 것이라는 것을 밝히며, 다시는 자기처럼 속아 넘어가는 사람이 없도록 하라는 내용이 담겨 있으며 리규동, 김달삼, 박화선 등이 그들의 끄나풀임을 알려준다.

이러한 정일권 무리에 대한 비판은 가난한 민중들의 편에 서서 투쟁하는 측이 공산당이며 공산당만이 민족의 앞날을 밝게 해준다는 신념을 작품의 주제로 드러내고자 했던 리근전이 선택한 하나의 창작 방법이었다. 그것의 역사적 진실의 문제는 차치하고 수개본 <범바위>에 정일권 무리에 대한 비판이 여러 군데에 등장하는 것은 초판 <범바위>가 가지고 있는 단선적인 갈등 구조를 극복하게 해준다는 점과 당대 현실을 보다 분명하게 소설적으로 그려내었다는 점에서 매우 커다란 의의를 갖는다.

이외에도 <범바위>를 개작하는 과정에서 주제의 측면에서 매우 중요한 변화를 보이는 것으로 한족과 조선족의 단결과 동맹을 강조하는 것과 초판 《범바위》에 들어 있던 모택동에 대한 예찬이 사라진 점을 들 수 있다. 초판 《범바위》에서도 한족과 조선족은 당을 중심으로 단합하여 혁명투쟁에 나서서 승리하는 것으로 되어 있다. 그러나 수개본 《범바위》에서는 왜 이러한 두 민족 사이의 단결과 동맹이 필요한지에 대해 매우 구체적인 설명이 제시된다.

　　"조선족 인민들에 대한 사업을 잘 하자면 그들의 과거도 알아야 하거니와 그들의 오늘도 알아야 하오. 조선족들은 계급적인 원한을 가지고 있을 뿐만 아니라 민족적인 원한이 있는 유구한 력사를 가진 우수한 민족이오. 그들은 조선에서 지주놈과 일제의 압박착취를 받을 대로 받았소. 하여 그들은 살길을 찾아 쪽바가지를 차고 압록강 두만강을 건너 중국에 온 것이오. 중국에 온 뒤에도 그네들은 조선에서와 마찬가지로 지주, 자본가들의 착취를 받았구 일본제국주의자들의 침략과 압박을 받았소. 그러므로 조선족 인민들은 혁명하려는 의욕이 아주 강하오. 일찍 남창기의 때에도 조선족 동지들이 참가하였고 팔로군, 신사군에도 적지 않은 조선족 동지들이 있었소. 그들은 앞사람이 쓰러지면 뒤사람이 이어 니가면서 피와 목숨으로 중국혁명에 거대한 기여를 하였소. 조선족들은 바로 이렇게 근로하고 용감한 민족이오. 그러므로 조선민족들과 함께 사업하자면 무엇보다도 그들을 믿고 그들을 자기 사람으로 간주하며 자기의 마음을 그들에게 주어야 하오. 그래야만이 그들도 마음을 줄 것이구 우리와 손잡고 싸우게 될 것이오."[94]

현위서기인 한족 조휘가 무공대 대장 왕위민에게 자위대와 힘을 합쳐 서위자촌을 변화시키기 위한 방안을 이야기해주는 대목이다. 조선족들이 일본제국주의 시대부터 한족들과 함을 합쳐 항일투쟁을 했으며 조선족들의 혁명역량이 뛰어나다는 이 지적은 한족과 조선족이 단결하여 혁명투쟁을 해야한다는 주제를 무공대와 자위대가 힘을 합쳐 싸우는 모습을 통해 간접적으로드러내던 방식을 벗어나 작중인물의 입을 통해 직접 드러내 보인다는 점이 특징적이다. 이러한 조선민족의 역사성과 투쟁성을 높이 사는 이러한 부분은 그가 재판후기에서 밝혔듯이 극좌사상이 맹위를 떨치던 초판 《범바위》를 창작할 당시에는 써넣기 어려웠던 부분일 수 있다. 이념적으로 자유로워진

---

94   수개본 《범바위》, 262쪽.

1980년대에 들어와 작품을 개작하면서 이러한 내용을 보태어 넣은 것으로 이해된다.

또 서위자촌에서 무공대와 자위대가 힘을 합쳐 국민당군을 몰아낸 뒤 철 늦은 유두놀이를 하는 자리에서 춘호는 마을 사람을 대표하여 축사를 하는데 초판과 수개본에는 동일한 내용을 담고 있지만 시대적 상황의 차이에 따라 개작 과정에서 일부 내용을 삭제하고 있다.

"지금 치백이 아저씨도 여기 계시지만 그때 도지 감소 사건 때 우리는 한결같이 일어서서 싸웠지요. 그러나 우리는 결국 실패하지 않았습니까, 무슨 원인입니까? 원인은 단 하나밖에 없습니다. 공산당의 령도가 없었기 때문입니다. 지금 우리들은 반드시 가야 할 길을 찾았습니다. 이 길은 바로 공산당과 모주석이 가리키는 길로 전진하는 것입니다."[95]

"우린 힘을 합쳐 싸워보기도 했지요. 치백이 아저씨도 여기 앉아 계시지만 한몽둥이와 소작료를 감해달라고 들고 일어나 싸울 때도 바로 치백이 아저씨가 선두에 서서 우릴 이끌지 않았댔습니까? 그때 우린 온 마을이 한 사람처럼 뭉쳐서 한몽둥이와 이레 밤 여드레 낮을 싸웠습니다. 그때 우린 정말 만만치 않았지요. 허지만 그래도 나중엔 지고 말았지요. 우리가 왜 졌겠습니까? 그건 바로 공산당의 령도가 없었기 때문입니다. 우린 오늘 해방이 되었습니다. 그래서 우린 자유로운 생활을 하고 있습니다. 이것 역시 공산당의 은덕입니다. 하기에 우린 공산당에 감사를 드리고 영원히 공산당을 따라 나아가야 합니다…"[96]

---

95 초판 《범바위》, 223쪽.
96 수개본 《범바위》, 505쪽.

춘호가 공산당의 영도에 대해 고마움을 표시하면서 이전의 도지 감면 투쟁의 기억을 되살리는 점은 동일하다. 다만 수개본의 경우 좀 더 상세한 경과를 이야기하고 있다거나 좀 더 대화체로 되었다는 지적이 가능할 것이다. 그런데 초판《범바위》에서는 서위자촌 사람들이 나아가야 할 길은 공산당이 가리키는 길이며 모주석이 가리키는 길이라고 하고 있음에 비해 수개본《범바위》에서는 공산당에 감사하고 공산당을 따라야 한다고만 하여 모주석이라는 이름이 빠져 있다. 이 역시 초판과 수개본이 창작되는 시기의 정치적 상황과 밀접한 관련이 있다. 1960년대는 모택동에 대한 개인 우상화가 한창일 때이다. 당이 곧 모택동인 그러한 시대였던 것이다. 따라서 이 시기에 문학은 당과 모택동에 대한 찬양일변도인 경우가 적지 않았다. 위의 인용에서 "모주석이 가리키는 길"이란 바로 당이 가리키는 길이었으며 그런 식으로 말하는 것이 일상적인 표현이었던 당시 현실을 보여준다. 그러나 수개본《범바위》가 창작된 1980년대 중반은 이미 개혁개방이 시작된 이후여서 "모주석이 가리키는 길"이라는 표현이 춘호의 연설 속에 들어가는 것이 어색한 시대가 되었고 따라서 그 부분만 생략한 것이다.

4. <범바위> 계통 소설의 개작의 의미

리근전은 자신의 젊은 시절의 체험을 소재로 하여 단행본 <호랑이>, 초판《범바위》, 수개본《범바위》 등의 작품을 꾸준히 창작했다. 이러한 사실은《범바위》 계통 소설의 시대적 배경이 되는 시기가 평범한 농사꾼이었던 자신이 혁명전사로 성장한 시기로서 작가 리근전에게 엄청난 의미를 지닌 것이었으며 또한 창작의 한 원천이었음을 보여준다. 또 이들 작품에서 반복되는 내용을 통해서 악덕 지주 계층을 몰아내고 토지 개혁을 실천함으로써 농민들의 삶을 보다 풍요롭게 만들어 준 중국공산당이 작가 리근전에게 절대적 가치로 인식되고 있었음을 알게 해준다.

리근전은 공산당원으로서 당의 무오류성을 의심하지 않으며 당의 정책을 선전, 선동하는 문학을 창작하는 데 힘쓴 작가이다. 따라서 그는 자신의 생활 체험을 바탕으로 한 소설을 지속적으로 개작하면서 작품 속에 작품을 창작하던 시기의 당의 정책을 작품 속에 포함시키고 선전, 선동하는 일을 잊지 않았다. 초판《범바위》에서 당원들의 지도 아래 한족과 조선족이 일심동체가 됨으로써 혁명을 완수하는 과정을 강조함으로써 당의 영도성을 강조한 것이라든지, 모주석이 가리키는 바대로 전진하자는 식의 모택동 우상화 정책을 반영하고 있는 점 그리고 토지 개혁이라든지 반동 지주와의 투쟁에서 각 개인이 헌신적으로 활동해야 함을 강조한 점 등은 1960년대 초의 당의 정책과 시대 상황을 반영한 것이다.

반면에 수개본《범바위》로 개작하면서 1960년대와는 다른 1980년대의 당 정책이나 시대 상황을 반영하면서 작품의 디테일이 변화한다. 당의 영도 아래 한족과 조선족의 협동함으로써 혁명을 완수하는 과정을 강조한 것은 그대로이나, 조선족의 역사적, 현실적 특수성을 고려하여 중조 협동이 이루어져야 한다는 점을 강조한 것이나 당의 우월성을 강조하면서도 모택동에 대한 우상화는 생략한 점 등은 문화혁명을 거친 후 개혁개방 정책이 시행되어 소수민족 정책이 바뀌고 또 개인 우상화가 약화된 당대 현실을 작품에 반영한 것이다.

<범바위> 계통 소설의 개작 과정에 작용한 또 하나의 중요한 요인은 리근전 자신의 역사 인식이 바뀐 점과 밀접히 관련된다. 단행본 <호랑이>나 초판《범바위》에서는 조선족 농민들과 무공대의 협력으로 지주계층을 몰아내고 토지 개혁을 이루어 혁명을 완수하는 내용이 핵심을 이루어 작가 자신의

체험의 범위를 크게 벗어나지 않고 있다. 그러나 수개본《범바위》에서는 혁명 기간 동안 조선족 내에 있었던 소위 민족주의자들의 움직임을 포함시켜 작가 자신의 생활체험과 당대 역사적 현실들을 결합하여 보다 역사를 다면적으로 이해하는 모습을 보여준다. 이것이 <범바위>의 개작 과정에 나타난 가장 의미 있는 변화로 평가해 볼 수 있는데 이는 확고한 국민의식을 넘어 당성의 높이에서 역사를 보는 당간부 출신의 작가에게서만 가능한 일이다.

제5절 작가의 사명과 용기 : 김학철의 장편소설《20세기의 신화》

김학철(金学铁, 1916~2001)은 항일투사이자 작가로서, 광복 전에는 일제와 맞서 싸웠고 광복 후에는 독립국가 내에 독버섯처럼 틀고 앉은 새로운 권위주의, 정치권력과 맞서 싸운 조선족문학의 대부다. 파시스트에 대한 저항, 비정한 정치권력과의 투쟁, 불면불휴의 문학창작과정에서 그는 여러 번이나 극한적인 상황을 극복하고 인간승리의 신화를 창출했다. 그는 일본감옥에서 한 다리를 잃고 실의와 절망에 잠길 대신 총칼을 붓으로 바꾸어 들었고 김일성, 모택동이라는 거대한 우상들에 차례로 도전하였으며 어두운 철창 속에서도 내일 솟을 태양을 믿어 의심치 않고 수많은 역경을 이겨냈다. 22년 동안의 비인간적인 생활을 종말 짓고 자유의 몸이 되었을 때는 어언간 65세, 하지만 그는 최후의 질주를 멈추지 않고 85세에 운명할 때까지 붓을 날려 거대한 문학유산을 남겨놓았다.

닉슨은 그의 자서전에서 세계적인 인물은 아래와 같은 몇 가지 여건을 구비해야 한다고 했다. 첫째는 세계사의 중심국가에서 활동해야 한다. 영국의 산업혁명이나 프랑스의 시민혁명 내지는 미국의 남북전쟁과 같은 세계사적인 사변이 일어난 국가에서 활동한 인물만이 세계적인 인물로 될 수 있다. 둘째는 인구나 영토에 있어서 중등국가 이상의 나라에서 태어나야 한다. 셋째는 역사와 문화전통의 유구함이다. 이는 물론 일리가 있는 견해이지만, 주로 미국이나 영국, 프랑스, 독일과 같은 나라를 염두에 두고 한 말이며 유심론적인 영웅사관에 기초한 견해이다. 이와 반대로 역사적 유물론이나 민중사관으로 볼 때 거대한 역사적 사변의 가장 밑바닥 또는 전초에서 고뇌하고 분노하고 저항한 수많은 엘리트들, 전제주의에 대한 그들의 반역과 저항, 그들의 실존적 고뇌와 자유선택의 의지야말로 귀중한 것이며 그러한 보통 인간들의 힘이 모여 최종적으로 역사의 수레바퀴를 굴려왔음을 누구도 부인하지 못할 것이다.

김학철은 생의 마지막까지 스스로 자신을 조선의용군의 최후의 분대장이라 불러왔다. 사실 그는 벼슬에 전혀 흥취가 없이 평생 "최후의 분대장"으로 살아왔다. 하지만 그의 파란만장한 일생은 열 장군의 생을 합친 것보다 더욱 비장하고 아름답다. 그럼에도 불구하고 최후까지 연변의 수수한 아파트에서 중산복(中山服)을 입고 지낸 이 무명의 영웅은 우리에게 그 어느 위인보다도 친근하게 다가오고 있고 우리에게 시시로 삶의 방향을 가르쳐주고 있다.

여기서는 김학철에게 10년간의 옥살이를 하게 한, 그의 대표작의 하나인 《20세기의 신화》에 대해 집중적으로 살펴보고자 한다. 먼저 이 작품이 나오게 된 경과와 이 작품으로 말미암아 일어난 필화(筆禍)에 대해 살펴본 기초 위에서 이 작품의 주제와 국제공산주의운동 콘텍스트와의 관계를 살펴보고 나서 모택동의 개인숭배와 맞서 싸운 중국의 여성강자 - 장지신과 비교해보고자 한다. 김학철은 우리 모두에게 참된 작가의 책임과 용기란 어떠한 것인가를 보여주리라 생각한다.

1. 정치소설 《20세기의 신화》로 빚어진 필화

김학철은 장편소설 《20세기의 신화》를 두고 다음과 같이 말한 바 있다.

《20세기의 신화》는 강렬하고도 선명한 정치성을 띤 소설로서 당시, 당지
의 부정적인 사회적 현실을 정면으로 대담하게 비판하고 또 사정없이 날카롭
게 편달하는 것으로 특징지어졌는바, 그것은 곧 양식(훌륭한 식견과 판단력)
있는 한 맑스주의자의 비통한 부르짖음이었다. 오로지 우국충정에서 터져
나오는 부르짖음이었다.

"우리가 길을 잘못 들었습니다. 앞은 낭떠러지라구요! 걸음들을 멈춥시다.
큰길을 찾아나갑시다. 탄탄대로를 찾아나갑시다. 사회주의의 원길을 찾아나
가자구요!"

이와 같은 절통한 부르짖음을 《20세기의 신화》는 신랄하기 짝이 없는 풍
자와 쓴웃음이 절로 나는 유머로 엮어내려가다가 — 뚜렷한 맥락을 따라 엮어
내려가다가 — 종당에 가서는

"중국인민에게 들씌워진 이 재난을 우리는 마땅히 어떻게 리해해야 할
것인가? 도대체 누구 탓인가?"

하고 물음을 던지면서 반우파투쟁은 99퍼센트 잘못된 사람잡이운동이고
또 대약진은 100퍼센트 잘못된, 백성들을 굶겨죽이는 운동이라고 폭로, 질
타하였다. 그리고 이 모든 책임은 응당 "최고"분이 다 져야 한다고 오금을
박았다.[97]

김학철은 1956년 "반우파투쟁" 때 "반동분자"로 낙인이 되어 고생을 하다
가 다시 이 소설 때문에 "현행반혁명"으로 몰려 장기간 무서운 수난을 겪어
야 하였다. 그러면 아래에 이 소설의 창작과 출판과정에 얽힌 한 맺힌 사연을

97　김학철연구회 편, 《조선의용군 최후의 분대장 김학철》(2), 연변인민출판사, 2005, 90쪽.

보기로 하자.

장편소설 《20세기의 신화》는 1964년 초부터 쓰기 시작하여 1년만인 1965
년 3월에 탈고했다. 중국의 정치형세를 보아 이 소설을 당장 출판할 수 없었
다. 김학철은 먼 훗날에 출판하기로 하고 소설 전반부를 일본어로 번역해
자택 침상 밑에 깊숙이 숨겨두었다. 하지만 "문화대혁명"이 일어나자 홍위병
들의 가택수색에 원고뭉치가 드러났다. 결국 김학철은 1966년 12월에 체포돼
7년 남짓한 동안 미결수로 유치장에 갇혀 갖은 수모와 박해를 받다가 "현행
반혁명범"으로 10년 도형을 언도받고 1976년 12월까지 "단 하루도 곯지 않은
옹근 10년 동안 옥살이"를 하였다. 1977년 12월 김학철은 만기출옥을 한 뒤에
도 옹근 3년 세월을 무직업자로 지내다가 1980년 초 법원에 직소(直訴)해서
1980년 12월 5일에 무죄선고를 받았다. 《20세기의 신화》도 반동소설이란 누
명을 벗게 되었다. 하지만 압수해간 원고는 무죄판결이 난 뒤에도 본인에게
돌려지지 않았고 1987년 8월 16일, 23년 만에야 비로소 작자에게 반환되었다.
그런데 "발표불허"라는 조건부가 붙었다. 그간의 사연을 김학철은 다음과
같이 회억한다.

> 지난 8월 16일에 나는 자치주법원에서 나의 두 번째 장편소설인 《20세기
> 의 신화》를 돌려받았다. 문젯거리의 《20세기의 신화》는 1965년 3월에 탈고한
> 미발표작으로서 문화대혁명시기에 극악한 반동소설로 낙인이 찍히는 바람
> 에 작자인 나에게 매우 은혜롭게도 10년 동안이라는 아주 경미한(사형이나
> 무기에 비하여) 감옥살이를 벌어다 주었다.
> 나는 1977년 12월에 만기출옥을 하고 또 3년 후인 1980년 12월에 무죄판결
> 을 받아서 구렁창에 빠졌던 명예를 다시 회복하였다. 그러나 이른바 반혁명
> 의 죄증으로 압수당하였던 《20세기의 신화》는 계속 법원의 서류장속에서
> 구류를 살아야 하였다. 무죄판결을 하는 것과 동시에 잘못 압수한 "죄증"은

응당 무조건 본인에게 반환을 해야 한다는 거의 상식적인 법률을 법원당국이 몰라서가 아니라 속이 떨려서 내놓을 수가 없었던 것이다.

― 이런 위험천만한 시한폭탄 ― 어떻게 내놓는단 말인가!

《20세기의 신화》가 긴긴 23년이라는 세계기록적인 장기금령에서 뒤늦게나마 풀려나온 것은 상술한 바와 같은 미개한 사상의식이 다소 해동이 되었기 때문일 것이다. 얼었던 것이 녹아 풀리기 시작하였기 때문일 것이다.

밤소나기 퍼붓는 령마루에서
래일 솟을 태양을 우리는 본다……

이것은 1949년 정률성과 내가 합작한 혁명가요 <유격대전가>의 한 구절이다.

당시 나는 사경을 여러 번 겪으면서도 지향하는 바를 잊지 않고 꿋꿋이 살아나온 사람들의 경력을 바탕삼아 이와 같이 썼었다. 그런데 어찌 알았으랴! 그 후에도 "밤소나기"는 그칠 줄 모르고 계속 내리퍼부을 줄을. 그 가사의 작자인 내가 65살― 백발이 성성해지도록 내리퍼부을 줄을.

이제 와서 밝은 햇빛아래 숨을 돌리고 나서 지나온 세월을 돌이켜보면 얄궂게도 나의 일생은 거의 다 밤소나기 퍼붓는 령마루에서 래일 솟을 태양을 바라보면서 살아온 셈이다. 아마 팔자를 잘못 타고나도 단단히 잘못 타고난 모양이다.

23년의 풍상을 겪어서 몹시 낡기는 하였으나 글자만은 한자도 깔축없는 《20세기의 신화》를 받아놓고 나는 감개가 무량하였다.

(내가 이거 정말 그 지긋지긋한 밤소나기 속에서 용케 견디어냈구나. 내일 솟을 태양을 그예 보구야 말았구나.)

그러나 실상은 "내일 솟을 태양"이 바야흐로 떠오르는 중이어서 아직까지는 그 이마빼기밖에 보지를 못한 상태이다.[98]

정치적 해방을 맞은 김학철은 《20세기의 신화》의 공개발표 문제를 두고 고민하였다. 그때만 해도 그는 이 소설 때문에 여러 가지 압력에 시달려야 했다. 바로 이때, 당시 《연변문학》지 주간을 지냈던 시인 리상각(李相珏)은 김학철의 자택에 찾아가서 여러 가지 문제를 두고 이야기를 나누던 중에 《20세기의 신화》를 공개출판하자고 제의하였다. 그들의 담화내용을 간추려 적으면 다음과 같다.

> 리 : 선생님, 《20세기의 신화》를 문학지에 발표하시지요.
>
> 김 : 안 돼, 지금은 안 돼. 백년 후에는 될 거야.
>
> 리 : 《20세기의 신화》에서 과격한 구절을 좀 고치고 너무 날카로운 모서리 들을 조금씩 다스려서 발표를 하시지요.
>
> 김 : 뭐? 고친다구? 한 자도 고칠 수 없어. 23년두 참아왔을라니…이제 몇 해 더 못 참을 것 뭐 있어! 글자 한 자 안 고치구 그대루 발표할테니 두고 보라니.
>
> 리 : 어쨌든 빨리 출판해야지요.
>
> 김 : XXX과 같은 높은 어른이 살아있는 한 발표할 수 없어.
>
> 리 : 그러면 문제가 될 것 같지 않은 부분만 발췌해서라도 내야지요.[99]

리상각과의 담화가 있은 뒤 김학철은 며칠간 후배들의 권고를 거듭 검토한 끝에 전문(全文) 그대로 발표하기는 시기상조이지만 일부분만을 발췌해 세상보기를 하는 것도 무익한 일이 아니라고 생각되었다. 그는 리상각 주간에게 좀 보자고 전화를 하였다. 리상각이 찾아가니 김학철은 원고를 내놓으면서 몇 개 부분만을 발췌해 발표하겠는데 좀 필기를 하라고 하였다. 그리하

98　앞의 책, 88쪽.

99　조성일, 《내가 본 조선족 문단유사》, 연변대학출판사, 2014, 82쪽.

여 리상각은 그 자리에서 《연변문학》에 발표할 부분을 원고지에 필기, 정리

해가지고 편집부로 돌아갔다. 당시 이 소설을 발표한다는 것은 그 누구도

엄두를 내지 못할 때였다. 하지만 리상각은 남다른 용단을 내리고 일부 원고

를 《연변문학》에 발표하였다.

하지만 김학철은 이에 만족할 수 없었다. 그는 《20세기의 신화》를 전부

출판하고 싶었다. 그는 "88서울올림픽" 후, 1989년 43년 만에 한국에 갔을

때 소설의 출판여부를 도처에 알아보았다. 그 뒤 한국에 갈 때마다 출판여부

를 은근히 타진하던 중 창작과비평사의 백낙청(白樂晴)을 만나 일이 쉽게 풀리

게 되었다.[100] 1996년 12월, 한국의 창작과비평사에서 이 소설의 완판을 출판

하게 되었다. 이렇게 되어 이 장편소설은 창작된 후 장장 31년 9개월 만에,

작가가 만기출옥을 해서 19년 만에, 그리고 작가가 81세가 되는 해에 한국에

서 햇빛을 보게 되었다.

《20세기의 신화》가 한국에서 출판되자 연변문단의 뒷골목에서 바람직하

지 못한 말썽이 일어났다. 임 아무개라는 원로문인은 연변조선족자치주 선전

기관을 찾아가서 김학철이 문제가 있는 《20세기의 신화》를 한국에서 출판했

다고 "보고"하였다. 연변자치주 선전기관의 지도일군은 연변의 몇몇 이름

있는 문인과 학자들을 불러놓고 소설의 출판 내막과 《20세기의 신화》의 문

제성에 대해 조사하고 의견을 청취하였다. 이 소설에 대해 연변대학의 한

교수는 "문제 있다고 생각하면 문제가 될 수도 있고 큰 문제가 없다고 생각하

면 문제시될 것이 별반 없는 것 같다"고 두루뭉술하게 답을 주었다. 이러한

---

100 김학철은 출판에 동의하되, 첫째 정식 출판이 될 때까지 비밀에 부칠 것, 둘째 발행일을
12월 10일로 할 것, 셋째 출판기념식에 이수성 국무총리가 참가하게 할 것, 이렇게 세 가지
를 주문했다. 1941년 12월 10일 호가장전투를 기념하고 중국 당국의 조사에 대비하기 위해
서라고 한다.

일들을 두고 김학철은 다음과 같이 쓰고 있다.

이번 사건에서 일부 사람들이 고자쟁이들의 간교한(간사하고 교활한) 말만을 듣고 그 소설을 극악한 반동소설로 단정을 하고(한번 읽어보지도 못한 사람들까지) 펄펄 뛰며 야단법석을 떤 것은 한번 곰곰이 되새겨볼 일이다.

당령(党齡) 근 60년의 노공산당원이, 현재도 달마다 19원씩 꼬박꼬박 당비를 바치고 있는 "노팔로(老八路)"가 정신이상에 걸리지 않는 한 어떻게 공산당을 반대할 수가 있을 것인가―들을이 짐작이지!

이 글의 제목마따나 들을이 짐작이지!

태풍일과(一過)로 하늘은 다시 맑아졌으나 철저히 타락한 도덕성이 이번에 보여준 추악상은 아직 가시지를 아니하고 그대로 남아있다.[101]

한편의 소설 때문에 필화(筆禍)를 입어 만 10년 동안 감옥살이를 하고 나온 82세(그 당시)의 고령에 이른 김학철을 "또 물어먹자"고 하였다. 그러나 그것은 수포로 돌아갔다. 하지만 지금까지도 《20세기의 신화》가 중국에서 출판되지 못하고 있다. 한국에서 전문(全文) 출판되었지만 중국 국내에서는 언제면 출판될는지, 그것은 미지수이다.

3. 《20세기의 신화》의 반개인숭배 및 민주주의와 인권옹호의 사상

《20세기의 신화》가 탈고된 지 반세기도 더 지난 오늘도 이 작품의 사상경향을 두고 여전히 긍정론과 부정론이 서로 첨예하게 대립하고 있다. 오늘의 시점에서 필자를 포함한 많은 사람들이 긍정론을 펴고 있지만 일부 사람들은

---

101 김학철, 《사또님 말씀이야 늘 옳습지》, 료녕민족출판사, 2002, 212~213쪽.

부정론을 펴고 있다. 이 소설이 1996년 한국에서 공개 출판되자 이 사실을 현지 정부당국에 밀고해 한때 연변문단을 시끌벅적하게 만든 적 있었고 요즘도 일부 원로문인들이 이 소설을 여전히 "반동소설"로 보고 있다. 이를테면 원로소설가 리 아무개는 <진심으로 충고>, <위대한 모택동>과 같은 글을 공개 발표해 《20세기의 신화》의 주제나 사상경향성을 기본적으로 부정하였다. 이에 평론가 조성일은 자기가 운영하고 있는 사이트에 <"위대한 모택동" 유감(有感)>을, 김관웅은 <"20세기의 신화"의 주제사상을 론함>을 발표해 반박하였다.[102]

《20세기의 신화》는 전, 후편 도합 27만자 편폭의 장편소설이다. 소설은 전편 "강제수용소"와 후편 "수용소 이후"로 나누어졌는데, 전편은 임일평이라는 작중인물의 시점을 통해 "우파분자"로 낙인이 찍힌 사람들이 강제노동수용소에서 얼마나 무서운 고통을 겪고 있는가를 고발하고 있다. 작품은 어처구니없는 이유로 "우파"로 지목되어 수용소에 들어온 작가, 음악가, 정치가, 교사, 노동자 등의 비인간적인 생활과 그 가족들의 불행, 그 살인적인 환경 속에서 어떻게 인간적 존엄을 지키면서 사회의 전횡에 맞서나갔는가를 보여주고 있다. 후편은 강제노동수용소에서 나와 사회로 돌아온 그들의 눈에 비친 1960년대 초반, 즉 대약진, 인민공사화운동 그리고 중국과 구소련의 분쟁이 일던 시기 중국사회의 모습을 극명하게 보여주고 있다. 말하자면 이 작품은 "반우파투쟁"으로부터 "문화대혁명" 전야에 이르기까지 극좌노선이 살판을 치던 중국사회를 배경으로 "반우파투쟁", 대약진과 인민공사화운동, 모택동의 개인숭배 및 사회주의국가에서의 수령의 우상화와 그로 말미암아 민주주의원칙이 여지없이 파괴되고 인권이 무참히 짓밟히던 상황을 고발하

---

102 www.koreancc.com 참조.

고 비판한 정치소설이다. 김학철은 작가의 양지(良知)와 항일투사의 용단으로 대약진운동, 인민공사화운동에 예리한 메스를 대고 신랄하게 폭로하고 비판하였다.

> …모택동이의 호령일하에 코끼리가죽 같은 땅거죽으로 뒤덮인 중국의 연로한 대륙이 불시에 학질에라도 걸린 것처럼 와들와들 떨었다. 총동원된 전국의 중·소학생들이 공부를 제쳐놓고 달라붙어서 만들어내는 높이 80쎈티, 직경 40쎈티짜리 풍로식 용광로들이 전국 도처에서 우후죽순처럼 일떠섰다…[103]

> 우선 혁명성이 박약한 아낙네들이 한숨으로 대약진을 맞이하고 방정맞은 여편네들이 눈물로 인민공사를 영접하였다. 인민공사에서 30리 폭원에 거주하는 수백 집 어린아이들을 깡그리 중심구역에 설치한 임시 탁아소와 바라크 유치원에다 집중을 시켜놓은 까닭에 내 아들 보고 싶고 내 딸 걱정하는 깨지 못한 엄마들이 어두운 밤중에 10리 씩 5리 씩 논틀밭틀로 걸어서 내 아들, 내 딸을 보러 왔다…[104]

> 대약진시기란 고양이를 눈에 띄는 족족 잡아먹어서 고양이가 씨가 지는 시기였다. 대약진시기란 시래기를 훔치다가 들켜서 파출소놀음이 나는 시기였다. 히틀러가 망하기 전에 전화(戰火)속의 독일국민은 '옥상의 토끼'라는 곁말을 써서 남이 모르게 고양이고기를 사고팔고 했다지만서도 모택동시대의 중국인민은 대약진의 태평성대에 곁말도 쓰지 않고 버젓이 드러내놓고 고양이고기를 삶아먹었다. 그리고 역대로 시래기란 추녀끝 가운데 매달아 말리기 마련이던 것이 20세기 중엽 모택동의 대약진시기에 이르러 마침내

---

103 김학철, 《20세기의 신화》, 창작과비평사, 1996, 12쪽.
104 위의 책, 13~14쪽.

시래기란 자물쇠를 단단히 잠근 광 속에서 말려야 하는 것으로 되어버렸다.[105]

고난의 시기가 닥쳐왔다. 6억 인민은 열에 들떴던 대가를 고스란히 치러야 했다. 썰물 뒤의 개펄은 어수선산란하였다. 해는 빈혈증에 걸리고 달은 우울병에 걸렸다. 암담한 세월이 숨가빠하며 타력에 의해 겨우겨우 묵은해를 보내었다.

기관에서는 집무를 중지하고 나무껍질을 벗기러 눈길을 헤치며 산으로 올라가야 하였고 또 공장에서는 작업을 중시하고 눈 속에 묻힌 낙엽을 주우러 들판으로 나가야 하였다. 갖가지 나무껍질과 가지각색 나뭇잎으로 죽 끓이고 떡 만드는 법을 전수하는 전습회들이 도처에서 열렸다. 아이고 어른이고 입은 바지가 자꾸 흘러내려서 혁대에 새 구멍을 뚫느라고 볼일을 못 보았다. 정답게 지내던 이웃끼리 겨 한 되, 비지 반 바가지 때문에 척이 져서 서로 사이의 내왕들을 끊었다. 대단한 분들이 사시는 사택의 담장에서는 시성(詩聖) 두보(杜甫)의 "주문주육취(朱门酒肉臭) 노유동사골(路有冻死骨)" 열 자가 눈에 보이지 않는 용감한 비판자들에 의해 인적 끊긴 밤중에 씌어지곤 하였다.[106]

김학철의 《20세기의 신화》는 "반우파투쟁", 대약진, 인민공사화운동을 비판하면서 당과 모택동에 대한 많은 지식인들의 충언이 반당, 반모택동의 죄악으로 되고 팽덕회(彭德怀)와 같은 충신들이 진실을 말했다가 오히려 역적으로 몰리는 억울한 사건들을 "지록위마(指鹿为马)"라는 성어와 노신의 수필 <입론(立论)>을 빌려 고발하고 풍자하였다.

---

105 위의 책, 16~17쪽.
106 위의 책, 15쪽.

중국의 유명한 소설가 양효성은 1997년에 김학철이 30여 년 전에 제기한 사상을 다음과 같이 중복하고 있다. "팽덕회가 여산에서 모택동의 개인권위에 대해 도전장을 던진 것은 추호도 고강[107]과 같은 그러한 정치적 야심을 내포하고 있지 않았다. '용과 범의 싸움'은 더구나 아니었다. 실제상에서 이 사건은 일부 중국공산당인들의 조기(早期) '공화(共和)'정치사상과 모택동 머릿속의 '후제왕사상(后帝王思想)'과의 한 차례의 겨룸이었던 것이다."[108] 양효성의 이 말은 김학철의 정치적 선견지명을 웅변적으로 반증한다.

김학철은 중국에서 대약진, 인민공사화운동 같은 미증유의 경거망동이 일어난 것은 개인숭배, 찍어 말하면 모택동에 대한 개인숭배로 말미암은 개인의 독단전횡에서 비롯된 것이라고 보았다. 이 점은 임일평에게 보낸 심조광의 편지에서 분명하게 나타난다.

> 개인숭배의 우상의 그늘 밑에서 탐스러운 울금향은 피지를 못합니다. 거기서는 오직 핏빛의 독버섯만이 기를 펴고 번식할 따름입니다.[109]

김학철은 《20세기의 신화》의 창작동기와 주제를 두고 "중국은 지금 대가리 하나뿐인데 발이 수십억 개나 달린 무슨 거대한 그리마(절족동물) 같은 괴물로 변해버렸다. 사고는 내가 혼자 도맡아할 테니 너희들은 그저 부지런히

---

107 高崗(1902~1955), 1926년 고강은 중국공산당에 입당해 고향인 산서성 근처에서 10여 년 동안 유격대활동에 참여했다. 1950년대 초에는 중앙인민정부 부주석이 되었고 모택동의 가까운 동료로서 중국공산당 동북국 서기 겸 동북행정위원회, 경제재정위원회 주임이 되었다. 고강은 동북에서 독자적인 권력을 행사했고 중국내 어떤 지역의 지도자보다 막강했다. 1955년 4월 중국공산당의 노선에서 이탈한 것에 대해 공식적으로 당의 비판을 받기 바로 전에 자살했다. 그가 몰락한 후 동북지구의 거의 모든 핵심 당간부들이 대거 숙청되었다.

108 梁晓声, <凝视九七>, 《思考毛泽东》, 经济日报出版社, 1997年, 第227页。

109 김학철, 《20세기의 신화》, 창작과비평사, 1996, 49쪽.

손발만 놀리면 되느리라. 이와 같이 비양하는 것으로써 '태양'의 절대권위에 나는 도전을 하였다"[110]고 하였으며 "반우파투쟁"이 시작된 후 사람들은 모택동의 말이라면 팥으로 메주를 쑨다고 해도 곧이들었고, 눈 먼 망아지 워낭소리 듣고 따라가듯 추종하게 되었다고 지적하였다. 《20세기의 신화》에서 김학철은 안데르센의 동화 <벌거벗은 임금>을 빌려 모택동을 자기의 잘못을 고집하면서 언론을 탄압하는 "벌거벗은 임금"이라고 비판하였다.

2. 《20세기의 신화》와 조선의 "8월반당종파사건"

김학철이 《20세기의 신화》에서 보여준 반개인숭배사상과 민주주의와 인권옹호의 인도주의적 세계관은 1950~60년대의 소련, 중국, 조선을 위수로 하는 국제공산주의운동이라는 복잡한 사회정치적 콘텍스트 속에서 산생되고 발전된 것이다. 그는 삼엄한 정치적 박해를 받으면서도 라디오를 통해 국제정세의 변화와 추이를 면밀히 주시하고 있었다. 특히 1956년 소공 제20차 대회와 조선의 "8월반당종파사건"은 김학철의 《20세기의 신화》의 창작에 가장 큰 영향을 미쳤다.

1956년 2월 소공 제20차 대회에서 소공중앙 제1서기 니키다 후르시초프는 유명한 "평화적 공존", "평화적 과도", "평화적 경쟁"의 외교노선을 제기하고 <개인숭배 및 그 후과에 관하여>라는 비밀보고를 하였다. 이 비밀보고에서 후르시초프는 스탈린 개인숭배의 여독을 숙청할 데 대해 호소하였다. 이 비밀보고는 그 대회에 직접 참가했던 사회주의국가의 대표들, 특히는 폴란드, 헝가리 등 동유럽의 사회주의국가와 중국, 조선 등 동방의 사회주의국가 대

---

110 김학철 자서전, 《항일독립군 최후의 분대장》, 문학과지성사, 1995, 380~381쪽.

표들에게 미친 파장은 아주 컸다.

김학철의 《20세기의 신화》에서 표현된 반개인숭배의 사상은 중국의 정치수령인 모택동의 시행착오에 대한 폭로와 비판에만 그치는 것이 아니라 조선의 정치수령인 김일성에 대한 폭로와 비판으로까지 연장되고 있다. 특히 《20세기의 신화》 후편 "수용소 이후"에서 김일성의 개인숭배 및 그 후과에 대한 폭로와 비판이 집중적으로 이루어지고 있다. 김학철이 김일성의 개인숭배에 대해 비판하게 된 것은 소공 20차 대회 이후 반스탈린주의의 여파로 조선에서도 잠간이나마 일어났던 반김일성운동의 움직임—1956년 "8월반당종파사건"이 연안파의 실패로 무산되고 김학철과 함께 피를 흘리며 싸웠던 연안파들이 조선의 정계, 군계에서 대거 숙청을 당한 것과 직접적인 관련이 있다.

그럼 1956년 8월 "반당종파사건"이란 무엇인가?

1956년 2월 소공 제20차 대회의 반개인숭배의 정신은 조선에도 곧바로 전달되었다. 1956년 3월에 열린 조선노동당 중앙위원회 전원회의에서 후르시쵸프의 비밀연설을 전달했고, 조선노동당 내에도 개인숭배현상이 있음을 인정하였다. 그러나 1956년 4월에 열린 조선노동당 제3차 대회에서 김일성은 개인숭배문제를 일절 다루지 않았을 뿐만 아니라 오히려 조선노동당 권력구조 속에서 김일성의 직계인 만주파(滿洲派)를 주축으로 하는 권력구조를 형성하기에 이른다. 이리하여 조선노동당 내에서는 각 정치세력 간 정치연합의 성격이 완전히 청산되고 김일성의 유일체제가 확고해졌다. 상황이 이렇게 되자 김일성을 비판하던 세력들은 실망과 불안을 느끼지 않을 수 없었다. 개인숭배에 대한 비판과 집단적 지도체제가 제대로 실현되지 못했다는 실망감을 넘어서 자신들이 조만간에 김일성에 의해 제거될 수 있다는 불안감이 싹트기 시작했던 것이다. 이에 이들은 반김일성 움직임을 조직화하기 시작했다. 1956년 6월 2일 김일성을 단장으로 하는 조선정부대표단이 소련과 동유럽 순방길에 오른 사이에 반김일성세력은 조직적으로 결집해 김일성을 권좌에서 밀어내려고 하였다. 그러나 이런 모의는 최용건 등 만주파에 의해 포착되었고 또 박창욱 등 소련파의 배신으로 연안파는 고립되어 오히려 최창익, 윤공흠, 서휘, 리필규 등의 행위를 "반당종파행위"로 규정짓게 되었다. 이리하여 이른바 "8월반당종파사건"으로 불리는 조선 역사상 유일무이한 조직적인 반김일성운동은 실패로 종지부를 찍었다. 그러나 사태는 거기서 끝나지 않았다. 윤공흠, 서휘, 리필규 등은 중국으로 망명했고 소련 주재 조선대사로 있었던 리상조는 모스크바에서 정치망명을 하고 조선에 돌아가지 않았다. 하지만 조선에 남은 연안파 2백여 명은 모조리 숙청을 당했다.[111] 이중에는 김학철과 중국에서 어깨를 겯고 싸웠던 조선의용군의 전우, 혁명선배, 친우, 친척들이 대거 망라되어 있었다.[112]

하기에 김학철의 《20세기의 신화》를 보면 김일성에 대한 개인숭배와 김일성의 유일지도체계에 대한 비판에는 작자의 격한 감정이 스며있다. 김일성의 전횡과 무도함을 임일평에게 공소하고 난 작중인물 심조광은 "내 나이 이젠 오십이 불원한데 피가 아직도 이렇게 곱니다그려."라고 하면서 격한 감정을 드러내는데, 이는 바로 김학철 자신의 격한 감정의 표현이다. 네가 살면 내가 죽는 정쟁(政爭)이 아무리 참혹하다고 해도 다 같이 항일투쟁을 했고 다 같이 공산주의를 신봉한다는 사람들이 패한 일파를 하나도 남김없이 모조리 숙청했다는 것은 미상불 잔혹하다고 말하지 않을 수 없다. 김학철은 자기의 연안

---

111 김호웅, 정문권, 김관웅, 《북한 문화와 문학의 역사적 이해》, 창과현, 2004, 132~136쪽.
112 김학철, 《항일독립군 최후의 분대장》, 문학과지성사, 1995, 312쪽. 이 사건에서 김두봉, 최창익, 고봉기(평양시 당위원장), 방호산(5군단장), 리청원(조선노동당연구소 소장), 왕련(공군사령관) 등 연안파들이 숙청되었다. 이들은 모두 김학철의 상급이나 전우들이었다. 그 중 조선인민군 공군사령관이었던 왕련은 김학철의 매부였다. 김학철의 말에 의하면 왕련이 총살당하자 그의 부인인 김학철의 누이동생 그리고 사위, 딸과 함께 살았던 김학철의 어머니도 무서운 산간벽지의 특별구역으로 추방되어 행방불명이 되었다고 한다.

파 전우들을 모조리 숙청한 김일성에 대한 분노를 장치평(조선의 연안파 일원)의
사연을 알게 된 심조광의 반응을 통해 다음과 같이 표현하고 있다.

> "그 친구가 — 장치평이 말입니다 — 내 임지까지 출장을 내려와서 하룻밤
> 을 묵어갔습니다. 밤에 둘이 마주앉아 천하지사를 논하는 중에 그 친구가
> 야릇한 웃음을 머금으며 농두 아니고 참두 아닌 말을 이렇게 합디다. '아무래
> 도 이력을 속일 수밖에 딴 도리가 없을 것 같아. 김일성이의 직계가 아닌
> 사람이 항일무장투쟁을 했다는 경력을 갖구 북조선 천지에서 살아나간다는
> 건 구들장을 메고 지구 바다를 헤어 건너가겠다는 거나 마찬가지야. 뜰래야
> 뜰 수 없다는 말이야. 그 망한 놈의 경력이 방애가 돼서. 차라리 일본놈의
> 앞잡이 노릇을 했습니다, 하는 편이 나아, 그건 아무 상관없으니까' 그 말을
> 듣고 난 가슴이 뭉클했습니다. 사랑하는 조국의 해방을 위해 총을 들구 싸운
> 게 전과가 될 줄을 누가 꿈엔들 생각했겠습니까? 그 죄 아닌 죄루 해서 죽는
> 날까지 박해를 받은 줄을 누가 꿈엔들 생각했겠습니까? … 김일성의 손에는
> 조선공산주의자들의 피가 묻어있단 말이에요. 조선공산주의자들의 피가!"[113]

김학철은 김일성에 대한 개인숭배에 토대한 유일지도체계를 조조(曹操)식
의 봉건전제통치에 비긴다. 이는 황장엽이 조선의 수령중심의 정치제도를
봉건제도, 김일성의 유일사상체계와 주체사상을 봉건사상이라고 매도한
것[114]보다 적어도 30년 앞선 생각이 아닐 수 없다. 김학철이 《20세기의 신화》
에서 김일성에 대한 개인숭배를 가장 집중적으로 폭로, 비판하면서 그것을
전근대적인 봉건주의라고 낙인을 한 대목들을 보기로 하자.

113　김학철, 《20세기의 신화》, 창작과비평사, 1996, 339~340쪽.
114　황장엽, 《나는 역사의 진리를 보았다》, 한울, 1999, 369~393쪽.

"…김일성이가 위인이 워낙 심술이 사납구 욕심이 많기는 하지만 그래두 비겁쟁인 아닙니다. 한 개 유격지대의 대장 자격은 확실히 있는 사람입니다. 사람이 좀 무식스러워 그렇지… 김일성이가 마땅히 비난을 받아야 할 건 투쟁을 끝까지 견지하잖는 그 점에 있는 것이 아니라 투쟁을 끝까지 견지한 다른 애국자들의 공적을 가로채다가 몽땅 다 제 치부책에 올려버린 그 점에 있습니다… 그리구 또 김일성이가 정말 비난을 받아야 할 건 고향 만경대를 마치 마호메트의 메카처럼 조선인민의 성지루 만들어 놓은 겁니다. 하잖은 보천보 장터를 조선공산주의자들의 예루살렘으로 만들어 놓은 겁니다… 제 눈에 거슬리는 공산주의자들을 고용산접이라는 죄명을 들씌워서 학살을 한 겁니다. 제 맘에 들지 않는 공산주의자들을 종파분자·현대수정주의분자루 몰아서 죽을 때까지 모조리 강제노동에 내몬 겁니다. 무고한 피해자의 가족들까지두 모조리 프롤레타리아독재의 제물루 만들어 참혹하게 박해를 한 겁니다… 조조 말이 났으니 말이지만 모택동이나 김일성이가 현재 하구 있는 정치가 그래 조조의 전제정치나 하등 다를 게 뭡니까."[115]

"현재 조선인민더러 조선노동당을 사랑하느냐 무서워하느냐 묻는다면 십중팔구는 아마 입으룬 사랑한다구 하면서두 속으룬 무서워 할 거예요… 인민이 사랑하잖는 당이 그게 어디 공산당입니까. 인민이 무서워하는 당이 그게 어디 공산당입니까. 조선노동당은 일신교(一神敎)를 신앙하는 교단(敎團)에다 헌병대와 안전부를 결합시킨 것 같은 무시무시한 통치기구루 변해 버린 지가 벌써 옛날입니다. 김씨 왕조의 사헌부·포도청으루 돼 버린 지가 벌써 옛날이란 말이에요!"[116]

김일성의 개인숭배에 대한 이 같은 통렬한 비판은 그것이 비록 잠재창작[117]

115 김학철, 《20세기의 신화》, 창작과비평사, 1996, 268~270쪽.
116 위의 책, 341쪽.
117 1949년 이후 중국의 좌경 사조의 억압과 통제로 말미암아 정식으로 발표할 수 없었던 사회

의 형태를 취하기는 했지만 지금까지 유일무이한 것으로서, 앞으로의 "조선문학사" 서술에서도 이를 빠뜨려서는 결코 안 될 것이다. 왜냐하면 당시 김학철은 조선공민이고 조선공민으로서의 사명감을 갖고 있었기 때문이다. 그리고 김학철이 《20세기 신화》와 《항일독립군 최후의 분대장》 등에서 김일성의 개인독재와 전횡에 대한 격분에 넘치는 폭로, 비판은 "전군복멸(全軍覆滅)"을 당한 조선의용군 전우들을 대신해 이 세상을 향해 내뿜은 비창한 신원(伸寃)이고 눌함(訥喊)이었다고 하겠다.

3. 김학철과 장지신의 비교

김학철의 정치소설 《20세기의 신화》는 비록 잠재창작의 형태로 진행되어 당시에는 미발표 상태로 있었지만, 바로 이 소설로 말미암아 작가는 "문화대혁명" 때 10년 옥살이를 해야만 하였다. 아무튼 김학철의 정치소설 《20세기의 신화》는 중국 당대문학사에서 모택동에 대한 개인숭배의 해악(害惡)을 가장 일찍 장편소설의 형식을 가지고 날카롭게 비판한 경세지작(警世之作)이다. 모택동을 신단(神壇)에서 끌어내리고 모택동에 대한 개인숭배와 극좌노선이 중국사회에 가져다 준 해악(害惡)을 가장 날카로운 필치로 까밝힌 첫 작품으로서 중국 당대문학사에서 반드시 대서특필해야 한다.

《20세기의 신화》는 모택동의 좌경노선의 발단을 1956년의 "반우파투쟁"으로 잡았다. 이 작품에서는 "반우파투쟁"으로 말미암아 억울하게 박해를 받은 지식인들의 수난의 현장을 리얼한 필치로 묘사하면서 그 뒤로 일어난 인민공사, 대약진, 중소논전(中苏论战), "대식품시대"를 거치면서 중국사회가

비판적인 문학창작. 특히 "문화대혁명" 때 많이 주어졌다.

얼마나 피폐해지고 얼마나 인권이 유린을 당하고 있는가를 날카롭게 풍자, 비판하였다. 이런 의미에서 이 작품은 형상화된 "중국의 문화대혁명전사(前 史)"라고 할 수 있다. 이 작품은 이런 현상을 묘사하는 데만 그친 것이 아니라 이런 사회비극의 산생원인을 모택동의 개인미신, 개인숭배에서 찾으면서 중 국에서 처음으로 모택동을 "천안문성루에 올라선 벌거벗은 황제"라고 지적 하였다. 바로 이 한마디 말을 가지고 일부 사람들이 늘 김학철을 물고 늘어지 지만 사실 풍자와 비판성이 다분한 이 작품에서 김학철이 동원한 수사의 일종에 불과하다. 이 말의 뜻은 장지신[118]이 1970년대에 모택동에 대한 개인 미신, 개인숭배나 "세 가지 충성", "충성춤(忠字舞)" 등 현상을 두고 언급한 다음과 같은 말들과 그 뜻이 일맥상통한다.

> 과거 봉건사회에서 충(忠)을 강조했는데, 오늘 이런 짓거리들을 해서는 어쩌자는 건가? 다시 몇 십 년이 지닌 후세 사람들은 오늘날 우리와 당의 수령 사이의 관계를 보고는 마치도 우리들이 오늘날 옛날 사람들이 신이나 귀신들을 믿는 것들을 이해할 수 없어 하는 것과 같을 것이다.
> 누구든지 예외일 수 없다. 개인은 절대 당 우에 군림해서는 안 된다. 누구 라도 개인숭배를 해서는 안 된다.[119]

장지신은 감옥에 갇혀서도 자기의 지조를 굽히지 않았는데 결국 모택동의 조카 모원신(毛遠新, 1941~)의 지령에 의해 1975년 4월 4일 총살을 당했다. 그런

---

118 장지신(張志新, 1930-1975), 중국 천진(天津) 출생, 여. 1955년 중국공산당에 가입했다. 중공 요녕성위 선전부 간사로서 "문화대혁명" 시기 중국공산당과 인민에 대한 충성을 안고 진리 를 견지하고 임표, "사인무리"와 맞서 싸우다가 1969년 옥에 갇혔다. 옥중에서도 투쟁을 견지하다가 1975년 4월 4일 살해되었다. 1979년 3월 중공 요녕성위에 의해 누명을 벗고 혁명열사로 추인되었다.

119 앞의 책, 참조.

데 사형을 집행하기 전에 장지신이 "반동구호"를 외칠까봐 사형을 집행하던 경찰들이 그녀를 땅바닥에 쓰러뜨려 반드시 눕힌 뒤 머리에 벽돌을 받치고는 메스로 그녀의 인후(咽喉)를 잘라버렸다.

11기 3중 전회 이듬해인 1979년 봄, 장지신은 명예를 회복했고 료녕성위에 의해 "혁명열사"로 추인되었으며 그녀의 사적은《인민일보》, 신화사를 포함한 전국의 각종 매체에 의해 소개되어 중국 사람들의 마음을 뒤흔들어 놓았다.

> 아마도 피가 흐르는 그녀의 머리를
> 생명의 천칭 위에 올려놓으면
> 모든 살아있는 사람들이
> 모두다 무게를 잃으리[120]

이처럼 개혁개방 초기 장지신은 암흑 속의 한 줄기의 광명으로 칭송되었고 그 찬가는 중국의 대지에 울려 퍼졌다. 그러나 장지신보다도 거의 10년이나 더 일찍 목숨을 걸고 모택동의 개인숭배를 비판한 김학철, 그것도 하나의 완정한 장편소설을 통해 모택동을 비판한 김학철은 지금까지 중국에 별로 알려지지 못하고 있다.[121] 아마도 중국에서 소수민족으로 사는 조선족, 조선족문학의 비애가 아닐 수 없다. 비록 늦어지기는 했지만 김학철의 정치소설《20세기의 신화》를 한역(汉译)해 중국의 광범한 독자들에게 소개해야 할 것이다.

---

120 "她把带血的头颅, 放在生命的天平上, 让所有苟活者, 都失去了——重量" 韩瀚。
121 2006년 하북성 원씨현 호가장에 김학철, 김사량 항일문학비가 세워졌고, 2007년 연변의 도문시 용가미원에 김학철문학비가 세워졌으며, 2009년 내몽골자치구 훅후호트시에 있는 내몽골사범대학교 캠퍼스에 김학철동상이 서게 되었다.

요녕의 장지신만 아니라 북경의 우라극[122], 고준[123]도 그 사상의 심도나 그
비판, 폭로, 풍자의 예리함 등 면에서 김학철에게는 미치지 못한다. 그때로부
터 40여 년 세월이 흐른 오늘날 김학철의 정치소설 《20세기의 신화》를 읽노
라면 그의 정치적인 통찰력과 예견성에 놀라움을 금할 수 없다. 행차 뒤의
나팔, 사후 제갈량 식으로 40여 년이 지난 뒤에야 비로소 김학철의 놀라운
통찰력과 선견지명을 평가하는 우리 자신들이 부끄러울 따름이다. 더욱 부끄
러운 것은 김학철의 정치소설 《20세기의 신화》를 "반동소설"이라고 지난
세기 90년대 후반까지 물고 늘어져서 다시 감옥에 처넣으려고 어두운 구석
에서 음모를 꾸민 자들이 조선족문단에 있었다는 사실이다.

장지신은 자기 자신을 "70년대의 코페르니쿠스"라고 자평했다. 그렇다면
김학철은 마땅히 "60년대 코페르니쿠스"라고 평가해야 할 것이다. 중국 주류
사회에서는 모택동에 대한 개인숭배를 반대한 장지신 같은 이들을 혁명열사
로 추인(追认)하였는데, 애오라지 조선족사회에서만은 "위험한 인물"로 낙인
하고 있다. 어불성설, 말도 안 되는 소리다. 우리 조선족문학은 바로 김학철의
정치소설 《20세기의 신화》가 있으므로 하여 전반 중국당대문학에서 당당하
게 한 자리를 차지할 수 있는 것이다. 중국작가협회 민족문학처 처장이며
만족 작가인 윤한윤(尹汉胤)이 평가한 것처럼 "김학철 선생은 독립적인 사고
방식과 명석한 두뇌를 가진 위대한 작가이다."[124]

김학철의 《20세기의 신화》의 주류는 모택동이 직접 발동하고 지도했던
대약진, 인민공사화운동, 반수방수(反修防修)운동에 대한 부정과 비판이고 계

122　遇罗克(1942~1970), 북경시 기계공장 학도공. <출신론> 등 글을 썼다. 1970년 3월 5일 중국
　　　당국에 의해 처형되었다.

123　顾准(1915~1974), 저명한 사상가, 경제학자, 중국에서 처음으로 사회주의 시장경제의 이론
　　　을 내놓은 사람인데 1952년부터 정치운동의 세파에 부대끼다가 죽음을 당함.

124　김학철연구회 사이트 www.kimhakcheol.com 참조.

급투쟁확대화로 인해 억울함을 당한 수많은 지식인들의 수난에 대한 항변이고 반항의 외침이었다. 역사와 실천은 김학철의 비판이 옳았음을 증명하였다. 즉 1957년 "반우파투쟁" 이래 대약진, 인민공사화운동, "반수방수운동" 등 중국에서 거듭 일어난 정치운동은 그릇된 좌경노선의 산물이며 그릇된 정치운동이었음이 판명되었다.

미국의 저명한 정치학자 새뮤얼 헌팅턴(1927~2008)은 한 영수인물이나 한 정당이 잡고 있는 정치권력은 반드시 3중 합법성을 갖고 있어야 한다고 지적한바 있다. 첫째는 이데올로기의 합법성으로서 한 영수인물이나 한 정권이 대표하고 있는 가치주장은 반드시 사회성원들의 보편적이고 자원적인 인정을 받아야 한다. 둘째는 법적 과정이나 절차(程序)의 합법성으로서 한 영수인물이나 한 정권의 산생, 교체 혹은 조성, 운행방식은 반드시 유권자들의 투표선거를 통해 그 정당성을 획득해야 한다. 이는 통치의 권력은 유한적이며 아울러 헌법과 정치 과정이나 절차의 제약을 받아야 함을 뜻하는 것이다. 셋째는 정치업적의 합법성으로서 민중의 지지를 받는 영수인물이나 정권은 반드시 양호한 정치업적이 있어야 한다.

김학철이 정치소설을 집필하던 1964년 봄부터 1965년 봄 사이 영수인물로서의 모택동이 내놓은 "계급투쟁확대화"의 이론은 사회성원들의 보편적이고 자원적인 인정을 받고 있는 것 같았지만 김학철 같은 많은 지성인들의 회의 내지는 반대를 받고 있었던 까닭에 "이데올로기의 합법성"을 얻지 못한다. 그리고 모택동은 자기가 강하게 실시한 대약진과 인민공사화 운동의 실패로 하여 전반 중국을 경제적인 위기로 몰아 넘음으로써 "정치업적의 합법성"도 획득하지 못하고 있는 실정이었다. 그리고 경제지도에서의 실패로 인해 모택동은 중국공산당의 당무와 국가의 정무를 유소기(劉少奇)에게 전면적으로 넘겨주고 중공중앙위원회 주석이라는 직위만 보존하고 제2선에 물러나서 이론

연구에만 전념하도록 당의 회의의 결의로 규정되어 있었다. 그러나 모택동은 이에 불복하고 유소기를 "당내의 후르시초프"로 지목하고 암암리에 "문화대혁명"을 발동할 준비를 하고 있었으므로 "법적 과정이나 절차의 합법성"도 없다고 하겠다.

1960년대 초반, 특히는 1962년 "7천인대회" 이후 모택동은 바로 이런 상황 속에서 유소기를 거꾸러뜨릴 목적으로 "무산계급독재조건하에서 계속 혁명할 데 관한 이론"을 고안하였는데, 그는 미국기자와의 담화에서 그 목적은 "유소기 타도하기 위한데 있고, 또한 유소기를 타도하자면 반드시 개인숭배를 해야 했고 개인숭배가 자기에게는 필요했다고 솔직하게 고백한바 있다.

> "그때 당의 권력, 선전공작의 권력, 각 성의 당의 권력, 각 지방의 권력, 이를테면 북경시위의 권력을 나는 관할할 수 없었습니다. 지난 몇 년 동안에는 좀 개인숭배를 할 필요가 있었지요."[125]

모택동이 직접 발동하고 지휘한 10년 "문화대혁명"은 최종적으로 "법적 과정이나 절차의 합법성"마저도 철저히 잃어버리고 말았다. 김학철의 《20세기의 신화》는 상술한 세 가지 합법성을 모조리 상실한 모택동 만년의 엄중한 오유를 비판한 정치소설이다. 중국인민들에게 혹심한 재난을 안겨줄 "문화대혁명"의 광풍이 몰아치리리라는 것을 예언한 정치소설이다. 중국에서 처음으로 모택동을 신단(神壇)에서 끌어내린 정치소설이다.

새로운 권위주의와 정치권력을 두고 탈식민주의문화이론에서는 "단절 속의 반복"이라는 명제를 내놓고 있다. 제국주의의 식민통치와 지배를 "단절"시켰지만 독립국가 내에 권위주의와 부정, 부패가 만연되어 지배계층과 민중

---

125 김관웅, <'20세기의 신화'의 주제사상을 논함>, www.koreancc.com에서 재인용.

들 사이에 지배와 피지배의 수직적인 논리와 상황이 반복되고 있다는 뜻이다. 파시스트에 대한 저항에는 수많은 사람들이 동참을 했지만 새로운 권위주의와 정치권력에 대한 저항에는 많은 시간이 소모되었고 선각자도 그리 많지 않다. 파시스트를 물리치고 정권을 잡은 자들이 "영웅"으로, "태양"으로 자처하고 그들에 대한 저항에는 역시 목숨을 바칠 각오가 되어 있어야 하기 때문이다.

하지만 김학철은 그야말로 수억 인파가 지는 서쪽 달을 쫓아 갈 때 홀로 해 돋을 동쪽으로 향한 사람이었다. 그는 당시 극좌사조에 휩싸인 중국의 정치적 현실에서 모택동의 우상이라는 "20세기의 신화"를 뒤엎은 선각자요, 목숨을 걸고 권위주의와 정치권력에 도전장을 내놓은 투사였다. 이러한 의미에서 그는 중국의 그 어떤 작가의 추종도 불허하는 잠재문학(潛在文学)의 기수요, 대표이며 파렴치한 독재와 부패한 정치권력에 맞서 싸운 아시아의 대표적인 지성이다.[126]

---

126 김호웅, 김해양, 《김학철평전》, 실천문학사, 2007 참조.
　　김관웅, 김호웅, 《김학철문학과의 대화》, 연변인민출판사, 2009 참조.

제3장

개혁개방 전기 조선족문학과 문화신분

제1절 개혁개방 전기 문화콘텍스트와 조선족문학

1976년 9월 9일 모택동의 서거 직후인 10월 6일에 "4인방"이 숙청됨으로써 10년 동안이나 지속되었던 "문화대혁명"이 종언을 고한다. 2년 뒤인 1978년 12월에 개최된 중국공산당 제 11차 3중 전회는 또한 모택동시대와 등소평시대를 가르는 중요한 분수령으로 된다. 말하자면 등소평이 이끄는 개혁개방의 새로운 역사시대가 열린 것이다. 중국공산당 11차 3중 전회에서 1989년 6월의 정치풍파까지를 개혁개방 전기(前期), 1990년에서 지금까지(2015)를 개혁개방 후기라고 할 수 있다.

그 어느 시대의 문학이나 모두 해당 시대의 문화콘텍스트, 즉 문화적 맥락 속에 놓아야만 올바르게 파악, 이해할 수 있다. 개혁개방 전기의 조선족문학은 그 어느 시대의 문학보다도 개혁개방의 새로운 시대와 발걸음을 같이 하였다. 특히 자유로운 문학의 외부적 환경을 맞아 조선족작가들의 문화신분은 커다란 변화를 가져왔으며 따라서 작품도 새로운 양상을 보여주기 시작했다. 그 동안의 문화적 환경을 살펴보기로 하자.

1976년 10월 6일 "4인방"을 잡아낸 사건은 "문화대혁명"의 종말을 의미한다. 특히 1978년 등소평이 중국공산당의 지도권을 장악하면서 일련의 새로운 기상이 나타나기 시작하였다. 1978년 3월에 소집된 전국과학자대회와 5월에 소집된 전국교육사업회의를 통하여 지식인의 지위를 회복함과 아울러 새로운 과학기술혁명을 맞이하고 현대화를 실현하기 위해 분투할 데 관한 역사적 과업을 내놓았다. 같은 달 "진리의 표준문제에 관한 대토론"을 벌려 "두 개 무릇"[127]의 경직된 사상노선을 비판, 부정하고 중국인들을 개인숭배와 교조주의의 속박으로부터 해방시켰다. 등소평의 지도아래 중국공산당은 새롭게 사상해방, 실사구시의 사상노선을 확립하였다. 이제 중국인들은 진리를 검증하는 기준은 수령의 이론이나 지시가 아니라 실천이라는 것을 인식함으로써 극좌노선이 빚어낸 여러 가지 오류를 시정할 수 있는 탄탄한 사상, 이론적 기반을 마련할 수 있었다.

1978년 11월에 개최된 중국공산당사업회의에서 등소평의 제의에 좇아 사업의 중점을 계급투쟁이나 정치운동에서 경제건설로 옮겨놓기로 결정하였다. 이어서 극좌노선이 빚어낸 혼란을 극복하고 정치노선과 사상노선을 올바른 궤도에 올려놓기 위한 이른바 "잘못된 것을 바로잡는 운동(撥亂反正)"을 전개하였다. 하여 "문화대혁명"을 비롯한 역대 정치운동 중에서 발생한 "억울한 사건이나 잘못 처리된 사건(冤假錯案)"들을 조사하고 시정하는 작업을 전국적인 범위에서 진행하였다. 이와 동시에 화국봉의 그릇된 견해에 대해서도 비판하였다.

이렇게 탄탄한 사상, 정치적 토대를 마련하고 나서 1978년 12월 18일에서

---

127 화국봉은 1977년 1월 21일에 "무릇 모주석이 결책한 것은 모두 반드시 수호하고 위반해서는 안 되고 무릇 모주석의 형상에 손상이 가는 언행은 반드시 제지해야 하고 용인해서는 안 된다"고 했는데 이를 "두 가지 무릇(两个凡是)"라 한다.

22일까지 중국공산당 11차 3중 전회를 개최하였다. 이 회의에서 등소평의 주도 하에 전당(全党)의 사업 중점을 사회주의 현대화 건설로 옮겨놓기로 하였다. 이 회의는 중공중앙에 등소평을 핵심으로 하는 지도자집단이 형성되었음을 표징하며 "계급투쟁을 기본 고리"로 하는 시대가 막을 내리고 "경제건설을 중심"으로 하는 개혁개방의 새로운 시대가 열렸음을 의미한다. 말하자면 중국공산당 11차 3중 전회는 개혁개방의 표징이고 하나의 중요한 정치적 변동으로서 "사상해방", "민주", "실사구시"는 이 정치적 변동의 테마워드나 키워드로 되었다.

중국공산당 11차 3중 전회 이후 중국은 마침내 천지개벽의 역사적 전환을 하게 되었다. 이 역사적 전환은 일련의 전례 없는 전환을 내포한다. 즉 "계급투쟁", "정치운동"의 시대에서 경제건설시대로의 전환, 전통적인 사회주의 계획경제에서 사회주의적 시장경제로의 전환, 쇄국주의에서 대외개방으로의 전환, "개인숭배"에서 민주주의와 법제주의로의 전환, 소련 패턴의 사회주의에 대한 추종(追从)에서 중국특색을 가진 사회주의로의 전환 등이다. 따라서 개혁, 개방 전기와 마찬가지로 중국은 공통한 시대적 주제와 명분을 갖는 공명문화상태에 놓이게 되었다.

상술한 문화콘텍스트 속에서 조선족문학은 "대내적인 개혁"과 "대외적인 개방"이라는 시대적 주제와 명분을 가장 중요한 주제로 내세워 개혁개방의 시대와 보조를 맞추어 발전하여 왔으며 중국의 주류문학과 호흡을 같이 하고 운명을 같이하였다. 그리고 인도주의, 사실주의창작방법으로의 복귀를 통해 현실을 재현하고 현실에서 받은 자기의 감수들을 자유롭게 표현하게 되었다.

중국 주류문단이 그러했듯이 조선족문단도 대체로 상처문학(1970년 말~1980년대 초) → 반성문학(1980년대 초) → 개혁문학(1980년대 초) → "뿌리 찾기 문학"(1980년대 중반 이후) 등으로 탈바꿈해 나갔다. 하지만 조선족작가들의 문화

신분의 변화에 따라 이 시기 조선족문학은 주류문학과는 다른 자기의 독특한
특성을 보이기도 한다.

제2절 당과 수령 및 인민에 대한 송가에서
조선족의 역사와 전통에 대한 찬미로

1. 새시기의 송가

1980년대에 접어들면서 조선족시문학에 송가가 새롭게 출현하였다. 하지
만 이런 송가들은 모택동이나 원로 혁명가들로부터 조국, 고향, 인민 그리고
조선족의 역사와 전통에 대한 찬미로 탈바꿈한다. 이는 새로운 시기의 자유
로운 정치, 경제, 문화적 환경과 시인들이 자기 문화신분을 재확인한 사정과
관련된다고 하겠다.

우선 조국에 대한 송가에 속하는 작품으로 김철의 <물소>(1978), 임효원의
<거치른 수림에>(1979), 김성휘의 <조국, 나의 영원한 보모>(1981), 김학의 <땀
의 노래>(1981) 등을 들 수 있다.

조국이란/ 내 잠들었을 때에는/ 후둑후둑 뛰는 내 심방 가까이에 앉아/
맥박을 세여보는 보모입니다// 그 이름은 너무나도 친근스러워/ 나의 산천
과 나의 처자와 함께/ 언제나 내 곁에서 숨쉬는 보모입니다// 그 누가 선심을
써서/ 나에게 선사한 이름이 아니오이다/ 나를 키워준 정든 땅에서/ 내 힘으
로 내 땀 흘려 새겨가는 이름이길래// 울어도 그로 하여 울고/ 웃어도 그로
하여 웃습니다/ 모든 슬픔 걷어안고 기쁨을 주는 나의 보모/ 세상에 그처럼
고생 많은이 또 어데 있으리까

김성휘의 서정시 <조국, 나의 영원한 보모>이다. 이 서정시에서 시인은 조국을 보모에 비유하면서 어머니같이 자애롭고 영원한 조국의 사랑에 대해 노래하고 있다. 하지만 다시 읽어보면 조국은 시인에게 어머니는 아니다. 즉 혈연적인 관계는 없다. 하지만 언제나 우리 곁을 지켜주고 더울세라 추울세라 "내 심방 가까이에 앉아/ 맥박을 세여보는 보모"이다. 여기서 조국은 자기를 키워준 고향땅에 대한 사랑과 불가분의 관계에 있으니 조국에 대한 사랑은 시인이 나서 자란 연변에 대한 사랑에 다름이 아니다. 따라서 김성휘는 이러한 조국의 자랑스러운 공민이 된 조선족 형제자매들의 환희와 열망, 자각과 결의를 노래한다.

　　이 나라의 공민으로서
　　남에게 뒤졌다는 것을
　　다문 한 시각이라도 잊는다면
　　그 한 시각엔 자격이 없는 공민이 아닐가.
　　……
　　그래서 내 외친다
　　우리의 사랑을 무르익히고
　　우리의 신념을 꽃피울
　　래일을 정복해가자, 어서 달리자, 공민이여.

　김성휘의 시 <공민이여, 그대들에게>의 일부이다. 여기서는 문화신분의 갈등 같은 것은 볼 수 없다. 시적화자는 우리 모두 중화인민공화국 공민, 즉 국가적 신분을 가지고 있다고 떳떳하게 말한다. 뿐만 아니라 안일과 나태에 젖지 말고 분발, 노력해 56개 중화민족 대가정 속에서도 가장 모범적인 공민으로 되어야 한다고 외친다.

임효원의 <거치른 수림에>는 인민에 대한 송가이다. 이 시에서 산불에 타버린 거친 수림은 10년 동란 중에서 임표, 강청 반혁명집단에 의해 상처를 입은 조국과 인민의 모습에 다름 아니다.

　　이제 봄이 가고 여름이 오면/ 구곡에 맺혔던 상처우론/ 생명에 넘치는 자유의 이파리/ 불멸의 사상을 인간에 뿌리니/ 흘러간 세월의 엄연한 년륜 우에/ 세기의 긍지를 새겨넣은/ 거창한 대지에 넓은 우주에/ 무성한 송림이 빛나오르리

　　희망의 새봄을 맞아 상처 입은 가지에도 새싹이 움터 마침내 무성한 송림으로 변한다고 했으니 이는 인민의 영원한 생명력과 찬란한 미래에 대한 송가에 다름 아니다.

　　김학의 서정시 <땀의 노래> 역시 근로대중의 아름다운 품성을 진지하게 노래하고 있다.

　　방울로 주렁질 땐/ 진주처럼 반짝이다가/ 떨어져선 형체마저 없어지는/ 땀을 헛되이 보지 말라// 진주의 가치는 빛깔에 있고/ 땀의 가치는 열매에 있나니/ 찬란한 빛깔 좋기는 하지만/ 실속 있는 열매에 비기랴// 진주는 장식품만 단장하지만/ 땀은 온 대지를 단장한다/ 땀은 신근한 노동의 상징/ 땀의 가치는 인류문명의 전부!

　　여기서 시인은 세계를 개조하고 인류의 행복을 창조하는 성스러운 노동에서 농부들이 흘리는 땀에 기탁하여 인민대중의 노동과 그들의 아름다운 정신세계를 열정적으로 노래했다. 노동자와 농민들의 노동생활을 구체적으로 묘사하거나 그들이 일하는 태도를 구구하게 설명하지 않고 생활에 대한 전체적

인 파악과 인간에 대한 다각적인 이해에 바탕을 두고 땀이라는 시적대상과 그 의미를 대비적인 수법으로 노래함으로써 인민대중에 대한 송가를 창출하고 있다. 물론 이 시는 "작열하는 태양 아래 김을 매고/ 땀방울과 함께 벼를 심는다/ 누가 알아주는가, 쟁반 위의 밥이/ 한 알 한 알 모두 고된 노동의 산물임을"[128]라고 노래한 당나라 시인 이신(李紳)의 한시를 연상케 하지만 단순한 농부의 수고로움과 계급의 대립을 넘어 근로대중의 노동과 창조성을 찬미함으로써 그 심미적 가치를 더해주고 있다고 하겠다.

　이상의 송가들은 수령과 당에 대한 신격화를 넘어서 시적대상에 대한 시인의 주체의식을 굳히고 노동인민의 생활과 운명, 감정과 사색을 진실하게 다루었다. 하지만 이상의 송가들은 역사적 전환기의 문학현상으로서 사상감정이나 예술표현 등 여러 면에서 집단의식과 사회의 주류담론을 따르고 폭로보다는 가송을 시 창작의 본령으로 삼았던 선행 시기 시풍의 흔적들을 적잖게 간직하고 있다. 따라서 시대적인 제한성을 드러내고 있다고 하겠다. 김관웅의 비유를 빌자면 "네 다리가 생기기는 하였으나 아직은 여전히 꼬리를 달고 있는 올챙이 같은 문학현상이라 할 수 있다."[129]

　하지만 이 시기에 시인들은 사상해방의 물결 속에서 지난날 자기의 문학관념과 창작실천에 대해 거듭 반성한다. 쉽게 말하자면 거추장스러운 올챙이 꼬리를 잘라버리고 자신의 문화신분을 재정립하고 문학관념의 갱신을 기하게 된다. 이 시기 시단을 선도해온 김성휘와 김철의 경우가 그러한데 먼저 김성휘의 <흰옷 입은 사람아>를 보기로 하자.

　나는 어머님이 지어주신/ 흰옷을 입고 창가에 앉았다/ 밝은 해빛 따사롭

128　鋤禾日当午, 汗滴禾下土。谁知盘中餐, 粒粒皆辛苦。
129　김호웅, 김관웅, 조성일,《중국조선족문학통사》하권, 연변인민출판사, 2011, 23쪽.

고/ 마음 구석은 차갑다// 흰옷을 입은 사람 몇이냐/ 세여보면 너 그리고 나/ 모두 합쳐 다섯손가락안팎/ 하건만 우리는 한집에 못 산다// 바람 부는 날 파도 높은 밤/ 우리는 모두 가슴을 떨며/ 날 밝기를 기다려 동정 세우고/ 문패우에 제 이름을 적었다// 떠나간 사람 남은 사람/ 그 마음에 서린 피맺힌 사연/ 어제도 오늘도 곪아가건만/ 세월은 어찌해 아물구지 못하나// 흰옷 입은 사람아 우습다/ 해도 물도 우리를 속였던가/ 누구보다 깨끗하라 지어주신/ 흰옷은 왜 검어졌느냐// 차라리 우리 어머님도 나에게/ 검은 옷 지어주셨더면/ 나도 그늘밑에 시름없이 딩굴며/ 도야지 개 신세로 살아가련만// 아니 못한다/ 나는 죽어도 골백빈 죽어도/ 어머님 베틀에 짜주신/ 흰옷을 버리지 못해/ 흰옷을 입고 창가에 앉아/ 깊은 산 하늘아래/ 형제를 그리며 슬피 묻노라/ 흰옷의 검은 때 언제면 씻으려냐?

여기서 시인은 "흰옷"을 민족의 표상으로, 민족의식과 고향의식을 암시하는 상징물로 제시하고 있다. 이 "흰옷"은 "어머니"와 동일시되기도 한다. "어머니"는 시인의 모체, 근원이며 생명과 고향 나아가 민족과 조국을 암시하기도 한다. 우리가 입은 "흰옷"은 "어머니"가 지어주신 옷이다. 그런데 이 "흰옷" 입은 사람은 "모두 합쳐 다섯 손가락 안팎"이라고 했다. 그 무렵 조선과 한국, 그리고 해외동포까지 합치면 5천만 좌우라는 뜻이 되겠다. 하지만 우리는 한집에 못 산단다. 이렇게 함께 살지 못할 뿐만 아니라 "바람 부는 날/ 우리는 가슴을 떨며/ 날 밝기를 기다"리면서 힘든 세월을 보냈다고 했는데 이는 100년 이민사, 정착사, 투쟁사의 험난한 과정과 이산(離散)의 아픔을 암시한다. 여기서 "문패"는 중국의 공민으로 되었음을 의미한다. 하지만 고국은 어떠한가? 동서냉전과 동족상쟁으로 분단되고 "3·8"선에 의해 두 동강이 났다. 또한 해외동포도 역시 그 나름대로 모진 수난과 분열상을 보여준다. 이러한 민족적 현실에 대한 한탄과 자괴감은 "차라리 우리 어머님 나에게/

검은 옷 지어 주셨다면/ 나도 그늘 밑에 시름없이 딩굴며/ 도야지 개 신세로 살아가련만" 하는 반어적인 표현을 가능하게 한다. 하지만 시인은 "나는 죽 어도 골백번 죽어도/ 어머님 베틀에 짜주신/ 흰옷을 버리지 못해/ 흰옷을 입고 창가에 앉아/ 깊은 산 하늘아래/ 형제를 그리며 슬피 묻노라/ 흰옷의 검은 때 언제면 씻으려나?" 하고 수사학적 물음을 던지는데 여기서는 세상에 부끄럽지 않은 중국공민으로 살아가면서도 모국의 화합과 통일을 기원하는 시인의 지향, 그의 문화신분의 재조정과정을 유감없이 보여주고 있다 하겠 다.[130]

송가의 시인이었던 김철의 경우도 이 시기 심각한 자아반성을 통해 자기 의 정체성을 찾고자 노력한다. 그의 말을 들어보자.

"그 때 나의 눈에는 인생도 세상도 모두 해빛 찬란한 것으로만 보였댔소. 그래서 나는 목이 터지도록 만세를 불렀고 찬란한 미래만을 노래했댔소. 그 러나 물론 나의 시는 화려하고 시의 색갈도 명랑했댔지. 그래서 사람들은 나를 "랑만의 시인", "무지개의 시인"이라고 했소.

헌데 차츰 나이 들고 생각이 많아짐에 따라 나는 인생과 사회에 대한 랭정 한 사색기에 들어갔고 더욱이는 "전례없는" 그 "폭풍의 년대"는 나의 랑만에 환멸을 들씌웠소. 정열과 환상으로 끓어넘치던 나의 심장은 랭혹해졌고 돌같 이 차갑고 무서운 사색이 나의 머리를 짓눌렀소. 나는 의혹에 찬 랭담한 현실 을 정시하게 되었소. …하여 시에 대한 나의 견해에도 변화가 생기였소. 나는 랑만주의로부터 사실주의로 전이했소. 시인은 거짓말쟁이가 아니요, 허풍치 기군도 아니란 말이요. 참말을 하고 인민의 참뜻을 대변하는 것이 진정한 시인이라는 것을 비로소 깨달은 것이요." [131]

---

130 석화, <바라보기의 시학>, 《시와 삶의 대화》, 한국학술정보, 2006, 35~37쪽.
131 김철, <창작에서의 생활탐구>, 《연변문예》, 1983년 3호.

이런 자아성찰을 통해 지난날의 경직된 사상과 관념을 비판하고 새로운 문화신분과 좌표계를 확정한 김철은 자기의 시 창작에서 새로운 변화를 보여준다. 서정시집 《태양으로 가는 길》과 《인간세상》, 특히 장편서사시 《동틀무렵》과 《새별전》이 그 주요한 표징으로 된다.

2. 민족의 역사와 전통의 기념비화 : 《동틀무렵》과 《새별전》

서정시로 문단에 데뷔하고 줄곧 서정시만 창작하던 김철은 그 동안 푸시긴의 《예브게니 오네긴》, 《깝까즈의 포로》 그리고 조기천의 《백두산》 등 대작에서 힌트를 받고 1950년대 말부터 장편서사시를 창작해 보려고 한다.[132] 특히 "문화대혁명" 시기 옥고를 치르면서 김철은 개인의 명예욕과 설음을 넘어 민족의 자랑스러운 역사와 문화를 상기하게 되었으며 이를 장편서사시의 형식으로 형상화하고자 하는 의욕을 강하게 느꼈다. 다시 말하면 역사의 시적 기념비화작업을 통해 민족적 자긍심을 높이고 조선족이 걸어가야 할 길을 모색한 것이다.

김철의 소개에 따르면 《동틀무렵》은 옥살이를 하기 전부터 창작욕심을 가졌던 작품이며 일찍 완성하려고 했으나 기자생활 등 여러 가지 원인으로 도저히 짬을 낼 수 없어 옥고를 치를 때 비로소 완벽하게 구상하게 되었다고 한다. 옥중시절을 두고 김철은 "그 이상 더없는 절호의 창작기회"라고 농담 삼아 말하지만 사실 그는 "전사는 죽어도 붓을 꺾을 수 없다!"는 굳은 신념으

---

132   다른 분의 소견은 어떤지 몰라도 내 체험에 따르면 문학이란 완전히 미친놈의 소행이라고 느껴질 때가 있다. 그렇다! 미친 사람이 아니고는 도저히 문학을 해내지 못할 것이다. 미쳤을 때 명작이 나오고 대작이 나온다. 시의 경우는 더구나 그러하다. 일단 미쳐버리면 그 어떤 환경이나 시간도 가리지 않는다. 그럴 때 시의 화산은 폭발되고 시행은 폭포처럼 쏟아져 나오기 마련이다. 김철, 《끝나지 않은 인생드라마》, 연변인민출판사, 2000년, 421쪽.

로 옥중에서 《동틀무렵》의 창작에 달려들었다. 그러나 옥중에서는 시를 쓰는
일은 허용되지 않았다. 더욱이 글을 쓸 만한 종이가 없었다. 그는 하루 한
번씩 화장실에 갈 때마다 위생지로 주는 손바닥만한 종이를 찢어서 거기다가
시구를 깨알처럼 적어 옷섶에 감추어 가져오곤 하였다. 그러다 결국 간수에
게 들켜 "반동시를 계속 쓴다"는 죄명을 쓰고 투쟁을 받기도 하였다.[133] 이와
같은 곡절 끝에 완성된 장편서사시 《동틀무렵》은 출간되자마자 조선족 문단
과 사회에서 큰 반향을 일으켰다.

《동틀무렵》은 1930년대 연변지역의 항일투쟁사를 소재로 다루고 있다.
이 작품은 굴곡적이고도 생동감 넘치는 항일투쟁사에 대한 장쾌한 시적형상
화를 통해 연변인민들의 백절불굴의 의지와 투쟁정신을 유감없이 보여주고
있어 "민족의 사시(史詩)"라는 높은 평가를 받았다. 이 작품은 모두 3장으로
구성되었는데, 제1장 <심산풍운>에서는 덕삼이 일가가 그동안 살던 마을을
떠나 지주가 없고 착취가 없는 땅을 찾아 화전골을 찾아가는 과정, 그리고
지주의 황포에 맞서 싸우다 실패하고 다시 다른 마을을 찾아가는 과정에
대해 쓰고 있다.

며칠이나 걸었던가/ 청림속의 덤불길/ 가도가도 끝없는/ 무인지경 천리
길// 해종일 걸어도/ 하늘을 볼수 없고/ 밤새껏 쳐다봐도/ 별 하나 못 찾는/
태고의 원시림에/ 첫길을 틔우며//……// 꿈같은 풍담을/ 실말로 믿고/ 노
루사슴 자국따라// 정처없이 찾아가는/ 아, 그곳이 어디메냐/ 묻지를 마소/
눈뜨고 생가죽/ 벗기다 못해서/ 행여나 곽지 대일/ 땅이라도 있으려나/ 잔밥
들 거느리고/ 타발타발 찾아가는/ 다름아닌 저승길/ 눈물의 고개-// 걸음마
다 어려움이/ 막아나서고/ 자국마다 죽음이/ 따라서건만//……// 신기루에

---

133 위의 책, 423~424쪽.

얼리운/ 사막의 길손마냥/ 아직은 막연한 그 희망이/ 초라한 행객들을 이끌
어간다/ 하늘가 아득한/ 미지의 세계로/ 기약없는 운명의/ 갈림길 찾아
— 《동틀 무렵》 제1장 <심산풍운> 제1부분에서

이 부분에는 일제의 가혹한 수탈로 집과 땅을 빼앗기고 살길을 찾아 국경
을 넘어 화전민과 유이민(流移民)으로 지내야 했던 초기 조선인들의 생활모습
을 그대로 담고 있다. "꿈같은 풍담"인걸 알지만 일제의 수탈과 빈곤에 지친
이들은 굶주림과 착취를 벗어나고자 고향을 등지고 "신기루에 얼리운"듯 아
득한 미지의 세계를 찾아 전설의 땅 간도로 향한다. 하지만 한 가닥의 희망이
라도 품고 경작할 수 있는 땅을 찾아 정처없는 이주의 길을 떠나야 했던
말순이의 가족에게 현실은 목숨을 담보로 한 "저승길"처럼 위험했고 그것은
눈물의 고개였다.

주지하다시피 광복 전 정든 고향을 등지고 이주한 조선인들의 가장 직접
적인 원인은 생계를 위한 경제적 이유가 대부분이다. 특히 토지조사사업의
결과로 나타난 일본인지주와 동양척식회사 등에 의해 전개된 조선농민에
대한 착취와 그것으로 말미암은 그들의 궁핍화였다. 조선을 침략한 일제는
토지를 약탈하기 위하여 토지조사를 하였고 이를 통해 조선의 관전(官田)과
황무지를 강점하였다. 뿐만 아니라 수많은 농민들의 사유지까지도 몰수하였
다. 결국 농민들은 생활터전마저 잃게 되었다. 유일한 생계수단인 토지를
빼앗긴 농민들은 일제의 소작농으로 전락하거나 유랑민이 되어 살길을 찾아
정처없이 떠돌아다닐 수밖에 없었다. 이러한 일제의 토지약탈과 농민에 대한
가혹한 수탈은 조선에서 대부분의 농민들을 토지로부터 유리(遊離)되도록 만
들었다. 이러한 고난의 역사는 시인 김철에게도 생소하지 않았다. 하기에
제1장 <심산풍운>의 시작부터 시인은 일제에 의해 땅을 빼앗기고 국경을

넘어 중국으로 삶의 터전을 옮기는 초기 조선인의 천입과정을 작품 속에서
재현하고 있다.

　파노라 판다/ 산전을 판다/ 수천년 묵은 땅/ 기쁨을 판다!// 첫괭이 푹
파서/ 두손에 움켜쥐고/ -여보, 우리에게도/ 한줌의 땅이 생겼소!//……//
한뉘 머슴살이/ 험악한 나날/ 남의 집 헛간에/ 마감숨을 모두며/ 할아버지
남기신/ 한숨의 유언/ -우리에게도 한뙈기/ 제땅이 있었으면…/ 한더위 남
의 땅에// 더위를 먹고/ 엄동설한 랭돌에서/ 골병이 들어/ 눈 못 감고 돌아가
신/ 우리 아버지/ 피타는 한가슴/ 겨불내 뿜으며/-가난이 원쑤로다/ 땅없는
신세!// 이제는 우리에게도 땅이 있으니/ 떡똥이 주렁질/ 호박나무 심고/
한줄기에 한알짜리/ 감자도 가꿔보자/ 한뙈기 일구어/ 낟가리 높이고/ 두자
리 파서는/ 쌀뒤주 채우리/ 농군의 괭이 끝에/ 노다지 나고/ 농군의 마음에/
무지개 선다!

―《동틀 무렵》제1장 <심산풍운> 제3부분에서

　"우리에게도 한뙈기 제땅이 있었으면", 이는 마지막 숨을 거두면서 유언
삼아 남긴 말순이 할아버지의 말이다. 이 한마디 말을 통해 조상대대로 농경
공동체를 이루며 정착민으로 살아왔던 조선농민들에게 땅이 갖는 의미와
이에 대한 갈망이 얼마나 절실한 것인가를 느끼게 해준다. 이들에게 땅은
가난과 굶주림을 벗어나 정착된 생활을 할 수 있는 삶의 수단임과 동시에
일제식민지수탈에 의해 훼손된 삶을 회복시켜줄 수 있는 절대적인 대상으로
생각된다. 토지에 대한 농민들의 애착과 집념은 후에 지주와 소작농과의 불
평등한 관계를 벗어나고자 적극적인 저항을 펼치며 민중봉기와 항일투쟁으
로 발전한다.

성급한 골물처럼/ 맴돌며 사품치며/ 흘러온 세월-/ 덕삼의 처 말순이/ 인생의 초행길에/ 벌써부터 슬픈 사연/ 많고 많았다// 한평생 남의 땅에/ 목숨을 걸고/ 허덕이며 살아오던/ 말순이 아버지/ 찬바람 스산한 모진 세월에/ 한많은 일생을/ 돌짬에 묻고/ 의지가지없는 그의 어머니/ 눈보라 사나운/ 인생의 오솔길을/ 눈물로 반죽하며/ 타발타발 걸어가는데// 독사보다 악한놈/ 시골지주 땅딸보/ 남편이 못 갚은 빚을 내라고/ 빚 대신 후실로 들어오라고/ 수욕에 달이 올라/ 미쳐날뛰며/ 얼리고 닥치여 끌어갔으니/ 말순이도 불쌍한/ 어머니 따라/ 애기머슴이 되였다/ 기막힌 신세// 옛담에 갈수록 심산이라고/ 저 못된 땅딸보의 종이 되였다/ 가죽을 벗겨도/ 세 잔등을 넘는다는/ 소문난 쏙새벌레/ 손아귀에 들었다.

—《동틀 무렵》제1장 <심산풍운> 제6부분에서

화전골에서의 3년 동안의 이야기를 하기 전에 덕삼이의 처 말순의 가족사가 이야기되는데 이는 말순이의 비참한 생활을 보여주는 것 못지않게 앞으로 전개될 땅딸보를 비롯한 일본제국주의와 덕삼이 일가를 중심으로 한 조선농민들 간의 싸움을 예시한다. 말순이는 머슴군의 딸이다. 살아보려고 남의 땅에 와서 모진 고난을 다 겪지만 아버지는 머슴살이에 골병이 들어 돌아가고 어머니는 빚 대신에 시골지주 백남에게 후실로 끌려간다. 그때로부터 말순이는 백남이네 애기머슴이 된다. 그러나 백남이는 어디선가 "갈보년"을 차고오더니 말순이 어머니를 쫓아낸다. 불쌍한 말순이 어머니는 못에 몸을 던져 자결하고 말순이는 가난한 농군의 아들 덕삼이와 결혼한다.

이때 멀리서 우루룩/ 한패의 개무리 쓸어왔다/ 코걸이 은테안경에/ 개화장 짚고/ 그래도 제딴엔 두민[134]이라고/ 땅딸보 앞장서고/ 그뒤에 따라나선/ 어중이떠중이떼/ 독살을 피우며/ 트집거리 찾으며/ 우여-까마귀떼 몰려왔다

//…// 세월의 흐름속에/ 간신히 딱지앉은/ 마음의 상처를/ 허벼놓았다/
눈물이 고여서/ 창농이 되고/ 피고름 뭉치여/ 가슴에 못 박힌/ 억울한 이
세상의/ 탈려진 도덕-// 피땀을 빨아먹고/ 골수마저 빼먹고도/ 그래도 도적
이 도적이야/ 남의 낯에 침을 뱉는/ 귀축같은 강도만이/ 살판치는 이 세상/
궁한자는 살아가게/ 마련이 아니였다/ 약자는 시비 걸게/ 마련이 아니였다.

— 《동틀 무렵》 제1장 <심산풍운> 제7부분에서

    화전골을 개간하여 살 자리를 마련하자 여기저기서 사람들이 모여들게
된다. 이 냄새를 맡은 시골지주 땅딸보는 이 마을에 찾아와 땅임자로 자처하
며 소작료를 요구한다. 고향을 등지고 까마귀(지주)없는 마을을 찾아왔건만
다시 까마귀가 날아드는 형국이다. 땅딸보를 위시한 착취자들이 이 마을에
들어서는 장면을 묘사한 이 부분은 이들을 대하는 농민들의 분노와 저주를
해학적으로 묘사하고 있다.[135] 이렇게 "까마귀떼"가 화전골에 날아들자 3년
동안 이 마을을 감돌던 평화스러운 분위기는 삽시에 깨지고 지주의 세력에
밀려난 덕삼이는 땅딸보의 횡포를 까밝히기 위하여 관청을 찾아가 소송을
제기하나 봉변만 당한다. 결국 땅을 빼앗으려는 탐욕스러운 지주와 악착스럽
게 자신의 땅을 지키려고 하는 농민들 간의 갈등이 시작되는 것이다.

    실로 화전민들이 어려운 환경과 싸우며 원시림과 황무지를 개간해 놓으면
이러한 땅에도 모두 주인이 있어 지주들에게 땅을 빼앗기거나 소작료란 명목
으로 착취를 당하여 농민들은 여전히 극빈한 생활을 할 수밖에 없었다. 농사
를 지어도 높은 소작료와 고리대금으로 해마다 이자가 쌓여가고 제때에 갚지
못하면 머슴살이를 대신해야 한다. 그러다보니 경작지의 풍년에 관계없이

---

134 향리를 대표하는 인사, 촌장을 가리키는 말.
135 김재용, <민족형식을 통한 민중성의 구현>, 《동틀무렵》, 한국학술정보, 2006, 214쪽.

농사지은 것은 지주나 일제에 빼앗기고 빈궁한 살림은 계속되었다. 특히 농지개척을 위한 수전을 개발하고 확대하는 과정에서 지주와 관료들의 약탈과 횡포는 더욱 심하여 이주초기 조선농민들은 일본과 중국 원주민 모두에게 착취와 수탈의 대상이 된다. 진펄을 갈아 번지고 물도랑을 빼고 강물을 끌어들여 수전을 일구어놓으면 지주와 일본세력들은 악랄한 방법으로 땅과 재산 소유권을 박탈하고 이들을 국경 밖으로 쫓아냈다.[136]

제1장에서 주로 봉건지주와 농민들 사이의 모순과 갈등을 그렸다면 제2장 <안개골>에서는 주로 일본제국주의, 봉건지주와 화전민 간의 투쟁의 필연성을 예술적으로 일반화하고 있다.

> 오, 신기한 공산사회/ 꿈같은 이야기/ 그 사회가 우리 앞에 펼쳐진다니/ 그때면 우리도 의젓한 주인/ 아름아름 떼복을 함께 누리며/ 너나없이 잘 살수 있게 된다지// 지주도 자본가도 없는 그 세상/ 착취도 압박도 없는 그 사회/ 그런 세상 오면은/ 오죽 좋겠나
> ─《동틀 무렵》제2장 <안개골> 3부분에서

> 멀리 호남땅엔/ 혁명의 폭풍 일고/ 남창의 밤하늘엔/ 총소리 울렸다고/ 대혁명의 물결이/ 하늘땅을 휩쓸고/ 모위원을 따라서 일떠선 천만공농/ 구세계의 척벽을 짓부셔간다고//……// 일어나 싸우자/ 최후결전에/ 민중의 기발아래/ 한결같이 일떠나/ 죄악 많은 이 세상/ 태산을 뒤번지자!
> ─《동틀 무렵》제2장 <안개골> 제8부분에서

위에서 지주의 황포를 이기지 못해 마을을 떠난 덕삼이 일가는 안개골이

---

136 조성일, 권철, 앞의 책, 24쪽 참조.

라는 마을에 이르러 정착하게 되는데 이곳은 일제와 맞서 싸우는 유격구로서 자본가도, 지주도 없는 소비에트구역이었다. 이 마을 사람들의 도움으로 덕삼이네 일가는 터전을 마련하게 된다. 그 후 덕삼이는 농민협회의 회원으로, 말순이는 부녀회 회원으로 활동하면서 야학을 통해 글을 익혀갔고 새로운 삶의 기쁨에 젖는다. 그러나 행복한 생활도 잠시, 일제앞잡이로 변해버린 땅딸보의 안내로 항일투쟁을 하던 유격대원들을 잡으려고 왜놈들이 말순이의 집에까지 들이닥친다. 이 사건이 일어난 후 일제의 침탈은 더욱 가속화된다. 일제는 대동아공영권을 외치면서 무고한 조선민중들을 그들의 야만적인 전쟁 속으로 몰고 간다. 계급적 대립과 일제의 가혹한 수탈로 결국 당시 대다수의 조선농민들은 계급적 평등과 반제반봉건투쟁을 주요한 구호로 내세우는 사회주의사상에 점차 공감하게 되었고 지주에 대한 투쟁과 일제에 항거하는 무장투쟁을 자각적으로 전개하게 된다. 이 무렵부터 연변지역에서 전개되었던 조선인들의 대중봉기는 열악한 사회, 경제적 처지와 봉건적 군벌 및 지주계급의 압박과 수탈, 일제의 침략이라는 여러 가지 요소가 작용하여 촉발된 것이다.[137]

《동틀 무렵》제3장 <동이 튼다>의 주된 내용은 조선농민들의 치열한 저항과 투쟁의 삶을 바탕으로 하고 있다.

---

137 그중 1930년의 "5.30"봉기는 3일에 걸쳐 연변지역에서 집중적으로 전개된 항일민중투쟁의 하나로서 현재 조선족사학계에서는 이를 "붉은 5월투쟁"이라고 한다. 주로 야간에 이루어졌으며 선전문 살포, 일본 령사관 습격, 친일파의 학교 및 동양척식주식회사 출장소 등에 대한 폭탄 투척을 하였다. 또한 지주와 고리대금업자의 량식을 몰수하고 소작증서 등을 불태워버렸다. 그 뒤 일어난 "추수투쟁"은 1931년 가을 연변의 농촌지역에서 농민들이 소작료와 이자를 인하하기 위한 투쟁이며 "춘황투쟁"은 1932년 봄 연변지역의 조선인농민들이 중심이되어 일으킨 반제반봉건투쟁운동이다. 장세윤,《중국 동북지역 민족운동과 한국현대사》, 명지사, 2005, 195~207쪽.

지금은/ 서릿발 지나간/ 세월의 자취/ 희슥한 귀밑머리/ 못 바람에 날리
고/ 언제나 초롱초롱/ 새별처럼 빛나던/ 다감한 그 눈언저리에도/ 하많은
풍상의 자취-/ 부채살 같은 주름이 접혔다/ 당이 준 일이라면/ 물불을 가리
지 않았고/ 혁명이 가리키는 한길이라면/ 칼산에도 오르고/ 불바다에도 뛰
여든 용사/ 그 어느 소나무아래 걸어놓은/ 진붉은 당기앞에서/ 인류의 해방
위해/ 한생을 바치리라/ 인터내셔널 기어코 실현하리라/ 불같은 심장에 맹
세 다지며/ 충성을 기약하던 계급의 투사!

　　　　　　　　　　　　　　－《동틀 무렵》 제3장 <동이 튼다> 2부분에서

놈들이 오늘 비록/ 나 하나를 죽일수도 있어도/ 혁명을 교살할수는 없습
니다/ 활활 타오르는/ 저 혁명의 불길만은/ 끌수 없습니다/ 이제 때가 되면/
우리의 동지들이/ 저 20세기 날강도들을/ 이 자리에 몰아세울것입니다/ 저
주스러운 구세계를 뒤엎고/ 자유의 강산에서/ 춤추고 노래할것입니다// 그
날을 믿고/ 그날을 위해/ 한결같이 일어나/ 싸워갑시다!//……// 오, 산천을
울리는/ 장엄한 목소리/ -중국공산당 만세!/ 혁명승리 만세!/ 심장을 울리는
/ 메아리와 함께/ 땅! 땅땅!!

　　　　　　　　　　　　　　－《동틀 무렵》 제3장 <동이 튼다> 제5부분에서

　본격적인 항일무장투쟁이 시작된다. 그동안 지긋이 참아오던 농민들이 마
침내 화산처럼 일어선다. 주인공 덕삼이를 비롯한 조선인농민들은 지주와
일제의 수탈에 맞서기로 결심하고 유격대에 참가한다. 말순이도 항일유격대
의 일원이 되어 전선에 나가 일제와 맞서 싸운다. 그 후 말순이는 체포되지만
혁명의 승리에 대한 확고한 신념을 갖고 추호도 굴하지 않고 항일무장대원답
게 꿋꿋하게 놈들과 맞서 싸운다. 시인은 남편을 잃고 항일투쟁에 뛰어든
말순이의 영웅적 형상, 체포된 후에도 지조를 잃지 않고 적들과 꿋꿋하게

맞서는 그녀의 투지와 용기를 통해 식민지민중의 한 전형을 보여주고 있다. 동시에 조직의 비밀을 위해 옥중에서 만난 딸과 제대로 회포도 풀지 못하고 형장으로 끌려가지만 죽음 앞에서도 혁명의 승리를 외치는 말순이의 모습에서 이 작품의 혁명적 낙관주의는 절정에 오르고 있다.

> 활활 타오르는 저 불길마냥/ 혁명의 기세도 충천합니다// 허나 아직도/ 적은 강합니다/ 하기에 우리 오늘 다시/ 이곳을 떠납니다/ 허지만 기어이 돌아오리다/ 자유 기발 날리며 돌아오리다// 그날을 믿고 싸워갑니다/ 꽃피는 봄날에/ 우리 다시 만납시다!//……// 그 언제나 돌아오랴/ 언제 다시 만나랴/ 눈물로 헤여지는/ 못 잊을 사람들아/ 새날의 맹세 안고 싸워나가자!
>
> ─《동틀 무렵》제3장 <동이 튼다> 제7부분에서

한편 살육의 현장에서 간신히 목숨을 건져가지고 유격대에 들어가 당당한 혁명전사로 된 덕삼이는 일본감옥에서 구출한 처녀가 자기 딸인 것을 알고 그동안 모녀의 주변에서 벌어졌던 이야기를 듣게 된다. 이에 덕삼이는 비통해하지만 다시 이런 참극이 되풀이되지 않게 하기 위해, 동트는 조국의 새벽을 앞당기기 위해 목숨을 걸고 항일투쟁에 참가하기로 결의한다. 언제 돌아올지 모르지만 꽃피는 봄날에 다시 만나기로 한 약속은 혁명의 승리를 위한 희망의 메시지로 작용하였다고 볼 수 있다.

이처럼 김철의 장편서사시 《동틀무렵》은 반제반봉건투쟁 그리고 더 나아가 항일무장투쟁을 혁명적 낙관주의를 기조로 예술적으로 재현하고 있다. 특히 이 서사시를 한층 더 돋보이게 해주고 있는 것은 민족형식에 의한 민족역사의 재현이다. 말하자면 장편서사시 《동틀무렵》은 우리민족의 속담, 민담, 판소리, 민요를 적절하게 수용하면서 조선족의 이민사, 개척사, 투쟁사를 예술적으로 일반화하였다. 시인의 이 같은 노력은 자라나는 세대들에게 민족 의식과 민족정체성을 일깨워줌과 아울러 중국에서 항일투쟁의 승리와 새 중국의 창건에는 겨레들의 거대한 희생도 있었음을 암시하고 있다.

《동틀무렵》을 발표한 후 2년간의 노력을 거쳐 김철은 장편서사시《새별전》을 창작, 발표한다. 《새별전》은 새별이와 장수의 순결한 사랑을 보여준 동시에 자유와 해방을 위해 싸우는 조선인민들의 투쟁화폭을 창조하였으며 이를 통해 부패한 봉건통치에 맞서 싸우는 조선인민들의 백절불굴의 투쟁정신을 표현하였다.

이 장편서사시의 줄거리를 간추려보면 다음과 같다.

가난한 집 딸로 태어난 어여쁘고 총명한 새별이는 한마을의 총각 장수를 사랑한다. 어려운 살림, 비바람 사나운 세월에 서로 아끼고 서로 도와주며 살아가는 가운데서 그들의 사랑은 시간의 흐름에 따라 더욱 무르익는다. 그 러던 중 그 지방의 포악하고 음험한 장관 홍두삼이 새별에게 눈독을 들였고 그 후 새별이를 차지하려고 갖은 음모를 다 꾸민다. 바로 이때 농민봉기군이 싸움터에서 참패를 당하고 봉기군의 두령인 새별의 부친 윤변두는 관군에 체포되어 혹형을 당하게 된다. 이 뜻밖의 소식에 접한 새별의 어머니는 일단 새별이와 장수를 멀리 피신시키기로 하고 그들이 떠나기 전에 결혼을 시킨다. 새별이와 장수는 어머니 앞에서 냉수 한 그릇으로 혼례를 치른다. 그리고 이튿날 뒷산 바위틈에서 아버지가 혹형당하는 참상을 목격한 새별이와 장수의 가슴에는 복수의 불길이 활활 타오른다. 그날 밤 세찬 소나기속에서 그들은 사형장에 뛰어들어 파수꾼을 족치고 아버지의 시체를 찾아 장수바위 소나무아래에 묻고 복수를 다지면서 언제 살아서 돌아올지 모를 밤길을 떠난다. 이로부터 그들의 앞길에는 더욱 사나운 비바람이 휘몰아친다. 그들은 심산속에 들어가 파란곡절을 겪으면서 봉기군을 재조직한다. 그러던 중 장수는 더욱 큰 봉기를 준비하기 위하여 백일홍이 지기 전에 돌아올 것을 새별이와 약속하고 심산속의 거점을 찾아간다. 그사이 새별이는 마을사람들을 이끌고 싸울 준비를 하면서 남편을 애타게 기다린다. 그러던 중 마을은 관군의 불의의 습격을 당하여 불바다로 변하고 새별이는 홍두삼에게 붙잡힌다. 홍두삼은 기뻐 날뛰며 갖은 수단을 다 부려 새별이의 정조를 빼앗으려고 발광했으나 모두 수포로 돌아가고 만다. 얼마 후 새별이는 봉기군과 약속을 하고 지혜롭게 홍두삼이를 얼려 궁수경기를 열도록 한다. 이 기회를 타서 장수와 그의 군사들은 모두 궁수로 가장하고 궁수경기에 참가했다가 일시에 홍두삼의 집을 습격한다. 그러나 승리를 앞두고 새별이는 사랑하는 남편을 구하기 위해 자기 몸으로 날아오는 화살을 막아 나섰고 화살은 새별이의 가슴에 박힌다. 봉기군은 결국 승리하였지만 승리의 기쁨과 커다란 슬픔의 엇갈리는 가운데서 장수와 그의 전우들은 복수를 맹세하며 혁명의 승리를 위해 또다시 멀리 떠난다.[138]

《새별전》은 1만 7천행 10개 장으로 나누어진 대형서사시며 조선민족으로서는 고금(古今)에 없는 최장편의 대작으로 조선민족의 영웅적인 투쟁사를 서사적인 화폭으로 실감있게 보여주었다. 이 대작은 우선 민족의 전통적인 전설을 바탕으로 하여 재창작[139]하였는가 하면 우리민족의 세태와 풍속을 생동한 화폭과 통속적인 언어로 예술적으로 승화시켰으며 작중인물의 성격을 창조함에 있어 우리 민족의 성격과 기질을 훌륭하게 구현하였다. 작품에

---

138 조성일, 권철, 최삼룡, 김동훈, 앞의 책 (하), 270~271쪽 참조.
139 "나는 《새별전》에 조선족전설중의 <백일홍>, <목동과 소녀>, 달에 대한 전설 등을 융합시
     켰다. 이른바 융합이란 이런 이야기를 씀에 있어서 그것을 개고하고 발전시켰다는 것이며
     작품에서 그것들은 원래 전설이 아니라 한개 세부로 되었다는 것이다. 하기에 독자들은
     나의 장편서사시에서 이런 전설의 흔적을 찾을 수 있을 뿐만 아니라 또 새로운 계시를 받을
     수 있는 것이다." 김철, <나는 '새별전'을 어떻게 썼는가>, 《소수민족작가들의 창작담 - 나의
     경험》에서, 1982.

반영된 조선민족의 풍속세태는 완전히 한 폭의 민속화를 보는 듯한 느낌을 준다. 따라서 《새별전》은 우리민족의 문화를 민속화한 역사서사시라고 하겠다.

민족문학은 바로 다른 민족에게는 없고 자기 민족에게만 있는 고유한 특성을 반영한다. 작품에 구현된 민족적 특성은 그 작품의 예술적 가치를 결정하는 기본조건의 하나로 된다. 또한 문예작품에서 등장인물들의 생활과 관련되는 세태풍속을 잘 반영하는 것은 시대상을 밝히고 등장인물들의 계급적 본질과 성격을 밝히는데 도움을 주며 작품의 민족특성을 살리는데 자못 큰 작용을 한다. 이런 점에서 김철은 《새별전》에서 조선족의 세태풍속을 반영하고 생활습관을 반영하는데 큰 힘을 들였다. 이를테면 그는 조선족의 속담, 민담, 전설, 민요 등 민간문학에 대하여 깊이 알고 있고 조선족의 풍속습관, 성격, 기질, 심리 등에 대해서도 깊이 알고 있다. 《새별전》의 민족적 특성은 다음과 같은 면에서 나타난다.

우선 《새별전》에는 민족의 전래의 풍속과 풍물, 음식과 놀이들이 적재적소에 나오며 또한 시인은 우리 민족에게 널리 전해졌던 전설과 민담을 창조적으로 재치 있게 도입함과 아울러 민요를 적절하게 이용하였다.

오월이라 꽃바람에/ 팔월추석 금풍에/ 초록치마 분홍치마/ 펄펄 날리며/ 동네방네 처녀들/ 그네 뛰였고/ 정월이라 보름날엔/ 널을 뛰면서/ 담넘어 총각들과/ 정찬 눈도 맞춰보고// 둥근달이 솟아오는 망월터에선/ 달마중 님마중/ 정도 나누며/ 아기자기 살아오는/ 우리네 풍속엔/ 그윽한 향취가 풍겨있어라// 정월이라 초하루와/ 대보름 명절에는/ 피재영상(避災迎祥) 축원하며/ 명절차례(茶礼) 지내고/ 부모친척 세배하기/ 친구사이 인사하기/ 산농(山农)과 수향(水乡)으로/ 편을 갈라서/ 밤윷 콩윷 팥윷에다/ 가락윷도 갖가지로/ 정초부터 보름까지/ 윷놀이도 좋거니와/ 소뿔에다 오색물감/ 외양간도 청소하고/ 시화년풍 빌고비는/ 상축상해(上丑上亥) 립춘도/ 작히나

좋으랴만/ 문짝같은 네모연/ 가오리같다 가오리연/ 일년 액운 문구에다/
불을 달아서/ 멀리멀리 날려보낸/ 액막이 연띄우기/ 2월초라 초하루날/ 좀
의알도 떨어내고/ 삼월이라 삼진날엔/ 궁수경기 재미난데/ 4월이라 초파일/
오색초롱 관등놀이/……/오월단오 천중가절(天中佳节)/ 추천놀이 할적에는
/ 창포탕에 머리 감고/ 창포뿌리 비녀 꽂고/ 감금의 규방에서/ 뛰쳐나온
녀인들이/ 초롱에서 벗어난/ 저 하늘의 뭇새마냥/ 산용놀이 그네터로/ 구름
같이 모여드니

—《새별전》 제2장 <오월단오> 2에서

이 부분에서 시인은 설, 보름, 삼월, 사월, 초파일, 추석 등 명절에 즐기는
우리 민족의 널뛰기, 윷놀이, 굿놀이, 활쏘기 등 전통풍습과 민속놀이에 대하
여 일일이 소개하고 있는데 이는 마치 한 폭의 풍속화를 보는 것 같은 느낌을
준다. 이러한 기법은 작가가 전래의 풍속과 풍물, 음식과 놀이 등을 통해
내면화된 민족적 정서와 공동체의식을 드러내고자 하는 의욕에서 비롯되었
다. 김철은 이 단락에서 전통의 민요조 가락에 민족고유의 풍속과 풍물을
인용하며 민족적 정서와 공동체적 삶에 대한 이상적 모습을 노래하였다.

조선민족의 고전명작 <춘향전>, <심청전>, <흥부전>, <토끼전>, <장끼전>
은 민간판소리대본으로서 그 서술풍격은 판소리의 운문적 문체를 취하고
있고 특히 창(唱)부분은 강한 운율을 지니고 있다. 사람은 태어나서부터 일정
한 운율에 반복적으로 접하면서 자기 민족의 고유한 운율체계에 익숙해지며
특정한 장단의 멋을 알게 된다. 김철의 경우 어릴 때부터 어머니가 들려준
판소리장단으로부터 자기 민족의 운율을 익혀나가게 되었고 후에는 자기도
모르게 그것을 시의 운율로 환원시켰다. 김철은 우리민족의 음절수에 의한
운율조성법을 능란하게 사용하여 3.3조, 3.4조, 4.4조 등 운문적 문체를 많이

도입함으로써 시의 음악성을 높였다.[140]

조선조후기 판소리계소설의 공통적인 특징으로 되는 운문적 문체를 성공적으로 도입한 장편서사시 《새별전》의 한 대목과 판소리대본 《춘향전》의 한 대목을 대조해보면 그 전승관계가 더욱 뚜렷해진다.

1) 안주등물 볼작시면 고음새도 정결하고/ 대양판 가리찜 소양판 제육찜/ 풀풀 뛰는 숭어찜/ 포도동 나는 매초리탕에/ 동래울산 대전복 대모장도 드는 칼로/ 맹상군의 눈섭체로 어슥비슥 오려놓고/ 염동산적 양복기와 춘치자명 생치다리/ 직벽대접 분원기엔 랭면조치 비벼놓고/ 생률숙률 잣송이며 호도 대초 석류유자/ 준시 앵도 탕기같은/ 천신디를 칫수 있게 고였는데

—《춘향전》에서

2) 매그렸다 매들방에/ 꽃 그렸다 꽃방안에/ 청실홍실 늘인 방에/ 꿩새끼 숨은 방에/…/ 상다리도 부러지게/ 차린 그 음식/ 굽고 볶고/ 찌고 삶고/ 지지고 졸이고/ 끓이고 무치고…/ 크고 작은 목기위엔/ 꽃잎 같은 접시안엔/ 돈짝같이 넙적넙적/ 썰어 괴인 편육붙이/ 달과 같이 두리둥실/ 구워놓은 닭알 지짐/ 군침 돌게 보골보골/ 지져놓은 전골지짐/ 대양푼엔 가리찜/ 소양푼엔 영계찜/ 양률뚝밤에 건시곶감/ 두적포적은 육포적/ 큰 목기에 가려놓은/ 갈비짝도 푸짐한데

—《새별전》 제8장 <생지옥> 1에서

1)은 《춘향전》에서 리몽룡이 춘향의 집을 찾아갔을 때 월매가 차린 다담상을 묘사한 대목이고 2)는 《새별전》에서 부귀영화를 자랑하는 부잣집의 잔치를 묘사한 대목이다. 이렇게 볼 때 김철은 판소리계소설의 공통적인 특징으

---

140 김형직, <시인 김철의 생애와 창작의 길>, 《장백산》 2009년 제5기, 213쪽.

로 되는 4.4조의 율문적 문체를 작품 속에 도입하는데 성공하였다. 어린시절부터 어머니가 들려준 《춘향전》,《심청전》의 이야기는 그가 시인으로 될 수 있었던 가장 기초적인 운률적 감각으로 받아들여졌으며 장편서사시 《새별전》과 같은 대작을 창작할 때 튼실한 뿌리로 작용하게 되었던 것이다.[141]

또한 김철은 민요와 잡가들을 적절히 삽입함으로써 장편서사시 《새별전》에 민족적 색채를 가미하고 있다.

> 에헤야 즐거워라/ 나물캐는 봄이로다/ 록음방초 승화시에/ 봉접은 편편/ 화간으로 날아들고/ 잎은 피여 청산이요/ 꽃은 피여 화산인데/ 만첩청산에 나물캐기 즐거워라
>
> —《새별전》 제1장 <움트는 새봄> 3에서

> 락락장송 기둥감/ 아름드리 대들보도/ 금도끼로 찍어내고/ 옥도끼로 다듬어서/ 절승경개 이 산중에/ 초가삼간 집을 짓고/ 량친부모 모셔다가/ 천년만년 살고지고// 그러면 어느새/ 그 마음 날아/ 하늘의 선녀/ 땅우에도 내려 보고/ 항간의 큰애기/ 달우에도 날아올라/ 계수나무아래에서/ 옥토끼와 손 맞추어/ 절구질도 해보고…
>
> —《새별전》 제1장 <움트는 새봄> 4에서

> 달아달아 둥근달아/ 저기저기 밝은 달은/ 우리 랑군 비추련만/ 랑군 못본 이내 마음/ 그늘만 지네/ 그늘만 지네// 달아달아 둥근달아/ 온세상을 비춘 달아/ 거울같은 네 얼굴로/ 이내 랑군 비춰줄제/ 그 얼굴이 낸줄 알고/ 우리 랑군 쳐다보리
>
> —《새별전》 제7장 <달방의 노래소리> 1에서

---

141 김형직, 앞의 글, 215쪽.

춤을 추며 돌아간다/ 쾌지나 칭칭 나네/…/ 오늘 잔치 멋이로다/ 칭이나
칭칭 나네/ 승리연에 부처상봉/ 칭이나 칭칭 나네/ 장수별을 쳐다보세/ 칭이
나 칭칭 나네/ 새별전을 엮어보세/ 칭이나 칭칭 나네/ 천세만세 전해보세/
칭이나 칭칭 나네

—《새별전》 제10장 <혈투> 3에서

이처럼 《새별전》에는 조선민족의 노동민요, 서정민요, 서사민요, 애정민요
등 풍부한 형태들이 다양하게 도입되었다. 제1장 <움트는 새봄> 3에서는 <나
물캐기>를, 제1장 <움트는 새봄> 4에시는 <딜아딜아>를, 세7장 <달방의 노
래소리>에서는 <달노래>를 인용하였으며 제10장 <혈투>에서는 민요 <쾌지
나 칭칭 나네>를 인용하였다.

다른 한편 《새별전》에서 민간문학의 영향을 쉽게 찾아볼 수 있는데 김철
은 작품 속에 조선민족의 전설과 민담들을 바탕으로 하면서 그것을 창조적으
로 재치 있게 가공해 도입하고 있다.

백일홍이 피누만/ 참, 곱지요?/ 마치도 우리들의/ 사랑과 같이/ 오래오래
피어서/ 지지 않아요//…// 어찌하여 백일홍은/ 이다지도 붉은지/ 장수 묻
는 말에/ 새별이가 회답한다/ 불같은 사랑을/ 담아서래요/…/ 헌데 왜/ 백날
이나 필가?// 그리운 님 보고파/ 오래오래 핀대요/ 그 옛날말이죠…/ 하고
새별이가/ 허두를 떼더니/ 백일홍에 깃든 사연/ 이야기끈을 푼다.

—《새별전》 제6장 <백일홍 피는 시절> 1에서

가는 님을 바래여/ 서글픈 고개/ 오는 님을 기다려/ 애끓는 고개-/ 령마루
에 우뚝 솟은/ 망부석 하나/ 그 옛날 성 쌓는데/ 끌려간 랑군님을/ 기다리다
영영/ 굳어버린 안해/ 누구도 이 길만을/ 무심히야 무심히야/ 지날수 없는/

망부령 고개길에/ 생리별 또 웬 말인가

—《새별전》 제6장 <백일홍 피는 시절> 2에서

아뢰오니 웃지 못할/ 사연 하나 있소이다/ 제 본시 어려서부터/ 활놀이 자주 하고/ 잡은 새 많아서/ 뭇새들 살기 비쳐/ 종시 웃지 못하오니/ 그 살기 풀어주면/ 웃음도 절로 나리

—《새별전》 제8장 <생지옥> 2에서

제6장 <백일홍 피는 시절> 1에서 새별이와 장수는 이별하기 전야에 백일홍 꽃밭에서 조선족인민들에게 널리 알려진 <백일홍>의 전설을 이야기한다. 사랑의 불길과 이별의 쓰라림을 한가슴에 안고 백일홍이 핀 꽃밭에 서있는 새별이와 장수의 형상은 삼두무기를 잡기 위해 애인과 이별하고 먼 바다로 나가는 총각과 그 총각을 기다리다 죽어 다시 백일홍으로 피어나는 처녀의 형상과 교차되면서 우리의 가슴에 절절하고 비장한 정서를 불러일으킨다. 이러한 분위기는 서사시의 비극적인 결말을 이미 시적으로 암시해주고 있다.

제6장 <백일홍 피는 시절> 2에서 리별의 눈물을 흘리는 새별이와 장수가 심산동의 고갯길을 넘는 장면을 서술하면서 시인은 <망부석> 전설을 삽입하고 있다. 이 전설에는 일편단심의 깨끗한 사랑, 어려운 환경 속에서도 곧고 슬기롭고 견정하게 살아갈 것을 지향하는 조선민족여성들의 마음이 넘쳐흐르고 있다. 말하자면 새별이는 남편을 애타게 기다리는 <망부석>의 전설을 생각하며 아무리 세찬 풍파가 있어도 남편에 대한 그의 충성은 변함이 없고 모진 장애와 시련 앞에서도 굴함 없이, 두려움 없이 앞만 향하여 나갈 결의를 다짐한다.

그리고 포악한 지주 홍두삼이의 손아귀에서 벗어나기 위하여 홍두삼이를

홀려 넘기는 제8장 <생지옥> 2에서는 민담 <새털옷>에 그 근거를 두고 있음을 쉽게 알 수 있다. 민담 <새털옷>에서 꽃분이가 자신의 사랑을 지키기 위하여 임금을 홀려 차린 궁수잔치에 마당이가 새털옷을 입고 등장하였다면 《새별전》에서는 새별이가 홍두삼이를 꾀여 차린 잔치에 장수가 활을 들고 등장한다. 이처럼 김철은 조선민족의 지혜가 깃들어있는 민담을 재창작하여 《새별전》에 성공적으로 도입함으로써 조선족인민들의 집단적 지혜를 찬미하고 있다.

다음 김철은 작품에 민족적 특색을 가미함에 있어 새별, 장수, 윤두, 짝쇠 등 인물형상을 부각할 때 그들의 성격에 민족정신과 민족성격을 부여하였다. "문학의 중심에는 인간이 서있다. 문학에서 재현되는 사회생활의 축도도 바로 인간관계의 축도인 것이다. 인간을 떠나서 사회생활은 존재하지 않으며 문학도 물론 존재하지 않는다. 서정시가 인간의 감정을 특히는 아름다운 영혼의 섬광을 조각해낸다고 할 때 서사시는 치중하여 인간운명을 써야 한다고 생각한다. 때문에 장편서사시 《동틀무렵》과 《새별전》을 쓸 때 나는 지난날 서사시에서 흔히 이야기줄거리와 사건발전에만 치중하던 결함들을 극복하고 시종 인간형상을 조각하는데 그 주의력을 집중하였다."[142]

새별이는 시종 작품의 중심에 서있는 주인공이다. 그는 유순하고 례절바른 조선여성이다. 그는 그 어떤 역경과 불행 속에서도 굴하지 않는 강의한 성격의 소유자이고 참된 삶을 위하여 자신의 모든 것을 다 바쳐 싸우는 용감하고 슬기로운 여성투사이며 부모님께 효성을 다하고 남편에게 충성을 다하는 훌륭한 딸이며 믿음직한 아내이다. 굳센 의지, 뛰어난 슬기, 고상한 도덕 이는 새별이의 3대 성격특징이라 하겠다. <서곡>에서 빼또칼을 들고 홍두삼

---

142 김철, 《산 위에 구름 위에》, 한국학술정보, 2006, 223쪽.

에게 붙잡힌 아버지를 구해내는 장한 행동에서 벌써 새별이의 용감성과 슬기
가 보이며 아버지가 참살당하는 광경을 목격하는 새별이의 언행을 통하여
그의 굳센 의지와 인내성을 보아낼 수 있다.

> 오, 정녕─/ 정녕 미쳐버릴것만 같구나/ 오매불망 그렇게도 그립던/ 사랑
> 하는 아버지가/ 지척에서/ 아니 바로 자기 눈앞에서/ 무참히 목 잘리는/
> 그 참상을/ 어찌, 그 어찌/ 이대로 보고만/ 있어야 한단말인가!/ 모대기다
> 모대기다/ 차마 못 견디여/ 바위짬 소나무등걸에다/ 은장도를 콱 박고는/
> 이마가 부서지라/ 골을 쪼았다// 골을 쫓는 순간/ 아 그 순간에/ 한줄기
> 선지피가 주루룩/ 고운 얼굴을/ 아니, 불타는 얼굴을/ 적시며 흘렀다…//
> 하늘이 무너지고/ 천지가 요동하듯/ 딱 감은 눈앞에/ 불찌가 툭! 툭!/ 한가슴
> 먹피를 쏟고싶구나/ 주먹으로 바위라도/ 까고싶구나!
>
> ─《새별전》 제3장 <소나기 우는 밤> 2에서

이 부분은 주인공 새별이가 사랑하는 아버지의 최후를 목격하는 장면이다.
아버지가 참살되는 장면을 목격하고 원수들에 대한 적개심은 바야흐로 터지
는 화산처럼 강렬하지만 언젠가는 아버지의 원수를 갚고 간악한 무리를 모조
리 뒤엎겠다는 각성으로 새별은 이성을 잃지 않고 완강한 의지력으로 그
고통과 아픔을 이겨낸다. 조선족여성의 외유내강의 강의한 기질을 충분히
보아낼 수 있는데 이러한 시련은 여린 여자인 새별에게 고통과 무서움보다
더욱 강인한 성격을 키워주었으며 그 후 찬바람 후려치는 세상의 모진 세파
속에서 그의 투지는 더욱 굳세어진다.

> 임금왕자 딱 붙인/ 그 임자가/ 파리목숨 기다리는/ 두꺼비마냥/ 시뻘건
> 혀바닥 날름거리며/ 앞발을 도사리고/ 바위우에 앉았구나/ 코앞에 다가오는

/ 먹이를 기다려/ 입만 쩍-쩍//…//정신차린 새별이/ 강심을 다지더니/ 품
속에서 은장도/ 번쩍 꺼내들고/ 다가오는 호랑이와/ 맞서 나섰다/ -썩 물러
서지 못할가!/ 네놈이 오면 어쩔텐가/ 그러면 호랑이도 주춤거리며/ 그 기세
에 눌리여/ 못 다가오고// 그래도 새별이/ 만만치 않아/ 깜박깜박 잃어지는/
정신을 가다듬으며/ 칼 빼들고 호랑이와/ 눈싸움을 한다

—《새별전》 제5장 <심산속의 귀틀막> 3에서

오 원통하다 원통하다/ 이 원쑤 언제 갚으랴/ 비단같은 마음에/ 된매 내린
다// 부드러운 그 몸에서/ 살점 뜯는다./ 도탄속에 헤매이는/ 만백성을 구하
려고/ 먼길 떠난 랑군님/ 일편단심 기다리는/ 충직한 그 마음/ 무슨 죄가
있다고/ 모진 매를 대는거냐/ 사정없이 치라는거냐// 그래도 항거할텐가?/
흉물스런 홍두깨/ 승냥이 낯판대기/ 곤장아래 네 절개가/ 굳으면 얼마나
굳겠나// 그러면 새별이/ 옥다문 입술새로/ 돌처럼 뱉아내는/ 강심의 고백
// 곤장이 천번 꺾여/ 분신쇄골 될지언정/ 이 몸이 백번 죽어/ 진토가 된다
해도/ 한번 먹은 그 마음/ 꺾지 못하리!

—《새별전》 제8장 <생지옥> 1에서

"시뻘건 혀바닥을 날름거리며" 다가오는 호랑이 앞에서도 새별은 정신을
잃지 않고 호랑이와 맞선다. 비록 날뛰는 맹수이지만 새별이의 완강한 의지
력과 용맹한 모습에 호랑이는 쉽게 다가서지 못하고 결국 줄행랑을 놓는다.
그리고 장수와의 사랑을 지키기 위하여 자유의 권리를 위하여 새별이는 지주
홍두삼과 날카롭게 맞서 투쟁한다. 새별이의 담찬 행동들은 그 어떤 역경
속에서도 도정신하여 끝까지 싸우는 조선족의 완강한 의지력을 잘 보여주고
있다.

다음으로 새별이의 형상에는 기나긴 고난과 시련 속에서 형성된 조선여성

들의 뛰어난 슬기가 잘 구현되어 있다. 제4장 관군들의 포위를 뚫는 처절한 싸움을 할 때 새별이의 묘한 계책이 있었기에 봉기군은 기본역량을 보존할 수 있었고 홍두삼에게 붙잡혀갈 때도 새별이가

　아뢰오니 웃지 못할/ 사연 하나 있소이다/ 제 본시 어려서부터/ 활놀이 자주 하고/ 잡은 새 많아서/ 뭇새들 살기 비쳐/ 종시 웃지 못하오니/ 그 살기 풀어주면/ 웃음도 절로 나리라/ -음/ 그런 사연 있었구만/ 그럼 어찌 언녕/ 말 못했느냐/ 살풀이잔치를 하잔 말이지/…/-그럼 좋아/ 천하일색 너의 웃음/ 볼 수만 있다면야/ 구중천 저 달 속의/ 계수나무라도 찍어올테다/ 활 잘 쏘는 궁수들/ 몽땅 청해다가/ 궁수경기 베풀고/ 살풀이를 해주마!

　　　　　　　　　　　　　　　　　—《새별전》 제8장 <생지옥> 2에서

하고 홍두삼을 짐짓 유혹해 쥐락펴락한다. 시인 김철의 말대로 하면 "예로부터 우리의 가난한 사람들은 힘 모자라면 꾀로서라도 악자들을 이겼던 것"[143]이다. 이처럼 주인공 새별의 형상에는 우리민족의 뛰어난 지혜와 슬기가 잘 구현되고 있다.

　그리고 새별이는 부모에게 효성을 다하고 남편과는 사랑이 깊고 이웃들과는 인정이 깊은 고상한 도덕품성을 가진 여성이다. 이삭주이를 해서 모은 오곡으로 밥을 지어 단옷날 씨름경기에 나가는 장수에게 드리는 새별이의 어여쁜 마음을 볼 수 있고 어머니의 슬하를 떠나는 새별이의 언행에서 새별이의 깊은 효성을 읽을 수 있다. 눈물을 흘리며 어머니의 백발을 빗어드리고는 말없이 궤를 열어 옷 두벌을 어머니 앞에 내놓는다. 이것은 어머니가 새별이의 예장감으로 준비해두었던 두루마기와 열새베치마저고리다. 앞으로 언

---

143 《새별전》, 329쪽.

제인가는 시부모님께 삼가 올리려고 했던 것을 어머니 앞에 내놓으면서 새별이는 말한다.

> 어머니/ 이 옷을 받으세요/ 슬하를 떠나야 할/ 이 불효녀식은/ 홀로 계실 어머님/ 따뜻이 시중들지 못하오니/ 이 치마저고리는/ 어머님 나들이하실 때/ 남 보기 초라하지 않게/ 꼭 입으시고/ 이 두루마기는 래일/ 아버지 마감 길에/ 입혀 드리세요.
>
> —《새별전》 제2장 <오월단오> 7에서

고상한 윤리와 도덕은 조선민족의 전통이며 미덕이다. 시인은 새별이 부모에게 효성을 다하고 남편과는 사랑이 깊고 이웃들과는 인정이 깊은 인물로 부각하면서 암흑한 봉건사회에서 그 어떤 곤란이 닥쳐와도 우리 여성들의 정신세계는 예뻤고 고상한 도덕을 지니고 있었음을 말하려고 하였다.

《새별전》은 민족적 특색을 살리면서 봉건통치를 반대하여 반란의 횃불을 추켜든 농민들의 비장한 투쟁을 구가하였으며 근로인민의 고상한 도덕품성과 정신세계를 격조높이 구가하였다. 한마디로 이 장편서사시는 봉건통치계급과 대립되는 농민영웅에 대한 찬가이며 근로인민의 참다운 애정에 대한 송가이다.[144] 또한 《새별전》은 조선민족의 자랑찬 투쟁의 역사를 노래함으로써 정치적 풍파 속에서 마음의 상처를 입은 조선족사회를 애국주의사상으로 교육하고 민족의 긍지를 불러일으키고 민족적 자존심을 높이는데 크게 이바지하였으며 조선족 문학창작의 민족적 특성의 구현에 비교적 성공적인 경험을 제공하였다.

정판룡은 조선족문단에 나타난 역사제재의 문학창작을 두고 다음과 같이

---

144 최삼룡, <김철의 "새별전">, 앞의 책, 59쪽.

말한바 있다. "이 몇 년 사이 중국조선족들 속에서 민족문학에서 역사제재, 역사배경의 문학이 많이 나타나고 있는데 어째서 이런 현상이 생기는가 하는 문제를 생각해보아야 한다. 사실 2차 세계대전 이후 강대한 민족이나 약소한 민족이나 모두 뿌리 찾기 운동이 크게 벌어졌다. 이것이 마치 어디에서 낳아 졌는지 모르는 아이가 아버지, 어머니를 찾는 것과 비슷하다. 근 백 년 동안 우리는 계급투쟁만 하다 보니 자기의 민족에 대하여 차분히 생각할 기회가 없었다."[145]

하지만 여기서 말하고 싶은 것은 역사적 영웅은 시대가 호출하는 법이니, 오랫동안 시인의 마음속에 묻혔다가 새로운 역사시기에 빛을 본 역사와 전통의 기념비화작업은 새로운 시대적, 현실적 주제와 문학적 양식들에 자리를 양도하게 되었다. 1950년대 말에 창작을 시작하여 1960년대 초에 초고가 완성되고 1979년 개혁개방의 벽두에 출간된 김성휘의 장편서사시 《장백산아 이야기하라》 역시 조선족시단의 영웅서사시라 하겠으나 김철의 《동틀무렵》 이나 《새별전》의 경우와 마찬가지 운명을 벗어나지 못하였다. 말하자면 이런 장편서사시 창작은 사양기(斜阳期)에 접어들기 시작하여 1980년대 중반 이후 에는 거의 종적을 감추어버렸기 때문이다.

제3절 "문화대혁명"과 조선족 소설

1966년부터 1976년까지 10년 동안 중국에서 벌어진 극좌 사회주의운동인 "문화대혁명"은 중화인민공화국 수립 이후 이상적인 공산주의 사회로의 정

---

145 정판룡, <력사소설의 새 지평을 향하여>, 《문학과예술》, 1995, 제4기, 8쪽.

착을 위해 진행되던 농업의 집단화와 대약진운동과 같은 경제정책의 실패와 소련의 수정주의 등장 이후의 정치적 문제를 일거에 극복하기 위한 극좌적인 선택이었다. 즉 외적 상황의 변화와 내적 상황의 악화는 정치적, 사상적 통합으로 사회적, 경제적인 문제를 일거에 해결하려 한 것이다. 그러나 "문화대혁명"은 대중들이 국가체제에 대해 가지고 있던 잠재적인 불만정서를 일거에 폭발하게 하였고, 중국 대륙은 온통 그러한 원한으로 뒤덮이게 되었다. 즉 "문화대혁명"은 긍정적으로 말하면 대중적인 대혁명의 분위기였고 부정적으로 말하면 대동란으로서 무질서 혹은 무정부 상태였던 것이다.[146] 그 결과 "문화대혁명"은 이 시기를 산 중국인들에게 엄청난 고통을 안겨주었으며 현재까지도 커다란 정신적인 상처로 남아 있다.

개혁개방과 함께 창작의 자유가 주어지자 문예계에서는 "문화대혁명"을 극복하기 위한 다양한 노력을 경주하였다. 1980년 반효(潘曉)의 토론에서 비롯된 "문화대혁명"에 대한 비판적 글쓰기가 그 좋은 례로 된다.[147] 이 토론을 전후하여 "문화대혁명" 시기의 고통과 상처를 다룬 상처문학(傷痕文學), "문화대혁명"에 대한 지식인들의 참회와 반성을 다룬 반성문학(反思文學), "문화대혁명" 시기의 부조리를 폭로하고 개혁의 방향을 모색한 개혁문학(改革文學) 등이 등장한다.[148] 그리고 그 후에도 "문화대혁명"은 중국 문인들에게 정신적 외상으로 남아 지속적으로 문학의 제재로 등장하고 그 의미를 되짚어보는 문학작품이 지속적으로 생산되었다.

---

146 진사화, 윤해연 역, <중국 당대문학과 '문화대혁명'의 기억>, 《문학과 사회》 2007년 여름호, 370쪽.
147 반효 토론의 경과와 그 의미에 대해서는 김미란, <'반효' 토론(1980)에 나타난 문화대혁명의 극복서사>, 《외국문학연구》 제35호, 2009.8에서 상세히 논의한 바 있다.
148 이들 문학에 대해서는 김시준, 《중국당대문학사》(소명출판, 2005) 제4편 제2장과 진사화, 노정은·박란영 역, 《중국당대문학사》(문학동네, 2008) 제10~12장에서 다루고 있다.

조선족문학에서도 "문화대혁명"을 다룬 문학은 중국문학사의 기본 흐름
과 크게 다르지 않은 양상을 보인다.[149] "문화대혁명"이 전 중국적인 사건이
어서 연변조선족자치주 주민들도 "문화대혁명"의 대혼란을 경험하였다. 따
라서 조선족문학 속에 상처, 반성, 개혁 문학의 특성들이 나타났는데 이는
당연한 현상이 아닐 수 없었다. 그러나 "문화대혁명"은 전 중국에서 동일한
양상으로 진행된 것은 아니었다. 도시와 농촌이 다른 양상을 보였고 북경과
상해의 "문화대혁명도 다른 양상을 보였다. 더욱이 지역마다 정치, 경제적
상황이 달랐기 때문에 지역에 따라 "문화대혁명"은 상당히 다른 양상과 강도
로 진행되었다. "문화대혁명"에 대해 갖는 기억의 강도 역시 지역마다 상당
히 다른 양상을 보였다.[150]

현재까지 조선족소설에 타나난 "문화대혁명"의 체험에 대해서는 조선족
연구자들이 내놓은 문학사류[151]의 저서에 개괄적으로 언급되기는 하였으나,
조선족연구자들에 의해 이루어진 본격적인 연구 성과는 거의 없는 실정이다.
차희정[152]은 1965~66년 사이에 《연변일보》에 발표된 19편의 소설을 분석하
여 조선족문학이 "문화대혁명"의 발생에 어떻게 대처하였는가를 살펴보았
다. 차희정은 이들 작품은 일제치하 재중조선인의 문학과는 달리 중국공산당

---

149 "문화대혁명"을 다룬 조선족문학의 양상에 대해서는 권철 외, 《중국조선족문학사》(연변인
    민출판사, 1990) 제6장 1~3절에서 개괄하고 있다.
150 이강원은 이런 점에 착안하여 내몽고자치구의 "문화대혁명" 사례를 연구하면서 "문혁이라
    는 거대한 정치적 운동을 배경으로 하고, 구체적으로 전개된, '공간'과 '지역'이 드러나지
    않기 때문에, 문혁의 전모에 대한 이해에 장애가 되고 있다"(이강원, <문화대혁명과 소수민
    족지구의 정치지도 : 내몽고자치주와 어룬춘자치기의 사례>, 《한국지역지리학회지》 8-1,
    2002, 2쪽)고 지적한다.
151 권철, 앞의 책과 오상순의 《개혁개방과 중국조선족 소설문학》(월인, 2001) 그리고 리광일의
    《해방 후 조선족소설문학 연구》(경인문화사, 2003); 김호웅, 조성일, 김관웅의 《중국조선족
    문학통사》(연변인민출판사, 2012)와 같은 조선족 연구자들의 저서가 그 대표적인 사례라
    하겠다.
152 차희정, <문화대혁명의 발생과 중국조선족의 대응>, 《한국문학논총》 제60집, 2012.4.

의 정책에 적극 찬동하고 중국 공민으로서의 역할과 중국의 소수민족 통합전략에 동조하는 역할을 하였다고 지적하였다.

이해영과 진려[153]는 주덕해의 존재와 관련하여 전개된 연변 "문화대혁명"의 특수성과 중화인민공화국 수립 후 조선족 간부의 문제, 국적문제, 조선과의 관계 등 연변 "문화대혁명"의 역사성을 살핀 후 조선족들이 체험한 "문화대혁명" 체험의 특징적 측면을 검토하고 그 기억이 드러난 몇 편의 작품을 검토한 바 있다. 이 논문은 연변 "문화대혁명"의 특수성을 검토하고 이를 다룬 조선족 소설의 의의를 구명한 점에서는 의의가 있으나, 연변 "문화대혁명"의 특수성을 깊이 있게 다루지 못한 점과 분석의 대상으로 삼은 작품들이 한정되어 조선족소설에 나타난 "문화대혁명"에 대한 기억의 전체적 모습을 보여주지 못한 한계를 드러내고 있다.

여기서는 이런 한계를 극복하기 위하여 "문화대혁명"의 전개와 그 의의를 검토하고 조선족이 경험한 "문화대혁명"의 특수성을 보다 객관적으로 파악하고자 한다. 그리고 이를 바탕으로 조선족소설을 검토하여 이에 나타난 "문화대혁명" 기억의 양상과 연변 "문화대혁명"의 특징적 국면을 몇 가지로 나누어 살피고, 이들 작품에 나타난 문혁 기억이 갖는 의미와 조선족의 문화신분에 준 영향을 해명하고자 한다.

1. "문화대혁명"의 전개와 연변 "문화대혁명"의 특수성

1) "문화대혁명"의 전개와 그 역사적 의의

"문화대혁명"은 1966년 5월 16일 <중국공산당 중앙위원회 통지>(5·16 통지)

---

153 이해영, 진려, <연변 문혁과 그 문학적 기억>, 《한중인문학연구》 제37집, 2012.12.

를 신호로 중국 전역에서 일어나 1976년 1월에 주은래, 9월에 모택동이 사망한 후 권력을 장악하려던 "사인방"이 체포되기까지 10년에 걸쳐 전개되었다. 10년이라는 긴 시간 동안 워낙 광대한 공간에서 공산당 내부에서만이 아닌 전 국민 속에서 이루어진 엄청난 대동란이었기에 때문에 "문화대혁명"의 경과에 대한 정리는 물론 그 평가 역시 아직 진행단계에 놓여 있다. 여기서는 "문화대혁명"의 역사적 배경, 전개과정[154]과 그 역사적 의의를 살펴보고자 한다.

"문화대혁명"의 씨앗은 1957년 2월 모택동이 최고국무회의에서 행한 <인민내부의 모순을 정확하게 처리할 데 관한 문제>라는 보고에서 배태되었다. 중국공산당에서는 이 보고와 이어진 몇 개의 문건을 바탕으로 그 해 7월 이후 1956년 5월에 제창된 "백화제방, 백가쟁명"의 방침에 따라 정부에 대해 비판적인 글을 발표한 지식인들을 반혁명분자로 몰아 색출하기 시작하였다. 불과 몇 달 간에 수많은 지식인들이 고초를 겪거나 투옥되고 농촌으로 추방되어 노동을 통한 사상개조를 받기에 이르렀다.

"반우파투쟁"이 지난 이후 대약진 운동의 실패로 황폐화된 경제를 되살리기 위하여 실무형의 지도자였던 유소기와 등소평 등 인물에 의해 새로운 경제정책이 실현되기 시작하였다. 하지만 모택동에 대한 개인숭배는 여전히 진행되고 있었고 당의 권력은 모택동에게 집중되어 있었다. 소련정부의 수정주의 정책을 자본주의화로 비판한 중국정부는 수정주의가 준동하는 것을 막기 위하여 전체 인민들에게 마르크스-레닌주의 사상을 고취함으로써 진정한 공산주의사회를 만들기 위하여 소련의 수정주의를 방어, 극복하려는 방수반수(防修反修)로 나아가게 된다. 여기에 1950년대 중반에 사회주의진영을 강

---

154 "문화대혁명"의 전개과정에 대해서는 席宣, 金春明의 《문화대혁명사》(중공당사출판사, 1996)에 비교적 상세하게 정리되어 있다.

타한 동구권의 자유화물결, 미국의 베트남 침공으로 대표되는 제국주의의 공격 그리고 소련과 인도 등 주변 국가와의 국경분쟁 등은 중국 당국에게 체제를 위협하는 커다란 위기로 인식된다. 즉 중국공산당 내에는 이러한 상황의 변화가 자신들이 목숨을 걸고 쟁취한 사회주의 이념이 퇴색하는 것은 아닌가 하는 의심을 갖는 간부들이 적지 않았고, 당의 실제적인 권력을 장악하고 있었던 모택동은 아래로부터의 사회운동을 통하여 자본주의화 되어가는 중국사회를 바로잡아야 한다는 생각을 갖게 하였다. 이렇듯 내외적인 위기 상황을 이념의 결속을 통하여 단기간에 극복하고 진정한 사회주의 체제를 완성하려는 시도는 거대한 중국을 혼란의 장으로 변화시킨 "문화대혁명"을 불러온 것이다.

"문화대혁명"은 크게 세 단계를 거쳐 진행되었다. 당의 방침에 따라 홍위병들을 중심으로 지식인을 비판하고 반란(造反)과 탈권(夺权)을 시도한 1966년 5월부터 1969년 4월 중국공산당 제9차 전국대표대회까지의 첫째 단계, 모택동이 구상한 사회주의국가건설을 본격적으로 시도하여 균등분배의 원칙 아래 혁명위원회 중심으로 국가가 운영되던 중국공산당 제9차 전국대표대회에서 1973년 8월 중국공산당 제10차 전국대표대회까지의 둘째 단계, 그리고 모택동의 국가건설의 실험과 현실 사이의 괴리를 조정하여 "문화대혁명"의 성과를 정착시키려 했으나 실패하고 "문화대혁명"의 종언을 고하게 되는 중국공산당 제10차 전국대표대회에서 1976년 사인방이 체포되기까지의 셋째 단계로 나누는 것[155]이 그것이다. 이러한 "문화대혁명"의 세 단계 중에서 중국인들에게 가장 충격적인 기억으로 남아 있고 또 기득권층과 지식인들이 가장 피해를 많이 본 시기는 첫째 단계이다. 그러나 첫째 단계가 당의 압력으

---

155 전인갑, <근현대사 속의 문화대혁명 - 수사(修史)의 당위와 한계>《역사비평》 제77집, 2006) 참조.

로 끝난 후 농민에게서 배우자는 취지 아래 수많은 청년들이 농촌에 가서 집단생활을 한 둘째 단계 이후의 기억도 중국인들에게 처참하고 강렬한 기억으로 남아 있다.

"문화대혁명"은 중국인들에게 엄청난 시련을 주었으며 10년 동안 사회발전이 멈추었거나 오히려 퇴보하는 결과를 낳게 되어 중국현대사의 큰 아픔으로 남게 되었다. 정치적 격동과 집단주의적 현실 속에서 개인은 질식되었고, 사회 발전과 사회주의 국가건설의 "독초"라고 지적된 지식인들은 말할 수 없는 고초를 당했으며 죽음으로 내몰리기도 하였다. 이 같은 "문화대혁명"의 비극은 리택후의 지적대로 모택동의 내면에 존재하던 "이데올로기에 대한 고독한 맹신"과 "평생 벗어나지 못한 전쟁의 그림자"[156]라는 두 가지 비극에서 비롯되었다고 하겠다. 이는 생전에 중국공산당의 절대 권력을 가지고 있었고 국민들에게 신적인 존경을 받고 있었던 모택동의 존재를 생각하면 권력 갈등으로 생각하기는 어렵다는 점에서 그의 내면 의식에서 비극의 원인을 찾은 것이다.

리택후의 견해에 따르면 인간과 사회라는 현실적인 면보다 이데올로기의 절대성을 맹신한 모택동이 현실적인 타협보다는 이념의 순수성을 강조하여 우경화되는 사회를 이념 무장을 통해 사회주의화하려 한 것이 "문화대혁명"이 발생하게 된 중요한 요인의 하나로 된다. 이데올로기를 맹신한 모택동은 자본주의 교육을 받은 지식인에게 국가경영을 맡길 경우 우경화될 것을 우려해 "문화대혁명"의 과정에서 이념에 충실한 신지식인을 양성하려 시도했으나 "문화대혁명"이 종식되면서 그 역시 실패하고 만다. 그리고 30년에 가까

---

156 리택후, 류재복 저, 김태성 역, 《고별혁명》(북로드, 2003)의 9~10장 참조. "문화대혁명"의 발생 원인에 대해서는 모택동의 정치적 욕망, 중국공산당 내부의 권력투쟁, 공산주의의 계속혁명론 등과 관련하여 설명하나 리택후의 설명이 상당한 설득력을 지닌다.

운 전쟁 기간 동안 농민 속에서 그들의 헌신적인 도움으로 승리한 모택동은 혁명과 관련하여 농민이 지닌 순수성의 힘을 절대적으로 믿어 "문화대혁명" 기간 중 지식인들에게 농촌으로 내려가 농민에게서 배우라는 하향정책을 펴나갔다. 모택동이 전란을 종식시키고 치세로 나아가기 시작하면서 국가경영을 담당하기 위하여 각 분야 전문 지식인의 도움이 필요했으나, 전시의 체험만을 절대적인 것으로 믿고 지속적으로 지식인들을 배제하고 인민의 힘으로 국가를 경영하고자 "문화대혁명"을 발동하여 기존의 체제를 청산하려 한 결과 국가가 대란의 상황으로 나아가게 되었다.[157]

2) 연변 "문화대혁명"의 특수성

북경과 상해에서 시작된 "문화대혁명"은 연변조선족자치주에서도 예외 없이 진행되었다. "문화대혁명" 초기 주덕해 주장의 영도 아래 비교적 조용하게 진행되던 "문화대혁명"이 1966년 12월 7일 모원신이 연변대학에서 선동활동을 시작[158]하여 주덕해를 타도하자는 주장을 펴면서 급작스럽게 극렬한 양상을 띠게 된다. 모원신은 "주덕해를 타도하고 전 연변을 해방하자"는 구호를 제시하여 연변에서의 탈권 투쟁의 방향을 주덕해 타도로 집중시킨다. 모원신의 주장에 따라 연변지역 인민들은 주덕해 옹호파와 주덕해 반대파로

---

157 리택후는 한고조 류방과 태평천국의 홍수전의 예를 통해 천하를 얻는 것과 천하를 다스리는 것 사이에는 큰 차이가 있음을 지적하고, 모택동이 전시는 비정상적 시기라는 점을 망각하고 전쟁을 통해 얻은 경륜을 평화 시에 국가정책으로 지속한 데서 "문화대혁명"의 실패 원인을 찾고 있다. 앞의 책, 212~219쪽.

158 연변조선족자치주당안관 편, 《연변대사기(1712~1988)》(연변대학출판사, 1989). 모원신이 연변에 들어온 시기는 자료에 따라 달라서 연변당사학회 편 《연변40년기사》(연변인민출판사, 1989)에는 1967년 1월 4일 모원신이 연변에 기어들었다고 되어 있는 등 1966년 12월부터 1967년 1월까지 50일 정도 편차를 보인다. 이에 관한 논의는 성근제, <문화대혁명과 연변> 《중국현대문학》 제43집, 2007.12) 77면을 참조할 것.

나뉘어 치열한 투쟁을 하게 되고, 주덕해는 연변 "문화대혁명"의 핵심문제로 떠오른다. 모원신의 지지하는 파들은 주덕해를 비판하는 "홍색반란자혁명위원회'(红色造反派革命委员会, 약칭 홍색)라는 조직을 만들어 주덕해의 죄상을 추적하였다.[159] 이들에 의해 밝혀진 주덕해의 죄상 100여 가지는 주자파, 반역자, 지방민족주의자, 매국역적, 간첩 등 다섯 가지로 압축된다.[160] 연변조선족자치주 성립에 큰 기여를 하고 주장으로서의 소임에 충실히 복무해 온 주덕해에게 씌워진 죄상은 주자파라는 것을 제외하고는 모두 "조국인 중국을 배반하였다"는 한 마디로 요약된다. 모원신을 비롯한 홍색파가 주덕해에게 들씌운 죄상은 조작된 것임이 확인[161]되었는데, 이는 연변 "문화대혁명"의 특수성을 단적으로 보여준다 하겠다.

"문화대혁명" 당시 반대파를 몰아세우는 데 가장 많이 동원된 것이 자본주의의 습성을 벗지 못하고 자본의 논리에 따른다는 주자파와 일제 또는 국민당의 특무라는 것이었다. 주자파라는 개념이 너무나 자의적이어서 상대를 모함하는데 자주 사용되었다는 비판의 소지는 있지만 단기간 안에 사회주의 국가를 건설하고 자본주의 국가의 경제력을 극복하기에 몰두하는 상황에서 주자파를 비판하는 것은 현실적인 이유가 있었다. 또 일제 때 특무를 지냈다거나 국민당의 특무였다는 비판 역시 충분한 근거 없이 한 개인을 파멸시킨

---

159 염인호, <중국 연변 문화대혁명과 주덕해의 실각>(《한국독립운동사연구》 제25집, 2005.12), 399쪽. 이하 주덕해와 관련한 사실들은 이 논문에서 참조한 바 크다.

160 성근제, 앞의 글, 85~86쪽, 이러한 죄상들은 주덕해의 신변을 위태롭게 하였고, 주은래는 그를 보호하기 위하여 연변군분구 부정치위원이었던 조남기를 동원하여 요양을 이유로 심양군구로 보냈다가 북경으로 옮기게 하였다. 1969년 호북성으로 소산된 후, 그곳에서 지내던 주덕해는 끝내 연변으로 돌아오지 못하고 1972년 여름 사망하였다. 강창록, 김영순, 리근전, 일천, 《주덕해》(실천문학사, 1992) 274면 이하 참조.

161 "문화대혁명"이 끝난 후 사인방의 비리를 적발하는 운동이 있었고 주덕해에게 씌워진 죄상도 부정하였다. 모원신 일파가 주덕해의 죄상을 날조하였음은 곡애국, 증범상 지음, 김봉웅·김용길 번역, 《조남기전》, 연변인민출판사, 2004, 203~221쪽에 상세하게 증언되어 있다.

다는 점에서 모함의 소지가 컸지만 일본제국주의와 국민당과의 2십년이 넘는 전쟁의 역사를 고려하면 특무라는 데 대한 중국인들의 정신적 상처를 느끼게 해준다.

이들 죄목은 "문화대혁명" 기간 동안 중국 전역에서 반대파를 몰아내기 위하여 수없이 사용된 죄명인데 비해 주덕해에게 들씌워진 나머지 죄목들은 그 예가 드물다. 주덕해에게 붙여진 죄목 중에서 지방민족주의자라는 것과 조선의 간첩 나아가 매국역적이었다는 죄명은 "문화대혁명"의 과정에서 조선족에게 자주 붙여진 특수한 죄명이라는 점은 연변 "문화대혁명"의 특수성을 해명할 수 있는 단서가 된다.

먼저 지방민족주의자라는 죄명에 대해 생각해 보자. "문화대혁명"은 중국 전역에서 발생한 광범위한 사건이었지만 지역마다 다른 양상을 보인다. 특히 중국공산당의 소수민족을 단결하는 정책이 대한족주의로 변화하는 과정에서 소수민족들의 반발은 충분히 예상할 수 있는 일이었다. 중국 당국에서도 이 문제는 충분히 예측하고 있었기에 다소 폭압적인 방법으로 이 문제에 대처해 나갔다. "문화대혁명"의 당위성과 한계를 논한 전인갑은 이 문제에 대해 다음과 같은 이해를 보여준다.

"문혁은 소수민족지구에 파급되면서 이들 지역의 자율성과 민족문화에 폭압적으로 작용했다. 계급이론이 유일한 진리로 강요되면서 고유문화와의 '차이'는 봉건주의·수정주의라는 명목 하에 청산대상으로 전락했다. 이 과정에서 민족 지도자들이 대거 숙청되었다. 사실 소수민족에게 계급이론은 중국과의 일체화이론이자 중국화의 다른 얼굴이었다. 문혁은 전 중국이 공유하는 보편적 가치인 계급이론을 매개로 비중국문화 지역을 중국화시켰다고 할 수 있다. 나아가 소수민족이 거주하는 변경지역은 국방 차원에서 다루어져

혁명위원회 내에서 군대의 영향력이 다른 지역보다 강했으며, 강력한 군사통
치를 받았다. 이러한 과정을 거치면서 이들 지역에 대한 신생 중국의 영토적
통합력이 대폭 제고되었다."[162]

"문화대혁명"이 소련의 수정주의를 부정하고 마르크스-레닌주의로 무장
하자는 운동이었으니만치 이외의 모든 이념은 부정될 수밖에 없었다. 중국공
산당이 허용해 왔던 소수민족의 고유한 문화는 마르크스-레닌주의와 차이를
보일 수밖에 없어 비판의 대상이 되었던 것이다. 소수민족들은 자신의 고유
문화를 유지하기 위하여 마르크스-레닌주의로 무장한 중국문화로 획일화되
는 것에 반대하였지만 그들은 수정주의자, 민족주의자로 비판되어 엄격한
탄압을 받아 "문화대혁명" 시기에 중국인 전체가 겪은 고통과 함께 소수민족
으로서의 이중적 고난을 경험하게 되었던 것이다. 다른 점에서 볼 때 이러한
소수민족에 대한 탄압은 중국의 역사나 민족 구성으로 보아 중화인민공화국
수립 이후에도 허약한 민족적, 영토적 통합성을 "문화대혁명"을 통해 극복하
려한 것으로 이해해 볼 수도 있다.[163]

소수민족이 체험한 "문화대혁명"의 이런 점에 착안하여 내몽고자치주의
어룬춘자치기의 "문화대혁명"의 특수성을 연구한 이강원은 수렵민족의 전통
적인 삶을 영위하여 오던 어룬춘인들은 자신들의 삶의 방식을 부정하고 민족
지도자들을 타도하는 데 대해 몹시 격분했다고 하였다. 어룬춘인 지도자들은
나이가 많고 수렵경험이 풍부하며 구성원들로부터 존경을 받고 있었기 때문

---

162 전인갑, 앞의 글, 198쪽.
163 전인갑은 "비록 그것이 폭압적으로 진행되었다고는 하지만, 역사적인 관점에서 그리고 국
    가통합을 강화해야 한다는 통치자의 입장에서 볼 때, 문혁은 결과적으로 국가의 사회·경제
    장악력, 지방통합, 영토적 통합성을 강화하는데 기여했으며, 문혁이 끝나고 개혁개방의 시
    대를 맞아 중국이 하나의 국가로서 경제 성장을 이룩하는 밑바탕이 되었다"고 평가한다.
    위의 글, 208쪽.

이다. 따라서 어룬춘인들은 "문화대혁명"을 자신들의 전통을 완전히 와해시
키는 운동으로 받아들이게 되었으며, 어룬춘자치기에 거주하는 어룬춘족 지
식인들은 어느 누구도 "문화대혁명" 시기에 자신들이 겪었던 일들에 대해서
이야기를 하려 하지 않았다고 하면서 그것은 "문화대혁명"이 그들 모두에게
일종의 "치욕"으로 남아있기 때문이라는 점을 지적한다.[164]

이강원의 지적은 연변의 "문화대혁명"을 체험한 조선족들에게도 그대로
적용된다. 19세기 말부터 연변지역으로 이주해오기 시작한 조선인들은 일제
강점기에 살길을 찾아 이주해온 자들로 엄청나게 증가했으며 그 절반이 넘는
조선인들이 일제가 패망한 이후에도 귀환하지 않고 남아 조선족의 뿌리가
된다. 팔로군 휘하에서 항일전쟁을 하고 있던 조선의용군들은 일제 패망과
함께 중국공산당의 결정에 따라 동북지방으로 이동하였다. 이들은 심양 부근
에서 조선의용대 대회를 열어 소수의 나이 든 혁명가만 조선으로 돌아가고,
나머지는 동북 각 지역의 조선족 집거지구에 이동하여 조선인들을 참군시켜
조선의용군의 힘을 확대하여 튼튼한 동북근거지를 건립하기로 결정한다. 그
들은 전군을 제1지대, 제3지대, 제5지대로 나누고 제1지대는 남만으로, 제3지
대는 북만으로, 제5지대는 동만으로 진출하였는데, 이들은 중국공산당 내
조선인 간부의 중심을 이룬다. 이들 조선인 간부들의 지도 아래 많은 조선인
들이 참군하여 중화인민공화국 수립에 적지 않은 공을 세웠다.

조선의용대 제3지대장이었던 주덕해와 같은 조선인 간부들의 지도 아래
동북지방을 해방시키는 데 큰 공을 세운 조선인들은 일제로부터 해방된 동북
지역에 조선인들의 낙원을 세우려 하였고 중국 정부의 결정에 따라 1952년
연변조선족자치주가 성립된 후 연변을 조선족의 삶과 문화의 고향으로 만들

---

164 이강원, 앞의 글, 8쪽.

려고 하였는데 그 중심에 주덕해가 있었다. 이러한 민족 중심의 움직임은 중국 전체가 하나의 이념으로 통합되어가는 "문화대혁명" 기간 중에 철저하게 비판받게 되고 조선족간부들이 지방민족주의자로 낙인이 찍히게 되는 이유가 된다. 조선족 지도자들을 지방민족주의자로 분류하고 탄압한 일은 이강원이 논문에서 지적한 대로 조선족 지식인들에게 정신적 외상으로 남아 현재까지 연변 "문화대혁명"의 특수성에 대한 접근을 막고 있는 것인지 모른다.[165]

주덕해를 비롯한 조선족 지도자들을 조선의 간첩이나 매국역적으로 몰아 비판한 것은 조선족의 역사와 국적 문제 그리고 "문화대혁명" 당시 중국과 북한 간의 정치 문제 등이 맞물린 복잡한 상황의 결과로 파악된다. "문화대혁명"이 시작되기 직전까지도 조선인들 사이에는 자신의 국적에 대한 고민이 남아 있었다. 해방 직후 연변 지역을 관할하던 한족 간부 류준수가 토지개혁이라는 상황을 맞아 만주지역에 거주하는 조선인에게 토지를 분배하기 위하여 조선인은 국적이 둘이라고 주장한 이중국적관, 연변조선민족자치구 창립 전에 조선인 사이에 존재하던 정치의 조국은 소련이고 민족의 조국은 조선이며 현실의 조국은 중국이라는 다조국론, 양자를 모두 부정하고 주덕해가 내세운 조선족은 조선의 조선인과 민족은 같지만 어디까지나 중국의 공민이라는 단일국적관 등은 두만강을 사이에 두고 중국에서 살아가는 조선족들의

---

165 류은규는 《사진으로 보는 조선족백년사》를 편찬하면서 "문화대혁명" 시기의 사진자료를 찾았으나 도서관이나 당안국에도 존재하지 않아, "문화대혁명" 당시 룡정소학교 교사였던 황영림 선생이 본인이 찍은 사진을 갖고 있다는 것을 알고 찾아가 보여 달라고 했을 때 황선생은 말 한마디 없이 자리를 피했고, 나중에 사진을 전해 주면서 자신이 죽은 다음에 공개해 달라고 부탁했다는 사실과 조선족들이 항일투쟁에 대해 자세한 저술을 남기면서도 "문화대혁명"에 대해서는 입을 다무는 현실을 지적하고 있는 바, 이는 조선족들이 "문화대혁명"에 대해 갖는 정신적 외상의 결과라는 짐작이 가능하다. 류은규, 《연변문화대혁명 - 10년의 약속》(토향, 2010) 6~10쪽 참조.

국적 인식의 복잡성을 잘 보여 준다.

주덕해의 평전에서는 이에 대해 "역사와 현상태를 똑바로 보는가 하는 것은 120만 동북 조선족이 어디로 나아갈 것인가, 발전할 것인가, 어떻게 생존할 것인가에 관계되는 중대한 문제이며 이 문제를 잘 처리하는 것은 조선족 자체에 이롭다"[166]고 지적하여 주덕해가 당간부로서 조선족의 국적문제를 중국공산당의 시각에서 객관적으로 보고 있었음을 알려 준다. 이러한 주덕해의 국적관은 조선족 지도자이자 중국공산당 간부로서 정치적, 현실적 조건을 고려한 심각한 고민의 결과로 이해할 수 있다. 그러나 조신족들의 불분명한 국적관은 중국정부에서 전 인민을 중국의 공민으로 묶으려 할 때 비판의 대상이 될 수밖에 없었다. 더욱이 자신들의 조국이 중국이 아닌 다른 나라고 생각하는 소수민족이 조선족밖에 없는 상황에서 국적 문제에 대한 조선족의 입장은 비판의 여지가 없지 않았을 것이다.

마찬가지로 조선족들에게 두만강 건너 조선은 단순한 타국이 아니라 자신들이 떠나온 땅이고 돌아가고 싶은 고향이기도 하였다. 그래서 조선족들은 중국과 조선을 별 거리낌 없이 왕래하였다. 연변조선족자치주정부나 조선의 필요에 의해 인적, 물적 교류가 쉽게 이루어졌고 중국이 경제적으로 어려움에 빠지면 많은 조선인들이 북한으로 건너가 상당 기간 살다 돌아오기도 하였다. 예컨대 대약진운동의 실패로 중국이 경제적으로 어려움을 겪던 1961년부터 5년 동안 28,000명이 북한으로 건너갔으며, 1961년 초에만도 400여 명의 간부들이 조선으로 건너간 바 있다.[167] 국가체제가 정비되면서 중국 당국으로서는 국가정체성의 확립을 위해 조선인들의 국적관과 잦은 월경은

---

166 주덕해의 일생 편집조, 《주덕해의 일생》, 연변인민출판사, 1987, 229쪽. 위의 글 94쪽에서 재인용.
167 염인호, 앞의 글, 429~430쪽.

계속 용납할 수는 없는 일이었다. 조선이 중국과 혁명을 같이 한 혈맹의 관계에 있기는 하였지만 조선족들의 법적 장치 없이 국경을 넘나드는 행동은 한 국가의 공민으로서 해서는 안 될 일이었고, 동북 특히 연변의 역사적, 지리적 특성과 전략적 중요성은 이러한 현실을 재고하지 않을 수 없게 하였다. 그 결과 전 국민을 하나의 이념과 체제 속에 포함시키려는 "문화대혁명"의 과정에서 과격한 방법을 동원하여 이 문제를 해결한 것이다.

"문화대혁명" 시기에 조선을 건너다니고 친조선 정서를 갖는 조선족들을 엄격하게 비판한 것은 이 시기 중국과 조선의 정치·외교적 상황이 역사 이래 가장 나빴다는 사실[168]과도 무관하지 않다. 항일투쟁 시기부터 한국전쟁에 이르기까지 중국과 조선은 힘을 합쳐 싸워온 역사를 지니고 있으며, 중국과 조선이 수립된 후에도 양국은 전 분야에서 긴밀한 관계를 유지하였다. 소련의 후르시초프 정권이 수정주의를 내세우자 마르크스-레닌주의에 입각한 모택동사상을 내세운 중국은 수정주의를 자본주의로의 회귀라고 비판하여 중소 간의 갈등이 정점에 이르렀던 1963년 6월 조선의 최용건과 중국의 유소기는 제국주의와 수정주의를 반대하는 공동성명을 발표하여 양국 간의 동맹관계를 강화하였다. 그러나 1964년 후르시초프가 실각한 후 조선과 소련이 상호 접근을 시도하면서 중국과 조선의 관계가 악화되기 시작하였고 "문화대혁명" 발생 이후 최악의 상황으로 전개된다.[169]

중국과 조선의 관계 악화는 "문화대혁명"을 전후하여 최고조에 달한다.

---

168 조선과 중국의 동맹 관계의 변화에 대해서는 박종철, <1960년대 중반의 북한과 중국 : 긴장된 동맹>(《한국사회》 10-2, 2009)에서 상론된 바 있다. 이하 중국과 조선의 외교관계에 대한 논의는 박종철의 글을 참조함.
169 한 해에 수차례씩 이루어지던 중국과 조선의 고위층 회담은 1965년 3월 북경에서 최용건과 모택동의 회담을 끝으로 1969년 9월 호지민의 장례식에서 최용건과 주은래가 만나기까지 성사되지 않다가 이후 다시 관계가 복원된다. 위의 글, 154~155쪽 참조.

조선과의 외교가 단절된 1965년부터 "문화대혁명" 지도자들과 홍위병들은 조선 지도부를 수정주의자로 몰아붙이고, 김일성에 대한 인신공격을 감행하기도 하였다. 조선에서도 중국 지도부에 대한 비판을 강화하였고 두만강에서는 수로를 변경하여 중국 측 농가가 침수되도록 하기도 하였다.[170] "문화대혁명"이 진행되면서 중국은 조선의 지도부를 수정주의집단으로 명명하여 적으로 규정하였고, 조선 측은 중국이 조선 지도부를 경질하려 한다는 의심을 하기도 하였다.[171] 양국 간의 이러한 대치 국면이 진행되면서 가장 큰 피해를 보게 된 것은 조선족들이었다. 모원신이 주도하는 홍색파들은 조선을 비방하면서 동시에 북한과 내통한다고 생각한 조선족들을 핍박하였고, 그것은 주덕해를 비롯한 조선족 간부들을 투쟁의 대상으로 삼기에 이른다.[172]

주덕해를 실각시키려는 홍색파와 그를 옹호하는 보황파로 나뉘어 갈등을 일으키던 연변 "문화대혁명"의 상황은 점차 악화되어 양측이 총과 폭약으로 무장을 하면서 연변 여러 지역에서 무력 충돌이 발생하여 적지 않은 인원이 사망하거나 부상을 당하게 된다. 특히 연변의학원과 연변병원에서 농성을 벌이던 보황파를 진압하는 과정에서 모원신과 고봉은 홍색파의 민병대와 인민해방군을 투입하여 3,000여 명의 농성하는 자들을 연행하였으나, 이 과

---

170 위의 글, 145~146쪽.

171 위의 글, 150쪽.

172 조선족 간부들에게는 주로 "외국특무"라는 죄명을 씌워 탄압하였다. 그 상세한 정황은 정판룡이 쓴 <연변의 '문화대혁명'>에 다음과 같이 상술되어 있다. "1968년 4월부터 연변에서 처음으로 '계급대오정리학습반'이 주공안국, 주검찰원, 주법원에서 열렸다. 이 학습반에서는 각종 형벌을 다 써가면서 소위 <외국간첩>이라는 명의로 51명의 계급의 적을 붙잡아냈는데 그 중 3명은 형벌을 못 이겨 죽었으며 10여 명은 불구자로 되었다. 몽둥이와 채찍으로 소위 '외국특무'를 잡아내는 이 '경험'은 곧 전 주 사법계통에 보급되었다. 전 주 사법계통의 이런 '학습반'에서 175명이나 되는 조선족정법계통의 간부와 경찰들이 '외국특무'로 몰렸는데 이는 전 주 정법계통 조선족정법간부, 경찰총수의 70%를 점한다. 그중에서 12명이 학습반기간에 맞아죽었으며 82명이 종신불구자로 되었다."(중국조선족역사발자취 편집위원회 편, 《중국조선민족발자취총서 7 : 풍랑》, 민족출판사, 1993, 306쪽)

정에서 53명이 사망하고 130여 명이 부상당하는 참사가 벌어지기도 한다.
1967년 여름부터 1968년 봄에 이르는 기간 동안에 연변의 전 지역에서 무력
충돌이 계속되어 적지 않은 인명이 희생되었다.[173] 이러한 무력 투쟁은 1968
년 8월 연변조선족자치주 혁명위원회가 수립되면서 종식되었지만, 이 기간
동안의 물적, 인적 손실은 물론 이 과정에서 연변 인민들 특히 조선족에게는
큰 상처를 남기게 되었다.

이와 같이 "문화대혁명" 기간 중 중국인 전반이 경험한 고난과 소수민족들
이 겪게 된 피해, 그리고 조선과 관련하여 겪게 된 한족과의 갈등 등 삼중적
인 고통이 연변 "문화대혁명"의 특수성이며 조선족들이 경험한 연변 "문화대
혁명"의 비극적 현실이었다.

2) 조선족소설에 나타난 "문화대혁명"의 기억 양상

그간 조선족연구자들은 조선족문학에 나타난 "문화대혁명"의 영향과 그
양상 등에 관한 연구에 관심이 크지 않았다. 조선족문학을 사적으로 정리한
연구는 중국문학사에서 "문화대혁명" 이후 문학의 특징으로 언급된 상처문
학, 반성문학, 개혁문학 등으로 범주를 구분하고 작품 몇 편을 살펴보고 있을
뿐이다. 조선족문학이 중국문학과 궤를 같이 할 수밖에 없다는 점에서 중국
문학사의 범주를 조선족문학의 사적 정리에 그대로 원용한 것은 큰 무리가
없다. 그러나 조선족문학 연구에서 중국문학사와는 다르게 나타나는 조선족
문학의 특수성의 범주를 다루지 않았다는 점은 한계로 남는다.

---

173 《연변 40년 기사》에 따르면 양 진영의 갈등이 첨예화된 1967년 한 해 동안 수없이 많은
무력 충돌이 발생하여 사망자가 발생한 사건만도 10여 차례나 된다. 연변당사학회 편, 앞의
책, 247~265쪽 참조.

"문화대혁명"이 공식적으로 종식되고 1978년 새로운 정책이 시작되는 시기를 경계로 중국현대사는 이념 중심의 시대에서 시장 중심의 시대로 변화하였다. "흑묘백묘론(黑猫白猫论)"이라는 말로 일컬어지는 "문화대혁명" 이후의 국가정책은 실상 사회주의에서 시장경제로의 전환이었고, 그 결과 "문화대혁명" 이후 중국사회는 그 이전의 지향과 가치와는 전혀 별개의 가치를 지향하는 사회로 되었다. "문화대혁명"이 종식된 직후 조선족문인들은 "문화대혁명"의 아픈 기억과 경험을 떠올리고 "문화대혁명"을 반성, 비판하고 그 이후의 새로운 개혁을 생각하는 작품들을 양산하였지만 사회가 변화해 감에 따라 "문화대혁명"의 기억은 빠른 속도로 사라진다. 그러나 조선족문학은 "문화대혁명"을 경계로 크게 달라졌다. 시대의 변화에 따라 문학도 변화하지만 정신적 상처로 자리 잡고 있는 "문화대혁명"은 지속적으로 조선족문학에 일정한 영향을 미친 것이다. 여기에서는 조선족소설에 나타나는 "문화대혁명"의 모습을 주제적 양상에 따라 몇 가지로 나누어 살피고자 한다.

(1) 비정상적 상황 속의 고난 묘파

"문화대혁명"이 종식되고 몇 해 지나지 않은 1979년 2월 《연변문예》에 박천수의 <원혼이 된 나>라는 단편소설이 발표된다. 많은 연구자들에 의해 조선족 최초의 상흔소설이라는 평가를 받은 이 작품은 "문화대혁명"의 와중에 현행반혁명 죄로 타살된 인물이 원혼이 되어 자신의 집에 돌아와 겪는 일과 자신의 회한을 이야기하는 형식을 취하고 있다. 문혁 직후에 쓰인 이 작품은 원혼이 된 일인칭 서술자의 회상을 통해 당과 인민에 헌신하던 자신이 보수파로 타도당하여 죽음으로 내몰린 한스러운 상황을 이야기하고, 언젠가는 당과 군중이 자신의 원한을 풀어 주리라는 기대를 드러내어 "문화대혁

명" 과정 중에 개인이 당한 비정상적인 고난을 잘 보여준다. 그러나 이 작품
은 분량의 한계도 있겠지만 "문화대혁명" 당시의 일들이 관념적으로 서술되
어 작품의 구체성을 확보하지 못해 소설로서 한계를 보인다.

박천수의 <원혼이 된 나>가 발표된 이후 "문화대혁명"을 다룬 조선족소설
의 상당수는 "문화대혁명"이라는 미증유의 혼란 속에서 핍박받는 사람들의
모습을 다루고 있다. 반혁명이라는 죄명으로 적법절차도 없이 대중들에게
비판당하고, 고문당하고, 감옥에 끌려가고, 심지어는 죽음에 이르게 되는 비
극적인 "문화대혁명"의 현실이 소설의 중요한 제재가 된다.

> "야, 이놈이 무슨 말을 지껄이는가 좀 시켜봤더니 마지막엔 우리나라 오성
> 붉은기까지 모욕하는구나. 호되게 족쳐라."
> 우지끈 쾅.
> "앗!"
> "그래도 특무조직의 내막을 털어내놓지 못할가?"
> "……."
> "정신을 잃었어."
> 삼층대 걸상에서 굴러떨어진 최명운은 다리가 부러졌다.[174]

"문화대혁명"의 과정에서 반혁명이나 특무라는 죄명으로 붙잡혀 나온 사
람들은 혁명의 와중에 홍위병들에게 붙들려가 억압된 분위기 속에서 취조를
당하고 고문을 당하였다. 조선족 혁명열사들의 사적을 연구하던 최명운은
특무라는 죄명으로 붙들려가 엄청난 고문을 당하고 결국은 다리 하나가 부러
지고 만다. 당과 인민을 위해 헌신한 자신에게 아무런 잘못이 없음에도 자신

---

174 장지민, <노랑나비>, 《올케와 백치오빠》, 료녕민족출판사, 1995, 65쪽.

을 붙들어온 호위병들이 몰아세우는 죄를 인정하여야 하는 상황은 육체적인 고통보다 더 참기 어려운 모욕이었을 것이다. 최명운은 2년의 감옥 생활 끝에 버들골로 하방되고, 함께 외국으로 나가자는 아내의 요구를 거절하고 그녀가 출국한 후 간난의 시간을 보낸다. 그러나 "문화대혁명"이 끝나자 그는 다리 치료를 받아 정상으로 돌아오고 누명을 벗고 복직을 하게 되며 아내도 귀국을 하기로 하는 등 정상적인 자리를 되찾는다. 최명운의 고난은 "문화대혁명"이라는 비정상적인 기간에 갑작스레 닥쳐온 악몽이었던 것이다.

"문화대혁명" 시기에 타도당한 사람들이 겪은 고통은 류연산의 <아 쪽박새>[175]에 사실적으로 그려져 있다.

> 이튿날 "악당"들은 "홍위병"들의 총부리의 감시 밑에 일렬종대로 진거리를 나섰다. "반란단" 두목이 전날 떠벌인 최후의 심판장으로 가는 길이었다. 철모르는 애들의 돌멩이나 무지한 인간의 우악진 몽둥이찜질에 어느 목숨이 질지 모를 일, 개개의 "죄범"들은 마치도 도살장으로 끌려가는 소처럼 걸음이 떴고 낯색이 새까맣게 죽어 있었다.[176]

죄 아닌 죄를 뒤집어쓰고 비판을 당하고 언제 죽을지 모르는 공포 속에서 심판장으로 끌려가는 사람들에게 길가에 둘러선 사람들은 돌을 던지고 몽둥이찜질을 한다. 인용문에 나타난 모습은 자신도 알지 못하는 죄과가 씌워져 고문을 당하고 언제 죽을지 모르는 처지가 되어 있는 상황에 가족들은 계선을 나눈다고 나서고 주변 사람들로부터 버림을 받은 사람들이 총부리에 밀려 줄지어 끌려가는 모습은 "문화대혁명" 시기 비판을 당한 수많은 죄 없는

---

175 김학 외, 《그녀는 고향에 다녀왔다》, 슬기, 1987, 164~196쪽.
176 위의 책, 184쪽.

사람들의 모습에 다름 아니다.

"문화대혁명"은 투쟁의 대상이 된 사람들에게만 비극적인 사건은 아니었다. 투쟁당한 사람보다 남은 사람이 더 고통스러운 삶을 살아가게 마련이었다. 박천수의 <원혼이 된 나>의 "나"와 자식들의 삶의 곤고함도 그렇지만 윤림호의 <돌배나무>[177]에는 소학교 교원이었던 가장이 "고린내 나는 아홉째"로 몰려 비판, 투쟁을 받다가 산중으로 도망쳐가지고 자살한 후 "사류분자"로 분류되어 말 못할 고초를 겪는 모자의 삶이 그려진다. 교원의 아내로 살아왔고 또 양심적인 여인이었지만 "문화대혁명"의 와중에 남편을 잃고 난 후 살아남기 위해 인간다운 삶을 포기한다. 그녀는 돈이 궁해 자신을 친동생처럼 대해주는 조선족 집에서 작은 물건들을 훔치고 인근에 있는 방목장의 남자들에게 몸을 팔기도 한다. 그렇지만 자신을 인간적으로 대해주는 옆집의 조선족 언니가 "사류분자"인 자신의 신분 때문에 피해가 갈까봐 걱정을 하고, 방목장 일로 구류소에 가게 되자 아들 쇼핑을 계속 학교에 다니게 하기 위해 자신과 계선을 나누라 하고 도주한다. "문화대혁명" 과정 중에 비판받은 개인의 고난도 고난이지만 살아남은 가족들의 삶 또한 황폐해졌음을 이 작품은 사실적으로 보여준다.

(2) 상황에 부화뇌동한 행위에 대한 반성

정세봉은 1984년 4월《연변문예》에 <하고 싶던 말>을 발표하여 많은 평자들로부터 최초의 반성소설이라는 평가를 받는다. 이 작품은 "문화대혁명" 기간 중 이혼을 당한 아내가 세월이 지난 후 남편에게 그간의 일을 회상하며

---

177 윤림호,《고요한 라고하》, 흑룡강조선민족출판사, 1992, 52~79쪽.

쓴 편지의 형식을 사용하고 있다. 가난한 집안에 시집을 간 금희는 집안을 일으키기 위해 돼지, 오리, 염소 등을 키우지만 이러한 아내의 "소생산" 때문에 입당하지 못할 것을 겁낸 남편은 불만을 갖고 아내와 이혼을 강행한다. 이혼 후에도 시댁 마을을 떠나지 않던 금희는 남편의 핍박에 친정으로 가고 "문화대혁명"이 끝나고 2년이 지난 후에 새로운 삶을 시작한다. 남편은 결국 입당을 하지 못하고 사랑에 빠졌던 여성과 결혼도 하지 못해 2년이란 시간이 지난 뒤 금희에게 새로 시작하자는 연락을 하지만 금희는 이미 늦었다는 편지를 쓰게 된다. 금희네 가족이 겪은 상처를 만들어낸 "문화대혁명"이라는 비정상적 상황 속에 부화뇌동한 남편에 대한 반성과 비판이 이 작품의 주제이다.

이같이 "문화대혁명" 시기에 사회적 분위기에 들떠 가정을 버리면서까지 부화뇌동한 일이나 가족이 고통을 당하는 상황에서 피해를 겁내 가족과 계선을 가르는 등 비인간적인 행위에 대한 반성은 "문화대혁명"을 다룬 소설의 중요한 주제가 되고 있다. 윤림호는 <념원>[178]과 <자취>[179] 등의 작품을 통하여 이러한 주제를 사실적으로 그려내고 있다.

<념원>에서 만영감은 다리를 저는 아들을 고쳐주기 위해 남몰래 작은 규모로 담배농사를 짓고 또 인삼농사를 짓지만 부녀위원이 되어 혁명에 앞장선 아내 한길녀는 남편을 타도한다. 인근의 혁명분자인 심정림을 따라가려 죽을 애를 쓰다 보니 남편이 담배농사를 짓는다는 사실을 선전위원을 비롯한 마을 사람들에게 고발한 것이다.

담배밭은 아주 거덜났다. 그뿐아니라 이튿날 선전위원은 만신창이 된 담

---

178 윤림호, 《투사의 슬픔》, 흑룡강조선민족출판사, 1985, 309~339쪽.
179 위의 책, 340~374쪽.

배밭머리에 "로선투쟁의 심각한 반영"이란 커다란 패쪽을 세워놓고 하루동
안 사원들에게 로선각오교육을 진행했다. 그번 사건이 있은 후 심정림 못지
않은 본보기로 된 마누라는 사흘이 멀다하게 받들려 강용을 다녔으나 일주일
에 한번씩 한쪽알 깨진 돋보기를 끼고 반성서를 써내야만 하는 령감의 위신
은 아이들까지 종주먹질하게 신바닥이 되여버렸다. 마누라의 버릇은 점점
고약해졌고 리혼이란 소리를 아주 잠꼬대같이 해댔다······[180]

착하고 성실한 농사꾼이었던 한길녀는 "문화대혁명"이 시작된 이후 열성
적으로 혁명에 앞장선다. 그녀가 특별히 "문화대혁명"의 이념에 동조하였거
나 집체 농업의 긍정적 효과를 알아 마을 일에 앞장 선 것은 아니다. 심정녀
가 남편의 계급이 상중농이었음을 고발하고 스스로 계선을 구분한다고 혁명
을 함으로써 현부녀회에까지 승급한 것을 본 한길녀는 더 높은 감투를 쓰기
위해 열성적으로 혁명에 나선 것이다. 그래서 그녀는 남편이 아들의 병을
고치기 위해 소규모로 담배농사를 짓는다는 것을 알면서도 남편을 고발하여
마을사람으로부터 더할 수 없는 치욕을 당하게 하고 그 대가로 부녀위원이
된다.

만영감은 담배 농사로 타도 당한 뒤 깊은 골에 묵밭을 일구어 인삼을 심었
으나 아내가 이를 알아차리자 지난번과 같은 치욕을 당하지 않기 위하여
자살을 결심한다. 그러나 심정림의 남편처럼 혼자 죽을 수는 없다고 생각하
고 아내의 목을 조른 뒤 목을 매단다. 인삼밭에 모인 사람들은 인삼밭 규모에
놀라고 이 사건은 마을 사람들에게 자본주의 소생산의 전형 사건으로 교육된
다. 그러나 한길녀는 남편이 죽은 뒤 혁명의 열기를 잃고 만다. 퇴당신청을
하고 집에 앉아 울기만 하다가 자신을 노선투쟁의 화신으로 받드는 기사를

---

180 위의 책, 314~315쪽.

보고 까무러치기도 한다. 남편과의 일 그리고 혁명을 한다며 돌아치던 시기
의 잘못을 반성하며 자신을 죽이지 못한 남편을 원망하기도 한다. 결국 마음
속에 박힌 회한이 병이 되어 죽으면서 아들에게 자신이 저지른 잘못들을
반성하고 남편 옆에 묻어줄 것을 당부한다.

이 작품은 "문화대혁명"의 열기에 부화뇌동하여 날뛴 사람들에 대한 통렬
한 비판을 보여준다. 심정녀가 죽기 얼마 전에 병원에서 만난 두 여자는 자신
들은 죽어도 묻힐 곳이 없으니 둘이 함께 묻히자는 이야기를 나누며 자신들
의 과오를 뉘우친다. 남편과 계선을 가르고 사지로 몰아가면서까지 혁명에
앞장섰던 심정림은 시동생들의 칼을 맞아 죽을 고비를 넘기고 자신의 삶을
통렬히 반성하고, 만영감의 아내 한길녀 역시 "문화대혁명"의 열기 속에 남
편을 사지로 내몬 자신의 잘못을 후회하며 죽음을 맞이하게 된다.

<자취>는 노동모범이었던 어머니의 9년 상에 모인 세 딸이 어머니를 기억
하고 게으르고 어머니를 괴롭히기만 하여 죽음으로 내몬 백수건달 아버지를
성토하는 과정에서 아버지와 어머니의 진정한 모습을 알아가는 구조로 되어
있다. 첫째, 둘째 딸의 아버지에 대한 성토를 통해 어머니가 얼마나 훌륭한
인물이었는가를 보여 주고, 막내딸의 말을 통해 아버지가 그렇게 어머니를
돕지 않고 괴롭히기만 한 이유를 밝힘으로써 "문화대혁명"의 과정에서 인간
이 얼마나 황폐해질 수 있었는가를 보여준다.

항일투쟁 과정에서 여걸다운 행동으로 많은 공을 세웠던 아내는 건국 이
후에도 사회주의 건설을 위해 헌신하고 마을을 위해 몸을 사리지 않는다.
항일투쟁시기 동지였던 남편은 아내가 남모르는 곳에 총상을 입어서 자신의
몸을 돌보아야 함에도 주변 사람들의 칭송에 밀려 또 부녀대장이라는 직책
때문에 몸을 돌보지 않고 죽을힘을 다해 일하는 것을 걱정한다. 현성에 살다
가 전후 복구 작업에 몸을 돌보지 않고 나선 아내가 코피를 쏟는 지경에

이르자 아내를 쉬게 할 생각으로 산골마을 연자포로 찾아들었지만 거기서도
아내는 몸을 아끼지 않고 마을 일을 해낸다. 남편은 아내가 쉬도록 하기 위해
온갖 애를 쓰고 아무 일도 거들지 않고 또 구박까지 하지만 아내는 남편의
뜻을 받아들이지 않고 마을을 위해 헌신하다가 죽고 만다. 그녀가 온몸을
다해 일을 하고 죽은 후 남은 것은 몇 장의 상장뿐이다. 이 작품은 헌신적인
한 인물의 자취를 통하여 혁명의 미명 아래 얄팍한 명예를 대가로 하여 사람
들을 희생시키는 사회와 작은 명예에 자신을 죽음으로 내모는 인간을 희화하
고 있다.

  "문화대혁명"을 제재로 하여 시대 상황에 부화뇌동하거나 상급의 지시에
꼭두각시처럼 따르는 인간에 대한 반성을 드러내는 작품은 매우 많다. 혼란
스런 시대를 살면서 당을 믿고 당의 정책대로 살아야 한다는 일념으로 남편
과 계선을 나누기까지 했다가 문혁 이후 잘못을 깨닫게 되는 한 여인의 삶을
그린 정기수의 <시대의 그림자>,[181] "문화대혁명" 기간 중에 자신의 안위를
위하여 은인이자 선배를 모함하여 비판받게 한 인물의 회한과 후에 같은
사무실에서 만나 화해하는 과정을 그린 리웅의 <참회>,[182] "문화대혁명" 시기
에 자신에게 닥친 위험을 피하고 개인적 영달을 위하여 동료를 모함한 인물
에게 복수하는 내용을 담은 우광훈의 <복수자의 눈물>,[183] "문화대혁명"의
비정상적인 광기 속에서 홍위병들이 빈한한 마을에 학교를 세워 아이들을
가르친 성실한 교사를 탄핵하자 마을 사람들이 열렬히 동조하고 결국은 그들
과 타협하여 노동개조를 하게 되는 과정을 담은 리여천의 <울고울어도>[184]

181 정기수, 《생활의 소용돌이》, 흑룡강조선민족출판사, 1989, 201~224쪽.
182 리웅, 《고향의 넋》, 연변인민출판사, 1984, 171~188쪽.
183 우광훈, 《메리의 죽음》, 연변인민출판사, 1989, 234~262쪽.
184 리여천, 《울고 울어도》, 연변인민출판사, 1999, 1~54쪽.

등 소설들이 이러한 "문화대혁명" 당시의 삶에 대해 반성하는 내용을 담고
있다.

특히 리여천은 <울고 울어도>에서 "문화대혁명의 큰 과오라면 바로 인간
들에게 거짓말을 배워준 것이다. 봉건사회의 노예근성을 가지고 어리숙하게
살던 백성들도 "문화대혁명"에서 배운 대로 매끄럽고 교활해졌고 거짓말을
얼굴색 하나 변치 않고 본때 있게 할 줄 알았다."[185]라고 했는데, 이는 "문화대
혁명"의 폐해를 지적한 것이다. 말하자면 "문화대혁명"이라는 광란의 시대를
살면서 시대 상황에 부화뇌동하여 남에게 피해를 주고, 자신의 안위를 위해
남을 모함했던 사람들의 삶에 대한 통렬한 반성이라 하겠다.

(3) "문화대혁명" 기간의 정책적 오류에 대한 비판

류원무는 1982년 7월 《연변문예》에 <비단이불>을 발표한다. 불로송아바
이라는 별명을 가진 신흥평에 사는 송희준 노인은 아들이 한국전쟁 때 전사
한 대가로 지급된 돈으로 비단이불을 짓고, 자신의 집을 초대소로 정한다.
그는 마을로 파견되어 와서 불철주야 일하는 간부들에게 더욱 열심히 일하라
는 당부를 잊지 않으며 비단이불을 내어 재워준다. 그러나 증산을 명목으로
현실과 맞지 않는 정책이 하달되어 농민들의 삶이 곤고해지자 간부들이 내려
와도 비단이불을 내어놓지 않는다. 그러나 "문화대혁명"이 끝나고 그릇된
정책을 모두 바로 잡고나자 불로송아바이는 드디어 농민이 살게 되었다고
하면서 비단이불을 다시 내어 놓는다.

이 작품에는 "문화대혁명"이 직접 서술되지는 않는다. 그러나 대약진시대

---

185 앞의 글, 44쪽.

를 지나 "문화대혁명"을 거치는 시기에 백성들의 삶을 윤택하게 해주기보다 불가능한 목표를 설정하고 그것을 달성하기 위해 농촌의 현실에 맞지 않는 정책을 하달하고 강제로 집행하는 정책적 오류를 비단이불을 통해 암시적으로 비판한다. "문화대혁명" 기간 중의 정책적 오류를 비판하는 것은 류원무의 <비단이불>이 발표되는 시기부터 조선족소설의 중요한 주제가 된다. 이러한 정책의 오류를 비판하는 방향으로 조선족소설의 주제가 변화한 것은 "문화대혁명"이 끝난 후 시장경제를 우선한 새로운 경제정책이 시행된 것과 궤를 같이 한다.

리태수의 <조각달 둥근달>[186]은 사회주의 경제 체제에서 시장경제로의 전환이 갖는 의미를 소설적으로 그려낸 점에서 주목된다. 이 작품은 한평생 기차구경도 못하고 죽는 사람이 있을 정도로 대대로 가난한 두메산골의 작은 마을인 조각달마을을 배경으로 사회주의를 신봉하는 구세대와 시장경제로 나아가야 한다는 신세대 사이의 갈등을 박진감 있게 그리고 있다. 아무도 농사를 짓지 않으려는 후미진 과수원을 맡은 단오가 과학적인 영농으로 1만 5천 원이 넘는 큰돈을 벌자 이 돈의 처리 방법을 놓고 마을 사람들 사이에 갈등이 일어난다. 생산대와 약정한 2천 원만 납부하고 남는 돈은 단오 것이라는 측과 당연히 마을에서 생산된 돈이니 생산대에 귀속시켜 마을사람들이 공동으로 나누어야 한다는 측의 갈등이다. 단오의 수입은 당연히 생산대에 귀속해야 한다는 사회주의적 신념을 지닌 당원 박봉애는 문제의 해결을 위해 현당위서기를 찾아가 상의한다. 그러나 현당위서기는 새로운 정책에 따라 박봉애가 생각하는 것과는 반대의 의견을 내보인다.

---

186 김학 외, 앞의 책, 7~134쪽.

"아주머니, 아주머닌 단오가 번 돈을 내놓아 촌민들이 나눠가지고 골고루
잘 살아야 한다고 하셨지요?"

"예, 그랬수다."

"그건 안됩니다. 또 그런 방법으로 부유한 길로 이끌 수 없습니다. 그건
마치 가마땜쟁이가 구멍을 때는 것과 같지요. 우리가 몇십년 동안 공동히
부유해야 한다면서 큰가마밥을 먹어보지 않았습니까? 이 마을뿐만 아니라
전 향적으로 누구나 못 살았지요. 실천으로부터 보아 이런 방법으로 백성들
을 부유해지게 할수 없다는것이 이미 실증되였습니다. 그러나 지금 생산책임
제를 실시하면서 호도거리나 전업호, 중점호가 생겨 첫해에 부유해진 집이
있지 않습니까. 그들이 선두에 서서 모범이 되고 추동이 되여 지금 많은 사람
들이 부유해지고 있습니다.……"

"……"[187]

옛 지주 문병삼의 아들인 단오가 그 돈을 갖는 것은 새로운 부농을 탄생시
키는 것이기에 공동의 재산으로 분배되어야 한다고 믿었던 박봉애로서는
사회주의 신념과 어긋나는 현당위서기의 말이 이해가 되지 않는다. 그러나
단오는 과수원 수입으로 트럭을 사서 운수업을 벌여 더 많은 돈을 벌고, 과일
을 직접 내다 팔아 과수원의 수입을 늘인다. 몇 년이 지나 큰돈이 모이자
현당위서기의 도움으로 2십만 원이라는 돈을 대부받아 통조림 공장을 지어
생산에 들어가고, 추후 술 공장을 만들 계획도 세운다. 그리고는 과일 생산,
통조림 제조, 과일과 통조림 수송 그리고 판매에 이르는 일들을 마을 사람
각각에게 합당하게 맡김으로써 마을 전체가 함께 윤택해질 수 있는 길을
마련한다.

---

187 위의 책, 110쪽.

이 작품이 보여주는 바, 능력 있는 사람이 먼저 큰돈을 벌고 이를 바탕으로 사업을 경영하여 마을 주민 전체가 함께 잘 살게 되는 과정은 공동으로 생산하고 분배한다는 사회주의 이념과는 정면으로 배치된다. 이는 사회주의 이념에 충실했던 건국 이후 "문화대혁명"에 이르는 30년의 정책적 오류를 극복하고, 개인의 역량에 따라 부를 획득하면 이를 바탕으로 모두가 부유해질 수 있다는 새로운 정책의 우월성을 소설적으로 형상화한 것이다. 이 작품이 발표된 시기를 전후하여 정책의 오류를 비판하고 시장경제의 당위성을 주장하는 작품들이 적지 않게 발표된다.

"문화대혁명"이 끝나고 집체에서 개체로 전환하는 과정에서 누가 어떤 토지를 경작할 것인가를 놓고 갈등하는 과정 속에서 "문화대혁명" 당시 자본주의로의 퇴보라고 비판받은 사람이 추구하던 방향으로 나아가는 현실을 그린 리웅의 <고향의 넋>,[188] 두부와 관련된 집안의 역사를 이야기하면서 새로운 변화의 시기에 두부장사를 하여 집안을 일으킨 며느리를 통해 "문화대혁명" 중의 정책을 은연중에 비판한 리원길의 <두루미며느리>[189], 집체든 개체든 상관없이 경제적인 부를 누리는 것이 백성들이 바라는 바임을 자각하여, 당원이자 간부로서 백성의 마음을 알고 그것을 소중히 여길 때만이 백성들에게 죄를 짓지 않을 수 있다는 자각을 보여주는 리원길의 <백성의 마음>[190] 등이 그 대표적인 작품이다.

경제정책에 대한 비판을 보인 앞의 작품들과는 달리 우광훈의 <재수 없는 사나이>[191]는 "문화대혁명" 시기의 교육정책을 비판하고 있다. 농촌으로 내

---

188 리웅, 앞의 책, 189~215쪽.
189 리원길, 《백성의 마음》, 연변인민출판사, 1984, 177~240쪽.
190 위의 책, 77~119쪽.
191 우광훈, 《메리의 죽음》, 연변인민출판사, 1989, 5~24쪽.

려가 집체호 생활을 하던 남국이는 당성이 강하다는 이유만으로 남보다 먼저 대학생이 되어 집체호를 떠난다. 그러나 남국이가 대학생활을 하는 동안 농장과 공장으로 노동단련만 다니고 제대로 공부는 못하였다. 그러나 남국이는 성실하게 노동단련을 하여 공농병 결합이 잘 되었다는 평가를 받아 다른 학생들이 시골로 발령받을 때 연길 시내의 공장에 배치 받는 영광을 누리고, 1년 후 지식인이라는 이유로 공장장이 된다. 그러나 폐쇄된 공간에서는 먼지가 폭발할 수 있다는 단순한 과학 상식도 없어서 위험성을 경고하는 여성노동자의 말을 무시하고 작업을 강행했다가 공장이 폭발하자 그 책임으로 재판을 받고 인생이 꼬여버린다. 이는 개인의 의지나 능력과 상관없이 당성만으로 인재를 양성한 "문화대혁명" 시기의 교육 제도에 대한 통렬한 풍자이다.

"문화대혁명" 시기 상부의 정책을 단위에서 일하던 하급 간부들은 이러지도 저러지도 못한다. "문화대혁명"을 비판하는 많은 작품들에서 하급 간부들은 비난과 비판의 대상으로 된다. 하지만 윤림호의 <념원>에 와서는 소자본이라 하여 인삼밭을 갈아엎어 버린 하급 간부가 시대가 바뀌자 그 인삼밭에 살아남은 인삼을 새로운 영농의 밑천으로 삼고 영웅시 된다. 이제는 상부의 지시를 최선을 다해 실행할 일만이 남았다.

(4) 연변 "문화대혁명"의 특수성에 대한 인식과 고발

김관웅은 1979년 12월 《연변문예》에 <청명날>[192]을 발표한다. 이 작품을 보면 "문화대혁명" 초기 특무라는 죄명으로 15년형을 받고 10년 만에 누명을 벗은 억철이는 청명날 자신이 감옥에 가고 두 달 후에 해산하다 죽은 아내의

---

192 김관웅, 《소설가의 안해》, 료녕민족출판사, 1985, 30~64쪽.

산소에 갔다가 우연히 아내와 한 마을에 살았던 한족 여성교사 왕수매를
만나 아내가 어떻게 죽었는지를 듣고, 그녀가 길러준 딸을 찾게 된다는 내용
으로 되어 있다. 그러나 이 작품은 "문화대혁명" 중에 특무로 감옥 생활을
한 억철이나 지구당의 일을 보다가 국민당 특무라는 죄명을 쓰고 죽어간
왕수매의 남편 그리고 우수교원 표창식에서 유소기를 만나 악수하고 그때
찍은 사진을 가졌다는 죄명으로 엄청난 박해를 받은 왕수매 등의 삶을 다루
어 "문화대혁명"으로 말미암은 평범한 사람들의 상처를 정면으로 다루고 있
다. 그리고 수매 부부의 고난에 대해 듣던 억철이가 "정말 그땐 사람이 요귀
로 몰리우고 요귀가 사람인 체하던 세상이였지요…"[193]라고 말하여 "문화대
혁명"을 한 마디로 정의하기도 한다.

　이 작품은 "문화대혁명"이 끝난 지 얼마 되지 않은 시기에 "문화대혁명"
기간의 상처를 구체적으로 보여준 점에 의의가 있지만, 특히 조선족들이 경
험한 "문화대혁명"의 특수한 국면을 보여주고 있다는 점에 주목할 필요가
있다. 억철이가 특무라는 누명을 쓰고 15년형을 받게 되는 것은 앞에서 살핀
바 있지만 연변지역 "문화대혁명"의 특수성과 깊은 관련이 있다. "문화대혁
명" 기간 중 연변에는 반란파와 보수파로 불리는 두 파벌이 주덕해의 처리
문제로 투쟁하였으며 이는 조선족들에게 이중의 아픔을 주는 사건이었다.
주덕해를 끌어내리려는 반란파들은 조선족들이 조선과 연계하려 한다면서
비난을 퍼부었고, 종국에는 수많은 조선족 항일열사들을 조선과 결탁해 중국
을 파괴하려는 특무라는 누명을 씌워 타도한다. 왕수매는 억철이에게 자기
부부의 과거를 이야기하면서 이 문제에 대해 "우리나라 오성붉은기의 붉은
바탕에는 수많은 조선족열사들의 선혈도 물들어 있다고 생각해요. 하여 전

193　위의 책, 48쪽.

당초부터 연변의 조선족들이 나라를 배반하는 '폭란'을 일으키려 했다는 것을 도무지 믿지 않았어요."[194]라고 말한다. 작가는 왕수매의 말을 통해 "문화대혁명" 기간 중에 조선족들이 입은 많은 고통의 원인을 보여주고 그것이 엄청난 오해에서 비롯된 것임을 분명히 하고 있다.

연변 "문화대혁명"의 특수성은 장지민의 <노랑나비>에 잘 드러난다. 이 작품에는 "문화대혁명" 기간 중 수많은 조선족들에게 들씌운 특무라는 죄명이 어떻게 만들어졌는지를 소설적으로 보여준다.

> '동북의 신서광'에서 H시에 파견되여온 홍위병연락소에 잡혀가던 날 저녁이었다.
>
> "너의 수첩에 적힌 일백오십명 명단은 무슨 명단이냐?"
>
> "민족렬사사전을 쓰려고 수집한 혁명가들 명단입니다."
>
> "무슨 혁명을 한 혁명가들이냐?"
>
> "중국혁명을 한 혁명가들입니다."
>
> "제길할, 무슨 조선사람들이 이렇게도 많이 중국혁명에 참가했단 말이냐?"
>
> "그뿐인것이 아니라 몇만 몇십만이 넘습니다. 그 일백오십명은 대표인물에 불과합니다."
>
> "옳다. 말을 잘했다. 우리는 네가 발전시킨 특무가 몇만 몇십만에 달한다는 것을 다 알고있다. 이 일백오십명은 특무조직의 골간에 불과한것이고 이제부터 묻는 말이나 바른대로 대답해라. 그렇지 않다간 산생되는 일체 후과를 네 본신이 책임져야 한다."[195]

조선족 혁명열사사전을 만들기 위한 자료를 모으고 있던 최명운이 조선의

---

194 김관웅, 앞의 책, 58쪽.
195 장지민, 앞의 책, 63쪽.

특무라는 죄명으로 취조를 받는 과정에서 특무의 조직을 밝히려는 홍위병들과 나눈 대화 내용이다. 항일전쟁에서 국공내전에 이르는 중국혁명에 참가하였던 많은 조선족들은 조선의 지도층들과 일정한 연계를 가지고 있었고 조선에 다녀온 사람들도 적지 않았다. 이러한 조선족 혁명열사의 명단이 있다면 이것은 주덕해를 옹호하는 보수파들을 조선특무로 엮을 수 있는 좋은 자료가 될 수 있다. 인용문은 조선족들이 "문화대혁명"의 과정에서 겪게 된 고통의 연원이 무엇이었는가를 소설적으로 그려내고 있다.

리혜선은 장편소설 《빨간 그림자》[196]에서 연변 "문화대혁명"의 특수성을 보다 분명히 보여준다. 이 작품은 장편소설이 갖는 장점을 이용하여 짧은 지면에 암시적으로 드러내야 하는 단편소설의 한계를 극복하고 60면에 가까운 지면[197]을 할애하여 연변 "문화대혁명"의 경과를 상세하게 보여준다. 특히 이 작품은 "문화대혁명" 당시 한족들이 가지고 있던 조선족에 대한 왜곡된 시각과 잘못된 정보들이 다양하게 그려져 있다.

> "당신들 조선사람들이 전 연길시내 수돗물에다 독약을 탔다는데 왜 그렇게 량심이 없는짓을 하는거요?"
> "당신들이 나라를 배반하고 고향으로 도망치려고 한다던데 정말이요?"
> "당신네 정말 량심이 없소. 중국이 없으면 당신네 어디서 살겠소? 남조선은 자본주의나라지, 조선두 소문에 수정주의라던데. 당신네 어떻게 이 사회주의나라를 배반한단 말이요? 키워준 개 발뒤축 문다더니!"[198]
> "저 사람들은 기어코 조선고위급 장교가 '나라배반의 참모'였으며 조선에

---

196 리혜선, 《빨간 그림자》, 연변인민출판사, 1989.
197 이 작품 2부의 4~6장에 해당하는 "불길", "확인", "끝나지 않은 일의 결말"이 "문화대혁명" 기간을 다루고 있다.
198 리혜선, 앞의 책, 204~205쪽.

서 가져온 무기와 탄약으로 '나라배반폭란'을 일으켰다는 것을 승인하라고 하고 있습니다. 세균전을 하고 있다는 것을 승인하라, 연길시 우전국과 중약국, 중앙소학교, 수놓이공장 등이 불붙은것을 우리가 방화한것이라고 승인하라는것입니다."[199]

"문화대혁명" 기간 중 조선족들을 조선의 특무로 몰고, 연변 지역의 극심한 혼란의 책임을 조선족에게 돌리려는 이러한 시도로 인해 조선족은 "문화대혁명" 기간 중에 이중삼중의 시련을 겪었다. 조선족들이 "문화대혁명" 과정에서 겪은 고통의 원인을 고민하고 그것이 어떻게 현실화되었는가를 고민한 이들 작품은 연변 "문화대혁명"의 특수성을 인식하고 비판한 것으로 평가될 수 있다.

이러한 "문화대혁명"의 과정에서 조선족들이 겪은 고통은 또 다른 특수한 국면을 드러낸다. 한족과는 다른 언어와 문자 그리고 문화를 가진 조선족들은 "문화대혁명"의 과정에서 민족문화와 관련하여 한족들과 많은 마찰을 겪게 된다. 형룡순의 <다시 핀 라이라크>[200]는 "문화대혁명" 시기 대학에 진주한 모택동사상선전대 류주임이 교정의 라일락이 자본주의적이라 하여 모두 뽑아버리라는 지시를 내리나 박 교수가 그것을 몰래 이식해 두었다가 "문화대혁명"이 끝난 후 교정에 옮겨 심어 라일락을 다시 즐길 수 있게 되었다는 내용으로 경직된 이념의 폐해를 비판한 작품이다. 그러나 이 작품에는 《중세조선어》라는 책에서 세종대왕이 한글을 창제하였다는 내용을 담은 박 교수가 학부장직을 파직당한 사건과 세종대왕이 훈민정음을 창제했다는 박 교수의 주장에 류주임이 "인민만이 세계력사를 창조하는 동력"[201]이라는 신념

---

199 위의 책, 214~215쪽.
200 현룡순, 《우물집》, 민족출판사, 2003, 116~125쪽.

아래 비판을 가하고, 박 교수가 다양한 전적을 들어 재비판하는 내용이 삽입되어 있다. 이는 문혁 과정에 소수민족의 문화를 말살했던 역사적 오류를 비판하고자 하는 의도로 파악된다.

비교적 소품에 해당하는 장지민의 <관심병 발작>[202]은 일제 때는 일본어를 몰라 업신여김을 당하고 사회생활을 하기 힘들었다가 건국 이후 조선말을 찾아 다행이라 여겼는데 "문화대혁명"의 과정에서 한어만 사용하게 하고 조선어를 말살하려고 했던 사실을 비판하고 있다. 이 작품은 한어를 몰라 타도 당하고 죽음에 이르게 된 남편에 대한 기억을 통해 "문화대혁명" 시기 소수민족의 문화를 말살하려 했던 역사적 사실을 비판하고 있다는 점에서 <다시 핀 라이라크>와 동궤의 역사인식을 보여준다.

(5) 그리움의 대상 혹은 소재로서 "문화대혁명"

조선족소설에서 "문화대혁명"은 비판과 반성의 대상으로 제시되지만 시간이 지나면서 그리움의 대상으로 그려지고, 작품의 주제를 효과적으로 드러내기 위한 소재로 사용되는 등 "문화대혁명" 직후와는 다른 양상을 보이기도 한다. 최홍일의 <푸르렀던 백양나무 숲>[203]에는 연변의학원에서 있은 반란파와 보수파 사이의 총격 사건과 같은 연변 "문화대혁명"의 비극을 그리고 있지만 어린 시절을 회상하는 일인칭시점을 사용하여 "문화대혁명"의 과정에 대한 회한이나 분노보다는 아스라한 그리움이 드러난다.

"문화대혁명"이 발생하던 때 중학교 2학년이던 철수는 어느 조직에도 가

---

201 위의 책, 118쪽.
202 장지민, 앞의 책, 41~52쪽.
203 최홍일, 《흑색의 태양》, 흑룡강조선민족출판사, 1999, 1~44쪽.

입하지 않은 소위 소요파인 대학교수 아버지의 엄명으로 "문화대혁명"에 참여하지 못하고 동네 몇몇 친구들과 방학과 같은 시간을 보낸다. 이때 음악학원 선생인 어머니의 제자 옥설이 누나가 집으로 피신해 와 있어 누나와 마을 어귀 백양나무 숲과 개울을 돌아다니며 즐거운 시간을 보낸다. 그러나 애인이 보수파의 핵심 간부로 의학원에 들어가 있는 누나는 시내에서 들리는 총소리에 불안해하곤 한다. 한 여름을 누나와 즐거이 보냈으나 의학원이 공격을 당하고 부상당한 누나의 애인이 철수네 집으로 피신해 백양나무 숲 속 낡은 오두막집에 숨어 지낸다. 오두막집에서 세 사람은 즐거운 시간을 보내지만 마을에 있던 반란파의 밀고로 철수는 누나가 보는 앞에서 총격전을 벌이던 중 사살을 당한다. 이 사건의 충격으로 누나는 정신이상이 되어 하얼빈에 있는 고향집으로 돌아간다. 이후로 누나를 본 적이 없는 철수에게 옥설이 누나와 함께 즐겁게 보낸 그 해 여름과 오두막집 근처의 백양나무 숲은 언제나 그리운 시공간이 된다.

> 그 뒤로 나는 그녀를 본적이 없다. 후에 병이 나았는지 또 지금 살아있는지 감감 모르고 있다. 대학을 졸업한 이듬해에 나는 그 백양나무숲을 찾은적이 있다. 그러나 실망하고말았다. 숲자리엔 공장이 들어앉았다.[204]

이 작품은 철수가 그해 여름 누나와의 아름답고 즐거운 시간 속을 보내면서 이성을 알아가고 갑자기 뛰어든 누나 애인의 죽음을 경험하면서 어른이 되어가는 모습을 보여주는 성장소설이다. 어떤 충격적인 일을 겪으며 세상을 알게 되었을 때, 그 시간은 잊지 못할 기억으로 각인된다. 어린 시절 "문화대혁명"을 경험한 세대들에게 그것은 엄청나게 놀라운 충격이면서도 아스라하

---

204 위의 책, 44쪽.

고 아름다웠던 시간일 수 있다. 철수는 "문화대혁명"으로 어수선하던 여름 백양나무 숲에서 있었던 누나와의 아름다운 사랑의 감정, 충격 속을 빠져나와 자신의 집으로 숨어든 누나의 애인, 누나와 애인의 육체적 행위 그리고 총격전과 비장한 죽음 등 아이로서는 감당하기 어려운 사건들을 경험한다. 이런 과정이 그에게는 성인이 되는 통과의례의 시간이었을 것이고, 그 시간과 공간은 그에게 영원한 그리움의 공간이 된 것이다. 이렇듯 이전 세대들에게 비판과 반성의 대상이었던 "문화대혁명"이 그러한 부정적 가치는 사라지고 "문화대혁명" 기간 중의 하나의 풍경으로만 존재하고 그 시간은 그리움의 공간이 된 것이다.

"문화대혁명" 기간의 기억이 그리움으로 드러나는 다른 예로 우광훈의 <묘지명>[205]과 <외로운 무덤>[206]을 들 수 있다. 두 작품은 "문화대혁명" 기간 중 하향하여 집체호 생활을 하던 시기에 있었던 일들을 회상하는 형식을 취하고 있다. <묘지명>은 집체호 생활을 하던 박상호가 아버지가 반혁명분자로 20년 형을 받은 탓으로 혼자 남게 되자 대대양봉장을 지원하고, 거기서 만난 리은희라는 처녀와 사랑에 빠진다. 그러나 상호는 자신의 성분을 안 은희의 아버지가 간곡히 설득하자 은희 몰래 마을을 떠난다. 그 후 아이를 낳고 살던 상호가 백혈병으로 죽음을 맞이했을 때 아내에게 은희에 대한 이야기를 하자 아내가 은희를 병원으로 데려 온다. 병상에서 만난 두 사람은 하염없이 울었고 아내와 은희의 간호에도 상호가 운명하자 은희는 그날 밤 자살을 한다. 아내는 상호와 은희를 함께 장례 지내주고 합장을 해준다. 상호에게 있어 "문화대혁명" 기간의 집체호 생활은 죽을 때까지 그리움의 대상으로 남아 있었던 것이고, 그의 아픔과 그리움을 이해한 아내는 두 사람의 장례

---

205 우광훈, 《메리의 죽음》, 연변인민출판사, 1989, 56~70쪽.
206 위의 책, 113~133쪽.

를 함께 치른 것이다.

<외로운 무덤>에서 "나"는 집체호 시절에 만난 한족 연인 동매와 깊은 사랑에 빠졌으나, 동매 아버지가 딸이 성분이 좋지 않은 자신과 사귀는 것을 반대하는 것을 알고는 붕괴된 마음을 안고 마을을 떠난다. 집으로 돌아온 그는 아버지와 관련된 일로 많은 고초를 겪고 몸과 마음이 황폐해져 풀려나 오자 동매와의 기억이 남아 있는 마을을 찾아가지만 동매 아버지에게 동매가 슬픔과 절망 속에서 죽었다는 소식을 듣는다. 이 작품에서도 집체호 시절은 힘들기는 하였지만 순수한 사랑을 나눌 수 있었던 아름다운 고장으로 기억되고 있다.

이들 작품과는 달리 방룡주의 <멘젤레예브마크>[207]는 당대의 과학자인 김익준 교수가 전문학자는 아니지만 정열을 바쳐 과학 연구에 몰두하여 가치 있는 연구 성과를 낸 리준호라는 청년의 업적을 인정하여 그를 전국물처리과학자회의에 데리고 가기로 하고 자신의 학문적 명예로 알고 있는 멘젤레예브 마크를 선사한다. 보일러공의 아들인 리준호는 "문화대혁명" 기간 중에 김익준 교수를 타도하여 그의 집을 수색하다가 발견한 보일러에 관한 연구 주제를 보고는 그것의 중요성을 알아 그것을 감추어 집으로 돌아왔고 이후 보일러공이 되어 그것을 꾸준히 연구하여 큰 성과를 낸 것이다. 이 작품에서 "문화대혁명"은 김익준 교수의 연구 주제가 리준호에게 넘어가게 되는 과정을 보여주는 소재로 등장하여 작품의 주제를 드러내는데 필요한 스토리 전개 과정에서 필연성을 확보하기 위한 소설적 장치가 된다.

이와 같이 "문화대혁명"은 적지 않은 조선족소설에서 작품의 주제를 강조하거나 스토리 전개 과정에서의 필연성을 확보하기 위한 장치로 사용된다.

---

207 방룡주, 《황혼은 슬프다》, 연변인민출판사, 2000, 42~60쪽.

어린 시절 "문화대혁명"의 와중에 부모들이 비판을 받게 되어 가족이 흩어질 때 외가에서 지낸 일들을 작품화한 우광훈의 <시골의 여운>[208]에는 "문화대혁명"의 상황과 이 시기 농민들의 어려운 삶 등이 단편적으로 등장한다. 남녀가 주고받는 서신의 형식으로 집체호 시절에 만나 뜨거운 사랑을 나누던 남녀가 엇갈리는 운명으로 헤어지고 오해로 인해 여자가 죽음에 이르는 연애소설인 양고범의 <저승에서 온 편지>[209]에는 "문화대혁명"이 사랑하는 남녀의 운명이 엇갈리게 되는 장치로 사용된다. 또 개혁개방 시대를 맞이하여 공사 사장으로 부임하여 주변 사람들의 불안한 시선에도 불구하고 다소 무원칙해 보이는 방식으로 공사의 여러 사업을 성공적으로 이끄는 송범 사장을 통해 새로운 시대의 지도자상을 그리고 있는 김길련의 <인민대표>[210]에서는 송사장의 인물됨을 드러내기 위한 장치로서 "문화대혁명" 기간 중 그가 어떻게 지냈는지를 보여주고 있다.

이상과 같이 조선족소설에 나타난 "문화대혁명"의 기억을 살펴보았다. "문화대혁명"은 중국현대사에서 10년에 걸친 미증유의 사건으로 미국이나 일본 등지에서 상당한 연구가 축적되어 있음에 비해, 중국 내에서는 1981년 6월 중국공산당에서 "문화대혁명"을 평가한 <건국 이래 당의 약간의 역사문제에 대한 결의> 이후 본격적인 연구는 소루한 형편이다. 마찬가지로 조선족 사회에서의 "문화대혁명"의 양상과 그 의미 그리고 조선족문학에 미친 문혁의 영향 등도 본격적인 연구는 크게 진전되지 않고 있다. 여기서는 이런 점에 착안하여 조선족 사회에서 전개된 "문화대혁명"의 특수한 국면들을 살피고 "문화대혁명" 이후 조선족 소설에 나타난 문혁의 기억을 정리해 보았다.

---

208 우광훈, 《가람 건느지 마소》, 흑룡강조선민족출판사, 1997, 1~98쪽.
209 《연변대학 문학반 졸업 작품집》, 연변인민출판사, 1986, 338~364쪽.
210 김길련, 《김길련작품집》, 료녕인민출판사, 2006, 262~283쪽.

조선족 사회에서의 "문화대혁명"은 중국 전역에서 전개된 "문화대혁명"과 비슷한 양상을 보이기는 하지만 몇 가지 특수한 국면을 보인다. 그것은 "문화대혁명" 기간 중 중국 전역에 몰아닥친 정치적 사회적 혼란과 고통과 함께 중국공산당이 지향하는 이념의 방향과 소수민족의 현실 사이의 괴리에 의해 나타난 박해, 그리고 "문화대혁명" 당시 한국과 조선 사이의 갈등에서 비롯된 한족과의 갈등 등이 그것이다. 연변 "문화대혁명"의 특수성은 이러한 세 가지 상황이 맞물려 극렬한 양상을 보이며 "문화대혁명" 기간 동안 조선족들은 비극적 현실을 맞이하게 되었다.

이후 조선족 소설에는 "문화대혁명"이 중요한 제재로 등장하여 상당수의 소설이 다양한 각도에서 "문화대혁명"을 다루고 있다. 여기서는 "문화대혁명"을 제재로 한 조선족소설을 "문화대혁명"이라는 비정상적 상황 속에서 겪게 된 고난을 묘파한 작품, 서로가 서로를 비판하고 모함하는 "문화대혁명"이라는 상황에 부화뇌동한 행위를 반성하는 작품, "문화대혁명"으로 대표되는 사회주의를 지향하던 시기의 국가 정책이 범한 오류를 비판한 작품, 연변 "문화대혁명"의 특수성을 인식하고 그 문제점을 고발한 작품, 과거가 되어 버린 "문화대혁명" 기간을 그리움의 대상으로 삼거나 단순히 주제를 강화하기 위한 소재나 장치로 다루고 있는 작품 등 다섯 가지 유형으로 나누어 그 양상과 의미를 규명해 보았다.

"문화대혁명"은 중국인들에게 엄청난 정신적 외상을 갖게 한 사건이기는 하지만 이를 직접적인 제재로 다루고 있는 조선족소설은 그리 많지 않다. 그 이유는 몇 가지로 추정해 볼 수 있을 것이다. 먼저 "문화대혁명"이 너무나 엄청난 정신적 상처를 남겼기에 아직은 그것을 직접적으로 소설의 제재로 다루어 그 의미를 구명하기에는 시간적 거리가 너무 짧다는 점이다. 더욱이 "문화대혁명"은 피아가 구분되지 않는 내부 혁명의 과정이어서 박해자와 피해자가 명확하지 않다는 점에서 서사적 사건으로 다루기에는 어려움이 내재한다. 또 "문화대혁명" 이후 개혁개방으로 나아가 사회적으로나 경제적으로나 급격한 변화를 겪게 되어 "문화대혁명"에 대한 기억이 옅어질 수밖에 없었다는 점과 함께 조선족들에게는 한중수교라는 엄청난 역사적 상황과 맞물려 "문화대혁명"의 의미를 구명하는 일은 후순위로 밀린 점도 중요한 이유가 된다.

그러나 "문화대혁명"은 중국현대사의 트라우마이며 조선족들에게 지울 수 없는 정신적 외상으로 자리하고 있다. "문화대혁명"이 끝난 지 40년이 지난 현재 "문화대혁명"의 기억이 모두 사라지기 전에 "문화대혁명"을 체험한 세대들의 기억을 정리할 필요가 있다. 그리고 조선족이 경험한 문혁의 특수한 국면들이 문학 작품에 어떤 방식으로 스며들어 형상화되고 있는지를 고구하여야 할 것이다. 이를 위해서 조선족소설에 나타난 "문화대혁명"의 기억을 살피는 것과 함께 "문화대혁명" 세대와 이후 세대 작가 사이에 나타난 "문화대혁명"을 다루는 방식의 차이에 대한 고찰, 그리고 문혁 이전과 이후의 조선족 소설에 나타난 현실인식과 정서 그리고 상상력 등의 차이를 구명하는 연구 등이 요구된다.

제4절 노예근성에 대한 비판
: <한 당원의 자살>과 <메리의 죽음>

모든 문학현상은 모두 고립적 존재가 아니라 그것과 긴밀한 연관성을 갖고 있는 문화콘텍스트 속에서 존재한다. 이를테면 개혁개방후의 조선족문학의 작가나 작품들은 모두 전반 중국문학을 포함한 전반 문화의 콘텍스트

속에서만 올바르게 이해하고 해석할 수 있다. 1980년대 전반기에 중국주류 문단에는 수많은 사람들의 시선을 모았던 문학현상, 즉 "반성문학(反思文学)" 이 나타났다. 이른바 "반성(反思)"이란 낱말은 철학적인 술어로서 반성, 회고, 재사고, 재평가, 기성결론에 대한 회의 등 다층적인 의미를 갖고 있다. 그러므로 반성문학은 비록 상처문학(伤痕文学)의 토대 위에서 산생했지만 상처문학에 비해 더 깊은 역사적 종심감(纵深感)과 보다 큰 사상적 용량(容量)을 갖고 있다. 극좌노선에 대한 폭로와 비판, 관료주의에 대한 고발, 사회와 역사 비극에 대한 제시 그리고 비극적 인물의 운명에 대한 재현과 해부, 비극적 인물의 성격에 대한 부각은 반성문학의 선명한 특색으로 된다.[211]

1978년 연말에 개최된 중국공산당 제11기 3차 전원회의 후 사상해방운동의 영향 하에서 정치상의 발란반정운동(拨乱反正运动)이 일어남에 따라 중국의 작가들은 보다 냉정하고 엄숙하고 실사구시적인 태도로 지나간 역사를 되돌아보게 되었다. 그들의 시야는 보다 넓어지고 그들의 사색은 보다 깊어지게 되었는데 그 결과 반성문학이 나타나게 되었다. 반성문학은 상처문학이 발전되고 심화된 것이다. 상처문학에 비해 반성문학은 지나간 세월 속에서 발생한 고난과 상처를 제시하는데 만족하지 않고 이러한 고난이 나타나게 된 역사적 원인을 애써 밝혀내려고 했으며 "문화대혁명"이라는 10년 동란을 재현하거나 표현하는데 만족하지 않고 1957년 "반우파투쟁" 이래 심지어는 그 이전의 역사단계까지 눈길을 돌렸다. 반성문학은 역사의 시비를 다시 캐고 일관적으로 옳았다고 여겨왔으나 실천에 의해 잘못된 정책, 노선이나 사건으로 판명된 지나간 역사에 대해서 회의를 제기하고 여러 가지 예술표현방식으로 그것들을 충분하고도 심각하게 재현하거나 표현하였다.

---

211 陈思和主编, 《中国当代文学史教程》, 复旦大学出版社, 1999年, 第206页。

반성문학이 흥기한 초기에 "반우파투쟁", 대약진운동, 인민공사화운동, "문화대혁명" 등 일련의 정치운동의 역사적 진실이 반성문학에 의해 밝혀졌다. 그중에서도 가장 주목되는 것은 1957년 "반우파투쟁" 이후 일련의 그릇된 정책과 노선이 실시될 수 있었던 근본적 원인은 수령에 대한 개인숭배와 중국인들의 노예근성 때문이라 것을 비판하는 작업이었다.

노예근성에 대한 중국인들의 비판작업은 "5·4"신문화운동시기 노신 같은 작가들에 의해 이미 진척되었고 개인숭배에 대한 비판은 개혁개방의 총설계사인 등소평의 사상과 밀접한 연관성이 있다. 주지하다시피 수령 개인의 역할이나 공적을 너무 부풀리거나 신격화하는 "개인숭배"나 "조신운동(造神运动)"에 대해 마르크스주의는 기치선명하게 시종일관 반대하여 왔다. 그러나 중국공산당이 집정하게 된 이후로부터 여러 가지 역사 및 현실적 원인으로 인하여 당내와 전반 사회에는 해방초기로부터 1976년에 이르는 30년에 가까운 동안에 수령에 대한 개인숭배가 나타나게 되었으며 "문화대혁명"이라는 10년 동란시기에는 수령을 신격화하는 "조신운동"이 더욱 더 기세 높게 일어났다. 이는 당내의 민주생활 및 당과 대중 사이의 관계 그리고 나라와 백성들에게 막대한 재난과 손실을 가져다주었다.

등소평은 개인숭배에 대해 가장 일찍 경각성을 갖고 있었다. 1954년 6월 당의 제7기 4차 전원회의에서 등소평은 당내에서 자라나기 시작한 극단적으로 위험한 교오정서와 개인숭배에 대해 날카롭게 비판하였다. 그 뒤 2년이 지난 1956년 2월, 소련공산당 제20차 대회에서 스탈린에 대한 개인숭배를 비판하였는데 이는 중국공산당에 경종을 울려주었다. 당내에 개인숭배가 움터서 자라나는 것을 방지하고자 등소평은 1956년 제8차 당대표대회에서 진술한 <당규약을 수정할 데 관하여>라는 보고에서 수령을 신격화하는 것과 수령에 대한 개인숭배를 방지할 데 대해 전문적으로 지적하였다.

그러나 등소평의 이런 노력은 수령에 대한 개인숭배의 과열추세에 제동을
걸지 못했다. 1950년대 말부터 "문화대혁명" 10년 동안에 수령의 좌경적인
과오는 날로 확대되어 갔지만 수령에 대한 개인숭배는 나날이 승격되어 갔
다. 1977년부터 1978년 하반년에 이르는 사이에 등소평은 "문화대혁명"의
침통한 교훈에 비추어 이론 및 실천 면에서 수령에 대한 개인숭배를 날카롭
게 비판했다. 등소평은 "무릇 모주석이 결정한 것에 대해 우리는 모두 견결히
수호해야 하고 무릇 모주석의 지시한 것에 대해 우리는 모두 시종여일하게
준수해야 한다."고 한 화국봉의 그릇된 주장을 비판하고 실사구시의 사상노
선을 강조했다.

등소평은 이론적인 면에서뿐만 아니라 제도적인 면에서도 개인숭배의 중
요한 토양으로 되었던 종신제(終身制)를 폐지하고 간부퇴직제도를 건립하고
자신이 솔선수범하여 권좌에서 물러나면서 "한 나라의 운명이 한두 사람의
권위에 의해 좌우지되는 것은 아주 건강하지 못하고 아주 위험하다"[212]고
의미심장하게 지적하였다. 그것은 개인숭배나 수령을 신격화하는 조신운동
(造神运动)은 정치의 이화(异化)를 가져오기 때문이었다. 수령은 인민대중의 일
원이고 공복(公仆)이어야 한다. 수령에 대한 개인숭배나 신격화는 실제상에서
수령이 인민대중의 머리 위에 군림하여 인민대중을 지배하는 이기(利己)적
힘으로 변질하였음을 의미하기 때문에 등소평은 해방 후 시종일관하게 수령
에 대한 개인숭배를 견결히 반대해왔던 것이다.

등소평을 비롯한 수많은 로일대 혁명가들의 장기간의 간고한 노력과 투쟁
을 거쳐 1978년 연말에 개최된 당의 제11기 3차 전원회의에 와서야 비로소
중국공산당은 수령에 대한 개인숭배의 출현을 효과적으로 방지할 수 있는

---

212 《邓小平文选》第3卷, 人民文学出版社, 1994年, 第311页。

정치적 토대를 마련하게 되었다. 이러한 장구한 역사과정을 거쳐 등소평은 개인숭배를 반대할 데 관한 중국공산당의 이론을 풍부히 하고 발전시키는 면에서와 이 이론을 정치실천에 옮기는 면에서 결정적인 기여를 했다.

문학은 사회생활을 반영하는 만큼 개혁개방 이후의 중국문학에 수령의 개인숭배를 반대하는 이러한 사회적분위기가 반영되지 않을 수 없었다. 그 가장 대표적 사례로 마라친푸의 단편소설 <생불의 이야기>를 들 수 있다. 그리고 비록 마라친푸의 이 작품보다 뒤에 나타나기는 했으나 비슷한 주제적 성향을 지닌 작품으로 조선족소설가 리원길의 중편소설 <한 당원의 자살>, 우광훈의 단편소설 <메리의 죽음> 등을 들 수 있다.

리원길(李元吉, 1944~)은 1944년 길림성 류하현에서 태어났다. 그는 1949년 부모를 따라 길림성 유하현 해룡진으로 이사를 했고 거기서 초급중학교와 고급중학교를 마쳤다. 1962년 연변대학 조문학부에 입학했고 대학생시절에 연길에서 "문화대혁명"을 겪었다. 1968년 11월에 흑룡강성 흑하지구의 군대 농장에 가서 밀농사를 지었다. 1970년 4월 북대황에서 풀려나와 길림성 해룡현제9중학교에서 교편을 잡았으며 1979년에는 부교장으로 임명되어 일하다 가 이듬해에 해룡현제11중학교 부교장으로 전근하였다. 1979년 첫 석사연구 생으로 중앙민족대학에 입학하여 1982년에 졸업한 후 본 대학 조문학부의 강사로 일하다가 1984년 11월에 중국작가협회 연변분회의 부주석으로 자리 를 옮긴 후 10여 년 동안 연변인민출판사 부총편 등으로 전전하면서 작품활 동을 하였다. 그러다가 1995년 다시 중앙민족대학 조문학부로 가서 교편을 잡았다.

리원길은 대학시절부터 문학에 대한 열망을 가지고 뛰어난 창작능력을 보여준 바 있지만 "문화대혁명" 시기의 혼란한 정세는 그에게 창작의 자유를 마련해 주지 않았다. 1979년 매하구 제11중학교 부교장으로 재직하던 리원길은 처가가 있는 석현으로 가는 길에 연변인민출판사에 근무하던 대학시절의 선배 김봉웅을 만나 "문화대혁명"으로 허송한 청춘에 대한 아쉬움을 나누다가 편집실의 문학적 분위기에 취해 소설창작에 대한 강렬한 충동을 느꼈다. 리원길은 창작열에 사로잡혀 처가에 가서 "문화대혁명" 직후 문단의 주류를 이루었던 상처문학의 경향을 반영해 단편소설 <다시 찾은 청춘>(1979)을 창작해 발표했다. 그때로부터 중단편소설집 《백성의 마음》(1984), 《피모라의 병졸들》(1995), 《코리안나이트》 등을 발표했고 대하소설 《땅의 자식들》 제1부 《설야》(1989), 제2부 《춘정》(1992)을 발표하였다.

리원길의 중편소설 <한 당원의 자살>(1985)은 주인공 김호천의 부고(訃告)를 받은 작중인물 정희봉의 관찰자시점으로 김호천이 자살을 하게 된 경위를 추적하는 형태로 이야기를 엮고 있다. 말하자면 전도적인 서술기법에 의식류 기법을 가미한 소설이라 하겠다. 이 소설은 사회주의건설 가운데서 큰 좌절을 겪은 1950년대 말과 1960년대 초를 시대적 배경으로 삼고 어느 현(縣) 저수지공사장에서 일어난 한 당원의 비극을 통해 오랫동안 중국을 지배한 극좌정치노선이 당과 인민에게 준 막대한 피해에 대해 고발하고 있다.

20만 인구를 가진 한 작은 현에 극좌정치노선과 관료주의가 판을 치는 바람에 곡식들이 눈에 묻힌다. 하지만 현에서는 수많은 인력을 동원해 마랍산저수지공사를 벌린다. 일군들은 이루 말할 수 없는 고생을 하면서 일하지만 끼니마다 깡마른 전병에 기름 한 방울 없는 시허연 배추국만 먹는다. 그런데 저수지공사의 권력을 틀어쥔 진국개는 일군들에게 내려온 보조금을 갈취해가지고 흥청망청 술판을 벌리고 계집질을 한다. 겨울이 오면 준다고 하던 신발도 주지 않아 일군들은 발이 얼어터질 지경이다. 그들의 원성은 하늘을 찌른다. 이들 속에 용내천 민공대 책임자 김호천이 있다. 1950년대 초에 입당한 그는 "당에 매인 몸"이라는 자각을 한시도 늦춘 적 없다. 소년시절에 벌써 목숨을 바칠 각오를 하고 결사대에 참가해 싸웠고 후에는 해방군에 참군해 3년간 싸웠다. 부대에서 돌아온 이듬해는 당의 부름에 따라 A시에 가서 똥통을 메고 공중변소를 치는 일을 했고 농촌에 돌아온 후에도 마른일 궂은 일 가리지 않고 열심히 일했다. 희봉이 병이 나서 대장자리를 비우게 되자 아무 말 없이 저수지공사장에 가서 공사민공대 부대장, 현동부구역민공대 부대장 겸 용내천민공대 대장의 직무를 맡고 동분서주하면서 뼈 빠지게 일했다. 진국개의 꼬락서니를 가만히 볼 수 없어 일하기를 거부하는 일군들을 다독여가지고 열심히 일을 하지만 김호천에게는 신발 한 켤레 차례지지 않는다. 애초에 헌 신을 신고 마랍산에 오른 김호천은 하는 수 없이 당비로 신을 샀다. 이를 알게 된 진국개는 자기의 음탕한 행위가 김호천에게 꼬리가 잡혀 전전긍긍하던 차에 이제야 보복할 수 있는 좋은 기회가 왔다고 속으로 잘코사니를 부른다. 진국개는 당원대회, 간부회의를 열어가지고 김호천을 호되게 비판, 투쟁하고 출당시키겠다고 으름장을 놓는다. 이렇게 되자 워낙 마음이 약한 김호천은 억울함을 견디지 못하고 자살을 한다. 현의 지도자는 김호천의 비극을 두고 다음과 같이 생각한다.

"김호천의 자살은 그 개인을 파멸시켰지만 진국개 같은 당원들은 우리 당 전체를 만성적인 자살로 이끌어갈 수가 있다. 이것은 신호이다."

이처럼 이 소설은 1950년대 말의 시대적 상황을 배경으로 김호천의 비극적 운명을 통해 역사의 뼈저린 교훈을 잊지 말아야 한다고 경종을 울려주고 있다. 이 소설은 강한 비극의식과 우환의식을 보여줌으로써 이 시기 소설에서 이채를 띠고 있다. 이 작품은 조선족문단의 반성문학의 대표작의 하나로서, 발표 당시 상당히 큰 반향을 불러일으켰으니 "리원길 자신의 창작으로 볼 때 확실히 획기적이며 돌파적인 작품이다."[213]

리원길이 창조한 김호천의 형상은 당에 무조건 충성하는 보통 당원의 형상으로서 그의 비극은 물론 좌경정치노선과 일부 당원간부들의 관료주의 작풍과 부정부패에 의해 비롯되었다. 하지만 김호천의 신조 — "당에 매인 몸"이라는 생각은 인간의 주체성과 공산당원의 비판정신을 상실한 사고방식이라 하겠다. 이러한 노예근성과 그 비극을 더 깊이 파헤친 것은 우광훈의 단편소설 <메리의 죽음>(1987)이다.

우광훈의 인적 상황에 대해서는 리광일이 <인간과 자연의 관련 속에서의 우광훈의 소설>[214]에서 잘 조사, 정리했다. 우광훈은 1954년 10월 1일 연길에서 출생했다. 1959년 연변인민출판사에서 일하던 우광훈의 아버지는 우파분자로 몰려 훈춘에 가서 노동개조를 받게 된다. 우광훈네 여덟 식솔은 다섯 곳에 헤어져 살아야 했다. 우광훈은 심양 근교에 있는 소가툰에 있는 외갓집에 얹혀살게 되었다. 1961년 외할아버지가 무작정 조선으로 가는 바람에 우광훈은 연길에 있는 부모 곁으로 다시 돌아오게 되었다. 우광훈은 1962년 8월 연길시하남소학교에 입학해 연길에서 "문화대혁명"을 겪게 되었다. 1968년 연길시제5중학교에 입학했으나 그 이듬해 말 아버지가 돈화현 마호공사 쟈피거우 3대로 하향하는 바람에 우광훈도 허울 좋은 지식청년으로 되어 아버지를 따라 시골에 가서 농사를 짓게 되었다. 1974년 아버지가 연변복동탄광 남양갱의 총무로 자리를 옮기자 우광훈도 화룡현 동성공사 홍성 10대 집체호로 자리를 옮긴다. 1977년 우광훈은 노동자모집에 추천되어 연변석탄지질대 지질탐사공으로 되었다. 1979년 아버지가 우파모자를 벗고 복권이 되자 우광훈은 처녀작 <외로운 무덤>을 발표하고 그해 국경30주년응모에서 소설부분 2등상을 받게 된다. 1983년 3월 연변대학 조문학부 문학반에 입학해 공부했고 1987년 3월 연변작가협회 전직작가로 되어 본격적으로 문

---

213   정판룡, <머리말을 대신하여>, 리원길, 《피모라이 병졸들》, 민족출판사, 1995, 4쪽.
214   연변작가협회 편, 《'50후' 중국조선족대표작가 작품 평론집》, 연변인민출판사, 207~223쪽.

학창작을 하게 되었다. 그는 2014년 정년을 하기까지 연변작가협회 창작연락부 주임으로 일하면서 문학창작에 전념하였다. 그는 단편소설집《메리의 죽음》,《가람 건느지 마소》, 장편소설《흔적》등을 발표했다.

리원길의 중편소설 <한 당원이 자살>은 의식류의 기법을 도입하기는 하였지만 기본상 세부묘사에 의한 사실주의방법으로 주인공의 성격과 그 비극을 형상화하고 있다면 우광훈의 단편소설 <메리의 죽음>은 상징기법을 구사한 작품이라 하겠다. 개혁개방 전기에 헤밍웨이의《노인과 바다》와 같은 작품들이 조선족문단에 소개되었다. 이에 일부 실험정신을 갖고 있는 소설가들이 상징기법을 자신의 소설창작에 도입하기 시작했는데 그 가장 대표적인 사례가 바로 우광훈과 그의 단편소설 <메리의 죽음>이라 하겠다. 이 작품은 1987년 "천지문학상"을 수상했는데 그 경개는 다음과 같다.

메리는 셰퍼드와 토종개 사이에 태어난 잡종이지만 용감한 사냥개다. "다만 충성심과 순종"만 있는 메리는 주인의 사냥을 돕기 위해, 주인의 목숨을 구하기 위해 멧돼지나 곰 같은 맹수와도 죽기내기로 달려든다. 어느 날 10년 세월을 생사를 같이하던 주인은 맹수에게 당해 살이 찢기고 창자가 흘러나와 죽는다. 주인을 잃은 메리는 산에서 헤매게 되는데 어느 새 승냥이나 멧돼지, 곰도 슬슬 피해가는 억세고 용맹한 사냥개로 군림한다. 하지만 메리는 분명 인간에게 순화된 개였다. 인간에 대한 정과 천성적인 충성심, 절대적인 순종만은 변하지 않는다. 결국 메리는 다른 사냥꾼의 사냥개로 된다. 새 주인은 메리를 이용하면서도 그 내력을 의심하고 미심쩍게 생각한다. 어느 날 암캐 워리와 정이 들어 흘레를 하자 새 주인은 역겹다는 듯이 메리를 발길로 걷어 찬다. 이런 수모와 괄시를 당했지만 메리는 여전히 새 주인을 따라 멧돼지사냥에 나선다. 새 주인은 사격술이 변변치 못했다. 그의 총알에 빗맞은 멧돼지는 노호하면서 새 주인에게 달려든다. 새 주인이 허겁지겁 나무를 타고 오르자 멧돼지는 미처 피하지 못한 암캐 워리를 떠박지른다. 나무에 오른 주인이 다시 총을 쏘자 메리는 총에 맞은 멧돼지의 숨통을 물고 놓지 않는다. 멧돼지가 숨이 끊어지자 메리는 저만치 쓰러져있는 워리를 찾아가 몸뚱이에 흐르는 피를 핥아주었다. 그런데 매정한 새 주인은 메리에게 총을 쏘았다. 메리가 쓰러지자 새 주인은 곁으로 다가와 발로 툭툭 차면서 이를 갈았다. "제길, 너 같은 사냥갤 믿고 사냥하다간 큰 코 다치겠다. 어디서 굴러온 똥갠지 믿다가 큰 코 다칠번 했군…" 사나이는 이렇게 욕사발을 퍼붓고 나서 죽은 멧돼지 옆에 가 한참이나 서 있다가 히죽이 미소를 지었다.

이 작품은 토사구팽(兎死狗烹)이라는 사자성어를 떠올리게 한다. 토끼사냥이 끝나면 사냥개는 삶아 먹는다는 뜻, 곧 쓸모가 있을 때는 긴요하게 쓰다가도 쓸모가 없어지면 헌신짝처럼 버린다는 말이다. 바로 이런 의미에서 금성(김성호)은 "옛날 군주가 왕업을 이룩한 다음 충신의 목을 자른 일과 같은 것은 현대에도 어렵지 않게 찾아볼 수 있다"[215]고 하면서 이 작품은 모택동의 절대적인 권력과 개인숭배 하에 죽은 수많은 개국공신들의 비극을 암시한 것이라고 지적하였다. 하지만 이 작품을 그 당시의 사회문화적 콘텍스트 속에서 분석해본다면 새로운 의미를 부여할 수 있다. 김관웅은 다음과 같이 지적한다.

"이 작품에 내포하고 있는 다의적인 상징성을 독자들은 나름대로 해석할 수 있겠지만 당시 중국문단에서 '인간의 주체성'문제가 가장 중요한 이슈로 떠올랐던 것을 연상한다면 <메리의 죽음>은 오랜 세월 자기의 주체성을 상실하고 살아왔던 수많은 중국인들의 비참한 운명의 상징이라고 해석해도 대과는 없을 것이다.

---

215 금성, <우광훈, 너는 누구냐>, 《투사와 작가》, 흑룡강조선민족출판사, 1999, 157쪽.

이런 의미에서 우광훈의 <메리의 죽음> 중의 사냥개 메리의 비극이나 리원길의 중편소설 <한 당원의 자살> 중의 주인공 김호천, 정세봉의 중편소설 <'볼세위크'의 이미지> 중의 주인공 윤태철의 비극은 내재적으로 그 본질적 속성이 같으며 따라서 그 주제 역시 서로 통하는 작품이라고 할 수 있다. 주체성이 없는 노예근성으로 인한 맹종은 필연적으로 불행의 화근으로 된다는 것을 보여준 점에서 서로 통하는 것이다. 그러므로 우광훈의 메리의 죽음은 상징주의의 기법을 도입한 반성소설이라고 평가해야 할 것이다."[216]

제5절 밀고풍조에 대한 비판 : 김학철의 중편소설 <밀고제도>

김학철은 일제강점기에 약 4년간(1941.12~1945.9), "문화대혁명" 시기에 약 10여 년간(1967.12~1977.12) 옥살이를 했다. 김학철은 <준엄한 나날에—호가장전투 10주년을 기념하여>(1951), <죄수복에 얽힌 사연>(1985), <죄수의사>(1987), <밀고제도>(1987) 등 많은 수기, 잡문과 소설에서 자기의 옥중체험을 다루고 있다. 그는 옥중체험을 통해 봉건주의, 권위주의의 잔혹성과 허황함을 알 수 있었고 협애한 민족주의를 넘어선 보편적인 인류애를 가질 수 있었으며 자신의 신념과 의지의 탑을 쌓을 수 있었고 극한적인 상황을 초월할 수 있는 혁명적 낙관주의를 배울 수 있었다.

소설의 경우 김학철은 "문화대혁명" 시기 추리구감옥에서 일어난 해괴망측한 일들을 통해 인도주의의 부재, 생명과 인권에 대한 모독, 인간성의 타락을 고발하고 있다. 이러한 전제주의 치하의 피폐한 현실과 함께 "사람들의

---

216 김호웅, 김관웅, 조성일, 《중국조선족문학통사》 하권, 연변인민출판사, 2012, 212쪽.

정신세계를 휩쓰는 일장 온역"—밀고제도를 집중적으로 신랄하게 고발, 풍자한 작품이 바로 중편소설 <밀고제도>이다. 그런데 이 작품에 대해서《중국조선족문학사》(1990)에서도 논의하지 않았고 그 후에도 별로 다루지 않았다. 여기서는 김학철의 중편소설 <밀고제도>의 사상, 미학적 성취 및 그 문학사적 의의에 대해 논의하고자 한다.

1) 극한적인 생존상황에 대한 신랄한 고발

작품은 "유소기시대"가 아니라 "문화대혁명" 시기, 그것도 "사인무리"가 거꾸러지기 전후시기를 배경으로 하고 있다. 이는 장기수들 모두가 "문화대혁명"이전의 감옥살이를 아름다운 옛 추억으로 간주하는 한편 "류소기시대엔 이렇지 않았다구요… 그러던 게 이놈의 문화대혁명인지 개나발인지 시작되면서부터는 …노상 이렇게 배를 곯고 살아야 하니… 에참!" 하고 불평을 부리는데서 극명히 드러난다. 이러한 시기한정은 극좌정치기운이 가시지 않은 사회상황을 고려했기 때문이지 이 작품이 가지는 보편적이며 거대한 전형성과는 관계가 없다.

추리구감옥에서 "죄수"들은 최저수준의 의식주마저 보장받지 못하면서 짐승처럼 혹사당한다. 그들은 이와 빈대의 습격에 무방비로 노출되어 있다. 변소에는 구더기가 끓고 한해가 다 가도 목욕탕 신세 한번 질 수 없다. 허구한 세월 배곯는 고생은 더욱 견디기 어려웠다. "27근", "31근", "36근", "42근", 이와 같이 한 달에 차례지는 식량의 근수(斤數)로 사람을 구분하는데 그것은 부식물이라야 전혀 보잘 것 없는 조건하에서 인간이 생명을 유지할 수 있는 최저한의 분량밖에 되지 않았다.

여기서 작품은 재미있는 에피소드를 보여준다. 이 에피소드는 김학철의 잡문 <강낭떡에 얽힌 사연>에도 나오지만 "모범죄수"들이 공장참관을 갈 때 아침밥으로 나온 강낭떡 한 개와 점심밥으로 나누어준 빵 두개씩을 한꺼번에 먹어치운다. 그래서 점심에 간수들을 난감하게 만들고 분통이 터지게 만든다. 어쨌거나 죄수들은 오랜만에 "배를 한번 농구공처럼 불룩하게 만들어보고 싶던 숙원들을 풀었던 것이다."

생활대우 면에서 더욱 황당한 것은 일반정치범이 형사범보다 용돈을 적게 받는다는 점이다. 일반형사범은 1원 50전, 정치범은 1원이다. 그래서 강간죄로 7년을 먹은 놈이 "야, 내가 반혁명이었더라면 어떡헐 번 했니. 하늘이 굽어살폈지." 하고 좋아하는 판이다. 그뿐인가. "존엄한 헌법이 휴지장처럼 쓰레기통속에 들어가버린 세월이라 정신병자들도 문화대혁명의 덕택을 입어서 일반 공민들과 똑같은 자격으로 감옥살이를 해본다는 영광을 돌배감옥에서는 당당히 누리고 있었다."

또한 목구멍이 포도청이라고 헐벗고 굶주리는 죄수들은 갖은 방법을 다 대서 암거래를 한다. 만기출옥을 6개월 앞둔 출감대(出監队) 죄수들은 바깥에 나가 일할 때면 자연 외부사람들과 접촉하게 되는데 "쌍방은 여벌의 세타를 벗어주고 배갈 한 병, 메리야스를 벗어주고 잎담배 한 모슴, 이런 식의 암거래를 눈 깜박할 사이에 해치웠다." 그렇게 암거래를 한 물건을 "초특급 안주머니"에 넣어가지고 검신(檢身, 몸수색)을 무사통과하는 에피소드는 옥중체험을 하지 않고는 알 수 없는 일이다. 감옥안의 인정과 세태에 대한 진실하고 유머러스한 묘사도 이 작품의 가치를 더해준다고 하겠다.

이와 같이 이 작품은 "죄수"들의 비인간적인 생활을 통해, 흑백이 전도된 현실을 통해 "사회주의적 인도주의가 자취를 감춰버린" 추리구감옥의 실상을 낱낱이 고발하고 있다. 특히 이 작품은 김학철 자신의 옥중체험을 바탕으로 창작된 것이기에 《20세기의 신화》에 비해 훨씬 더 현장성과 진실감을 준다.

추리구감옥 당국은 제한된 관리인원으로 수많은 죄수들을 통제하기 위해 파렴치하게도 상호감시 즉 밀고제도를 적용한다. 죄수들은 서로 감형을 받기 위해 동범(同犯)을 물어먹고 온갖 모략과 중상을 일삼는다. 이를테면 동범의 《모주석어록》을 훔쳐다가 거기에 있는 "최고분"초상의 두 눈을 멀게 하고 슬쩍 그 죄를 전가(轉嫁)시키는 자가 있는가 하면 일부러 탈옥모의를 하고는 뒷구멍으로 감옥당국에 고자질하는 자들도 있었다. 이러한 고자쟁이는 오히려 감옥당국의 믿음을 얻고 모범죄수로 되어 감형이 된다.

이 작품의 클라이맥스는 육상호의 밀고로 정직한 사나이 위봉현이 "사인무리"가 거꾸러진 뒤 1년이 지나 사형집행을 당하는 일이다. 육상호는 일부러 위봉현을 꼬드겨 탈옥모의를 하지만 슬그머니 굴뚝 뒤에 갖다버린 허접쓰레기 밑에 녹이 쓴 손도끼 하나를 감추어놓고 그것을 위봉현이 한 짓으로 조작한다. "사람은 사람에 대해서 승냥이"라는 서양의 격언 또는 "타인은 나의 지옥"이라는 사르트르의 격언을 연상케 하는 극한적인 상황이다.

"밀고" 또는 "고자질"은 간신배들이 하는 짓이요, 그들은 "입으로 입을 죽이는(口戕口)" 명수들이다. 하지만 그것은 자고로 권력층의 암투에나 쓰였던 것이 아니던가. 하지만 추리구감옥당국은 죄수들을 통제하기 위해 그들에게 밀고를 권장함으로써 인간성의 부패와 타락을 조장시킨 것이다. 아마도 이러한 의미에서 아인슈타인은 "나의 세계관"이라는 글에서 "강력한 전제제도일수록 부패와 타락의 속도가 빠르다. 왜냐하면 폭력이 만들어내는 것은 모두 저열한 인격의 소유자들이기 때문이다."라고 말한 것이다.

10여 년 전 연변대학 교수 림성호는 가문잔치에 갔다가 추리구감옥의 간수를 지낸 손님을 만났고 우연히 김학철에 관한 이야기를 나누게 되었다. 그 간수출신의 손님은

"김학철 선생, 참 무서운 어른이지요. 우리 추리구감옥에 좀 버르장머리가 없는 젊은 간수가 있었는데 아무 죄수에게나 반말을 쓰고 툭하면 손찌검을 했지요. 그러다가 결국 김학철 선생에게 되게 걸렸지요. '자넨 애비도 없는 가? 어디다 반말이여!' 하고 추상같이 호령을 하는 데는 그 젊은 간수도 기절초풍을 하고 물러나고 말았어요. 그리고 그 양반 매일 아침 냉수마찰을 하는 데 오동지섣달에도 단 하루도 거르는 법이 없었거든요. 소신과 의지력이 대단한 분이였지요."

하더란다. 이러한 김학철의 인간적 존엄과 의지력은 이 작품에 그대로 녹아있다. 말하자면 이 소설이 무시무시한 인간지옥을 보여주면서도 독자들에게 희망을 잃지 않게 하는 것은 작품 속에 관통된 참된 인간애와 정신적 불구와의 대결과 투쟁이요, 후자에 대한 전자의 승리를 암시하고 있기 때문이다. 주인공 허성민은 기자출신의 지식인으로서 끝까지 인간적인 존엄을 지키며 또한 그와 김철호라는 죄수의 주위에 뭉친 정직한 죄수들은 고자쟁이를 혼내준다. 가장 통쾌한 장면은 박춘길이 자기를 자꾸 물어먹는 고자쟁이를 "그놈 죽이고 나 죽으면 고만"이라고 벼르던 나머지 그예 일을 저지르는 장면이다.

"박춘길은 말을 쇠며 손에 든 걸이대를 두손으로 꼬나잡았다. 그 사나운 기세에 겁이 덜컥 난 고자쟁이가 대바람에

'살인이야!'

고함을 지르며 몸을 빼쳐서 뺑소니를 치는데 '살인이야' 소리에 깨도가 되고 또 고무가 된 박춘길이는 날쌔게 몇 발자국 따라 나가며 꼬나잡은 걸이 대로 냅다 찔렀다.

'으악!'

비명을 지르며 나가곤드라지는 고자쟁이의 허리에는 원한의 걸이대가 마

치 보병용안테나처럼 그대로 꽂혀있지 않는가!"

특히 낡은 옥사 개축공사를 하다가 붕락사고가 났을 때 여러 죄수들이
보여준 인도주의와 헌신성은 인간 생명과 존엄의 승리를 말해주고 있다.

"낡은 옥사의 개축공사를 하는데 이날 기술자격이 전연 없는 기술자명색
이 시공규정을 어기고 무모하게 일을 시켰다. 그것이 잘못된 것임을 뻔히
알면서도 거부할 힘이 없는 죄수들은 마지못해 주추에서 불과 30센치 밖에
안 되는 곳까지 파들어가다가 그예 필연적인 결과를 빚어내고 말았다. 옥사
의 한 귀퉁이가 와르르 무너지는 바람에 땅을 파들어가던 죄수들이 돌멩이에
치이고 흙속에 묻힌 것이다. 엎친 데 덮치기로 감방 덕우에서 곤히 잠을 자고
있던 밤대거리군죄수들이 공중제비로 날아떨어져서 돌과 흙에 깔린 놈들을
또 덮치기까지 한 것이다.
허성민도 다른 조원들과 함께 간수의 지휘를 기다릴 사이도 없이 두 주먹
불끈 쥐고 사고현장으로 달려갔다. 사람이 당장 죽게 된 것을 보자 다들 제
정신없이 달려들어 간장초롱만큼씩 한 돌덩이를 낑끼면 하나씩 들어내군
하는데 어디서 그런 사천왕 같은 힘들이 솟아났는지 아무도 모를 일이었다.
죄수들의 몸속에도 역시 사람의 피가 흐르고 있었던 것이다…"

보다시피 이 작품은 "문화대혁명" 시기 인간생지옥과 같은 감옥생활을
여실하게 보여주고 있되 허탈과 절망에 빠지지 않고 선과 악의 대립과 투쟁
을 통해 인간 생명과 존엄의 승리를 찬미고 있다.
김학철은 옥중생활을 통해 인간의 극한적인 실존상황을 초극할 수 있는
무기는 웃음이라는 철리를 깨닫게 된다. 그는 워낙 낙천적인 기질의 소유자
인지라 일제의 감옥에서 한 다리를 절단했을 때 누이동생의 편지를 받고

"사람은 인력거를 끄는 동물이 아니거든. 한 다리가 없어도 괜찮아!" 하고 답장을 보낸 적 있다. 하지만 추리구감옥은 그에게 있어서 그야말로 생활의 대학교였다. 그의 잡문 <죄수복에 얽힌 사연>이 이를 말해준다.

말하자면 추리구감옥의 죄수복들이 다 공주령(公主嶺)여자감옥의 여수(女囚)들이 지어서 보내는 것인데 징역살이를 하는 여자들이 조신할리가 없는지라 심심풀이로 수의(囚衣) 속에다 실없이 글쪽지를 끼워 보내는 장난들을 곧잘 했다. "오매불망 못 잊는 내 낭군이시여!" 이런 쪽지가 차례진 젊은 죄수여석은 좋아서 괜히 싱글벙글하지만 "사랑하는 내 아들아, 이 엄마는 네가 보고 싶어…" 이런 쪽지를 받은 백발의 늙은 죄수는 대번에 내(연기) 마신 고양이상이 돼버리는 것이었다.

지옥에도 웃을 일이 있는 법이니 추리구감옥에서 김학철은 모진 역경과 시련을 이겨낼 수 있는 유일한 방법— 낙천주의를 배운 것이다. 따라서 그는 문학창작에 있어서도 "나는 따분한 설교는 딱 질색하는 사람"이라고 했고 소설은 약이 아니므로 억지로 먹일 수 없다고 하면서 형상성과 유머는 소설의 생명이라고 하였다. 뿐만 아니라 그는 "문학의 기본적인 바탕은 언어이므로 이에 대한 수양을 쌓는 것을 게을리 한다면 그것은 베실로 수를 놓겠다는 것과 마찬가지일 것이다."라고 했다.

아래에 "밀고제도"의 소설적 장치와 기법에 대해 살펴보기로 한다.

첫째, 2차적 알레고리에 의한 서사구조와 그 상징성이다.

알레고리(allegory, 寓意 또는 讽谕)는 확장된 비유라고 우선 정의할 수 있는데 그것은 표면적으로는 인물과 행위와 배경 등 통상적인 이야기의 요소들을 갖추고 있는 사건인 동시에 그 이야기 배후에 정신적, 도덕적 또는 역사적 의미가 전개되는 뚜렷한 이중구조를 가진 작품이다. 짧게 말하면 구체적인 심상의 전개와 동시에 추상적인 의미의 층이 그 배후에 동반되는 것이 의식되도록 만들어진 작품의 알레고리인 것이다.

현대소설에서 알레고리는 중요한 상징적 기능을 가진다. 김학철의 경우 장편소설《20세기의 신화》에서는 안데르센의 동화 <벌거벗은 임금>을 알레고리로 사용했다면 그의 중편소설 <밀고제도>에서는 미크로네시아의 <토인과 쪽지의 이야기>를 알레고리로 사용한다. 말하자면 허성민이 심심해하는 죄수동료들에게 <토인과 쪽지의 이야기>를 들려주는데 이는 단순한 삽화 같지만 작품의 전체 구조상으로 볼 때 치밀하게 계산된 알레고리라 할 수 있다. 잠간 이야기를 정리해보자.

"전에 미크로네시아 어느 섬에 서양인선교사 하나가 있었는데 산우에다 교회당을 지으려고 토인들을 데리고 일을 했다.

날마다 점심때가 되면 토인 하나가 산 밑에 있는 선교사댁에 가서 선교사의 짐을 날라오는데 선교사 부인이 매번 쪽지에다 '샌드위치 3개 보냅니다' 또는 '크림빵 4개 보냅니다' 이렇게 적어서 주어 보냈다.

하루는 심부름하는 토인놈이 그걸 들고 오면서 하도 먹음직스러우니까 '에라 한 개 쯤 떼먹어서야 모르겠지' 판단을 내리고 용감하게 한 개를 게 눈 감추듯이 가무려버렸다. 맛이 기가 막히게 좋았다. 토인이 아닌 보살하고 갖다 바치는 점심보따리를 받아서 끌러보더니 선교사가 대번에 '너 하나 떼먹었구나?' 하는 바람에 그 토인은 절대로 그런 일이 없다고 딱 잘라 뗄 수밖에 없었다.

이튿날도 유혹을 못 이겨 또 하나 가무리고 나머지는 갖다 바치니 선교사가 '너 오늘도 또 하나 떼먹었구나?' 하고 나무랐다.

'선교사님, 제가 떼먹는걸 보지도 못하시구… 어떻게 그렇게 말씀하실 수 있습니까?' 토인이 능청스럽게 항의를 하니 선교사는 그 갖다 준 쪽지를 내밀어보이면서 '여기 네가 하나 떼먹었다고 적혀있는데두?' 하고 덜미를 짚으니 토인은 너무 놀라서 벌린 입을 다물지 못했다. 고놈의 쪽지가 고자질을 한 줄은 꿈에도 몰랐으니까.

토인은 이젠 깨도가 되어서 다음날 크림빵을 떼먹기 전에 그놈의 쪽지부터 먼저 저쪽 바위 뒤에 갖다 감추어놓고 안심하고 또 한 개를 먹었다.

아, 그런데 뜻밖에도 선교사가 쪽지를 보더니 또 떼여먹었다고 했다. 토인이 일변 괴이쩍어하며 일변 대꾸질하기를 '원 참 선교사님두! 그럴 줄 알구 미리 그놈의 쪽지부터 바위 뒤에 갖다 감춰 놓구나서 먹었는데…그놈이 어떻게 봅니까! 제 눈으로 보지두 못한 놈의 말을 그래 들으십니까?…"

이 이야기의 배후에 숨어있는 추상적 의미는 적어도 두 가지로 해석될 수 있다. 하나는 "글을 모르면 망신을 한다"는 것이고 다른 하나는 바로 "쪽지의 얄궂은 기능"이라 하겠다. 이 소설은 상술한 1차적 알레고리를 설정하고 나서 추리구감옥의 쪽지풍파라는 2차적 알레고리를 창조한다. 추리구감옥의 쪽지풍파는 현대판 "토인과 쪽지이야기"에 다름 아니다. "호상감독"이라는 명분아래에 비일비재로 조작되는 날조와 무함, 그야말로 추리구감옥은 눈 감으면 코를 베먹는 험악한 지옥이 아니던가.

이처럼 이 소설은 2차적 알레고리를 통해 추리구감옥의 상층구조는 철근 콘크리트 기둥으로 받쳐져있는 게 아니라 수천수만 기수부지의 밀고장을 가려서 만든 기둥 위에 덩그러니 올라앉아있는 것 같다고 했고 그것은 "문화대혁명" 시기 중국사회의 축도(縮図)임을 암시하였다. 즉 "문화대혁명"은 별게 아니라 "사람들의 정신세계를 휩쓰는 일장의 온역"임을 암시하였다.

둘째, 서술시점의 교차에 의한 서스펜스(悬念)의 조성이다.

중편소설 <밀고제도>는 《20세기의 신화》와 거의 같은 서술시점을 택하고 있다. 말하자면 3인칭 시점을 택했으되 작중인물의 인지(认知)정도에 따라

작중인물보다 훨씬 적게 알고 이야기하는 "제한적 서술", 작중인물정도로
알고 이야기하는 "제한전지(全知)적 서술", 작중인물보다 더 많이 알고 이야기
하는 "전지적 서술"에 "제한적 서술"과 "제한전지적 서술"을 교차시킨다.

"죄수들이 총총히 자리를 정돈하고 동서방향으로 병행한 긴 캉(炕)우에
마주 대하고 쭉 늘어앉기가 바쁘게 당번간수가 들어왔다. 떠들썩하던 감방안
이 갑자기 괴자누룩해졌다. 기침소리 하나 들리지 않았다. 개개 다 가장 착한
체 꾸미고 부처가운데 토막들이 되여가지고 검열을 받았다. 간수가 검열을
하는중에 숱한 죄수들이 너도나도 미리 준비해두었던 무슨 쪽지를 바치는
데… 처음 보는 허성민에게는 참으로 볼만한 광경이였다.
    (저게 대체 무얼가?)
    간수는 줌이 버는 쪽지를 일변 제복호주머니에 넣으면서 일변 다음 칸으
로 통하는 사이문을 열었다.
    벽돌 나르는 일을 하다가 쉴 참에 허성민은 위생가방을 메고 공사장에
따라나온 남재수에게 넌지시 물어보았다.
    '뭐하는게냐 그 쪽지들이?…'
    '밀고장.'
    남재수가 소곤소곤 귀띔해주었다.
    '밀고장?'
    '응, 조심해라. 너도 벌써 걸렸을지 모르니. 닥치는대로 물어먹는 판이다.'
    '내가 무얼 어떡했기에?'
    '무얼 어떡해야만 물어먹는줄 아니? 꿈을 꾼다! 이게 이른바 호상감독이라
는거야. 쪽지를 많이 바칠수록 성적이 오르구 성적이 올라야 감형을 바라지
야. 단 일년이라두…하다못해 단 반년이라두…형기를 좀 줄여볼가 해서 다들
기를 쓰는 판이다.'
    '아무 잘못도 없는데 밀고를 해?'

'야, 그럼 넌 어째서 10년씩이나 먹었니?'

허성민은 말문이 막혔다.

(그런 생생이판이였구나!)

여기서 허성민은 "제한적 서술"을 하고 있고 남재수는 "제한 전지적 서술"을 하고 있다. 이러한 방법으로 서스펜스(懸念)를 조성하고 양파 벗기듯 감옥의 비밀과 실상을 고발하며 그 본질적 측면을 제시한다. 바꾸어 말하면 여러 차례의 "제한적 서술"과 "제한 전지적 서술"의 교차를 거쳐 마침내 자연스럽게 "전지적 서술"로 전환한다.

셋째, 수사(修辭)의 귀재, 유머의 대사(大師)

아래의 예문들을 보자. 얼마나 다양한 수사법을 구사하고 있는가, 절로 웃음이 나오지 않는가.

(1) "사용년한을 까맣게 초과한 바리칸"으로 양털을 깎는 것보다 더 대수롭지 않게 눈 깜박할 사이에 하나씩 깎아내치는데 마지못해 머리를 내미는 죄수들은 다 마취를 아니하고 수술을 받는 환자들처럼 겁을 먹었다."

(2) "점심에도 또 2냥이므로 워낙 걸신이 들린 놈에게는 코끼리가 감자 한 알 먹은 폭밖에 아니되였다."

(3) "농사는 흉년, 반혁명은 풍년, 왜 모르니?"

(4) "비좁은 틈바구니에서 옹색스레 하루밤을 자는데 오른쪽에 누운 이꾸러기와 왼쪽에서 자는 이꾸러기의 몸에서 굶주린 이들이 살길을 찾아 떼떼이 집단이주를 해오는 바람에 허성민은 갑자기 몸이 가려워나서 여기 긁고 저기 긁고 하느라고 다른 일을 못 볼 지경이였다."

(5) "이 나라의 소독약붙이, 살충제붙이는 '문화대혁명'에게 불가사리가

쇠붙이를 먹어치우듯이 다 잡아먹혀서 아주 씨가 진 모양이였다."

(1)과 (2)는 비유법을 구사했다. 상투적인 비유가 아니라 김학철 자신이 개발한 참신한 비유다. 원 관념과 보조관념의 동질성을 기하면서도 기상천외한 보조관념을 개발할 때 참신한 비유가 생겨난다. 그리고 (3)은 대조법이고 (4)와 (5)는 의인법이다. 또한 이 모두가 유머를 내재하고 있어 웃음이 절로 나고 "곰의 발바닥—웅장"처럼 그 뒷맛이 그윽하다.

정통성이 없이 황제의 옥좌에 오른 여황제 무측천(624~705)은 천하를 얻고 다스리는 과정에서 가장 너절한 밀고수단을 악용했고 가장 비열한 시스템인 밀고제도를 시행했다. 밀고는 인류사회의 가장 비열하고 너절한 행위이며 제도이다. 어떤 동기에서 밀고제도를 만들고 밀고를 권장했든지를 막론하고 그것은 인간성을 추락시키고 사회적 불신과 반목을 조장하는 무치한 행위이다. 밀고의 동기에는 대체로 두 가지가 있을 수 있다. 하나는 타인을 무함해 개인적인 원한을 풀려는 것이고 다른 하나는 공을 세워 상을 타려 하거나 출세를 하기 위해서이다. 아무튼 밀고수단과 밀고제도는 인권에 대한 유린이며 인간의 본성에 대한 외곡이다.

구소련은 스탈린의 개인숭배와 반대파에 대한 숙청에 밀고제도를 광범위하게 도입하였고 중국은 극좌노선이 지배하던 시기에 "계급투쟁의 확대화"에 편승해 계급투쟁의 한 방편으로 밀고제도를 보편화하였다. 그것도 "계급의 적을 적발한다"는 명분하에 밀고제도를 만들고 밀고를 권장했다. 중세기 봉건사회도 아닌 20세기 중반의 중국사회에서 밀고행위가 보편화되고 밀고제도가 생겨났다는 것은 분명 수치스러운 일이다. 김학철의 중편소설 <밀고제도>는 투철한 인도주의 입장에 서서 인권을 유린하고 아름다운 인간성을 외곡, 타락시키는 밀고제도에 대해 신랄한 풍자와 비판의 메스를 들이대고 인간 생명과 존엄의 승리를 노래함으로써 우리 문학의 사회비판성과 인문정신을 드높인 수작이다.

중편소설 <밀고제도>는 《20세기의 신화》와 달리 김학철 자신의 옥중체험을 다룬 자서전적인 작품이라는데 의미가 있을 뿐만 아니라 "문화대혁명" 시기의 저질적인 밀고풍토에 대한 비판을 중심으로 옥중체험을 다룬 그의 모든 작품들을 집대성하고 있다는데도 의미가 있다. 따라서 이 작품은 1980년대 중반에 발표한 리원길의 <한 당원의 자살>(1985)과 함께 우리 조선족문학에 있어서의 "반성문학"의 대표적인 작품으로 다루어져야 할 것이다. 또한 이 작품에서 보여준 2차적 알레고리에 의한 서사구조 상징성, 다양한 내적시점에 의한 현념의 조성기법, 참신한 수사기법과 유머는 우리 소설문학의 수준을 한 단계 제고시키는 데 크게 기여했다.

뿐만 아니라 김관웅이 지적한바와 같이 김학철의 <밀고제도>는 그의 《20세기의 신화》, <죄수의사> 등과 함께 러시아 솔제니친의 <이반 제비소비치의 하루>, 《암병동》, 《수용소군도》, 빠스쩨르나크의 《의사 지바고》, 헝가리의 알텔 케스트러의 《정오의 암흑》 등 반스탈린주의, 반개인숭배의 소설들과 함께 전(前) 사회주의문학권에서의 "집중캠프문학"이나 "정견이 부동한 작가들의 문학"과 같은 계보를 이루고 있다.[217]

---

217 2007년 6월 5일, 러시아 대통령 푸틴의 명령에 따라 솔제니친은 "인문활동영역에서 걸출한 성취를 거둠"으로 하여 2006년 "러시아연방국가상"을 수상했다. 러시아과학원 원장의 말에 의하면 솔제니친은 "그의 일생의 정력을 20세기 러시아의 자아참살을 연구하고 묘사하는데 바쳤으며 그 한차례 혁명과 그것으로 말미암아 사람을 잡아먹은 수용소군도가 생기고 우리 인민의 정화(精华)들이 소멸된 그러한 역사적 비극을 연구하고 묘사했다"고 평가했다. 《외국문학동태》, 2007년 4호 참조.

제6절 조선의용군 항일투쟁의 예술적 기념비
: 김학철의 《격정시대》

김사량의 유명한 항일기행 《노마만리》는 다음과 같은 소식을 전한다.

"…다리를 총에 맞아 쓰러진 채 붙들려간 동무는 일본 어떤 형무소로 끌려
갔다고 할뿐 그 생사와 진위를 알 수 없었던바 이번 해방을 맞이하여 일본으
로부터 돌아왔다. 척각의 작가 김학철이 바로 이 사람이었다…"

이처럼 1940년대로부터 "척각의 작가"로 세인들의 이목을 끌어온 김학철
은 기나긴 정치적 박해와 인간적 멸시를 이겨내고 1980년대 초반 복권이
되자 항일투사의 드높은 자각과 의지로 간거한 문학의 원정을 계속하였다.
1986년 그는 피타는 노력의 결실로 장편소설 《격정시대》(상, 하)를 발표하였
다. 이 장편소설은 조선의용군의 피어린 항일투쟁을 형상화한 예술적 기념비
로, 근 반세기에 걸치는 작가의 문학적 지향과 탐구의 예술적 결정체로 거대
한 인식적 가치와 미학적 가치를 갖고 있다.

김학철은 근 반세기에 걸치는 문학활동을 통하여 번역작품을 내놓고도
수백만자에 달하는 문학작품을 창작하였다. 그는 수필, 전기문학, 소설 등
다양한 장르의 문학작품을 통하여 동아시아3국을 비롯한 광활한 시대생활을
반영하고 여러 가지 인물형상을 창조하였다. 그러나 그의 전반 작품에는 하
나의 주선율이 흐르고 있으니, 그것은 바로 조선민족의 해방투쟁에 대한 열
렬한 찬미와 그 성스러운 혈전에서 목숨을 바친 무명영웅들의 정신적 미에
대한 예술적 탐구이다. 그런데 이러한 기본 테마와 풍격은 장편소설 《격정시
대》에 와서 집대성되고 난숙기에 이르고 있다.

사나운 비바람치는 길가에/ 다 못 가고 쓰러지는 너의 뜻을/ 이어서 이룰 것을 맹세하노니/ 진리의 그늘 밑에 길이길이 잠들어라/ 불멸의 영령

김학철 작사에 류신의 작곡으로 된《조선의용군 추도가》이다. 조선의용군은 조선민족을 해방하기 위한 거룩한 투쟁대오의 주요한 한 갈래이며 국제반파쑈전쟁의 아시아싸움터에서 용맹하게 싸운 동방피압박민족의 해방운동에 있어서의 빛나는 전범이다. 김학철은 조선의용군 항일투쟁의 역사적 견증인일 뿐만 아니라 그 대오 속에서 총칼을 잡고 피 흘리며 싸운 투사의 한 사람이다. 그는 1940년대 중엽 일본감옥에서 풀려나오자마자 조선의용군용사들이 피로써 적어놓은 영웅업적을 이 땅에 길이길이 전해야 할 작가적 의무를 가슴깊이 느끼면서 <담배국> 등 그들의 투쟁생활을 형상화한 특색 있는 단편소설들을 쓴바 있다. 하지만 그 후 모종 역사적 및 정치적 원인으로 말미암아, 더욱이는 1956년 이른바 "8월종파사건" 때의 당파싸움으로 말미암아 항일전쟁시기 조선의용군계통에서 싸운 조선족혁명가들은 "민족주의분자", "소자산계급 급진분자"로, 심지어는 "국민당간첩", "외국간첩"으로 낙인이 되었으며 그들의 피어린 투쟁업적은 여지없이 말살되었다.

장장 20여 년간이나 정치적 생명과 창작의 자유를 박탈당했던 작가는 이 억울한 참극을 속수무책으로 보고만 있을 수밖에 없었다. 하기에 작가는 다시 붓을 잡게 되자 "신화가 아닌, 날조가 아닌 진실한 역사적 면모 즉 있는 사실 그대로를 꾸밈없이 적어서 세상에 내놓음으로써 사람들로 하여금 영광스러운 전통에 대한 긍지감으로 가득 차게 할 때는 드디어 왔다"고 환희에 넘쳐 외쳤던 것이다.

장편소설《격정시대》에 나오는 인물, 사건 및 에피소드들을 그 이전에 쓴 작가의 많은 작품들에서 볼 수 있다. 작가는 이번에 그러한 독립적인 인물,

사건 및 에피소드들을 윤색, 보충하고 있으며 "핍박에 의하여 양산에 오르"는《수호전》,《림꺽정》등 고전소설의 슈제트구성방식을 본받아 예술적으로 재구성하였다. 소설은 1928년부터 1941년에 이르는 조선, 중국의 사회생활을 폭넓게 펼치면서 서선장, 문정, 씨동이… 등 조선의용군용사들의 집단적 형상을 창조하고 있다. 특히 주인공 서선장은 작품의 구성선색을 이어주는 인물로서뿐만 아니라 작품의 주제해명에서도 가장 중요한 지위를 차지하고 있다.

소설을 펼치면 1928년 초봄의 어느 날 원산 앞바다에 그림을 그리러 나온 보통학교 4학년 학생 서선장이와 만나게 된다. 고양이수염을 깎기도 하고 벌집을 뒤지기도 하는 "무사분주하고 장난이 심"한 선장이, 그래도 영리하고 총명해서 작문만은 제일 잘 짓는다. 그런데 그 당시 날로 혹심해지는 일제의 식민통치와 그에 대한 조선인민들의 반일운동의 물결은 선장이로 하여금 민족의식에 눈뜨게 한다. 특히 마을의 진보적인 애국청년 한정희와 담임교원 김영하의 교양과 영향 밑에 선장이는 모름지기 나라와 민족을 사랑하는 마음을 키우게 된다.

선장이가 서울에 사는 변호사의 부인 숙자아주머니네 집에 양자로 들어가서 공부하게 된 것은 그야말로 행운이었다. 서울에서 선장이는 친일주구 강교장을 밀어내는 반일학생운동에 참가하며 또 광주학생운동의 소식에 가슴을 끓이기도 한다. 특히 원산부두노동자들이 총파업을 단행했을 때 일본선원들이 뱃고동을 울려 성원하던 일에서와 체포령이 내린 유명한 독립운동가 이재유 등을 자기 저택에 숨겨두었다가 발각된 일본인 스기우라 교수의 사건에서 선장이는 커다란 충격을 받는다.

1930년대에 들어서면서 일제의 침략야심이 더욱 노골화됨과 더불어 간도의 만보산사건, "9·18" 사변이 일어나며 김영하를 비롯한 애국청년들이 체포, 투옥된다. 괴롭고 분통한 마음을 이기지 못한 선장이는 중국 광주의 황포군관학교에서 조선의 젊은이들이 공부하고 있다는 소식이며 상해의 홍구공원에서 조선의 젊은이 윤봉길이 폭탄을 던져 상해파견군 사령관 시라카와 요시노리 대장을 포함한 일본군 장령 10여 명을 살상했다는 소식을 접한다. 선장의 가슴은 한껏 부풀어 오른다. "남들은 다 목숨을 걸고 나라의 독립을 위해 싸우는데 나만 안일하게 여기서 공부를 해? 수치스러운 일이다. 도저히 양심이 허락하지 않는다. 그렇지만 여기서는 폭탄도, 권총도 다 손에 넣을 수 없으니까… 중국으로 건너가자, 임시정부를 찾아가자, 황포군관학교로 찾아가자. 가면 무슨 수가 나겠지. 가자!" 이처럼 소설은 천진하고 장난기 많은 소년 선장이가 독립운동의 길에 나서게 된 과정을 실감 있게 보여주면서 작품의 배경을 1930년대 중엽의 상해로 옮긴다.

"'9·18'사변 후 동북의 조선인반일독립운동은 세 갈래로 나뉘어졌다. 한 갈래는 동북지구에 계속 남아 투쟁을 벌였고 한 갈래는 상해, 광주로 남하했다가 후에 남경 등지로 전이하였다." 천신만고 끝에 상해에 이른 선장이는 이춘근, 김혜숙 등 독립운동가들을 만나며 그들의 소개로 남경에 본부를 둔 "조선민족혁명당"의 상해지하조직에 들어가 테러활동에 참가한다. 선장이는 처음으로 "시가 1천만 원어치의 헤로인이 밀수입되는 걸 눈감아주고 뇌물을 받아서 벼락부자가 된" 상해세관의 조선인 신영호를 혼내주는 "사로니까행동"에 참가한다. 첫 행동에서 선장이는 당황해하고 빈구석이 많았으나 그 후 용감하고 민첩한 조직의 성원들과 사귀는 사이에 어느덧 "표범의 넋을 지닌 사슴"으로, 용감한 테러분자로 자라난다.

상해에서 선장이는 조직의 선전위원이며 중국공산당 당원인 성재수를 만나게 되며 그의 영향 밑에서 《변증법적유물론》, 《유물사관》 등 혁명서적과 《국가와 혁명》, 《프랑스내전》, 《철학의 빈곤》, 《가족, 사유제와 국가의 기원》

등 마르크스주의사상에 눈을 뜬다. 말하자면 "개인테러는 극소수의 가장 고상하고 가장 용감한 애국자들만이 해낼 수 있는 신성한 사명"이라고 믿어 의심치 않던 단순한 민족주의자 선장이는 점차 "민중을 발동하는 것을 주요한 투쟁수단으로 삼"는 공산당을 우러러보게 되며 민족주의자 "이춘근과 김혜숙에게서 받은 인상이 무색해지리만큼 보다 강렬한 것을 성재수에게서 느끼게 된다."

남경의 중앙육군군관학교에서의 생활은 선장이의 성격변화에 커다란 영향을 준다. 그는 여기서 김두봉, 한빈 등 이름난 공산주의자들과 접촉하게 되며 진일보 마르크스주의서적을 읽게 된다. 1936년 학교를 졸업한 선장이는 국민당군 소위로 임명되어 "8·13"상해보위전에 참가하기도 하지만 국민당의 무저항정책과 "염통 곪기는 줄은 모르고 그 식이 장식으로 벼슬 오를 궁리, 천 냥 모을 궁리만 하는" 국민당군의 "썩은 늪같이 침체된 생활"에 혐오를 느낀다.

무한의 함락전야, 중국공산당과 주은래 동지의 창의 밑에 1938년 10월 10일 국민당정부의 비준을 맡고 조선의용대가 한구에서 정식으로 성립된다. 조선의용대는 "산해관이남 각지에 흩어져 활동하던 조선혁명가들 특히는 군사교육을 받은 청년층"들로 조직되었다. 조선의용대는 국민당 관할구역에서 활동하게 되는데 맨 먼저 동방의 마드리드로 불리는 무한을 보위하는 전투에 뛰어든다. 조선의용대에 들어간 선장이는 전우들과 함께 항전표어를 쓰기도 하고 극을 공연하기도 한다. 이러한 항일투쟁의 물결 속에서 선장이는 마침내 중국공산당에 가입한다.

그러나 선장이는 일본어를 능숙하게 장악한 까닭에 국민당군 군단사령부의 통역 — "수양아들"노릇을 하지 않으면 안 된다. 국민당의 소극항전, 적극반공의 정책과 그들의 사치스러운 생활은 선장이의 가슴에 분노의 씨앗을 묻어준다. 선장이는 "목숨을 걸고 정의의 전쟁에 뛰어들어서까지 남의 눈치를 보아야 하는 신세가 한스러웠다." 이는 또한 국민당 관할구역에서 활동한 전체 조선의용대 대원들의 공통한 심정이기도 하였다. 그 무렵 조선의용대 내부에서는 자연히 "해방구로 넘어가야 한다", "팔로군과 합류하는 게 유일한 출로다"라는 사상조류가 대두하였다. 이런 정세 하에서 1940년부터 1941년 가을까지 팔로군 총부는 조선의용대를 낙양을 거쳐 황하를 넘어 태항산혁명근거지로 들어가도록 배치하였던 것이다.

선장이와 그의 전우들은 이와 같이 기나긴 "두름길"을 거쳐 마침내 인민의 품으로, 공산당의 품으로 들어간 것이다. 이와 같이 장편소설 《격정시대》는 주인공 서선장을 비롯한 조선의용군대원들의 운명과 투쟁생활을 혁명발전 중에서 진실하게 역사적으로, 구체적으로 묘사함으로써 조선의용군의 형성, 발전의 과정을 예술적으로 재현하였으며 그들의 불후의 업적을 소리높이 노래하였으니 작가의 말 그대로 "모종 원인으로 조성되었던 력사의 공백을 메울 수 있는" 거대한 문헌적 가치를 지니고 있다.

김학철은 《항전별곡》에서 다음과 같이 말한바 있다. "나는 혁명자를 타고난 천재처럼, 초인간처럼 그 언제나 낙관적 정신이 포만된 신적존재로 묘사하는 데는 동의하지 않는다. 최소한 내 전우들 중에서는 그런 굉장한 인물을 보지 못하였다." 장편소설 《격정시대》는 제목과는 달리 사시적인 전쟁소설이 아니다. 소설에서는 거대한 역사적 사변이나 전투를 정면으로 묘사하지 않았으며 위대한 전략가나 거인적인 영웅인물을 부각하지도 않았다. 그와는 달리 중국에서 활동한 조선혁명가들과 조선의용군대원들의 운명, 단편적인 전투생활과 해학적인 일화들을 통하여 그들의 성격미를 사실주의적으로 보여주었다.

우선 소설에서는 중국에서 활동한 조선혁명가들과 조선의용군대원들의 생활모습과 그들의 희로애락을 풍속화적인 화폭으로 보여주고 있다. 상해 프랑스조계지에서의 생활, 남경 화로강훈련소에서의 생활, 중앙육군군관학교에서의 생활 그리고 전투생활과 행군생활은 얼마나 활기와 인정미로 넘치고 있는가! 그들은 누구라 없이 그리운 고국에 사랑하는 부모형제를 두고 온 젊은이들이기에 고향에서 오는 편지 한 장이 천금같이 귀중한 것이다. 또 그들 모두가 피 끓는 젊은이들이기에 이성이 그립고 사랑이 그리운 것이다. 그들 중에는 명망이 높은 김두봉 선생의 따님에게 "뒷구멍으로 편지를 내여 짝사랑을 고백"한 엉큼한 친구가 있는가 하면 "무릇 그 눈에 띄우는 범위안의 만년필이기만 하면 누구의 것이냐를 막론하고 한번 갖다 분해해보아야만 직성이 풀리는" 괴짜도 있다. 그 외에도 매일 이름을 가는 리강의 일화, 20세기 계명구도이며 술고래인 김문의 일화… 등은 모두 생활미가 풍기는 조선의용군생활의 진실한 풍속화이다.

다음으로 소설에서는 서선장, 씨동이, 마점산, 문정, 송일엽 등 수십명의 조선혁명가들과 조선의용군 용사들의 형상을 창조하였다. 그들은 모두 각이한 곡절과 경난을 겪고 중국에 들어와 항일투쟁에 참가한 20세기의 "양산박영웅"들이며 "청석골영웅"들이다.

씨동이는 선장이와 같은 고향의 태생이다. "시커먼 소도적처럼" 생긴 그는 한마을에 사는 쌍년이를 무척 아끼고 사랑하였으나 돈 없고 권리 없는 까닭에 왜놈에게 빼앗긴다. 그는 한정희의 영향 밑에서 원산부두노동자들의 파업 투쟁에 참가하여 선두적인 역할을 한다. 그는 부상을 입고 체포되나 "칼 물고 뛰뛰기로" 병원 2층에서 뛰여내려 상해로 온다. 소설은 조난당한 마을의 어민들을 구하는 사건을 통하여 처음부터 선이 굵게 씨동이의 성격을 창조한다. 불시에 폭풍우가 불어쳐 노까지 잃은 배 한척이 뭍에 닿으려고 무진 애를 쓴다. 폭풍우는 더욱 기승을 부리고 배우의 어부들은 배전을 붙잡고 아우성을 치는데 그네들의 부모처자들은 땅바닥에 주저앉아 목 놓아 울고 있다. 이때 마을의 어른 한진사가 상금으로 50냥을 걸고 위험에 빠진 어민들을 구하려고 한다. 벌써부터 "사나운 바다를 노려보며 우리 안에 갇힌 들짐승처럼 안절부절 못하던 씨동이가 마닐라로프를 어깨에 메고 물속에 뛰어든다." 그는 죽을 고비를 넘기며 끝내 사경에 처한 어민들을 구해낸다. 하지만 일이 끝난 후 씨동이는 상금 50원을 받으려고 하지 않는다. 가난에 쪼들린 부모들이 "50원이면 입쌀이 여덟 가마야." 하고 그 상금을 받기를 원하고 또 한진사가 상금 50원을 보내오기까지 했지만 씨동이는 "엄마가 아무리 불쌍해도 인끔 떨어질 일은 나 못하겠소. 죽는 사람을 구하는데 상금이 다 뭐야. 개 콧구멍같이!" 하고 퉁명스럽게 말한다. 여기서 우리는 의롭고 씨억씨억한 씨동이의 고매한 성격미를 보게 된다.

고달픈 연회생활, 양반대감들의 천시와 희롱, 피비린 전란과 생사이별의 피눈물… 험악한 세월을 최하층 인간으로 살아온 가냘픈 기생들! 과연 조국이 그녀들에게 무엇을 주었기에 나라를 위하여, 민족을 위하여 자기의 사랑과 절개를, 피와 목숨을 바치는 것인가? 이는 그 옛날 임진왜란 때의 계월향, 론개로부터《격정시대》에 나오는 송일엽에 이르기까지 하나의 눈물겨운 절창으로, 천고의 수수께끼로 남아있다. 임진왜란 때 촉석루에서 술잔치를 하다가 만취한 왜장 게야무라 로꾸스께를 껴안고 사품을 치며 흐르는 남강에 뛰어들어 함께 죽었다는 애국기생 논개와 마찬가지로 송일엽의 고향 역시 경상남도 진주이다. 논개를 가장 숭상하는 일엽이는 상해 공공조계지의 유명한 댄스홀 "메트로폴리스"의 댄서로 있으면서 반일테러활동에 종사한다. 그녀는 선장이네와 배합하여 악마 같은 무라다 경부를 미인계로 끌어내다가 황포강에서 통쾌히 처단하기도 하며 상해보위전에서는 위문선전대로, 그후 조선의용군에서는 활발한 여전사로 싸우기도 한다. 그런데 이 "20세기 논개"

는 "카르멘처럼 자유분방하고 활달"한가 하면 "좀 샘바르고 또 좀 변덕스러
웠다." 그녀는 프랑스조계지에서 선장이를 만나자마자 홀딱 반해버린다. 그
는 불시에 선장이의 등을 끌어당겨 자기 가슴에 붙이고 입을 쪽 맞추기도
하며 야밤삼경에 선장이의 방에 찾아들기도 한다. 하지만 조직의 수요로 무
라다 경부 같은 악마와 동침해야 하는 일엽이, 그는 선장이에게 더없는 부끄
러움과 미안함을 느끼며 무서운 심리고통에 부대낀다. 또한 그녀는 자기의
사랑이 성취될 수 없을 때에는 한창 무르익어가는 전보경과 반해량의 사랑을
공연히 시샘하고 질투하기도 한다. 일엽이는 조선의용군에 참가한 다음에도
커다란 모순과 고민 속에 빠진다. 번화하고 현란한 댄스홀에서 맘껏 유흥을
즐기던 일엽이에게는 부대의 철 같은 기율과 조직생활이 부자연스럽게만
느껴졌다. 하기에 그녀는 전우들을 보고 "혁명대오는 왜 이렇게… 개인의
자유란 게 하나도 없지요?" 하고 불평을 부린다. 이처럼 소설에서는 한 조선
의용군 여전사의 애달픈 운명과 복잡한 성격구조를 깊이 있게 헤쳐보이면서
"악마"와 "천사"의 대결로 이루어진 그녀의 생명변증법을 진실하게 표현하
였다.

　요컨대 《격정시대》에 나오는 조선혁명가들은 그 어떤 정치개념의 메가폰
으로, 풍운을 휘어잡는 거인적인 존재로 나타나는 것이 아니라 인정미가 흐
르고 자기 생명체의 충동을 느낄 줄 아는 평범하고 진실한 인간으로 나타난
다. 특히 작가는 주인공들의 사회적, 계급적 성격과의 결합 속에서 그들의
기질과 성격을 생동하고 풍부하게 그림으로써 세속적이면서도 비장한 조선
의용군생활의 실태와 평범하면서도 영웅적인 조선혁명가들과 의용군용사들
의 군상을 성공적으로 부각하였다.

　김학철은 《문학도끼리》라는 창작담에서 다음과 같이 말한 바 있다. "우스
개 즉 유모아가 부족하거나 아주 없는 작품은 읽기가 따분합니다… 독자가

따분해하는 작품에는 아무리 심오한 철리가 담겨있더라도 그것은 실패작이랄 밖에 없습니다. 문학작품은 약이 아니므로 상을 찡그리고 억지로 삼킬 수는 없는 것입니다." 《격정시대》에는 거인적인 영웅형상도 없고 처음부터 마지막까지 관통된 박진감 있고 굴곡적인 플롯도 없다. 여기에는 오직 순박하고 정직하며 용감하거나 꾀바르며 거만하고 비굴한 각양각색의 인간과 그들의 희로애락이 있을 뿐이며 능청맞고 배포 유한 해학과 유머, 날카롭고 신랄한 기지와 풍자가 있을 뿐이다.

작가는 1985년 단편소설 <짓밟힌 정조>로 "천지문학상"을 받고나서 다음과 같이 말한바 있다. "무슨 일이 있을 때마다 남의 장단에 춤이나 추는 따위의 경사로운 작가는 하루 세끼 밥을 먹는 꼭두각시입니다. 앵무새처럼 남의 말을 되받아 옮기거나 하는 약삭스러운 작가는 두 다리로 걸어 다니는 마이크입니다… 한마디로 말하여 작가에게는 개성이 뚜렷한 영혼이 있어야 합니다. 어떠한 풍랑 속에서도 방향을 잃지 않는 나침판이 있어야 합니다. 그 나침판이란 곧 마르크스주의에 바탕을 둔 사회주의적 사실주의입니다." 이와 같이 김학철에게는 "어떠한 풍랑 속에서도" 흔들리지 않는 작가적 신념이 있었기에 그 어떤 정치적 이념에 의하여 역사를 분식하거나 인물을 우상화, 신격화하지 않았다. 말하자면 영용무쌍함으로 비겁함을 가리지도 않았고 또 그 대상의 존귀함에 허리를 굽힐 줄은 더욱 몰랐다. 김학철의 앞에 나선 인물은 무엇보다도 먼저 생명유기체로서의 생생한 인간이고 그 인간적인 생활과 기질, 습성과 취미였다.

하기에 이 작품에서는 육군군관학교에 광림하여 위엄 있게 장편훈유를 하는 장개석 각하도 야비하고 너절한 인간으로 보는 것이다. 말하자면 작가에게는 위엄스레 콧수염을 기른 장개석 교장각하도 "히틀러 식으로 챠플린 수염을 기른" 희극배우로 보이고 "담배도 안 피우고 술도 차도 안 마시는"

장교장의 고아한 습관도 좀스럽고 어리석게만 보인다. "환영곡이 그치고 훈유가 시작되니 종관이 앞으로 나와 유리고뿌에 보온병의 물을 따라서 연탁우에 올려놓는데 보니 말간 맹물이다. 장교장은 담배도 안 피우고 술도 차도 다 안 마시는 까닭에 생전 어디를 가나 맹물대접밖에 못 받게 되었다." 실로 재치 있는 야유이며 조롱이다. 더욱이 장개석특급상장 각하는 마라톤 훈유를 하고 그 훈유가 끝나기 전에는 자리를 뜨지 못하게 되어 있었으므로 눈 뜨고 볼 수 없는 희극은 여기서 탄생한다. 여해암이라고 하는 학생이 "방광이 파렬 직전의 상태에 놓였으므로… 허리에 찬 빨병을 앞으로 끌어당겨 마개를 빼고 거기다 배설을 하기로 한 것이다. 그 결과 위에서는 숙연히 훈유를 삼가 듣고 아래서는 수채가 거침없이 폐수를 방출하였다."고 묘사하고 있다. 말하자면 익살맞은 완곡어법 그리고 장중한 기분과 세속적인 기분, 위인의 도고함과 소인의 안타까움이 대조되면서 희극적인 장면을 한결 유머러스하게 표현한 것이다.

소설에서는 하나하나의 단편적인 사건을 재치 있게 엮고 있는데 매 하나의 사건은 모두 상대적 독립성을 가지고 있으면서도 선장이의 성격발전, 바꾸어 말하면 조선의용군의 형성과 발전이라는 이 기본선에 통일되고 있다. 작가는 플롯의 구성에 있어서 긴장성, 비장감을 추구한 것이 아니라 그것들이 내포한 희극적 이미지를 발굴하는데 모를 박고 있다. 이를테면 자기 혼자만 호의호식하겠다고 중국백성들에게 독품을 뿌린 외국상인을 묵과해준 신영호에게 버릇을 가르쳐주고자 의사의 신분으로 찾아간다는 그 자체가 벌써 물씬 해학미를 풍긴다.

…커리를 마시고나서 의사가 주인을 보고

"선생님, 앉은 자리에서 웃옷만 좀 헤치시지요."

말한 다음 곧 조수를 향하여

"청진기!" 하고 손을 내밀었다.

…신영호씨가 태평한 마음으로 무심히 바라보니 조수가 가방에서 꺼내서 의사에게 건네주는 것이 천만뜻밖에도 청진기가 아니고 권총이다… 신영호 씨가 속으로 "아차 속았구나!" 외쳤으나 때는 늦어서 성복후의 약방문이었다.

가짜의사의 능글맞고 교묘한 행동, 초풍할 듯이 놀란 신영호의 얼굴, 이 얼마나 희극적기분이 넘치는 장면인가!

"전쟁할 때"라는 괴상한 별명을 가진 문정의 얼굴은 1946년 서울에서 출판되던 《문학》 잡지 창간호에 실린 김학철의 단편소설 <담배국>에서 첫 선을 보인 바 있다. 북간도의 훈춘이 고향인 문정은 작달막한 키에 빼빼 여윈 말라깽이인데 홀쭉한 얼굴에는 병색이 끼어있다. 그는 능청스럽고 말본새가 고약하며 훈련에서는 잔꾀만 부린다. 어느 한번 "산병반군(散兵半群)" 연습을 하고 중대장의 "강평"을 듣는 중인데 문정은 또 눈을 판다. 괘씸한 생각이 든 중대장이 문정을 대렬 앞에 불러다 세워놓고 "산병반군은 어떤 때 쓰는 거지?" 하고 물으니 문정은 한나절이나 어정쩡해 있다가 "전쟁할 때 쓰는 겁니다." 하고 대답한다. 하여 문정은 전우들의 폭소를 자아내고 "전쟁할 때"라는 불명예스러운 별명을 갖게 된다. 하지만 그처럼 꾀바르고 "추태백출"하던 문정이도 정작 전쟁할 때가 되니, 말하자면 조선의용군이 태항산으로 들어갈 때 자기의 슬기와 총명을 유감없이 발휘한다. 실로 평론가 장정일이 말한바와 같이 문정은 사령관도 아니고 출중한 영웅인물도 아니다. "그는 오히려 이리저리 밀리는 축에 속하는 사람이다. 허나 작가의 붓끝에 묘사된 이런 보통 인간은 그지없이 사랑스럽다. 인간적으로 사랑스러우며 그 단순성과 그 천성적인 결함 뒤에 숨은 내면세계가 사랑스럽다."

소설에서는《춘향전》,《흥부전》등 고전작품들과《림꺽정》등 걸출한 역사소설의 전통을 살려 가담가담 희극적인 장면과 삽화를 설정하여 유모아적인 기분과 정취를 한결 돋우어주고 있을 뿐만 아니라 비유, 과장, 상징…등 다양한 문체론적 수법들을 능수능란하게 구사함으로써 형상의 생동성과 해학성을 한결 높이고 있다. 소설에서는 거액의 뇌물을 받아먹고 호화판생활에 잠긴 신영호를 묘사하면서 "신영호씨의 아래배가 차차 거위알 모양으로 불어오름에 따라 집지기 불독의 살진 두 볼도 중태처럼 점점 늘어졌다."라고 비유하고 있으며, 황포강의 물귀신으로 되는 줄은 모르고 송일엽의 자색에 반하여 침을 흘리는 무라다 경부를 두고 "껍질이 꺼슬꺼슬한 악마도 제가 좋아하는 여자 앞에서는 강아지 배바닥같이 말랑말랑해지는 모양이다." 하고 비유적으로 야유, 풍자하고 있다. 또한 한진사댁 마름 "최선생은 나이가 마흔 된 사람으로 홀쪽한 얼굴에 두 귀가 유난히 발쪽하여 흡사 우승컵에 달린 손잡이 같았다."고 한 비유는 얼마나 인상적이며《로빈손 크루소》에 나오는 생번들같이 고양이고기를 먹으면서 "야, 얼빠진 소리 하지 말아. 광동 사람들은 고양이고기, 뱀고기, 쥐고기, 원숭이고기… 안 먹는 고기가 없다. 네발가진 건 책상, 걸상만 빼놓구 다 먹구 날아다니는 건 비행기만 빼놓구 다 먹는단다."라고 내던진 씨동이의 말은 또 얼마나 해학적이고 낙천적인가!

유머는 총명과 지혜의 상징이며 바다와 같은 흉금을 가진 인간만이 소유할 수 있다. 천박한자에게는 유모아를 낳을 재간이 없고 협애한 자에게는 유모아를 낳을만한 도량이 없다. 유머는 오직 "심오하고도 극히 발달한 정신"을 소유한 인간이나 민족만이 구사할 수 있다. 작가의 말로 한다면 "한되들이 알단지들"은 죽어 변성을 해도 유모아적인 세계에 들어설 수 없다. "작품의 무게는 언제나 그것을 쓴 사람이 겪은 고통의 심도와 정비례하는 것이다."

소설은 작가가 급히 집필한 사정과도 관계되겠지만 전반 작품의 구성밀도가 잘 공제, 조절되지 못한 까닭에 상권이 좀 지루한감을 준다. 소설의 주제 해명과 인물성격의 발전요구로부터 본다면 상권을 훨씬 줄여도 무방할 것이다. 물론 이러한 문제는 명쾌한 사건처리와 유머적인 필치에 의하여 많이 해소되고 있다.

장편소설 《격정시대》는 중국, 그리고 남과 북에 의해 영영 역사의 뒤안길로 사라질 번했던 조선의용군 열혈남아들이 벌린 성스러운 항일투쟁의 역사를 예술적으로 재현하고 그들의 고매한 성격미를 보여주었으며 해학과 유머의 극치를 이루고 있음으로 하여 조선족문학의 한 페이지를 빛나게 장식하였다.

제4장

개혁개방 후기 조선족 문화신분의 조정과 문학

제1절 조선족사회의 구조적 변화와 문학

1. 조선족사회의 구조적 변화

20세기 후반기에 가장 중요한 역사적 의미를 갖는 날로 불리는 1989년 11월 9일, 베를린장벽을 무너뜨리면서 동구권이 붕괴되고 구소련이 해체되었다. 1989년 6월의 "천안문사태"를 전후하여 중국의 개혁개방은 한동안 우여곡절을 겪기도 했지만, 1992년 등소평의 남방순시연설(南巡講話)과 중한수교 이후 보다 심도 있고 광범위하게 전개되었다.

연변을 중심으로 하는 여러 조선족집거지에서도 개혁개방은 더욱 심도 있고 광범위하게 전개되었다. 이런 과정에서 조선족농민들은 공업과 상업에 종사하거나 노무자로 해외로 나가 수입을 많이 올렸다. 따라서 과거 벼농사에만 의존했던 국면은 크게 타개되었고 전반 조선족의 삶의 질은 물질적인 측면에서 크게 향상되었다. 그리고 사상, 의식의 차원에서도 폐쇄성에서 벗어나 견식을 넓힐 수 있는 계기로 되어 새로운 의식과 관념을 수립하고 개척

정신, 모험정신, 진취정신을 갖게 되었다. 조선족은 선진적인 경영방식, 생산관리방법 등을 배웠을 뿐만 아니라 중국의 주류문화 및 모국문화와의 유대를 보다 긴밀하게 맺음으로써, 한편으로는 중국의 주류문화를 보다 많이 수용할 수 있었고 다른 한편으로는 고국에 대한 동경과 민족에 대한 애정을 회복하게 되었다. 아울러 이런 다원적이고 활발한 문화정보의 교류를 통해 민족정체성을 보다 절실하게 인식하게 되었다.

세상만사는 새옹지마라고 1990년 이후 개혁개방의 심화와 발전은 조선족공동체에 긍정적인 작용만 한 것이 아니라 부정적인 작용도 했음을 간과해서는 안 된다. 조선족공동체는 1990년까지만 해도 폐쇄적이었지만 아주 안정적인 특성을 갖고 있었다. 조선족은 주로 동북3성에 거주했고 주로 농촌에 집성촌(集成村)을 형성하여 벼농사를 지으며 안정된 삶을 영위하였다. 조선족이 백년 남짓이 자체의 문화전통을 지키고 민족정체성을 유지할 수 있었던 것은 무엇보다도 먼저 이주초기부터 조선족집거지역을 형성하였기 때문이다. 그러나 1990년대에 들어서자 조선족사회는 거대한 변화의 물결에 휩싸이게 되면서 연변을 중심으로 하는 조선족집거지역은 크게 요동치기 시작하였다. 이러한 격변을 맞게 된 배경적 요소로는 1990년대에 와서 더욱 심화, 발전된 개혁과 개방이 몰고 온 파급효과를 들 수 있겠는데, 조선족공동체는 중국의 주류사회의 보편적인 문제를 안고 있었을 뿐만 아니라 그 자체의 특수한 난제도 안고 있었다. 그것을 다음과 같은 몇 가지로 귀납할 수 있다.

1) 경제생활의 급변과 조선족인구의 대이동

1980년대로부터 여러 계층의 인사들이 시장경제의 조류에 대거 합류했는데, 1990년대에 들어와서 그 기세는 여전히 수그러들지 않았다. 직업선택의 자유가 많이 주어지면서 대학졸업생들이 무역회사, 여행사 등 경제수입이 상대적으로 많은 분야에 취직하는 현상이 늘어났고 원래 정부, 학교, 문학과 예술 등 분야에 종사하던 상람들도 자기의 직업을 버리고 "하해(下海)"를 했다. 또한 많은 조선족 청년남녀들이 음식점, 술집, 여관, 다방, 노래방, 카바레 등 소비성산업이나 유흥업소에 몰려드는 현상이 나타났다.

이보다 더욱 심각한 변화는 조선족농촌에서 일어났다. 1990년대에 들어서면서 수많은 조선족농민들이 벼농사를 중심으로 하는 전통적인 농경방식에서 탈피하여 다각경영을 모색하기 시작하였다. 특히 대외개방이 심화되면서 국제경제활동에 적극 참여하였다. 적잖은 도시인과 농민들이 조선, 러시아에 가서 "보따리장사"를 하였다. 중한수교 이전에는 한국에서의 약장사도 한때는 조선족 가운데서 인기가 높았는데, 1992년 중한수교 이후 한국을 가장 주요한 대상국가로 하는 조선족의 해외인력수출은 급속도로 늘어나기 시작했다. 특히 조선족농촌의 노동력 가운데서 많은 부분이 중국 국내의 도시나 해외로 진출한 까닭에 시골에서 농사를 짓는 노동력은 급속하게 줄어들었다. 국내 대도시와 외국으로의 대규모 진출로 특징지어지는 이농향도(离農向都)의 추세는 날이 갈수록 거세어졌다. 이리하여 1990년대에 들어와서 조선족사회는 인구의 대이동이 일어나게 되었는데, 대체로 세 가지 방향으로 나누어 볼 수 있다. 첫째는 중국의 북경, 상해, 청도 등 대도시나 연해지역으로의 이동이고, 둘째는 한국을 비롯한 외국으로의 이동이며, 셋째는 동북3성의 여러 도시로의 이동이다.

요컨대 1990년대 이후 도시화, 산업화, 세계화의 거세찬 물결을 타고 조선족사회는 거대한 인구이동을 하게 되었다. 이러한 전환기에 들어선 조선족공동체는 거대한 변화의 소용돌이에 빠져들기 시작했다.

2) 조선족사회의 인구격감 및 이산, 농촌마을의 해체 위기

1990년 이후 날로 확산되고 있는 인구이동은 조선족의 수많은 농민과 시민들의 이산(離散)을 초래하게 되었다. 특히 농촌의 수많은 미혼, 기혼 여성들이 도시와 외국으로 진출하고 그 대신 수많은 농촌총각들이 결혼할 수 없게 되었다. 따라서 조선족농촌사회는 날로 황폐화되었다. 가족의 이산, 국제결혼(또는 위장결혼)으로 말미암은 이혼율의 급증, 농촌총각들의 결혼공황 등 각종 사회현상들은 필연적으로 농촌인구의 격감을 초래하게 되었다. 1970년대 중반에 이미 인구의 재생산수준이 떨어지기 시작한 조선족의 출산력은 1990년 이래 날로 확산되고 있는 인구이동으로 말미암아 더욱 급속하게 떨어져 세계에서 가장 낮은 출산수준을 기록하게 되었다.

이러한 인구의 격감추세는 또한 조선족공동체의 보금자리였던 농촌마을들의 공동화(空洞化)를 초래하였다. 1990년대 중반 산재지구에서 시작된 조선족마을의 공동화 또는 해체는 도시와 비교적 가까운 농촌과 조선족이 집중적으로 거주하는 조선족자치현이나 연변조선족자치주까지 광범위하게 나타났다.

3) 조선족농촌의 공동화에 따른 조선족농촌학교 교육의 위기

조선족농민들의 인구이동은 조선족농촌마을의 인구격감과 공동화를 초래했고, 이는 또 조선족농촌학교 민족교육의 위기를 초래하였다. 1990년대 중반부터 조선족농촌의 소학교나 중학교의 학생 수는 급속하게 감소하고 이로 말미암은 학교의 통폐합이 시작되었다. 인구의 대이동으로 인한 가족의 이산은 자녀교육에도 막대한 부면(負面)적 영향을 끼쳤다. 2000년 좌우 동북3성

조선족 중, 소학교들을 보면 일반적으로 35~70%의 학생이 부모 없이, 또는
한 부모 곁에서 살고 있는 실정이다. 이런 학생들은 부모의 부재로 말미암아
정서불안, 일탈행위, 학력저하 등 각종 폐단을 드러냈다. 바꾸어 말하면 조선
족 부모들은 산돼지 잡으러 갔다가 집돼지 놓치는 형국이 되어 버렸다.

4) 사회 환경의 변화와 조선족의 민족의식, 가치관 및 생활방식의 변화

조선족 고유의 경제생활과 민속생활 그리고 말과 글을 중심으로 하는 민
족교육의 가장 중요한 토대와 장소로 되었던 조선족의 촌락공동체의 공동화
는 자연적으로 민족정체성을 유지하는데 커다란 어려움을 조성해 주었다.
고국을 갖고 있는 과경민족으로서의 조선족은 중국의 국민이지만 그들의
조상들은 한반도에서 왔고 지금도 고국에 살고 있다. 특히 1992년 중한수교
이후 거세게 불어친 "서울바람"은 조선족의 모국의식을 크게 자극했다. 모국
의식은 조선족이라는 자각과 민족공동체의식을 더 깊게 하였다. 특히 한국과
의 밀접한 경제, 문화의 교류는 민족적 긍지감을 더 느끼게 하였다. 하지만
이와 동시에 아무런 정치, 경제, 문화적 권리가 없는 최하층 노무자로서의
뼈저린 한국체험, 특히는 "사기피해 사건", "페스카마호 사건" 등을 통해 많
은 조선족 구성원들은 모국과 자기 사이에 엄연히 존재하는 깊은 갭을 실감
하게 되면서 중국국민으로서의 국가신분을 확인하고 국민의식도 새롭게 강
화하게 되었다. 그리고 1990년대에 들어서서 중국 국내 혹은 세계 각국의
미지의 땅으로 진출해 그곳에 정착해 사는 조선족 구성원들이 늘어나면서
새로운 정체성이 등장하여 이들의 정체성이 다양화되는 경향을 보여주었다.
이밖에도 1990년대 말에 이르면 세대 사이에, 그리고 지역 사이(연변 지역과
기타 산재지구)에 정체성이 분리되는 조짐도 나타나기 시작하였다. 요컨대 1990

년 이후 조선족공동체는 호미 바바가 지적한바와 같이 중국과 모국의 경계를 넘나들면서 사상과 감정의 양가성(兩價性)과 문화의 혼종성(混種性)을 보다 선명하게 드러내게 되었다.

이러한 사회환경의 변화는 조선족의 의식에도 커다란 변화를 가져왔다. 개혁개방 이전은 집단주의, 정신만능의 가치관이 주도하던 시대였다면 개혁개방 이후는 시장경제에 따르는 금전만능의 풍조가 급속도로 확산되면서 개인주의, 물신주의의 가치관 및 이에 따른 도덕관, 인생관, 성별의식, 생활방식도 날로 뚜렷하게 변화되기 시작했다. 이혼율의 급증, 위장결혼의 성행, 그리고 "현지처", 매음, 밀입국, 과소비, 사기와 도박 등의 범람은 조선족사회의 새로운 풍속도로 되었다. 이리하여 과정을 생략한 "한탕주의"가 성행하기 시작했고 성실성과 근면성을 상실한 대신에 퇴폐주의, 향락주의 생활방식이 급속하게 조선족사회를 좀먹기 시작했다. 말하자면 개혁개방의 다원문화시대를 맞아서 조선족이 갖고 있던 기존의 폐쇄적인 정체성의 기본이 되었던 민족공동체의 기반과 민족의식이 뒤흔들리기 시작했다.

2. 중한 문학에 대한 조선족문학의 수용

1990년대 이후의 다문화환경을 이해하는 것은 이 시기 조선족문학을 이해하는 또 다른 중요한 전제라고 할 수 있다. 그것은 세계화의 시대를 맞아서 1990년대의 조선족문학은 중국의 문화환경 이외에도 해외 문화환경이라는 다문화환경 속에서 생산되고 소비되어 왔기 때문이다. 보다 다원화되고 개방된 사회환경 속에서 존속해온 1990년 이후의 조선족문학은 주변의 여러 계통과 끊임없이 정보교환을 하면서 발전하여 왔는데, 주로는 중국 주류문학과 모국인 한국을 비롯한 외국문학 계통과의 역동적인 상호 교류관계 속에서 발전, 변화하여 왔다.

주지하다시피 1990년대 이후 중국문화는 이른바 "공명(共名)"으로부터 "무명(无名)"의 형태, 즉 일원문화독존의 형태로부터 다원문화공존의 형태로 바뀌기 시작하였다. 무명상태에서 지식인들의 목소리는 각이하고 다양한 개인의 목소리로 변했다. 말하자면 개인적 담론이 허용됨에 따라 지식인들의 계몽적 담론과 탈계몽적 담론 등 여러 가지 다양한 목소리들로 한 시대의 다원적이고 풍부한 문화정신의 전일체를 이루게 되었다.

상술한 상황에 걸맞게 1980년대 단선(单线)으로 발전해오던 문학에도 무주조(无主潮), 무정향(无定向), 무공명(无共名)의 현상이 나타남으로써 여러 가지 문학경향이 동시에 병존하는 다원가치취향을 드러냈다. 이를테면 흔히 국가의 경제적 지원이나 문학상 시상제도에 의존해 그 가치를 확인하던 이른바 주선율을 선전하는 문학작품, 대중문화시장의 환영 여부를 성공의 잣대로 삼는 소비형 문학작품, 자기가 속한 울타리안의 전문가들이나 동일취미를 가진 사람들의 환영 여부로 성공을 가늠하던 순수문학작품 등이다. 이리하여 국가권력의식형태, 지식인의 현실비판정신의 전통 및 민간문화형태의 삼분천하(三分天下)의 판도가 보다 확고하게 자리를 잡았다. "무명"의 문화상태는 여러 가지 시대적 주제를 내포하고 있고, 따라서 상대적으로 다차원적이고 복합적인 문화구조를 이루고 있기에 문학은 비로소 여러 가지 취향을 드러낼 수 있는 자유로운 국면을 형성할 수 있게 되었다.

또한 1990년 이후 한국의 문화는 조선족문학의 중요한 배경으로서 무시할 수 없는 작용을 하였다. 개혁개방 이전 조선문학이 조선족문학의 중요한 대외적인 참조계통으로 되었다면 개혁개방 이후에는 점차 한국문학이 그 자리를 대체하기 시작하였다. 1992년 중한수교 이후 한국과의 실질적인 문화교류가 활성화됨에 따라 한국 문화와 문학은 조선족문학의 아주 중요한 참조계통으로 부상하였다.

조선족의 삶의 터전은 중국이고 조선족은 정치, 경제, 문화적인 면에서 주로 중국의 영향권에 놓여있기에 한국 문화 및 문화의 영향은 주로는 언어 구사, 형식과 기교에서 많이 나타났다. 언어예술로서의 문학에서 어떤 언어를 사용하는가 하는 것은 아주 중요한 문제인데, 1990년 이후 문학어의 사용 면에서 조선 일변도의 경향에서 벗어나는 추세를 보이기 시작하였다. 이를테면 김문학 같은 문학인은 "한국어는 너무 멋있고 세련되고 아름다운 반면 평양이나 조선족의 작품은 그 감탄의 반대쪽이므로 조선족도 서울말을 써야 한다."고 주장한 것은 이 점을 단적으로 보여준다.

문학의 교류는 주로는 인원의 교류와 서적, 텔레비전, 방송 같은 대중전파매체를 통하여 이루어지는데 문체, 구성, 기교 등 여러 면에서의 조선족문학에 대한 한국문학의 영향 역시 주로는 이런 루트를 통하여 이루어졌다. 이를테면 1990년대 이후 조선족문단의 적잖은 문인들은 한국에 가서 몇 년씩 체류, 유학, 취직한 경력을 갖고 있으며, 한국의 많은 문인들도 연변을 비롯한 조선족거주지역들에 와서 여행, 체류, 연구, 창작을 위한 현지답사 혹은 조선족문학인들을 대상으로 문학 강연을 한 경력을 갖고 있다. 이밖에도 중한수교 이후 금서로 되었던 많은 한국문학 관련 서적들이 해금(解禁)되고 또한 각종 루트를 통해 조선족문학인들이 이런 서적을 손쉽게 구해서 읽을 수 있게 되었다.

이런 서적들을 통해 조선족문학인들은 한국문학 뿐만 아니라 구미를 중심으로 하는 외국명작이나 세계문학의 새로운 사조를 접할 수 있는 기회를 갖게 되었다. 이를테면 최룡관은 서구 모더니즘 시문학에 대한 자신의 수용은 주로는 한국어로 된 한국문학서적을 통해 이루어졌다고 말한 적 있다. 구미 현대문학사조의 수용을 놓고 볼 때 중국이나 외국어능력이 그다지 신통

치 않은 조선족문인들에게 있어서 한국문학작품은 거의 유일한 루트라고
할 수 있었다. 그러므로 조선족문인들이 얻은 정보는 결코 신문(新聞)이 아니
라 적잖은 경우에는 몇 십 년 전 혹은 거의 백년도 넘는 구문(旧聞), 즉 낡은
정보들이었다. 이런 까닭에 해가 이미 중천에 솟아올랐는데도 늦게 깨어난
이들이 해돋이를 본다고 착각하는 것과 비슷한 해프닝이 조선족문단에 자주
벌어지는 것은 아주 자연스러운 일이다. 따라서 외국이나 중국 주류문단에
나타난 사조들이나 창작현상들이 조선족문단에는 몇 년 심지어 몇 십 년
후에야 비로소 나타나거나 성행하게 되는 것 역시 조선족문학이 갖고 있는
주변성으로 하여 일어나는 것이다.

1990년대 이후 시장경제의 심화와 발전에 따라 경제활동이나 물질문화와
는 거리가 먼 문학은 자연히 사회생활의 중심에서 변두리로 밀려나게 되었
다. 이런 경제본위, 물질본위의 시대에 문학은 자연스럽게 많은 난관과 어려
움에 봉착하게 되었다. 특히 아주 협소한 문화시장을 갖고 있는 조선족문학
의 경우는 더욱 그러했다. 물론 조선족의 문학생산이 위축되어 침체의 수렁
에 빠져들게 된 데는 1990년대에 들어서서 거세차게 불어친 출국바람, 그로
말미암은 인구의 격감 및 독자층의 격감도 중요한 원인으로 작용하였다.

이러한 시장경제의 충격 속에서 1980년대만 해도 국가의 재정지원으로
무난하게 운영되던《아리랑》,《북두성》,《갈매기》와 같은 문학지는 폐간되고
《은하수》,《송화강》과 같은 문학지는 살아남기 위해 종합지로 변신하였다.
순수문학지로《연변문학》,《장백산》,《도라지》만이 남았지만 경제난으로 어
렵게 지탱해오고 있다. 조선족의 출판업 위기설은 1990년대 초반으로부터
언론의 중요한 화제로 떠오르기 시작하였다. 바로 이런 격변 속에서 적잖은
작가들은 조선족문학의 전도에 대하여 비관적으로 보면서 호구지책을 마련
하기 위해 아예 붓을 꺾고 "상해(商海)"에 뛰어들기도 했다.

1990년대 중반에 들어서면서 곤혹과 침체의 늪에서 허우적거리던 작가들이 점차 차분한 분위 속에서 성숙한 모습을 보여주기 시작하였고 따라서 조선족문단도 상대적으로 안정된 국면을 되찾게 되었으며, 조선족의 문학생산도 시장경제시대의 현실에 차츰 적응하기 시작하였다. 이리하여 1990년대에 들어서서 조선족문단에는 그 어느 때 보다 많은 작가, 시인, 평론가들이 자기의 작품집을 출간하여 오히려 개인작품집 출판의 성황을 이루기도 했다. 특히 세계화에 편승해 해외에서의 출판기회를 포착하고 자기의 작품들을 해외에서 출판하는 문인들도 나타나기 시작하였다. 이를테면 김학철의 《격정시대》(1988), 《최후의 분대장》(1993), 《누구와 더불어 지난날의 꿈을 이야기하랴》(1994), 《20세기의 신화》(1996)나 정판룡의 자서전 《내가 살아온 중화인민공화국》(1994), 허련순의 장편소설 《누가 나비의 집을 보았을까》(2005), 리혜선의 보고문학 《코리언 드림 - 그 위기와 희망의 보도서》 그리고 김학송의 10여권의 시집 등은 바로 이 시기에 한국에서 출판되었다.

조선족문단의 문학상은 작가들의 창작의욕을 자극하여 보다 훌륭한 작품을 쓰도록 고무, 격려하는 중요한 메커니즘으로서 개혁개방 초기로부터 줄곧 시행되어 왔다. 1980년대까지만 해도 조선족문단의 문학상은 많지도 않았거니와 주로는 정부나 출판사, 잡지사들에서 자금을 대는 방식으로 운영하였다. 하지만 1990년 이후 해외의 독지가들에 의해 적잖은 자금이 지원되어 다양한 문학상들이 생겨났다. 하지만 대부분 문학상은 단기성을 면치 못하고 있으며, 따라서 문학상은 장기성, 권위성, 공정성 등 면에서 늘 많은 시비들이 생겨나기도 하여 때로는 문단을 시끌벅적하게 만들기도 했다. 비록 조선족문단의 문학상에 일부 문제가 있다고 해도 1990년대 이후의 각종 문학상들은 문학창작을 자극하는 중요한 메커니즘으로 작용해 왔음을 부인할 수 없다. 요컨대 1990년대 이후의 조선족문학의 내부조건은 비록 외부환경의 변화로 인해 적잖게 위축되거나 어려워졌지만 동시에 많은 유리한 외부환경요소들도 나타나서 생존을 담보해주고 있다.

3. 조선족문학의 새로운 변화와 발전 양상

1990년 이후 시, 소설, 산문, 평론이 풍성한 성과를 거두었고 극문학은 상대적으로 위축되었다.

1) 시문학

1980년대 시단에서 활약했던 시인들이 1990년대에도 의연히 왕성한 창작활동을 하면서 계속 중견역할을 했고 그 외에도 조광명, 윤청남, 김영건, 림금산, 박설매, 리순옥, 윤영애, 김영춘, 허련화 등 젊은 시인들이 두각을 나타내기 시작했다. 1990년대에 시가 모두 1만여 수 발표되었고 시집이 46종 출판되었는데, 그중 개인 시집이 40여 종이다. 2000년에 들어선 후 더욱 많은 시집이 출간되었는데, 이를테면 한국학술정보(주)에서만 해도 100권 이상에 달하는 조선족시인들의 시집을 출판했다.

2) 소설문학

1980년대 활약했던 소설가들이 1990년대에 들어와서도 의연히 왕성한 창작활동을 하면서 계속 중견역할을 했고 그 외에도 최국철, 김혁, 리동렬, 장혜영, 강재희, 류순호, 손룡호, 량춘식, 정형섭, 김영자, 박옥남, 리진화, 박초란, 김금희 등 많은 신인들이 두각을 나타내기 시작했을 뿐만 아니라 소설창작의 주력군으로 되었다. 1990년대 이후 단편소설 2,000여 편, 중편소설 260여 편, 장편소설 30여 부, 개인작품집 60여 종, 종합작품집 40여 종이 발표, 출간되었다. 2000년 이후에도 많은 장편소설, 중단편소설집이 출간되어 소설창작의 풍성한 성과를 떠올렸다.

3) 극문학

1990년 이후 극단의 운영과 일정한 량의 관객확보를 존재의 전제로 하는 조선족 극문학은 해외진출 등으로 인한 인구의 격감, 대중오락의 흥성, 영화와 TV드라마의 충격, 시장경제에 따른 극단 운영에서의 경제난 등 여러 가지 복합적인 원인으로 하여 점차 위축되면서 불황을 초래하였다.

4) 산문문학

1990년대 이후 김학철, 정판룡 등 원로작가들에 의한 산문창작이 계속됨과 동시에 장정일, 황유복, 최균선, 김관웅, 김호웅, 서영빈, 류연산, 우상렬, 김경훈, 김문학, 리선희, 리화숙, 최순희, 양은희 등 중견 수필가들이 전반 산문분야를 이끌어 갔으며 리영애, 신영애, 리경자, 오설추, 김점순, 남영도 등 많은 신인들이 수필문단에 두각을 드러냈다. 1990년대 이래 산문은 극문학 같은 다른 장르에 비해 개화기와 성숙기를 맞이했다. 수필, 잡문, 실화, 전기, 보고문학, 실기, 역사산문 등 다양한 양식의 산문들이 대량 창작되면서 풍성한 성과를 거두었고 개인수필집도 수십 종 출간되었다. 특히 1980년대부터 창작되어 1990년대에 이르러 더욱 성숙된 모습으로 나타난 김학철의 잡문은 조선족문학에 대한 일대 공헌이라고 할 수 있다. 이밖에도 이 시기에

는 김문학, 류연산, 김관웅, 김호웅, 우상렬, 김광림 등에 의해 중한일 3국
문화의 비교에 초점을 맞추거나 우리민족의 역사, 문화를 소재로 하는 역사
산문과 문화산문이 모습을 드러내기 시작했다.

5) 문학비평과 문학연구

1990년대 이래 조선족 문학비평은 다른 분야와 마찬가지로 커다란 성장을
하였다. 정관룡, 권철, 조성일, 임범송, 박충록, 임윤덕, 최삼룡, 전국권, 현동
언, 장정일, 김봉웅, 김해룡, 김월성, 전성호, 림연, 조일남, 김성호 등 1980년
대부터 활약했던 기성 비평가들이 계속 활발한 평론활동을 진행했다. 특히
연변대학, 중앙민족대학 및 한국의 여러 대학들에서 문학박사학위를 받은
김병민, 김관웅, 김호웅, 오상순, 채미화, 윤윤진, 장춘식, 서영빈, 김경훈, 리
광일, 우상렬, 강옥, 리해영, 김홍매 등 학원파 비평가들이 1990년 이후 속속
등장함으로써 더욱 활기를 띠게 되었다.

1990년대 여성의식의 각성과 함께 1980년대 중반부터 여성작가들은 자신
의 생활세계에 눈을 돌리기 시작하였다. 특히 1990년 이후 여성의 사회진출
의 확대와 사회적 역할의 증대로 인한 여성위상의 향상에 힘입어 조선족문단
의 여성문인들은 남성중심사회에서의 여성의 운명과 생존상황에 대해 주체
적 사고를 하기 시작했으며, 이에 기초하여 많은 수준 높은 작품을 산출함으
로써 각종 문학상시상식에서는 말 그대로 "여자가 남자에게 양보하지 않는
(巾幗不讓步須眉)" 진풍경을 창출하였다. 물론 평론 같은 특정된 문학 분야에서
여성의 진출은 아직 미흡하지만 시, 소설, 산문, TV드라마 등 여러 분야에서
의 여성문인들의 활약상은 대단하다. 오늘날의 시점에서 볼 때 여성문학은
분명 전반 조선족문학의 절반 천하를 차지하고 있다.

주제적경향의 측면에서 전환기 조선족문학의 전반 흐름을 거시적으로 살펴본다면 아래와 같은 여러 가지 부동한 주제적 경향들이 병존하는 다원적인 전개양상을 보여주고 있다.

1) 계몽적 주제경향 혹은 "민족적사실주의"[218] 성향을 지닌 작품들이다. 이 경우, 민족의 현실을 정시하고 민족적 위기를 극복하기 위한 다양한 민족 구성원들의 몸짓을 구체적으로 형상하고 있다. 김학철의 일련의 수필, 잡문이 가장 대표적이다. 이밖에도 소설에서는 최홍일의 <흑색의 태양>, 김훈의 <또 하나의 '나'>, 최국철의 <제5의 계절>, 리원길의 <지녀야, 니나 내려다구>, 박옥남의 <둥지>, 량춘식의 <달도>, 정형섭의 <기러기문신>, 손룡호의 <울부짖는 성>, 강재희의 <탈곡>과 같은 작품을 들 수 있다. 시에서는 석화의 조시 《연변》 같은 시작들을 들 수 있다. 이 계열의 작품들은 전환기의 빈부격차와 지역격차 그리고 조선족의 실존상황에 초점을 맞추어 소외계층의 울분을 대변하고 조선족공동체의 위기상황을 여실하게 재현하며 그들의 끈질긴 생명력을 노래함으로써 수많은 독자들의 공감을 불러일으켰다.[219]

1990년 이후의 조선족문학은 중국주류문학의 이런 무명상황 속의 자유로운 문학 환경에 편승하여 다양한 문학작품을 산출하였고 독특하고 개성 있는 문학적 탐구를 할 수 있었다. 따라서 적잖은 특이한 문학현상들을 파생시킬 수 있었다. 이를테면 김학철 같은 작가들은 현실성, 전투성, 비판성을 지닌 노신(魯迅) 이래의 계몽문학전통을 계승하여 조선족의 삶의 현장에 튼튼히 발을 붙이고 정신적 방황 상태에 있는 조선족사회를 향해 "계몽, 그리고 호소"하는 계몽문학의 주제를 계속 고수하였고, 정세봉의 중편소설 <볼쉐위크

---

218 김관웅, <민족적사실주의 길로 나가는 김응룡시인>, 《연변문학》, 2007년 제8기.
219 김호웅, <전환기 조선족문학의 주제학적 고찰>, 《중국조선족우수단편소설집》, 연변인민출판사, 2010, 711~732쪽.

의 이미지>, 박선석의 장편소설 《쓴웃음》, 《재해》 등은 1980년대 반성문학의 연장선에서 정치운동, 계급투쟁이 초래한 인권에 대한 유린과 문화에 대한 파괴 등 시대적 비극을 재현하면서 정치공명(共名)시대의 극좌노선이 몰고 온 사회적인 대재난을 폭로, 비판하는 작업을 계속하였으며, 리원길 같은 작가들은 1980년대 개혁문학의 계보를 이어서 장편소설 《땅의 자식들》 등을 통해 "시대의 서기관"처럼 개혁개방이라는 이 격동기에 처한 조선족농민들의 삶의 현실을 예술적으로 재현하였으며 허련순의 《바람꽃》 같은 소설은 한국바람에 흔들리고 있는 조선족공동체의 현실을 보여주면서 민족적 정체성에 대해 깊이 있는 사색을 하기도 하였다. 또한 김재국의 《한국은 없다》, 김혁의 《천국의 꿈에는 색조가 없었다》와 같은 실화문학작품들은 해외진출 과정에서 겪게 된 조선족의 아픔과 고통을 세상에 알림으로써 강한 현실성과 참여정신을 보여주었다. 이와는 달리 최룡관, 김파 등 시인들은 또 개혁개방의 열린 사회환경에 편승하여 구미 모더니즘과 포스트모더니즘을 수용하면서 조선족의 삶의 현실과는 오불관언(吾不关焉)이라는 "순문학"의 기치를 들고 주로 시의 형식과 기교 방면에서 탐구와 실험을 하기도 하였는데 이들은 선명한 탈정치, 탈이데올로기, 탈계몽적인 성향을 보여주었다. 그리고 혹자는 초미의 현실문제나 집단의식과는 별로 연관성이 없는 개인의 무의식세계를 파헤치거나(리혜선의 장편소설 《빨간 그림자》의 경우), 인류의 항구한 모성애(허련순의 중편소설 <우주의 자궁>의 경우)를 예찬하거나, 민족문화의 뿌리를 추적(남영전의 토템시의 경우)하거나, 인간실존의 허무와 무의미(우광훈의 중편소설 <가람 넌느지 마소>의 경우)를 보여주거나, 인간과 자연의 관계에 착안한 생태시(김학송, 최룡관의 1990년대 이후의 적잖은 시작의 경우)를 시도하거나, 서구 낭만주의의 문명비판의 주제를 반복하기도 하였다. 이와 같은 문학의 다원적인 전개양상은 조선족문학사에서는 전례 없는 현상이었다. 그야말로 문자 그대로 백화제방(百花齊放)

의 백화원(百花園) 같은 문학풍경이 나타났다.

2) 1990년대 이후 중국주류문단의 많은 작가들이 공동의 사회적 이상(理想)에서 개인적 서사입장으로 전향함으로써 개인적 담론, 개인적 표현을 지향하는 문학작품들이 쏟아져 나오게 되었다. 즉 중국의 작가, 시인들은 가급적이면 서로 부동한 방식으로 자기 자신이 체험한 시대정신을 재현하거나 표현하려고 노력했다. 이러한 특점은 조선족 작가나 시인들 속에서도 나타나고 있다. 이를테면 최홍일 같은 작가는 《눈물 젖은 두만강》(1993) 같은 장편소설에서 김학철, 리근전 같은 기성작가들이 《해란강아 말하라》(1954), 《고난의 년대》(1983) 등 장편소설에서 이미 다루었던 조선족의 이민사, 투쟁사를 소재로 다루면서도 이 한 단락의 역사의 기억을 자기 나름대로 재구성하여 재현하려고 노력하였는데 비교적 선명한 개인적 서사입장을 보여주었다.

시대적 공명(共名)의 소실로 하여 자아에 직면하게 된 작가들이 개인의 심리공간을 개척하는 글쓰기 실험에 착수하게 된 것은 아주 자연스러운 일이라고 할 수 있다. 1990년 이후 중국주류문단의 이러한 심리주의 창작경향은 조선족문학에도 많은 계시를 주었다. 이를테면 리혜선의 장편소설 《빨간 그림자》는 무의식의 세계를 제시하려고 노력한 작품으로서 조선족소설문학에 있어서 심리주의소설의 개척성적인 작품이라고 할 수 있으며, 김혁의 장편소설 《마마꽃 응달에서 피다》는 작가 자신의 특이한 성장과정과 개성적인 심리적 여정이 다분하게 투영되어 있는 작품으로서 개인의 심리공간을 개척하기 위한 노력이 엿보이는 작품이라고 할 수 있다.

3) 탈정치, 탈이념적 성향 그리고 이미지의 조합이나 문체, 형식미에 탐닉하는 순수문학 혹은 탐미주의 성향이다. 일부 작가나 시인들은 기존의 정치적 이데올로기나 통념에서 벗어나 탈이데올로기, 탈정치적 경향을 보이면서 생명본체의 욕구나 세속적인 삶에 의미를 부여했다. 그들은 십자가를 짊어진

하느님도, 민중을 이끄는 정신적 스승도 아니라 오곡잡량(五谷杂粮)을 먹고 섹스하면서 살아가는 세속적인 인간이다. 이러한 주제적 경향의 효시(嚆矢) 또는 대표적인 작품들로는 1990년대 초반에 발표한 정세봉의 <빨간 '크레용 태양'>, <태양은 동토대의 먼 하늘에>, <엄마는 교회에 가요>와 같은 작품을 들 수 있다. 이러한 작품들에서 정세봉은 신(神)의 부재, 가치관의 혼란, 신앙과 희망을 상실한 현대인의 비애를 다루고 있다.[220] 이는 선행시기의 조선족 문학에서는 찾아 볼 수 없었던 새로운 주제적 경향으로서 이 시기 문학의 가장 큰 특징이라고 할 수 있다. 또한 이러한 경향을 가장 잘 보여준 사례로 최룡관, 김파, 김성종 등 시인들의 일련의 실험시들을 들 수 있다.

4) 민족이나 개인의 정체성에 관한 문제를 다룬 디아스포라문학의 성향이다. 김재국의 장편수기 <한국은 없다>는 작자의 진실한 체험과 아픔을 통하여 민족정체성의 문제를 처음으로 한중 언론매체에 전면으로 부각시킨 작품이라면, 허련순의 장편소설 《바람꽃》, 《누가 나비의 집을 보았을까》와 조성희의 단편소설 <동년>, 석화의 조시 <연변>, 김호웅의 평론 <중국조선족과 디아스포라>, <근대에 대한 성찰과 조선족문학의 주제> 등은 민족정체성의 문제를 다룬 대표작들이다.

5) 여성의 인간적인 자각, 그리고 자존, 자강, 자애의 여성형상을 부각하면서 남성중심주의를 향해 화살을 날린 여성주의 성향이다. 허련순의 단편소설 <하수구에 돌을 던져라>, <우주의 자궁>, 김영자의 <섭리> 등이 그 대표작이라고 할 수 있다.

6) 당시의 현실 속에서가 아니라 역사 속에서 민족문화의 뿌리나 민족문화 전통을 확인하려 하는 역사, 문화적 성향이다. 그 대표적 작가와 작품으로는

---

220 김호웅, <정세봉과 그의 문학세계>, 《인생과 문학의 진실을 찾아서》, 료녕민족출판사, 2003, 357~373쪽.

남영전의 토템시나 최홍일, 최국철 등의 이민사 소재의 작품들이다.

7) 인간과 자연의 공존공생의 관계에 주목하는 생태주의 성향이다. 국제교류의 활성화로 생태주의 문학사조도 1990년대 말부터 조선족문단에 수용되기 시작하여 생태주의문학이 태동하기 시작했다. 이 계열의 대표작으로는 김학송의 <20세기의 마지막 밤>, 김관웅의 단편소설 <산신령과의 대화>, 최룡관 등의 생태주의 시들을 들 수 있다.

개혁개방 후기 조선족문학에서의 사실주의창작방법은 여전히 주도적인 지위를 차지하지만 이를 두 가지로 나누어 볼 수 있다.

첫째는 계몽주제를 담은 현실적, 비판적, 전투적인 사실주의로서 노신 이래의 계몽적, 비판적 사실주의전통을 계승한 것이다. 김학철은 생애의 마지막까지 이런 사실주의를 주장했고 또한 실천했다. 이런 창작경향을 대표한 작가들로는 김학철, 리상각, 조룡남, 리원길, 박선석, 정세봉, 허련순, 최홍일, 박옥남 등을 들 수 있다.

둘째는 탈정치, 탈이데올로기적 신사실주의이다. 1980년대 이래 이미 전통적인 "사회주의적 사실주의"나 "혁명적 사실주의와 혁명적 낭만주의를 결합한 창작방법"의 구속에서 완전히 풀려났을 뿐만 아니라 당시의 특수한 시대적 상황으로 말미암아 "5·4" 이래 노신 식의 현실참여적, 전투적, 비판적 사실주의를 거부한 것이 바로 신사실소설(新写实小说)이다. 중국 주류문단에서 성행하였던 탈정치권력, 탈이데올로기적 성향이 아주 짙었던 신사실소설(新写实小说), 신력사소설(新历史小说)이 조선족문학에 미친 영향이 가장 컸다고 할 수 있다. 신사실소설의 영향은 조선문단의 대부분 소설가들이 받았지만 우광훈, 리혜선, 김혁 등이 가장 대표적이다.

이 시기 조선족문학에서는 모더니즘적 요소를 적극 수용하고 있다. 모더니즘의 다양한 수용은 이 시기의 창작방법, 예술형식 변화에서의 중요한 현상이다. 즉 1990년대는 여전히 사실주의를 주축으로 하면서도 모더니즘의 여러 요소들이 많은 작가나 시인들에 의해 정도부동하게 수용되었다. 말하자면 다의적인 이미지창조, 주제의 다의성, 구성의 다층차성, 서술시점의 다원성, 표현수법의 다양화 등으로 모더니즘적 요소는 동시다발, 다원공존의 양상을 드러냈다. 모더니즘적 요소의 수용에서 가장 대표적인 작가나 시인으로는 한춘, 최룡관, 리혜선, 우광훈, 김혁, 김성종, 조광명 등을 들 수 있다.

또 이 시기의 창작방법의 측면에서 볼 때 아주 분명한 혼성성(混成性)의 양상을 띠고 있다. 즉 전반 문단의 상황을 거시적인 각도에서 볼 때 사실주의와 모더니즘은 상호 침투, 상호 작용의 양상을 보여주고 있다. 미시적으로 본다면 적잖은 작가나 시인들의 경우에도 사실주의와 모더니즘의 상호 침투, 상호 작용의 혼성성을 띠고 있다. 이를테면 사실주의창작방법에는 일부 모더니즘적 요소도 가미되어 있는데, 1990년 이후의 사실주의는 사회, 문화, 가족, 개인, 여성, 심리 등으로 그 시야가 전례 없이 넓어졌으며 따라서 그 종류도 이른바 생존사실주의, 체험사실주의, 심리사실주의 등으로 다양화되었다.

제2절 개인숭배에 대한 비판 : 정세봉의 소설들

여기서는 중국주류문단의 반성문학의 문맥에서 주로 반개인숭배, 반노예근성의 주제경향을 갖고 있는 몽골족작가 마라친푸의 <생불의 이야기>와 조선족시인 최건의 가사 <붉은 천 한 조각>, 조선족작가 정세봉의 <볼쉐위크의 이미지>, <빨간 크레용 태양>, <태양은 동토대의 먼 하늘에>, <엄마는 교회에 나가요> 등에 대해 주제학적 시각으로 비교, 분석하려고 한다.

몽골족 작가 마라친푸(玛拉沁夫, 1930~)는 중국소수민족작가들 중에서 탁월한 창작성취와 함께 문단에서 높은 위상을 갖고 있는 소설가이다. 개혁개방 초기 그의 단편소설 <생불의 이야기(活佛的故事)>는 1980년도 전국우수단편소설상을 수상한 아주 영향력이 컸던 작품이다. 한어로 창작된 마라친푸의 <생불의 이야기>는 편폭이 7천자밖에 안 되는 짧은 단편소설이다. 이 소설은 일인칭서술자 <나>의 관찰과 서술을 통하여 인간으로부터 "신(神)" — 생불로 되었다가 다시 인간으로 환원한 주인공 마라하(瑪拉哈)의 파란만장한 일생을 고도로 개괄했다.

작품의 배경은 처음에는 내몽골초원의 바이호터촌으로 설정되어 있다. "나"와 주인공 마라하는 세상에 태어나서부터 함께 자라난 송아지동무였다. 마라하는 천진난만한 아이로서 늘 "나"와 함께 초원에서 장난을 치기도 하고 시냇가에서 발가벗고 고기잡이를 하기도 했다. 그런데 바로 그 이튿날 마라하는 라마교(喇嘛敎) 사찰로부터 전세영동(转世灵童)으로 지목되어 생불로 뽑혀 가게 된다. "이리하여 어제까지만 해도 나와 함께 냇가에서 발가벗고 송사리를 잡던 마라하가 하룻밤 사이에 사람으로부터 신(神) - 거건사의 제8세 생불이 된 것이다." 절에 들어가서 생불이 된 마라하는 처음에는 그래도 천진난만한 동심을 잃지 않았지만 점차 세월이 흐르면서 완연한 "생불"로 되어 간다. 어제까지만 해도 마라하를 개구쟁이 취급했던 "나"를 포함한 수많은 사람들은 수천 년 동안 문화적인 유전자로 이어져 내려온 노예근성으로 말미암아 개구쟁이 마라하를 "신"으로 섬기면서 날마다 그의 앞에 꿇어앉아 연신 절을 올린다. 그리하여 몇 년이 지난 뒤에 마라하도 점점 자기를 사람이 아닌 신으로 여기게 되며 신처럼 처신하게 된다. 세상에는 원래 신이 없었으나 정신적 의탁을 찾으려는 인간들이 신을 만들어낸 것이다. 인간들이 만들어낸 "신"은 인간들의 경건한 신앙과 믿음 속에서 자기는 사람이 아니라 "신"이라고 착각하게 된다. 세월이 흘러서 사람들이 만들어낸 "신"은 점점 "신"의 티를 냈고

"신"이 "신"의 티를 내면 낼수록 사람들은 더욱 "신"이라고 굳게 믿었다. 이렇게 몇 십 년 세월이 흐른다. 해방 후 마라하는 다시 인간으로 환원하여 속세의 보통사람으로 된다. 인간들은 "신"을 만들어내고는 자기들이 만들어낸 "신" 앞에서 오체투지(五體投地)를 하면서 달갑게 그 "신"의 노복으로 되어 간다. 이처럼 작품은 표면적으로는 몽골족 전통사회에서의 종교신앙의 이화(류化)[221]현상을 꼬집었지만 그 심층적인 의미는 다른데 있다.

이 작품은 당시 중국문단에 나타났던 로신화의 단편소설 <상흔>이나 류신무의 단편소설 <담임선생님>과 같은 "상흔문학(伤痕文学)"과는 적잖게 다르다. 그것은 이 작품은 단순히 좌경노선이 인간들의 영혼과 육체에 남긴 상처에 대한 제시, 그리고 이러한 상처를 남겨준 좌경노선에 대한 분노와 성토의 차원에만 머물러있는 작품이 아니기 때문이다. 이 작품은 비판의 화살을 중국에서 좌경노선이 지배할 수 있도록 한 최종적 근원인 수령의 개인숭배를 겨냥하였다. 이런 의미에서 이 작품은 수령에 대한 개인숭배와 조신운동에 대해 우화적 또는 상징적 장치를 동원하여 함축성 있고 암묵적으로 비판한데 그 예술적 매력이 있다. 또한 이 작품은 몽골족의 전통사회에서 수백 년 지속되었던 종교신앙생활과 유기적으로 결합되어 있기에 짙은 민족적 색채도 갖고 있다.

주지하다시피 몽골과 서장 등지의 장전불교(藏传佛教)에서는 정교합일의 종교지도자인 상층 라마(喇嘛)를 불교의 삼세윤회(三世轮回)의 교리에 입각하여 간택했다. 이렇게 간택된 이들은 대부분 아이들인데 이런 아이들을 전세영동(转世灵童)이라고 부른다. 즉 전세의 활불(活佛)의 영혼이 그 아이에게 옮아

---

[221] 이를테면 종교나 종교의 신앙대상인 신은 인간이 만들어냈지만 흔히 나중에는 자기를 만들어낸 인간과 대립되거나 심지어 인간을 지배하는 이기(류己)적인 힘으로 변하는데 이를 종교의 이화라고 한다.

갔다고 해서 이렇게 부르게 된 것이다. 이 전세영동은 장전불교만 갖고 있는 특이한 종교권력의 전승방식으로서 기원 12세기에 서장 불교 갈마갈거파개 파흑모계(噶玛噶举派该派黑帽系)의 수령이 원적(圓寂)한 뒤에 그 신도들이 한 어린아이를 추대하여 전세계승인(转世继承人)으로 모시게 되고 따라서 이후의 장전라마교의 각 교파들에서 분분히 이를 답습하게 되면서부터 활불전세(活佛转世)의 방식이 자리를 잡게 되었다.

이런 전세영동으로서 그 지위가 가장 높은 이들로는 달레(达赖)나 벤첸(班禅)이고 그 버금으로 가는 이들은 각 지방의 법왕(法王)들이다. 원래 라마교에서도 부자세습제도가 행하여졌으나 13세에 이르러 라마는 결혼하지 못한다는 규정이 생겨나면서부터 전세제도(转世制度)가 보다 굳건하게 확립되어 갔다. 청나라 때의 위원(魏源)이 저술한 《무성기(圣武记)》(卷五)에 따르면 "명나라 정덕(正德) 연간부터 활불이 중국에 전해지기 시작했다"고 한다. 마라친푸의 <생불의 이야기>에서는 다만 "불교의 관점에 의하면 생불은 전생으로부터 전세하여 온 것이라고 한다."라고 간단히 지적하였다.

마라친푸의 <생불의 이야기>는 단순히 몽골족소년 마라하가 인간으로부터 "신" — 생불로 되었다가 다시 인간으로 환원했다는 이른바 "생불의 이야기"에만 그치는 것이 아니다. 사실 이 작품에서 "생불의 이야기"는 보조관념에 지나지 않으며 원관념은 깊숙이 숨겨져 겉에 드러나지 않았다. 그 원관념은 실상은 중국에서 좌경정치노선이 살판을 쳤던 그 시절에 자행되었던 수령에 대한 개인숭배, 조신운동(造神运动)에 대한 풍자와 비판이다. 이런 의미에서 이 소설은 다분히 상징성을 갖고 있는 작품이다. 종교의 이화와 정치의 이화는 이질동구(异质同构)의 유사성을 갖고 있기에 이 작품의 상징성은 보다 가깝게 독자들에게 다가온다. 개혁개방초기의 상황에서 마라친푸가 <생불의 이야기>에서 이런 에둘러치기의 서사전략을 취했기에 전국우수단편소설상이라는 영예까지 얻을 수 있었다고 생각한다. 만약 수령에 대한 개인숭배를 직설적으로 비판했더라면 아무리 사상해방의 물결이 일었던 당시라고 해도 아마 발표하기 어려웠을 것이다.

　개혁개방이후의 중국문학에서 개인숭배에 대한 짙은 사회비판적 색채를 갖고 있는 작품으로 "중국 녹음악의 왕자"로 불리는 조선족가수 최건(崔健, 1961~)이 지은 녹음악의 가사 <붉은 천 한 조각(一块红布)>(1991)을 들 수 있다. 이 가사는 다음과 같다.

> 그날 당신은 한 조각의 붉은 천으로
> 내 눈을 감쌌고 하늘도 가렸습니다
> 당신이 나를 보고 무엇을 보았는가 물었을 때
> 난 행복을 보았다고 대답했습니다
> 그 감각은 정말 나를 편안케 하여
> 난 내가 살 곳이 없는 것도 잊었습니다
> 당신이 또 어디로 가겠는가 나한테 물었을 때
> 난 당신이 가는 길을 따라가겠다고 대답했습니다
> 당신도 보이지 않고 길도 보이지 않았지만
> 내 손은 당신의 손에 굳게 잡혀있었습니다
> 당신이 나한테 무엇을 생각하는가 물었을 때
> 난 당신이 나의 주인으로 되어달라고 대답했습니다
> 내 느낌에 당신은 무쇠덩이가 아니었지만
> 무쇠처럼 강하고 뜨거웠습니다
> 내가 당신의 몸에 피가 흐르고 있음을 느낀 건
> 당신의 손도 따스했기 때문이었습니다
> 난 그곳이 거친 들판이 아니라 여겼고

땅덩어리가 말라서 갈라터졌음을 보지 못했습니다

난 목이 말라 물을 마시고 싶었지만

당신은 키스로 나의 입을 덮어버렸습니다

내가 더 갈수도 없고 울 수도 없었음은

내 몸이 이미 말라버렸기 때문이었습니다

내가 영원히 그 모양대로 당신을 따르려 했음은

당신의 고통을 내가 가장 잘 알고 있었기 때문이었습니다

—최건 <붉은 천 한 조각> 전문

최건의 이 가사도 다분히 상징성을 띠고 있다. 이 가사에서 "나"는 중국인, "당신"은 수령 그리고 "붉은 천 한 조각"은 수령의 사상을 상징한다. 그리고 "당신"이 그 "한 조각의 붉은 천으로 내 눈을 감았고 하늘도 가렸"던 시대는 바로 1957년 "반우파투쟁" 이후 수령에 의한 좌경정치노선이 중국을 지배했던 그 역사시기를 상징한다. 그리고 "당신"이 "나"를 "당신"의 무쇠처럼 강한 손에 잡아서 땅이 말라 갈라터진 황량한 대지에서 목이 말라서 견딜 수 없게 하였지만 "나"는 그냥 "당신"의 뒤꽁무니를 따라다녔다는 것은 중국인들의 비극적인 노예근성을 상징적으로 표현한 것이다. 이 작품은 뒤틀려진 수령과 인민대중의 관계를 통하여 특정된 역사시기 중국의 정치이화(政治異化)현상을 상징적으로 표현하였다.

노예성유전자(奴性基因)는 미국국가정신건강연구소의 신경생물학자 바리리스만이 지도하는 연구팀에서 인도의 간지스강 유역에 서식하는 원숭이들의 몸에서 채취하고 이 "노예성유전자"를 "D2"유전자라고 명명했다. 원숭이의 성깔을 통제하는 기능을 갖고 있는 이 "D2"유전자는 간지스강 원숭이들로 하여금 달갑게 파워가 있는 우두머리원숭이의 노예로 순종하게 만든다고

지적했다. 사람들에게도 이 "D2"유전자와 같은 유전자가 있다고 한다.

특히 2천 년 이상이나 신분등급제도가 삼엄한 봉건사회를 거쳐 온 중국, 조선과 같은 동양사회에 있어서 그 구성원들의 마음속에는 노예성유전자가 지극히 활발하게 기능을 하고 있다. 봉건사회에 있어서 임금과 각급 관원 그리고 각급 관원과 백성들의 관계는 바로 주인과 노예의 관계였으니 말이다. 조정대신이라도 황제 앞에서는 자신을 노예(奴才)라고 자칭했고 각급 관원들 앞에서 그 치하의 백성들은 자기를 소인(小人)이라고 하면서 아첨하고 굴종하지 않았던가. 바로 이러한 오랜 봉건주의의 전통과 정치권력본위의 문화전통을 갖고 있는 중국에서 노예근성은 갑자기 사회주의제도를 확립했다고 하여 일조일석에 소실되지 않았다.

일언이폐지하면 최건의 가사 "붉은 천 한 조각"은 바로 <붉은 천 한 조각>이라는 상징부호를 동원하여 수억의 중국인들이 "눈 먼 망아지 워낭소리 듣고 따라가듯"이 수령이 제정한 그릇된 정치노선에 맹종하여 전 중국을 온통 혁명과 계급투쟁의 아수라장으로 만들었던 한 단락의 역사에 대한 비장한 심리체험을 반영하였다. 이리하여 최건의 <붉은 천 한 조각>은 다른 한 가사 <빈털터리(一无所有)>(1986)와 함께 개혁개방시기의 가장 대표적인 시로 자리매김이 되었다.[222]

최건의 가사 <붉은 천 한 조각>과 정세봉의 중편소설 <볼쉐위크의 이미지>는 비록 그 장르와 표현형식이 사뭇 다르기는 하지만 모두 반노예근성이라는 공동한 주제를 갖고 있으며 또한 이 주제를 통하여 수령에 대한 개인숭배를 직접 혹은 간접적으로 비판했다는 점에서도 상통된다.

정세봉(郑世峰, 1943~)의 중편소설 <볼쉐위크의 이미지>가 성공한 가장 큰

---

222 陈思和主编,《中国当代文学史教程》, 复旦大学出版社, 1999年, 第326~328页。

원인은 윤태철이라는 노공산당원의 형상을 부각한데 있다. 윤태철은 소작농의 아들이요, 해방전쟁시기 화선(火線)입당을 한 노당원이다. 그는 당에서 내리먹이는 지시가 옳든 그르든 금과옥조로 삼고 무조건 집행함으로써 점차독립적 인격과 사고능력, 독자적 판단력을 상실한 "계급투쟁의 도구", 타력에 의해 움직이는 "로봇식 인간"으로 변질된다. 그는 마을 사람들을 들볶으면서 철두철미 당의 계급노선에 좇아 지주출신인 허수빈을 무산계급독재의대상으로 간주하고 장기간 무자비하게 타격한다. 특히 그는 자기 아들 준호와 허수빈의 딸 순정 사이의 사랑을 참혹하게 짓밟아버린다. 결국 준호의애를 밴 순정은 자살하고 준호는 이 일로 아버지와 반목한다. 바로 이 무렵에개혁개방시대가 도래하여 윤태철은 자신이 당의 지시대로 30년 동안이나애쓴 모든 것이 물거품으로 되어버리자 새 시대의 도래에 반발하면서도 한편으로는 자기가 과거에 저지른 잘못을 뉘우치기도 한다. 죽음을 앞두고 윤태철은 아들에게 용서를 빈다. 윤태철은 자기의 아들과 며느리 감을 비롯한많은 사람들에게 본의 아니게 불행을 가져다준 인간이면서 동시에 자기에게도 많은 불행을 가져다준 인간으로서, 역시 비극적인 인물형상이다. 하기에윤태철은 조선족소설문학의 화랑(畵廊)에서 가장 특색이 있는 인물형상으로지금도 유표하게 남아있다. 요컨대 이 작품은 개인숭배로 인하여 조장된 좌경정치노선이 어떻게 한 인간을 비인간으로 만들어 가는가를 보여줌으로써정치에 의한 인간소외의 주제를 조선족문단에서 가장 훌륭하게 선보였다.공산당원 윤태철의 비극은 수령에 대한 개인숭배, 우상화로 말미암은 인간의주체성 상실에 그 가장 주된 원인이 있다고 하겠다.

물론 이런 주제적 경향은 앞에서 본 우광훈의 단편소설 <메리의 죽음>(1987) 같은데서 이미 그 단서가 보이기 시작했지만 이 작품은 전체적 상징기법을 동원했기에 이러한 주제가 너무나 은폐되고 암묵적으로 표현되었다.

따라서 당시 독자들 속에서의 반향이 정세봉의 <볼쉐위크의 이미지>만큼은 뜨겁지 못했다. 하지만 그 표현기법의 각도에서 평가한다면 우광훈의 <메리의 죽음>이 오히려 한 수 더 높다고 할 수 있다. 우광훈의 <메리의 죽음>은 상징기법으로 인간의 주체성 상실의 비극을 표현했다는 점에서는 마라친푸의 <생불의 이야기>와 서로 통하는 점이 많다.

1990년 이후 창작된 정세봉의 단편소설 <빨간 크레용 태양>, <태양은 동토대의 먼 하늘에>, <엄마는 교회에 나가요> 같은 작품들은 신(神)의 부재, 가치관의 혼란, 신앙의 위기, 당시의 혼란한 사회상황을 그려낸 작품으로서 조선족소설사에서 이채를 뿌리고 있다.

<빨간 크레용 태양>은 1976년 9월 9일 문득 모택동이 서거했다는 비보가 전해진 어느 한 조선족농촌마을을 배경으로 설정했다. 정치대장인 "나"의 아버지를 비롯한 마을사람들은 신(神)적인 존재의 서거로 인해 커다란 슬픔과 불안에 잠기지만 사춘기를 갓 벗어난 청년인 "나"는 그 "하늘땅이 무너지는 사변"을 당해도 늙은 세대들과는 달리 사랑하는 처녀 희애와 함께 으슥한 강가의 원두막에서 안고 뒹굴면서 진한 사랑을 나눈다. 이 작품은 "빨간 크레용 태양"으로 표상된 "신"과 인간을 대립시키면서 "신"이 존재하든 말든 보통 인간의 불행과 행복은 별개로 존재하고 있음을 보여주었다.

김학철의 정치소설 《20세기의 신화》가 태양으로 표상된 "신"에 대한 한 문인의 목숨을 건 처절한 항쟁을 보여주었다면 정세봉의 이 작품은 "신"의 죽음과 그 "신"이 관장했던 정치이념시대의 종말을 지켜보면서 처량한 장송곡을 불렀다. 특히 주목되는 것은 이 작품의 제목이 갖고 있는 상징성이다. <빨간 크레용 태양>은 이 작품의 주인공 "나"가 철부지 소학교시절 도화시간에 빨간색크레용으로 종잇장에 그렸던 태양의 이미지이다. 중국인들이 수십 년 동안 태양으로 숭앙했던 "신"은 실제로 존재하는 태양이 아니라 인간이,

그것도 철없는 애가 그려놓은 태양 같은 인위적이고 허구적인 존재임을 암시한 것이다. 이런 의미에서 이 작품은 조선족문학에서 탈정치중심, 탈정치이념의 해체주의시대의 도래를 알리는 작품으로서 중요한 의의와 위상을 갖고 있다.

정세봉의 다른 단편소설 <태양은 동토대의 먼 하늘에>(1993) 역시 상술한 주제에 바쳐진 작품이다. 이 작품은 신의 부재, 신앙의 환멸을 확인하면서 비정한 권력에 의해 소외당하고 배반당하는 자의 일탈심리를 보여주었다. 원로시인 신고홍은 한평생 이념의 태양을 구가하고 공산당을 노래하고 사회주의를 읊조려온 송가시인이지만 남산 밑 21평방미터밖에 안 되는 외통집 신세를 면치 못한다. 마누라가 하도 바가지를 긁는 바람에 자기의 제자요, 마음의 구세주인 문정서기를 찾아가서 나흘이나 문밖에서 기다렸지만 만날 수 없었다. 예쁘장하게 생긴 여인들은 무상출입할 수 있었으나 신고홍만은 들여놓지를 않았다. 사회에 암세포처럼 확산되어 가고 있는 관료주의와 권력의 부패에 절망한 나머지 술에 만취한 신고홍은 얼음판에 누워서 북극의 시들어버린 태양을 떠올린다.

"민초들에게는 아무런 온기도 전달해주지 못하는 동토대의 먼 하늘에 떠 있는 태양"이란 이 이미지는 앞에서 거론한 "빨간 크레용 태양"과 그 상징적 의미가 비슷하다. "동토대의 먼 하늘에 떠있는 태양"이란 이 이미지는 백성과 당의 관계에서 생겨난 새로운 동향을 보여주고 있는바 좌경정치노선이 만들어낸 이념과 신앙의 해체를 의미한다.

정세봉의 단편소설 <엄마는 교회에 나가요>(1995)는 당위서기를 지내기까지 했던 기업인 남편으로부터 배반당한 유정미의 어머니(역시 공산당원)의 분노와 허탈 그리고 그로 인한 기독교 신앙에의 전향을 다룬 작품이다. 이 작품에서 당위서기까지 지냈던 남편은 단순히 남편, 가부장 이상의 상징적 의미를

갖고 있으며 따라서 유정미의 어머니에게 있어서 남편은 신적인 존재나 다름
없었다. 하지만 이러한 남편의 변질과 타락, 배반은 그녀에게 있어서는 우상
과 그 우상에 대한 신앙의 추락과 환멸을 뜻하는 것이므로 그녀에게 있어서
는 엄청난 충격 그 자체였다. 하여 유정미에게 하늘땅이 무너져 내리는 듯한
실의와 실망을 안겨주었다.

"엄마는 교회에 나가요"라는 유정미의 이 한마디는 기존의 신의 부재에
대한 확인이며 동시에 다른 신에 대한 귀의이기도 하다. 어쩌면 현실의 기존
질서의 붕괴와 권력의 타락과 비정에 대한 민중의 항거라고 볼 수도 있다.
이 작품의 결말에서 "새벽 찬송가소리가 은은하게 흘러나오"는 교회당 문으
로 사라지는 어머니의 모습은 어쩌면 슬프고 비장하다. 한 당원이 자기의
신앙을 바꾸어 "교회에 나간다"는 것은 1990년대에 나타난 탈이념으로 인한
신앙위기 또는 신앙의 다원화추세를 극명하게 보여주었다.

"교회로 나간다"는 것은 한 "신"으로부터 다른 한 신에로의 귀의를 의미하
지만 이 작품이 이런 신앙 면에서의 전향을 바람직하다고 인정한 것은 결코
아니다. 다만 "민심(民心)이 천심(天心)"이라고 하나의 정당이 인민대중의 이익
을 떠나서 자기 일당이나 개인의 이익만 도모하는 경우에 인민대중도 그
정당을 떠날 수 있다는 경종을 울려주려는데 이 작품의 진정한 의도가 있다
고 할 수 있다. 정세봉이 울려준 이 경종은 지금도 긴 여운을 남기면서 우리
들의 귀전에서 메아리치고 있는바 지금도 깊은 현실적 의의를 갖고 있다.

이런 의미에서 정세봉의 상술한 중단편소설들은 모두 참여문학, 엄숙문학
의 범주에 속한다. 이러한 작품들이 아주 희소한 조선족문학에서 정세봉의
상술한 중단편소설들은 마땅히 특별한 의의와 가치를 갖고 있다고 평가해야
할 것이다. "좋은 약은 입에 쓰나 병을 치료하는데 이롭고 바른말은 귀에
거슬리나 행실에 이롭다"는 경구가 있다. 정세봉의 이상의 작품들은 중국의

위정자들의 귀에 거슬릴 수도 있겠지만 중국에 산적해있는 관원들의 부정부
패 등 사회문제를 해결하는 정치실천에 상당히 유익한 충언으로 될 것이다.

총적으로 정세봉의 이상의 소설작품들은 조선족 반성문학의 가장 대표적
인 작품들일 뿐만 아니라 전반 중국의 반성문학에 놓고 보아도 조금도 짝지
지 않는 우수한 작품들이다. 다만 유감스러운 것은 정세봉이 상술한 작품을
마감으로 별로 더 좋은 작품을 쓰지 못하고 있다는 점이다.[223]

제3절 근대문명에 대한 성찰과 서정의 육화

2004년 연변조선족문화발전추진회에서 《조중대역판 - 중국조선족명시》
를 펴냈다. 이 시집은 시단의 서열과 시인의 안면을 보아 작품을 선정하는
진부한 관행을 지양하고 시 자체의 완성도를 따져 작품을 선정, 수록하였다.
그러므로 여기서는 이 시집에 수록된 작품들은 중심 텍스트로, 기타 시작품
들을 참조하면서 1986년부터 새천년 벽두까지의 시문학을 윤곽적으로 다루
어보고자 한다. 우선 지난 20년간 조선족사회의 변화와 시단의 움직임을 살
펴보고 근대(modern ages)라는 패러다임과 현대시(modern poetry)라는 자대를 가
지고 이 시기의 대표적인 서정시들을 주제별로 분류, 분석하고 나서 그 예술
적 성취를 가늠해보고자 한다.

이 시기의 시문학을 시적 소재나 주제 별로 다음과 같이 나누어 볼 수
있다.

첫째, 상처문학, 반성문학, 개혁문학의 틀에서 벗어나 시인의 자아를 찾고

---

223 김호웅의 <정세봉과 그의 문학세계>, 《천지》, 1999년 제2기와 김관웅, 허정웅의 <중국 반사
문학의 문맥에서 본 조선족의 반사문학>, 《연변문학》 2015년 2호를 참조했음.

자 노력한 시들이다. 100여 년 전 니체가 "신은 죽었다"고 선언했듯이 우리 시인들도 이제는 더는 "구세주"를 믿지 않으며 찬양하지 않는다. 이들은 자신의 내면적 진실을 거짓 없이 드러내고자 하며 새로운 가치관과 미학관점을 가지고 인간과 자연을 바라보고자 한다. 하기에 "끝없이 거듭나기"를 꿈꾸는 시인 석화는 그의 서정시 <그 모습 다 벗고 포도들은 포도주가 된다>(1997)에서 다음과 같이 노래한다.

> 맑은 그 빛깔/ 달콤한 그 맛/ 감미로운 그 향기// 네가 나 되고/ 나는 너로 된다// 그 모습/ 다 벗고/ 비로소/ 포도들은 포도주가 된다

시인 석화는 1980년대 초반의 대학생시절에 <나의 장례식>(1980)이라는 시를 통해 자아의 갱신을 시도한바 있지만 그것은 선언식의 절규와 몸부림이라 어색한 면을 드러내고 있었다. 그러나 상술한 시에서는 자신의 껍질들을 벗고 서로 만나 싱그러운 포도주로 변하는 과정을 시적으로 형상화하면서 시인 자신의 새로운 변신과 승화를 시도한다. 시인은 또 시 <거울을 닦습니다>에서 스스로 자책의 채찍을 휘두르고 거울을 마주하고 때물로 얼룩진 자신의 얼굴을 닦고 있으며 시 <모아산을 두고 - 9·30>에서는 모아산 기슭에 있는 돌처럼 "모든것 다 털어버리고/ 훌-훌 네 자락에 누울"수 있기를 바란다. 이러한 의미에서 김병민은 석화의 시를 일컬어 "버림의 시학"[224]이라고 했다.

둘째, 조룡남의 <황소>(1996), 김파의 <욕망>(2003), 박정웅의 <자화상>(2001)과 <고독>(2001)의 경우와 같이 인간의 실존적인 고뇌와 운명을 노래하고

---

224 김병민, <'버림'의 시학」, 석화의 시집 《세월의 귀》, 흑룡강조선민족출판사, 1998년.

현대문명의 폐단 또는 인간의 무절제한 욕망을 꼬집은 시들이다. 서구중심의 근대화는 인간들에게 전대미문의 혜택을 주었으되 인간의 욕망을 극대화시키고 인간의 소외, 인정의 고갈 등 폐단을 드러내기도 했다. 이 시기 많은 시인들은 근대문명의 폐단을 고발하고 인간다운 근대사회를 지향하는 시들을 선보이고 있다. 김파의 시 <욕망>을 보자.

> 도심의 어물전에 놓인/ 숱한 어물들// 갈치/ 조기/ 붕어/ 잉어// 번쩍이는 갑옷에/ 죽었어도 뻣뻣한 자존심// 헌데/ 눈 감은 놈 하나도 없다/ 이 세상 다 할 때까지/ 영원히 한끝을 보겠다는/ 고집스런 욕망 때문이리.

시적 소재가 특이하다. 어수선한 시장의 어물들을 시적 소재로 다룬 점에서는 인간세상의 자질구레한 사물이나 일들을 즐겨 다루는 신사실주의적인 취향을 보인다고 하겠으나 의연히 깊은 의미를 담고 있다. 물고기는 죽어도 눈을 감지 않는다. 여기에 시적 발견이 있다. 시인은 "번쩍이는 갑옷에/ 죽었어도 뻣뻣한 자존심" 때문에 눈을 감지 못하는 어물전의 어물이라는 객관적 상관물을 통해 인간의 무절제한 탐욕을 풍자하고 있다.

박정웅의 시는 부조리한 현대문명과 허무한 인생에 대한 시인의 분노와 저항의식을 표출한다. 시적 화자를 둘러싼 세계는 밤처럼 어둡고 황야처럼 쓸쓸하며 그 속에서 인간들 간의 암투와 타협, 불신과 배신이 비일비재로 일어난다. 시인은 "삶은/ 한생을/ 끊임없이/자신을 삶고/ 남을 삶고/ 남에게 삶기는 것…"이라고 갈파한다. 이는 "타인은 나의 지옥"이라는 사르트르의 유명한 격언을 연상시키는데 "삶(生)"과 "삶다(煮)"라는 동음이의어를 재치 있게 대비, 반복함으로써 인간관계의 본질을 신랄하게 꼬집고 있다. 이러한 삭막한 현대사회를 살고 있는 시적 화자는 자연 소외감과 배신감, 고독과 비애를 느끼게 된다. 그의 시 <고독 2>를 보자.

　　공허한 목소리들이/ 어두워가는 광장 상공에서/ 요란스레 푸덕이다// 주
위의 창문들은/ 하나 둘 닫기고/ 한 오리 빛마저 아끼는데// 줄 끊어진 연
하나가/ 상처 입은 새같이/ 나무에 걸려 바람에 떤다.

　　"고독"이라는 추상적인 관념을 구상화(具象化)하는 솜씨가 범상치 않다. 1연
은 "공허한 목소리"라는 청각적 이미지와 "어두워 가는 광장 상공", "요란스
레 푸덕이다"는 시각적 이미지를 아울러서 공감각적 이미지를 창조함으로써
한층 더 음울한 기분을 자아내고 있다면, 2연은 "주위의 창문들이/ 하나 둘
닫기고/ 한 오리 빛마저 아끼는데"와 같은 상징적인 표현을 통해 한결 음침
한 분위기를 고조시킴으로써 세상의 몰인정함과 비정함을 암시하고 있다.
3연은 나무에 걸린 "줄 끊어진 연"이라는 상징물을 상처 입은 새에 비유해
참신한 시각적 이미지를 창조함으로써 세계와 단절된 자아, 배신당한 시적
화자의 외롭고 쓸쓸한 처지를 잘 보여주고 있다.

　　셋째로 김철의 <대장간 모루 우에서>(1998), 리상각의 <허수아비>(1997), 한
춘의 <낫 갈기>, 박정웅의 <진실>(2001)과 같은 작품은 모진 시련을 이겨내고
삶의 진실을 찾아 고행하는 시적 화자의 모습 또는 세속의 모든 것을 우습게
보는 처자의 모습을 그리고 있다. 이러한 시들은 어려운 시련과 위기를 이겨
내고 새로운 진로를 찾고 있는 우리 민족의 정감세계를 대변함으로써 보다
큰 울림을 준다. 김철의 시 <대장간 모루 우에서>를 보자.

　　대장간 모루 우에서/ 나는 늘 매를 맞아 사람이 된다/ 벌겋게 달아오른
나의 정열/ 뜨거울 때 나는 매를 청한다/ 맞을 때는 미처 몰라도/ 맞고 나면

나는 매값을 안다/ 그래서 나 내 몸이 식을 때/ 노상 주르르 눈물을 흘린다.

은유를 재치 있게 구사한 좋은 시다. 이 시는 모진 시련을 거쳐야 인간적으로 성숙될 수 있다는 철리를 이야기하고 있으되 그것을 범상치 않은 객관적 상관물을 통해 표현했다. 특히 리상각의 <허수아비>는 혼탁한 속세에 물젖지 않고 득도와 달관의 경지에 서있는 시인의 청고한 삶의 자세와 지향을 허수아비라는 객관적 상관물을 통해 해학적으로 표현하고 있다.

한 자리만 지키고 있어도/ 제가 할 일은 다 한다// 한마디 말이 없어도/ 두려워하는 자 있다// 허름한 옷을 걸치고도/ 추위와 배고픔을 모른다// 밤낮 외롭게 지내지만/ 욕심도 불평도 없다// 팔 벌린 채 먼 산 바라보며/ 세상을 우습게 안다.

보다시피 흔들림이 없는 삶의 자세와 침묵의 미학, 안빈락도(安貧樂道)와 독립오세(獨立傲世)의 도고한 삶의 철학이 돋보이는 작품이다. 허수아비는 막대기나 짚 등으로 사람모양을 만들어 논밭에 세우는 물건이다. 그것은 아무런 구실도 못하고 자리만 잡고 있는 사람 또는 주관이 없이 행동하는 사람을 비유한다. 그러나 시인은 그러한 허수아비의 관습적인 상징의 틀을 깨고 부귀공명을 탐하는 속인들을 우습게 아는 처사라는 개인적인 상징을 창출함으로써 낯설게 하기에 성공하고 있다.[225]

넷째로 김영춘의 <8월의 호수가를 거닐며>(1998), 허련화의 <강너머 마을>, 천애옥의 <도(道)>(1999), 윤영애의 <초불>(2001), 최기자의 <장바구니>(2002)의 경우와 같은 페미니즘적인 경향의 시들이다. 이 경우 여성의 마조히즘적 경

---

225 김관웅, <땅을 딛고 하늘을 우러른 시인>, 《연변문학》, 2004년 8기.

향, 일탈욕구 등을 보여준 시들도 있고 여성의 자각과 함께 여성 글쓰기의 장점을 살린 시들도 있다. 김영춘의 <8월의 호수가를 거닐며>를 보자.

8월의 호숫가를 거닐면/ 한 마리 은빛 잉어가 되고 싶어요/ 그대 하늘색 셔츠와 금빛 낚싯대/ 곱게 잠그고 있는 호수// 그 푸르른 호심에서 헤엄치며 / 그대 넋을 빼앗는 백조가 못 될 바에는/ 물속에 숨어 그대를 지켜보는 자그마한 꿈이고 싶어요// 그러나 서글퍼 읊조리는 그대 사랑시/ 나를 부르는 예쁜 미끼라 믿어질 때/ 그대 사랑의 낚시를 덤벙 물고/ 행복한 죽음으로 그대 손에 이르고 싶어요.

이 시를 보면 사춘기라 할까, 아니 사랑에 빠진 처녀들의 심리를 너무나 핍진하게 노래하고 있다. 여기서는 사랑의 감정을 직설적으로 토로하지 않고 님을 사랑하는 자신을 미끼를 덤벙 무는 은빛 잉어에 대상화시키는 지혜를 보여주고 있는데 은근히 마조히즘적인 경향을 드러낸다. 마조히즘(masochism) 이란 피학대 음란증이라고도 하는데 이성에게서 학대를 받을 때 오히려 성적 쾌감을 느끼는 것을 가리키는 정신분석학적 용어이다. 바꾸어 말하면 이 시 는 사랑에 대한 주동적인 추구가 아니라 피동적인 기다림의 미학, 즉 주는 것이 아닌 받아들임의 미학을 창출하고 있다.

김영춘의 시가 마조히즘적인 경향을 보여준다면, 허련화의 시는 여성들의 일탈욕구를 대변하고 있다. 허련화는 시 <가을산>(1997)에서는 "가을산은 언 제든지 벗는다/ 못 벗는 것은 나다// 산은 벗어도 당당하고/ 나는 입고 있어 도 춥기만 하다."라고 하면서 전통적인 관습에 젖어 침전하고 방황하는 여성 적 자아를 두고 후회하지만 다른 시 <강너머 마을>에서는 현대여성의 일탈 욕구를 대담하게 표현한다.

그들은 저마다 돌을 하나씩 품고 싹을 틔우려 한다/ 후-! 입김으로 넣어 불어주면 산 돌이 될 텐데/ 그리고 그것을 날리면 부는 바람에 떨리지 않고 / 돌보다 굳은 뭐든지 깨뜨릴 수 있을 텐데/ 일제히 돌을 날리라, 뭔가가 깨지리.

여기서 "돌"은 남성중심의 세계에서 소외되고 위축된 여성의 자아라고 한다면 "입김"은 페미니즘적인 자각이라 하겠고 "강너머 마을"은 분명이 그러한 현실 속에서 일탈해 가고자 하는 자유의 공간에 다름 아니다. 기존의 질서를 깨버리려는 여성들의 분노와 욕구를 "그들은 저마다 돌을 하나씩 품고 싹을 틔우려고 한다"고 표현하고 있다. 용기를 내서 그 일탈의 돌을 던지면 "뭔가가 깨지리"라고 노래하고 있으니 이 시는 숨 막힐 듯 답답한 남성중심의 세계에서 벗어나보려는 현대여성들의 보편적인 욕구와 목소리를 대변한 시가 아닐 수 없다. 여성의 글씨기의 섬세성을 잘 살려 쓴 시는 1999년 《연변일보》 CJ상을 수상한 천애옥의 시 <도(道)>이다.

대지가/ 하늘 품에/ 새로이/ 태어나다// 촉촉한/ 이슬향기로/ 선경(仙境)의/ 꿈을 열어//상사(相思)의/ 은하를 건너/ 운우 속을/ 거닐다// 아프도록/ 눈부신/ 분홍빛/ 미소(微笑)로/ 태어나다// 대지가/ 하늘 품에/ 새로이/ 죽어가다// 내리 쏟는/ 창살 끝에/ 나 스스로/ 녹아내려// 슬프도록 아름다운/ 무아몽중/ 까만 재로/ 죽어가다

이 시는 표시적 의미, 지시적 의미, 암시적 의미 등 3중의 의미를 지닌다고 김관웅은 지적한다.[226] 하늘과 대지의 상호 작용을 통한 생명계통의 생성과

---

226 김관웅, <녀성과 시>, 《문학과예술》, 2002년 제1~5기.

발전 및 그 사멸의 과정을 보여준 것이 이 시의 표시적 의미라고 할 수 있다. 지시적 의미는 표시적 의미, 즉 자면(字面)적 의미에서 파생된 의미를 말하는 것이니 이 시의 경우에는 제목에 단 주석-"일음일양위지도(一陽一陰謂之道)"를 통해 그 파생적 의미를 독자들에게 알려주고 있다. 즉 대지는 음이고 하늘은 양이니 이 시는 음양의 조화에 의한 생명운동의 법칙성을 보여준다. 그런데 이 시를 보면 표시기능과 지시기능이 쇠진한 후에도 여전히 암시기능이 남아 있다. 이러한 암시적 기능을 시의 숨은 뜻이라고도 하고 운치(韻致)라고도 한다. 이러한 암시적 기능은 독자의 이해력과 상상력에 따라 풍부하고 다양 하게 해석될 수 있다. 그런즉 이 시를 남녀의 성적 교합을 통한 여성의 흥분 된 정서를 표현한 것으로 해석해도 무방하다. 말하자면 하늘은 남자를, 대지 는 여자를 암시한다. 특히 "상사(相思)의/ 은하를 건너/ 운우 속을/ 거닐다"와 같은 연은 사랑에 깊이 빠진 연인들과 그들의 성적 교합을 암시한다. 그 뒤의 네 개 연은 남자의 품속에서 느끼는 여성의 흥분과 오르가슴을 암시한 것이 다. 그리고 "무아몽중(無我夢中)"이라는 시어는 남녀의 성적인 합일과 관련이 깊다. 남녀가 최고의 오르가슴에 오르면 마치 자신이 무화(無化)되어 없어진 것처럼 느끼게 된다. 이밖에도 "촉촉한/ 이슬향기", "분홍빛 미소", "내리 쏟 는/ 창살 끝"과 같이 남녀의 성관계와 깊은 관련을 갖고 있는 상징적인 이미 지들을 많이 다루고 있다. 동양의 상징부호체계의 경우, "운우지정(雲雨之情)" 이라는 말도 있지만 하늘과 땅의 교감은 남녀교합의 상징으로 되는데 여기서 구름은 남녀의 혼연일체를 의미하고 비는 오르가슴과 사정(射精)을 의미한다. 요컨대 이 시는 여성 글쓰기를 특징짓는 모호성, 암시성, 다의성을 가장 단적 으로 보여준 수작이라 하겠다.

다섯째로 남영전의 <곰>(1987), <신단수>(1988)와 같은 토템시와 최룡관의 <청동사슴이 튀는 소리>(2004), 리문호의 <자라곰탕>(2000)과 같은 생태시들도 주목할 만 하다. 남영전의 토템시를 두고 중국문단에서는 아주 높이 평가하고 있는데 반해 조선족문단에서는 찬반이 엇갈린다. 또 일부에서는 남영전의 토템시 42수를 자상히 따져 보면 우리 민족의 토템을 노래한 시는 그리 많지 못하고 다른 민족의 토템을 노래한 경우가 있는가 하면 일부는 토템시가 아니라 영물시라고 말하고 있다.

남영전의 "토템시"는 우리민족의 토템만을 노래했다고 볼 수 없다.[227] 물론 남영전은 조선족시인으로서 곰, 호랑이, 신단수와 같은 우리민족의 원시토템을 노래하고 있다. 그런가 하면, 남영전은 또 모국문화와 중국문화의 경계지대에 서있는 소수민족작가로서, 중화민족의 일원으로서 용, 봉황과 같은 한족의 토템을 비롯한 다른 민족의 토템도 노래하고 있다. 한 걸음 더 나아가 남영전은 태양, 흙, 물, 바위 등 인류에게 공유한 원형적 이미지들을 시적 소재로 다루기도 한다. 그런즉 남영전의 시세계를 단순히 토템시라는 작은 그릇에 다 담을 수는 없다. 남영전은 우리민족의 원시적 토템을 중심으로 타민족의 토템, 나아가 인류의 원형적 이미지를 시적으로 형상화하는 작업을 통해 잃어버린 인류의 원초적인 생명력과 미의식을 찾아 현대문명의 병폐를 극복하고 인류의 대동단결을 갈구하는 그러한 경지에 서 있는 작가이다. 그리고 남영전은 조선족 시인임에도 불구하고 그의 한문시의 시어는 굉장히 질박하고 웅려한데 그의 시를 우리말로 완벽하게 번역하지 못해 그의 시의 진가가 많이 훼손되고 있다.

그의 시 <곰>을 보기로 하자. 이 시는 <단군신화>를 소재로 하고 있다. 신화의 내용을 간추려보면 옛날 하늘나라를 다스리는 상제(上帝)에게는 서자

---

227 鄒建軍,《原始圖騰与民族文化》, 时代文艺出版社, 2003年.
임윤덕,《연변대학교 창립 55주년 기념 국제학술대회 조선 - 한국문화의 역사와 전통 언어 문학분과 발표논문집》, 2003년 8월 참조.

환웅(桓雄)이 있었다. 환웅은 날마다 하늘아래에 펼쳐진 지상나라를 내려다보면서 그곳에 가서 자기의 뜻을 실현하고자 했다. 아들 환웅의 마음을 헤아려본 상제는 신의 위력을 나타내는 천부인(天符印) 3개와 무리 3천을 아들에게 주어 신단수(神檀樹) 아래로 내려가게 하였다. 이때 곰 한 마리와 호랑이 한 마리가 같은 굴속에 살고 있었는데 사람이 되기를 환웅에게 빌었다. 이때 환웅은 신비스러운 쑥 한줌과 마늘 스무 개를 주면서 그것을 먹고 100일간 햇빛을 보지 않으면 사람으로 될 것이라고 했다. 곰은 그 금기(禁忌)를 지켰기에 웅녀로 변했으나 호랑이는 그 금기를 지키지 못했기에 사람으로 되지 못했다. 사람이 된 웅녀는 날마다 신단수 밑에서 아기 배기를 빌었다. 이때 환웅(신)이 짐짓 사람으로 변하여 웅녀와 혼인하여 아들을 낳았는데 그 이름을 단군 왕검(王儉)이라고 하였다. 왕검은 평양성에 도읍을 정하고 나라이름을 조선이라고 불렀다. 이 신화 속에 나오는 곰은 원시사회 우리 조상들의 토템[228]이다. 웅녀(熊女)는 조선민족의 시조모(始祖母)이고 환웅은 신인데 시조부이다. 말하자면 조선민족은 천인합일의 후손으로 태어났다는 신화이야기다. <단군신화>에 나오는 곰을 시적으로 다룬 남영전의 <곰>은 모두 5개 연으로 구성되었다.

1연과 2연에서는 곰의 웅장한 모습을 보여주면서 곰이 어려운 수련을 거치고 대자연의 정기를 받아 시조모가 탄생하였음을 노래하고 있다.

넝쿨풀 우거진 검푸른 숲을 지나/ 갈대밭 거친 음침한 늪을 건너/ 무궁세월 엉금엉금 걸어 나와/ 적막한 굴속에서 살았어라/ 쓰고 떫은 다북쑥 씹으며/ 맵고 알알한 마늘 먹으며/ 별을 눈으로/ 달을 볼로/ 이슬을 피로 삼았더

---

228 토템(totem) : 미개한 원시적 사회에서 부족 또는 씨족과 특별히 친연(親緣) 관계를 가졌다고 보아 신성시되는 어떤 종류의 동식물 또는 자연물.

니/ 예쁘장한 웅녀로 변했어라/ 세인이 우러르는 시조모 되였어라.

넝쿨풀 우거진 숲과 갈대밭 우거진 늪을 건너 무궁한 세월을 적막한 굴속에서 살다가 수련을 거치고 자연의 정기를 받아 시조모가 탄생한 것이다. 여기에 단군신화의 주요한 내용이 진실하게 시적으로 그려지고 있는데 곰이나 범은 사람처럼 생각을 하고 행동을 한다. 이처럼 이 시는 토템시의 근본 특징을 잘 구현하고 있다.

3연에서는 시조모의 혼인과 그의 근면한 품성과 지혜를 찬미하고 있다.

도도한 물줄기를 현금삼아 타고/ 망망한 태백산에 신방을 꾸렸나니/ 천신들 신단수아래 모여/ 더불어 기뻐하고 즐겼어라/ 숲속과 들판과 바닷가에서/ 아들딸 오롱조롱 낳아 키우고/ 수렵과 어로와 길쌈도 하며/ 노래하고 춤추고 웃으며 살았어라/ 세상은 일월처럼 밝고/ 강산은 어디에 가나 살기 좋았어라

여기서는 태백산이나 신단수를 통해 <단군신화>의 내용을 그대로 살렸고 웅녀가 신의 아들 환웅과 혼인한 것을 쓰고 있다. 이어서 우리의 조상들이 숲속에서, 들판에서 바닷가에서 지혜와 근면함으로 삶의 터전을 마련하고 아들딸 오롱조롱 낳아 키우며 노래하고 춤추고 살았으니 강산은 어디나 아름답고 살기 좋았다고 노래하고 있다.

4연에서는 시조모의 늠름한 풍채, 그의 굳센 의지와 성실하고 드넓은 흉금을 찬미한다.

더운 피, 쓸개즙을 젖 삼아 먹으니/ 어진 성미에 풍채도 늠름하고/ 억센 의지에 뼈대도 굵었어라/ 날카로운 발톱은 쟁쟁 소리 나는/ 도끼나 활촉과도

같았나니/ 탄식하지도/ 구걸하지도 않고/ 길 아닌 길을 찾아/ 첩첩산중의
천험 뚫고 나아갔어라/ 일월을 휘여 잡은 자유의 넋이여/ 신단수아래 장고치
고 춤추던/ 시조모 시조모여.

이처럼 이 시는 뛰어난 상상력과 넘치는 격정으로 조선족 조상의 백절불
굴의 의지와 넋을 찬미하고 있으며 이러한 조상을 모신 조선족의 긍지와
자부심을 노래하고 있다. 남영전의 말 그대로 시 <곰>은 "우리 민족은 덕성
과 심신의 수련을 거쳐 순결하고 선량하며 수양이 있는 민족, 하늘의 뭇별을
한 눈에 받아들이고 마음에 우주를 품어 안은 흉금이 드넓은 민족, 천성적으
로 진보와 정의를 추구하는 완강하고 견인하고 백절불굴의 의지를 지닌 민족
이라는 것"[229]을 보여주었다.

남영전의 "토템시"는 선구적인 실험시의 일종이니만큼 그 형식적인 문제
에서 적지 않은 문제를 안고 있다. 황송문은 남영전의 "토템시" 가운데서
<산호>와 같은 작품은 "'산호'라는 사물을 통하여 자신 속에 내재된 채 침잠
되어 있는 그리움과 동경의 앙금을 풀어내는 방식으로 표현의 효과를 살려내
고 있"으며 "저변에서 꿈꾸는 냉대 받은 자의 뼈로 엉킨 영혼의 울림"을 시화
했다고 높이 평가했다. 하지만 일부 시들은 "시의 예술성, 즉 균형과 조화에
문제가 있다"고 지적했고 <물>과 <불>과 같은 시는 "물이나 불의 현상은
있어도 물과 불의 철학이 없"으며 <해>와 <돌>과 같은 시는 "설명적인 관념
어의 나열로 이루어지고 있어서 시의 긴축정책이 요구"된다고 지적했다.[230]
겸허하게 받아들이고 숙고해 보아야 할 문제이다.

생태시의 경우 최룡관 시인의 작품이 돋보인다. 그의 생태시를 보면 시

---

229 남영전, <민족의 뿌리를 찾아서>, 한국《시인》, 1999년 여름호, 295쪽.
230 황송문, 《중국조선족 시문학의 변화양상 연구》, 국학자료원, 2003, 149~152쪽.

<인간도 하나의 그물눈이래>의 경우와 같이 생태보존의 중요성을 직설적으로, 상식적으로 역설하고 있어 큰 감흥을 주지 못하고 있다. 또 <저런 사람 같은 놈>의 경우와 같이 "60여 억 암세포가/ 와작와작/ 지구를 파먹고 있다"라는 시구에서 보다시피 지나친 과장, 비속한 언어를 사용하고 있어 스스로 시인의 인격과 품위를 추락시키고 있다. 하지만 <나의 참회록>, <청동사슬이 튀는 소리>와 같은 작품은 새로운 기교를 선보이고 있어 특별히 주목된다. 이른바 새로운 기교란 현실과 환각의 이중구조를 통해 생태의식의 다양한 측면들을 그려내고 근대문명의 음영과 폐단을 고발하고 있다는 점이다. 이를 테면 산문시 <청동사슬이 튀는 소리>에서 시적화자는 "청동사슬이 튀는 소리"에 불안해하고 허둥지둥 도망을 치는 한 "원시인"을 등장시킨다. 하늘에 치솟은 아파트에 누워있어도 툭툭! 사슬이 끊어지는 소리가 들린다. 그 소리는 천장, 벽에서도 난다. 황급한 마음을 걷잡을 수 없어 인파가 출렁이는 거리에 나가도, 고기들이 말라죽는 강변에 나가도, 오곡이 물결치는 들판에 나가도 여전히 툭툭! 사슬 끊어지는 소리가 난다. 하여 시적화자는 진땀을 흘리며 산으로 천방지축 뛰어간다. 태고연한 정글(동굴) 속에 들어가자 그제야 그 무서운 소리가 들리지 않는다. 이처럼 시인은 현대문명에 찌든 현실의 부조리함을 그림과 아울러 환각을 통해 "청동사슬"과 같은 원형적 이미지를 창조한다. 그것은 <나의 참회록>의 "금빛 쌍두마차"와 같이 거대한 상징적 의미를 지닌다. 말하자면 생태의 파괴로 뒤죽박죽인 된 인간세상과는 달리 우리 모두에게 경종을 울려주는 신의 계시로, 거역할 수 없는 자연의 섭리로 다가온다. 이러한 환각에 의한 원형적 이미지의 창조는 시인 자신이 주제넘게 보편적인 "선(善)"을 대변해서 근대문명을 비판하기보다 훨씬 현명한 방법임이 자명하다.

　하지만 조선족문단의 경우, 일부 문인들이 생태주의문학에 관심을 가지고

있으나 그것은 아직 하나의 문학운동으로 승화하지 못한 상황이다. 특히 조
선족의 생태시들을 보면 문학성을 기하지 못해 생경한 관념을 호소, 강요하
는 저차원의 참여문학으로 되고 있지 않으면, 현대문명을 무조건 거부하고
원시사회, 농경사회로의 회귀(回歸)를 갈구하고 있어 많은 문제점을 드러내고
있다.

이외에도 조선족의 민족적 정체성을 다룬 시들도 있으나 이는 다음 절에
서 중점적으로 다루기로 하고 우리 서정시의 예술적 완성도에 대해 가늠해보
기로 하자. 현대시에 대한 조선족 시인들의 자각은 《조중대역판 - 중국조선
족명시》의 서언으로 되는 <우리 서정시의 탈바꿈을 위한 선언>이라는 글에
서 일목요연하게 엿볼 수 있다.

현대시는 본질적으로 은유이며 상징이다. 말하자면 원관념을 보조관념으
로 치환하거나 아예 원관념은 숨기고 보조관념으로만 말하는 것이다. 원관
념과 보조관념의 동일성을 잃지 않는 전제하에서 얼마나 근사하고 생신한
보조관념(또는 객관적 상관물)을 발견하는가에 의해 서정시의 참신성이 결정된
다. 김철은 <고향>(1997)이라는 시에서 "손에 가시가 들어/ 다치면 아프다/
고향, 너는 내/ 가시든 살점"이라고 노래하고 있는데 고향에 대한 정을 직접
적인 영탄조의 시어로 노래하지 않고 "가시든 살점"이라는 객관적 상관물로
대치시킴으로써 기발한 은유를 창출하고 있다. 앞에서 본 김파 선생의 <욕
망>도 참신한 객관적 상관물을 통하여 인간의 끝없는 욕망을 꼬집어 비판하
고 있다.

이러한 시적 전환을 우리는 조룡남 시인의 경우를 통해 볼 수 있다. 그는
1981년에 시 <영원한 미소>를, 1986년에 시 <옥을 파간 자리>를 쓰고 있는데
두 작품을 보면 시적 주제는 동일하나 시적 기법과 장치는 질적인 변화를
보여준다.

⑴ 이런 황홀한 순간이 있었다/ 그것은 짧디짧은 순간이었다/ 태양이 아
릿다운 소녀로 변하여/ 내 앞에 나타났던 그런 순간이// 그 순간에 속하지
않는 세계는/ 회색 안개에 묻혀버리고…/ 바로 그런 순간에 소녀는 나에게/
태양의 미소를 선물하였다// 단 한번 피는 봄꽃과도 같이/ 인생도 단 한번
그렇게 웃는다는/ 순결한 미소, 천진한 환희// 그 후 세월은 망각의 강물로/
기억의 언덕을 사정없이 허물어 갔건만/ 그 순간의 기억은 그리도 똑똑히/
마음의 건판 우에 남아있다// 험악한 세월의 가시밭길에서도/ 태양은 미소
하며 나를 불렀다/ 용감히 뚫고 나가시라고/ 생활은 영원히 아름다운 것이라
고// 눈보라치는 심산 속 통나무귀틀막/ 벌목부들 틈에 꼬부리고 누워서/
내 얼마나 뜨거운 눈물로 한 장 또 한 장/ 그 순간의 영상을 씻어 냈던가?//
이제 세월은 잃어버린 모든 것/ 원주인에게 돌려왔구나/ 허나 소녀의 미소는
그 환희는/ 어데 가서, 어데 가서 찾아야 하는가?// 아, 참으로 그러하구나/
그것은 원래부터 잃지 않은 것/ "마스고 빼앗는" 그 모진 재난 속에서도/
그것은 내가 지켜낸 유일한 재부// 그래서 오늘도 내 마음속에선/ 그 옛날의
순간을 영원히 지속시키며/ 하나의 태양이 천진하게 웃는다.

―<영원한 미소> 전문

⑵ 내 가슴에 웅덩이 하나/ 그것은 오래전에 옥을 파간 자리/ 나는 모른다
그 옥이 지금은/ 누구의 머리를 장식했는지/ 누구의 목걸이에서 빛을 뿌리는
지// 내 가슴에는 웅덩이 하나/ 그것은 오래전에 옥을 파간 자리/ 오랜 세월
이 흘러갔건만/ 오늘도 웅덩이엔 허연 소금 돋치어 / 마를 줄 모르는 빗물이,
눈물이 고여 있다.

―<옥을 파간 자리> 전문

시 ⑴과 시 ⑵는 동란의 년대 시인이 빼앗긴 가장 소중한 그 무엇을 소재
로 다루고 있다. 가장 소중한 그 무엇이란 청춘일 수도 있고 사랑일 수도

있고 시인의 생명일 수도 있다. (1)에서는 "태양" 또는 "아릿다운 소녀"라는 메타포로 구사하고 있지만 그것은 너무나 관습화된 메타포이다. 하지만 (2)에서는 "옥을 파간 자리"라는 생신한 메타포를 구사하고 있어 일단 낯설게 하기에 성공한다. 그리고 (1)은 인생을 시시콜콜 서사적으로 묘사하고 있어 장황하고 지루한 느낌을 주지만 (2)는 은유와 상징을 통한 언어의 세련성과 함축성을 기하고 있어 읽는 이들에게 잔잔한 감동과 깊은 여운을 준다. 마지막으로 (1)의 마지막 두 행은 광명의 꼬리를 달고 있어 혁명적사실주의의 한계를 그대로 드러내고 있다면 (2)는 "허연 소금", "마를 줄 모르는 빗물", "눈물"과 같은 시각적 이미지와 비유적 이미지를 적절하게 구사해 상실의 아픔, 인생과 역사의 상흔을 폭넓게 암시하고 있다. 요컨대 조룡남 시인의 상술한 두 수의 시는 1986년을 계기로 우리 서정시의 질적인 변모 양상을 보여주는 하나의 전형적인 사례라 하겠다. 이러한 현대시는 개혁개방 후기에 와서 여러 시인들에 의해 보편적으로 창조되었다.

현대시는 은유와 상징과 함께 아이러니와 역설을 기저에 깔고 있고 이로써 해학과 유머를 창출한다. 김학송은 <예감의 새(5)>에서 "모든 살아있는 것들이 멈춰서고/ 모든 죽었던 것들이 달리고 있었다"라고 노래하고 있는데 이는 철근과 시멘트에 의해 축조된 현대문명에 의해, 현대교통수단의 혼잡으로 인해 수많은 생명체들이 무참하게 죽어가고 있는 상황을 역설적으로 꼬집고 있다. 최룡관도 아이러니와 역설을 능란하게 구사한다. 그의 시 <시를 쓰는 일>(2004) 역시 시인의 고뇌와 허탈을 직접 토로하지 않고 수의를 짜는 일에 견주어, 말하자면 객관적인 상관물을 통해 표현하고 있을 뿐만 아니라 아이러니와 역설을 통해 해학과 유머를 창출하고 있다.

　　시는 나의 수의를 짜고 있다/ 나는 씨실, 날실을 보내주어야 한다/ 무릎에

빨간 꽃이 커다랗게 피어있다/ 눈이 아프고 손목이 저리다/ 비비는 씨실이
고르지 않아 꼴불견이다/ 게다가 바람이 숭숭 나들게 짜여지어 어쩌는가/
그따위로도 한 벌 짜기 어려운데 어쩌는가/ 무슨 수의를 이따위로 지었는가/
발가락도 눈도 그것도 다 가릴 수 없게/ 자식 못나게 살더니 수의도 못나게
갖췄네.

이 작품에서 우선 "시"와 "나"의 관계에 주목하자. "시"는 주인이요 "나"는
노예인 셈이다. 시가 나의 수의를 짜고 있음에도 불구하고 나는 씨실, 날실을
보내 주어야 하며 공연히 잘 짜지 못할까봐 조바심을 친다. 여기에 아이러니
와 역설이 있다. 바꾸어 말하면 시인의 고초(苦楚)와 예술의 지난(至難)함을
역설적으로 갈파하고 있다. 마지막 3행은 과장과 야유, 반전의 기법을 통해
눈물 나는 해학과 유머를 창출하고 있다.

마지막으로 시어에 대한 새로운 인식에서 비롯된 시적 표현의 섬세함과
풍부함, 바꾸어 말하면 다양한 이미지의 창출에 의한 시적 표현력의 제고를
들 수 있다. 리범수의 산문시 <형씨 K의 자취방 소묘>(2001)의 경우와 같이
자취방의 궁상맞은 모습을 대담한 상상과 비유적 이미지, 유머감각으로 묘사
하고 있다.

프로메테우스처럼 묶인 화장실의 수도꼭지는 물 절약의 필요를 절주 있게
홍보하고 고이 접은 핑크 빛 휴지는 변비증환자의 긴 사연을 고스란히 발각
당한다.(2연)
벽 따라 줄지어선 맥주병 틈새에선 쥐며느리 두 마리가 건축미학을 옥신
각신 담론하고 목질이 부드러운 칼도마는 드디어 실업당한 식칼과 파잎 말라
붙은 국자를 이끌고 영양실조의 저주를 조용히 퍼붓는다.(4연)

젊은 시인의 상상력이 돋보이고 의인화, 과장에 의한 익살과 해학을 창출하고 있어 읽는 이들을 즐겁게 한다. 가난과 허무, 온갖 슬픔과 스트레스를 익살과 해학으로 날려 보내는 솜씨가 범상치 않다.

그리고 원로시인 리상각의 <파도>(1997), 중견시인 김학송의 <갈대>(2001)나 <신년유감>(2001)의 경우에 볼 수 있지만 참신한 이미지의 창출에 의한 우리 시의 표현력을 확인할 수 있다. 리상각의 시 <파도>를 보자.

> 높이높이 쌓아올리다/ 스스로 마구 무너뜨린다/ 죽기내기로 주먹을 쥐고 달리다/ 기슭에 부딪쳐 부서진다/ 목이 터져라 웨치다/ 자기 소리를 삼켜버린다//
>
> 날개를 저었으나 날지 못하고/ 접었다 폈다 하다 팽개치고/ 푸른 기발을 날리다 찢어 버리고/ 주먹을 휘두르다 쓰러지고/ 칼날을 세웠으나 베지 못하고//
>
> 달리다가 다시는 돌아서지 못한다/ 달리는 것 같지만 제 자리를 못 떠난다/ 소리소리 위친 뒤 남은 게 뭐든가/ 내 삶의 파도여 가련한 발자취여/ 오늘도 만들고 마스고 솟구치다 무너진다.

이 시는 병치은유를 구사해 인생을 관조한 수작이다. 말하자면 지각적, 비유적, 상징적 이미지를 다양하게 구사해 "파도"를 다각적으로, 입체적으로 묘사함으로써 숭고한 미를 창출하며 마지막에는 유추적인 연상(聯想)을 통해 자신의 인생과 관련을 지어놓는다. 파도, 그것은 좌절과 실패를 딛고 일어서는 시인의 모습에 다름 아니며 역사적 위기를 딛고 일어서는 조선족공동체의 모습을 상기할 때 거대한 상징성을 지닌다. 자신의 인생에 대한 진실한 반성과 참회, 시적 자각과 끈질긴 탐구의 소산이라 하겠다.

요컨대 개혁개방 후기 조선족 시인들은 시대의 변화에 발을 맞추면서 개방된 자세로 중국의 주류문학과 한국의 현대시를 통해 다양한 영양소를 받아들였고 시적 자아의 갱신, 시의 탈바꿈을 시도해 풍성한 결실을 이루었다. 시인들은 목가적인 풍경, 향토애와 인간애를 여전히 노래하고 있되 주안점을 현대문명과 그것에서 비롯된 인간의 소외, 비리와 비정에 대한 비판에 두고 있으며 인간의 실존적인 운명을 형상화하고 그 비전과 승화를 모색하고 있다. 특히 젊은 시인들의 출현과 페미니즘의 기치를 든 여성시인들의 활약이 돋보인다. 뿐만 아니라 문명과 문화의 시대라는 전 지구적 변화에 걸맞게 민족적 정체성의 갈등을 다루고 있으며 현대문명의 병폐를 극복할 수 있는 인류의 보편적인 선(善)을 지향하고 있다.

또한 조선족 시인들은 자신의 풍부한 감수성과 상상력을 살리고 우리말과 글에 의한 전통적인 가락에 현대시의 기법, 장치들을 자각적으로 접목시키고 있으며 참신한 이미지를 창출하고 아이러니와 역설에 의한 심오한 시적 구도를 펼쳐 보임으로써 서정의 육화에 성공하고 있다. 바꾸어 말하면 조선족 서정시도 이제는 촌티를 가시고 중국의 주류문학 내지는 한국의 서정시들과 대화, 교류를 할 수 있게 되었다.

제4절 민족적 정체성의 갈등과 고국의 통일에 대한 열망

1990년대에 진정으로 다원공존, 다원공생의 시대에 들어서고 문학의 환경이 보다 자유로워지면서 민족적 정체성을 확인하는 시인들의 노력이 가시화되기 시작하였다. 더욱이 탈식민주의문화이론이 전파되고 디아스포라에 대한 논의가 활성화되면서 민족정체성을 확인하는 시인들의 의식적인 노력이 가시화되었다.

주지하다시피 정체성(identity)은 복수타자, 즉 일반적으로 이주민 개체나 공동체가 거주국과 모국의 관계 속에서 규정되어야 하는 주체의 귀속과 관련되는 문제이다. 조선족은 고국인 조선반도와 거주국인 중국과의 관계 속에서 정체성을 갈등을 겪기 마련인데 이러한 정체성의 갈등은 1988년 서울올림픽을 계기로 새롭게 불거져 나왔다.

1. 이민의 아픔과 정체성의 갈등

리삼월(李三月, 1933~2009)의 서정시 <접목>(1993)은 민족적 정체성의 갈등을 다룬 시문학의 효시(嚆矢)라 하겠다. 리삼월은 1933년 5월 장춘시에서 나서 자랐는데 1951년에서 1954년까지 군복무를 하였다. 1950년대 초부터 하얼빈을 비롯한 흑룡강지역에 거주하면서 《송화강》잡지 편집, 주필을 맡아가지고 흑룡강성 조선족문학의 발전에 중추적인 역할을 해왔다. 1954년 처녀작을 발표한 후 시집으로 《황금가을》(1981), 《두 사람의 풍경》(1993), 《봄날의 증명》, 《리삼월작품선집》(2012) 등을 출간했고 선후로 연변작가협회문학상, 한국해외동포문학상 등 여러 가지 상을 받았다. 그의 시 <접목>을 보자.

> 접목의 아픔을 참고/ 먼 이웃/ 남의/ 뿌리에서 모지름을 쓰면서 자랐다// 이곳 토질에 맞게/ 이 곳 비에 맞춤하게/ 이 곳 바람에 어울리게// 잎을 돋히고 꽃을 피우고/ 이제는 접목한 자리에 든든한 테를 둘렀거니// 큰바람도 두렵지 않고/ 한마당 나무들과도 정이 들고/ 열매도 한 아름 안고…/ 그러나 허리를 잘리여/ 옮겨오던 그날의 칼소리/ 가끔 메아리로 되어 돌아오면/ 기억은 아직도 아프다

여기서 시인은 조선족을 산 설고 물 설은 타향의 나무에 접목된 접순에

비유한다. 이 여린 나뭇가지는 타향의 풍토에 적응해 튼실하게 자라났고 다른 나무들과 어울려 숲을 이루고 열매를 맺었으나 허리를 잘려 옮겨오던 그 날의 칼소리만은 잊을 수 없다고 노래한다. 조선족의 이민사와 정착사 그리고 조선족의 정체성의 갈등과 조정 과정을 독창적인 은유와 상징의 기법으로 함축성 있게 표현한 수작이라 하겠다.

조선족 이민사와 민족적 정체성의 갈등을 보여주기 위해 리삼월이 칼에 잘린 나뭇가지를 메타포로 동원했다면 김동진은 "고향의 상실"과 "고향 찾기"를 노래하기 위해 온성다리를 메타포로 동원한다. 나뭇가지나 다리나 둘다 잘리고 끊어졌다는데 동일성이 있다. 김동진(金東振, 1944~)은 흑룡강성 동경성진에서 출생하여 1983년 연변대학 통신학부 조문학과를 졸업하였다. 중학교 교원, 문화관 관장, 문화국 창작실 창작원으로 전전하면서 시를 창작하였다. 1990년 이후 시집 《가야금소리》(1990), 《안개의 강》(1999), 《백두산에 가서는》(2001), 《두만강새벽안개》(2007) 등과 시조선집 《청자의 꿈》(1999), 《백자의 향》(2006)을 출간하였다. 그의 시는 사라져가는 조선민족의 미풍양속에 대한 향수가 녹아있고 민족적 색조가 짙어 독자들의 폭넓은 공감대를 획득하고 있다. 그의 창작에서 보이는 선명한 민족적 색조는 이미 1980년대에 창작된 가사 <눈이 내리네>와 같은 시들에서도 볼 수 있지만 1990년대 이후에 와서 한결 더 선명해지는데 이를 그의 시 <온성다리>(2003)를 통해 보기로 하자.

　　온성다리는 끊어진 다리/ 상한 다리로는 찾아볼 수 없는/ 슬프도록 끊어진 풍경이 좋다/ 족보에 살아있는 피줄들이/ 보고 싶은 얼굴 볼 수 없어 좋고/ 듣고 싶은 목소리 들을 수 없어 좋고/ 사람이 사람을 그리워하는/ 애틋한 정감이 사무쳐서 좋고/ 사무치다 지쳐버린 그리움이/ 자고나면 불어

나는 앙금이 되어 좋다/ 그리고 끊어진 다리도/ 다리라고 부를 수 있어서
좋다/ 온성다리는 끊어진 다리/ 끊어진 다리 아래로/ 끊어지지 않는 두만강
이 흐르고 있다

이 시는 처음부터 마지막까지 역설적인 구조로 이루어졌다. 즉 시의 표면
적진술과 그것이 가르치는 내적 의미에 모순이 있는 역설로 이루어졌다. 역
설은 일종 간접화법으로서 거주국인 중국과 모국인 조선반도 사이에서 자기
의 정체성의 좌표를 정해야만 하는 조선족의 특수성, 즉 조선족문화의 뿌리
가 된 모국문화에 대한 뼈에 사무치는 향수(鄕愁)를 표현하고 있다. 조선족의
시문학에서 가장 큰 주제적 원형은 "고향상실"과 "고향찾기"이다. 이런 원형
을 표현한 시들에서 두만강이라는 객관적상관물은 아주 주요한 기능을 수행
하고 있는데 이 시도 예외가 아니다. 온성다리[231]처럼 비록 끊어지기는 했지
만 "끊어진 다리 아래로/ 끊어지지 않는 두만강"은 조상의 뼈가 묻혀있는
고국산천을 찾아가는 시적 화자의 마음의 다리이고 감정의 유대로 된다.

리성비(1955~) 역시 1980년대부터 민족적 정체성에 대한 확인 작업을 꾸준
히 해왔는데 1987년 장백산을 소재로 10여 수의 시를 발표했다. 그중 <장백
산>이 가장 잘된 작품이다. 이 시에서 시적 화자는 장백산을 "흩어진 마음들
이 모여서 살아가"는 "이천칠백사십메터 높이의 집"이라고 하면서 장백산은
백의민족의 구심점이라고 노래한다. 이어서 화자는 장백산에는 우리 단군할
아버지가 살아계시고 세상에서 제일 관(冠)이 빛나는 사슴이 있고 세상에서
가장 귀한 동지삼이 있다고 자랑한다. 이처럼 이 시는 신화적 상상력을 토대
로 하여 장백산을 민족의 뿌리, 민족의 구심점, 민족의 성산으로 노래하고

---

231 온성다리는 도문시 량수진에 있는데 조선인들이 조선에서 중국으로 이주할 때 건넜던 다리
다. "8·15" 직전 후퇴하던 일본군이 폭파해 버려서 교각만 남아있다.

있다.

리성비의 <손금>은 여러 가지로 해석될 수 있지만 역시 민족의 역사와 전통에의 회귀를 노래한 시로 보아도 무방할 것이다.

> 명금의 시작은 굵고/ 끝은 가늘다// 한 마리 련어/ 비늘 떨어진 상처투성이 몸으로/ 강을 거슬러 지느러미 젖는다// 아스라한 폭포수/ 거슬러 뛰여넘으며/ 물살을 얼치기도 했다// 자갈돌이 가득 누워/ 발목을 적시는 개울// 그곳이 련어가/ 부활하는 천국임을/ 그대 손바닥 펼치면 환히 보인다

주지하다시피 가로세로 강줄기들이 엇갈린 것 같은 손금들, 시인은 특이한 상상력을 발휘해 그 강줄기들을 거슬러 연어들이 떼를 지어 오른다고 하였다. 근사한 비유요, 상징이다. 이 시기 조선족들이 죽음도 불사하고 모국인 한국으로 몰려가는 현상은 암시했다고 볼 수도 있겠지만 연어들의 모천회귀성을 통해 조상대대로 살아온 고국산천에 대한 향수를 암시한다고 보아도 대과는 없을 것이다. 고국에 대한 향수, 이는 디아스포라의 숙명이요, 근원적인 감정이기 때문이다.

"고향"이란 인간 자신이 나서 자란 곳에 대한 애정에서 비롯된 것이기는 하다. 하지만 "고향"이 하나의 관념으로 자리하게 되는 것은 그 자신이 나서 자란 곳을 떠나 생활함으로써 "고향"이 타자화되기 때문이다. 시골에서 나서 자란 사람이 근대화된 도시에 나와 생활하면서 고향에 대한 그리움을 갖게 되거나 디아스포라로 된 사람들이 떠나온 고향에 대한 강한 그리움을 드러냄으로써 자신의 정체성을 찾으려는 것 등이 그 좋은 사례가 된다. 김철은 이렇게 말한다.

"멀리 떠날수록 그리워지고 세월이 흐를수록 마음에 파고드는 것이 고향임을 내 이전엔 미처 몰랐다. 동심에 어린 아롱진 것도 고향이요, 인생의 험한 길에 주마등처럼 스치어 그 추억의 하나하나가 두고두고 잊혀지지 않는 것도 역시 고향이다. 내가 항상 부르고 익힌 우리의 민요처럼 다정한 고향, 엄동의 칼바람처럼 나를 채찍질하며 생활의 언덕으로 힘껏 떠밀어주는 고향, 나는 그 마음의 고향을 위해 불비 쏟아지는 아슬아슬한 사선도 웃으며 뛰어넘고 시련의 고비마다 충성의 발자국 깊이 찍었다."[232]

그 동안 김철은 디아스포라의 파란 많은 인생길에서 영광을 누리기도 했고 치욕을 맛보기도 했다. 출세의 가도를 달리다가도 천길 나락에 굴러 떨어지기도 했다. 그래서인지 어머니의 품과 같은 고향은 김철에게 그처럼 포근하고 사랑스럽고 사무치게 그리운 대상으로 되었다. 고향은 김철 시인에게 언제나 생명의 보금자리이며 영감의 원천으로 되었다. 하기에 시인은 고향을 노래한 시편에서 다음과 같이 읊조린다.

손에 가시가 들어// 다치면 아프다// 고향, 넌 내/ 가시 든 살점

—《고향 1》

고향이 원쑤인줄/ 그젠 미처 몰랐네// 타관땅 험한 길에/ 망향의 노래// 소쩍새 우는 밤도/ 피 토하다 꾸는 꿈

—《고향이 원수인줄》 일부

마당 한 구석/ 늙은 감나무엔/ 빠알간 홍시 하나// 외양간/ 고독을 새김질하는 암소뿔엔/ 가을을 날라 온/ 고추잠자리// 저만큼 어떤 할멈 한분 달려

오며/ 내 어릴적 이름 부르기에/ 누구냐고 물었더니/ 풀각시 놀던 시절/
내 각시였다나

－《고향소묘》

놋대접 막걸리 안에/ 달이 둥둥 떠있다// 술도 달도/ 함께 마시고 나면//
사정없이 내리치는 박달나무 북채// 아서라 멍든 내 가슴이 터질라

－《고향 3》

시인 김철에게 고향은 "가시 든 살점"이며 인격화된 어머니라 할 수 있다.
그래서 그는 "살점"에 관심이 많고 "가시"를 뽑으려고 안간힘을 쓴다. 하지
만 "고향은 원쑤"라는 역설적인 표현처럼 고향은 아무리 잊으려 해도 꿈에
자꾸만 다시 나타나곤 한다. 하기에 그의 시에서는 "고향의 모습", "고향의
숨결", "고향의 입김", "고향의 웃음", "고향의 속삭임"과 같은 시어들이 어렵
지 않게 나온다. 지어는 저쪽에서 걸어오는 할멈도 내 이름 불러주는데 그는
다름 아닌 어릴 적에 풀각시 놀던 내 각시란다. 이처럼 고향은 시인의 내밀
한 체험과 관련된다. 하지만 술 한 잔 거나하게 되면 가슴에 넘치는 향수를
달랠 길 없어 사정없이 북을 내리치기도 하는 것이다. 보다시피 시인의 기억
속에 차곡차곡 쌓인 구체적 경험들, 즉 "고향"은 나이가 들어 자신이 나서
자란 곳을 떠나 다른 곳에 살 때 그 자신의 정체성을 확보해주는 곳이 되는
것이다.

2. 통일에 대한 열망과 연변에 대한 사랑

이런 디아스포라의 고뇌는 고향 또는 고국에 대한 끝없는 향수로 표현될
뿐만 아니라 자연히 분단의 아픔과 고국의 통일에 대한 지향으로 표현된다.

조선족은 조선반도에 살고 있는 조선민족(또는 한민족)과 피를 나눈 동족이니만큼 "6·25"전쟁과 남북분단의 현실을 두고 중국의 다른 민족에 비해 훨씬 더 큰 아픔을 안고 있기 때문이다.

김철의 시집《북한기행》(1997)과《휴전선은 말이 없다》(2006)에 수록된 많은 시들은 비극적인 분단의 현실 속에서 벌어지고 있는 기막히고 안타까운 사정을 시적 이미지로 노래한다.

> 새와 짐승만이 누리는/ 무한자유의 낙원/ 철조망엔/ 7천만 겨레의/ 숱한 그리움이 걸려// 울다 지친 휴전선/ 새처럼 바다처럼/ 지뢰밭을 누비며 날고픈/ 주체할수 없는 갈망!// 가슴에 걸려있는 가시철망을 거두며/ 용광로에 처넣어 쟁기를 만들고/ 가벼운 저 구름 하얀 넋이 되어/ 남과 북 훨훨 거침없이 날아봤으면
>
> —《녹슨 철조망》일부

시인은 개성 판문점에 가서 휴전선에 가로놓인 철조망을 시적 대상으로 포착한다. 철조망엔 7천만의 그리움이 걸려있다고 했다. 남북과 해외에 널려 있는 조선민족이 7천만이니 여기에는 시인의 소망, 200만 조선족의 소망도 걸려있다. 하지만 현실은 어떠한가? 하나의 강산이 철책과 지뢰밭에 의해 두 동강이 났고 양쪽의 군인들이 서로 총부리를 겨누고 있다. 시인의 가슴은 원한과 분노로 넘친다. 하기에 시인은 "동강난 지도 앞에서/ 청산은 예와 다름없건만/ 동강난 지도 앞에 찢어지는 내 가슴/ 비노니, 창천아/ 그 옛날 룡천검 다시 줄순 없느냐/ 무참히 잘리운 널 보느니/ 차라리 내 허리를 잘라버리렴!"《동강난 지도앞에서》하고 목메어 외친다. 시인은 이 가시철망을 몽땅 거두어 용광로에 녹여 쟁기를 만들어 3천리 금수강산을 갈아엎고 희망의

씨앗을 심을 수 있을 그날을 갈망한다.

고국의 통일에 대한 민족적 열망과 시적 상상력은 윤청남(1959~)의 시 《천지에서》(1994)를 통해서도 볼 수 있다.

> 세월의 풍상고초에/ 멍이 든 가슴// 7천만의 아침밥을/ 안쳐야 할 가마//
> 기다림에 지친 꿈이/ 하얗게 머리발 푸는데// 아아, 언제 오려나 벽을 넘어/
> 감격의 피리소리

천지를 담고 있는 백두산은 민족의 성산이요, 역사의 견증자이다. 하지만 동족상잔과 민족분단으로 말미암아 가슴에 멍이 들었다고 했다. 천지를 두고 "7천만의 아침밥을/ 안쳐야 할 가마"라고 했으니 그 상상력이 놀랍고 그 흉금이 넓다. 이어서 "기다림에 지친 꿈"이라는 추상적인 개념을 "하얗게 머리발을 푸는데"라는 색채적 이미지로 전환시키고 기승전결의 시적 구도와 반전의 기법을 살려 희망의 메시지를 전한다. 이 시는 오매불망 모국의 통일을 바라는 조선족형제들의 세기적인 소망을 대담한 상상과 정제된 시적구성으로 노래한 수작이라 하겠다.

3. 민족의 실존상황과 시적 대응

동양 시문학의 역사적 흐름 속에서 사실주의전통은 시 창작의 각도에서 볼 때 《시경》을 원류로 하여 당나라의 두보나 백거이에 이르러서는 도도한 흐름을 이루게 되었다. 시론의 각도에서 본다면 시란 세상에 대해 원망하는 마음을 나타낸다(詩可以怨)는 공자의 현실비판, 현실참여의 시학주장으로부터 시작하여 "부당한 일에는 침묵하지 않는다(不平則鳴)"는 한유의 시학주장에 이르기까지 모두 사실주의적인 시학주장으로서 그것은 하나의 도도한 흐름을 이루었다. 당나라시기의 사실주의시인 백거이 역시 "글은 시대에 부합되게 지어야 하고 시는 현실에 부합되게 지어야 한다(文章合爲時而著, 歌詩合爲事而作)"고 주장했다.

시란 무엇인가? 공자나 한유, 백거의의 시학 주장을 종합하여 본다면 그 시대를 사는 사람들을 대신하여 울어주는 것이다. 쉽게 말해서 그 시대에 울고 싶은 사람들을 대변해 주는 것이다. 중국과 조선의 유명한 시인들은 대부분 그 시대를 대신하여 울어준 사람들이다. 10년 전 김관웅은 이 시대를 대신하여, 우리 민족을 대신하여 울어주는 문학경향을 "민족적 사실주의"[233]라고 명명한적 있으며, 역사의 격변기에 처한 조선족문학은 "민족적 사실주의"를 견지해야 한다고 하였다.

김응룡(金应龙, 1946~) 시인은 최근 몇 년래 조선족, 특히는 농촌, 농민, 농업이 삼농(三农)문제에 눈길을 돌리고 농촌과 농민들이 직면한 절실한 문제들을 자기 시 창작의 소재로 다루면서 농촌과 농민들을 대신하여 구슬프게 울어준 시인이다. 김응룡은 1946년 7월 화룡현 덕화향에서 출생했다. 1967년 화룡고중을 졸업하고 소학교와 중학교 교사로 근무했다. 연변대학 조문학부(통신학부)를 졸업하고 1978년부터 연변인민방송국 문학부, 《연변문학》 편집부 기자, 편집으로 일했다. 1969년 처녀작을 발표한 후 시집 《잔디풀의 작은 사랑》, 《빨간 고추잠자리》 등 시집을 펴냈다. 김응룡의 시 <기다림>과 <까치둥지>를 보기로 하자.

정오 무렵/ 사람 그림자 하나 없는/ 시골마을에/ 개가 짖는다/ 컹컹/ 마을

---

233 김관웅, <민족적 사실주의 길로 나가는 김응룡 시인>, 《연변문학》, 2007년 제3호 참조.

길에 느닷없이/ 나타난 녀인 보고/ 이 집 개 저 집 개/ 짖어댄다 목 메여
짖어댄다/ 산비탈 메밀밭에서/ 다락논에서/ 김을 잡던 외기러기 사내들/
약속이나 한 듯/ 일손 놓고 일어선다// 행여/ 행여…/ 저마다 부서지는/
마음을 추슬러 본다

— 김응룡 <기다림>

이 작품은 세련미와 함축미를 갖고 있어 진한 감동과 더불어 긴 사색의
여운을 남기는 수작이다. 여성이 증발해 버린 농촌에서 살아가는 "외기러기
사내"들이 정오 무렵에 한적한 마을에 느닷없이 나타난 여인을 보고 놀란다.
이 작품은 홀로 사는 사내들의 동일한 반응을 통하여 이농향도(離農向都), 해
외노무송출 등으로 인한 부부이산의 아픔, 노총각들의 결혼난 그리고 이로
말미암은 가정의 해체 상황을 잘 보여주었다. 농민들의 고통스러운 실존상황
을 아주 짧지만 특색 있는 모멘트를 통해 집약적으로 보여준데 이 시의 묘미
가 있다.

조선족은 한반도에서 쪽박을 차고 두만강, 압록강을 넘어 온 이민집단으
로서 처음부터 농업이민의 성격을 다분히 갖고 있었다. 하기에 오래 동안
조선족문화의 기반은 시골에 있었으며 농민은 조선족문화의 주체였다. 시골
에 조선족의 삶이 터전이 있었고 그들은 순후한 인심과 민속을 가지고 있었
으며 교육과 문화를 가지고 있었다. 한마디로 농촌과 농민은 조선족문화의
고향이요, 뿌리였다. 그러나 개혁개방 후 산업화의 발걸음을 다그치면서 전
반 중국은 날로 농업사회로부터 산업사회로 변신해가고 나날이 도시화 되어
가고 있다. 이런 시대의 변화 속에서 조선족공동체는 위기와 기회가 병존하
는 역사의 대격변기에 들어서게 되었다. 이농향도(離農向都)의 시대적인 추세
속에서 1990년대 중반 이미 20만 명 달하는 조선족농민들은 중국연해지역의

도시에 이동해갔고, 22만 명에 달하는 사람들이 코리안 드림에 휘말려 한국으로 돈 벌러 나갔다. 그리하여 조선족농민들은 전에 비해 돈은 벌어 어느 정도 부유해졌으나 그 대가로 가정의 행복은 잃어가고 있다. 그야말로 산돼지 잡으러 갔다가 집돼지를 잃은 형국이다. 조선족농촌의 해체는 농민가정의 해체로 나타난다. 농촌에서 총각들은 장가들지 못하고 기존 가정은 중국의 내지진출과 해외진출로 인해 "외기러기 아빠", "외기러기 엄마"들을 속출하고, 어린 자식들이 부모들과 헤어져서 살아야만 한다. 도처에 폐가들이 흉한 모습을 보이고 있다. 이것이 행인지 불행인지 아직은 속단하기 어렵지만 조선족문화의 고향이자 뿌리인 농촌과 농민들은 날로 영락해 가고 있는 것만은 사실이다. 따라서 조선족문화의 본거지인 농촌의 해체는 조선족공동체 및 그 문화의 해체로 이어질 수 있는 위험성을 다분히 안고 있다.

이 시기 조선족시단에는 이른바 순수시의 상아탑 속에 깊이 파묻혀서 언어유희나 때 지난 언어장난, 기교장난에만 골몰하는 시인들이 적지 않았다. 그러나 김응룡 시인은 조선족 농촌공동체가 위험수위에 이르렀음을 경고함으로써 깊은 우환의식을 보여주었다. 그의 시 <까치둥지>를 보자.

지는 잎들이 받들어 올린/ 까만 그리움 하나/ 백양나무 가지에 동그랗게 걸려/ 쳐다보는 나의 눈 이슬 젖는다// 언어도 음악도/ 삶의 온기마저 잃은/ 비인 둥지/ 주인은 어데 갔나// 동구밖 나선 할배할매 눈이 허는데/ 반가운 기별은 전하지 않고/ 늙은 총각들 술병 안고 쓰러졌는데/ 오작교는 놓지 않고// 생기가 떠나간 자리/ 까만 그리움 하나/ 행복했던 나날들이 락엽되여 뒹구는 시골/백양나무가지에 높이높이 걸렸구나

ー 김응룡 <까치둥지> 전문

이 시에서는 농민가정이 해체되는 현실을 "백양나무가지 우에 동그랗게 달려있는 빈 까치둥지"라는 객관적상관물을 통해 표현했다. 까치는 조선민족의 상징체계에서는 좋은 소식을 알려주는 길조이다. 그러나 작금의 조선족 농촌에서는 까치들이 어디론가 날아가 버리고 "언어도 음악도/ 삶의 온기마저 잃은/ 비인 둥지"밖에 남지 않았다. 하기에 시인은 애오라지 "까만 그리움만 하나"가 "백양나무 우에 높이높이 걸렸구나"라고 노래하고 있다. 여기서 표현된 정서가 다소 회색(灰色)적이기는 하지만 이는 시인의 민족적인 우환의식에서 우러나온 진실한 정서의 발로라고 해야 할 것이다. 이 시는 조선족시단의 현실외면, 현실도피의 바람직하지 못한 창작경향과는 달리 민족적인 실존상황에서 비롯된 진실한 정서를 비교적 생동한 시적형상을 통해 표현한 점이 높이 평가되어 한국《문예시대》 2006년 해외동포문학상을 수상하기도 했다.

제5절 석화시인의 실험정신과 "연변"에 대한 시적 형상화

석화(石華) 시인은 1958년 7월 4일 룡정에서 태어나 연변대학교 조문학부를 나와 연변인민방송국 문예부 주임, 연변문학월간사 편집 등을 지냈다. 연변문학월간사 한국 서울지사 지사장을 거쳐 연변작가협회 부주석으로 활동한 바 있다. 2003년 한국의 배재대학교에서 석사과정을 마쳤고 시집으로《나의 고백》(1989),《꽃의 의미》(1993),《세월의 귀》(1998) 등을 펴냈으며 선후로 "천지문학상", "장백산모드모아문학상", "지용시문학상", "해외동포문학상" 등을 수상했다.

1998년 연변의 원로시인 리상각은 석화시인이 시집《세월이 귀》로 지용문학상을 받았을 때 "시인은 정정한 거송(巨松)이여도 좋다/ 그 위에 한 마리 맹금(猛禽)이여도 좋다/ 굽어보고 고만(高慢)하라"라고 읊조리고 나서 "석화시인의 시세계는 인간의 오묘한 정감을 진실하고도 감칠맛이 있게 그려주고 현실생활의 적극적인 소재에서 깊이 있게 발굴한 주제를 독특한 기법으로 형상화했으며 민족정신과 민족풍격의 향이 짙게 풍긴다."[234]고 평가하였다. 이외에도 최삼룡, 김병민, 김관웅, 김호웅, 우상렬, 김룡운, 남희풍, 허련화, 김춘련 등과 허세욱, 임헌영, 송재욱, 송용구, 서준섭 등 연변과 한국의 비평가들이 석화의 시에 주목하고 적잖은 글들을 발표하였다.

여기서는 기존 연구 성과들을 참고하면서 그의 대표시를 중심으로 그의 시적 탐색의 제반 단계, 그의 시의 주제적 경향과 패러디와 용전의 묘미 등에 대해 살펴보고자 한다.

1. 석화시인의 탈퇴환골의 몸부림

석화시인의 초기 서정시 가운데서 <나의 장례식>(1982), <나는 나입니다>(1985)와 <그 모습 다 벗고 포도주가 된다>(1997)가 비교적 유명하다. <나의 장례식>은 시인이 대학을 졸업하던 해에 발표한 시인데 그해 "아리랑문학상"을 수상했다. 이 시에서 우리는 스스로 무덤을 파고 장례식을 치르는 시적 화자를 만나게 된다. 왜서 젊은 시인이 스스로 자기의 무덤을 팔가? 그때 시인의 나이는 28세. 사실 이 시는 역설적인 구조로 되어 있다. 젊은이가 자기의 무덤을 판다는 것 자체가 하나의 역설이고 남이 아닌 자기 자신이 무덤을 판다는 것도 역설이며 무덤에 묻힌 심장에서 주렁주렁 열매가 열릴

---

234 리상각, <서문>, 석화, 《세월의 귀》, 흑룡강조선민족출판사, 1998.

나무가 자란다는 것도 역설이다. 역설은 어떤 진리를 이치에 어긋나거나 모순되는 말을 통하여 표현하는 수사법을 말한다. 따라서 이 시는 역설적인 표현을 통해 낡은 관념의 사멸과 새로운 주체의 탄생을 노래한 것이다. 석화 시인과 그의 동갑내기들은 "홍위병세대" 혹은 "지식청년세대"라고 불리는 새 중국의 제3세대에 속한다. 이 세대에 속하는 어느 한 문인은 자기들의 운명을 두고 "신체가 자랄 때 먹을 밥이 없었고 학교를 다닐 때 읽을 책이 없었고 청년시절에 일터가 없었고 중년이 되니 구조조정에 의해 실업을 당해야 했다"고 말한바 있다. 이런 사회적 상황과 연계시켜 본다면 시 <나의 장례식>은 결코 일반적인 생과 사에 대한 사색이 아니라 불안하고 막연하던 한 단락 인생에 대한 시적인 총화이며 보다 휘황한 인생의 꿈을 이룩하려는 젊은 영혼의 처절한 몸부림이었던 것이다.[235]

<나는 나입니다>에서 시인은 "나는 봄의 들판에서 어여쁨을 뽐내는 장미꽃도, 길섶에 소문없이 피어난 민들레꽃도 아니랍니다" 하고 노래하는데 여기서 열거법을 구사해 나는 벼랑가의 소나무나 강가의 버드나무도, 이름 없는 조약돌이나 이름 있는 별도 아니라고 한다. 시인 자신은 이 모든 것을 아우르는 "통일체이며 세계이며 우주"라고 노래한다. 특히 마지막에 반전의 수법을 동원해 "나는 나입니다. 그리고 당신도 당신이기를 바랍니다"라고 끝맺고 있다. 관념의 굴레를 벗어버리고 주체성을 찾으려는 시인의 노력과 세상의 다양성을 포용하는 시인의 넓은 흉금을 보여준 시라 하겠다.

이제 서정시 <그 모습 다 벗고 포도주가 된다>(1997)를 보기로 하자.

벗으라 한다/ 벗어야 한다/ 벗어라/ 벗자// 마지막 한 장의 그…/ 마저도

---

235 최삼룡, <새시기 중국조선족의 대표적 시인 석화>, 석화 《시와 삶의 대화》, 한국학술정보, 2006.

// 속살과 속살끼리만 만나/ 만지고 부비고 삼키고 무너지자// 맑은 그 빛깔
/ 달콤한 그 맛/ 감미로운 그 향기//네가 나 되고/ 나는 너로 된다// 그
모습/ 다 벗고/ 비로소/ 포도들은 포도주가/ 된다

이 시는 고대 그리스신화에 나오는 디오니소스를 연상케 한다고 하면서
"인간의 본능적인 성애에 대한 예찬이면서도 완곡적인 표현을 통해 이를
암시"[236]하였다고 김관웅은 지적한 바 있다. 물론 이 시는 남녀 간의 에로틱
한 사랑의 환희로 시작되는 것만은 사실이다. 하지만 실은 포도알들이 껍질
을 벗고 서로 만나 숙성되어 맑은 빛깔의 향기로운 포도주로 되는 과정을
통해 하나의 상징을 창조한다. 말하자면 남녀 간의 성애를 의미하기도 하겠
지만 거짓의 옷을 벗어야만 진실에 이를 수 있고 인고의 과정을 거쳐야만
성숙에 이룰 수 있음을 암시한다고 하겠다.

1990년대 중반에 와서 석화시인의 시는 포스트모더니즘적인 변신을 시도
한다. 그는 시집 《세월의 귀》의 <후기 : 끝없는 거듭나기, 아름다움에 가는
외길>에서 다음과 같이 말한다. "언제나 안정을 모르고 만족을 모르고 항상
거듭나기를 꿈꾸어야하는 것은 시인의 숙명이며 이 숙명이 바로 끝없는 아픔
과 상처를 불러오는 것입니다. 나무가 옷을 벗고 한 나이테 더 감듯이, 나방
이가 탈을 벗고 나비로 화려히 변신하듯이, 뱀이 또 한 번의 탈피로 성장해
가듯이 끝없는 거듭나기는 아름다움에 가는 외길이며 따라서 시인은 늘 아픔
과 상처를 떨쳐버릴 수 없는 것입니다. 더욱이 시는 영혼의 가장 예민한 촉각
이라 할 때 시인은 자신의 아픔 속에 당대가 발생시킨 아픔을 먼저 감수하고
아파해야 하기 때문입니다. 이 모든 것은 숙명이거늘 찬란한 슬픔이라 할지

---

236 김관웅, <석화의 세계문예소양과 그의 시에서의 전고 인용>,《세계문학의 거울에 비춰본
중국조선족문학》, 연변인민출판사, 2014, 332~333쪽.

라도 장미와 가시의 계관을 어찌 머리에 쓰지 않을 수 있겠습니까. 이 시집의 제 1부와 제 2부는 97년, 98년 즉 최근에 쓴 작품들을 모은 것으로서 '거듭나기'의 꿈의 편린들입니다."[237] 이러한 "거듭나기"를 그의 <작품·58 - 책장> (1996), <작품·39 - 협박>(1996), <연변·6 - 휴즈론>(2006) 등을 통해 볼 수 있다. 먼저 <작품·58 - 책장>을 보자.

> <논어> 공씨네 둘째의 코가/ 야마구찌 모모에의/ 봉긋한 앞가슴에 밀착되어 있고/ 포스트모더니즘학설 위에 포개져있는/ <조선어문법>과 <성지식>, <요리만들기>/ 세계명전의 주인들과 나란히/ 그랑데와 고리오와 아Q가 버티고 서있어도/ 목소리와 이빨과 칼날 따위 모든 것은/ 자기네들 뚜껑 안에서 잠자고 있을 뿐/ "우리는 개인가 개가 아닌가"라고 지껄이는/ 얼빤한 잠꼬대 한 마디가/ 다 쓴 전지약의 진물처럼/ 어느 구석에선가 흘러나오고…

이 시에서는 모든 권위와 기성관념이 한 물 가고 고급문화와 저급문화의 모든 경계가 무너지면서 잡다한 사물들이 수직적인 논리와는 관계없이 무질서하게 방치되어 있는 포스트모더니즘의 상황을 이야기한다. 이러한 몰개성적이고 수평적인 관계 속에서 이른바 만물의 영장이라고 하는 인간들마저 "우리는 개인가 개가 아닌가"라고 스스로 자문을 하고 회의에 빠진다. 아니, 자존과 도전을 상실하고 한 마리의 개로 물화된다. 이러한 경향은 <작품·39 - 협박>에서 더욱더 극명하게 드러난다.

> 1,2,3,4,5,6,7,8,9,10이 차례로 나와서/ "너는 수자다"라고 한다// "나는 아니다"라고 했다/ "224015807 04061이 네가 아니냐"라고 한다/ "0433-256-2191

---

237 석화, 《시와 삶의 대화》, 한국학술정보, 2006.

이 네가 아니냐"라고 한다/ "78.2와 173이 네가 아니냐"라고 한다/ 계속 아니
라고 한다면// 78.2에서 한 10쯤 덜어내겠다고 한다/ 그래도 괜찮다고 한다
면/ 173에서 한 10쯤 낮추겠다고 한다/ 그렇다면 문제가 완전히 달라지는데
허참/ 10,9,8,7,6,5,4,3,2,1이 거꾸로 나와서/ "너는 수자다"라고 한다/ 이제는
"아니다"라고 못하겠다/ 그러면 영영 지워버리겠다고 했기 때문이다/0.0…

　이 시는 인간의 소외를 재미있게 다루고 있다. 우선 제목에서부터 숫자
투성이인 이 시에서 "22401580704061"은 신분증번호이고 78.2와 173은 각각
체중과 신장(身長)임에 틀림없다. 이제 인간은 풍부한 감성과 냉철한 이성을
가진 인간이 아니라 다만 아라비아수의 다양한 조합에 의한 숫자에 의해서
명명되고 좌우되는 물화된 인간일 뿐이다. 이러한 기계문명과 인간소외의
현상을 시적 화자는 한사코 부정하려 하나 그 결과는 이 물화된 세상에서
그 자신이 영영 지워질 우려가 있다. 이처럼 이 시는 기계문명에 의한 인간의
소외와 물화를 고발하고 어쩔 수 없는 인간의 실존상황을 해학적으로 보여주
었다. 하지만 <연변·6 - 휴즈론>의 경우는 서구적인 포스트모더니즘의 형식
적 요소는 이용하되 시인의 인문정신과 엘리트정신을 모름지기 강조한다.

　　랭장고든 전자렌지든/ TV 또는 오디오든/ 괜찮은 물건들에는 다 있다/
사람의 그것처럼 /은근히 부끄럼 타는 그것은/ 물건들의 뒷부분 엉덩이 쪽에
숨어있다/ 구석진 곳에 코 박혀 숨이 칵칵 막혀도/ 빛 한줄기 못보고 먼지만
쌓여가도/ 처절한 "살신성인"/ 단 한순간의 사명을 위하여 인내하는/ 전류든
전압이든 과부하가 걸릴 때/ 제가 먼저 새카맣게 타서 끊어져 버리는/ 휴즈
는 가전제품에만 있는 것이 아니다/ 랭장고가 다시 찬바람 내고/ TV가 다시
꿈같은 오색의 세계 펼쳐주고/ 제 몫을 다한 그것이 쓰레기통으로 직행할
때/ 예민한 센스 때문에 제 몸 먼저 태우는/ 휴즈가 물건에만 있는 것이

아닌 줄 안다.

이 작품은 전기제품의 어두운 구석에 장착된 휴즈를 시적 대상물로 다룬다. 먼저 이 시는 "사람의 그것처럼/ 은근히 부끄럼 타는 그것은/ 물건들의 뒷부분 엉덩이 쪽에 숨어있다"고 대상을 비하하고 비아냥거리는 어투로 시작된다. 하지만 전류든 전압이든 과부하가 걸릴 때 "제가 먼저 새카맣게 타서 끊어져 버리는" 휴즈, "예민한 센스 때문에 제 몸 먼저 태우는" 휴즈는 전자제품의 중요한 부품임에 틀림없다. 전체를 살리기 위한 처절한 "살신성인"이야말로 지성인의 시대적 감각과 책임에 대한 은유에 다름 아니다. 시인은 휴즈의 정신을 통해 혼돈상태에 들어간 조선족공동체에 경종을 울려주고 우리 모든 지성인의 자각과 헌신을 모름지기 요청하고 있는지도 모른다.

2. "연변"의 혼종성에 대한 시적 형상화

석화시인은 연변태생이요, 연변에서 공부하고 일하면서 줄곧 연변토박이로 살아왔다. 노래를 잘 부르고 손풍금을 잘 타며 또 음주의 달인이기도 하다. 하기에 석화는 부모님과 일가친척들이 살고 있는 연변을 사랑하며 연변의 일초일목에도 남다른 애정을 느낀다. 먼저 《조선어문》교과서에 실린 그의 시 <옥수수밭에서>(1992)를 보기로 하자.

옥수수밭머리에/ 멈추어 섰다// 시골길 가다가/ 하나씩/ 둘씩/ 서너씩// 등에/ 그리고 가슴에/ 아기를 업고 또 안고 있는/ 내 엄마 같은 옥수수여// 큰절이라도/ 드리고 싶다 달구지바퀴에 깊숙이 패인/ 길 한복판에/ 그대로 넙적 엎드려/ 절하고 싶다// 남들에게는/ 너무나도 화사했던/ 그 한시절도/

있었던 듯 없었던 듯…// 눈에 띄우는// 꽃잎 하나 피우지 못한채// 벌써
오늘의 계절에// 휘어질 듯 서 있는/ 옥수수여// 철없던 시절의 수수께끼가/
언제나 가슴을 허빈다// 잠자리 무리지어 날아오르는/ 이 늦은 여름의 오후/
그대의 어느/ 푸른 잎사귀 한 자락 잡고/ 빨간 댕기라도 매여 드리고 싶다//
내 엄마 같은/ 옥수수여

시인은 시골의 어디에서나 볼 수 있는 수수한 옥수수밭 기슭에 서있다.
시인은 어머니 모습을 닮은 옥수수를 통해 어머니에 대한 뜨거운 감정을
토로하고 있다. 여기서 시인은 옥수수와 어머니의 형태적 동일성에 착안해
고향의 들녘에서 서있는 옥수수를 "내 엄마 같은 옥수수"로 느꼈던 것이다.
이게 바로 예술적 발견이요, 감정이입(感情移入)이다. 그리고 "남들에게는/ 너
무나도 화사했던/ 그 한 시절도/ 있었던 듯 없었던 듯…", "철없던 시절의
수수께끼가/ 언제나 가슴을 허빈다"고 했는데 이는 한 구들 되는 자식들을
키워온 어머니의 기나긴 인고의 세월을 노래함과 더불어 어머니에 대한 불효
를 반성한 것이다. 어머니가 계시는 고향이기에, 조상의 뼈가 묻혀있는 고향
이기에 시인은 또 고향의 산천을 노래하기 마련이다. 그의 다른 시 <연변·1
- 천지꽃과 백두산>을 보자.

이른 봄이면 진달래가/ 천지꽃이라는 이름으로/ 다시 피여나는 곳이다//
사래 긴 밭을 갈면 가끔씩/ 오랜 옛말이 기와조각에 묻어나오고/ 용드레우물
가에/ 키 높은 버드나무가 늘 푸르다// 할아버지 마을 뒤산에/ 낮은 언덕으
로 누워계시고/ 해살이 유리창에 반짝이는 교실에서/ 우리 아이들은 공부가
한창이다// 장백산 이마가 높고/ 두만강 천리를 흘러/ 내가 지금 자랑스러운
/ 여기가 연변이다

이 시는 조선족의 가장 큰 집거지역이자 조선족의 서울이라 할 수 있는 연변의 과거와 현재, 미래까지를 한편의 시작품속에 함축시키고 있다. 시행마다에 민족에 대한 긍지와 애착이 묻어난다. 진달래를 "천지꽃"이라 부른다고 했으니 이는 연변의 독자성 또는 특징을 보여준 것이요, "오랜 옛말이 기와조각에 묻어나온다"고 했으니 이는 조선인 이주민의 기나긴 역사를 암시한 것이다. "룡드레우물가"는 룡정의 상징이고 조선인 이주민의 정착을 의미한다. 그리고 "키 높은 버드나무 늘 푸르다"고 했으니 이는 아직도 조선족이 건재함을 표현한 것이라 하겠다. 마지막에 뒤산에 누워계신 할아버지와 교실에서 공부하는 아이들을 연결시키면서 "장백산 이마가 높고/ 두만강 천리를 흘러" 간다고 하였으니 이는 조선족의 영원함을 기원함과 아울러 시인의 민족적 자부심을 노래한 것이라 하겠다.

여기서 "장백산", "두만강"에 대한 예찬은 민족적 동질성에 대한 시인의 추구와 맞닿아있다. 시인은 한국 시인사(詩人社) 기자와의 인터뷰에서 다음과 같이 말한다. "어쨌든 백두산은 민족의 상징이죠. 문학의 표현의 문제 이전에 백두산은 시원적인 의미를 가지니까요. 민요와 전설 등의 전통적인 문학과 우리 핏속에 그런 의미가 남아있다고 보겠습니다. 한민족의 뿌리가 하나라면 백두대간이라는 말처럼 백두산에서부터 나온다고 하겠습니다. …백두산이라 하면 조선사람들은 모두 마음이 설레지요. 백두산에 관해서는 마치 김치나 된장을 잘 먹는 우리의 습성처럼 유전자 속에서 그런 성지에 대한 동경이 들어 있다고 하겠습니다. 우리의 민요는 음악을 배우지 않아도 모두 흥겨워 하는 것처럼 말하지 않고 가르치지 않아도 그렇게 되어 있다는 생각이 듭니다."[238] 이처럼 시인에게는 백두산은 시인의 유전인자로, 원형적 심상으로

---

238 "석화시인의 시 카페"에서.

되고 있다.

하지만 시인은 협애한 민족주의에 빠지지 않는다. 자기의 이중적 문화신분을 자각하며 조선족의 특징과 연변의 특징을 분명하게 포착한다. 그의 시 <연변·7 - 사과배>가 그러하고 <연변·2 - 기적소리와 바람소리>가 그러하다.

사과도 아닌 것이/ 배도 아닌 것이/ 한 알의 과일로 무르익어 가고 있다/ 백두산 산줄기 줄기져 내리다가/ 모아산이란 이름으로 우뚝 멈춰 서버린 곳/ 그 기슭을 따라서 둘레둘레에/만무라 과원이 펼쳐지거니/ 사과도 아닌 것이/ 배도 아닌 것이/ 한 알의 과일로 무르익어 가고 있다/ 이 땅의 기름기 한껏 빨아올려서/ 이 하늘의 해살을 가닥가닥 부여잡고서/ 봄에는 화사하게 하얀 꽃을 피우고/ 여름에는 무성하게 푸름 넘쳐내더니/ 9월,/ 해란강 물결처럼 황금이삭 설렐 때/ 사과도 아닌 것이/ 배도 아닌 것이/ 한 알의 과일로 무르익어 가고 있다/ 우리만의 "식물도감"에/ 우리만의 이름으로 또박또박 적혀있는/ — "연변사과배"/ 사과만이 아닌/ 배만이 아닌/ 달콤하고 시원한 새 이름으로/ 한 알의 과일이 무르익어 가고 있다.

연변지역의 향토색이 짙게 묻어나는 시다. 사과배는 연변의 상징이자 조선족의 상징이다. 사과배는 룡정시 로투구진 소기촌에 이주해 살던 최창호(崔昌虎, 1897-1967) 형제가 함경남도 북청군에서 배나무가지를 가져다가 연변 현지의 돌배나무에 접지하였다. 6년째 되는 해부터 과일나무에 배가 달리기 시작했는데 배가 어찌나 큰지 어른들의 주먹만 했고 속은 새하얗고 살결은 부드러웠으며 핵이 작고 당분과 수분이 많아 입에 넣고 씹으면 스르르 녹았다. 그래서 1960년대부터 "연분홍 진달래야 춤 추어다오/ 우리 마을 과수나무 꽃피여난다네/ 아리 아리랑 스리 스리랑 사과배는요/ 소문이 높아서 손님도 많소/ 아, 아리 아리랑 스리 스리랑 사과배는요/ 삼복철 스리 살살 녹는 꿀맛이라네.”라는 노래가 널리 불려졌다. 사과배의 부본(父本)은 돌배나무이지만 과일은 돌배에 비할 바 없이 좋다는 뜻에서 “참배”라고 불렀고 이 이름은 1952년에 와서 그 배의 외모가 사과와 흡사하다고 해서 “사과배”라는 새 이름을 가지게 되었다. 사과배는 접지를 통해 얻은 새 과일품종으로 조선 함경남도 북청의 배나무가지와 연변 현지 돌배나무와의 혼종으로 특징지어진다. 이와 마찬가지로 조선족 역시 민족신분과 국가신분의 융합으로 이중적 문화신분을 갖게 된다. “사과만이 아닌/ 배만이 아닌/ 달콤하고 시원한 새 이름으로/ 한 알의 과일이 무르익어가고 있다”고 했으니 조선족 내지는 연변의 특징을 극명하게 노래한 시라고 하겠다. 송용구의 말을 빈다면 “‘사과’와 ‘배’의 결합에서 암시하듯이, 서로의 ‘다름’과 ‘차이’를 인정하고 존중하면서 조화의 세계를 지향하는 동양정신의 상징을 ‘사과배’라고 불러도 좋을 것이다. 전혀 화합할 수 없는 관계인 것처럼 별개의 대상으로 동떨어져 있던 ‘사과’와 ‘배’가 ‘한알’의 몸을 이루게 되듯이, 자연 속에 존재하는 모든 생물들이 각자 고유한 영역을 지키면서도 서로간의 경계를 넘나들어 조화를 엮어낼 수 있음을 시인은 보여주고 있는 것이다.”[239]

아무래도 경계의 공간과 숙명적인 공존의 주제를 시적으로 형상화한 석화 시인의 대표작은의 하나는 <연변·2 - 기적소리 바람소리>라 하겠다. 주지하다시피 디아스포라는 지역적공간이나 정신적 공간에 있어서 아주 미묘한 “중간상태(median state, 中間狀態)”에 처해 있고 “경계의 공간(liminal, 閾限)”을 차지하고 있어 보다 넓은 영역을 넘나들 수 있다. 따라서 그들의 작품세계는 모국과 거주국 사이에서 양가성 내지 혼종성으로 특징지어진다. 바꾸어 말하

---

239 송용구, <기술문명의 중심부에서 생명의 길을 여는 시인>, 석화, 《삶과 시의 대화》, 한국학 술정보, 2006, 309쪽.

면 디아스포라의 문학은 타자와의 관계 속에서 자아를 표현하게 되며 두 문화형태의 혼종성 또는 공존상태로 나타난다. 조선족과 한족이라는 두 민족의 공존공생의 상황을 석화시인의 시 <연변·2 - 기적소리와 바람>를 통해 보기로 하다.

> 기차도 여기 와서는/ 조선말로 붕 —/ 한족말로 우(鳴) —/ 기적 울고/ 지나가는 바람도/ 한족바람은 퍼~엉(風) 불고/ 조선족바람은 말 그대로/ 바람 바람 바람 바람 분다// 그런데 여기서는/ 하늘을 나는 새새끼들조차/ 중국노래 한국노래/ 다 같이 잘 부르고/ 납골당에 밤이 깊으면/ 조선족귀신 한족귀신들이/ 우리들이 못 알아듣는 말로/ 저들끼리만 가만가만 속삭인다// 그리고 여기서는/ 유월의 거리에 넘쳐나는/ 붉고 푸른 옷자락처럼/ 온갖 빛깔이 한데 어울려/ 파도를 치며 앞으로 흘러간다.

이 시는 상이한 것들이 갈등이 없이 공존하는 다문화적인 혼종성, 쉽게 말하자면 조선족과 한족이 연변땅에서 공존, 공생해야 하는 숙명 내지 필연성을 유머러스하게 이미지화한다. 제1연에서는 기차와 바람을 의인화하면서 우(鳴)—"와 "붕 —", "퍼~엉(風)"과 "바람"과의 대조를 통해 조선족과 한족의 언어적인 상이성을 확인한다. 그렇지만 제2절에서는 미물인 새들도, 납골당의 귀신들도 서로 상대방의 소리와 언어에 구애를 받지 않고 의사소통을 한다고 했다. 말하자면 두 문화형태 간의 대화와 친화적인 관계를 하늘을 날며 즐겁게 우짖는 새와 납골당에서 구순하게 이야기를 주고받는 귀신이라는 메타포를 통해 유머러스하게 표현함으로써 몽환적인 분위기를 십분 살리고 있다. 제3연은 이 시의 기승전결(起承轉結)의 내적 구조에서 보면 "전(轉)"과 "결(結)"에 속하는 부분인데 연변의 풍물시라고 할 수 있는 "6·1" 아동절의 모습을 색채이미지를 통해 보여줌으로써 다원공존, 다원공생의 논리로 자연스럽게 매듭짓고 있다.

석화시인의 시는 연변의 자연과 인간에 대한 찬미, 다원공존의 생활상에 대한 긍정에만 그치는 것이 아니라 연변의 지역적인 한계를 지적하고 그 경계의 벽을 넘어 보다 넓은 세계로 나가고자 하는 지향을 노래하기도 한다. <연변·11 - 방천>이 그러하다.

> 바다여,/ 천리를 내처 달려 너의 품에 닿는/ 두만강이 부러워/ 뒹굴며 엎어지며 숨 가쁘게 쫓아왔건만/ 나뭇가지에 걸린 파지조각처럼/ 발목 묶인다./ 모든 그리움이 바람에 휩쓸려/한 편으로 나부끼듯이/ 바다여,/ 지척인 너를 끝내 만져보지 못하여/ 사무치는 연모는 소금이 된다. / 햇볕에 날카로운 가시철조망/ 늘어선 국경경비선이 아니더라도/ 눈가에 맺히는 이슬이 소금 맛이고/ 입술 깨물어 삼키는 맛 또한 소금 맛이다/ 바다여,/ 저기서 시퍼렇게 돌아눕는 물결이여.

방천(防川)은 두만강이 동해바다로 흘러드는 곳으로서 중, 조, 러 3국 국경이 인접해 있어 한눈에 3국을 바라볼 수 있다. 하지만 중국 쪽으로는 해변에 닿을 수 없다. 이 시의 시적 발상과 구조는 이육사의 시 <절정>을 닮았다. 이육사는 "매운 계절의 채찍에 갈겨/ 마침내 북방으로 휩쓸려 오다/ 하늘도 그만 지쳐 끝난 고원/ 서릿발 칼날진 그 위에 서다./ 어디다 무릎을 꿇어야 하나/ 한 발 재겨 디딜 곳조차 없다./ 이러매 눈 감아 생각해볼 밖에/ 겨울은 강철로 된 무지갠가 보다."라고 노래하지 않았던가. 석화시인의 <연변·11 - 방천>에 나오는 시적 화자의 경우도 바다를 향해 "뒹굴며 엎어지며 숨 가쁘게 쫓아왔건만" 발목이 잡히고 만다. 그야말로 한 발 내디딜 곳조차 없다.

날카로운 철조망이 가로막고 있기 때문이다. 그렇다면 이육사의 경우는 "신념에 찬 자세로 민족적 과업을 수행하려는 극한 상황에서의 결의가 황홀한 무지개로 인식되고" [240] 있다면 석화의 경우는 바다로 통하는 길이 막힌 연변사람들의 한을 짜디짠 "소금"의 맛으로 치환하고 있다. 바꾸어 말하면 두만강개발의 시대를 당겨 와야 할 연변사람들의 소명의식을 노래한 시라고 하겠다.

3. "연변"에 대한 우환의식의 시적 형상화

석화시인의 시 <연변·4 - 연변은 간다>에서는 시장경제와 도시화의 바람, 그리고 "88서울올림픽"과 중한수교이후 코리안 드림으로 인해 송두리 채 흔들리기 시작한 고향 연변에 대한 시인의 깊은 우환의식을 보여주고 있다.

연변이 연길에 있다는 사람도 있고/ 구로공단이나 수원 쪽에 있다는 사람도 있다/ 그건 모르는 사람들 말이고 아는 사람은 다 안다/ 연변은 원래 쪽바가지에 담겨 황소등짝에 실려 왔는데/ 문화혁명 때 주아바이[241]랑 한번 덜컥 했다/ 후에 서시장바닥에서 달래랑 풋 배추처럼 파릇파릇 다시 살아났다가/ 장춘역전 앞골목에서 무우짠지랑 같이 약간 소문났다/ 다음에는 북경이고 상해고 랭면발처럼 쫙쫙 뻗어나갔는데/ 전국적으로 대도시에 없는 곳이 없는 게 연변이었다/ 요즘은 배타고 비행기 타고 한국 가서/ 식당이나 공사판에서 기별이 조금 들리지만/ 그야 소규모이고 동쪽으로 동경, 북쪽으로 하바롭쓰끼/ 그리고 사이판, 샌프란시스코에 파리 런던까지/ 이 지구상

---

240 신동욱, <한국 서정시에 있어서의 현실의 이해>, 《우리 시의 역사적 연구》, 새문사, 1981, 49~51쪽.

241 연변조선족자치주 초대 주장 주덕해, "문화대혁명" 당시 그에게는 "민족주의분자"라는 죄명과 함께 "황소 제일, 황소 통수를 제창하였다"라는 죄목도 있었다.

어느 구석인들 연변이 없을쏘냐./ 그런데 근래 아폴로인지 신주(神舟)인지 뜬다는 소문에/가짜려권이든 위장결혼이든 가릴 것 없이/ 보따리 싸 안고 떠날 준비만 단단히 하고 있으니/ 이젠 달나라 별나라에 가서 찾을 수밖에 // 연변이 연길인지 연길이 연변인지 헷갈리지만/ 연길공항 가는 택시료금 이 /10원에서 15원으로 올랐다는 말만은 확실하다.

먼저 연길이 한국의 구로공단이나 수원 쪽에 있다는 사실을 아는 사람은 다 안다고 시치미를 뗀다. 워낙 조선족은 중국에 이민으로 온 사람들이요, 그들에게는 바람 따라 물결 따라 부평초처럼 떠도는 이민근성이 있기 때문이란다. 연길 서시장바닥의 싱싱한 배추, 무 따위들이 맛있는 김치로 되어 장춘을 거쳐 북경 상해까지 가더니 약장사, 노무송출 바람으로 서울, 동경을 거쳐 태평양 건너 샌프란시스코, 저 유럽의 파리, 런던까지 간다. 이젠 돈만 생긴다면 온갖 방법을 대서 달나라까지 가고자 한다. 참으로 작금의 조선족사회의 행보를 과장의 수법을 통해 잘도 그렸다. 하지만 마지막에 와서 "연길 가는 택시료금이/ 10원에서 15원으로 올랐다는 말만은 확실하다" 하고 슬쩍 능청을 떨고 판단은 독자들에게 양보한다. 넉살좋은 시인의 모습이 어린 수작이라 하겠다. 이처럼 시인은 조선족의 이민근성을 유머러스하게 꼬집음과 아울러 조선족사회의 가치관의 혼란과 도덕적 타락상을 백도라지를 의인화하여 보여준다. <연변·8 - 도라지>가 그러하다.

도라지 도라지 백도라지/ 심심산천에 백도라지/ 연길 네거리에 내려와서 / 칼라 도라지로 변신하였대요/ 싸리나무 꼬챙이에 꿰인 채로/ 순진한 촌티 내며 서로 껴안고/ 동시장 서시장에 몰려있을 때가 첫 걸음이었고/ 수돗물에 알뜰히 가랑이 씻겨/ "경희궁", "경복궁"에 "서울한식관"/ 쟁반마다 하나 둘 씩 담겨 나가는 것 둘째걸음이래요/ 내친 걸음 한 달음 확 달려가/ 된장,

고추장에 식초라 간장/ 맵고 짜고 시고 단 온갖 것들 뒤집어쓰더니/ 지지고 볶이고 무치고 데워져/ 세상의 구미에 맛들어져가는 것이/ 넷째 다섯째 걸음 이라나요/ 그 다음엔 해가 진 뒷골목/ 가로등도 희미한 모퉁이에까지 막 가버려/ 자정 넘은 노래방 빈 방에서는/ 가사 없는 우리민요 <도라지>노래 가/ 반주곡 멜로디로만 울리고/ 우리말을 잘 못하는 한족사람들이 "또라지, 또라지"[242] 이렇게 따라 부르더라고요/ 도라진지 또라진지 모르겠지만 /심심 산천에는 백도라지요/ 연길 네거리엔 칼라 도라지, 또라진가 봐요.

여기서 도라지는 조선족을 암시한다는 것을 한눈에 알 수 있다. 도라지는 조선족이 즐겨 먹는 산나물로서 유명한 민요 <도라지타령>에서도 노래된다. 조선족의 밥상에 심심찮게 오르는 도라지, 조선족을 상징하는 문화부호가 시의 중심에 등장하는데 이는 도라지에 대한 교묘한 의인화작업이라 하겠다. 그런데 도라지는 이젠 시골 농부나 도시 주민의 밥상을 떠나 한식관에도, 노래방에도 나온다고 한다. 그런데 "수돗물에 알뜰히 가랑이 씻겨" "된장, 고추장에 식초와 간장/ 맵고 짜고 시고 단 온갖 것들 뒤집어쓰더니/ 지지고 볶이고 무치고 데워져/ 세상의 구미에 맛 들어져" 간다고 했으니 좋게 말하 면 도시화와 세계화에의 적응이요, 나쁘게 말하면 어지러운 세속에 물들어가 고 있음을 말한다. 특히 "가로등도 희미한 모퉁이에까지 막 가버려/ 자정 넘은 노래방 빈 방에서는/ 가사 없는 우리민요 <도라지>노래가/ 반주곡 멜 로디로만 울리고/ 우리말을 잘 못하는 한족사람들이/ '또라지, 또라지' 이렇 게 따라" 부른다고 했으니 그야말로 티끌 하나 묻지 않았던 심심산천의 백도 라지가 시정잡배들의 술안주로 변했음을, 지어는 타민족의 노리개로 전락되 었음을 암시한다. 도라지, 한 마디로 그것은 웃음을 파는 타락한 여인네에

---

242 "倒垃圾 dao la ji"는 "쓰레기를 버리다"는 중국어 발음.

다름 아니다. 현대적인 소비와 향락의 풍조에 의한 민족의 타락을 노래했으되 시적 대상물과의 적정한 거리를 유지하면서 의인화의 수법으로 조선족의 가치관의 혼란과 정신적인 타락상을 완곡하게 꼬집은 수작이라 하겠다. 하지만 석화는 조선족사회의 만가만 부른 게 아니다. 앞에서 본 그의 시 <연변·6 - 휴즈론>론도 그렇지만 이제 <연변·9 - 빈들>에서도 조선족사회의 재상과 부흥을 기원하고 있다.

> 드는 낫에 잘려/ 이삭들은 실려 가고/ 논밭에는/ 그루터기들만 남아/ 빈들을 지킨다/ 벼가 쌀이 되고/ 쌀이 밥이 되어/ 식탁에 오를 때/ 빈 들에 남은 그루터기들은/ 실핏줄 같은 뿌리를 뻗어/ 땅속 깊은 곳에서 서로 엉킨다/ 한물간 바람이 저만치서/ 빈 들에 머물다 간다.

이 시는 김소월의 유명한 서정시 <산유화>를 연상시키는 수작이라 하겠다. 김소월은 꽃이 피고 지는 자연의 순환원리를 격앙된 어조가 아닌 미적으로 통제된 어조로 노래하고 있는데, 석화의 경우도 가을이 끝난 "빈들"을 감상적으로 노래하지 않고 "빈들에 남은 그루터기들은/ 실핏줄 같은 뿌리를 뻗어/ 땅속 깊은 곳에서 서로 엉킨다"고 조용히 노래함으로써 자연의 순환원리에 바탕을 둔 조선족사회의 부활의 가능성을 확인하고 있다. 또한 김소월은 "저만치 혼자서 피어 있네"라고 하면서 시적 화자와 꽃과의 거리를 설정하여 심리적 거리를 유지함으로써 조화를 이루고 있는데 석화의 경우도 마찬가지이다. 석화는 이 시의 마지막에 역시 시적 대상과의 거리를 두면서 "한물간 바람이 저만치서/ 빈들에 머물다 간다"고 노래한다. 말하자면 목소리는 조용하고 성급하지는 않으나 땅속 깊이 뿌리들이 엉킨다고 하면서 푸르른 볏모로 넘실거릴 봄을, 조선족사회의 재생을 믿어 의심치 않는다.

석화의 <연변·30 - 칠월, 장마뒤끝 오얏들이> 역시 희망의 메시지를 담고 있는 감칠맛이 나는 서정시다. 김응룡 시인이 풍전등화같이 스러져가는 조선 족농촌의 현실을 두고 구슬프게 울었다면[243] 석화시인은 새로운 생명의 탄생 을 예언하며 회심의 미소를 짓는다.

칠월, 장마뒤끝 오얏들이/ 애기 엄마 젖꼭지만큼 하다// 하얗게 피여 났던 춘삼월 꽃잎/ 하늘하늘 나비처럼 내려앉은 가지마다/ 어제 오늘 다르게 굵어 지는 열매들// 알알이 노랗게 단물이 들 때까지/ 아직 한철 남았고/ 새콤새 콤 입안을 톡 쏘는 싱싱한 맛/ 새색시 입술만 감빨게 한다// 오얏나무집 할배 입이 귀가에 걸렸나// 오가는 길손마다 건네는 말씀/ 이제 아기 울음 소리에 동네가 들썩할거요/ 십년, 십년만의 경사라니까

기승전결의 내적 구조를 가진 한 폭의 수채화 같은 시다. 제1연은 "기(起)" 에 해당하는데 여기서는 칠월 장마뒤끝의 오얏이 애기엄마 젖꼭지만큼 하다 는 기발한 비유로 독자들을 사로잡는다. 비유는 독창성을 전제로 하고 원칙 적으로 한 번 주어지는데 그것은 시인의 특허다. 분홍바탕에 자주빛이 감도 는 오얏을 애기엄마 젖꼭지에 비유한 것은 아마 석화시인이 처음이 아닌가 한다. 이게 바로 모양과 색깔의 동질성에 바탕을 둔 이질동구(異質同構), 즉 이질적인 사물들 간의 비유가 성립될 수 있는 까닭이요, 형식주의 자들이 말하는 낯설게 하기이다. 제2연에서는 "기(起)"를 받아 물고 꽃잎을 나비에 비유했고 오얏이 어제 오늘 다르게 굵어진다고 했다. "승(承)"에 해당되는 대목이다. 쉽게 말하자면 분위기를 조성하고 능청을 떨었다. 제3연과 제 4연 의 첫 구절에서는 "노랗게 단물이 들었다"는 시각적 이미지와 "입술을 톡

---

243 김호웅, 김관웅, 조성일, 《중국조선족문학통사》 (하), 연변인민출판사, 2012, 356쪽.

쏘는 싱싱한 맛"이라는 미각적 이미지를 구사하면서 자연스럽게 입술을 감빨고 있는 새색시와 좋아서 입이 귀에 걸린 할아버지를 등장시킨다. 이는 "전(轉)"에 해당한다고 하겠다. 무엇이 좋아서 할아버지의 입이 귀에 걸렸을까? 이제 이 시골에도 아기 울음소리가 들썩할 것이고 이는 십년만의 경사이기 때문이란다. 이는 "결(結)"에 속한다. 보다시피 이 시는 비유적인 이미지와 다양한 감각적 이미지 및 기승전결의 내적 구조를 통해 미구하여 소생할 조선족농촌의 내일을 그린 수작이라 하겠다.

4. 석화 시의 용전과 패러디의 묘미

2006년에 내놓은 연작시 《연변》은 석화 시의 새로운 변신을 보여준 작품이다. 이 작품은 앞에서 본바 있지만 연변에 대한 사랑, 디아스포라의 고뇌와 갈등 및 다원공존의 사상을 보여준 데도 의미가 있지만 경계지대의 살고 있는 조선족시인들의 새로운 가능성을 보여주었다는데도 의미가 있다. 이를 주로 그의 시가 지니고 있는 용전과 패러디의 묘미에 착안해 논의해보고자 한다.

"하늘 아래 새로운 것은 없다"는 경구도 있듯이 역사상의 모든 작품은 직, 간접적으로 전대(前代) 작품의 영향을 받기 마련이다. 하기에 황정견(黃庭堅, 1045~1105)는 다음과 같이 말한바 있다. "스스로 시어를 만들어낸다는 것은 가장 어려운 것이다. 두보가 시를 짓거나 한유가 글을 지음에 있어서 한 글자라도 출처가 없는 것이 없다. 후세의 사람들은 독서를 적게 했기에 두보나 한유가 스스로 그런 시구나 글귀를 만들어냈는가 여기는 것이다. 옛날의 글을 짓는 이들은 진정으로 만물을 도야하였는데, 비록 고대의 낡은 말들을 자기의 글에 인용했다고 하더라도 마치도 한 알의 영단과 같아서 그것으로 무쇠를 황금으로 변화시켰던 것이다."[244] 여기서 황정견은 "점철성금(点铁成金)", 즉 적재적소에 용전을 사용해 무쇠를 황금으로 변화시켜야 한다고 한 것이다. 실제로 전고(典故)는 문학작품에서 소재로 이용된다. 전고는 또 조미료와 비슷한 역할을 하기도 한다. 식객의 구미에 맞는 조미료를 부동한 재료에 따라 부동한 량을 넣어야 최적의 맛을 낼 수 있다. 이와 마찬가지로 용전(用典), 즉 전고를 인용하는 것도 적재적소에 적당한 양(量)을 인용해야만 "점철성금"의 효과를 볼 수 있다.

석화시인의 시를 보면 전고의 출처는 아주 광범위하다. 동서고금의 문학, 종교, 사상, 경전에서뿐만 아니라 조각이나 미술 같은 문학 밖의 기타 예술작품에서도 소재를 취하거나 전고를 인용하여 적재적소에 인용함으로써 시의 맛을 한결 돋구어주고 있다.

1) 조선과 중국의 고전문학을 통한 용전과 패러디의 묘미

석화시인의 서정시 <강>은 고조선의 서정가요 <공후인>을 부연한 것이라면 그의 연작시 <연변·12 - 아침에 부르는 처용가>은 조선고전문학에서 소재를 찾아 용전과 패러디의 묘미를 창출하고 있다.

용전(用典)은 고적(古籍)에 있는 고사(故事)나 사구(词句)를 적재적소에 이용해 작품의 내용과 사상을 풍부하고도 함축성 있게 표현하는 수사법을 말한다. 용전에는 명전(明典), 암전(暗典), 번전(翻典)이 있다. 명전은 한눈에 알아볼 수 있는 용전이요, 암전은 문맥에 확연히 들어나지 않아서 깊이 새겨보아야 알 수 있는 용전이며 번전은 전래의 전고를 거꾸로 사용함으로써 의외의 효과를

---

244 "古之能为文章者, 真能陶治万物, 虽取古人之陈言入于翰墨, 如灵丹一粒, 点铁成金也。" 黄庭坚, <答洪驹父书>。

노리는 용전이다. 그렇다면 패러디는 한 작가의 스타일이나 기법 등을 흉내 내어 원작을 우스꽝스럽게 개작하거나 변형하는 방법을 말한다. 즉 조롱하거나 우습게 만들려는 의도로 하나의 작품을 재편집하고 재구성하고 전도시키는 방법이다. 그러므로 패러디는 특정 작품의 모방이되 원작과는 차이를 지닌 모방으로서 원작을 생산적이고 창조적으로 새롭게 기능하게 하는 방법인 것이다.[245]

석화는 이 시에서 제목에서부터 신라 헌강왕 때의 <처용가(處容歌)>를 패러디한다고 알리고 나서 원작의 "원래는 내해인데/ 앗아가니 어씨하리오"라는 구절을 인용함으로써 무상한 인생에 대한 달관의 태도를 보여주고 있다. 물론 인생무상의 주제는 동서고금의 시들에서 표현한 공동한 주제라고는 할 수 있다. 이를테면 리백은 <장진주(將進酒)>에서 "아침에 검은 실 같았던 머리털이 저녁이 되니 백설 같이 세였구나(朝如靑丝暮成雪)"라고 하면서 인생의 허무함을 한탄했다. 하지만 석화는 인생무상의 주제를 패러디와 용전의 방법을 통해 오늘의 현실적 문제와 결합시킴으로써 현대성을 획득하고 있다. 원작 <처용가>는 이러하다.

서울 밝은 달에/ 밤 깊이 놀다가/ 들어와 자리를 보니/ 다리갱이 넷이구나/ 둘은 내해이고/ 둘은 뉘해인고/ 본디 내해건마는/ 빼앗는걸 어찌하리오.

그렇다면 <처용가>를 패러디한 석화의 시는 다음과 같다.

아침 일어나 보니/ 머리카락 서너 오리 베개 위에 떨어져 있다/ 이젠 내 두피와 영영 작별한 저 것들을/ 지금도 내 것이라고 우길 수 있을까/ 지난겨

245 서울대학교 국어교육연구소, 《국어교육학사전》, 대교출판, 1999, 757쪽.

울 둘러보았던 충남 부여의/ 고란사와 낙화암과 백마강이 떠오르고/ 삼천궁
녀 꽃 같은 치맛자락이 베개 위에 얼른거린다/ 백제는 이미 망해 간 곳이
없고/ 그를 이긴 신라도 사라졌으니/ 고구려의 높고 낮은 무덤들조차/ 북국
의 차디찬 적설에 묻혀있을 뿐이다/ 어제까지 내 머리에 붙어 있던 저것들/
지난 밤 어수선하던 꿈의 조각들처럼/ 떨어져가고 흩어져가고 지워져가고/
그리고 이제는 모두 잊혀 갈 것인가/ '원래는 내 해인데/ 앗아가니 어찌 하리
요.'/ 체조하는 달밤도 아닌데/ <처용가> 한 가락이 저절로 흥얼거려진다.

　　<처용가>는 일연(一然)이 편찬한 《삼국유사》 중의 "처용낭망해사조(處容郞
望海寺條)"에 실려 있다. 처용은 헌강왕(憲康王)의 아들이었는데, 왕은 처용에게
미녀를 아내로 주고 그의 마음을 잡아두려고 급간(級干)이라는 벼슬도 주었
다. 그런데 역신(疫神)이 아름다운 처용 아내의 모습에 반하여 사람의 모습으
로 변신하여 밤에 처용의 집에 가서 몰래 같이 잤다. 처용이 밖에서 돌아와
잠자리를 보니 두 사람이 있으므로 이에 "처용가"를 부르며 덩실덩실 춤을
추었다. 그러자 역신이 모습을 나타내고 처용 앞에 무릎을 꿇고 앉아 그의
노하지 않음에 감복하였다. 역신은 앞으로는 처용의 얼굴그림만 보아도 그
집안에 들어서지 않겠다고 맹세하고 물러섰다. 조선족공동체의 정체성을 다
룬 《연변》 연작시의 총적 주제와의 내적 연관성을 염두에 두고 시 전체를
차분히 읽어나가면 시인 자신의 무상한 인생에 대한 달관의 태도와 함께
많은 것을 잃고 있는 조선족공동체의 현실적 위기와 시인의 우환의식을 보여
주고 있다고 해도 대과(大過)는 없을 것이다. 이 시에서는 백제, 신라는 더
말할 것 없고 고구려의 높고 낮은 무덤들조차 북국의 차디찬 적설에 묻혀있
다고 했다. 또 어디 그뿐인가. "어제까지 내 머리에 붙어 있던 저것들 /지난
밤 어수선하던 꿈의 조각들처럼 /떨어져가고 흩어져가고 지워져가고 /그리

고 이제는 모두 잊혀져 갈 것인가"라고 개탄을 했으니 "시인의 머리카락 서너 오리"는 하나의 보조관념으로서 그것은 우리 겨레의 역사요, 영광이며 우리 겨레의 피붙이요, 가장 소중한 민족적 정체성일 수도 있다. 하지만 이 모든 것들이 소실되었고 우리 기억에서조차도 지워지고 있다고 했다. 시인은 이러한 현실 앞에서 오히려 해학과 익살을 부려 체념을 하고 있는 것 같지만, 분명 우리 모두에게 깊은 사색을 던져주고 있다.

석화시인의 시에서 중국의 고전에서 인용한 전고들이 적지 않다. 당시(唐诗), 송사(宋词)나《삼국연의》같은 중국 고선에서부터 모택동의 시사(诗词)에 이르기까지 그 범위가 아주 넓다. 이런 중국고전에서 따온 전고들은 적재적소에 사용하여 시의 맛을 한결 돋구어주고 있다. 석화의 시 <연변·23 - 쌀은 내게로 와서 살이 되는데>에는 "봄, 여름, 가으내 철철의 신고가/ 알알이 맺혀서 반짝이는가"라는 시구가 있는데 이는 당나라 리신(李紳, 780~846)의 유명한 시 <농부를 가엾게 여겨(悯农)>[246]를 인용했음을 밝히고 있다. 또한 석화 시인의 서정시 <한 배를 타고>를 보면 조선 현대시와 중국고전의 영향을 아울러 받은 것으로 나타난다. 이 시를 백석(白石, 1912~1995)의 시 <澡塘에서> 와 대조해보자.

　　나는 支那나라 사람들과 가치 목욕을 한다/ 무슨 殷이며 商이며 越이며 하는 나라 사람들의 후손들과 가치/ 한 물통 안에 들어 목욕을 한다/ 서로 나라가 다른 사람인데/ 다들 쪽 발가벗고 가치 물에 몸을 녹이고 있는 것은/ 대대로 조상도 서로 모르고 말도 제각금 틀리고 먹고 입는 것도 모두 달은데/ 이렇게 발가들 벗고 한 물에 몸을 씻는 것은/ 생각하면 쓸쓸한 일이다/ 이 딴 나라 사람들이 모두 니마들이 번번하니 넓고 눈은 컴컴하니 흐리고/ 그리

고 길쯧한 다리에 모두 민숭민숭하니 다리털이 없는 것이/ 이것이 나는 웨 자꾸 슬퍼지는 것일까/ 그런데 저기 나무판장에 반쯤 나가 누워서/ 나주 을 한없이 바라보며 혼자 무엇을 즐기는듯한 목이 긴 사람은/ 陶淵明은 저러한 사람이였을 것이고/ 또 여기 더운물에 뛰어들며/ 무슨 물새처럼 악악 소리를 질으는 삐삐 파리한 사람은/ 楊子라는 사람은 아모래도 이와 같았을 것만 같다/ 나는 시방 넷날 晉이라는 나라나 衛라는 나라에 와서/ 내가 좋아하는 사람들을 만나는 것만 같다/ 이리하야 어쩐지 내 마음은 갑자기 반가워지나/ 그러나 나는 조금 무서웁고 외로워진다/ 그런데 참으로 그 殷이며 商이며 越이며 衛며 晉이며 하는 나라 사람들의 이 후손들은/ 얼마나 마음이 한가하고 게으른가/ 더운물에 몸을 불키거나 때를 밀거나 하는 것도 잊어벌이고/ 제 배꼽을 들여다보거나 남의 낯을 쳐다보거나 하는 것인데/ 이러면서 그 무슨 제비의 춤이라는 燕巢湯이 맛도 있는 것과/ 또 어늬바루 새악씨가 곱기도 한 것 같은 것을 생각하는 것일 것인데/ 나는 이렇게 한가하고 게으르고 그러면서 목숨이라든가 人生이라든가 하는 것을 정말 사랑할 줄 아는/ 그 오래고 깊은 마음들이 참으로 좋고 우럴어진다/ 그러나 나라가 서로 달은 사람들이/ 글쎄 어린 아이들도 아닌데 쪽 발가벗고 있는 것은/ 어쩐지 조금 우수웁기도 하다

— 백석의 <澡塘에서> 전문

물우엔/ 제갈공명 같은 안개가 낮고/ 안개너머 대안에선/ 조승상 같은 배고동 소리 길다/ 대륙을 가로지르는 긴 강 - 장강/ 이 강을 건너기 위해 우리는/ 관광뻐스 안에 허리를 곧게 펴고 앉아있다/ 저기 한창 시공 중인 대교가/ 반공중에 신기루처럼 떠있고/ 문뜩 나타나서 입을 벌린 뚜룬(渡轮)/ 십여대의 관광뻐스를/ 차례차례 삼킨다/ 북방사람은 돌아가는 길/ 강남사람들은 떠나가는 길/ 사람들은 버스를 타고/ 버스는 배를 타고/ 이제 모두 저쪽 기슭으로 건너가려 한다/ 이게 무슨 인연일까/ 시간 전만 해도 동서남

북 각지에서/ 그들은 저 각각의 방언으로 나는 또 조선말로/ 자기 삶을 사느라고 떠들었거니/ 지금 모두 입을 다물고 앉아있다/ 앞뒤 그리고 옆의 좌석에서 차례차례/ 적벽지전(赤壁之战) 나가는 삼국군사들 얼굴을 하고 있다/ 안개는 사방에 짙게 깔리고/ 강물은 철썩철썩 배전을 두드리고/ 그리고 우리는 모두 한 배를 타고

— 석화 <한 배를 타고> 전문

이 시는 시적 발상이나 형식에 있어서는 조선 현대시인 백석의 <澡塘에서>라는 시를 연상시킨다. 하나는 공중욕탕에서 다른 민족과 만나고 다른 하나는 강을 건너는 배우에서 다른 민족과 만난다. 하나는 도연명이나 양자와 같은 사람과 만났다고 생각하고 다른 하나는 적벽지전에 나가는 삼국의 군사들과 만났다고 생각한다. 또한 하나는 한가하고 게으르지만 "목숨이라든가 人生이라든가 하는 것을 정말 사랑할 줄 아는/ 그 오래고 깊은 마음들"을 좋아하고 다른 하나는 조선족과 중국의 한족을 비롯한 여러 민족은 "한 배"를 탄 운명공동체임을 설파하고 있다. 그리고 <남국에 와서>의 마지막에는 "-제발 백팔가지 온갖 벌 다 주시더라도/ 뜬 달을 건지려 물속에 풍덩하신/ 시 쓰던 그 량반만은 닮게 하지마소서, 아멘"에서 보다시피 밤중에 일엽편주를 타고 호수에서 소요하다가 수면에 비낀 달을 건지려다가 물속에 빠져죽었다는 시선 리태백의 일화를 아주 재치 있게 인용함으로써 운치를 더해주고 있다. 요컨대 석화의 서정시 <한 배를 타고>는 백석의 <澡塘에서>의 시적 구조를 차용하고 중국의 《삼국연의》와 리태백의 일화 같은 고전을 전고로 이용함으로써 새로운 시적 경지와 재미를 창출하고 있다고 하겠다.

2) 서양문학 전고의 이용

석화시인의 시 가운데 서양의 고전을 가지고 용전의 묘미를 창출한 시들이 적지 않다. 김관웅이 지적한 바와 같이 <사과를 먹자>, <그 모습 다 벗고 포도들은 포도주가 된다>, <연변·20 - 사랑> 등이 대표적인 사례라 하겠다. <사과를 먹자>는 아담과 이브가 금단의 열매를 훔쳐 먹고 에덴동산에서 추방당한 성경의 이야기를, <그 모습 다 벗고 포도들은 포도주가 된다>는 고대 그리스의 주신(酒神) 디오니소스의 이야기를, <연변·25 - 젊음에게>는 그리스신화 아카로스의 신화를 용전으로 다루고 있다.[247] 특히 석화의 <연변·20 - 사랑>은 최근 년 간 조선족시단에 나타난 가장 아름답고 감동적이고 그 예술적 기교도 아주 성숙된 경지에 오른 애정시의 하나이다.

옆구리가 결린다/ 갈비대 한 가닥 빠져나간 자리/ 그 빈자리만큼 다시 채워지는// 인연이라는 낱말- // 미끈하게 잘 빠진 것도 아니고/ 그렇다고 단단하게 옥 맺힌 것도 아닌/ 두루 그저 그렇게 생겨나서/ 길이로도 무게로도 모자라는 것이 많은/ 내 갈비뼈 한 가닥// 오가는 세월에 닳아/ 윤기도 많이 사라지고/ 넘치던 오기도 한참을 잠재워/ 이제는 그저 서로 물끄러미 바라만 보아도// 눈물이 핑- 도는/ 나의 갈비뼈 한 가닥// 부부란 이름 하나로/ 나보다 먼저 자기가 아파하면서/ 살아온 그날과 날들/ 내 빈 옆구리만큼/ 허전해하며/ 오늘도 나의 그림자를 즈려밟고/ 저만치서 따라온다

이 시의 예술적 표현에서의 가장 큰 특점은 용전과 패러디의 묘미라고 해야 할 것이다. 시 창작에서의 적절한 용전(用典)은 마치도 금반지에 다이아

247 김관웅, <석화의 세계문학소양과 그의 시에서의 전고 인용>,《세계문학의 거울에 비춰본 중국조선족문학》, 연변인민출판사, 2014.

몬드나 귀중한 보석을 박아 넣음으로써 전반 반지가 더욱 광채를 띠게 하고 값이 나가게 하는 데에 비유할 수 있다. 남자의 갈빗대를 뽑아 여자를 만들었다는 것은 기독교《구약성서·창세기》에 나온다. 주 하나님은 우주만물을 창조하고 에덴동산을 만들어 그곳에 인류의 조상인 남자 아담을 만들어 살게 했다고 한다. 그러나 무엇이나 다 짝이 있게 만들었는데 유독 사람만은 짝이 없는 것을 탐탁지 않게 여겼다. 그래서 주 하나님은 "남자가 혼자 있는 것이 좋지 않으니, 그를 돕는 사람, 곧 그에게 알맞은 짝을 만들어 주겠다"고 말했다. 주 하나님이 그 남자를 깊이 잠들게 하였다. 그가 잠든 사이에 주 하나님이 그 남자의 갈빗대 하나를 뽑고 그 자리는 살로 메우셨다. 주 하나님이 남자에게서 뽑아낸 갈비대로 여자를 만들고 여자를 남자에게로 데리고 왔다. 그때에 남자가 "이제야 나타났구나, 이 사람! 뼈도 나의 뼈, 살도 나의 살, 남자에게서 나왔으니 여자라고 부를 것이다." 하고 말했다. 그러므로 남자는 아버지와 어머니를 떠나 아내와 결합하여 한 몸을 이루는 것이다. 물론 석화 시인은 이 전고를 억지로 가져다가 인위적으로 박아 넣은 것 같은 감을 주지 않게 아주 암시적으로 처리하였다. 하기에 이 시를 다 읽고 나서야 사람들은 이 시가 사실은《구약성서·창세기》의 인간창조의 이야기를 가져다가 부부의 사랑을 암시적으로 표현했다는 것을 알아차리게 된다. 전고를 인용해도 아주 자연스럽게, 그리고 아무런 작위의 흔적이 없이 처리한 기교가 대단히 돋보인다.

이 시는 처음부터 마지막까지 암시로 일관할 수 있게 되었다. 이 시에서의 서정적 자아는 자기의 아내를 넌지시 갈빗대에 비유해서 묘사하고 있다. "미끈하게 잘 빠진 것도 아니고/ 그렇다고 단단하게 옥 맺힌 것도 아닌/ 두루 그저 그렇게 생겨나서/ 길이로도 무게로도 모자라는 것이 많은/ 내 갈비뼈 한 가닥"이라고 넌지시 묘사하고 있다. 이런 표현은 정지용의 그 유명한 <향

수>중의 "아무렇지도 않고 예쁠 것도 없는/ 사철 발 벗은 아내가/ 따가운 해살을 등에 지고 이삭 줍던 곳"이라는 구절을 연상시키기는 하지만, 정지용의 시보다는 더욱 암묵적으로 묘사되었다. 그리고 "오늘도 나의 그림자를 즈려밟고/ 저만치에서 따라온다"에서는 김소월의 <진달래>중의 "가시는 걸음걸음/ 놓인 그 꽃을 사뿐히 즈려밟고 가시옵소서"라는 구절이 연상되기는 하지만 김소월의 <진달래>에 못지않은 진한 감동을 준다. 이 시는 《성경》의 소재를 빌려다가 조금 손질하여 훌륭한 서정시를 만들어낸 "점철성금(点鐵成金)"의 전형적인 사례라고 하겠다.

석화시인의 시에서의 용전(用典)은 종교경전이나 문학경전에만 한하는 것이 아니다. 이를테면 그의 시 <생각하는 사람>은 제목으로부터 프랑스 조각가 로댕(1840~1917)의 유명한 조각 《생각하는 사람》에서 따온 것이며 시상 자체도 로댕의 조각 《생각하는 사람》을 패러디한 것이다. 시 창작에서의 패러디수법은 문학텍스트에만 국한되지 않음을 보여준 전형적인 사례이다. 로댕의 조각 《생각하는 사람》은 한 사나이가 펑퍼짐한 돌 위에 엉덩이를 붙이고 앉아서 머리를 수긋하고 생각하는 모습을 조각한 것인데, 사람이 좌변기에 앉아 용변을 보고 있는 자세와 아주 흡사하다. 예민한 감각을 가진 석화시인은 양자의 외적인 상사(相似)함에서 시적인 계기를 포착했던 것이다.

"생각하는 사람"이 된다/ 매일 아침 화장실에 들어가/ 쭈크리고 앉으면/ 틀림없는 로댕의 그 자세다/ 어제 하루 들이켰던 온갖 잡동사니와/ 온밤 꿈자리 어수선하게 만들었던 끄나풀/ 끙끙 아래로 힘을 줄 때마다/ 눈앞에 불이 번쩍 번쩍 켜지고/ 한줄기 도통한 기가 숫구멍으로 뻗친다/《생각하는 사람》/ 매일 아침마다 그 자세를 하고나면 /시원하다/ 후련하다 /오늘 또 그 비여낸 것만큼/ 무엇이 가득 차겠지만/ "인생은 살기 어렵다는데/ 시가 이렇게 쉽게 씌여지는 것은/ 부끄러운 일이다"

이 시는 최근 년간에 나타난 우리 시문학의 사상의 빈곤과 현실도피의 경향을 희화(戱畵)적으로 묘사하여 풍자하고 꼬집은 작품이라고 하겠다. 시인들은 사상가이고 어려운 인생을 살아가는 사람들을 대신하여 어려움을 호소하고 울어주는 사람이 되어야 한다. 그러나 조선족시단의 일부 시인들은 사실은 밥이나 먹고 똥이나 싸면서 아무런 깊은 사상과 시대와 현실에 대한 관심과 사명감 없이 무위도식하는 한 무리의 밥통, 한 무리의 똥 만드는 조분기(造糞器)들임을 완곡적으로 꼬집은 시라고 할 수 있다.

로댕도 모르고 그의 유명한 조각 《생각하는 사람》은 더욱 모르는 독자에게 있어서 이러한 용전(用典)은 마치도 스핑크스 수수께끼처럼 어렵고 난해한 것이겠지만 조금만 예술상식을 가진 사람에게는 결코 어려운 전고(典故)가 아니며 오히려 무한한 희열감을 안겨준다. 그리고 석화시인은 자기의 시적창조와 남의 시구의 인용을 분명히 구분한다. 이를테면 이 시의 마지막 결론 부분인 "인생은 살아가기 어렵다는데/ 시가 이렇게 쉽게 씌여지는 것은/ 부끄러운 일이다"라는 윤동주 시인의 <쉽게 씌어진 시>중의 시구를 그대로 인용한 것이므로 인용부호를 사용했다. 이렇게 한글자도 안 고치고 원문대로 인용하는 것이 오히려 남의 시를 스리슬쩍 개작하여 자기의 시구로 둔갑을 시키는 것보다 훨씬 당당하고 더욱 설득력을 갖게 해준다. 뿐만 아니라 치열한 문학정신으로 살다가 간 윤동주 같은 저항시인의 시구로 문자유희에만 침몰해 있는 조선족시단의 일부 "순수시", "탐미주의 시"들에 일침을 가하려는 의도도 다분하다고 볼 수 있다.[248]

---

248 앞의 책, 336~337쪽.

요컨대 석화시인은 새로운 역사시기 벽두부터 뛰어난 총명과 슬기, 남다른 실험정신을 가지고 새로운 시적 주체로의 거듭나기를 시도했으며 조선족의 역사와 현실 그리고 미래에 대한 시적 형상화를 통해 민족정체성의 문제를 깊이 있게 다루었다. 2000년대에 들어와서는 《연변》이라는 30여 수의 연작시를 통해 연변의 풍토와 인정, 연변의 특성과 정체성의 갈등 및 다원공존의 사상을 시적으로 형상화함으로써 연변의 대표적인 시인으로 떠올랐다. 특히 석화시인은 동서양 문학과 예술을 아우르는 풍부한 지식과 시적 소양을 바탕으로 패러디와 용전의 미학을 창출함으로써 경계지대에 살고 있는 조선족시인의 이중적 문화신분의 우세와 강세를 유감없이 보여주고 조선족시문학의 지평을 넓히는데, 중국 내지 한반도의 문학과 대등한 대화를 할 수 있는 계기를 마련하는데 크게 기여했다고 하겠다.

제6절 조선족 소설에 대한 주제학적 고찰

조선족사회는 중국 주류사회의 보편적인 문제를 안고 있을 뿐만 아니라 그 자체의 특수한 난제를 안고 있다. 말하자면 조선족사회는 중국 주류사회의 변두리에 처해 있는데 한국과의 인적교류가 활성화되면서 전통적인 농경사회가 급속히 무너지고 인구의 마이너스성장, 민족교육의 위축 등 허다한 문제를 드러내고 있다. 앞에서도 언급한 바 있지만, 이러한 현실에 대응해 조선족 소설가들은 민족적 리얼리즘의 기치를 들고 다양한 테마를 개발하고 있으며 소설문학의 공전(空前)의 부흥을 떠올렸다. 이 몇 년간 빼어난 활약상을 보인 작가는 림원춘, 류업무, 박선석, 최홍일, 우광훈, 리여천, 최국철, 김혁, 리동렬, 량춘식, 김동규, 강호원, 조룡기, 허련순, 리혜선, 박옥남, 조성희,

권선자, 김금희, 리진화, 김경화, 박초란 등을 들 수 있을 것이다. 따라서 이들 소설가들의 소설에 나타난 주제의식을 몇 가지 측면에서 살펴보고자 한다.

1. 서민계층의 소외와 울분 및 끈질긴 생명력

개혁개방 후기 조선족소설문학은 다양한 소재와 주제를 다루었으되 빈부격차와 지역격차에 초점을 맞추고 소외계층의 고뇌와 울분을 대변하고 그들의 끈질긴 생명력을 노래함으로써 수많은 독자들의 공감대를 획득히였다. 이러한 주제에 바쳐진 작품들로는 리원길의 <선녀야, 내게도 내려와 줘>, 박옥남의 <둥지>[249], 리휘(원명 손룡호)의 <울부짖는 성>[250], 강재희의 <탈곡>[251] 등을 들 수 있다.

박옥남은 조선족의 삶의 현실에 눈길을 돌리고 조선족의 실존적인 모순과 고통을 진실하게 반영하는 민족적 사실주의에 확고하게 발을 붙이고 망망대해 같은 다수자들 속에서 소수자, 디아스포라로 살아가는 조선족의 삶의 실태와 조선족 문화와 교육이 직면한 위기상황을 예술적으로 재현하려고 일관적으로 노력해온 작가로서 이러한 주제를 잘 보여주는 작품은 그의 단편소설 <둥지>이다. 이 작품은 조선족농촌공동체의 해체와 붕괴과정을 진실하게 묘사한 수작으로서 조선족독자들에게 커다란 충격을 준다.

이 작품은 도데의 <마지막 수업>의 서사구조를 답습한 한계를 지니고 있기는 하지만 일인칭시점에 의한 생동한 세부묘사, 속담의 적절한 사용, 아낙네들의 개성적인 대화를 통해 조선족 농촌공동체의 피폐상을 극명하게 보여

---

249 《도라지》, 2005년 제2호.
250 《연변문학》, 2007년 제12호.
251 《료동문학》, 2004년 제4호.

주고 있다. 조선족 어린이들이 뛰놀던 벽동소학교가 한족들에게 팔려 양우리로 변하고 "학교간판이 도끼날에 두 쪽으로 쪼개져 교실 창문 우에 거꾸로 덧박혀있"는 광경은 얼마나 처량한가! 둥지가 부서진다면 알인들 어찌 성하랴! 주인공 성수는 양우리로 변한 학교를 보면서 아래와 같이 생각한다. "문득 저 집에 들어올 양들이 나보다 훨씬 행복하다는 생각이 들었다. 나는 있던 집도 없어졌는데 양들은 이렇게 팔자에도 없는 좋은 벽돌기와집에서 살게 생겼으니 말이다."— 이 얼마나 눈물겨운 역설과 아이러니인가.

150여 년 전 미국의 스토우 부인의 소설《톰 아저씨의 오막살이》(1852)가 떠오른다. 이 소설은 톰 아저씨라는 비천한 흑인 노예를 주인공으로 다루고 있는데 그는 깨끗한 양심의 소유자이지만 혹독한 백인농장주는 그를 이라자라는 여성노예와 함께 다른 농장주에게 팔아넘기려고 한다. 이 소설의 가장 감동적인 장면은 말을 타고 채찍을 휘두르면서 쫓아오는 노예주를 피해 이라자가 갓 얼음이 풀리기 시작한 오하이오강에서 성엣장을 이리저리 건너뛰면서 도망치는 장면이다. 흔들거리는 성에장우에서 그녀의 신발은 벗겨져서 두발은 칼날 같은 얼음부스러기에 베이고 찢겨서 선혈이 낭자했지만 사생결단하고 도망을 친다. 잡혀서 다시 노예로 사는 것은 차가운 강물 속에 빠져서 죽는 것보다 더 무서웠던 것이다. 그야말로 혹정(酷政)은 맹호보다 더 무서운 법이다. 하여 이 소설은 노예폐지운동의 기폭제가 됐다. 미국의 남북전쟁을 승리로 이끌었던 폐노주의자(廢奴主義者) 아브라함 링컨 대통령이 스토우 부인을 만나서 "부인께서 남북전쟁을 일으켰습니다."라고 말한 것은 결코 농담만이 아니었던 것이다. 이와 마찬가지로 박옥남의 <둥지> 역시 조선족공동체의 처참한 붕괴상황을 고발하고 있으니 조선족공동체 살리기 또는 새 농촌건설운동의 기폭제가 될 수 있으리라 생각한다.

최국철은 중조 변경에 있는 도문시 량수진을 생활터전으로 잡고 이 지역

의 역사와 함께 당대 농민과 도시서민의 희로애락을 소설화해온 유능한 작가
이다. 그는 《간도전설》과 《광복의 후예들》이란 2부의 장편소설을 펴내 중견
작가로서의 입지를 탄탄히 굳히고 있다. 그의 단편 <어느 여름날>[252]은 제목
부터가 비를 머금은 여름하늘처럼 무거운 감을 준다. 무슨 일이 터질 것만
같다. 사실 이 소설의 주인공은 육중한 바위산 밑굽을 파서 뱀을 잡다가 큰
바위가 굴러서 내려오는 바람에 "종이장처럼 깔아뭉개졌다." 뱀을 잡기 위해
바위산 밑굽을 뒤지다가 깔려 죽었다 ― 이는 소설이 되지 않는다. 왜서 뱀을
잡아야 했으며 왜서 죽기를 각오하고 큰 바위를 들쑤셔야 했을까? 말하자면
이렇게 비명횡사하게 된 인간관계와 사회적인 원인이 있다면 소설이 되는
것이다.

　이 작품의 주인공은 왈룡이다. 힘은 세나 머리는 둔한 사내다. 김동인의
<붉은산>에 나오는 삵이란 별명을 가진 정익호나 안수길의 <원각사>에 나
오는 원보를 방불케 한다. 왈룡은 저돌적이고 우락부락한 반면에 남의 충동
질에 잘 놀아났다. 병신 마누라도 "마술 같은 힘으로 왈룡이를 쉬엿, 차렷을
시켰다." 왈룡 앞에서는 "형님"을 개여올리는 중국인 왕싼(王山) 형제도 돈으
로 왈룡의 마누라를 점하고 왈룡에게 오쟁이를 지운다. 연길의 부자(富者)
량씨는 이 마을에 와서 별장을 세운다. 왕싼과 량씨의 형상은 타민족에 의한
생존공간의 위협, 도시화에 의한 농촌사회의 피폐라는 사회문제를 암시하고
도 남음이 있다. 왈룡은 마을사람들을 대신해 량씨네 별장건축현장에 뛰어들
어 골조와 기초돌 우에 싯누런 소똥을 매질하기도 하지만 끝내는 량씨의
회유책(懷柔策)에 넘어가 별장에 차려놓은 뱀탕집에 뱀을 잡아 제공을 하다가
끝내는 바위에 치여 죽은 것이다. 이러한 왈룡의 형상은 타민족에게 밀려

252 《연변문학》, 2008년 제10호.

갈팡질팡하고 도시화, 산업화에 의해 소외(疏外)되는 조선족 농민들의 모습에 다름이 아니다.

리휘의 <울부짖는 성>은 2007년 "연변문학 윤동주문학상"을 수상한 작품인데 아내를 한국에 보낸 한 남성의 비극을 다루고 있다. 주인공은 원명은 나오지 않고 "물알"이라는 별명으로 통한다. "물알"이란 덜 여물어서 물기가 있고 말랑말랑한 곡식의 알을 지칭하지만 세속에서는 허우대는 크나 힘이 없는 남성을 말한다. 이 작품의 주인공 "물알" 역시 학교 배구대에서 쫓겨날 정도로 키 값을 못하는 사람이지만 자식사랑은 지극해 모범 학부모로 통한다. 그는 아내가 한국에 간지 6년이나 되지만 지극정성을 다해서 아들 민호의 공부 뒷바라지를 한다. 민호는 학급에서 제일 공부를 잘한다. "물알"은 아내가 힘들게 벌어서 부쳐 온 돈을 한 푼도 헛되게 쓰지 않는다. 후에 아내가 돈을 부쳐 보내지 않아도 군말이 없이 지낸다. 그는 담임선생의 칭찬도, 친구의 부러움도 관계치 않고 묵묵히 애비 노릇만 할 뿐이다. 하지만 지칠대로 지친 "물알"은 학부모회의에 가서도 끄덕끄덕 졸기만 한다. 어느 날 그는 아닌 밤중에 친구 산호(별명은 개미)를 불러가지고 맥주 여섯 병을 마시고 나서 혀 고부라진 소리로 묻는다.

"야, 개미야, 너 어데 녀자 없니?"
"물알"이 녀자를 찾는 소리는 처음이였다. "개미"는 일변 놀랍고 일변 우스워서 히죽거렸다.
"야, 무랄아, 너도 녀자를 찾을 때 있니?"
"임마, 나도 남자다. 나도 좆대가 있다. 아직은 무, 무랄이 아니다."
"이 새끼, 그럼 너네 양깐한테 미안한 생각이 안 드니?"
"야 임마, 넌 양깐이 금방 갔재? 난 육년이다."

"그럼 그만 벌면 됐잖니? 돌아오라고 해라."

"안 온다. 온다, 온다 하면서 육년이다. 미치겠다."

"네가 아이를 잘 키웠으니 너네 앙깐이 꼭 돌아와서 너한테 사랑을 푸짐히 줄 거다. 여태껏 잘 참아왔잖아. 좀만 더 참아라."

"개미"는 "물알"을 위로해 주었다.

"개코같다. 인생이 얼만데? 돈이 뭐야? 부부라는 게 오래동안 갈라져 있고도 부부라고 할 수 있니? 난 정말 녀자 생각 나 죽겠다."[253]

"여자 생각 나 죽겠다" — 이 어찌 "물알"만의 부르짖음이라고 하겠는가? 이 소설에 나오는 담임선생님의 말 그대로 56명 학생 중 어머니나 아버지가 출국한 학생이 46명이니 82%를 웃돌고 있다. 80% 이상의 부부가 장기간 별거하고 있다는 사실은 우리 사회의 인권부재를 증명하고도 남음이 있다. 연암 박지원 소설에 나오는 열녀 함양 박씨도 치솟는 욕정을 참을 길 없어 밤바다 동전을 매만져 그것이 다 닳아빠졌다고 한다. 성적욕망은 인간의 무의식중 가장 원초적인 욕망이며 대다수 사회인의 성적욕구불만은 사회의 불안정을 의미하기 때문이다. 이러한 의미에서 리휘의 소설 <울부짖는 성>은 민초의 고뇌를 성적욕망의 억눌림과 그 위기라는 차원에서 다룬 수작이라고 하겠다.

최국철의 <제5의 계절>은 소도시의 공무원으로 일하는 말단간부 탁명조의 생활난과 기구한 운명을 통해 날로 극심해가는 빈부의 격차를 고발하고 최하층인간들에게 깊은 연민과 동정을 보낸 작품이다. "제5의 계절"이라는 상징적인 제목부터가 독자들에게 현념을 던져준다. 한 해는 분명 4계절이나 가난하고 다사다난한 서민들에게는 하나의 계절이 더해진 것만 같아 세월은

---

253 《연변문학》, 2007년 제12호.

하루가 십년 맞잡이로 지내기가 어렵다. 아니, 이 제목은 자연의 순환과 섭리를 무시하는 사회의 비리와 비정, 서민들의 발등에 수시로 떨어지는 불행과 재난, 불합리한 현대사회를 살아가는 서민들의 어려운 생존환경을 암시하고 있다. 소설의 기본갈등은 착하고 성실한 인간과 불공정한 사회와의 모순에서 비롯되며 주인공 탁명조는 고골리의 소설 <외투>나 밀러의 희곡 《세일즈맨의 죽음》, 또는 중국의 여성작가 심용의 소설 《중년세대》나 지리(池莉)의 《번거로운 인생(煩惱人生)》에 나오는 주인공들과 같은 계열에 속하는 인물이다. 주인공이 안고 있는 무서운 생활난, 설상가상으로 들이닥치는 불행 — 이러한 것들은 가뜩이나 심장병을 앓고 있는 주인공에게는 견딜 수 없는 생활의 부하(負荷)로 된다. 소설은 나중에 착하고 순직한 주인공의 죽음을 암시함으로써 주인공의 불운에 대한 끝없는 연민의 정을 자아내고 있다. 이와 같이 소설은 말단공무원의 기구한 운명에 의한 연민의 플롯을 통해 오늘날 우리 사회가 안고 있는 가장 큰 사회문제 — 빈부의 격차를 고발하고 있는데 이는 작중 인물 장부장의 대화에서 극명하게 드러나고 있다.

> "지금 우리 사회는 가진자와 못가진자 사이에 심각한 갈등이 일어나고 있단 말이요. 다시 말하면 소득분배의 격차와 불평등에 대한 민중의 용인도가 너무 크게 저하되었다는 말이요."[254]

강재희는 요녕성 조선족산재지구의 작가이다. 그의 단편 <탈곡>은 조선족 농촌사회의 병폐와 일부 조선족농민들의 허랑방탕한 근성을 꼬집은 하나의 세태풍속화이다. 소설의 제목을 <탈곡>이라 했는데 이는 다분히 상징성을 지닌다. 탈곡은 곡식의 낟알을 이삭에서 털어내는 작업을 말하지만 이 소설

---

254 《연변문학》, 2001년 제7호.

의 내용을 염두에 두면 온갖 명분과 구실을 만들어가지고 뚜드려 먹고 마시는 조선족농촌사회의 현실을 암시한다. 또 그것은 껍데기는 버리고 낟알만 챙겨야 함을 의미하는지도 모른다. 그야말로 이 작품은 취기 어린 롱담과 육담들이 오가고 도리깨가 난무하는 탈곡장을 연상시킨다. 작품은 복이네 집에서 탈곡을 하는 하루의 일을 다루고 있는데 부지런한 "되놈"과 먹고 놀기만 하는 조선족농민들과의 대조를 통해 우리 조선족공동체의 치부(恥部)를 적나라하게 드러낸다. 하지만 제3인칭 서술시점을 취함으로써 지나친 흥분이나 섣부른 비판을 자제했고 시종일관 세부묘사에 의한 형상의 진실성을 추구했다. 온 마을사람들이 흥청망청 취했을 때도 직설적인 비판을 삼가고 능청스럽게 아이러니한 장면을 창출한다.

> "모두들 점심 술에 푹 취해 버렸다. 취하지 않은 것이라면 공연히 정지와
> 마당에서 사람들의 발길에 묻어 다니는 햇강아지 누렁이 뿐이였다."[255]

박선석은 길림성 통화지구의 농민작가인데 30년간 부지런히 글농사를 해서 장편소설 《쓴 웃음》, 《재해》 등을 발표해 조선족문단의 귀재로 일컬어진다. 그의 단편 <애완견과 주인>(2008)은 그의 대표작 《털 없는 개》의 자매편이라 할 수 있다. 이 작품은 소시민의 사치한 풍조와 허영심 및 그 파탄을 꼬집은 풍자소설이다. 애완견도 생명이 있고 그놈들은 온갖 재롱을 부려 사람들을 즐겁게 해주니 덮어놓고 애완견사육을 질타할 수는 없다. 하지만 개와 사람을 동격체로 볼 수 없으며 더더구나 개가 사람 이상의 대접을 받아서는 아니 된다. 아무리 생태학의 시대라 해도 언제 어디까지나 사람은 만물의

---

255 《료동문학》, 2004년 제4호.

영장이기 때문이다. 이 소설의 철딱서니 없는 주인공 강화자는 "미미"라는 강아지를 키우는데 그놈을 "우리 작은 딸"이라 하면서 금지옥엽처럼 떠받든다. 남편은 한국에 나가 있고 시어머님을 모시고 있건만 시어머님은 전혀 안중에도 없다. 시어머님의 생일날이지만 강화자는 새까맣게 잊어먹고 "미미"의 생일잔치를 차리기에 바쁘다. 애완견동호회 회원들이 줄레줄레 모여와서 축하의 박수를 치는 마당에 시동생이 들이닥쳤고 화자는 개꼴망신을 당한다. 하지만 강화자는 회과자신을 하기는커녕 한술 더 뜬다. "미미"가 발정을 하자 "신랑감"을 찾아주고 결혼을 시키고 요란스레 잔치를 베푼다. 하지만 누군가 한국에 가 있는 남편에게 고자질을 해서 강화자는 오히려 이혼을 당한다는 이야기다.

혹시 내 생일을 차리는 게 아닌가? 하고 기다리는 성녀할머니의 시점으로 사건을 관찰함으로써 소설적 긴장과 아이러니를 창출했고 "미미"의 생일과 결혼이라는 두 어처구니없는 장면을 대조시켜 극화함으로써 읽는이들의 폭소를 자아낸다. 이러한 희극은 사람과 개의 위치가 전도되었을 때 비로소 이루어진다.

김훈은 극문학과 소설 창작에서 모두 장기를 보인 작가인데 그의 단편 <또 하나의 나>는 현시대 중국사회의 가장 심각한 사회문제— 실업인구의 증대와 그로 말미암은 인간의 고뇌와 사회의 불안을 정면으로 다루고 있는 것만큼 무엇보다도 먼저 김훈의 작가적 사명감과 치열한 현실참여의식을 긍정해야 할 것이다. 그러나 이 작품이 성공할 수 있는 비결은 인물창조를 주되는 과업으로 하고 있는 소설로서, 주인공 "나"의 형상을 잘 그린데 있다. 주인공 "나"는 비정하고 허황한 현실 속에 "여분의 존재"로 주어진 외롭고 고독한 실업자이다. "나"는 1950년대 후반부터 시작된 "좌"적인 정치로 말미암아 "동년시절 영양실조에 걸린 구루병환자, 소년시절에 반란에 무조건 도리가 있다던 홍위병, 청년시절 광활한 천지에서 지구를 다스리던 지식청년, 중년시절 부모처자를 가진 정리해고자"이다. 그는 마치도 어항(魚缸)에 갇힌 풀개구리나 자라와 같이 불확실한 현실 속에서 하나의 노리개처럼 가난에 찌들고 그 어떤 우상에 의해 희롱당하기도 하며 그 어떤 정체 모를 권력에 의해 조롱을 당하기도 하다가 나중에는 유일한 생존수단인 직업마저 잃고 만다. "광명천지"에 그가 설 자리는 아무데도 없고 마누라에게서도 남편대접을 받지 못하는 소외계층으로 굴러 떨어진다.

이처럼 세상은 황당하고 인생은 괴롭지만 주어진 운명에 도전하고 자유선택을 통해 끊임없이 자기의 존재에 새로운 본질을 부여할 때 인간은 새롭게 거듭날 수 있다. 주인공 "나"는 마침내 실의와 비애, 자기기만과 자포자기의 깊은 늪에서 솟아 나와 새로운 삶을 개척해나갈 의지와 결단을 되찾는다. 이처럼 작품은 억눌리고 소외당한 민초들의 설움과 한을 대변하는데 그치지 않고 민초들의 소중한 자아각성의 과정을 실감이 나게 그리고 있다. 이러한 의미에서 소설의 마지막 장면은 시사(示唆)하는 바가 크다.

> "나는 언제나 기분 나쁜 련상만 주는 자라를 돌멩이 내던지듯 늪 속에 던져버렸습니다. '또 하나의 나'를 묻고 집으로 돌아오는 나는 무덤에서 나오는 기분이였습니다…"[256]

작품은 실의와 고독에 빠진 "나"와 풀개구리, 자라와 같은 상징물과의 대응 속에서 수많은 실업자들의 심리와 정서를 해학적으로 묘사하는데 성공했고 일인칭소설의 장점을 살려, 바꾸어 말하면 소외된 인간의 시점을 통해 상류층의 비정과 비리— 사회의 치부(恥部)를 신랄하게 폭로하고 "나"의 심리

변화과정을 깊이 있게 파헤칠 수 있었다. 또한 극작가로서의 체질적인 입심, 재치 있는 에피소드의 장면화, 그리고 참신한 주제를 상징물과의 대응을 통해 느긋한 해학과 유머 속에 녹여내는 능력도 범상(凡常)이 아니다.

2. 여성의 자각과 가부장제에 대한 도전

리선희의 <그녀의 세계>와 같은 페미니즘소설이 1980년대에도 나왔지만 1990년대 이후에는 권선자, 리혜선, 허련순, 조성희 등 여성작가들이 남성작가들에 비해 강세를 보였고 페미니즘소설의 창작에서도 새로운 경지를 열어놓았다. 특히 이 시기에 와서 권선자의 <엄마의 저수지>, 리혜선의 <터지는 꽃보라>, 허련순의 <하수구에 돌을 던져라> 등은 여성의 자각과 함께 부권제에 도전하고 남성의 무능함과 도덕적인 타락에 반기를 든 충격적인 작품이 아닐 수 없다.

권선자의 단편 <엄마의 저수지>(2002)의 주인공 금혜는 일반인의 눈으로 볼 때는 행복한 주부이다. 시골출신이지만 병원 원장의 후실로 들어가 그야말로 호강을 하면서 살고 있다. 하지만 출근하는 남편의 양복잔등에 "길다랗게 누워있는 굽실굽실한 황금빛 머리카락"을 보는 순간 커다란 배신감을 느끼며 점차 자기 자신을 되돌아본다. 다만 여성이라는 이유로 남편에게 씨받이로 이용된 자신, 친정집 동생들에게도 일방적으로 베풀어야만 하는 자신, 지어는 자식들에게까지 모성은 한낱 대가없는 희생물로 되고 마는 구슬픈 사실을 발견한다. 저수지의 물도 차면 언제를 넘어 흐르듯이 여기서 금혜의 일탈은 시작된다. 이처럼 이 작품은 페미니즘의 시각으로 여성에게 희생만을 강요하는 남성중심의 사회가 지니고 있는 비도덕성과 허위성, 즉 현대적 삶의 불모성을 고발하고 있다. 최근 몇 십년간 쓰러지는 가정과 조선족공동체를 살리기 위해 아무런 감정적, 경제적 보상도 받지 못하고 짐승처럼 혹사당하기만 했던 조선족여성들을 생각할 때 금혜의 형상은 전형성을 띤다고 해야 하겠다.

리혜선 역시 조선족문단의 중견작가인데 그의 중편소설 <터지는 꽃보라>[257]는 특이한 소재와 인물, 다양한 소설적 기법과 장치를 통해 독자들을 매료하고 있다. 작중인물들은 모두 진짜 이름을 쓰지 않고 익명이나 별명으로 통한다. 오늘의 대중사회에서 개개인은 익명으로, 기호나 수자로 존재함은 더 말할 것 없다. 우리는 가끔은 현금인출기에서 비밀번호를 넣고 돈이 나올 때마다 익명으로 통하는 자신의 실체를 실감하게 된다. 이 작품의 경우에도 작중인물들은 "오징어파티"에 "고구마", "별난 녀자", "안니", "제이"로 통한다. 이러한 닉명의 조건에서 이들은 자기의 욕구와 욕망을 거침없이 분출한다. 천사가 악마로 변한다. 모든 탈을 벗어던지고 추한 몰골을 드러낸다. 황차 "3·8"절이라는 특수한 환경에서 익명의 네 중년여인들이 쏟아내는 성적 기갈과 음담패설은 읽는 이들을 포복절도케 한다. 기실 그들은 가정을 위해 한국에서 10년씩이나 허둥대면서 일했지만 일단 귀국하자 자식과 남편, 사회에 의해 소외되고 마는 이방인들이다. 그래서 이 작품을 읽다보면 눈물 어린 미소를 짓게 된다. 조선족사회의 진통과 해체, 그리고 소외의 주제를 익명이라는 장치를 통해 재미있게 풀이했다고 본다.

이 시기 대표적인 페미니즘소설로는 허련순의 단편 <하수구에 돌을 던져라>를 들 수 있다. 허련순 문학의 전반 흐름은 민족적정체성의 문제와 여성문제로 나누어볼 수 있다. 그는, 자신은 이민의 역사를 가진 민족의 일원으로, 게다가 여성으로 태어났다는 것을 강조한다. 그는 문학의 근원은 결핍이며

---

257 《장백산》, 2006년 제5호.

그 자신의 문학 근원 역시 소수자의 슬픔이라고 말한다. 결핍 너머의 충만감이나 슬픔 뒤에 숨어있는 희열을 찾기 위한 필사적인 노력이 바로 글을 쓰는 동력이 된다는 것이다. 하기에 그의 문학은 자연스럽게 민족의 정체성 찾기와 여성의 정체성 찾기로 이어진다.

허련순의 단편 <하수구에 돌을 던져라>는 여성의 정체성 찾기를 다룬 소설로서, 2004년 "연변문학 윤동주문학상"을 수상했다. 허련순은 "언어탐구와 여성성의 창조, 그리고 존재론적 추구 등에서 새로운 나의 문학의 지혜를 모색하고 싶다"고 하면서 이 작품의 창작동기와 내용을 다음과 같이 요약한 바 있다.

> "단편소설 <하수구에 돌을 던져라>는 나의 또 다른 탈출구가 되기를 바라면서 쓴 작품이다. 우리 조선족들의 자기 정체성과 관련된 존재론적 질문을 던져 우리 민족의 현실을 반성적으로 환기하고 싶었다. 타성에 빠져 반성을 모르는 채 일상을 살고 있는 인간들, 던져주는 것을 받아먹고 사는데 익숙한 '하수구' 같은 인생, 옳고 그름이 무엇인지도 모르는 혼탁한 현실에 진정한 삶의 방식과 의미를 제시하고 싶었다. '실패한 인생을 성공'이라고 말하고 '죽은 영혼이 성공했다'고 말하는 역설과 혼동의 론리로 이미 사회로부터 유리되어 더 이상 정상적인 꿈꾸기가 불가능한 인간들이 살아가기 위한 몸부림으로 일어나는 착시(錯視) 현상, 그런 현상으로도 결코 행복해질 수 없다는 것을 다루고 있다. 즉 자의(自意)에 의하여 살아가는 것이 아니라 타의에 의해 살아지는, 살아지는 것이 아니라 사라지는 인생을 비참하게 그리고 있다."[258]

<하수구에 돌을 던져라>는 목전 조선족사회의 극심한 진통과 위기를 보여

258　연변조선족문화발전추진회 사이트 : www.koreancc.com

주면서 물신주의풍조와 윤리, 도덕적인 타락상을 정신적 배경으로 깔고 있다. 주인공이 살고 있는 동네의 남성들을 보면 땅 판 돈을 쥐 소금 녹이듯이 다 써버린다. 그들은 겨울이면 마작이나 화투를 치고 여름이면 베짱이처럼 그늘 밑에서 신세타령이나 한다. 딸이나 아내가 외국에 가 돈을 벌지 못하는 집 남성들은 작은 놀음에도 끼우지 못해 그야말로 사람 축에 들지 못한다. 시어머니는 가만히 앉아만 있는 며느리를 보고 능력이 없고 융통성이 없는 년이라고 몰아붙인다. 시어머니의 성화에 못 이겨 며느리는 한국 가는 비자를 내려다가 돈만 날린다. 그러자 시어미니는 또 공연히 설쳐서 땅 판 돈을 날렸다고 야단을 친다.

주인공의 남편은 조선족남성사회의 고루한 의식을 대변한다. 그는 아내가 돈을 벌어오기를 바라서 가짜 이혼을 했고 이혼서류에 도장을 찍은 날부터 3개월이 지나야 재혼이 가능하다는 말을 듣고 위장결혼수속을 다그치기 위해 자신의 사망신고서까지 낸다. 어디 그뿐인가. 남편은 "그녀"가 돈을 부쳐오자 "성공"했다고 생각하며 "이제 큰소리하면서 살게 됐소." 하고 좋아한다. 금전만능의 풍조, 특히 남성사회의 윤리, 도덕적인 타락상을 적나라하게 드러낸 것이다.

이러한 남성사회의 윤리적, 도덕적 타락상에 진절머리를 치던 여주인공은 마침내 남성중심의 사회에 도전장을 내고 여성의 정체성을 찾게 된다. "그녀"는 가정을 살리기 위해 출국수속을 하다가 실패한다. 시어머니와 남편의 핀잔과 야유를 이기지 못해 "그녀"는 자살을 시도하나 성사하지 못한다. "그녀"는 마침내 남편의 허락을 받고 위장결혼을 하고 한국으로 가게 된다. 그제야 남편은 "여태 한 번도 느껴보지 못한 처절함과 배신감, 그리고 질투와 분노까지 겹쳐서" 노발대발한다. 하지만 "그녀"는 태연히 립스틱을 꺼내서 입술에 바른다. 남편이 "그녀"의 손에서 립스틱을 뺏더니 "거지같은 놈한테 잘 보일 필요는 없다니깐." 하고 소리를 지른다. 이때 "그녀"는 "당신은 그런 말을 할 자격이 없는 사람"이라고 쏘아붙이면서 당당하게 맞선다. 이처럼 이 소설은 갖는 능욕과 희생을 당하면서도 가정과 사회를 지켜온 "그녀"의 성장과 여성적인 자각 과정을 그림으로써 독자들에게 깊은 감동을 주고 있다.

이 소설은 시종 시비경우는 바르나 말수 적은 "누님"의 시점을 통해 작중 인물을 관찰하고 "그녀"의 내심독백을 차분하고 절제 있게 펼쳐 보임으로써 자칫하면 남성세계에 대한 속 얕은 흥분과 비난으로 끝날 수 있는 소재를 예술적인 완성도가 높은 소설로 만들었다. 그리고 이 작품은 집 떠난 고양이라는 소도구를 적절하게 등장시켜 상징적의미를 더해주고 있을 뿐만 아니라 "그녀"의 "여위고 작은 맨발"을 여섯 번 반복적으로 묘사함으로써 복선과 조응, 상징의 미학도 창출해 전반 작품을 탄탄하게 구성하고 있다.

> "마치 열 살에 성장을 멈춘 듯한 작은 발, 그것은 아마 바로 지금부터 커지려고 작았던 것인지도 모른다. 이제야 나는 그녀의 작은 발에 대한 징크스를 알 것 같았다."[259]

이 한 단락의 의론은 작품의 총체적인 의미를 암시, 대변하고도 남음이 있다. 발은 한 인간의 육체를 땅에 세우며 그 인간을 어떤 방향으로 가게 하는 인체의 중요한 기관이다. 그러므로 작게 보이던 발이 크게 보인다고 했을 때 그것이 의미하는 바는 분명하다. 즉 "그녀"가 자유선택을 통해 남성세계에 도전하고 자기의 길을 찾았음을 의미한다.

요컨대 이 소설은 농촌사회와 전통적가치관의 붕괴로 특징지어지는 조선

---

259 《연변문학》, 2004년 제5호.

족사회를 배경으로 하면서 남존여비의 고루한 관습에 의해 소외되고 위축되던 한 여성의 분노와 반발, 도전과 탈바꿈의 과정을 다양한 소설적 장치와 기법을 통해 생동하게 그림으로써 전환기 조선족문학의 대표적인 페미니즘 소설로 자리매김을 하게 되었다.

김경화의 단편 <원점>(2004)은 그 제목이 암시하는바와 같이 일부 조선족 여성들의 생활상을 있는 그대로, 아무런 과장과 분식(粉飾)도 없이 원점에서 원색으로 보여준다. 작금의 우리 사회를 보면 경제적 불황으로 말미암아 남성은 가정을 유지할 힘을 상실하고 여성은 타락의 늪에 빠지기 쉬운데, 이 작품의 주인공 "언니" 역시 염치와 정조 같은 것은 헌신짝처럼 내동댕이친다. 그녀는 설사 못난이요, 불구자라 하더라도 배불리 먹여주고 등 따뜻하게 입혀주기만 하면 그런 남자들의 품에 안겨 기생(寄生)하는 몰렴치한 여자다. 하지만 그러한 여자의 타락을 부른 것은 지지리 못난 가난이요, 그 장본인은 나태하고 무책임한 남성사회에 있음을 이 작품은 은근히 꼬집고 있다. "언니"의 남편은 가출해 오랫동안 객지로 떠돌고 있는 아내를 찾을 대신 "빨리 돈이나 부치라고 해라. 쌀이 거의 다 떨어진다." 하고 소리를 치는데 이러한 누추한 모습을 보면 그야말로 김동인의 소설 <감자>를 연상케 한다. 특히 이 작품의 마지막 부분에서 "언니"는 "가출이 아니라 어느 풀숲으로 잠간 소피를 보러 갔다"고 하면서 "그래, 그 동안 아무런 일도 없었어. 아무 일도 일어나지 않았어! 언니는 잠시 오줌이 마려웠을 뿐이야…" 하고 능청을 떨고 있는데 이러한 아이러니는 작중인물의 도덕적 타락에 대한 신랄한 야유가 아닐 수 없다.

김금희의 단편 <개불>(2007)은 "개불"을 소도구로 설정해가지고 욕정을 만족시키기 위해 동가식서가숙하는 몰렴치한 여인의 형상을 창조함으로써 정조관념의 붕괴와 도덕적 타락상을 보여주고 있다. "개불"은 바다에 사는 개

불과의 환형동물(環形動物)인데 몸길이는 10~30cm이고 주둥이는 원뿔꼴이며 황갈색을 띤다. 바다 밑의 모래 속에 "U" 모양의 구멍을 파고 산다. 이 작품에서는 "개불"을 두고 "사람의 피부 같은 색깔에다 원통형의 몸통마저 차라리 남자의 그것과 너무 닮아있는데 게다가 그것을 만지면 꿈틀하니 수축이 되면서 제법 탄탄해진다"고 했다. 통설에 의하면 "개불"은 남성의 정기를 돕는다고 한다. 헌데 주인공 여자는 "개불"을 천하일미로 생각하고 "개불"을 사주는 남자라면 마음도 몸도 다 허락한다.

"개불 굶은 지 벌써 다섯 달이 넘어간다."고 했는데 이는 이 여자가 얼마나 남성을 밝히고 있는가를 말해준다. 실은 남편과 좀 모순이 생겼고 그 남편이 두어 달 집을 비운 사이에 욕정을 참지 못해 "개불"을 사준 다른 남성과 통정을 했을 뿐이다. 남편이 돌아오자 이 여자는 원상으로 돌아와 얌전한 아낙으로 둔갑하고 그녀의 가정에도 평화와 행복이 깃든다. 이처럼 이 소설은 "개불"이라는 소도구를 이용해 조선족사회의 편의주의(便宜主義)적인 발상과 도덕적 타락상을 고발하고 있다.

박옥남의 단편소설 <목욕탕에 온 녀자들>은 "공간화의 기법과 여성 특유의 섬세한 관찰력을 동원하고 자기식의 개성적이고 특색 있고 신선한 언어표현의 개발과 세련된 기법의 활용을 통해 오늘날 조선족 여성들의 다양한 삶의 모습을 집중적으로 그려내면서 중국조선족의 인정세태를 섬세하게 포착해내고 있다. 여자들이 실 한 오리 걸치지 않고 가장 은밀한 부분까지 다 드러낸 목욕탕의 여탕이라는 이 공간설정부터가 소설로서는 더 이상 바랄수가 없는 호기심을 돋구어준다. 그러나 이 소설의 목적은 남성독자들의 관음증적인 호기심을 유발하려는데 있은 것이 아니라 이 세상을 살아가는 부동한 세대의 각양각색의 조선족여인들의 육체적인 나상(裸像)만이 아닌 심적인 나상도 드러내 보이는데 있었다. 특히 늙은 어머니 세대와 젊은 여성들의 생활

방식과 가치관의 차이를 대조적으로 보여줌으로서 변화된 인정세태를 극명
하게 드러내 보이고 있는 점이 돋보인다."[260]

---

260 김관웅, <제1회김학철문학상선정이유서>, 허련순, 《누가 나비의 집을 보았을까》, 온북스, 2007, 383~384쪽.

제5장

코리안 드림과 조선족 문화신분의 조정

제1절 코리안 드림과 조선족문학

코리안 드림(Korean dream)이란 문자 그대로 한국에 기대를 걸고 일자리를 찾아 입국하는 외국인 노동자들의 꿈을 말한다. 조선족의 코리안 드림의 문제점과 조선족과 한국 국민의 갈등을 두고 이미 김재국의 《한국은 없다》[261], 류연산의 《서울바람》[262], 김혁의 《천국의 꿈에는 색조가 없었다》[263], 리혜선의 《코리안 드림, 그 방황과 희망의 보고서》[264], 채영춘과 허명철의 《가깝고도 먼 나라》[265] 등 많은 보고문학 내지 수기들이 나왔다.

여기서는 코리안 드림의 전반 과정과 그 허와 실, 득과 실에 대해 살펴보고자 한다.

중국의 조선족과 한국의 국민은 한 뿌리에 자라난 두 가지라고 할 수 있다.

261 민예당, 1996년.
262 연변인민출판사, 1996년.
263 연변인민출판사, 1997년.
264 아이필드, 2003년.
265 연변인민출판사, 2013년.

하지만 일제의 수탈과 봉건학정으로 말미암아 조선족의 선인들은 고국을 등지고 두만강과 압록강을 건너와 연변을 비롯한 중국의 동북3성에 정착하였다. 1945년 8월 이후 동서냉전체제가 고착되고 1953년 7월 정전협정이 조인된 후 조선족과 한국국민은 대체로 "88서울올림픽"까지 거의 35년 간 서로 내왕할 수 없었고 지어는 이산가족들의 소식마저도 전할 수 없게 되었다.

구소련과 동유럽 사회주의체제가 일시에 붕괴되고 세계 양대 세력 간의 냉전구조가 완화된 새로운 세계정세 속에서 중국은 사회주의 이념과 체재를 보존하면서도 낙후한 경제상태를 탈피하기 위한 경제체재개혁과 대외개방 정책을 추진해 연평균 10%에 육박하는 높은 성장률을 지속적으로 기록하였다. 특히 중국은 적극적인 문호개방을 단행하고 경제특구와 연해개방도시를 설치, 지정하며 외자, 기술, 설비의 도입 및 직접투자의 유치, 수출입무역의 확대 등을 통해 자본주의국가와의 경제교류를 확대하였다.

이러한 상황에서 1970년대 중반까지만 해도 냉전체재 하의 교전 당사국으로 서로 적대시하던 중, 한 두 나라는 서로 접촉하기 시작하였다. 중국은 "1978년에는 조선족의 방한(訪韓)을 허용하는 등 한국에 대한 태도변화를 보였다."[266] 이에 앞서 1974년 한국정부가 북한과 월맹(越盟)을 제외한 모든 공산권 국가와의 서신교환 허용조치를 발표한 뒤, 대한적십자사와 KBS를 통한 가족 찾기 편지거래를 시작하였다. KBS는 1974년 3월 7일부터 "공산권동포에게"와 "망향의 편지"라는 프로를 통해 한국의 이산가족이 중국의 조선족들에게 보내는 편지와 그들이 한국의 친족들에게 보내온 편지를 방송하였다. 또한 대한적십자사는 친인척관계를 확인한 조선족들에게 한국 내 이산가족의 초청장과 항공권 및 여행경비를 보내주었다.

---

266 장공자, <금후 한중관계의 과제>, 제1차 한중포럼학술발표회 론문집 《21세기 동북아와 한중관계》, 1995년 7월.

홍콩을 통한 상호 내왕의 막이 서서히 열리게 되고 급증하는 인적내왕에 대비하여 북경, 천진, 상해로부터 서울에 이르는 정기 항선은 물론 1990년 9월 15일 위해—인천 취항을 시작으로 천진—인천, 대련—인천 사이의 항선도 선후로 개통되었다. 길게는 지난 100년간, 짧게는 50년간 침묵과 암흑의 바다였던 서해는 바야흐로 왕래와 교류의 바다로 되었고 장장 반세기나 망향의 서러움을 달래던 조선족들은 오매에도 그리던 고국땅을 밟고 친족 간의 상봉을 할 수 있었다.

중국에 살다가 한국에 돌아간 조선족의 제1호는 1965년, 당시의 한국 농림부 장관 차균희(車均禧)의 부모들이라고 한다.[267] 그 후 13년간 아무런 교류가 없다가 1978년 중국정부가 한국정부의 입국동의서를 근거로 다시 조선족의 방문을 허용하자 그 해 12월 일가족 4명이 영주 귀국한 것을 시작으로 1983년 이전까지 88명, 1984년에 206명, 1985년에 378명, 1986년에 663명, 1987년에 708명이 영주귀국 또는 일시 귀국해 가족, 친지들과 상봉하였다. 그러다가 "88서울올림픽"을 계기로 급증하는 추세를 보이기 시작했는데 1991년에 36,147명, 1992년에 31,500명, 1993년에 12,277명이 입국하였다. 1993년부터 조선족동포의 입국에 대한 한국정부의 규제가 본격화되면서 입국자수가 줄어들었음에도 불구하고 1995년 7월말 현재 불법체류자만 해도 2만여 명으로 추산되었다.[268] 2014년 현재는 대개 40만 명이 체류하고 있는 것으로 집계되었다.

지금까지의 모국방문을 대체로 세 개의 단계로 나누어볼 수 있다.

첫째 단계인 1978년부터 1989년까지는 물론 친척방문이 위주로 되었다. 장장 반세기나 그리던 혈육들을 하루속히 만나려는 진지한 동경으로 넘치던

---

267 <중국 한국인의 모국방문>, 《중앙일보》, 1984년 2월 24일.
268 <중국동포 입국자 10여 년 만에 수십 배 늘어>, 《한겨레신문》, 1995년 9월 4일.

시기요, 눈물겨운 상봉의 장이 펼쳐지던 시기다. 쌍방의 반가움과 상봉의 기쁨은 고조에 달했으니 날마다 김포공항은 울음바다를 이루었고 "중국교포들"은 이르는 곳마다 모국 친족들의 분에 넘치는 환대를 받았다. 모국의 친족들은 조선족들을 십시일반으로 도와주었으니 왕복항공권은 더 말할 것 없고 귀한 가전제품에 옷가지, 돈뭉치, 금반지까지도 주었다. 그때 연길 기차역이나 공항에서 멋진 양복에 금반지까지 끼고 "금의환향"하는 이들을 아직 한국에 가지 못한 사람들은 부러운 눈길로 바라보았다.

둘째 단계인 1990년부터 2002년까지이다. 즉 유명한 "약장사" 시기로부터 페스카마호 사건을 거쳐 외국인고용허가제가 실시되기 직전까지이다. 모국 친족들의 반가움과 혈육의 정은 반나마 식었고 가난구제는 나라도 못한다고 모국의 친족들은 끝없이 욕심을 부리는 조선족들을 슬그머니 부담스럽게 생각하였다. 한편 중국에 새롭게 불어치기 시작한 시장경제의 열풍에 휘말려 "나도 한번 돈을 벌어 잘 살아 보겠다"고 벼르던 조선족들은 첫 단계의 한국 방문을 통해 모국사람들이 록용, 인삼, 웅담과 같은 약재와 동인당 청심환 같은 중약을 선호하고 고가로 사 먹는다는 것을 알고 한국나들이를 돈을 벌수 있는 천재일우의 기회로 생각하고 갖은 수단으로 한국에 들어가려고 하였다. 자연 친척과의 상봉은 뒷자리로 밀려나고 외화벌이가 모든 것을 압도하는 촌극이 연출되었다. 연변에서 웅담이 하도 많이 밀수입되니 "연변에는 돼지보다 곰이 더 많지 않느냐?"는 말이 돌게 되었고 속칭 "만남의 광장"으로 일컬어진 서울역구내와 덕수궁돌담길은 여기저기 약보따리를 풀어놓고 오가는 길손의 옷자락을 잡는 얌치없는 조선족 아줌마들로 부산스러워졌다. 그녀들은 경찰이 들이닥치는 바람에 닭 풍기듯 하면서도 법도 체면도 모르고 돈을 벌려고 바락바락 악을 썼다. 개중에는 가짜 약을 팔고 모국사람들의 등을 쳐 먹던 나머지 약을 팔기 위해 몸까지 파는 족속들도 있었다.

나도 한번 잘 살아보겠다는 욕심이 초래한 부끄러운 몰골이었다.

물론 애초에 모국사람들은 한약을 파는 조선족들에게 동정어린 눈길로 보냈다. 서울 중구의 송원(松原) 일식집 주인 김병호 씨는 차가운 길거리에 난전을 펼쳐놓고 고생하는 조선족들을 보고 젊은 시절 일본에서 식당종업원으로 일하던 시절이 떠올라 날마다 도시락 150개씩 무료로 날라다주었으며 동대문시장의 포목상 정영 씨는 한겨울 추위에 떨면서 약장사를 하는 조선족들을 보고 젊은 시절 노점(露店)을 하면서 고학하던 시절을 잊지 못해 겨울용 모직원단 850벌을 나누어주기도 하였다. 또한 귀국할 로비가 없는 조선족들의 애로상황을 감안해 한국정부에서는 시가 17억 원어치의 한약을 사주기도 하였다. 하지만 조선족들의 약장사는 더욱 극성을 부렸고 가짜 약에 마약까지 밀수입해 들이니 자연 모국사람들은 조선족을 동정하던 데로부터 눈꼴사납게 보기 시작하였다. 또 그만큼 조선족들의 설음은 커만 갔고 "모국 인심 만주의 추위보다 더 쌀쌀하다"고 푸념하게 되었다.

한국정부의 강경한 금지령[269]에 의해 약장사는 한풀 꺾기고 조선족동포들은 건설현장에서, 식당에서 비지땀을 흘리며 성실하게 일해 돈을 벌었다. 또 친척방문자 대신에 노무수출일꾼이 큰 비중을 차지하게 되었다. 짧은 몇 년 사이에 5천여 명의 노무수출일꾼이 한국에 와 일하였다. 노무수출을 위주로 하는 한국진출이 시작된 것이다. 이는 중국정부에서 중국공민의 해외진출을 격려하는 시책을 편 것과도 직접적으로 관련된다. 그러나 한국은 인력난에 시달렸지만 조선족의 체류기간을 야박하게 제한하고 노무수출일군들에게 정당한 노동보수를 주지 않았다. 하여 그네들은 고용계약을 무시하고 탈출해 잠복하게 되었다. 그네들은 불법체류자란 불명예스러운 감투를 쓰고

---

269 <중국산 한약 대부분은 가짜>, 《조선일보》, 1990년 10월 18일.

있는 것만큼 돌연 나포되어 추방될까봐 밤이나 낮이나 숨어살면서 불안에
떨었다. 또 불법체류자인 것만큼 임금체불, 산재(產災) 심지어 사기를 당해도
속수무책이고 아무런 법적 도움도 받을 수 없었다. 이러한 조선족들의 열악
한 생존상황은 1996년 8월 남태평양에서 조업 중이던 페스카마호에서 조선
족에 의한 선상반란이 일어나 한국인 선원 7명을 포함한 11명의 선원이 살해
되는 사건을 빚어내기도 하였다.

셋째 단계, 물론 2003년 9월 외국인고용허가제 시행으로 조선족들이 합법
적으로 취업활동을 할 수 있는 제도가 마련되고, 2005년과 2006년에는 조선
족동포들이 불법 체류자 신분에서 합법적인 노동자 신분으로 전환되는 시기
를 거치기도 하였다. 특히 2007년 방문취업제 시행 이후, 한국 체류 조선족
인구는 급속하게 증가하였다. 법무부 출입국 외국인 정책본부에 따르면 2014
년 말 조선족 체류자는 40만 4천여 명을 기록하였다. 국내 취업자격을 가진
외국인 체류자 56만여 명 중에 51%에 달하는 28만 6천여 명이 조선족인
셈이다.[270] 특히 2011년 문화방송의 "스타 오디션 위대한 탄생"에서 연변출신
의 젊은이 백청강이 우승함으로써 조선족의 이미지를 크게 개선하였고 따라
서 한국국민들도 "인생역전의 스토리에 대한 열망과 더불어 조선족을 향한
선입견에 대한 미안함, 조선족청년의 꿈을 지지해주어야 한다는 정의감"을
가지게 되었다.[271]

《길림신문》에서 선정한 2015년 조선족사회의 10대뉴스의 하나는 <재한조
선족 먹고살만해 '보릿고개' 넘었다>이다. "재한 중국조선족 70만 시대 도래,
한국진출 20여 년이 흐른 지금 재한조선족사회는 먹고살만한 '보릿고개'를
넘어서고 있다. 한국진출 1세대들이 한국에서 사과나 배 한 알 사먹으려 해도

---

270 <중국인들이 온다, 국내체류 중국인 60만 명 시대>, 헤럴드생생뉴스.
271 허명철, <'폐호'에서 '위탄'으로>, 《가깝고도 먼 나라》, 연변인민출판사, 2013.

중국과의 환율을 따져보고는 내밀었던 손을 주춤거리며 돌아서던 시대는 이미 역사로 되어버렸다."[272] 또한 박금해는 <민족과 국민사이 : 조선족의 초국가적 이동과 민족정체성의 갈등>[273]이라는 논문에서 서울, 경기 지역에 체류하고 있는 16명의 조선족에 대해 2004년과 2015년 두 차례에 걸쳐 심층구술면접조사와 추적면담조사를 한 기초 위에서 그들의 굴곡적인 정체성의 변용궤적을 살펴보고 한국에 체류하고 있는 조선족을 국적취득자, 영주권 줄다리기를 하는 자, 중국국민(중국조선족)으로 살아가려는 자로 나누면서 다음과 같이 지적하고 있다.

　"재한 조선족의 정체성의 변용에는 모국과 거주국의 정책이 크게 작용하고 있음을 알 수 있다. 한국 내 조선족의 정체성의 변화궤적은 한국의 대조선족정책과 밀착되어 있는바, 이주초기 즉 2004년 동포법개정 이전까지 조선족들은 동포가 아닌 외국인노동자라는 입지에 강한 거부감을 드러냈으며 그것이 결국 그들의 모국에서의 타자로서의 정체성을 확인하는 계기로 작용하였다. 그러나 그 뒤 '방문취업제'를 계기로 한국정부의 정책이 긍정적인 방향으로 바뀌면서 조선족은 서서히 한국 내에 자체의 새로운 커뮤니티를 형성하였으며 한국에 대한 인식도 과거의 '반한'정서에서 국적취득, 영주권 취득, 권익신장 등 다양하게 분화되었다. 그러나 흥미로운 것은, 그들은 한국사회, 한국인에 한발자국 다가가면서도 또한 중국인의 입장을 쉽게 포기하기를 꺼린다는 점이다. 중국의 무한한 발전가능성, 무수한 변화의 가능성은 그들로 하여금 중국의 지위의 상승, 2세들의 중국 내의 활동가능성 등 무수한 변화의 가능성은 그들로 하여금 중국과의 연결고리를 쉽게 끊어버리지 못하

272　《길림신문》, 2015년 12월 31일.
273　연세대학교 국학연구원, 연변대학 민족연구원, 조선반도연구협력창신중심 주최,《디아스포라 : 민족 정체성, 문학과 역사 학술회의 논문집》, 2015년 8월 19일.

게 한다. 혈통과 국적으로 한국과 중국 사이에 끼인 그들은 한쪽에서 채울 수 없는 부분을 다른 한쪽에서 채우려 하는, 혹은 '경계인'으로서의 우세를 최대한 활용하려는 복합적인 정체성을 발현하고 있다."

아무튼 "코리안 드림"을 통해 조선족들은 여러 가지 실혜를 보았다.

첫째로, 적지 않은 조선족동포들을 유족하게 살 수 있게 되었다. 조선족들은 한국체류 초기에 친척들의 부조, 약장사, 품팔이, 노무수출 등을 통해 외화를 벌어왔다. 한사람이 적게 쳐서 3천 달러를 벌어 왔다고 쳐도 2억 4천만 달러의 외화를 벌어온 셈이 된다. 1995년 현재 연길시의 외화저금은 6천여만 달러로서 조선족인구로 따지면 매인당 3백 달러에 달해 길림성에서 첫 자리를 차지하였다. 그 무렵 연변이 길림성내에서는 물론 전국의 기타 소수민족지구에 비해 월등하게 부유하게 된 데는 "코리안 드림"의 덕을 크게 입었다고 할 수 있다.

둘째로, "코리안 드림"은 조선족동포들의 시야를 넓혀주고 선진적인 기술과 경영방법을 배우게 하였다. 한국나들이는 심리적인 고뇌와 육체적인 고역으로 점철된 고난의 길이었지만 어쨌든 선진적인 문화와 생산방식과의 접촉이었다. 조선족들은 외화를 벌었을 뿐만 아니라 거개가 돈벌이하는 재간을 배워가지고 돌아왔다. 지금 연변에 설렁탕, 삼계탕과 같은 한식집이 많은데 그런 집의 사장들은 거개가 한국나들이를 해서 목돈을 벌고 재간을 배웠다. 연변에는 사영기업소가 1994년 현재 1055개 소 있는데 그중 70%는 조선족들이 경영하였다. "코리안 드림"이 없었던들 조선족들이 어떻게 현대적인 경영방식에 눈뜰 수 있었겠는가? 또 무슨 자금으로 번듯한 가게를 차리고 회사를 앉힐 수 있었겠는가?

셋째로 "코리안 드림"은 이러저러한 몰이해와 갈등을 빚어내기도 하였지만 아무튼 조선족들이 민족의 역사, 문화 전통을 보존하고 민족적 동질성을 회복하는데 유조했다. 일례로 연변의 일부 연예인들은 한국에 가서 판소리를 배우고 돌아와 이 소중한 문화유산을 되살리고 널리 보급하였다. 특히 한국의 적잖은 민간단체와 지명인사들은 조선족공동체에 깊은 관심과 사랑을 가지고 귀중한 도서를 보내주고 문화시설을 앉혀 주었으며 민족문화의 연구와 보급 활동에 자금을 지원하고 가난한 조선족자제들을 위해 한국유학을 알선하고 장학금을 주선해주기도 하였다. 일례로 전국 대학교 중에서 가장 멋지고 웅장하게, 또 민족적인 풍격이 짙게 단청을 입혀 세워놓은 연변대학 정문은 함경남도 북청 출신의 한국인들이 보내준 성금으로 세운 것이다. 역시 모국 지성인들의 지원으로 일어선 연변작가협회청사는 시장경제의 폭풍 취우 속에서도 조선족 작가들의 활동무대로, 민족문학의 요람으로 튼튼히 자리를 잡고 있다.

그러나 "코리안 드림"은 부정적인 면도 적잖게 노출시켰다. 이를 주로 조선족작가들이 펴낸 소설들을 통해 보고자 한다. 이러한 소설들은 "코리안 드림"의 전반 과정을 형상적으로 다루고 있는데 한국 이미지의 변화과정을 보여주면서 조선족들의 의식변화과정 및 조선족과 한국국민의 소통과 화합의 논리에 대해서도 깊이 있는 탐구를 하고 있어 커다란 인문학적 가치와 미학적 가치를 지니고 있다. 여기서는 조선족소설문학에 나타난 한국형상, 북한형상과 중국형상을 살펴보기로 하겠다. 조선족 소설들은 "코리안 드림"의 전반 과정을 형상적으로 다루고 있는데 조선족동포들의 의식변화과정과 함께 한국 이미지의 변화과정을 보여주면서 조선족동포와 한국국민의 문화적 갈등, 소통과 화합의 논리에 대해서도 깊이 있는 탐구를 하고 있어 커다란 인식적, 미학적 가치를 가지고 있다. 또한 한국형상과 함께 경계지대에서 우왕좌왕하는 조선족사회의 모습과 함께 조선 국민과 중국 국민의 형상도 창조하고 있다.

제2절 조선족문학에 나타난 한국형상

서론에서 고찰한 바 있지만, 조선족의 한국체험을 다룬 소설들을 집중적으로 논의한 논문들로는 이미 김호웅의 <중국조선족소설에 나타난 '한국형상'과 그 문화사적 의미>[274], 최병우의 <중국조선족 소설에 나타난 한국의 이미지 연구>[275], 최삼룡의 <조선족 속의 한국과 한국인>[276], 김호웅과 김정영의 <조선족문학과 디아스포라>[277] 등이 주어졌다. 조선족과 한국국민이 갓 만났을 때 조선족의 상황은 오늘의 조선 국민의 상황과 별반 다름이 없었다. 사회주의의 법과 질서, 만민평등의 사상을 내세우면서도 금시 돈맛을 알고 약장사에 불법체류까지 마다하지 않은 조선족들, 하지만 점차 자본주의 한국을 냉철하게 인식하고 단순한 동포논리를 빙자한 어리광을 집어던지고 자기의 중국국민의 문화신분을 새롭게 정립하고 자중, 자애, 자강의 자유인으로 거듭나는 과정을 보여주었다.

1. 부자가 되고픈 상상의 공간

조선족 1세대들에게 있어 한반도는 자신이 떠나온 곳이자 조상들이 묻혀 있는 곳으로 그리움의 대상이었다. 누구나 유년의 기억이 서려 있는 고향을 그리워한다. 자기 발전을 위해서라기보다는 먹고 살기 위하여 또 강제적으로 한반도를 떠나 "만주"에 둥지를 틀고 산 조선족들에게 떠나온 고향은 죽어서라도 돌아가야 할 곳으로 인식되었을 것이다. 고향을 떠나 가족과 헤어져

---

274 한국서사학회, 《내러티브》, 제15호, 2010년 1월.
275 한중인문학회, 《한중인문학연구》 제30집, 2010년 8월.
276 재외동포문인협회, 《동포문학》 제1기, 2015년 5월.
277 연세대학교 국학연구원 HK 사업단 편, 《디아스포라, 민족정체성, 문학과 역사》, 혜안, 2016.

이국의 땅에 터를 잡고 산 조선족 1세대가 나이가 들수록 어쩔 수 없이 떠나 온 고향을 그리게 되는 것이다. 어릴 적의 기억이 묻혀 있는 고향은 누구에게나 그리움의 대상이지만 어쩔 수 없이 떠나와 다시는 찾아갈 수 없게 된 사람들에게 고향은 더욱더 강렬한 그리움의 대상이 된다.

조선족 1세대들에게 있어 한국은 고향으로서 작은 것 하나하나가 다 아름다운 기억으로 존재한다. 그러나 그들이 기억하는 고향은 어디서나 볼 수 있을 꽃피고 열매 맺는 나무나 아름다운 동구와 같은 평범한 사물이거나 삶 속에서 흔히 만나는 일상적인 일들일 뿐이다. 그러나 그들은 그러한 작은 것들에 대한 기억만으로 마음이 흥그러워지고 눈물을 짓게 되기도 한다. 윤림호의 단편 <아리랑고개>에는 40여 년 만에 한국에 있는 고향으로 가게 될 기회를 잡은 오 영감이 나온다. 그의 출국을 앞두고 모여든 마을 노인들이 술잔을 나누고 기억하는 고향 역시 늘 이야기를 나누던 그런 기억 속의 공간일 뿐이다.

> "음음. 우리 고향 느티나무골 앞내 말이네, 괴기가 많았다네. 기슭을 걷다
> 가 절로 솟아나온 마른 괴기를 주을 때도 있었네. 충치, 이면수 … 하루는
> 음음, 진령감님이 저녁켠으루 해서 내물에 몸을 쫄럭쫄럭 씻는데 글쎄 괴기
> 한놈이 어쩌느라 아래 속옷 속에 쑥 들어갔단 말이네."
>
> (…중략…)
>
> "다들 내 말 들으소. 내 살던 고장엔 달구경터라는 잔디언덕이 있었다네.
> 보름달이 둥실 솟을 때면 온 마을이 언덕에 오른다네. 아낙네들은 달떡같은
> 아들을 보게 해달라구 기도하구 처녀들은 달님같은 랑군을 점지해달라구
> … 그때두 지금두 달은 하나겠지만 여적까지 고향달 만큼 크구 환한 달은
> 못 보았다네. 그 달터가 지금두 있는지? 내가 바로 어머님이 그 달터에서
> 기도하구 본 아들이라네."

말하는 노인의 긴 여운조가 즐겁던 좌석에 서운한 기분을 드리워주었다. 분위기가 바뀌였다. 고향의 유채밭, 피마주, 미나리, 까치밥 …… 별의별 동심 시절의 이야기들이 다 추억의 감회에 꿰어져 나왔다. 끝머리에 이르러선 약속이나 한듯 누구라 없이 허연 머리를 설레설레 저으며 비감한 회포를 탄식에 싣군 했다.

"왜들 어린애같이 코만 훌쩍거리나? 술상이 다 식네. 술잔들을 돌리자구. 자!"[278]

누구의 기억 속에나 있고 누구나 주변에서 만날 수 있는 평범한 사건이나 사물들이 그들의 기억 속에는 커다란 그리움으로 남아 있다. 40년만에나마 고향 땅 한국을 방문할 수 있는 기회를 잡은 오 영감은 동네 노인들의 부러움의 대상이다. 그들은 친구의 고향 방문을 축하하는 자리에서 어릴 적 기억들을 떠올리며 즐거워한다. 그러나 고향에 대한 기억들을 떠올리는 일은 결국 아스라한 슬픔으로 연결되는 법이다. 어린 시절 떠나온 고향은 이제 다시는 돌아갈 수 없는 공간이자, 돌아가 보아야 자신이 기억하는 모습의 고향이 아닐 것이 분명한 공간이다. 아름답게 추억하는 고향이라는 공간은 낯선 세계를 신선하게 받아들이던 어린 시절의 인식과 연관된 공간이고, 그 시간을 함께 한 사람들과의 기억이 온축된 공간이다. 지금 내가 그 자리에 돌아가 보아도 그곳은 옛 기억을 떠올리게 할 뿐 그 시절의 모든 것들을 되살려주지는 않는다. 그것을 알고 있는 노인들로서는 결국 비감한 느낌에 빠져들 수밖에 없는 일이다. 그렇지만 그들의 마음속에서는 고향 나아가 한국은 언젠가는 한 번 가 보아야 할 공간이자 죽어서라도 돌아가야 할 공간으로 자리하고 있는 것이다.[279]

---

278 윤림호, <아리랑고개>, 《고요한 라고하》, 흑룡강조선민족출판사, 1992, 88~89쪽.

한국의 고향을 떠나와 "만주"에 자리 잡은 조선족 1세대들과 달리 중국에서 태어나 자란 2세대들에게 한국은 전혀 다른 의미로 다가온다. 그들이 소문으로 접한 한국은 경제적으로 윤택한 모국이다. 자신이 태어난 곳도 아니고 본 적도 없는 곳이지만 아버지와 할아버지가 살던 곳이고 그분들의 고향이기도 하고 한국을 전혀 모르는 자신과 똑같은 말을 하는 동포들이 사는 나라이다. 개혁개방으로 개인의 능력에 따라 경제적 앞날을 개척하여야 하는 사회로 변한 상황에서 어떤 연고로든 한국에 갔던 사람들이 큰돈을 벌어왔다는 소문은 미래를 위한 물적 기반을 잡을 수 있는 기회의 땅으로 한국을 인식하게 만든다. 큰돈을 벌기 위해서는 한국으로 나가야 하고 한국으로 나가는 가장 확실한 방법은 부모님 세대들의 가족 방문에 동행하는 것이다 보니 한국에서 오는 부모님에 대한 초청이 가족 사이에 새로운 갈등의 요인으로 등장하기도 한다.

얼마 후 우리는 처남 내외가 급히 장모님을 모셔간 내막을 알고 깜짝 놀랐다. 서울에 있는 처외삼촌은 중국에서 누이가 자기를 찾고 있다는 소식을 듣고 맏처남 앞으로 (맏처남이 그래도 이 집의 맏이기에 나는 그의 직장을 통신주소로 적었었다) 그쪽의 형편을 알리고 누이에 대한 상세한 정황을 물어 편지를 보내왔던 것이다. 뒤이어 맏처남의 회답편지를 받은 외삼촌은 혈

---

279 고향 조선의 의미는 김학철이 1930년대 재만조선인인 영수가 외삼촌을 바라보며 생각하는 "숨 떨어지는 그날까지, "금년 농사만 잘 되문 명년엔 꼭 고향엘 나가야지! 조선엘 나가야지!"하고 해마다 벼르면서도 종내 나가지 못하고 그 고난의 일생을 마친 이 간도, 삭풍 거친 땅"(《해란강아 말하라》 상권, 풀빛, 1988, 21~2쪽) 부분에 잘 요약되어 있다. 해방 후의 조선족들에게 고향 갖는 이같은 의미는 조선족 1.5세대인 정판룡이 한국에 오게 되었을 때 어렸을 적 떠난 담양의 고향집에 가 보는 내용을 담은 자서전 《고향 떠나 50년》, 아버님의 평생소원을 들어주기 위하여 돌아가신 아버님의 유골을 고향 뒷산에 뿌려드리는 허련순의 장편소설 《바람꽃》, 고향을 찾아온 조카에게 한국에 사는 큰어머니가 아버지의 유골이나마 선산에 가져와 묻어드리라 이르는 우광훈의 장편소설 《흔적》 등에 구체화되어 나타난다.

육의 정에 목메어 누님을 부르며 정을 토했었다. 그리고는 금년 내에 누님을
집으로 모시고 싶으니 맏처남 내외더러 그때 어머니를 모시고 서울로 오라고
하였던 것이다.

나는 맏처남 내외가 그런 꿍꿍이를 하고 있을 줄 몰랐다. 하긴 그래서
우리가 외삼촌을 찾았다고 할 때도 우거지상을 지었던 그들이었다. 그들은
언녕 우리 몰래 외삼촌과 련계가 있었을 뿐 아니라 또 장모를 자기들이 모시
고 있는 것처럼 편지를 띄우고 부랴부랴 행동을 시작한 것이었다.
나는 돼지고기 비계덩이를 먹었을 때처럼 속이 뒤집어졌다.[280]

장모를 모시고 사는 "나"는 한국에 사는 동생의 소식을 궁금해 하는 장모
를 위해 백방으로 노력을 하면서 연락처는 그래도 집안의 맏이인 큰처남의
주소로 적어 두었었다. 그런데 큰처남은 외삼촌에게서 연락이 오자 아무도
몰래 연락을 하여 어머님을 모시고 한국으로 오라는 초청을 받아낸 뒤, 어머
니를 모시고 산 여동생 몰래, 가난한 남동생도 모르게 어머니와 함께 서울로
나가 돈을 벌고자 하는 것이다. 이러한 사실을 안 "나"는 큰처남 내외의 "꿍
꿍이"에 비계를 먹은 듯한 느끼함을 느끼고, 아내는 오빠에게 어머님을 나에
게 맡길 때는 언제고 한국 갈 기회가 생기니 혼자 챙기느냐고 대들고, 남동생
은 자신이 경제적으로 더 어려우니 형에게 양보할 것을 요구한다. 이 모두
어머니와 동행하여 한국에 간다는 것 자체가 부를 거머쥘 수 있는 기회로
인식한 결과이다.

어머니의 한국행에 자식들 중 누가 동행할 것인가가 형제들의 의를 상하
게 하고 어머니를 서로 모시려 하여 오히려 어머니의 마음을 아프게 한다.[281]

---

280 허련순, <밤나무>, 《사내 많은 여인》, 동아출판사, 1991, 161쪽.
281 외삼촌도 자신이 누님을 초청하지 못하게 된 연유를 전하는 편지에서 자신의 초청 의사가
    형제간의 우애를 상하게 하고 오히려 누님을 불편하게 한 것이 아닌가를 우려한다.

결국 사업이 어려워진 외삼촌이 어머니의 한국 초청을 포기하자 큰처남은 어머니를 다시 여동생 집으로 돌려보낸다. 한국행이 신기루처럼 사라져버리고 형제간에 남은 것은 마음의 앙금뿐이다. 이 같은 갈등을 일으키는 요인은 소문으로 존재하는 상상의 공간으로 존재하는 한국 때문이다. 개혁개방 이후 개인의 능력에 따른 빈부의 차이가 허용되자 조선족들은 돈을 벌기 위해 이악스러워진다. 더욱이 이 시기에 알려진 경제적으로 윤택한 한국의 존재는 그들에게 새로운 기회를 맞이하게 해 주는 것으로 인식되었을 것이다. 그들은 정당한 절차에 의해 한국행이 이루어지는 주위 사람들에게 선망의 시선을 보내며 한국행을 위해서라면 불법을 저지르는 일도 감수하기로 한다. 한국과의 수교가 이루어지고 한국행이 비교적 자유로워지면서 소문과 상상 속의 공간인 한국이 조선족들의 욕망을 빨아들이는 공간으로 변모한 것이다.

2. 서로의 몰이해에 의한 문화적 갈등과 반목의 현실적 공간

조선족동포와 한국국민은 피를 나눈 동족이며 말과 글을 비롯한 조선민족의 전통문화를 공유하고 있는 동일한 민족이다. 근 반세기 동안 중국과 한국 사이를 가로지른 장벽을 허물고 서로 만났을 때 쌍방은 재회의 희열과 함께 혈육의 정과 동질성을 확인할 수 있었다. 하지만 동시에 많은 이질감을 느끼게 되었으며 상호 불신과 반목, 원망과 갈등의 갭은 날로 깊어졌다.

하기에 한국체험을 다룬 소설들은 아름답지 못한 한국인의 이미지를 그림과 아울러 한국을 조선족의 아내를 앗아가고 조선족가정을 파탄으로 몰아간 장본인으로 매도한다. 강호원의 중편소설 <인천부두>[282]는 코리안 드림으로

---

[282] 《연변문학》, 2000년 제10기.

인해 평화롭고 행복한 가정이 어떻게 균열되고 붕괴되고 있는가를 리얼하게 보여준다. 이 작품은 서두에서 다음과 같이 쓰고 있다. "만약 당신이 하늘을 안을 수 있는 '고단수' 남아라면 서울로 가라. 그 곳은 모든 것을 녹여버릴 수 있는 '초고온용광로'이기 때문. 만약 당신이 대지를 안을 수 있는 '녀강자'라면 서울로 가라. 그 곳은 '고단수' 남아들이 운집한 곳이기 때문."

남주인공 성철은 키가 180미터나 되는 억대우 같은 사내다. 그는 건축현장에서 벽돌을 나르고 타일을 붙이는 일을 한다. 일이 고된 것은 참을 수 있으나 "타일오야지"요, "미장오야지"요 하는 자들이 연변에서 온 아줌마를 마음대로 희롱하는 데는 도무지 참을 수 없다. 성철은 퇴근하는 연변아줌마를 억지로 끌고 가는 "미장오야지"를 한주먹에 때려눕힌다. 하지만 일자리를 떼이고 거리를 헤매게 된다. 어느 날 성철은 양복을 입은 훤칠한 사내의 팔을 끼고 걸어가는 아내 옥자를 발견한다. 그처럼 가정을 사랑하고 내조를 잘하던 옥자가 외간남자와 놀아나다니! 성철은 깊은 고통에 모대기다가 억지로 옥자를 데리고 중국으로 돌아가려 한다.

헌데 성철이 공항 수용대우에 급급히 짐을 올려놓고 세관검문을 받으려는 순간, 옥자는 큰일이나 난 듯이 손에 들었던 핸드백을 성철에게 넘겨주며 "남은 돈 50만원을 달러로 바꾼다는 것이 그만 깜빡 잊었네요." 하고 세관 밖으로 달려간다. 하지만 한식경이나 지나도 옥자는 돌아오지 않는다. 공항 확성기에서는 빨리 탑승하라고 재촉한다. 성철이 불길한 예감이 들어 핸드백을 열어보니 쪽지 한 장이 눈에 띈다. "정말 면목이 없어요. 돈과 물건은 돌아가서 당신이 알아서 처리하세요. 절 용서하세요. 앞으로 다시 만날 수 있기를 빌어요, 옥자 올림." 이처럼 이 소설은 한국을 인간의 마음을 좀먹고 사랑하는 아내를 빼앗은 고장으로 낙인하고 있다.

정형섭의 <가마우지 와이프>[283]는 위장결혼으로 한국에 간 지순의 비극을 통해 조선족여인들의 등을 쳐서 먹고 사는 한국 남정들의 치사스러운 모습을 그리고 있다. 지순은 브로커에게 7만 5천 원이란 거금을 주고 위장결혼이란 방법으로 한국에 왔지만 자유로운 몸이 되지 못한다. 한국에서 부부관계가 유지돼야만 무시로 들이닥치는 출입국관리국 요원들의 검문을 무사히 통과하고 합법체류가 보장된다. 그래서 지순은 한국 "남편"에게 부탁해야 할 일이 늘 있었다. 울며 겨자 먹기로 한국 "남편"의 "와이프" 흉내를 내야 했다. 말하자면 시름을 놓고 한국에 체류하고 장차 영주권까지 따자면 한국 남정과의 관계를 끊을 수 없었던 것이다. 특히 해마다 외국인등록증 연장수속을 밟아야 했으므로 남편과 같이 법무부 출입국관리소를 다녀와야 하였다. 이러한 지순의 약점을 손에 쥔 "남편"은 이런 구실 저런 구실 대면서 쉽게 나서주지 않는다. "남편"은 시도 때도 없이 찾아와 3,40만원씩 돈을 갈취해갔다.

이 소설은 지순이 "남편"과 함께 출입국관리소를 다녀오는 하루의 일을 다루고 있다. 남편은 괜히 호기를 부려 웬 여자의 자가용을 내서 셋이서 출입국관리소를 찾아간다. 그런데 23만 원의 기름 값과 외국인등록증 관리비와 연장수속비를 합쳐 16만 4천 원을 모두 지순이 내지 않으면 안 된다. 어디 그뿐이랴. "남편"은 근사한 식당에 들어가 마치 자기가 한 턱 내기라도 하듯이 귀한 요리를 청해 자기의 여자 친구를 대접하는데 요리 값 21만 3천원은 모두 지순이 내게 한다. 실컷 먹고 난 "남편"은 지순을 식당에 내버린 채 여자 친구와 함께 차를 타고 달아난다. 그야말로 지순은 어부에게 고기를 잡아 바치는 가마우지란 새와 다름이 없다.[284] 핸드폰으로 "─ 여보세요! 여보세요! 와이?" 하고 부르던 지순이가 분노에 찬 눈길로 남녀가 사라진 쪽을

---

283 《연변일보》, 2008년 12월 5일.
284 가마우지 낚시란 가마우지란 물새가 물고기를 삼키지 못하도록 목 아랫부분을 끈으로 묶는데 일단 고기를 잡으면 가마우지의 목구멍에서 잡은 고기를 꺼내 가로챈다.

쏘아보다가 악에 받쳐 "야— 개새끼야!" 하고 소리를 치는데 여기서 한국인
의 이미지는 형편없이 무너지고 만다.

　박옥남의 단편소설 <내 이름은 개똥네>[285]를 보자. 이 작품은 중국에서의
청소년시절과의 대비를 통해 한국에 있는 조선족 불법체류자들의 슬픔과
고뇌를 다루고 있다. "내 이름은 개똥네"라는 제목 자체가 보여주다시피 이
작품은 역설적인 구조를 가졌다. 스스로 자기 이름을 "개똥네"라고 했으니
지극히 모순되는 진술 같지만 곰곰이 생각해보면 오히려 진실을 이야기하고
있기 때문이다. 이 작품은 작자가 한국에 "재외동포문학상"을 수상하러 갔다
가 한국에 불법체류중인 남편과 동창생들을 만났던 일을 소재로 다루고 있
다. 며칠간 비행기를 타고 한국에 갔다가 비행기를 타고 다시 중국으로 돌아
오기까지의 일들을 쓰고 있는데 비행기가 두 날개로 하늘을 날듯이 한국방문
시의 견문을 서술시간으로 처녀시절의 이야기를 편년사시간으로 교차시키
면서 의식류수법으로 두 갈래의 이야기를 교묘하게 엮어 플롯을 짜고 있다.
전반 이야기의 관찰자, 서술자는 "나"인데 처음 외국나들이를 하는지라 절에
온 색시처럼 촌스럽기만 하다. 하지만 그녀는 야무지고 사려 깊은 여인이다.
그녀는 여객기 안에서 만난 통배추모양의 헤어스타일을 한 한국사내와의
문화적 마찰을 경험하기도 하고 인천공항에서 통관수속을 밟을 때 외국인들
과 한 줄에 서야 하는 서글픔과 소외감을 느끼기도 한다. 말하자면 자기 자신
은 한국에서 "환영을 받지 못하는 불청객"임을 느끼게 된다.

　특히 그녀는 3년 만에 만난 남편의 초췌한 얼굴과 전전긍긍하는 모습에
놀란다. 불법체류자로 숨어사는 남편은 거리에서 우연히 만난 경찰을 보고
초풍하듯 놀라 벌벌 떤다. 그리고 소꿉시절의 친구들인 철수, 연순, 을숙,

---

285 《연변문학》, 2009년 제3호.

금자, 병달, 갑부, 동녀, 광식, 춘화, 진아와 만나는데 그네들은 조상의 나라 한국에 왔지만 하나같이 고된 일에 부대끼고 하나같이 인간대접을 받지 못한다. 이를테면 동녀는 한국에 온지 10년째인데 한족(漢族)들의 입국비자가 잘 나온다는 소문을 듣고 호구를 한족으로 고쳐가지고 온 까닭에 조선족동포에게는 자진신고에 의한 재입국제도가 도입되었지만 그 혜택을 받을 수 없는 몸이라 중국에 돌아갈 수 없다. 영순이는 치매에 걸린 노인을 보살피는 보모 노릇을 하면서 갖은 괄시와 수모를 다 받는다. 불고기집에서 불판을 닦고 숯불관리를 하는 병달이는 "싸가지 없는 놈들, 너희들 중국에선 이것도 못 봤지? 저것도 첨 보지? 그러면서 시까스르는데, 생각 같으면 불구덕을 들어 그놈의 대갈통에 확 들씌워놓고 싶을 때가 하루에도 열두 번 생긴다"고 한다. 이들은 그야말로 중국에서도 살길이 없고 한국에서도 설자리가 없는 이방인이다. 여기서 "개똥네"는 계동녀의 별명만을 지칭하지 않는다. "개똥네", 그것은 의지가지없는 조선족동포의 별명이며 소외된 이방인의 별칭에 다름 아니다. 이처럼 이 작품은 "개똥네"라는 메타포를 동원해 "나(또는 우리)는 누구인가?"라는 중요한 물음을 제기하고 조선족동포들의 민족적정체성의 문제를 깊이 있게 다루고 있다.

3. 동포애의 논리와 인간성의 발견

김남현은 가장 이른 시기에 한국체험을 소설화한 작가인데 그의 단편소설 <한신 하이츠>와 강호원의 단편소설 <쪽빛>은 조선족동포와 한국 최하층 노동자들의 동포애와 함께 그들의 연대성까지 다루고 있어 주목된다. 그리고 리동렬의 단편소설 <백정 미스터 리>[286]는 한국 보통 서민의 가슴에 숨어있는 깊은 인간성을 발견하고 형상화하고 있다.

  <한신 하이츠>는 황석영의 중편소설 <객지>를 연상케 한다. 조선족 출신의 남정 둘과 한국인 남정 셋은 덕홍이라는 오야지 밑에서 일한다. 이들은 건축현장에서 15층까지 시멘트와 벽돌을 올린다. 온종일 시멘트가루를 먹어도 고작 "목캔디" 한 알로 껄껄한 목구멍을 달랠 수밖에 없다. 더욱이 고층에서 벽돌이 떨어지면 목숨을 잃을 수도 있다. 이들 다섯 명의 인부는 25평 되나마나한 덕홍네 집에서 먹고 자는데 화장실이 하나뿐인지라 아침저녁으로 고생이 막심하다. 날마다 참으로 먹는 것은 라면 한 그릇에 막걸리 한 잔인데, 노가다는 막걸리기운으로 일하는 것 같다. 저녁식사가 끝나면 오야지와 오야붕은 고스톱을 놀아 통닭내기를 하자고 인부들을 못살게 군다. 결국 굴러먹을 대로 굴러먹은 오야지와 오야붕은 인부들의 돈을 따고 인부들은 하루 품삯을 고스란히 바치는 격이 된다. 그래서 "나"는 "낮에는 뼈 빠지게 일을 시켜먹고 밤에는 투전판에서 긁어가고… 젠장 2중 착취로군, 쥐 같은 놈!"하고 저주한다. 더욱 한심한 것은 일이 거의 끝나가지만 로임을 차일피일 미룬다. 그러자 한국인 인부들은 적어도 중국에서 온 동포의 로임만은 제때에 주어야 귀국할 것 아니냐고 하면서 덕홍에게 대든다.

  "뭐라능교? 이 자식이 중국사람 고생하는거 눈으로 못 보았능기라? 도와주지는 못하고! 내 돈 띠묵어? 니놈 죽여버린다. 로동청에 가자. 내 돈 띠묵고는 몬 배길기다. 중국사람은 어때, 이놈아! 그 사람들 지 나라 놔두고 좋아서 중국 갔나? 우리 동포다 우리 동포! 아능기라? 무식한놈! 일본놈 때문에 만주 땅에 갔능기라!"[287]

---

286 《천지》, 1994년 제11기.
287 《천지》, 1992년 제7기.

강호원의 단편소설 <쪽빛>도 한국의 어느 한 외딴 섬에 있는 공장에서 벌어진 조선족동포 정호와 한국인 우반장(禹班長)의 갈등과 화해의 과정을 다룬 작품이다. 인간평등주의 사회에서 지내온 조선족동포와 가부장적인 수직논리에 젖은 한국인 사이에는 자연 갈등과 충돌이 생긴다. 정호는 육중한 철판들이 부딪치고 쇠를 갈아내는 소음으로 진동하는 노동현장, 고된 노동과 변덕스러운 기후 때문에 육신은 무너질 것 같은데, 설상가상으로 한국인 우반장의 시도 때도 없이 퍼붓는 훈계와 욕설을 받아야만 한다. 우반장은 입만 열면 "씨팔, 씨팔" 하고 10살 손우인 정호에게 거리낌 없이 반말을 쓴다. 하지만 우반장에게서 "병신"이란 말을 듣는 순간 정호는 천둥같이 노해서 쇠파이프를 들고 길길이 뛴다. 결국 정호는 사장에게 들통이 나서 해고를 당하게 된다. 그제야 우반장이 공장을 떠나는 정호를 붙잡고 "나는 집에 노모도 없구 툭 털면 먼지라카지만두 형님은 연변에 마누라에 자식들까지 두고 온 뭄이 아닌겨?"[288] 하고 한사코 붙잡는다. 이처럼 이 작품은 적절한 배경을 통해 분위기를 잡고 치열한 갈등과 충돌을 통해 극적긴장감을 고조시키고 나서 자연스럽게 화해를 이끌어냈다. 이러한 화해를 가능케 한 것은 물론 두 밑바닥인생의 가슴속에 고여 있는 따뜻한 인간애와 민족적 동질성이다. 이 작품의 제목은 "쪽빛"인데 그것은 바다나 하늘의 색갈인 동시에 핏줄의 색갈이며 격렬한 파란(波瀾)과 충격(衝擊) 뒤에 오는 평온과 순수의 빛이 아닐 수 없다. 이러한 의미에서 이 작품은 치밀하게 계산한 상징을 내적장치로 깔고 있다고 하겠다.

김남현의 <한신 하이츠>의 배경은 경상남도 창원이라면 리동렬의 <백정 미스터 리>의 배경은 경상북도의 고령읍이다. 중국에서 온 "나"는 고급중학

---

[288] 《연변일보》, 2007년 11월 23일.

교 교사출신인데 열흘 동안 건축현장에서 막일을 했더니 옆구리가 켕기고 힘이 들어 죽을 지경이다. 한국인들은 일을 무섭게들 한다. 6시 반에 나가 12시까지, 오후는 1시부터 6시까지 설쳐야 했다. 휴식이란 오전, 오후 각각 반시간씩 참 먹는 시간밖에 없다. 15년 동안 분필을 쥐고 강의나 하던 "내"가 건축현장에서 뛰자니 그야말로 곱게 자란 도련님이 곡괭이자루 드는 격이다. 일터 하나 바꾸자고 했더니 축협의 돼지고기 나르는 일이 생겼다. 거기서 "나"는 3십대중반의 한 사내와 면목을 익히게 된다. 품 너른 자주색바지에다 흰 셔츠를 입은 그는 몸이 꽤 우람지고 배가 불룩하게 나왔다. 우둘우둘 다가와 손을 내미는데 목소리가 조금 쌕쌕했으나 건들건들한 맛이 있었다.

> "성씨를 어떻게 쓰능교? 난 미스터 이씨요."
> 미스터 리? 듣지 않던 영어여서 "나"는 씩 웃었다. 유식한척하는가?
> "미스터 리가 뭐노, 백정이 …… 이씨면 이씨라 해라 고만."
> 주인이 퉁을 주자 미스터 리는 뒤통수를 쓱쓱 긁으며 고아대듯 떠들어댔다.
> "아따 흥님, 고등학교선생님한테 유식한 말 한번 써보면 못 쓰우? 그렇잖능교? 흐흥흥."
> 그래서 셋은 낄낄낄 웃었다.[289]

"미스터 리"가 처음 등장하는 장면인데 무식한 주제에 유식한 체 하는 그의 성격을 눈앞에 보듯이 생동하게 그렸다. 아무튼 "나"는 "미스터 리"를 따라 일을 하게 된다. 그는 "1년 약속 딱 하구 해야지 도중에 스톱하면 나만 낭패라"고 못 박는다. 올해 서른여섯인 그는 장가도 가지 못했다. 그는 집도

---

289 리동렬, <백정 미스터 리>, 《천지》, 1994년 11월호.

있고 차도 있는데 이제 돈을 모아가지고 지식 있고 몸매 고운 처녀를 색시로 맞아들이는 게 꿈이란다. 그는 중국에 좋은 색시감이 있으면 소개하란다. 일만 성사되면 후한 보상을 주겠다고 했다. 일단 일이 시작되자 "미스터 리"는 꽥꽥 소리를 지르기도 하고 커피를 갖고 온 다방아가씨와 실없이 농담을 주고받기도 하면서 번개같이 일한다. 하지만 "나"는 무릎까지 오는 장화를 신고 꾸어온 보리자루처럼 서있기만 한다. 피비린내, 똥냄새가 진동하는 가운데 "미스터 리"는 "자, 이씨, 뭘 우물거리고 있능교? 우리도 시작합시다 의." 하고 두꺼운 널을 가져다놓고 도끼로 눈 깜박할 새에 내장을 들어낸 돼지를 반쪽으로 갈라서 기둥에 걸려있는 갈고리에 척척 가져다 걸었다. 그의 손에서 칼은 마치 요술을 부리듯 각을 뜨고 척주를 끊어내고 하더니 잠깐 사이에 돼지 반쪽을 몇 동아리로 분해해서 그릇에다 담았다. 이때 수퇘지 한놈이 암퇘지 등에 올라타겠다고 버둥질하고 있어 "나"는 구역질이 올라왔다. "저 눔, 저 눔 봐라 …… 섹스라도 기껏 해서 소원 풀고 죽자는 겐교 응? 꿀꿀꿀." "미스터 리"가 걸죽하게 입담을 늘어놓자 좌우에서 가벼운 웃음들이 튕겼다. 하지만 "나"는 웃음은커녕 몸을 돌려 구토를 하고 말았다. 그 돼지들도 뒷다리를 푸들푸들 떨면서 같은 꼴을 당하고 말았다. 문득 솥에다 돼지를 다루던 "미스터 리"는 함께 일하던 웬 남정과 말다툼을 하기 시작했다. 돼지 각을 뜨던 미스터리는 "젠장!" 하더니 눈을 딱 부릅뜨고 칼을 든 채 흔들거리며 그쪽으로 간다.

"김씨, 정신있능교 없능교? 사람 몇이 안 되는데 손발 맞춰 같이 데격 해치 위야지 그래 흑심 부려 살이 찌능교 어쩌능교 응?"
"아니 자넨 뭔데 버릇없이 굴어 응?"[290]

---

290 앞의 글.

그 사내는 사십이 좀 넘었을까? 강기 있고 날파람이 있어보였다. 칼 든 채 손짓을 휘휘 해대는데 칼날이 미스터 리의 눈앞에 섬뜩섬뜩 비껴갔다. 그러자 곁에서 양복을 입은 오십대의 사내가 막아서면서 자기 잘못이라고 양해를 빌었다. 들어보니 큰일도 아니었다. 내일 제사에 쓸 돼지발쪽과 대가리를 가져와 깨끗이 다듬질해달라고 양복 입은 사내가 청탁을 했는가보다. 피차 아는 사이고 해서 잠간 일손을 젖혀놓고 그것부터 손질한 것이다. 한 10여 분 쯤이면 손질할 수 있는데 문제는 손질해준 값으로 3천원쯤 받게 되는 금액 때문인가 보다.

"야 이 눔아, 버릇은 개떡 같은 버릇이여, 너 같은 놈들 있기에 대한민국이 안 되는거다. 아니 그래 피 맛 좀 보겠능교, 어쩔라능교 응?"
하며 미스터 리가 갑자기 칼을 푹 찔러나갔다. 그 사내는 와뜰 놀라 뒤로 주춤 물러선다. 칼과 칼이 쟁그랑 부딪쳤다. 깜짝 놀란 사람들이 둘의 허리를 끌어안고 끌어낸다.
"야― 이 눔아, 썩 꺼져. 그따위로 욕심 채우자구 도살장에 끼어들어? 백정이라두 양심 하나는 밝아야지. 염치없는 눔 같으니라구, 썩 꺼져! 손사장님두 그렇지, 남 일하는데 중간에 끼어들어 불만 질러 놓구, 이라면 이따위 일 뉘 해먹겠능교? 어디 잘 생각해 보소."[291]

하지만 정작 다시 일을 시작하자 두 사내는 금세 싱겁게 화해를 하고 만다. 마침내 도살장에서 나와 자동차에 앉은 "나"는 마치 살벌한 지옥을 빠져나온 것 같은 기분이다. 아무리 돈이 좋다 한들 이런 일만은 못해낼 것 같다. 그러나 "미스터 리"는 금방 무슨 연극이 있었냐는 듯이 차를 자전거처럼 익숙하

---

291 위의 글.

게 몰아대면서 음악볼륨을 쿵작쿵작 잔뜩 높여놓고 어깨를 으쓱으쓱한다. 그날 밤 "나"는 가위에 눌려 몇 번이나 깨어났는지 모른다. 필경 분필이나 끊어먹던 샌님이라 격하고 어수선한 분위기에 그만 혼비백산한 것이다. 하지만 1년 약속을 해놓았으니 이 일을 어찌 한담? "나"는 주인을 찾아 "미스터 리"에게 일을 그만두겠다는 말을 전해달라는 부탁을 하고 대구로 나가 하루를 놀았다. 저녁에 와보니 "미스터 리"가 "나" 대신 삼촌을 붙잡아갔다고 한다. 새 일군을 얻기 전에는 삼촌이라도 일해야 한다는 것이다. 이럭저럭 한 달이 지나갔다. "내"가 삼촌네 집 안방에 누워 책을 보고 있는데 갑자기 "미스터 리"가 찾아왔다. 내가 어쩔 줄 몰라 어정쩡해있는데 눈치 빠른 숙모가 나가서 "미스터 리"를 맞았다. 실은 나와 삼촌이 하루씩 나가 일한 품삯을 가지고 왔던 것이다. 나는 금시 얼굴이 화끈해짐을 느끼지 않을 수 없었다.

이처럼 이 소설은 한국 서민사회의 세태를 생동하게 재현하고 있을 뿐만 아니라 조선족출신 지식인의 시점으로 거칠지만 따뜻한 마음씨를 갖고 있는 백정 미스터 리의 형상을 성공적으로 부각함으로써 읽는 이들에게 진한 감동을 주고 있다.

조성희의 단편소설 <조개료리>[292]와 허련순의 단편소설 <그 남자의 동굴>과 같은 경우에는 한국인에 대한 선입견은 보이지 않고 인간 대 인간의 관계에서 한국인의 내면적 아픔을 이해하고자 한다. 여기서 <조개료리>만 보기로 하자. 이 작품은 현진건의 <B사감과 러브레터>를 연상케 한다. 조성희의 <조개료리>의 주인공도 B사감과 같은 타입의 여성이다. 이야기는 이러하다. 연변에서 온 여자가 패션디자이너로 일하는 중년여성의 식모로 들어간다. 그런데 이 패션디자이너는 밤낮 선글라스를 끼고 있어 좋아하는지 나빠하는

---

292 《장백산》, 2004년 제1기.

지 그녀의 심중을 알 길 없다. 아닌 게 아니라 이 패션디자이너는 괴짜였다. 그녀는 성질머리가 나빠서 동생도, 친정어머니도 다니지 않는다. 그녀는 사람을 싫어하는 독신녀다. 평상복으로 갈아입은 패션디자이너의 가슴은 조금 불룩한데 가슴이 있는 것 같기도 하고 없는 것 같기도 하다. 그녀의 옷장을 열어보면 긴 것과 짧은 것, 야한 것과 정숙한 것, 검은 것과 흰 것 전부 고급스럽고 세련된 옷뿐인데 유독 치마만은 한건지도 없다. 어느 날 밤, 식모가 꿈인지 환청인지 어떤 여자의 혀 꼬부라진 소리에 놀라 깬다.

> "나 이제 막 들어왔거든 … 아니야, 자기 더 마시고 놀다 가. … 나 지금 옷이랑 다 벗었단 말이야. 안 돼… 이제 나가면 안 된단 말이야. 나중에 보자. 마담 좀 바꿔봐. …여보세요? 난데, 잘 좀 부탁해. 내 이름으로 뭘 좀 더 드리고… 내일 내가 알아봐 줄테니… 그래야죠. 네—에 부탁합니다."[293]

그녀의 목소리일까? 의심이 갈 정도로 맑고 부드러웠고 지어 아양기가 섞인 목소리다. 밖에서는 여자인 모양이다. 어느 날, 패션디자이너는 식모를 불러내다가 자장면을 사주기도 하더니 밤중에 식모의 이불속으로 기어들어온다. 식모가 화닥닥 놀라 "사장님, 사장님 방으로 가서 주무세요." 하고 말하자 패션디자이너는 잠꼬대인지 돌아누우면서 식모를 안는다. 식모는 깜짝 놀라 몸을 꼬부린다. 여자들끼리도 안고 잘 수 있다는 말을 들어보지 못했기 때문이다. 식모는 몸을 빼내려고 애써보지만 그녀의 팔은 쇠사슬처럼 단단하다. 얼마나 외로우면 이럴까 하고 생각하면서 식모는 몸을 내버려둔다. 이튿날 술이 깬 패션디자이너는 자기의 정체를 드러낸다.

---

293 《도라지》, 2007년 제3기.

"나 어떻게 이만큼 됐는지 알어? 남자들과 겨루어야 된단 말이야. 너처럼 약하면 죽어. 경쟁에서 이겨야 돼. 그래서 난 남자처럼 강하게 된 거야. 그러 니까 돈두 생기더라. 식구들 먹여 살릴 수 있더라. 헌데 그 대신 사람들은 나를 멀리 했어. 괴물처럼 피하더라… 식구들이 한술 더 뜨는 거 있지?"[294]

실은 이 패션디자이너는 경쟁사회에서 남성화된 여인에 지나지 않았으며 결국 두 여자는 한 마당 파란을 겪고서야 여성적인 동일성을 느낀다. 패션디 자이너가 식모 앞에서 옷을 벗는 장면은 깊은 감동까지 준다.

"처음에는 와이셔츠를 벗고 부래지어를 벗는다. 그러자 꽉 조였던 가슴이 활 열리며 젖무덤이 꽃송이처럼 피여난다. 마치도 텔레비전 화면에서 꽃봉오 리가 막 개화하는 장면을 보는듯하다. 싱싱한 녀자의 가슴이다. 아직 손때가 묻지 않은 듯한 생생한 가슴 앞에 녀자는 무의식적으로 제 가슴을 가린다. 긴 목으로부터 좁은 어깨를 지나 가슴께까지 굴곡이 섬세하여 흰 조각상처럼 아름답다. 그녀는 바지 지퍼를 내리고 바지를 벗는다. 아슬아슬하게 작은 삼각팬티가 겨우 국부만 가리고 조금 도톰한 아래배가 드러난다. 배에 가느 다란 칼자국이 나있다. 지금 의학이 발달해서 그렇게 굵은 자국이 나타나지 않아 얼핏 보면 주름 같아 보이지만 녀자는 그게 칼자리인 줄을 금방 안다. 녀자는 자신의 몸에 칼자리가 생긴 듯이 몸을 부르르 떤다. 그 칼자국사이로 금방이라도 붉은 피가 흘러나올 것 같다. 그 피는 샘처럼 끊임없이 흐를 것 같다. 어느 때 어떻게 생긴 건지 그 자리에 피가 나고 새살이 돋고 이렇게 아물 때까지 얼마나 아팠을가 녀자는 처참히 생각한다. 녀자는 그 칼자국이 마치도 자기 뱃가죽에 난 것 같은 동통을 느낀다 ……"[295]

---

294 위의 글.
295 앞의 글.

이 작품은 조개요리를 소도구로 사용하면서 조개에 대해 다음과 같이 묘사한다. "녀자는 조개를 그릇에 담아놓았다. 생신한 놈만 골라 샀는데 오는 길에 잘못되었는지 한 놈은 벌써 입을 쩍 벌리고 있다. 마치도 창녀와 같다고 녀자는 생각했다. 벌린 입사이로 희고 노랗고 매끌매끌한 속살이 유혹하고 있었다." 보다시피 입을 쩍 벌린 조개는 여성의 음부를 상징하는데 그것은 여성의 성적 욕망을 대변하는 메타포에 다름 아니다. 말하자면 패션디자이너로 일하는 40대의 한국인 중년여성을 상징한다고 하겠다. 이처럼 이 소설은 한국인의 베일을 벗기고 그 인간적인 본질을 리얼하게 보여주고 있다. 하지만 조성희의 <조개요리>는 현진건의 <B사감과 러브레터>와는 달리 속과 겉이 다른 인간에 대한 야유와 풍자가 아니라 경쟁사회에서 남성화된 여인에 대한 깊은 연민과 동정을 보여준 것이다. 바꾸어 말하면 한국인의 악마적 이미지 뒤에 숨어있는 인간적인 면을 발굴하고 이해와 화해를 이끌어내고 있다.

4. 반성, 자존을 통한 소통과 화합의 가능성

최근 들어 우리 자신의 남루함과 누추한 모습을 반성하고 자존, 자애, 자강을 통해 인간적인 존엄을 되찾고자 하는 작품이나 각자 상처와 아픔을 안고 있는 최하층인간들이 서로 껴안고 살아가는 모습을 담은 소설들이 우리의 눈길을 끈다. 이러한 작품으로 강재희의 <반편들의 잔치>[296], 허련순의 <푸줏간에 걸린 고기와 말 걸기>[297], 구호준의 <연어들의 걸음걸이>[298], 정호원

---

296 《연변문학》, 2007년 제4기
297 《도라지》, 2008년 제5기.
298 《도라지》, 2012년 제5기.

의 <메이드 인 차이나>[299] 등 단편소설을 들 수 있다. 이런 소설들에서는 단순한 피해의식과 약자 콤플렉스를 가지고 한국이나 한국인을 매도하지 않는다. 그리고 동포애의 부활을 통한 조선족동포와 한국국민의 화합이라는 안일한 플롯에 만족하지 않는다. 순수한 인간 대 인간의 입장으로 상대를 바라보고 자신의 남루하고 누추한 모습을 반성하며 한국생활에 밟히고 찢긴 불행한 인간들이 서로 꺼안고 살아감으로써 상처를 치유하고자 한다. 결과적으로는 우리 자신의 자존, 자애, 자강에 의해서만 한국사회에서 독립적인 인격체로 살 수 있고 한국인의 긍정을 받고 그들과 평등하게 대화, 공존할 수 있음을 보여준다.

강재회의 단편 <반편들의 잔치>는 한국에서 일하는 일부 조선족 노무자들의 허랑방탕한 생활을 꼬집은 작품이다. 추석 연휴에도 오갈 데 없는 조선족 출신의 노무자들은 친구들끼리 모여 술을 마시고 계집들과 즐긴다. 결국 사흘에 1인당 300만 원씩 쓰고 술이 깬 후에야 이를 후회한다.

허련순의 <푸줏간에 걸린 고기와 말 걸기>는 신수정의 평론집 《푸줏간에 걸린 고기》[300]에서 힌트를 받아 제목을 단 것 같은데 모파상의 <목걸이>를 연상케 하는 수작이다. 이야기는 단순하지만 긴장감이 넘치고 심리묘사가 일품이다. 박봉희는 서울의 어느 모텔에서 일하는 조선족 아줌마인데 어느 날 방청소를 하다가 욕실에서 우연히 남자의 다이아몬드 반지를 줍게 되었다. 후에 금점에 가서 감정을 받아보니 2천만 원이나 가는 고급반지다. 원래부터 자기 것이 아니었지만 열흘쯤 갖고 있으니 마치 자기의 것처럼 생각되었다. 이제 와서 임자에게 돌려준다는 것은 마치 자기의 물건을 남한테 주어야 하는 것처럼 아깝고 억울한 생각마저 들었다. 그래서 반지의 임자가 나타

---

299 《동포문학》, 제2기, 도서출판 바닷바람, 2014년.
300 《문학동네》, 2003년.

났지만 봉희는 그 반지를 트렁크 안쪽 주머니에 넣고 자물쇠를 놓기도 하고 화분에 파묻기도 한다. 그래도 안심이 되지 않아 베개 속에 넣거나 이불속에 넣고 바늘로 꿰매기도 한다. 2천만 원이면 한국에서 2년 동안 벌어야 하는 돈이다. 그래서 봉희는 구실을 대고 중국으로 돌아가고자 하는데 공항에 와서 가방 안주머니를 열어보니 반지는 감쪽같이 사라졌다. 이 작품을 두고 작가는 다음과 같이 말한다.

> "지난해 여름, 서울에 갔다가 모텔에서 일하는 큰 올케를 만난 적이 있다. 올케가 나한테 반지를 주면서 남편한테 전해 달라고 부탁을 하였다. 귤색의 인조보석을 박은 반지였는데 과연 손가락이 견딜 수 있을까? 고민이 될 정도로 크고 무거웠다. 웬 반지냐고 하니 방 청소하다가 주은 것인데 남편한테는 일부러 산 것이라고 말해달라고 하였다. 여관방에서 주은 반지를 남편한테 선물하는 녀자? 뭔가 모를 기묘한 감정이 전류처럼 등골을 타고 좍- 흘렀다. 한마디로 말할 수 없는 복합적인 감정이었다. 애틋하고 씁쓸하고 슬프고 측은하고 비애스러웠다. 그리고 소름이 끼쳤던 것은 '반지'의 음습한 기운 때문이었다. 어떤 남자와 녀자의 불륜장소에서 주은 반지가 선물로 포장되는 과정의 기묘한 감정을 거의 1년 동안이나 람루처럼 이끌고 다니다가 드디어 <푸주칸에 걸린 고기와 말 걸기>로 '반지'의 색깔을 찾게 되었다."[301]

작가의 말 그대로 이 소설은 한국에 체류하는 조선족동포들의 남루하고 누추한 모습, 극단적인 이기주의와 도덕적 타락에 대해 꼬집고 있다. 그 동안 우리 조선족동포들은 오로지 돈을 벌기 위해서 불법체류에 사기행각도 마다하지 않았으며 인간의 기본적인 윤리와 도덕도 헌신짝처럼 팽개쳤다. 이 소

---

301 허련순, <소설이 되기 전의 이야기>, 《도라지》, 2008년 제5기.

설은 바로 이러한 남루하고 누추한 모습을 보인 조선족동포 자신에 대한 반성을 촉구한 것이다.

구호준의 <연어들의 걸음걸이>는 육체적으로, 정신적으로 만신창이 된 한 조선족동포의 인간적인 자각과 동산재기의 의지를 형상화한 철리적인 작품이다. "나"의 모든 재산이라고 할 수 있는 돈 500만원을 훔쳐가지고 달아난 아내, 그 대신 나에게 온 몸이 간지러워지는 성병을 남기고 갔다. 결국 나는 서울의 가리봉동이나 대림동에서 쉽게 볼 수 있는 빈털터리, 날마다 용역을 뛰는 막벌이군이 되었다. 가끔 "나"는 대림역 8번 출구에 있는 휴게실에서 노숙자들과 함께 지내면서 아내를 찾으려고 한다. 그런데 우연히 아내 같아 보이는 여자를 뒤쫓아 가다가 웬 한국 아가씨와 만나게 되고 후에 낙지집에서 다시 만나 함께 일하게 된다. 실은 이 아가씨는 어느 신문사 기자로 일하다가 다리를 다친 후 허드렛일을 하지만 꽤나 사려 깊은 아가씨였다. 어느 날 둘은 도봉산을 등반하는데 서로 주고받은 이야기가 굉장히 의미가 있다.

> "녀인은 나무에 등을 기대면서 앞에 앉아 여유작작 떠들고 있는 사람들을 가리킨다.
>
> '오빠가 먼저 와서 저 자리를 차지하고 있는데 저 사람들이 와서 끼어들어 떠든다면 기분이 좋겠어요?'
>
> '당연히 기분이 잡치지?'
>
> 나는 등산용 수건을 꺼내 녀인에게 건네준다. 한번 물에 적시면 몇 시간이고 물기를 잃지 않는 수건이다.
>
> '왜 자신도 못하는 일들을 남을 보고 하라고 하나요? 우리가 저기에 끼어들면 저 사람들도 단연히 불쾌해할 것인데.'
>
> 녀인은 결국 교포들과 한국인들 사이의 벽을 찾아주고 있었다.

'그럼 교포들의 정신이 무너지는 원인은 뭐라고 생각해?'

다시 천축사로 가는 길을 향해 걸음을 떼면서 이번에는 내가 질문을 만들어본다.

'우선은 자신들의 문제겠지요. 조금 더 긍정적인 사유로 산다면 정신은 쉽게 무너지지 않지만 스스로 피해의식을 갖고 살아가면 어떤 환경에서건 정신이 무너지게 되어 있으니깐요. 그리고 한국정부도 동포들이 이민해오는 것을 받아들이지 못하니 책임이 있고 중국정부에서도 따로 한국으로 진출하는 동포들에게 어떤 배려도 주지 않으니깐 결국 이중으로 버림을 받은 셈이지요.'

나도 그래서 술을 빙자하면서 살아왔던가?

'한국에서 성공한 동포들도 적잖아요. 그 사람들도 꼭 같이 정신이 무너졌다고 생각하나요? 생각의 차이가 서로 다른 인생을 만들게 하거든요. 오빠도 그럴 거고.'"

이렇게 고달픈 인생을 살아가는 조선족동포 사내와 한국 아가씨는 정상을 바라고 돌층계를 톺아 오르면서 의미 있는 대화를 한다. 등산도 정신력이 있어야만 정상에 오를 수 있듯이 생활도 정신력이 있어야만 난관을 헤쳐갈 수 있음을 말하고 있다. 이 작품을 두고 장정일은 몸뚱이가 찌그러져도 맑은 가슴으로 살려는 정신부활의 시의적절한 주제를 형상적으로 다루었다고 하면서 출구는 찾는 지하철승객, 산을 오르는 등산객, 모천으로 회귀하는 연어라는 이미지와 겹치면서 단단한 삶의 지층을 뚫고 건실한 넋을 길러내려는 주인공의 정신력에 상징적인 묘미를 더해주고 있다고 평가했는데 참으로 적중한 지적이라 하겠다.[302]

---

302 장정일, <2012년 도라지문학상 수상작 심사평>, 《도라지》, 2014 제1기.

강호원은 장기간 한국의 노동현장에서 일하면서 꾸준히 작품 활동을 하는 작가이다. 앞에서 본 <쪽빛>은 최하층 조선족동포와 한국국민의 모순을 동포애로 풀어나갔다면 단편소설 <메이드 인 차이나>는 한 단계 발전된 모습을 보인다. 조선족동포인 "나"는 자그마한 회사에서 용접하는 일을 하는데 취약한 재료로 만든 중국산 홀더 방전 차단제 같은 부품이 쉽게 깨어지고 부수어져서 일을 제대로 할 수 없고 손해가 적지 않다. 그때마다 사장은 "니들 중국산은 한결같이 이렇게 부실하냐?" 하고 중국산 제품과 "나"를 싸잡아 욕한다. "나"는 값싼 메이드 인 차이나에 인건비 싼 차이니스를 고용하면서도 늘 그것이 불만인 사장의 사고방식에 화가 났지만 꾹 참는다. 하지만 이렇게 야유와 놀림을 당하던 어느 날 "나"는 끝내 분통을 터뜨린다.

> "그러면 차라리 중국산 빼고 사장님이 선호하는 독일제, 미제, 일제 뭐 그런 게 많지 않나요? 왜 하필이면 질 나쁜 중국산만 번번이 사들이고선, 나중에 누구 탓만 같이 구질구질하게 물건 괴롭히고 사람 괴롭혀요?"

"나"는 한바탕 울분을 쏟아놓고 술자리를 떴고 이튿날 춘천에 있는 친구의 아들 결혼잔치에 참가하기 위해 길을 떠났지만 마음은 후회막심이다. 도대체 왜, 그깟 별 것도 아닌 일 갖고 언감생심 사장과 맞장을 떴는지, 스스로도 이해가 되지 않았다. 그러나 "나"는 금방 이런 생각을 뒤집고 가만히 부르짖는다. "그래 비록 부모님 고향이 여기라도 저 만주대륙에 이민 가서 나를 낳았으니 나는 틀림없는 메이드 인 차이나다, 어쩔래?" 공장 동료의 권유대로 사장한테 "죄송합니다"라고 한마디만 하면 풀릴 일이지만 자존심이 허락하지 않았다. 바로 이때 서울 공장에서 막내동료 김씨가 춘천에 있는 "나"에게 전화를 걸어온다. "나"는 "나 잘린 거야?" 하고 묻는데 상대방은 "우리

사장님은 가끔씩은 산타할아버지 못지않게 남을 배려한다"고 너스레를 떨면
서 내일 직원들 모두 휴가로 춘천에 가서 낚시도 하고 특산도 맛보게 되었으
니 하루 춘천에서 묵고 내일 춘천에서 만나자고 한다. 사장은 공장에서 6년
간 일해 이미 기술자로 자리매김이 된 "나"를 놓치고 싶지 않았던 것이다.
사장의 고육지계를 간파하니 "나"는 슬그머니 웃음이 나왔다.

　보다시피 이 소설에서 화해를 이끌어낸 것은 동포의 논리가 아니라 인격
의 논리이다. 바꾸어 말하면 조선족동포들이 인간적인 자존을 지키고 스스로
자신의 힘을 키워갈 때 비로소 한국국민과의 평등한 대화와 화합이 가능해진
다는 사실을 시사하고 있다.

　이상과 같이 조선족소설에 나타난 한국형상과 함께 조선족동포의 의식변
화과정을 살펴보았다. 대체로 부정적인 한국인상을 다룬 작품이 많았고 한국
을 아내를 빼앗아간 나라, 평화롭고 행복한 가정을 파탄으로 몰아간 장본인
으로 보는 작품이 적지 않았으며 코리안 드림은 최종적으로 조선족 개체를
소외의 궁지에 몰리게 했고 조선족사회에 불행을 가져다 준 것으로 인식하고
있다. 사실 이러한 인식은 많은 한계를 드러내고 있다. 실제적으로 보면 조선
족사회는 코리안 드림을 통해 잃은 것보다 얻은 것이 더 많았다. 그렇다면
왜 한 피를 물고 난 동족인 조선족과 한국인 사이에 이러한 갈등이 빚어졌는
가? 왜 이러한 "악마적인 한국인상"이 주어졌고 모국에 대한 부정적인 인식
이 팽배하게 된 것일까?

　근 반세기에 이르는 조선족과 한국인의 단절, 이념과 체제의 차이에 의한
문화의식의 차이 등을 들 수 있겠지만 여기서는 주로 조선족작가의 체험적
한계와 사상적 한계를 들지 않을 수 없다. 조선족작가들은 대체로 최하층
노무자의 신분으로, 지어는 불법체류자의 신분으로 한국에 체류하였고 주로
열악한 노동현장에서 한국의 최하층인간들과 접촉하고 마찰을 빚었다. 뿐만

아니라 작가, 지성인의 안목으로서가 아니라 개인적 이해관계를 가지고 한국인들과 접촉하고 또 그로 인해 갈등과 충돌을 빚어냈다. 다행스러운 것은 조선족과 한국인의 갈등을 민족적인 동질성과 인간적인 사랑으로 극복하고자 한 소설들이 나오기 시작했고 서로의 아픔을 헤아리고자 하는 작품들이 나오기 시작했다는 점이다. 특히 조선족동포 자신에 대한 반성을 통해 자존, 자강의 모습을 보여야만 한국국민 간의 진정한 평등과 대화, 공존과 화합에 이를 수 있다는 철리를 형상화함으로써 조선족소설의 새로운 지평을 열었다.

제3절 조선족소설에 나타난 조선형상

조선과 중국은 오랜 혈맹관계를 가진 우방이요, 조선족은 조선 주민과 친인척관계를 가지고 있는 경우가 많다. 광복 전 조선에서 중국의 인적, 물적 지원을 많이 받았다면 연변을 비롯한 조선족사회는 광복 후부터 "천리마시대"까지는 조선의 지원을 많이 받았다. 소학교, 중학교 교육에서 대학교 교육에 이르기까지 조선의 지원을 받았으며 문학과 예술의 제반 분야에서도 조선의 영향을 많이 받았다. 하지만 개혁개방 후, 특히 중한수교 이후 조선의 영향에 비해 한국의 영향을 더욱 많이 받게 되었다. 조선은 여전히 "주체사회주의"라는 경직된 노선을 견지하면서 정치, 경제, 사회 일반에서 답보와 침체 상태에 빠졌다. 따라서 조선족문학 역시 "항미원조전쟁"과 같은 역사에 대해 반성을 하기 시작했고 경직된 조선의 형상을 조심스럽게 다루기 시작했다.

조선전쟁과 조선형상을 다룬 조선족 시인과 작가들은 적지 않다. 여기서는 주로 동서냉전구조에 의한 동족상잔의 비극과 그 후유증을 다룬 단편소설들인 류연산의 <인생숲>[303], <군견 메리의 사랑>[304], 김종운의 <고국에서 온

손님>[305], 리여천의 <비 온 뒤 무지개>[306], 구용기의 <꽃나비커피숍>[307], 금희의 <옥화>[308] 등을 살펴보고자 한다.

류연산(1957~2011)은 10여 년간 조선민족의 발자취가 찍혀있는 두만강, 압록강, 송화강 유역을 답사하고 유명한 장편실화《혈연의 강들》을 내놓은 의욕적이고 유능한 작가이다. 그는 자기의 작품세계를 통해 조선민족의 역사와 운명 및 진로를 끈질기게 추적하였는데 단편소설 <인생숲>에서는 조선전쟁, 즉 동족상잔의 비극을 보여주었다. 작품은 삼형제 포수의 이야기를 다루고 있다. 큰형은 두만강 이북에 남아 그냥 포수로 살고 있는데 큰 동생은 소련을 거쳐 조선인민군에 들어갔고 막내 동생은 한국의 국군에 들어갔다. "6·25"전쟁이 터지자 큰 동생과 막내 동생은 서로 원수가 되어 싸우고 큰형은 전쟁의 불길이 치솟는 두만강 너머의 땅을 건너다보면서 커다란 불안과 비애에 잠긴다. 그런데 현위서기는 조선인민군을 지원하기 위해 곰이며 멧돼지를 잡으라고 재촉한다. 피를 나눈 동생들이 더욱 기세 사납게 물고 뜯으라고 사냥을 한단 말인가? 큰형은 마침내 어지러운 세상과 동족상잔의 참극을 보다 못해 자결하고 만다. 이 작품은 사냥개- 검둥이의 시점으로 본 국토분단의 참담한 현실과 큰형의 심리적 모순을 교차시켜 서술, 묘사함으로써 우화적인 수법으로 동족상잔의 비극을 고발하고 있다. 바꾸어 말하면 동물의 시각으로 인간사를 묘파함으로써 낯설게 하기 기법을 선보인 수작이라 하겠다.

<인생숲>에서는 검둥이를 관찰자시점으로 이용하고 있다면 <군견 메리의

303 류연산, 《황야에 묻힌 사랑》, 흑룡강조선민족출판사, 1997.
304 위의 책.
305 《개혁개방 30년 중국조선족 우수단편소설선집》, 연변인민출판사, 2009.
306 리여천, 《올고 웃어도》, 연변인민출판사, 1999.
307 《연변문학》, 2010년 제2기.
308 금희, 《세상에 없는 나의 집》, 창비, 2015.

사랑>에서는 군견(軍犬) 메리를 "주인공"으로 내세운다. 메리는 국경수비를
맡은 순라대에 속해 있는 군견이다. 메리는 성깔이 사나운 군견인데 마음이
내키지 않으면 아무리 욕을 퍼붓고 매를 들이대도 말을 듣지 않는다. 하지만
메리 스스로가 마음이 내켜서 훈련을 할라치면 그 어떤 군견도 따르지 못한
다. 그래서 다른 군견들의 눈에는 "거룩한 존재"로 큼직하게 자리를 굳혔고
암놈들도 슬그머니 추파를 보낸다. 하지만 메리는 동네처녀 무던한 줄 모른
다고 하필이면 철조망 건너의 암놈과 한 눈에 정이 들어 발광을 한다. 가끔
철조망 너머에 있는 암놈과 연모(戀慕)의 눈빛을 주고받지만 순찰병에게 매인
몸이라 용빼는 수가 없다. 어느 날 메리는 급기야 군영을 뛰쳐나와 배밀이로
철조망 밑을 기어서 월경했고 암놈을 만나 한껏 운우지정을 나눈다. 그렇지
만 메리는 끝내 상대방 군인들에게 잡혀 "본국"으로 송환된다. 이 작품은
다음과 같이 끝을 맺는다.

> "메리는 월경죄로 군견의 자격을 잃고 종자견으로 처분당했다.
> 찜차에 앉아 내지의 군견양육소로 떠나가는 메리의 몸에서는 죽음의 냄
> 새가 풀풀 풍겨나오고 있었다. 뒤좌석에 돌아앉아 뒤창으로 멀어져가는 국경
> 선을 하염없이 바라보는 눈에는 눈물이 고이고 그 육체는 이미 시체처럼
> 싸늘했다.
> 세월의 눈비 속에 벌겋게 고삭은 철조망―인간력사의 치욕인 국경선이
> 메리의 뇌리 속에, 가슴속에 아픈 추억으로 깊이깊이 찍혀가고 있었다.
> 락엽지는 소리가 을씨년스럽게 달리는 찜차의 차문에 지꿎게 매달렸다."

여기서 군견 메리는 피를 나눈 혈육의 생사조차 알길 없는 이산가족을
상징한다고 해도 대과(大過)는 없을 것이다. 이 소설의 플롯은 단순하면서도
의미심장하며 의인화수법을 적절하게 구사해 해학과 익살을 부리면서 인간

사의 비정과 부조리, 즉 분단의 비극을 신랄하게 비판하고 있다. 하지만 소설의 마지막 두 단락은 주제를 노출시킴으로써 사족(蛇足)이 되고 말았다.

김종운의 <고국에서 온 손님>은 일본어로도 번역, 소개되기도 했지만 조선전쟁의 후유증을 극명하게 고발한 작품이다. 3층에 사는 장교장네 집에 그의 동생 장철이가 30년 만에 조선에서 찾아온다. 장철은 형님네 집에서 대접을 잘 받을 뿐만 아니라 친척들과 이웃집에까지 가서 융숭한 대접을 받는다. 이웃사촌이라고 1층에 사는 하원장네는 중국요리 24가지나 차려놓고 대접한다. 그런데 며칠 후 하원장네 댁에 그의 처남이 한국에서 찾아온다. 장교장은 하원장의 처남을 청하려고 하나 장철은 한국인과 한 자리에 앉는 것을 내심 못마땅해 한다. 장철은 조카네 집에 슬그머니 피신을 한다. 며칠 후 장교장과 그의 동생 장철은 2층에 사는 왕과장네 집에 초청된다. 그런데 뒤미처 1층에 사는 하원장과 한국에서 온 그의 처남 상호가 들어올 줄이야! 맘씨 고운 왕과장은 1층에 사는 하원장네도 함께 청했던 것이다.

"커다란 타원형 식탁을 두고 '남'과 '북'이 마주앉은 판이였다."

그런데 알고 보니 장철과 남상호는 동창이었다. 장철은 광복 직후에 동북민주연군에 입대했다가 조선전쟁 때 조선인민군에 편입되었는데 정전 후에는 그냥 조선에 남았던 것이다. 한편 남상호는 광복 직후 "3·8"선이 생기기도 전에 서울에 공부하러 갔다가 한국전쟁이 일어나는 바람에 국군에 참가했던 것이다. 둘은 전쟁마당에서 만나는데 장철은, 다리에 부상을 입고 잡힌 남상호를 살려준다. 운명의 작간이라고 할까. 30년 만에 중국의 하얼빈에서 다시 만난 것이다. 둘은 한 가슴에 사무치는 한과 상봉의 기쁨을 노래로 달래지만 더 깊은 이야기를 나눌 수 없었다. 이처럼 이국에서의 "남"과 "북"의 우연한 만남을 통해 동족상잔의 전쟁과 민족분단의 비극을 고발하고 민족화합의 메시지를 은근히 전하고 있다.

리여천의 단편소설 <비 온 뒤 무지개>는 2009년 제5회 한국 부산《문예시대》해외동포문학상을 수상한 작품이다. 이 작품은 조선에 있는 "이북삼촌"과 한국에 있는 "한국삼촌"이 30년 만에 연변에서 만난 이야기를 소재로 하고 있어 김종운의 <고국에서 온 손님>과 거의 비슷한 소재를 다루고 있다 하겠다. 하지만 이 작품은 두 삼촌의 만남을 주선한 조카, 그의 아내와 아들애, 그리고 한 마을에 사는 덕수와 "이북삼촌"의 부인까지 등장하고 있어 단편소설 치고는 인물관계가 비교적 복잡한 셈이다. 하지만 작가는 "이북삼촌"과 "한국삼촌"의 모순과 갈등을 중심선으로 삼고 이야기를 재치 있게 펼쳐나가고 있고 세부적인 장면을 통해 "이북삼촌"과 "한국삼촌"의 성격을 생동하게 부각하였다. 물론 이 작품의 서술자는 조카인 "나"이다.

"이북삼촌"은 7월 25일 중국에 입국하기로 약속이 되었다. 이북의 관례대로 출국 전에 일주일 간 학습을 해야 했기 때문이다. 먼저 연변에 온 "한국삼촌"은 일주일이나 도문세관에 가서 기다린다. 하지만 둘이 만났을 때 서로 부둥켜안고 엉엉 소리 내어 운다. 조카가 보기에 "이북삼촌"은 "한국삼촌"보다 20년은 더 늙어보였다. "한국삼촌"은 이북에서 온 형님과 형수에게 큰절을 올린다. 이런 예의범절을 모르는 조카는 슬그머니 참회를 하고 서둘러 어른들께 큰절을 올린다. 여기까지는 좋았는데 밥상을 차리자 문제가 불거지기 시작한다. "한국삼촌"은 너무 많이 차렸다고 "타발"을 하고, "이북삼촌"은 "우리 이북도 배부르게 먹느니라." 하고 괜히 자존심을 부린다. 술 한 잔을 나누자 "이북삼촌"은 동생이 제수를 데리고 오지 않았다고 나무람하고 선물 보따리를 풀어놓는다. 말짱 꽃병, 주전자, 술병 같은 싸구려 도자기그릇들뿐이다. "이북삼촌"의 말을 듣자면 "요 몇 해 명태잡이 철이면 남조선괴뢰도당이 동해바다상공에서 무슨 놈의 연합군사연습을 하는지, 명태를 잡을 수가 있어야지. 그래서 요것밖에 못 구해왔다"고 푸념을 늘어놓는다.

이튿날 촌에서 남북의 형제가 모였다고 "통일잔치"를 베풀기로 했는데 "이북삼촌"과 삼촌댁은 가슴에 수령님의 "빠찌"를 달고 나왔다. 하지만 "한국삼촌"은 꽃 적삼을 입고 나선다. "나"의 아들애는 남 보기가 민망스럽게 이게 무슨 차림새인가 하고 안달을 떤다. 하지만 "이북삼촌"은 수령님을 목숨으로 수호하겠다고 맹세하였노라고 하면서 한사코 "빠찌"를 떼려고 하지 않다. 하지만 "한국삼촌"은 허허 웃으면서 꽃 적삼을 벗어놓고 흰 적삼을 입는다. "이북삼촌"은 말끝마다 우리 조선도 잘 산다고 체면을 세우려고 애를 쓰지만 너무 과식을 한 까닭에 배탈이 생겨 "통일잔치"마저 미루게 된다. 병세가 나아지자 삼촌은 수령님이 공부했던 육문중학교에 가보아야 하겠다고 한다. 그런데 "한국삼촌"은 백두산천지나 가 보자고 한다. 하는 수 없이 "나"는 "한국삼촌"을 모시고 백두산으로 가고 "나"의 아내는 "이북삼촌" 내외를 모시고 육문중학교가 있는 길림시로 가야 했다. 이렇게 사사건건 버성기고 맞서던 "이북삼촌"과 "한국삼촌"은 마침내 "6·25"전쟁은 어느 쪽에서 먼저 불을 질렀느냐를 가지고 옥신각신 다투기에 이른다….

이처럼 이 소설은 "이북삼촌"과 "한국삼촌"의 마찰과 갈등, 색다른 두 성격의 창조를 통해 전쟁과 분단, 상이한 이념과 제도의 차이로 말미암아 한 핏줄을 물고 난 형제가 얼마나 이질화되었는가를 잘 보여주었다. 하지만 조카의 참을성과 지극정성에 의해 두 삼촌은 마침내 비온 뒤의 무지개처럼 서로 화해를 한다. "나"는 아내를 보고 이북에서 온 삼촌을 더 존중하라고 하면서 "사람은 가난할수록 자존심밖에 남는 것이 없기에 자칫하면 노여움을 살 수 있다"고 알려준다. 고국통일의 징검다리 역할을 해온 조선족의 올바른 자세와 처사를 보여주는 장면이 아닐 수 없다. 이 작품은 남과 북, 그리고 해외에 살고 있는 조선민족의 다양한 모습을 보여준 작품으로, 말하자면 인문학적 통일의 한 사례를 보여준 작품으로서 커다란 인식적, 문화적 가치를 지닌다고 할 수 있다.

구용기의 단편 <꽃나비커피숍>은 조선사람의 눈에 비친 조선족사회의 모습을 생생하게 보여준다. 조선에서 온 양지배인의 눈에 비친 조선족은 아주 중요한 그 무엇이 부족하다. 시장경제의 혜택으로 먹고사는 문제가 해결된 조선족은 상대적으로 가난한 조선사람을 불쌍히 여기지만 이 작품에서는 오히려 조선사람이 조선족을 불쌍히 여긴다. 조선사람의 눈에 비친 조선족은 한국에 가서 기시를 받으며 힘들게 돈을 벌고 있는 것으로 나타난다. 그리고 조선족사회의 문란한 남녀관계는 조선사람의 눈에 너무나 민망하고 창피스러운 짓거리로 보인다. 또한 황형으로 대변되는 조선족은 "개방해서 발전하는 거이 아니고 퇴보하고 있시요"였다. "먹는 거가 기케 중요해요. 마음이 편해야디요. 남조선 가서 기시 받는 것보다 조국에 가서 사람대접 받는 거이 더 도티요. 조국에서는 사람들이 순결해요. 먹는 것도 무공해고요." 우린 "조선족상대가 아니라요. 남조선사람이나 일본사람을 상대해요", "이크, 조선족들 남조선 가서 번 그 코 묻은 돈 벌고 싶디 않아요." 보다시피 조선사람의 비딱한 눈길에 의해 조선족사회의 초라한 모습이 여지없이 드러난다. 다른 한편 조선사람의 터무니없는 자존심과 그들의 경직된 사고방식도 여실히 드러난다.

2015년 한국의 창작과비평사를 통해 단편소설집 《세상에 없는 나의 집》을 펴낸 금희[309]는 박옥남과 함께 허련순, 리혜선의 뒤를 잇는 신예작가이다. 이 단편소설집에 실린 단편 <옥화>는 탈북여성의 삶을 다룬 소설로 주목을 받았다. 한국의 평론가 백지연은 <돌아오기 위해 떠나는 사람들>이라는 글에서 다음과 같이 말한다.

---

309 원명 김금희.

이 소설은 탈북자 문제를 중심으로 북한과 남한, 중국 등 서로 다른 체제의 국가를 가로지르는 디아스포라의 삶에서 제기되는 보편적인 인권과 자유의 문제를 진지하게 묻는 작품이다. 소설은 온정을 베풀어야 하는 대상으로 고정된 타자의 입장에서 평등한 인격적 소통이 가능한가를 끈질기게 묻고 있다. 그 질문은 "인격적인 혹은 개별적인 갈등을 빌미로 윤리적이고 정치적인 책임을 덮어버리지 않는 것, 이를 근거로 타자를 동일한 이해와 책임의 주체로 부르는 그 순간"[310]의 중요성을 일깨우며 "진정으로 남을 돕는다는 것이 무엇인지를, 인간을 떠돌이로 만드는 '불안'이 무엇인지"[311]에 대해 깊은 고민으로 우리를 이끈다.

소설은 주인공 홍이 교회의 기도모임에 나갔다가 한 탈북여성을 만나면서 겪는 심리적 갈등을 섬세하게 다루고 있다. 자신에게 돈을 빌려달라고 부탁하는 "북한자매"의 청을 거절할 수 없었던 홍은 그날부터 깊은 고민에 빠진다. 교회 "최권사"가 말했듯이 "그렇게 도와주고 해도 감사하는 마음도 없고, 열심히 해야겠다는 생각도 없고 입만 벌리면 변명에, 돈 달라는 말뿐"인 탈북자들에 대한 사람들의 시선은 곱지 않다. 홍 역시 "왜 이 사람들은 베풂을 한낱 당연한 것으로 생각한단 말인가."라고 되묻는다. 나중에 돈을 벌어 갚겠다는 여자의 당당한 태도는 어느 날 갑자기 자취를 감춰버린 남동생의 여자 "옥화"에 대한 기억을 떠오르게 하여 홍의 마음을 더욱 괴롭힌다.

여자가 부탁한 돈의 액수를 애써 조종하면서도, 베푸는 자로서 정당하고 의연해지려는 홍의 심리적 갈등 과정은 시종일관 긴장감을 불러일으킨다. 아무런 대가도 바라지 않는 순수한 환대란 말처럼 그렇게 간단한 것이 아니

---

310 황정아, <탈북자 소설에 나타난 '미리 온 통일' : <로기환을 만나다>와 <옥화>를 중심으로>, 순천향대학교 산학협력단 《인문과학논총》, 제34집 2호(2015년 6월), 67쪽.
311 이경재, <탈북자를 바라보는 또 하나의 눈>, <옥화> 해설, 아시아, 2015, 106쪽.

다. 홍이 되뇌는 "적반하장"이야말로 호의를 베푸는 자의 우월성을 드러내는 말이다. 사람들은 "아무것도 가지지 못한 구제대상"으로 탈북여성을 경시하고 홍 역시 이러한 편견에서 자유롭지 않다. 그러나 "여자"로 인해 시작된 무거운 고민은 홍의 가족에게 상처를 주고 떠나간 탈북여성 "옥화"에 대한 이해까지도 끈질기게 유도한다. 이것은 본질적으로 "가진 자"와 "가지지 않은 자"의 사이에 작동하는 위계관계를 환기시킨다. 이처럼 자신의 심리적 갈등을 이리저리 되짚어보는 홍의 태도는 시혜를 베푸는 쪽의 우월감이 어디에서 싹튼 것인가에 대한 진지한 성찰을 보여준다.

소설에서 홍이 겪는 정신적 갈등의 과정이 생생하게 다가오는 것은 도움을 받는 여자에 대한 형상화 역시 상투적인 모습에서 벗어나있기 때문이다. "북한"을 탈출하자마자 중국 하북성 산골 오지에 팔아넘겨진 여자는 아이까지 낳고 고된 노동을 하다가 겨우 도망쳤노라고 고백한다. 홍은 고개를 수그린 가련한 동정의 대상이 아니라 자기의 생존욕구를 이기적으로 밀어붙이며 육박해오는 이 힘겨운 대상에게 복잡한 마음을 표출한다. 중국을 떠나면서 여자는 그런 홍의 마음을 짐작하기라도 하듯 "집사님이 내 방조한 거, 내 꼭 까먹지 않는다요. 내 이땀에 돈 많이 벌믄, 꼭 갚을 거라요. 기리구 나는 잘 살믄…"이라고 말하지만 홍은 여자의 머뭇거림 속에도 일정한 허위의식이 깃들어 있음을 잊지 않는다.

결국 이 소설의 깊은 울림은 이기적인 여자의 내면을 들여다보면서도 "길을 떠난 여자의 안전"을 간절히 기도하는 홍의 마음에서 읽히는 평등한 소통의 노력에서 생겨난다. 주는 쪽, 받는 쪽, 그 어느 쪽도 처음부터 우월한 자리는 없다. 홍은 옥화의 기억을 떠올리며 자신과 가족들이 베푸는 자의 주도권을 과시해왔던 것일 수 있음을 자각한다. "도움 받는 위치로 누군가를 고정해 놓는 것, 그 자리에서 평등한 소통이란 처음부터 불가능한 것이다."[312]

제4절 조선족문학에 나타난 중국형상

근대 이후 한국소설과 함께 재만조선인소설에도 중국의 자연과 인간들이 다다소소 나타난다. 만주를 배경으로 하는 김동인의 소설 <붉은 산>, 최서해 의 <홍염>, 이태준의 <농군> 등이 그러하다. 하지만 1949년 중화인민공화국 수립 후 조선족작가들의 국가관과 민족관의 변화에 따라 그들이 내놓은 소설 에 나타난 중국 내지 중국인 이미지는 몇 단계의 변화를 겪는다. 첫 단계는 1949년부터 1976년까지인데, 중국인은 항일투쟁과 사회주의 건설의 동반자 로 나타나고 민족단결의 주체로 된다. 1976년부터 2017년 현재까지는 상술한 형상과 주제를 여전히 보여주고 있음과 아울러 중국 내지 중국인을 보다 객관적으로, 다문화주의적인 시각으로 묘사하고 있다. 즉 조선족의 삶의 기 반을 허물어뜨리고 전통적인 농촌공동체의 새로운 주인으로 부상하는 중국 인, 중국의 역사와 문화에 대한 이해, 중국인의 끈질긴 생명력과 그들의 문화 의 저력, 중국인과 조선족의 숙명적인 공존공생의 논리 등에 대해 형상화하 고 있다. 여기서 최국철, 우광훈 등 작가들의 작품을 중점적으로 분석, 논의하 고자 한다.

최국철의 단편 <왕씨>는 우락부락하나 정의감이 있는 중국인 도시서민의 형상을 그렸다면 그의 중편소설 <헷채 - 왈복이가 돌아오다>는 수더분하지 만 믿음성이 있는 젊은 몽골족 아낙의 형상을 창조했다. 이 작품은 외형적으 로 탐정소설의 형식을 지닌다. 왈복의 별명은 "헷채"다. 작품에서도 풀이했 지만 "헷채"란 자기 안속을 차릴 줄 모르고 남들에게 퍼주기만 하는 사람을 지칭하는 연변방언이다. 왈복이는 연변에 굴러들어온 몽골족처녀 룽메이를

---

312 백지연, <돌아오기 위해 떠나는 사람들>, 금희 소설집 《세상에 없는 나의 집》, 창비, 2015.

맞아들여 가정을 이루고 쌍둥이 자매를 낳는다. 왈복이는 한국에 나가 7,8년
간 뼈 빠지게 번 돈 70만원을 룽메이에게 보낸다. 헌데 고향에 돌아와 본즉
집은 텅텅 비고 룽메이와 쌍둥이자매는 어디론가 증발해버렸다. 참으로 환장
할 일이다. 그래서 왈복이는 사법경찰 경력이 있는 "나"를 찾아왔고 둘은
룽메이의 고향 울란호트의 어느 시골마을로 찾아간다. 헌데 룽메이 오빠네
집에 가서 손쉽게 룽메이와 쌍둥이자매를 찾게 되고 그간의 오해를 풀게
된다. 룽메이는 한해가 다르게 피폐해지는 마을에서 살 수 없어 이웃집에
주소와 전화번호를 남겼을 뿐만 아니라 남모르게 아궁이문에도 쪽지를 붙이
고 울란호트로 돌아간 것이었다. 그녀는 왈부가 보내준 돈은 거의 한 푼도
쓰지 않고 꼬박꼬박 저축해두었다. 이리하여 모든 오해가 풀리고 작품은 싱
겁게도 해피엔딩으로 끝난다. 실로 천방야담 같은 이야기다.

연변방언으로 횡설수설 떠들어대는 왈복이, 룽메이의 오빠에게 고맙다고
돈지갑을 몽땅 털어내는 왈복이, 그야말로 술 먹으면 사촌에게 기와집 사주
는 적잖은 조선족의 허랑방탕한 성격을 너무나 핍진하게 그렸다. 하지만 아
무런 사전 교대나 감정기초가 없는 룽메이의 어여쁜 처사에는 도무지 납득이
가지 않는다. 그리고 타민족과의 결혼만이 조선족 총각과 홀아비들이 가정을
이룰 수 있고 영원한 안식처를 찾을 수 있는 길이냐 하는 의문을 가지지
않을 수 없다. 몽골 아낙에 대한 무근거한 성모화(聖母化)가 이 작품의 진실성
을 떨어뜨렸다고 해야 하겠다.

다른 작가들의 작품을 보면 한족을 비롯한 다른 민족은 여전히 미스터리
이며 우리 옆에 있는 깊은 함정 같은 존재이다. 특히 산재지구에서 날마다
다른 민족과 찧고 빻고 하면서 살아가는 박옥남과 같은 작가들은 오히려
조선족과 다른 민족의 문화적인 차이를 시인하는 기초 위에서 여러 민족의
대화와 소통, 공존과 공생을 꾀한다. 박옥남의 단편 <마이허>와 <장손>이

그러하다. 그리고 작년에 "연변문학"에 발표한 박옥남의 단편 <귀뚜라미>도 그러하지만 전춘식의 단편 <곱사등이>는 오히려 한족과 조선족의 미묘한 갈등을 다루기도 한다. <귀뚜라미>의 남주인공 기태는 한족 아낙을 옥수수밭에서 유혹, 겁탈하려다가 들통이 나서 늘씬하게 두들겨 맞고 당장 2만원의 배상금을 내야 하였다. 한국에 가있는 아내마저도 등을 돌린 극한적인 상황이라 기태는 헛간에 들어가 자결하고 만다. <곱사등이>에서도 남주인공 박 툰장은 이웃집 한족 아낙인 슈진의 유혹을 이기지 못해 그녀와 정사를 벌린다. 하지만 마을사람들에게 발각이 되자 그녀의 남편 되는 왕씨의 복수가 두려워 정든 고향을 등지고 떠난다. 이게 바로 우리 농촌의 현실이 아닐까.

박옥남은 조선족과 한족의 잡거지역, 즉 두 문화의 경계지대의 이야기를 다룬 단편소설 <마이허>를 내놓았다. 이 작품은 2006년 한국 재외동포문학상 우수상을 수상하기도 했다. "마이(蚂蚁)"이란 중국어로 개미라는 뜻이고 "허(河)"란 강이라는 뜻인데 이 개미허리처럼 짤록짤록한 강줄기를 사이 두고 상수리촌이라는 한족마을과 물남마을이라는 조선족마을이 이웃해 살고 있다. 작품은 두 마을의 색다른 풍속과 습관을 비교하면서 배경을 제시한다.

민족이 다르면 언어도 다른 법이다. 그러나 말을 시켜보지 않아도 마이허 가에 나와 빨래질을 하는 모습 하나만 보고도 어느 녀인이 상수리의 여인이 고 어느 녀인이 물남마을 녀인인 줄 대뜸 알아맞힐 수 있다. 먼저 빨래하러 나서는 모습부터가 다르다. 상수리의 녀인들은 큰 대야에 빨랫감을 넘치게 담아 옆구리에 끼고 나오지만 물남의 여인들은 빨랫감을 담은 대야를 똬리까 지 받쳐서 머리 위에 이고 나온다. 상수리 녀인들은 임을 이는 습관이 없다. 물남 녀인들의 키가 작달막하고 다리가 안으로 휜 것이 다 그 임을 이는 버릇 때문에 비롯된 것이라고 굳게 믿는 상수리 녀인들이었다. 상수리 녀인 들은 강가에서 썩 떨어진 곳에 멀찍이 물러앉아 대야에 물을 떠놓고 대야

안에서 빨래를 꿀쩍꿀쩍 문질러 씻지만 물남 녀인들은 돌쪽이나 널쪽을 개울가에 물려놓고 흐르는 물에서 빨래를 방치로 두드려 씻는다. 얼마나 힘 있게 두드려대는지 멀리까지 방치질 소리가 메아리친다. 상수리 녀인들은 그러는 물남의 녀인들을 보고 옷을 두드려 못 쓰게 만든다고 웃었고 물남의 녀인들은 빨래를 그 따위로 할 거면 집안에서 씻을 것이지 힘들게 강가까지 왜 나왔느냐고 상수리 녀인들을 빈정거렸다. 물남 녀인들은 한겨울에도 강가에 나와 얼음을 까고 강물에 옷을 뽀득뽀득 씻어가지만 상수리 녀인들은 그런 물남의 녀인들을 반정신이 나간 사람으로 치부하기 일쑤다. 청명 전엔 핫바지를 벗는 법이 없는 상수리 녀인들은 겨울에 찬물에 손을 담그면 세상이 뒤집혀지는 줄로 알고 있다.[313]

한 편의 감칠맛 나는 비교문화론적인 수필을 방불케 한다. 좀 더 보자. 상수리촌 여인들이 남편을 개떡 같이 여기는 습관이 있다면 물남마을 남성들은 오히려 아내를 패서 문밖으로 쫓아낸다. 상수리촌 남자들은 열에 아홉은 부엌일에 능숙하지만 물남마을 남자들은 종래로 부엌간에 들어가는 법이 없이 아내가 밥상을 챙기기를 기다린다. 상수리촌 사람들은 집짓기 전에 토담부터 쌓아올리지만 물남마을 사람들은 뜰 주위를 막는 법이 없이 이웃과 통마당을 쓴다. 상수리촌 사람들은 임자가 눈앞에 보이지 않으면 남의 인분(人糞)이래도 자기 집 마당으로 끌어들이지만 물남마을 사람들은 도적질을 수치로 생각한다. 상수리촌 집들은 4분의 1이 구들이고 나머지는 모두 봉당인지라 밤이 되어 이불 속에 들어갈 때에야 신을 벗지만 물남마을 사람들은 옆집에 잠간 물건 따위를 빌리러 가도 밖에서 신을 벗고 구들에 올라간다. 상수리촌 사람들은 시허옇게 쏸차이(酸菜, 신 배추절임)를 담그지만 물남마을

---

313 《2006중국조선족문학우수작품집》, 흑룡강조선민족출판사, 2006, 94~95쪽.

사람들은 빨갛게 김치를 담근다. 상수리촌에서는 남녀노소 담배를 나누어 피우지만 물남마을에서는 젊은이가 노인네 앞에서 담배를 피우다가는 후레 자식으로 평판이 난다. 하지만 상수리촌 사람들의 두부 앗는 재간 하나는 물남마을 사람들이 알아준다. 그래서 물남마을 사람들은 상수리촌에 가서 입쌀 한 근으로 두부 두 모를 바꾸어 먹었고 개고기를 먹지 않는 상수리촌 사람들은 개를 키워가지고 물남마을에 와서 입쌀 칠십 근과 바꾸어 갔다.

이처럼 풍속도, 습관도 완판 다른 한족마을과 조선족마을 사이에 청춘남 녀의 사랑이 싹트나 그것은 애정의 비극으로 끝난다. 물남마을의 처녀 신옥 이는 쑥색군복을 입은 퇴역군인에게 시집을 가는 게 소원인데 그녀가 짝사랑 을 했던 퇴역군인 총각은 방정맞게 임자가 있는지라 꿩 대신 닭이라고 상수 리촌 두부방 쑨령감네 막내아들과 눈이 맞아 돌아간다. 마침내 소문이 파다 하게 퍼지고 부모에게까지 들통이 나는데, 신옥이는 아버지에게 늘씬하게 얻어맞는다. 어머니는 아버지를 말리면서도

> "빌어묵을 지집아가 죽을락꼬 환장이 났노? 무신놈의 망신살이 뻗쳐 해괴
> 하게 되놈이 뭐고, 되놈이. 눈깔이 뒤집힛나? 오늘 니 죽고 내 죽고 그라고
> 마자고마. 이놈의 지집아야."

하고 아래턱을 달달 떤다. 이튿날 마을회관에서는 마을의 부녀들이 신옥이를 끌어다가 그녀의 "비행에 대해 침을 튕기며 공노했다." 동네 안에 총각이 없어 하필이면 상수리의 되놈이었더냐, 시집을 못 가 바람이 났더냐, 쑨령감 네 두부방에서 같이 자기까지 했다던데 그게 정말이냐, 처녀자로서 얼굴 깎 이는 줄도 모르는 년, 동네 안에 나쁜 물을 들이기 전에 마을 밖으로 쫓아내 야 한다느니 뭐니, 좌우지간 입 가진 아낙마다 한 마디씩 질매(叱罵)를 했다.

…이튿날 신옥이는 마이허 물굽이 쪽에서 시신으로 발견되었다.

이 작품의 에필로그에 해당하는 제4장을 보면, 신옥이가 죽어간 이야기는 이제 물남마을 사람들에게 까마득한 옛이야기가 되었다. 물남마을 사람들은 열에 아홉은 외국으로 돈벌이를 떠나 마을은 다 퍼먹은 김칫독이 되었는데, 상수리촌 사람들이 들어와 헐값으로 집을 사들이고 벽돌을 실어다 텃밭 둘레에 담을 쌓기 시작한다. 처녀 구하기가 고양이 뿔 구하기보다 어렵다면서 우는 소리를 하던 와중에 물남마을의 총각 하나가 장가를 간다. 한국 가서 돈을 벌어 부쳐주는 누나 덕분에 용케도 홀아비 신세를 면하게 된 귀식이라는 총각이 상수리촌의 한족처녀를 신부로 맞아들인 것이다. 작품은 다음과 같이 끝맺는다.

> 신부는 마이허 북쪽의 상수리마을 처녀라고 한다. 상수리 사람들이 좋아하는 붉은 색깔로 머리부터 발끝까지 단장한 신부는 식장이라고 만든 뜰 안 돗자리 위에 서서 아미를 다소곳이 숙이고 새각시답게 서있을 대신 빨리 담뱃불을 붙여달라고 법석을 떠는 친정 쪽 하객들을 향해 히쭉벌쭉 웃음을 날리고 있었다.
>
> "다음은 신랑과 신부님의 맞절이 있겠습니다."
>
> "씬랑신냥, 뛰이 빠이!"[314]
>
> 주례는 조선말로 한 번, 중국말로 한 번 같은 내용의 주례사를 곱씹느라 진담을 빼고 있었다. 왜 아니 그렇겠는가? 하객이 절반 이상이 상수리마을 사람들인데… 딸자식을 시집보낼 때 하객으로 따라가는 친정식구들의 수에 의해 그 가문의 문풍과 위력이 과시된다고 여기는 상수리 사람들이 남녀로소 떼를 지어 허장성세하며 마이허를 건너 물남마을로 밀려온 것이다.[315]

---

314 "新郎, 新娘, 對拜!", 신랑과 신부가 맞절을 한다는 뜻.
315 《2006중국조선족문학우수작품집》, 흑룡강조선민족출판사, 2006, 104~105쪽.

신옥이의 구슬픈 애정비극을 생각 할 때, 조선족총각이 한족처녀를 데려 왔으니 물남마을로 놓고 말하면 어깨가 으쓱할 일이지만, 상기한 결혼장면이 보여주듯이 한족들에 의해 조선족마을은 완전히 잠식(蠶食)을 당했고 한족 습속대로 스스럼없이 처신하는 신부에 비해 신랑의 존재는 꾸어온 보리자루 처럼 초라하다. 이민족의 물결에 휩싸인 조선족신랑의 앞날은 어떻게 될 것 인가? 박옥남의 다른 단편소설 <장손>에서 답을 구할 수 있을 것이다.

장손은 가문의 대통을 잇고 조상에게 제사를 지낼 막중한 책임을 안고 있다. 하지만 이 작품의 주인공은 한족학교에 다녔고 조선음식보다 한족음식 을 좋아하며 신수는 멀쩡하지만 일하기는 싫어한다. 계집을 좋아하고 여러 번 장가를 들다가 나중에는 중국여인의 품에서 죽어간다. 하지만 여인은 눈 물 한 방울 흘리지 않고 문상객들도 장밤 마작만 놀아댄다. "장손"의 엽총은 큰처남이 가져갔고 목이 긴 구두는 둘째처남이 가져가는데, 오토바이의 "주 권"을 두고 막내처남과 "형수"가 옥신각신 싸운다. 청승맞은 새납 소리가 울리는 가운데 개처럼 죽어가고 뜯겨가는 장손의 모습, 이 작품은 다음과 같이 끝을 맺는다.

……퇴색한 사진액자 하나가 허접쓰레기 같은 옷가지에 휘말려 나딩굴고 있는게 눈에 들어왔다. 주어들고 보니 설날아침이면 차례상에 모셨던 할아버 지와 할머니의 영정사진이었다. 유물을 정리한답시며 여기저기 마구 뒤지는 통에 한데 끼여 나온게 분명했다. 솜두루마기를 입은 할아버지와 앞가리마를 곧게 내여 깔끔하게 빗어붙인 머리를 한 할머니가 똑같은 시선으로 나를 올려다보고있었다. 어렸을 땐 차례제를 지내면서도 무섭다고 똑바로 쳐다보 지도 않았던 사진이었다. 그러다 후에 철이 들면서 차차 익숙해져 다시 정을 가지고 대했던 할아버지와 할머니의 유일한 사진이였는데 이렇게 이곳에 흘려져있을 줄이야.[316]

조상의 영정(影幀)마저 챙기지 못하고 개처럼 죽어가는 모습인데, 이를 소설적인 허구로만 볼 수 있을까? 피땀으로 일군 땅을 지키지 못하는 현실, 우리의 말과 글, 민족교육의 터전마저 지키지 못하는 현실, "장손"은 결코 허구적인 인물만은 아닐 것이다. 그리고 이 소설은 시종일관 "사촌동생"의 시점으로 모든 인물과 사건을 관찰, 묘사, 서술하면서 절제된 평가와 의론을 통해 냉철한 리얼리티를 확보하고 있다. 그리고 갈피갈피에 펼쳐지는 조선족과 한족 문화에 대한 대비적인 서술에도 작가 특유의 혜안과 재치가 엿보인다.

조성희의 <동년>(2002)은 몽환적사실주의 특징을 가진 수작이다. 아랫마을에는 조선족이, 윗마을에는 한족이 살고 있는데 아랫마을 조선족총각은 윗마을 한족처녀를 사모하면서 도둑연애를 한다. 한 편 윗마을 검정수캐는 아랫마을의 흰 암캐를 찾아와 짝짓기를 한다. 조선족총각은 그를 시샘하고 질투하는 한족 젊은이들에게 들통이 나서 늘씬하게 맞아 쓰러지고, 야밤중에 윗마을의 검정 수캐는 아랫마을 수캐들에게 물리고 뜯겨 죽어버린다. 그런데 이듬해 봄에 아랫마을에서 희한한 일이 생긴다. 아랫마을의 흰 암캐가 여덟 마리의 새끼를 낳았는데 신기하게도 모두 얼룩 강아지들이란 이야기다. 두 민족 사이의 반목과 문화적인 마찰 및 그 숙명적인 공존과 융합의 논리를 인간세계와 동물세계와의 대조를 통해 그려낸 유머러스한 작품이라 하겠다.

조선족은 중국이라는 거주국과 한국(또는 조선)이라는 모국과의 경계지대에 살고 있고 이중문화신분을 갖고 있다고 할 때, 두 나라의 역사와 문화를 아우르면서 중국에 현지화되어 슬기롭게 살아가야 한다. 상술한 소설에 대한 연구는 조선족공동체의 삶의 자세와 진로에 대한 새로운 탐구로 되며, 조선족

---

316 박옥남, 《장손》, 연변인민출판사, 2011.

과 거의 비슷한 디아스포라의 입장에 있는 세계 각지의 소수자 또는 소수자 집단에 커다란 계시를 줄 수 있다.

제5절 조선족 디아스포라 문학의 기수 : 허련순

1. 조선족문단의 대표작가 허련순

허련순은 미국의 이창래, 일본의 이회성 등과 더불어 세계 속의 한민족 디아스포라문학의 대표적인 작가의 한 사람이라고 할 수 있다. 허련순과 그의 문학세계에 대해서는 김관웅의 <'집'잃고 '집' 찾아 헤매는 미아들의 비극>[317], <중국조선족 페미니즘과 디아스포라 문학의 선두주자>[318], 최병우의 <조선족 소설에 나타난 민족의 문제>[319], 김호웅의 <이중적 아이덴티티와 문학적 서사>[320] 등이 주어졌다.

허련순은 1955년 1월 16일 연길에서 마차부로 일하는 허씨 가문의 다섯째 딸로 태어났다. 그만 실망한 아버지는 한 달 가량 집을 떠나 바깥을 나돌았다. 그래서 아기는 세상에 태어난 지 한 달이 되도록 이름도 갖지 못했다. 6촌 오빠가 장난삼아 지어준 이름이 허련순이다. 그는 연길 교외에 있는 인평촌에서 소학교와 중학교를 나와 농사를 짓다가 1976년 연변대학 조문학부에 입학해 1980년 졸업하고 연길시소년궁 창작실, 연길시문화관 창작실을 거쳐 1993년부터 연길시 창작평론실에서 전직작가로 일했다. 1999년 한국 광운대

---

317 연변대학 조선언어문학학과 편, 《조선-한국언어문학연구》 제5집, 민족출판사, 2008.
318 연변작가협회 편 《'50후'중국조선족대표작가 작품 평론집》, 연변인민출판사, 2017.
319 한국현대소설학회, 《현대소설연구》 제42권, 2009.
320 건국대학교 인문학연구원, 《인문학논총》 제47집, 민속원, 2009.

학교에서 국어국문학 석사과정을 수료했다.

허련순은 1986년 처녀작으로 단편소설 <아내의 고뇌>를 발표한 후부터 지금까지 "문학은 죽음을 통하여 거듭 문학으로 태어난다"는 신념을 갖고 부지런히 창작에 정진해 장편소설 《잃어버린 밤》, 《바람꽃》[321], 《뻐꾸기는 울어도》, 《누가 나비의 집을 보았을까》[322], 《중국색시》를 발표했고 작품집 《사내 많은 여인》(1991), 《바람을 몰고 온 여자》, 《우주의 자궁》(1997)을 펴냈다. 이외에도 TV드라마 《갈꽃》, 《녀자란 무엇입니까》, 《떠나간 사람들》과 장막극 《과부골목》, 평전 《사랑주의》를 펴냈다. 전국소수민족문학창작준마상, 동북3성금호상, 길림성소수민족문학상, 장백산-모드모아문학상, 연변문학 윤동주문학상, 도라지문학상, 김학철문학상, 연변작가협회문학상, 단군문학상 등 다수의 상을 수상했다. 국가1급작가로서 연변작가협회 부주석, 연변여성문인회 회장 등 직을 역임했다.

허련순 문학의 전반 흐름은 민족적 정체성의 문제와 여성문제로 나누어진다. 그는, 자신은 이민의 역사를 가진 민족의 일원으로, 게다가 여성으로 태어났다는 것을 강조한다. 그는 문학의 근원은 결핍이며 그 자신의 문학 근원 역시 소수자의 슬픔이라고 말한다. 결핍 너머의 충만감이나 슬픔 뒤에 숨어 있는 희열을 찾기 위한 필사적인 노력이 바로 글을 쓰는 동력이 된다는 것이다. 하기에 그의 문학은 자연스럽게 민족적 정체성 찾기와 여성적 자아 찾기로 이어진다.[323] 민족적 정체성 찾기의 경우 그의 장편소설 《바람꽃》과 《누가 나비의 집을 보았을까》가 최근 조선족문단과 한국문단의 주목을 받고 있다.

여기서는 허련순의 장편소설 《바람꽃》과 《누가 나비의 집을 보았을까》를

---

321 흑룡강조선민족출판사, 1996.

322 한국 인간과자연사, 2004.

323 허련순, <문학자서전 : 오줌 누는 돌>, 《도라지》 2004년 제6기.

구체적으로 분석함으로써 이중적 정체성의 갈등으로 고민하고 있는 조선족의 과거와 현실을 조망하고 미래를 전망해보고자 한다.

2. 존재의 부재 : 《바람꽃》

1988년 서울올림픽은 한국의 존재를 중국의 조선족에게 널리 알리는 계기가 되었고, 가족 방문이라는 방법으로 모국을 방문하는 기회를 마련해 주었다. 경제적으로 발전한 한국으로 건너가 한약을 팔든지 막일을 하든지 단기간에 큰돈을 벌어가지고 돌아올 수 있다는 현실은 모국 방문의 열풍을 일으켰다. 조선족들은 불법으로 한국에 체류하면서 한국인들과 많은 갈등을 겪게 되었는데, 이는 조선족들에게 자신의 정체성을 새삼스럽게 생각하게 하는 계기가 되었다.

조선족들은 한국인들과 접촉하면서 가장 먼저 한국인이 조선족과 다르다는 점을 인식한다. 촌스러운 조선족들은 한국인들의 차별과 멸시를 받게 된다. 그래서 조선족들은 자신들을 한국인들과 차별화하게 되고 인색/너그러움, 타락/순진, 배반/신의와 같은 2항 대립을 만들어 조선족의 정체성을 만들어 가게 된다. 특히 조선족들은 자본과 임노동의 관계로 한국인을 만나 차별과 불이익을 당하고 불법체류에 대한 비인도적인 단속을 경험하면서 한국과 한국인에 대해 비판적으로 인식하게 되며 자신들의 민족 정체성과 국민 정체성에 대하여 진지한 고민을 하기에 이른다. 한국의 국민이 중국의 조선족과 다르다는 인식은 점차 자본주의 한국이 사회주의 중국에 비해 반드시 우월한 것은 아니라는 인식을 하게 되어 조선족형제들은 중국 공민으로서의 국민적 정체성을 강화하게 된다.

조선족들이 한국을 경험하면서 새삼스럽게 고민하게 되는 정체성의 문제는 조선족소설의 중요한 주제로 떠오른다. 말하자면 민족적 정체성과 국민적 정체성의 혼란과 그 극복이라는 주제가 조선족소설의 중요한 주제로 떠오르는 변화를 맞이하게 된 것이다. 이러한 주제를 장편소설의 형식으로 맨 먼저 본격적으로 다룬 작품이 바로 허련순의 장편소설 《바람꽃》이다. 이 작품의 중심축을 이루는 인물은 작가 홍지하와 그의 오랜 친구 최인규, 그리고 그들의 부인 고애자와 지혜경, 홍지하의 제자 윤미연 등이다. 이들은 각기 다른 이유로 한국에 입국해 한국을 체험하고 점차 자신의 존재를 되돌아보고 자신의 정체성을 확인해 간다.

지혜경의 남편인 최인규는 딸 지영의 병원비를 마련하기 위해 절도행각을 벌린다. 자식의 죽음을 눈앞에 둔 친구 최인규를 위해 홍지하가 대신 3년형을 살게 되고 지영이 돈이 없어 죽음에 이르자 지혜경과 최인규는 돈을 벌기 위해 한국으로 건너온다. 설상가상으로 최인규가 공사판에서 다리를 크게 다쳐 돈을 벌기는커녕 병원비 부담만 늘어나자 지혜경은 남편의 치료비를 장만하기 위해 강사장의 아이를 낳아주고 남편의 치료비를 지원받는다. 남편을 위해 정조를 버려야 하는 지혜경의 절박함이 낳은 선택이지만 강사장은 지혜경을 한낱 성적 대상으로 생각할 뿐이다. 지하는 지혜경의 상황을 알지만 최인규의 다리를 치료하기 위해 눈을 감아준다. 하지만 지혜영이 강사장과 친해져 자신을 멀리 하고 남편 치료비까지 대주지 않는다. 자신의 임신 사실을 더 이상 남편에게 숨기기 어렵게 된 지혜경은 결국 공사 현장 옥상에서 투신한다. 이처럼 지혜경은 남편의 치료비라는 이유가 있기는 하지만 돈 가진 한국의 남성들에게 유혹되어 타락의 길을 걷게 되는 조선족여성들의 한 모습을 보여준다.

조선족여성이 한국인 남성과 타락의 길로 들어서는 모티프는 애자에게서 보다 전형적인 모습으로 나타난다. 애자는 남편 지하가 단짝 친구 최인규를 위하여 감옥에 가고 살기 어려워지자 중국에서 가이드를 하다가 만난 한국인 함사장이 주는 돈에 맛을 들인다. 경제적인 어려움으로 자식인 재영이를 공부시키기도 어려웠지만 남편의 부재 상황에서 한국인을 만나 육체로 돈을 거래한 것은 이혼이유로 부족함이 없다. 출옥 후 사실을 알게 된 홍지하는 애자에게 이혼서류를 던지고 한국으로 건너가고, 애자 역시 한국에 들어가 남편의 마음을 되돌리려 하나 실패한다. 애자는 중국에 두고 온 자식이 안타깝기는 하지만 다시 돌아갈 생각은 없다. 남편의 마음을 돌려세우지 못한 애자는 결국 한국인 남자를 만나 결혼을 하고 새로운 가정을 꾸린다.

최인규의 삶은 조금은 비현실적이다. 딸의 병원비를 마련하기 위해 절도 행각을 벌이다 친구 홍지하를 감옥에 보낸 그는 딸이 죽고 나자 돈을 벌어 친구에게 지은 마음의 빚을 갚기 위해 한국으로 건너온다. 그러나 다리를 다쳐 홍지하의 짐만 된다. 아내의 임신 사실과 그 까닭을 알게 된 그는 분노하지만 어떠한 행동도 취하지 못한다. 아내가 자살한 후 강사장을 만나 2천만 원이라는 거액의 돈을 뜯어내어 홍지하에게 주고는 한 장의 유서를 남기고 사라져 버린다. 최인규는 돈을 벌기 위해 한국에 왔다가 부상을 당하게 되자 사장들도 외면하고 산재보험처리도 되지 않는다. 이처럼 그는 한국에서 고통스러운 삶을 살게 되는 조선족들의 비극적인 한 모습을 보여준다. 그러나 아내의 자살 이후 홍지하에 대한 마음의 빚을 덜기 위해 강사장을 겁박하여 돈을 뜯고 자살을 한다는 것은 다소 작위적인 설정이라고 해야 하겠다.

윤미연의 삶은 한국으로 건너오는 조선족들의 다른 한 모습을 보여준다. 문학을 배우기 위해 지하의 집을 드나들다가 애자의 눈총을 많이 받았던 문학소녀 윤미연은 언니가 실련으로 자살하고 어머니의 심장병이 발작하자 병원비를 벌기 위해 한국으로 건너온다. 그러나 안정된 직장을 구하지 못하고 여기저기 일터를 옮겨 다니다가 지혜경이 일하는 공사판까지 흘러들어온다. 윤미연은 강사장의 관심을 적당히 이용하며 돈을 뜯기도 한다. 그러나 지하를 한국에서 만나고 그가 애자와 이혼한 것을 알고는 그에게 다가가려 한다. 하나 현실적인 벽이 없지 않다. 작품의 말미에서 지하가 귀국하는 배를 타려할 때, 미연이 배표를 들고 나타나 지하로부터 떨어지지 않겠다고 말하는 것은 오랜 사랑의 결실이기도 하지만, 그것은 또 조선족들이 서야 할 자리가 어디인지를 알려주는 상징적인 모습이기도 하다.

이들 네 인물의 중심에 놓여 조선족들의 여러 문제와 조선족이 갖게 되는 민족적 정체성 문제를 여실하게 보여주는 인물이 홍지하이다. 지하는 중국에서의 삶이나 한국으로의 입국 경위에 있어서 상술한 네 인물과는 조금은 다른 모습을 보인다. 홍지하는 최인규와 달리 중국에서 어느 정도 이름이 알려진 조선족작가이다. 그는 최인규가 딸의 죽음을 앞두고 감옥에 가는 것을 면하게 하기 위해 대신 감옥에 들어가 3년 세월을 보낸다. 출옥 후 아버지가 죽자 그 골회를 안고 할아버지와 가족들을 만나기 위해 무작정 한국으로 건너간다. 돈벌이를 위해 한국으로 건너온 다른 인물들과는 달리 아버지의 고향과 가족을 찾기 위해 한국으로 건너왔다는 것부터 그가 조선족의 정체성의 문제를 구체화할 문제적인 인물임을 알게 해준다.

홍지하는 한국에 건너온 조선족들이 겪는 여러 가지 부조리한 상황을 목격하고 체험하면서 조선족의 정체성을 드러낸다. 그는 조선족에 대한 한국인들의 차별과 조선족 불법체류자들에 대한 한국정부의 단속에 분노를 느낀다. 또 아버지의 유골을 전하려는 과정에서 유산상속 문제 때문에 남편과 아버지를 받아들이지 않으려고 하는 한국인들의 의식에 대해서도 격렬한 비판을 보낸다. 또한 홍지하는 공사현장에서 노동자들에게 마구 반말을 쓰고 상욕을 퍼붓는 강사장에게 정면으로 맞선다.

《바람꽃》에서 민족적 정체성의 문제는 홍지하가 중국에서 가져온 아버지 골회와 관련된 이야기에서 더욱 더 분명하게 드러난다. 홍지하가 한국행을 하게 된 이유는 한국에 있는 할아버지나 아버지의 가족을 찾아 고향에 아버지를 묻는 일이다. 한국에 온 후 홍지하는 제일 먼저 아버지의 고향인 경북 달성군 다산면으로 찾아가 할아버지를 수소문하고, 오랜 노력 끝에 할아버지의 존재를 알게 된다. 하지만 할아버지는 바로 얼마 전 자식의 소식을 안 뒤 운명해 버렸다. 결국 아버지를 그토록 기다리던 할아버지는 만나지 못하고, 아버지가 일본군으로 만주로 가기 전에 결혼한 부인과 그 아들을 만나게 된다. 홍지하는 아버지의 존재를 믿지 않는 그들에게 여러 가지 증거를 들어 확인시키려 하지만, 그들은 할아버지 유산을 처리하는데 문제가 될까 보아 남편과 아버지로 인정하기를 거부한다.

> 홍성표는 한참이나 멍하니 이쪽을 쏘아보다 말고 자리에서 홀쩍 일어섰다.
> "나 바쁜 사람이네. 여기서 새빠진 소릴 줴칠 새가 없네."
> "가시더라도 당신 아버지 골회를 어떻게 해야 좋겠냐는 의향만은 얘기하고 가셔야지 않겠어요?"
> "아버지라고 인정한 적 한 번도 없으니깐 나하고 상관없네."
> "할아버지 유산 때문에 친아버지마저 인정하지 않다니요? 참 돈은 무섭구만요. 사람 있고 돈이 있지 돈이 사람을 만듭니까? 조상도 모르는 당신에게 하느님은 천벌을 내릴 겁니다. 천벌을!"
> 말을 마친 홍지하는 아버지의 골회함을 안고 다방을 나섰다.

젊은 날 징병에 끌려 고향을 떠나 만주로 흘러들어 고단한 삶을 살다 돌아가신 아버지의 골회나마 한국에 있는 가족을 만나게 해주겠다는 지하의 꿈은 이렇게 깨어진다. 어떤 근거를 들이대도 할아버지 유산분배 문제가 마음에 걸려 아버지로 인정하지 않고 있는 배다른 형 성표에게 절망할 뿐이다. 아버지의 가족을 찾아 안장하기 위하여 골회를 모시고 한국까지 온 홍지하로서는 돈 때문에 부부, 부자 사이의 인연을 끊으려는 것이 이해가 되지 않는다. 이는 돈의 위력 앞에 인간적 순수함이나 도덕적 가치 등이 사라져 버린 한국인들에 대한 통렬한 비판이며 조선족과 한국인의 정체성을 이원론적으로 대비하는 장치이기도 하다. 결국 지하는 아버지의 가족 찾기를 포기하고 아버지의 고향인 경북 달성군의 깊은 산골 노송 아래에 아버지의 골회를 뿌린다.

> 할아버지, 제가 왔습니다. 손자 홍지하올시다. 듣고 계십니까, 생전에 두 분은 서로 만나지 못해 한을 품고 아등바등 사셨지만 이제부터 내내 함께 있게 될 겁니다…
>
> 속삭이면서 노송 앞에 무릎을 꿇고 웅크리고 앉아 아버지의 골회함을 열었다. 비닐주머니 속에서 한줌의 골회를 꺼내어 노송을 중심으로 골고루 뿌렸다. 뒤이어 엎드려 세 번 큰절을 올렸다.
>
> 아버지, 부디 외로워 마세요. 아버지께서 그토록 잊지 못해 그리워했던 고향산입니다. 먼 훗날 저도 재영이도 대대손손 이 노송 밑에 와서 술을 붓고 절을 올릴 겁니다. 구천에서 제발 안식의 나날을 보내십시오……
>
> 그는 웅크린 채 까닥 움직이지 않고 골회가 뿌려진 땅을 오래오래 살폈다. 거처없이 삭막한 사막 그 어디든 무턱대고 방황했던 아버지의 영혼이 안식 속으로 가라앉는 듯 주위는 조용했다.

홍지하의 아버지 홍희준은 죽어서도 고향에 남기고 온 아내와 자식의 인정을 받지 못한 채 작은 아들의 손으로 고향 땅에 뿌려진다. 고향을 떠나 "만주"로 옮겨가 삶을 부지했던 조선족 1세대들에게 있어 고향은 죽어서라도 돌아가야 할 공간이다. 그러한 아버지의 마음을 아는 아들은 자신의 기억과는 무관한 아버지의 고향을 찾아와 골회를 뿌리고 앞으로 자신이 또 자신의 아들이 이곳을 찾아와 절을 올릴 것을 약속한다. 이것은 조선족들에게 모국이 어떤 의미를 갖는 곳인가를 잘 알게 해주며 조선족들이 가지고 있는 모국에 대한 사랑을 보여준다.

홍지하는 아버지 골회를 뿌린 후 중국으로 돌아온다. 그가 부두에 도착했을 때 윤미연이 표를 들고 나타나 이제 다시는 헤어지지 않겠다며 안긴다. 오랜 고난과 방황 끝에 그들은 함께 자신들의 고향인 중국으로 돌아오는 것이다. 이는 모국인 한반도를 떠나버린 "바람꽃"같은 존재인 조선족들이 뿌리내리고 살아야 할 곳은 자신들이 뿌리내려진 중국일 수밖에 없다는 인식이다. 이러한 국민정체성에 대한 인식은 지하가 아버지의 골회를 묻으며 자손대대로 아버지의 산소를 찾게 하겠다고 다짐하는데서 알 수 있는 민족정체성의 인식과 공존한다. 이 양자 사이에 작가 허련순이 생각하는 조선족의 정체성이 놓이는 것이다.

보다시피 이 소설은 조선족의 민족적 정체성의 문제를 장편소설의 형식으로 보여주고 있음에도 불구하고 신문연재소설로 창작한 것만큼 인물설정이나 성격창조에서 일부 작위성을 보이며 플롯의 전개에 있어서도 일부 엽기성을 드러내기도 한다. 이러한 문제는 7년 후 그의 다른 장편소설 《누가 나비의 집을 보았을까》에서 극복된다.

3. 집 잃은 미아들의 비극 : 《누가 나비의 집을 보았을까》

《누가 나비의 집을 보았을까》, 소설의 제목 자체가 하나의 비유 또는 상징으로 된다. 비유나 상징이 형성되는 것은 따지고 보면 객관적 대상과 인간의 마음 사이에 이질동구(異質同構)의 관계가 존재하고 있기 때문이다. 바꾸어 말하면 표현대상인 원관념과 비유적 대응물 사이의 관계는 등가성(等價性) 원리에 의존하는데, 이 등가성원리는 코스타 심리학에서 말하는 이질동구(異質同構)의 관계와 상통하는 것이다. 이 집 저 집을 전전하다가 나중에는 주인으로부터 버림을 받은 애완견 "나비"와 자기의 가정적 정체성을 잃고 집 없이 헤매는 세희, 유섭, 쌍희, 용이는 등가성관계를 갖고 있다. 따라서 "세희네들은 집 없이 헤매는 개다", "세희네들은 집 없는 나비다"는 비유가 성립되는 것이다. 이리하여 이 작품은 제목으로부터 비유 내지는 상징성을 다분히 띠고 있다.

인간은 어머니 배속에서 태어나서 이 세상을 살아가면서 성(性)적, 가정적, 인종적, 민족적, 사회적인 아이덴티티, 즉 자아동일성문제에 봉착하게 된다. 인간은 우선 가정에서 태어나 자라나기에 적지 않은 사람들은 가정적인 아이덴티티의 갈등을 겪게 된다. 이 작품에 등장하는 대부분 인물들은 거의 다 어린 시절부터 가정적 아이덴티티의 갈등을 극심하게 겪는다.

주인공인 세희는 "문화대혁명" 때 부모가 "반혁명"으로 몰리는 바람에 시골에 사는 큰 아버지 집에 맡겨져 천덕꾸러기로 자란다. 바깥에서는 마을의 조무래기들이 "반동새끼"라고 놀리고 집에서는 밤마다 사촌오빠의 희롱을 당한다. 그 후 아버지가 죽는데, 그녀는 가장 민감한 사춘기에 엄마가 죽은 아버지의 친구와 한 이불을 덮고 끌어안고 있는 장면을 발견하고 무서운 심리적 갈등을 겪게 된다. 그해 16살 먹은 세희는 어머니에게 환멸을 느끼고 이모네 집으로 간다. 이모네 집에서 세희는 이모부를 통해 부성애를 보상받으려 한다. 이모부는 세희를 살갑게 대해주었지만 자기 딸과는 차별한다. 이모부와 세희는 필경은 남남이었기 때문이다. 세희는 이모부로부터 친아버지의 사랑을 받고 이모부네 집에서 가정적인 동일성을 찾으려 하지만 그 갭이 아주 크다는 것을 느끼게 된다. 그녀는 진희 앞에서는 언제나 소외감을 느끼게 된다. 실지로 세희는 이모부에게 있어서는 한낱 성적인 유혹을 불러 일으키는 예쁜 처녀였을 따름이다. 바로 세희를 남으로 여겼기 때문에 그녀를 육체적으로 범하게 되었으며 그 죄책감으로 이모부는 죽는다. 세희는 이처럼 부모의 사랑을 받아보지 못하고 이모네 집에서도 가정적인 동일성을 찾지 못한다.

가정적인 동일성을 찾지 못하고 늘 방황하던 세희의 결혼생활도 순탄하지 않았다. 그녀는 두 남자와 만나지만 번마다 헤어진다. 첫 번째는 세희가 좋아했지만 남자가 세희를 싫어했고, 두 번째는 남자가 세희를 좋아했지만 세희가 남자를 싫어했다. 그것은 불안정한 가정환경에서 생겨난 세희의 불안정한 생활태도와도 밀접히 연관되는 것이었다.

세희가 낳은 각성바지 두 아들도 어릴 적부터 가정적인 동일성의 갈등에 시달리면서 자라난다. "죽은 아내의 망령으로부터 자유롭지 못했던 그 남자는 도꼬마리 같은 새끼 하나를 그녀의 바지가랭이에 달랑 달아놓고 도망치듯 사라져버렸다." 아버지 없이 자란 세희의 둘째 아들 용이는 천덕꾸러기였다. 형에 대한 헌신적인 복종심을 갖게 된 용이의 특이한 성격 역시 가정적인 동일성의 갈등에서 비롯된 부산물이 아닐 수 없다.

남주인공 송유섭을 보기로 하자. 그가 12세 나던 해, 그의 어머니는 찬장에 그림이나 그려주고 다니는 장인바치에게 반해 음분도주(淫奔逃走)한 후 돌아오지 않는다. 기다림에 지친 그는 어머니가 이제 다시 찾아온다고 해도 "엄마"라고 부르지 않으리라고 작심한다. 어머니가 집을 버리고 도망치자 술주정뱅이 아버지도 아들을 버리고 어디론가 사라져 유섭은 그만 고아로 되고 만다. 그를 가긍하게 여긴 영구 아버지가 유섭을 자기 집에 데려다가 키운다. 한해 겨울을 영구네 집에 얹혀 산 후 유섭은 윤도림이라는 사람에게 넘겨지게 되는데 떠나기 전에 그는 자기가 버려진 아이였음을 영구 아버지의 말을 통해 알게 된다. 양부모한테서까지 버림을 받았으니 그는 두 번이나 버려진 셈이다. 사실 윤도림이네도 유섭과 나이 비슷한 아들애를 잃고 그 아픔을 잊으려고 유섭을 양자로 데려온 것이었다. 그러나 유섭은 윤도림의 부인에게는 기껏해야 자기 아들 대신으로 생각하는 허깨비 같은 존재에 불과했다. 그래도 유섭은 윤도림을 아버지로 생각하고 그의 집을 제 집으로 생각한다. 비록 죽은 친아들 송철을 마음속에 품고 있는 양모가 자기를 허깨비로 생각하는 것이 불쾌하기는 했지만 윤도림네 집에서 있은 3년간은 그래도 행복했다. 그러나 3년 후 "문화대혁명"이 일어났고 유섭은 농촌으로 내려간다. 유섭은 목사였던 양부로 말미암아 공청단(共青團)에 들 수도 없고 군에 갈 수도 없었다. 하여 유섭은 윤도림을 아버지로 승인하지 않고 다시금 고아로 살아간다. 후에 송유섭은 영예롭게 중국인민해방군 전사로 되었다. 윤도림 아저씨를 배신한 영예이기도 했다. 그런데 두 달도 못 되어 자신의 신분을 속이고 고아로 가장한 일이 탄로되어 그는 다시 원래의 농촌마을로 돌아오게 되었다. 억울한 사건을 겪고 자살을 시도하다가 구사일생으로 살아남은 유섭은 다시 양부 윤도림에게 의지하게 된다. 이처럼 송유섭은 성장과정에 여러 번이나 독일의 정신분석학자 에릭슨이 말한 바와 같이 이른바 "성명위기(姓名危機)"에 직면하게 된다. 요컨대 송유섭은 거의 한평생 집을 잃고 집을 찾기 위해 방황한 사람이다. 가정적 동일성을 찾지 못해 한평생 우왕좌왕한 사람이다. 송유섭은 "집에 머무를 수 없었고", "어느 곳에도 집은 없었다."

쌍희를 보자. 쌍희의 부모는 한족이다. 그런데 그는 다섯 살 때 부모가 전염병으로 돌아가자 조선집에 입양되었다. 그 집에는 딸만 셋이고 아들이 없었다. 아들이 없어서 그를 양자로 삼으려고 했던 것이다. 그런데 4년이 지난 어느 날, 아이스크림을 사먹으려고 돈을 찾다가 양부의 돈지갑에서 콘돔을 발견하게 된다. 그는 그것을 꺼내서 고무풍선처럼 만들어 가지고 놀다가 들통이 나서 집에서 쫓겨난다. 그런데 그날 누나가 쌍희를 찾아내서 저녁에 같이 자게 되었다. 그런데 쌍희는 자기도 모르게 누나의 젖가슴을 보게된다. 그날 밤을 계기로 쌍희는 누나에게 연정을 품게 되며 누나가 시집을가자 쌍희도 아무런 미련이 없이 가출을 한다. 쌍희 역시 가정적인 동일성을이루지 못하고 뜬 구름처럼 떠돌아다니는 고아 같은 신분을 갖고 있는 인물이다.

가족구조가 복잡한 가정에서 자라난 이들은 어린 시절에 모두 정도부동하게 이런 "성명위기(姓名危機)"를 겪게 된다. 여러 가지 부동한 원인으로 자기의친부모와 함께 지내지 못하거나 집을 떠나 다른 집에 맡겨져 사라나게 되는경우에 흔히 자기의 성(姓)이 계부(계모), 양부(양모)나 그 자식들과 다름으로하여 심각한 정체성의 갈등을 겪게 된다. 즉 가정 내에서 성(姓)적 동일성을잃음으로 하여 심각한 "성명위기(姓名危機)" 또는 가정적 동일성 확립의 어려움을 겪게 된다. 《누가 나비의 집을 보았을까》에 등장하는 세희, 유섭, 쌍희등 주요한 인물들은 모두 정도부동하게 가정적 동일성 확립의 어려움으로말미암아 많은 심리적인 갈등을 겪으면서 성장해온 사람들이다.

집은 가문을 뜻하며 집은 중추적인 사회단위다. 집은 집안과 같은 뜻의말이 되거나 집안과 어우러져 쓰이면서 훨씬 내면적이고 인간적인 상징성을띠게 된다. 그 까닭은 집은 삶의 근거, 목숨의 뿌리, 안정의 보루 등을 의미하기 때문이다. 동양사회에서 집은 가정주의의 핵심적 개념을 형성한다. 집은가문, 가계, 가통 등을 상징하며 전통사회에서는 국가와 거의 대등한 사회단위로 된다. 자기의 집이 분명치 않고 집을 잃었다는 것은 모든 인간적 정체성의 토대로 되는 가정적 정체성(가정적 동일성)을 상실하였음을 의미한다.

이 작품에서는 가정적 정체성 상실한 인간들뿐만 아니라 집을 잃고 집을찾아 헤매는 동물들의 형상들도 창조하고 있다. 이 소설의 제목이 암시하듯이 동물형상은 전반 작품구성에서 아주 중요한 기능을 수행하고 있다. 이 작품에서는 이 집 저 집을 전전하다가 나중에는 버려지는 "나비"라는 강아지와 집을 잃고 집을 찾아 헤매는 세희, 유섭, 쌍희, 용이 등은 기묘한 이원대응(二元對應)의 구조를 이루고 있다.

우선 "나비"라는 강아지를 보자. 이 애완견은 돈 많은 친구인 춘자가 더는 키울 수가 없어 세희에게 넘겨준 것이다. 이듬해 "나비"는 예쁜 새끼를 다섯 마리를 낳는다. 그 새끼들이 젖을 떼자 모두 남에게 주어버렸다. 새끼를 잃은 "나비"는 같은 현관을 쓰고 사는 옆집 문을 미친 듯이 물어뜯고 허빈다. 설상가상으로 "나비"가 이웃집 한족 노인을 물어놓는 바람에 세희네는 하는 수 없이 이 "나비"를 강변의 산책로에 버리게 된다. 택시가 떠나자 "나비"가 정신없이 쫓아왔다. 두 아이가 뒤돌아보지 못하도록 세희는 오른쪽 팔로는 광이의 허리를, 왼쪽 팔로는 용이의 목을 끌어안았다. 한참 정신없이 쫓아오던 강아지는 포기한 듯 멈춰서더니 멀어져가는 택시를 묵묵히 바라보았다. 마지막으로 본 강아지의 까만 눈동자는 그지없이 슬퍼보였다. "나비"의 눈에는 주인을 따라잡지 못한 안타까움과 괴로움 외에도 체념과 같은 것이 내비치고 있었다. 그래서 그 눈빛이 더 슬펐던 것이다.

이 작품에서 "나비"란 강아지와 세희의 둘째아들 용이는 미묘한 이원대응(二元對應)의 관계를 맺고 있다. "나비"란 강아지가 세 번째 수컷을 만나 겨우 교배에 성공하여 새끼를 낳았듯이 용이도 세희가 세 번째 남자와 우연히 만나서 낳은 아이다. 그래서 그런지 용이는 무척이나 "나비"를 좋아했다. 코스타 심리학의 동형론(同形論)의 이론으로 분석해본다면 애완견 "나비"는 세희의 셋째 아들 용이와 이질동구(異質同構)의 관계를 갖고 있을 뿐만 아니라 세희, 유섭, 쌍희, 용이 등 인물들과도 이질동구의 관계를 갖고 있다.

이 작품에서 보이는 가정적 동일성을 상실한 인물형상에 대한 묘사는 가정적인 아이덴티티에 대한 성찰과 사고에만 그치는 것이 아니다. 그것은 인간은 어머니 배속에서 태어나서 이 세상을 살아가면서 성적이나 가정적인 정체성의 문제에만 봉착하게 되는 것이 아니라 민족적, 국가적 정체성의 문제에도 봉착하게 되기 때문이다. 말하자면 이 작품에서 가정적인 동일성의 갈등 속에서 시달리는 세희, 유섭, 쌍희네들은 민족적인 동일성의 갈등도 극심하게 겪고 있다.

한국으로 가는 밀항선에 오른 사람들, 그들은 조선족사회의 축도라고 해도 과언이 아니다. 요녕 철령에서 온 김채숙, 안세희, 송유섭, 오미자, 쌍희, 안도에서 온 부부, 왕청녀자 말숙이… 이네들은 모두 사회의 밑바닥에서 굴러다니는 최하층인간들이다. 이들은 중국사회의 소수자로서 가장 힘없는 사람들이다. "1, 2월 밖에 안 되는 라면을 죽기 전에 먹고 싶었던" 말숙이의 아들은 무리싸움에 끼어들었다가 그만 권세 있는 진장(鎭長)의 아들 대신 총알받이가 되어 사형을 당한다. "이런 아픔이 있어서 그녀는 세 번째로 밀항을 하게 되었고" 또 "세 번째도 실패한다면 또 다시 네 번째로 밀항배를 탈 것이며", "밀항에 성공하는 것이 아들의 한을 풀어 주는 것인 양 그녀는 밀항에 큰 뜻을 부여했다." 이 점에서는 주인공인 세희도 마찬가지였다. 그녀는 한국에 갈 수만 있다면 어떤 굴욕과 치욕도 참아낼 수 있다고 생각하며 한국만이 자기가 살아남을 수 있는 길이라고 생각한다. 요녕 철령에서 온 김채숙의 말마따나 한국으로 가는 밀항선에 목숨을 걸고 올라탄 그네들은 "모두 한 배에 탄 운명"이었다.

이처럼 천진하고 순박한 밀항자들의 운명을 한손에 거머쥐고 있는 자들은 이풍언 같은 악덕 브로커들이었다. 이 자들을 "밀항"이라는 떳떳치 못한 행위를 하는 밀항자들을 손아귀에 넣고 마음대로 주물렀다. 이풍언의 손아귀에 걸려든 밀항자들은 새장 안에 갇힌 새와 같은 신세였다. "날려 보내든 관상용

으로 놓아두든 아니면 털을 뽑아 발가벗긴 채 불에 구워 먹든" 다 이풍언의
마음먹기에 달린 일이었다. 밤이 되면 브로커들은 이런저런 구실을 달아가지
고 젊은 여자들을 운전실에 불러들여 저들의 야욕을 채우곤 하였다. 주인공
세희는 서류에 차질이 있다는 거짓말을 꾸며대는 바람에 운전실에 올라갔다
가 그만 이풍언과 다른 한 놈에게 윤간을 당하고 만다. 명실공이 현대판 노예
무역선이 아닐 수 없다. 밀항자들은 자그마한 구멍으로 넣어주는 컵라면만
먹어야 했다. 선창 안에 갇힌 여자들은 남정들이 보는 앞에서 엉덩이를 까고
빈 컵에다 용변을 보았다. 문자 그대로 아비규환의 아수라장이었다. 이처럼
이 소설은 밀항자들과 이풍언 같은 브로커들 사이의 이항대립구조를 갖고
있다.

밀항자들은 갖은 모욕을 당하고 짐승보다도 못한 대접을 받으면서 한국령
바다와 잇닿아있는 공해에 가까스로 닿게 된다. 그러나 배가 닻을 내린지
사흘이 지나도 그들을 넘겨 싣고 한국으로 잠입해 들어갈 한국의 배는 나타
나지 않는다. "한국령 바다와 가까운 곳이라 순라선에 발견될 위험수위가
높다고 선창입구를 아예 낮이고 밤이고 비닐로 꽁꽁 막아 버렸다. 공기라고
는 통할 데 없이 밀폐된 선창 안은 완전히 진공상태였다." 밀항자들이 아무리
발악을 해도 브로커들은 갑판으로 올라가는 문을 열어 주지 않았다. 브로커
들은 죽은 밀항자들을 가차 없이 바다에 처넣었다. 왕청녀자 말숙이는 정신
이 붕괴되어 미쳐버렸고 안도에서 온 부부는 가지런히 누워서 질식해 죽었
다. 세 번째로 미쳐서 광기를 부리던 말숙이도 죽고 유섭도 숨을 거둔다.
이처럼 밀항자들은 "눈을 감으면서도 그리워했을 마음의 집을 끝내 찾지
못한 채 떠나갔다."

집과 민족 또는 국가 사이에는 상호 유추관계가 성립된다. 집의 상실은
민족과 국가의 상실과 같은 의미를 갖고 있다. 조선족은 허련순의 말처럼

어디에 가도 이방인이다. 언제나 개밥에 도토리 신세처럼 소외를 당하고 어디에 가서도 주류사회에 끼어들지 못하고 우왕좌왕하고 있다. 말하자면 지금 조선족은 모국과 거주국의 경계에서 살면서 안정된 집을 잃고 헤매고 있다. 그러므로 조선족은 집을 잃고 헤매는 집시, 국제 미아(迷兒)에 다름 아니다. 이 작품에 등장하는 "할퀼울 대로 할퀴운 돼지구유를 연상시키는 허수룩한 나무배", 그리고 그 배에 몸을 숨기고 밀항을 결행하고 있는 밀항자들은 어쩌면 조선공동체의 상징이라고도 할 수 있다. 이 밀항선에 탄 조선족출신 밀항자들의 꿈과 소망, 그리고 그것이 처참하게 부수어지는 아비규환의 비극적 상황은 오늘날 조선족의 현주소라고 할 수 있다.

이 소설 속에서 나오는 조선족 밀항자들은 프랑스의 소설가 메리메의 중편소설 <타망고(Tamango)>에 나오는 노예무역선에 총칼에 의해 강압적으로 오른 흑인노예들과는 달리 밀항조직자들인 브로커들에게 엄청난 돈을 내고 밀항선에 자진하여 올랐다. 밀항선에 오르도록 그네들의 등을 떠민 것은 잃어버린 고향에 대한 향수와 금전이라는 무형의 검은 손이었다. 고향 상실, 고향 찾기, 목숨을 내건 고향 찾기 실패의 비극은 조선족에게 국한되는 것이 아니다. 세계 여러 나라의 난민들, 나아가서는 인류의 공통되는 운명이라는 점에서 이 작품은 조선족문학이라는 협소한 공간을 뛰어넘어 세계적인 공명을 일으킬 수도 있는 가능성까지 갖고 있다.

제6절 조선문 창작, 한문 창작과 조선족문학의 발전 전략

백년 남짓한 동안 조선족문학은 조선어에 의한 문학창작을 시종일관 견지하면서 민족적 정체성을 올곧게 지켜왔다. 이는 조선족작가들의 자랑이고 긍지가 아닐 수 없다. 하지만 모어 창작을 주축으로 하는 민족문학을 지켜온 반면에 중국 주류문단에서 오랫동안 외면되어 왔고 지금도 여전히 주변부에 갇혀 있다. 이런 상황이 지속된다면 조선족문학은 중국에서 자멸을 자초할 수밖에 없다. 조선족문학의 위급한 처지를 학철지부(涸轍之鮒), 즉 "수레바퀴 자국의 고인 물에 갇혀있는 붕어"라는 사자성구로 설명할 수 있다. 조선족문 학은 반드시 의식의 전환을 통해 새로운 출구를 찾아야 하며 새로운 발전 방향과 전략을 설정, 모색해야 한다.

문학 활동은 세계, 작가, 작품과 독자라는 네 가지 요소가 긴밀하게 연결된 하나의 유기적인 계통이요, 총체이다. 이 네 가지 요소는 문학의 생산과 소비 에서 서로 고립되거나 정지된 상태로 존재하는 게 아니라 서로 의존, 침투, 작용하면서 혼연일체가 된 하나의 계통을 이루며 나선식 순환구조를 이룬다. 세계, 작가, 작품, 독자라는 문학 활동의 계통과 총체 속에서 각자는 자기의 역할을 하고 있는데 그것을 구체적으로 보면 다음과 같다. ① 세계는 문학 활동이 산생되고 존재하는 물질적 기초로 되며 문학작품이 재현하고 반영하 는 대상으로 된다. ② 작가는 문학창작의 주체로서 비단 글쓰기의 주체로 될 뿐만 아니라 세계에 대한 자기의 체험을 작품이라는 형식을 통해 독자들 에게 전달하는 주체로 된다. ③ 독자는 문학수용의 주체로서 열독을 통해 작품 또는 작가와 대화하고 소통한다. ④ 작품은 작가의 창조물로서 독자를 대상으로 하고 독자들의 열독대상으로 되며 세계, 작가, 작품을 이어주는 중개역할을 한다. 이러한 네 개의 고리가 서로 맞물려야 문학생산과 소비의 과정이 원만하게 전개될 수 있다.

아래에 문학의 생산과 소비라는 관점에서 조선족문학의 위기상황을 진단 하고 조선문 창작, 특히 한문 창작의 역사적 과정을 회고하며 세기교체기 새로운 한문 창작의 풍경선을 제시함과 아울러 조선족문학의 총체적 발전

방향과 전략에 대해 논의하고자 한다.

1. 조선족문학의 역사와 현실에 대한 회고와 반성

25년 전 조성일은 조선족문학은 한국문학, 조선문학과 더불어 "세계조선어문학권의 3대 산맥중의 하나"[324]라고 자랑스럽게 말한 바 있다. 하지만 반은 맞고 반은 재고해 보아야 할 문제이다.

조선족의 선인들이 중국으로 이주해 온 후 마을공동체를 이루고 민족교육을 부흥시키고 조선어 신문과 잡지를 출간하면서 우리 말과 글을 보존하였기에 조선어에 의한 창작이 가능했고 독자층을 확보할 수 있었다. 일제 암흑기 《조선일보》와 《동아일보》가 폐간되고 한반도에서는 거의 한글에 의한 창작이 불가능했던 시기에도 "만주"에서는 《만선일보》와 같은 조선문 신문이 나왔고 《싹트는 대지》, 《재만조선인시인집》, 《만주시인집》과 같은 조선문 문학작품집들이 단행본으로 나올 수 있었다. 오오무라 마스오의 말을 빈다면 "만주"는 조금이나마 문인들이 숨통을 열 수 있고 조선 국내 문인들까지 동경하던 곳이었다.

1949년 중화인민공화국 수립 이후 조선족문학은 점차 망명문학 또는 디아스포라문학의 범주에서 벗어나 중화인민공화국 민족정책의 혜택과 일련의 제도적, 경제적 지원을 받아 《연변문예》와 같은 문학지를 내고 성급작가협회의 대우를 받는 연변작가협회를 출범시킬 수 있었다. 물론 적잖은 조선족작가들이 "반우파투쟁"이나 "문화대혁명"과 같은 정치운동의 소용돌이에 휘말려 들어가 창작권리를 빼앗기거나 이러저러한 누명을 쓰고 비인간적인 대접

---

324 조성일, <세계조선어문학권에서의 중국조선족문학의 위상>, 《조성일문화론 1 : 조선족문학개관》, 연변교육출판사, 2003, 141~148쪽.

을 받았다. 그러나 개혁개방 후 조선족작가들은 공전(空前)의 창작자유를 누릴 수 있었고 500여 명에 달하는 작가들이 시, 소설, 산문, 희곡 등 여러 장르에 걸쳐 많은 작품을 창작할 수 있었다. 조성일선생의 말 그대로 조선족문학은 세계 각지의 재외동포문학에 비하면 그야말로 한국문학, 조선문학과 더불어 "세계조선어문학권의 3대 산맥의 하나"로 되었다고 하겠다.

하지만 조선족문학은 이중적 성격을 지닌다. 조선족문학은 세계조선민족문학의 한 갈래인 동시에 중국의 소수민족문학의 한 갈래로 되기도 한다. 또한 세계, 작가, 작품과 독자라는 문학의 생산과 소비의 관점에서 본다면 조선족문학은 중국 땅에서 산생되고 중국의 정치, 경제, 문화생활과 밀접한 관계를 가지고 발전하였으며 그것은 또한 중국의 독자들에게 널리 읽혀져야 하였다. 그런데 이민초기에서 오늘에 이르기까지 조선족문학은 기본상 조선어에 의한 창작이고 주로 조선족독자들에게 읽혀져 왔다.

따라서 조선족문학은 중국 경내 소수민족문학으로는 미약한 존재였다. 조선어로 창작했던 까닭에 중국의 독자들에게는 널리 알려지지 못했을 뿐만 아니라 중국 경내 시상제도의 혜택을 받을 수 없었다. 중국의 4대 문학상으로 모순문학상, 노신문학상, 전국아동문학상, 준마상이 있는데 그중 준마상이 소수민족작가들에게 주어지는 문학상이다. 하지만 2012년 제10회 이전에 준마상 상금은 모순문학상, 노신문학상, 전국아동문학상 상금에 전혀 미치지 못했다. 그 외의 중요한 문학상 시상에도 1983년 림원춘의 단편소설 <몽당치마>가 전국우수단편소설상을 받은 외에 조선족 문학작품은 거의 입선되지 못했다. 이처럼 조선족문학은 주로 조선어에 의한 창작이기에 중국문단의 중심부에서 밀려난 주변부의 문학이요, 조선족문단 또는 조선족 독자층이라는 좁은 울타리 안에서 자오자락(自误自乐), 자화자찬을 하는 문학으로 될 수밖에 없었다.

이러한 상황은 중국 경내 다른 민족의 경우와 대비해도 확연히 드러난다. 만족의 로사, 몽골족의 마라친푸, 회족의 장승지, 장족의 아라이와 같이 한어로 창작하는 소수민족작가들은 중국에서 일류작가의 대접을 받고 있다. 고족(古族)의 리강, 회족의 뢰달, 장족의 아라이가 선후로 중국의 최고문학상인 모순문학상을 거머쥐었다. 하지만 조선족작가는 없다. 김학철과 같은 우수한 작가의 경우에도 2005년 하북성 호가장과 내몽골자치구에 문학비와 동상이 세워졌을 뿐 그의 대표작 <격정시대>는 지금도 한어로 번역되어 중국 독자들에게 널리 알려지지 못하고 있다.

1990년대 말부터 연변작가협회에서는 "독수리전략"을 펴서 조선문 창작과 함께 번역을 추진해 조선족작가와 작품을 중국 주류문단과 한문독자들에게 알리는 작업을 하고 있다. 하지만 이 역시 자금난으로 주로 시와 수필, 중, 단편소설에 한해 번역, 출판하고 있어 그 효과가 미약하다. 뿐만 아니라 번역의 질도 높지 못해 여전히 한족작가나 다른 소수민족작가들이 직접 한문으로 쓴 작품에 밀리고 있다.

이러한 상황을 타개하기 위해 연변작가협회에서는 연변인민출판사를 통해 《중국조선족문학작품정수》(전4권, 2002), 《중국조선족문학우수작품선》(전2권, 2010), 《중국조선족우수작품선》(전3권, 2012)을 번역, 출판하였다. 또한 《연변문학》에서 2012년 제1호에서 2013년 제12호까지 "중국조선족 한문 창작의 풍경선"이라는 특별코너를 설치해 24회에 걸쳐 조선족의 한문 창작을 다룬 김관웅, 서진청, 우상렬, 김미란, 안해숙, 안미란 등의 평론과 함께 일부 한문 작품을 조선어로 번역해 선보인 바 있다. 2019년부터는 조선문신문과 잡지에서 추천한 작품을 한문으로 번역하여 《연변문학》 증보판 형식으로 내고 있다. 조선족문학사 편찬의 경우에도 김호웅, 조성일, 김관웅의 《중국조선족문학통사》(2012~2014)에 와서는 처음으로 조선족의 한문 창작에 대해 시기 별로 고찰, 분석하고 사적 평가를 내리고 있다.

더욱 희망적인 것은, 1980년대 최건의 출현, 특히 세기교체기에 연변이 아닌 동북삼성의 조선족 산재지역이나 장춘, 북경과 같은 대도시에서 어릴 때부터 한문교육을 받고 한어를 일상어로 사용해 온 신세대 작가들, 이를테면 김인순, 전용선과 같은 작가들이 혜성처럼 나타나 주류문단의 각광을 받고 있다는 점이다. 또한 조선족의 민족교육이 위축되는 것은 슬픈 일이지만, 최근 조선족 어린이들이 소학교부터 한족학교에 가는 수가 급증하고 있어 앞으로 한문 창작을 하는 작가들이 많이 나올 것으로 전망된다.

2. 한문 창작의 역사적 고찰

먼저 조선문 창작과 한문 창작의 쌍궤운행(双軌运行)의 역사적 과정에 대해 고찰해 보고자 한다. 조선문 창작과 한문 창작이라는 쌍궤운행은 이민초기의 문학에서부터 나타난 적 있지만 광복 이후에 점차 조선문 창작이 절대적인 우세를 차지했고 최근에는 이에 한문 창작이 가세하고 있다.

조선반도에서 중국으로 올 때 우리 선인들은 조선어, 조선어에 의한 문학과 함께 조선반도에서 꽃핀 고문(文言文)과 한문학도 갖고 왔다. 조선인들이 자리잡은 마을에는 고문에 밝고 한시를 지을 줄 아는 한두 명의 선비들이 있었다. 특히 중국에 온 지식인들과 망명지사들 가운데는 고문해독에 조예가 깊고 한시를 잘 짓는 분들이 적지 않았다. 김택영, 신규식과 같은 이들은 더 말할 것 없고 안중근, 이육사 같은 이들도 한문과 한문학에 밝았다. "조선족 시단의 시혼"으로 불리는 리욱(1907-1984) 시인과 같은 경우에도 어릴 적부터 조부의 가르침을 받아 한시를 곧잘 지었다고 한다.

대표적인 한시 시인으로는 창강 김택영과 예관 신규식을 들 수 있다.

김택영(1850~1927)은 구한말에 한문학사의 종막을 장식하고 중국에 망명한 후 조선족 한시 창작의 시초를 열어놓았다. 을사조약이 체결되자 그는 고국의 장래를 통탄하다가 1905년에 중국 강소성 남통으로 망명하였는데 1927년 음독자살을 할 때까지 1,200여 수의 한시와 500여 편에 달하는 산문을 창작했다. 그의 시문집으로는 <창강고>와 <소호당집>이 있다.

신규식(1880~1922)은 한학에 조예가 깊었는데 1911년 중국 상해로 망명하여 손문이 이끄는 동맹회에 조선인으로서는 처음 참가했고 10월의 무창의거에 참가해 신해혁명에 기여한 바 있다. 그는 남사(南社)에 가입하고 《아목루》, 《한국혼》 등 많은 시문을 남겼다. 《아목루》는 신규식 탄신 60주년을 기념해 중국 사천성 중경에서 출판되었는데, 그 중에서 1911년 4월 고국을 등지고 떠나는 수많은 실향민들과 함께 배를 타고 압록강을 건너면서 쓴 한시가 백미라 하겠다.

"큰 강물 출렁출렁 흘러가는데/ 언제면 고향으로 돌아갈 수 있을가/ 수많은 이양자, 떠도는 실향민들/ 그 울음소리 물결 속에 가득하네."[325]

광복 후 한학에 조예가 깊은 리욱과 같은 시인들이 한시를 쓰거나 한문으로 시를 창작하였고 리근전과 같은 작가들이 한문으로 소설을 창작하기도 했다. 특히 리근전은 한문으로 《범바위》, 《고난의 년대》와 같은 장편소설을 발표하고 다른 이들의 손을 빌려 조선어로 번역, 출판해 중국의 주류문단에 진출하고자 했다.

개혁개방의 시대가 도래하자 북경에서 활약한 최건(1961~)의 존재가 빛난

---

325 大江如彼逝, 何日更归东。无数宜阳子, 声声博浪中。(《发汉城渡鸭绿江》)

다. 그는 중국 록(rock and roll music)의 개척자로서 "중국 록의 아버지"로 불린
다. 최건은 북경에 있는 조선족가정에서 태어났다. 그의 부모는 모두 예술인
이었다. 14살 때부터 아버지를 따라 관악기인 트림페트를 배웠고 1981년 북
경가무단 배우로 되었으나 1987년부터는 그 자신이 예술단을 만들어가지고
가사와 곡을 지으면서 음악활동을 했다. 그의 출세작은 1986년 "국제 평화의
해"를 기념하기 위해 조직한 콘서트에서 처음으로 내놓은 <빈털털이(一无所
有)>이다. 이외에도 그의 대표작으로 <새 장정길에서의 록>, <해결>, <붉은기
아래의 알>, <무능한 힘>, <한쪼각의 붉은 천(一块红布)> 등이 있다. <한쪼각의
붉은 천>은 <빈털털이>에 이어 또다시 중국의 청중들을 열광의 도가니에
빠지게 했다. "그날 그대는 한쪼각 천으로/내 눈을 가리웠고 하늘을 가리웠
네", 이렇게 시작되는 가사에서 시적화자인 "나"는 극좌정치노선이 중국을
지배하던 시기 중국인들의 상징적 형상이라 하겠고 "그대"는 수령의 상징적
형상이라 하겠다. 그렇다면 "한쪼각의 붉은 천"은 중국인들의 두 눈을 가렸
던 그 시대의 사상과 철학이라고 하겠다. 그 시대에 수억의 중국인들은 마치
도 두 눈을 붉은 천으로 가린 나귀나 말처럼 "워낭소리"만 듣고 따라 다녔다.
이처럼 이 작품은 주체성을 상실한 인간들의 비극을 극명하게 표현하였기에
수많은 중국인들의 공명을 불러일으킬 수 있었다. 최건의 <빈털털이>와 <이
공간>은 <백년중국문학경전>에 수록되었고 <빈털털이>와 같은 가사들을
진사화의 <중국당대문학사교정>에 한개 절의 편폭으로 소개되기도 하였
다.[326]

최건보다는 나이가 훨씬 더 많지만 1990년대 초 토템시로 중국에서 히트
를 친 시인으로 남영전(1949~)이 있고 김학천(1954~)도 있다. 남영전의 "토템

---

[326] 김관웅, <한 시대의 비가, 최건의 "한쪼각의 붉은 천">, 《연변문학》 2012년 제3호, 138-151
쪽.

시"는 날로 퇴색하는 민족의식을 불러일으키려는 동기는 좋았고 <곰>, <산호>같은 수작들도 있으나 찬반이 엇갈리고 있다. 임윤덕은 남영전의 토템시는 실제상에서는 영물시라고 했고[327] 한국의 황송문교수도 같은 견해를 내놓았다.[328] 하지만 "담장 안에서 핀 꽃이 담장 밖에서 향기를 풍긴다"고 남영전의 "토템시"는 조선족문단에서보다 오히려 타민족이나 타지방에서 긍정을 받았다.

4. 한문 창작의 새로운 풍경선

세기 교체기에 와서 어릴 때부터 한문교육을 받은 일군의 작가들이 한문으로 작품을 창작, 발표하기 시작했다. 이들 작가, 시인들로는 자신의 풍부한 체험을 시와 수필, 소설로 작품화하고 있는 박상춘(1949~), 국내외 영화제에서 여러 번 묵직한 상을 거머쥔 영화감독 장률(1962~), 비지니스의 세계와 남녀의 사랑, 사회의 비리와 비정을 다룬 소설가 정용호(1964~), 조선족의 풍속세태를 핍진하게 보여줌과 아울러 법조계, 언론계, 기업계의 부정과 비리를 대담하게 고발한 소설가 김창국(1964~), 첩보드라마의 새로운 경지를 개척한 소설가 전용선(1966~), 기업인으로 활약하면서 한문으로 시 창작을 하는 림아금(필명 소림, 1966~), 빼어난 단편소설과 장편소설 《춘향》으로 준마상을 거머쥐고 길림성작가협회 주석으로 활동하고 있는 소설가 김인순(1970~), 18살 나이에 한문으로 9만 자에 달하는 생활수기 《나의 이야기》, 즉 동년으로부터 소학교까지의 경력을 쓴 "문학천재" 전성광, 한문으로 정형시와 한시를 쓰고 있는 연변시사협회 회장 안광병(필명은 안생), 심승철 등이 있다. 여기서는

---

327 임윤덕, <토템과 남영전의 시>, 임윤덕 《문학논문집》, 한국학술정보, 2006, 171~183쪽.
328 황송문, 《중국조선족 시문학의 변화양상 연구》, 국학자료원, 2003, 149~150쪽.

김인순과 전용선의 문학세계에 대해 간략하게 살펴보고자 한다.

김인순은 저명한 여류소설가이다. 그는 1996년부터 《작가》, 《수확》, 《인민문학》, 《화성》, 《종산》 등 중국의 일류문학지에 소설을 발표하면서 12부의 소설 또는 작품집을 펴냈다. 그의 적잖은 작품은 한국어, 영어, 일본어로 번역, 출판되었다. 그는 최건의 뒤를 이어 장률과 더불어 중국의 주류문학예술계에서 강세를 보이는 조선족 작가들 중의 한 사람이다.

김인순은 한족들이 절대 대부분을 차지하고 있는 길림성 백산시에서 소학교부터 한족학교에 다니면서 한어, 중국의 역사와 문화를 배웠다. 하지만 부모들로부터 김치와 된장국을 먹는 습관을 익히고 《춘향전》의 이야기를 들었으며 <아리랑>, <도라지>를 부르면서 조선족의 문화와 정서를 익힐 수 있었다. 이처럼 한족문화에 깊이 물젖고 아울러 본 민족의 문화와 정서를 뼈와 살에 용해시킨 김인순은 문학창작에서 다른 작가들보다 더 깊이 인류의 보편적 정서와 심리를 파악할 수 있었고 조선민족의 정신적 고향을 지키려는 각별한 노력을 경주하게 되었다. 그리고 그의 이러한 디아스포라적인 클레오리제이션(混种性) 성향은 중국의 기타 작가들의 작품에서는 보기 힘든 그만의 개성으로 되어 중국의 광범한 독자들의 인기를 얻게 되었다.

김인순의 문화신분을 "중국문화의식의 요소+조선민족문화의식의 요소=김인순의 문화의식구조"라는 공식으로 요약할 수 있다. 물론 이는 전반 조선족문인들의 보편적인 문화의식구조라고 할 수 있겠으나 김인순의 경우에는 조선문 창작을 위주로 하는 대부분 작가들에 비해 "중국문화의식의 요소"가 훨씬 더 강하고 그 수준 역시 더 높다. 적어도 한문구사능력만 해도 중국의 정상급 작가들과 어깨를 나란히 할 수 있다. 김인순의 한문소설창작은 중국인들을 주요한 독자층으로 하고 그네들의 기대시야에 부응하고 있다. 하기에 소재, 제재 영역은 조선어로 창작하는 작가들에 비해 많이 다를 수밖에 없다.

지금 연변에서 현역으로 열심히 뛰고 있는 허련순, 리혜선, 박옥남, 김금희와 같은 여성작가들의 소설창작에서 드러나는 주요한 창작경향을 볼 것 같으면 대부분 조선족의 민족적 정체성에 대한 사고, 조선족의 실존상황에 대한 사색과 예술적 재현이라고 할 수 있다. 이와 달리 김인순의 소설을 제재와 주제적인 측면에서 보면 대체로 다음과 같은 세 가지로 나눌 수 있다.

첫째, 조선족과 한족을 포함한 인류의 정신생활과 정감생활에서 보편적으로 부딪치게 되는 곤경에 대한 묘사, 예술적 탐구와 표현이다. 보편적인 인간성에 초점을 맞춘 작품들로 <피차>, <물가의 아디리아>, <라데츠키행진곡>과 같은 작품을 들 수 있다. 이런 작품들은 주로 중국사회의 여러 가지 변화와 계기로 인한 혼인관계의 변화를 주요한 소재로 하고 격변기에 처한 윤리도덕과 인간감정의 급격한 변화양상을 그리고 있는데 냉철한 언어풍격, 새로운 타입의 성격, 절묘한 플롯으로 독자들을 매료하고 있다.

둘째는 오로지 조선족작가만이 쓸 수 있는 조선민족의 역사와 그들의 정신세계를 그려낸 작품들로서 <판소리>, <고려의 이왕지사>, <기>, <붉은 꽃잎들 그네우로 날다>, <도라지>와 장편소설 《춘향》과 같은 작품이다. 이러한 소설들에서 조선민족의 역사와 정신세계는 조선족작가들이 취급한 것처럼 그렇게 핍진하고 가깝게 다가오는 것이 아니라 몽롱하고 먼 배경으로 나타나며 현대적인 미감을 가지고 예술적으로 처리하고 있다.[329]

셋째는 김인순의 소설은 청춘남녀의 사랑을 다룬 애정소설이라 하겠고 이로써 중국 독서계의 환영을 받았다고 하겠는데 2012년부터는 단편소설 <송수진>을 계기로 창작의 방향전환을 하고 있다. 이 작품은 <피차>나 <라데츠키행진곡> 같은 도시 화이트칼라에 속하는 젊은 남녀들의 애정과 정서

---

329 서진청, <소설가 김인순의 생애와 창작개관>, 《연변문학》 2012년 제4호, 146~152쪽.

에 초점을 맞춘 소서사(小敍事)로부터 사회와 시대의 본질적인 측면에 초점을 맞추고 광범한 최하층 인간들의 삶을 그린 대서사로 나가는 그러한 일대 전환을 보여주고 있다.[330]

김인순의 장편소설 《춘향》은 조선민족의 불후의 고전을 국계와 시공간을 뛰어넘어 현대인들의 시각에 맞추어 재구성하고 주인공 춘향의 1인칭시점 등 파격적인 문체를 선보이고 있다. 또한 《춘향전》과 김인순의 《춘향》의 제목은 한 글자 차이밖에 없지만 서사의 중심이 옮겨졌다. 전자의 목적이 "입전(立傳)"에 있다면 후자의 중심은 "인간 그리기(寫人)"에 있다. 물론 "립전"도 인물을 그리지만 그 치중점이 인간의 외적 행위로서의 이야기성과 전기성(传奇性)에 있다고 한다면 후자의 경우는 그 치중점이 인간의 내면세계에 있다. 문학은 영혼의 역사이므로 영혼의 깊은 곳에 이르지 못하는 고전소설의 다시쓰기는 별로 의미가 없다. 김인순의 《춘향》은 역사를 먼 배경으로 밀어놓고 인물을 무대 앞으로 바투 끌어들여 춘향의 내면세계에 묘사의 초점을 맞추었다.

춘향은 천민으로 취급당했던 예기(妓女)였지만 보통 여인들에 비해 뛰어난 기질과 식견을 갖고 있고 예술적 재능 또한 타의 추종을 불허한다. 김인순은 춘향이라는 이 여인의 전기적 이야기를 통해 생명의 의미와 이상적인 인생이라는 경지에서 한 민족을 들여다본 것이다. 춘향은 《홍루몽》에 나오는 임대옥과도 다르다. 춘향은 완전하고 자립적이어서 남자들에게 기대지 않고도 충분히 생계를 이어나갈 수 있다. 그렇다고 김인순은 춘향을 여강자로 묘사하지 않았다. 다만 자기 마음속의 이상적인 여인상으로 그려냈을 뿐이다. 하기에 춘향이라는 이 형상은 끈질기면서도 날카롭고 매서우면서도 다정다

---

330 김관웅, <김인순의 창작방향의 전환을 알리는 단편소설 "송수진">, 《장백산》 2016년 제1호, 30~37쪽.

감하다. 춘향은 마음만 먹으면 그대로 하는 그런 대담한 성격의 소유자이다. 그에게는 개체의 생명과 독립적 가치, 시성(詩性)과 미감이 유기적으로 통일되어 있다. 개인의 탄생은 오랜 세월 먼지 속에 묻혔던 역사가 탄생하는데 전주곡으로 되었으며 또 이렇게 탄생한 춘향은 사직강산(社稷江山)과 공명이록(功名利祿)마저 버린 사내들이 열렬하게 추구하는 대상으로 되었다. 말하자면 김인순의 짙은 "꼬오리 콤플렉스"는 《춘향》을 통해 아름답게 승화된 것이다. 이처럼 이 작품은 전통사회의 비천한 조선민족 여성들의 삶을 새롭게 구성했으며 오늘을 살아가는 수많은 조선민족 여성들을 위해, 또는 오늘을 사는 중국의 모든 여성들을 위해 그들의 마음을 기탁할 수 있는 "정신적 고향"을 만들어냈다.

전용선은 1966년 흑룡강성 이춘(伊春)에서 태어났다. 소설가이며 극작가로서 북대황문공단 창작원, 《삼강만보》 기자부 주임을 역임했다. 그의 작품으로 단편소설집《한스러운 일》, 소설집《소화18년》, 중편소설 <누이동생>, 장편소설 《독신자》, 《홀 와트거리》, 《눈속의 승냥이》 등이 있다. 전용선은 1993~1994년 북경영화학원 촬영과에서 연수를 한 바 있는데 2001년 북경으로 진출한 후 본격적으로 극작가의 길을 걸었다. 그 후 북경에서 10년 간 노력해 《어머니》, 《세월》, 《벼랑》, 《눈속의 승냥이》 등 4부의 TV드라마를 내놓았다. 앞의 2부는 다른 작가의 소설에 근거하여 오늘의 생활을 반영한 드라마이고 뒤의 2부는 작가 자신의 장편소설에 근거하여 괴뢰만주국시기 지하공작자의 생활을 반영한 역사드라마이다.

전용선이 중국 주류문단의 첩보전 관련 문학창작에서 독보적인 존재로 되는 것만큼 여기서는 그의 장편소설 《눈속의 승냥이》를 중점적으로 소개하고자 한다. 전용선은 2012년 그 자신의 장편소설 《홀 와트거리》를 각색한 TV드라마 《벼랑》으로 히트를 친 후 그 자신의 다른 장편소설 《눈속의 승냥이》를 동명의 TV드라마로 각색해 인기몰이를 하였다.

《눈속의 승냥이》는 1930년대 괴뢰만주국의 하얼빈을 배경으로 하고 있다. 한 평범한 의사가 어떻게 양지와 애국심을 가지고 홍색간첩이 되어 활약했는가를 보여준다. 말하자면 의사, 남편, 아버지, 사위, 첩자 등 다중신분이 교차하는 가운데 빚어지는 가장 자연스러우면서도 엄혹한 잠복 생활, 가장 순수하면서도 가슴 아픈 사랑과 그 희비극을 생생하게 보여주었다. 이 소설은 괴뢰만주국시기 하얼빈이라는 지극히 지역적인 이야기, 복잡한 인물관계, 다채롭고 거창한 스케일, 그러면서도 민족국가와 개인운명, 역사와 현실, 양지와 배반, 모순과 선택, 이지와 정감, 생과 사, 사랑과 증오 등으로 얽히고설킨 강렬한 극적 갈등과 충돌을 조성하면서 인물의 깊고 풍부한 감정세계, 복잡다단한 심리여정 및 독자들을 울리는 비극적 감정에 모를 박고 있다.

전용선은 《눈속의 승냥이》 관련 창작담에서 이 작품에 대해 몇 점을 받을 수 있는지는 자신도 잘 모르겠다고 했다. 비교적 만족되는 면도 있고 아주 유감스러운 면도 없지 않아 있다고 하였다. 사실 진행 중인 작가에게는 제일 우수한 작품이란 있을 수 없다. 축구왕 펠레의 말 그대로 "제일 멋있는 슛은 영원히 다음의 것"이기 때문이다. 앞으로 전용선의 창작을 얼마든지 기대해 볼 만하다. 항상 만족을 모르고 새로운 것을 추구하고 있기 때문이다.[331]

위에서 모어 창작의 득과 실, 한문 창작의 가능성과 한계에 대해 살펴보았다. 그렇다면 조선족문학의 출구는 어디에 있으며 우리는 어떠한 방향과 전략을 구사해야 하는가?

"하나는 우리의 모어창작의 질을 높여 정품역작(精品力作)을 많이 창작함

---

[331] 우상렬, <전용선의 장편소설 "눈속의 승냥이"를 읽다>, 《연변문학》, 2013, 제7호, 121~134쪽.

과 동시에 그것을 한어로 번역하여 중국에 널리 알리는 것이고 다른 하나는
중국조선족 한문창작대오를 우리 민족문학체계 속에 편입시켜 우리 문학의
구조개혁을 시도하는 것이다… 이렇게 해야만 중국주류문학에 진출하는 발
판을 마련할 수 있을 것이다."[332]

대체로 바람직한 대책이라 하겠으나, 조선족문학은 소수민족정책의 조건
과 우리의 역사적 전통과 경험을 충분히 활용하고 우수한 작품을 창작하여
조선족독자들을 사로잡는, 말하자면 "세계 - 작가 - 작품 - 독자"라는 문학의
생산과 소비의 과정을 보나 활성화시키고 한국을 비롯한 우리 말과 글의
독서시장을 노림과 아울러 번역과 한문 창작을 권장함으로써 중국 주류문학
에 진출해야 한다. 리회성, 리창래와 같은 우수한 작가들을 많이 배출했지만
지배자의 언어로 지배자의 논리를 해체시키기 위해, 주류문단에 들어가기
위해 일본어 또는 영어로 창작을 하다가 모어문학의 사멸을 자초한 재일동포
문학이나 재미동포문학의 전철을 우리는 밟지 말아야 한다. 조선족사회를
중심으로 하는 모어 창작은 우리의 문화적 정체성을 살리는 모태요, 최후의
방선으로 되기 때문이다. 사실 개혁개방 초기 우리 문학을 보면《연변문학》,
《장백산》,《도라지》와 같은 조선문 잡지들이 불타나게 팔리면서 일대 성황을
누렸던 때가 있었다. 그러므로 모어 창작을 기본으로 세계조선어문학권과
중국 주류문학을 공략하는, 말하자면 이 땅에 튼튼히 뿌리를 박고 슬기롭게
두 날개를 펴는 전략을 펴야 한다. 모어창작이라는 이 뿌리가 썩으면 우리
문학은 어디에 나가도 말라죽게 될 것이다.

물론 모어 창작을 기본으로 하는 전략을 펼치자면 조선족공동체의 보존과
발전, 특히 조선족기초교육의 발전을 통한 독서층의 확보 등 계통적인 공정

---

332 <중국조선족 한문창작의 풍경선(1) - 편집자의 말>,《연변문학》, 2012, 제1기, 146~147쪽.

이 수반되어야 하고 작가들이 프로의식을 가지고 량이 아니라 질을 따지고 한국이나 중국 내지에 내놓을 만한 작품, "가장 민족적이면서도 세계적인 작품"을 써야 함은 더 말할 것도 없다.

이중적 정체성과 창조적 가능성

본고에서는 당대 조선족의 역사와 현황, 그리고 조선족 문화신분에 대한 여러 학자들의 철학적 사고에 대해 살펴본 기초 위에서 조선족의 문화신분의 위기와 재구성을 반영하고 있는 시가, 소설을 연구대상으로 삼고 그것을 공명시기, 개혁개방 전기, 개혁개방 후기로 나누어 분석, 논의하였다. 본 연구의 중점은 개혁개방 후기 코리안 드림과 조선족 문화신분을 다룬 시가와 소설작품이다.

조선족은 과경민족이다. 그들은 19세기 중반에서 1945년까지 무국적자, 근대 디아스포라로서 청정부와 일제의 이중삼중의 압박과 착취를 받았으며 중국과 일본 등 여러 세력의 틈바구니 속에서 희생양으로 되어 왔다. 하지만 그들은 완강한 생명력으로 이 땅에 뿌리를 내렸고 만주벌판에 논농사를 시작하였으며 중국공산당과 손을 잡고 일제와 국민당을 반대하는 투쟁에 적극 투신함으로써 중국 국적을 가질 수 있는 조건과 자격을 가지게 되었다. 1949년 10월 중화인민공화국이 수립되자 중국공산당은 민족압박의 제도를 폐지하고 민족평등을 실시하였다. 이때로부터 조선족은 무국적상태, 아무런 권리가 없는 역사를 종말 짓고 중화인민공화국의 공민으로 되었으며 나라의 대사와 지방의 사무를 관리하는데 참여할 수 있었다.

하지만 해방초기, 조선족은 감정과 정서 지어는 민족관념과 국가관념에서 이러저러한 혼란을 겪었다. 이러한 혼란상은 조선족의 지도층에서도 나타났다. 이에 대해 주덕해는 세심한 정치교육을 진행하였다. 이리하여 해방 후부터 "문화대혁명"이 끝날 때까지 조선족은 이러저러한 곡절을 겪기도 했지만 중국공산당 민족정책의 혜택을 받아 무국적자의 서러움을 떨쳐내고 중화인민공화국의 주인으로 되었으며 정치, 경제, 문화영역에서 커다란 발전을 가져올 수 있었다. 특히 주덕해와 같이 탁월한 혜안과 넓은 흉금을 가진 지도자들의 영도 아래 조선족은 중국공산당의 노선, 방침과 정책을 정확하게 관철, 집행하고 민족의 문화전통을 계승하면서 민족적 정체성을 지킬 수 있었다. 하지만 "반우파투쟁"에서 "문화대혁명"이 끝날 때까지 극좌사조가 범람하면서 조선족은 자기의 역사와 전통 그리고 정체성을 지키는데 큰 곤혹과 아픔을 경험하게 되었다. 개혁개방 후에야 조선족은 비로소 자기의 민족적 정체성을 되찾을 수 있었고 자기의 문화전통을 이어나갈 수 있었다.

개혁개방 후 조선족의 이중문화신분과 조선족의 독특한 지정학적 위치에 대해 논의한 학자로 정판룡, 강맹산, 조성일, 황유복, 김강일, 김관웅, 김호웅 등을 들 수 있다. 제일 먼저 조선족은 이중문화신분을 갖고 있다고 지적한 학자는 정판룡이다. 그는 <중국 조선족의 문화성격 문제>라는 글에서 "중국에 시집 간 딸"이라는 메타포를 동원해 조선족의 문화신분과 성격에 대해 형상적으로 설명하였다. 정판룡의 뒤를 이어 조선족 사학계에서는 "이중사명론"과 "일사양용론"을 제기함으로써 정판룡의 견해에 역사성과 당위성을 부여하였다. 김강일은 상기 학자들의 견해를 비판적으로 계승하면서 초국가성과 변계효용론의 관점으로 조선족사회를 살펴보고 나서 조선족문화에 내재한 변연문화의 특성과 그 창조적 가능성에 대해 논의하였다.

1949년 10월 1일 중화인민공화국의 탄생은 천지개벽의 사회정치적 변혁으로 된다. 공화국 탄생 후 조선족인민들은 중화민족의 일원으로 법적인 인정을 받고 중국의 국민으로 되었을 뿐만 아니라 중국공산당의 소수민족정책에 따라 민족구역자치를 실시하고 자치권리를 행사하면서 나라의 주인으로 중국의 혁명과 건설에 적극 참가하였다.

이러한 사회변혁에 따라 조선족문학은 새로운 전환을 하게 되었다. 말하자면 해방 전 조선인 이민들이 창조한 이민문학과는 달리 중국의 실정에 근거하여 자기 발전의 길을 개척하였다. 조선족문학은 중국문학의 일부분으로 되었고 사회주의 성격을 지니게 되었다.

이 시기 조선족문학의 주된 담론은 시대적 서사였다. 작가 개인의 체험, 사색과 판단은 공명에 의해 대체되었다. 즉 실용적인 이성과 열광적인 정치적 격정이 기묘하게 결합되어 영웅주의 정서를 표출하고 이원대립(적아, 흑백, 선진과 낙후)의 사유패턴에 따라 사회에 대한 찬양 일변도의 특징을 보여주었다. 이러한 작품을 크게 두 갈래로 나눌 수 있는데 하나는 송가식 서정작품이요, 다른 하나는 계급투쟁을 도식화한 서사작품이었다. 또한 이 시기에 설인의 <밭둔덕>에 대한 지상토론, "반우파투쟁", "지방민족주의"를 반대하는 정풍운동, "민족문화혈통론"에 대한 비판이 진행되었는데, 그것은 소수민족의 문화에 대한 "대한족주의"의 토벌이나 다름이 없었다. 사실 중화민족은 다원일체의 구조를 가지고 있다. 그 전제와 출발점은 문화의 다양성이다. 그렇다면 조선족문화는 그러한 다원적인 민족공동체의 하나이다. 특히 조선족은 과경민족이기 때문에 그 문화유산과 전통은 조선반도의 전통문화와 불가분의 관계를 가지고 있다. 이러한 점을 부정하고 중국에 들어온 이후에 받아들인 중국문화의 요소만 강조한다면 조선족문화는 중국의 한족 내지 기타 문화에 동화될 수밖에 없다. 이러한 견해는 여러 민족들이 자기의 문화전통을 발굴, 발전시켜야 한다고 주장한 중국공산당의 소수민족정책과 어긋나는 것이다.

1956년 5월 "백화제방, 백가쟁명"의 방침을 제기한 때로부터 "반우파투쟁"이 시작되기 전까지의 약 1년 반 동안에 나온 적잖은 시와 소설들은 인간의 진실한 감정과 이야기들을 다루었을 뿐만 아니라 현실참여의식과 사회비판 의식을 보여주었다. 특히 조선족의 혁명투쟁사를 다룬 작품들이 많이 나오기 시작했다. 리근전의 경우처럼 너무 민감하게 국가의 의지와 정책을 의식한 작가도 있지만 주선우, 임효원, 김철, 김태갑과 같은 시인들은 조선민족의 항일투쟁사와 그들의 정신세계를 노래한 작품들을 발표하였다. 하지만 정치 공명시기 조선족문학은 문학의 사회정치적 기능만을 강조한 나머지 문학의 심미적, 오락적 기능을 홀시하였으며 시문학으로 하여금 정치와 계급투쟁의 "도구", "폭탄과 기치"로 되게 하였다. 정치공명시기의 소설 또한 국가이데올로기와 새로운 인간형의 창조에 바쳐졌다. 이를테면 신형의 농민, 인민교사, 모범의무일꾼의 형상창조에 모를 박았다. 물론 최현숙의 <사랑>의 경우처럼 참신한 애정윤리를 노래한 작품도 있었고 김학철의 <괴상한 휴가>, 김동구의 <개고기>처럼 사회의 비정과 비리를 비판한 작품도 있었지만, 이러한 작품들은 후에 비판의 화살을 피해갈 수 없었다.

"반우파투쟁" 이후부터 조선족소설은 현실의 암흑면을 회피하고 점차 현실을 미화하는 방향으로 나가기 시작했다. 또한 계급투쟁의 확대화, 절대화에 따라 제재와 주제의 정치적 경향성만을 강조하고 애정문제나 민족의 역사문제는 금지구역으로 삼았다. 리근전과 김학철을 비교해보면, 리근전은 장편소설《범바위》에 대한 개작을 통해 철저한 공민의식이나 당성을 보여주었다면 김학철은《20세기의 신화》를 통해 권위주의와 개인숭배에 도전하였을 뿐만 아니라 대약진, 인민공사화운동에 대해 신랄하게 비판하였다.

중국공산당 11기 3중 전회 이후 중국은 근본적인 역사적 전변을 가져오게 되는데, 이에 따라 조선족문학도 중국 주류문학과 마찬가지로 상흔문학, 반성문학, 개혁문학, 뿌리찾기 문학의 궤도에 들어선다. 당과 수령, 조국과 인민에 대한 송가에서 조선족의 역사와 전통에 대한 찬미로 전환하면서 새로운 형태의 송가들이 나왔다. 또한 "문화대혁명"의 참상을 고발한 작품들이 나왔는데, 이런 작품들에서는 조선족들이 "조선특무"로 몰리면서 이중삼중의 피해를 받았음을 지적하고 있다. 특히 반성문학으로서, 리원길의 <한 당원의 자살>, 우광훈의 <메리의 죽음>, 김학철의 <밀고제도>가 주목된다. <밀고제도>는 투철한 인도주의 입장에 서서 인권을 유린하고 아름다운 인간성을 외곡, 타락시키는 밀고제도에 대해 신랄한 풍자와 비판의 메스를 들이대고 있으며 인간 생명과 존엄의 승리를 노래함으로써 우리 문학의 사회비판성과 인문정신을 드높였다. 특히 장편소설 《격정시대》는 조선반도의 남과 북에 의해 영영 역사의 뒤안길로 사라질 번했던 조선의용군 열혈남아들이 벌린 성스러운 항일투쟁의 역사를 예술적으로 재현하고 그들의 고매한 성격미를 보여주었으며 해학과 유머의 극치를 이룸으로써 조선족문학의 한 페이지를 빛나게 장식하였다.

개혁개방 후기 조선족사회의 구조적 변동으로는 경제생활의 거대한 변화와 조선족의 대이동, 조선족사회의 인구 격감과 마을공동체의 해체, 조선족 농촌학교의 위기와 민족의식, 가치관과 생활방식의 변화를 들 수 있다. 특히 1992년 중-한 수교 이후에 본격화된 코리안 드림은 조선족의 고국의식을 자극했고 한국과의 경제, 문화 교류는 조선족의 민족적 자긍심을 높여주었다. 이와 동시에 그 어떤 정치, 경제, 문화 권리도 없는 최하층 노무자들의 비참한 한국 경력, 특히는 초청사기사건과 페스카마호사건 등은 조선족들로 하여금 자신과 고국 사이에는 거대한 갭이 있음을 절감하게 하였고 중국공민의 국가신분을 새롭게 확인하는 계기가 되었다.

1990년대 이후 중국문화는 이른바 "공명(共名)"으로부터 "무명(无名)"의 형태, 즉 일원문화독존의 형태로부터 다원문화공존의 형태로 바뀌기 시작하였다. 무명상태에서 지식인들의 목소리는 각이하고 다양한 개인의 목소리로 변했다. 말하자면 개인적 담론이 허용됨에 따라 지식인들의 계몽적 담론과 탈계몽적 담론 등 여러 가지 다양한 목소리들로 한 시대의 다원적이고 풍부한 문화정신의 전일체를 이루게 되었다.

또한 1990년 이후 한국의 문화는 조선족문학의 중요한 배경으로서 무시할 수 없는 작용을 하였다. 개혁개방 이전 조선문학이 조선족문학의 중요한 대외적인 참조계통으로 되었다면 개혁개방 이후에는 한국문학이 그 자리를 대체하기 시작하였다. 1992년 중한수교 이후 한국과의 실질적인 문화교류가 활성화됨에 따라 한국 문화와 문학은 조선족문학의 아주 중요한 참조계통으로 부상하였다. 조선족의 삶의 터전은 중국이고 조선족은 정치, 경제, 문화적인 면에서 주로 중국의 영향권에 놓여있기에 한국 문화 및 문화의 영향은 주로는 언어구사, 형식과 기교에서 많이 나타났다.

시문학의 경우, 1980년대 시단에서 활약했던 시인들이 1990년대에도 의연히 왕성한 창작활동을 하면서 계속 중견역할을 했고 그 외에도 조광명, 윤청남, 김영건, 림금산, 박설매, 리순옥, 윤영애, 김영춘, 허련화 등 젊은 시인들이 두각을 나타내기 시작했다. 그 중 시인 석화는 시집 <연변>을 통해 연변의 풍토와 인정, 이중문화신분의 갈등과 극복 및 다원공존의 사상을 시화함으로써 대표적인 조선족 시인으로 떠올랐다. 특히 동서방 문학과 예술에 대한 깊은 소양을 토대로 용전과 패러디의 미학을 창출함으로써 중국의 주류 문학 내지는 조선반도의 문학과 대등한 교류를 할 수 있는 토대를 마련했다. 조선족 소설가들은 사실주의 기치를 들고 다양한 제재를 개발함으로써 소설 문학의 공전의 부흥을 일구어냈다. 이 시기 소설의 주요한 주제로 서민계층의 소외와 울분 및 끈질긴 생명력, 여성의 자각과 가부장제에 대한 도전, 코리안 드림과 문화신분의 갈등과 조정 등이라 하겠다. 정세봉의 <볼쉐위크의 이미지> 등 소설은 신적 존재의 허망함과 노예근성에 대한 비판으로 특징지어지는데 이 시기 소설의 백미라 하겠다.

이 시기 소설의 경우, 코리안 드림과 조선족의 문화신분에 대한 예술적 탐구가 특별히 주목된다. 조선족 소설은 코리안 드림의 전반 과정을 형상적으로 반영하고 있을 뿐만 아니라 조선족과 한국국민 간의 소통과 화해의 과정에 대해서도 깊이 탐구하고 있다. 코리안 드림을 다룬 초기의 소설들은 대부분 한국을 온정과 기회가 넘치는 곳으로 묘사하지만 시일이 흐름에 따라 조선족과 한국인의 갈등과 충돌을 묘사하면서 조선족 자신의 정체성에 대한 사고를 하게 된다. 말하자면 한국인들과 함께 생활하는 가운데서 조선족들은 점차 한국인의 인정미와 동포애를 발견한다. 뿐만 아니라 강재희의 <반편들의 잔치>, 허련순의 <푸줏간에 걸린 고기와 말 걸기>, 구호준의 <연어들의 걸음걸이>, 정호원의 <메이드 인 차이나> 등 단편소설들을 보면 조선족들은 단순한 피해의식과 약자 콤플렉스를 가지고 한국이나 한국인을 매도하지 않는다. 동포애의 부활을 통한 조선족동포와 한국국민의 화합이라는 안일한 플롯에도 만족하지 않는다. 순수한 인간 대 인간의 입장으로 상대를 바라보고 자신의 남루하고 누추한 모습을 반성하며 양쪽의 불행한 인간들이 서로 껴안고 살아감으로써 상처를 치유하고자 한다. 결과적으로는 조선족 자신의 자존, 자애, 자강에 의해서만 한국사회에서 독립적인 인격체로 살 수 있고 한국인의 긍정을 받고 그들과 평등하게 대화, 공존할 수 있음을 보여준다.

이 시기에 와서 한국체험의 소설화에서 조선체험, 중국체험의 소설화로 방향전환을 하는 조짐을 보인다. 류연산은 <인생숲>과 같은 작품에서 사냥개의 시각으로 고국의 분단과 민족의 참극을 고발하고 민족통일의 숙원을 표현하고 있다면, 김종운의 <고국에서 온 손님>과 리여천의 <비 개인 뒤의 무지개>는 남과 북의 우연한 만남을 통해 이념과 생활방식의 차이를 극명하게 드러내 보이면서 동족상잔의 전쟁과 민족분단의 비극을 고발하고 민족화합의 메시지를 은근히 전하고 있다. 그렇다면 구용기의 단편 <꽃나비커피숍>은 돈밖에 모르는 조선족사회의 초라한 모습과 조선사람의 터무니없는 자존심과 그들의 경직된 사고방식도 꼬집어 비판한다. 김금희의 <세상에 없는 나의 집>은 탈북자 문제를 중심으로 조선과 한국, 중국 등 서로 다른 체제의 국가를 가로지르는 디아스포라의 삶에서 제기되는 보편적인 인권과 자유의 문제를 진지하게 묻고 있다.

중국체험의 소설화에서 주목되는 것은 최국철의 <어느 여름날>과 <왕씨>, 박옥남의 <마이허>와 <장손>, 조성희의 <동년>, 우광훈의 <커지부리>, 류정남의 <이웃집 널다란 울안>과 <왈라왈라 아낙네> 등 소설이다. 이들 소설들은 다양한 한족들의 형상을 창조함으로써 코리안 드림 후 조선족의 삶의 기반을 잠식하고 전통적인 농촌공동체의 새로운 주인으로 부상하고 있는 한족들, 조·한 두 문화의 상이성과 동화의 비애, 한족과 조선족의 숙명적인 공존공생의 원리, 한족들의 끈질긴 생명력을 보여줌과 아울러 그들과의 비교를 통해 조선족 자체에 대한 반성과 비판을 하고 있다. 따라서 조선족의 중국에의 현지화, 국민적 정체성의 자각과 재조정과정을 형상화하고 있다. 하지만 이들 소설은 여전히 한족에 대한 우리 민족의 사회집단상상물의 그물에서 벗어나지 못한 한계를 지니고 있다.

허련순 문학의 전반 흐름은 민족적 정체성의 문제와 여성문제로 나누어진다. 특히 장편소설 《바람꽃》,《누가 나비의 집을 보았을까》,《중국색시》,《춤추는 꼭두》를 거쳐 《위씨네 사당》에 이르기까지 이중적 아이덴티티의 갈등을 소설화하고 있는데, 그중 코리안 드림을 배경으로 하고 있는 대표작은

《누가 나비의 집을 보았을까》이다. 작가는 고향 상실, 고향 찾기, 목숨을 내건 고향 찾기 실패의 비극을 통해 이중적 아이덴티티의 갈등으로 고민하고 있는 조선족의 과거와 현실을 조망하고 미래를 전망하고자 하였으되 이를 상징적 기법으로 풀이하고 있다. 조선족은 모국과 거주국의 경계에서 살면서 안정된 집을 잃고 헤매고 있다. 그러므로 조선족은 집을 잃고 헤매는 집시, 국제 미아(迷兒)에 다름 아니다. 이 작품에 등장하는 "할퀴울 대로 할퀴운 돼지구유를 연상시키는 허수룩한 나무배", 그리고 그 배에 몸을 숨기고 밀항을 결행하고 있는 밀항자들은 어쩌면 조선공동체의 상징이라고도 할 수 있다. 이 밀항선에 탄 조선족출신 밀항자들의 꿈과 소망, 그리고 그것이 처참하게 부수어지는 아비규환의 비극적 상황은 오늘날 조선족의 현주소라고 할 수 있다. 이 소설 속에 나오는 조선족 밀항자들은 프랑스의 소설가 메리메의 중편소설 <타망고(Tamango)>에 나오는 노예무역선에 총칼에 의해 강압적으로 오른 흑인노예들과는 달리 밀항조직자들인 브로커들에게 엄청난 돈을 내고 밀항선에 자진하여 올랐다. 밀항선에 오르도록 그녀들의 등을 떠민 것은 잃어버린 고향에 대한 향수와 금전이라는 무형의 검은 손이었다. 고향 상실, 고향 찾기, 목숨을 내건 고향 찾기 실패의 비극은 조선족에게 국한되는 것이 아니다. 세계 여러 나라의 난민들, 나아가서는 인류의 공통되는 운명이라는 점에서 이 작품은 조선족문학이라는 협소한 공간을 뛰어넘어 세계적인 공명을 일으킬 수도 있는 가능성까지 갖고 있다. 이러한 의미에서 허련순은 디아스포라의 기수라고 하겠다.

　　요컨대 당대 조선족문학은 본질상에서 조선족작가들이 문화신분의 위기를 절감하고 그것을 새롭게 구성하는 과정이라 하겠다. 문화신분은 하나의 생산과정으로서 그것은 완결될 수 없는 영원한 과정 속에 있다. 그리고 그것은 외부에서가 아니라 내부에서 구성된다. 정확한 태도는 다종다양한 문화가 평등하게 대화하고 교류하는 가운데, 서로 충돌하고 경쟁하는 가운데 각자의 문화가 인류발전의 보편성에 맞게 새롭게 재구성되는 것이다. 문화신분의 내함 역시 새로운 조합을 통해 새로운 변화와 의미를 가지게 된다.

　포스트모더니즘의 시대에 중심과 변연의 위치는 바뀌기 마련이다. 다원문화의 배경 속에서 확고한 중화민족공동체 의식을 가지고 변연지역의 우세를 살림과 아울러 중한 문화를 중심으로 하는 다양한 문화도 받아들여 조선족공동체의 생존환경, 그들의 문화신분의 재구성과정을 묘파하고 이국형상을 창조해야 한다. 이는 조선족문학의 새로운 돌파구로 될 것이며 중국문학에는 물론이요, 세계조선어문학에도 기여하는 바가 되리라 확신한다. 그리고 조선어창작을 계속해 한국을 비롯한 세계 한국어-조선어 문화권에 진출함과 더불어 좋은 작품들을 한어로 창작하거나 번역해 중국 주류문단에 도전하는 게 바람직하다고 생각한다.

참고문헌

1. 주요 텍스트

강효근, 《둥지를 떠난 새》, 료녕민족출판사, 2002.
금 희, 《세상에 없는 나의 집》, 한국 창비, 2015.
김 노, 《중국여자 한국남자》, 한국 신세림출판사, 2016.
김관웅, 《소설가의 안해》, 료녕민족출판사, 1985.
김길련, 《김길련 작품집》, 료녕민족출판사, 1996.
김응준 주필, 《수작으로 읽는 우리 시 백년》, 연변인민출판사, 2014.
김재국, 《한국은 없다》, 한국 민예당, 1996.
김학 외, 《그녀는 고향에 다녀왔다》, 슬기, 1987.
김학철, 《20세기의 신화》, 창작과비평사, 1996.
김학철, 《격정시대》, 료녕민족출판사, 1996.
김 혁, 《천국의 꿈에는 색조가 없었다》, 연변인민출판사, 1997.
《개혁개방 30년 중국조선족우수단편소설집》, 연변인민출판사, 2012.
류연산, 《서울바람》, 한국학술정보, 2007.
류연산, 《황야에 묻힌 사랑》, 흑룡강조선민족출판사, 1997.
리근전, <호랑이>, 료녕인민출판사, 1960.
리근전, 《범바위》, 연변인민출판사, 1962.
리근전, 《범바위》, 흑룡강조선민족출판사, 1986.
리상각, 《백두의 넋》, 민족출판사 1991.
리여천, 《울고 웃어도》, 연변인민출판사, 1999.
리 웅, 《고향의 넋》, 연변인민출판사, 1984.
리원길, 《백성의 마음》, 연변인민출판사, 1984.
리혜선, 《빨간 그림자》, 연변인민출판사, 1998.
리혜선, 《코리안 드림》, 아이필드, 2003.
방룡주, 《황혼은 슬프다》, 연변인민출판사, 2000.
박옥남, 《장손》, 연변인민출판사, 2011.
연변조선족문화발전추진회 편, 《중국조선족명시》, 민족출판사, 2004.

연변작가협회 시가창작위원회, 《중국조선족시화선집》, 연변인민출판사, 2012.

우광훈, 《가람 건느지 마소》, 흑룡강조선민족출판사, 1997.

우광훈, 《메리의 죽음》, 연변인민출판사, 1989.

우광훈, 《흔적》, 연변인민출판사, 2005.

윤림호, 《고요한 라고하》, 흑룡강조선민족출판사, 1992.

윤림호, 《투사의 슬픔》, 흑룡강조선민족출판사, 1985.

이진산 주필, 《중국한겨레사회 어디까지 왔나》, 흑룡강조선민족출판사, 2006.

예동근 외, 《조선족 3세들의 서울이야기》, 백산서당, 2011.

장지민, 《올케와 백치오빠》, 료녕민족출판사, 1995.

정기수, 《생활의 소용돌이》, 흑룡강조선민족출판사, 1989.

정세봉, 《"볼세위크"의 이미지》, 흑룡강조선민족출판사, 1998.

조성희, 《파애》, 료녕민족출판사, 2002.

《중국조선족문학대계(해방후편)》(전 20권), 연변인민출판사, 2013.

《중국조선족문학 우수작품집》, 흑룡강민족출판사, 2005~2015.

채영춘, 허명철, 《가깝고도 먼 나라》, 연변인민출판사, 2013년.

최홍일, 《흑색의 태양》, 흑룡강조선민족출판사, 1999.

허련순, 《누가 나비의 집을 보았을까》, 한국 온북스, 2007.

허련순, 《바람꽃》, 한국 범우사, 1996.

허련순, 《중국색시》, 연변인민출판사, 2015.

현룡순, 《우물집》, 민족출판사, 2003.

2. 기타 참고 저서(중국)

邢正, 李岩, 《人与文化的矛盾与当代社会发展的主题》, 《社会科学辑刊》, 2010年第1期.

崔志远, 《中国地缘文化诗学》, 人民出版社, 2005.

费孝通, 《中华民族多元一体格局》, 民族大学出版社, 1999.

郝时远, 《中国共产党怎样解决民族问题》, 江西人民出版社, 2011.

卢勋, 样保隆, 《中华民族凝聚力的形成与发展》, 民族出版社, 2000.

朴昌昱, 《中国朝鲜族简史》, 延边人民出版社, 1992.

朴昌昱, 《中国朝鲜族历史研究》, 延边大学出版社, 1995.

斯图亚特·霍尔, 《文化身份认同问题研究》, 河南大学出版社, 2010.

孙春日, 《中国朝鲜族移民史》, 中华书局, 2009.

孙春日, 《中国朝鲜族史稿》, 香港亚洲出版社, 2011.

王梦初编, 《"大跃进"亲历记》, 人民出版社, 2008.

张立文, 《和合学：20世纪文化战略的构想》, 中国人民大学出版社, 2006.

张磊, 孔庆榕, 《中华民族凝聚力学》, 中国社会科学出版社, 1999.

周　平, 《中国少数民族的政治分析》, 云南大学出版社, 2007.

周　平, 《多民族国家的族际政治整合》, 中央编译出版社, 2012.

朱立立, 《身份认同与华文文学研究》, 上海三联书店, 2008.

곡애국, 증법상, 《조남기평전》, 연변인민출판사, 2004.

김강일, 허명철, 《중국조선족사회 문화우세와 발전전략》, 연변인민출판사, 2001.

김호웅, 《디아스포라의 시학》, 연변인민출판사, 2014.

김호웅, 《문학비평방법론》, 료녕민족출판사, 2002.

김호웅, 《중일한문화산책》, 흑룡강조선민족출판사, 2005.

김호웅, 우상렬, 류연산, 《문학개론》, 연변대학출판사, 2009.

김호웅, 조성일, 김관웅 《중국조선족문학통사》(상, 중, 하), 연변인민출판사, 2012.

김관웅, 《세계문학의 거울에 비춰본 중국조선족문학》(1~4), 연변인민출판사, 2015.

김　철, 《김철시인의 자전적 에세이》, 연변인민출판사, 2000.

김춘선, 《중국조선족통사》(상, 중, 하), 연변인민출판사, 2013.

연변당사학회 편, 《연변40년기사(1949~1989)》, 연변인민출판사, 1989.

연변조선족자치주당안관 편, 《연변대사기(1712~1988)》, 연변대학출판부, 1989.

전성호, 림금산, 《중국조선족아동문학사》, 연변인민출판사, 2014.

전성호, 림연, 윤윤진, 조일남, 《중국조선족문학비평사》, 민족출판사, 2007.

정신철, 《중국 조선족사회의 변천과 전망》, 료녕민족출판사, 1999.

정판룡, 《고향 떠나 50년》, 민족출판사, 1997.

정판룡, 《정판룡문집》(1, 2), 연변인민출판사, 1997.

정판룡, 《중국조선족과 21세기》, 연변대학출판사, 1999.

조성일, 《내가 본 조선족문단유사》, 연변대학출판사, 2014.

조성일, 《조선족문학개관》, 연변교육출판사, 2003.

조성일, 《조성일문집》(1,2,3,4,5) 연변인민출판사, 2013.

조성일 외, 《중국조선족문학사》, 연변인민출판사, 1990.

중국작가협회 연변분회 편, 《문학평론집》, 민족출판사, 1982.

"중국조선민족발자취" 편집위원회, 《중국조선민족발자취총서》(1-8), 민족출판사, 1997~1999.

최국철, 《주덕해평전》, 연변인민출판사, 민족출판사, 2012.

최삼룡, 《각성과 곤혹》, 흑룡강조선민족출판사, 1994.

3. 기타 참고 저서(외국)

김준오, 《중국 조선족 문학의 전통과 변혁》, 부산대학교출판부, 1997.

김종회 외, 《한민족 문화권의 문학》, 국학자료원, 2003.

김태국, 우경섭, 《중국조선족역사연구문헌목록》, 한국 문예원, 2013.

김호웅, 김해양, 《김학철평전》, 실천문학사, 2007.

모리스 마이스너, 김수영 역, 《마오의 중국과 그 이후 1》, 이산, 2004.

박금해, 《중국조선족교육의 역사와 현실》, 경인문화사, 2012.

서경식, 《디아스포라의 눈》, 한겨레출판, 2012.

서경식, 《역사의 증인 재일조선인》, 반비, 2012.

송현호 외, 《중국조선족문학의 탈식민주의 연구》(1~2), 국학자료원, 2008.

오상순, 《개혁개방과 중국조선족 소설문학》, 월인, 2001.

이광일, 《해방 후 조선족 소설 문학 연구》, 경인문화사, 2003.

인하대학교 한국학연구소, 《연변학의 선구자들》, 소명출판, 2013.

인하대학교 한국학연구소, 《연변조선족의 역사와 현실》, 소명출판, 2013.

임헌영 외, 《디아스포라와 한국문학》, 역락, 2012.

전성호, 《중국 조선족 문학예술사 연구》, 이회, 1997.

진춘밍 외, 이정남 역, 《문화대혁명사》, 나무와숲, 2000.

최병우, 《리근전소설연구》, 《현대소설연구》 제29집, 2005.3.

한림대 아시아문화연구소, 《중국 문화대혁명 시기 학문과 예술》, 태학사, 2007.

한상복, 권태환, 《중국 연변의 조선족》, 서울대학교출판부, 1993.

해외한민족연구소, 《한반도 제3의 기회》, 화산문화사, 2009.

황송문, 《중국조선족시문학의 변화양상 연구》, 국학자료원, 2003.

4. 논문

付秀英, <文化冲突论的当代表现与评析>, 《社会科学战线》, 2011年第7期.

龚举善, <新中国少数民族文学总体研究话语范型>, 《西南民族大学学报》, 2015年第4期.

李德顺, <全球化与多文化：关于文化普遍主义与文化特殊主义之争的思考>, 《求实学刊》, 2002年第2期.

张　辰, <中国共产党90年来民族政策史论>, 《内蒙大学社会科学》, 2011年, 第32卷第五期.

张　健, <民族国家构建与国族民族整合的双重变奏>, 《思想战线》, 2014年第6期, 第四十卷.

郑信哲, <中国朝鲜族发展现状与对策>, 《中国民族发展报告》蓝皮书, 2001~2006, 社科文献出版社, 2006.

周　平, <论构建我国完善的族际政治整合模式>, 《当代中国政治研究报告》, 2005.

周　平, <论中国的国家认同建设>, 《学术探索》, 2009年第6期.

周　平, <民族国家与国族建设>, 《政治学研究》, 2010年第3期.

강정일, <손에서 붓을 놓지 않은 작가>, 《장백산》, 1997.6.

김명희, <문화대혁명기의 소설비평에 나타난 정치권력과 문화권력의 변동>, 《중국현대문학》 38, 2006.

김미란, <'판샤오(潘曉)' 토론(1980)에 나타난 문화대혁명의 극복서사>, 《외국문학연구》 35, 2009.

김준오, <사회주의 정책과 중국조선족시문학사>,《문학사와 장르》, 문학과지성사, 2000.

김진공, <문화대혁명 시기의 문예 연구>, 서울대학교박사학위논문, 2001.

박종철, <1960년대 중반의 북한과 중국 : 긴장된 동맹>,《한국사회》 10-2, 2009.

성근제, <문화대혁명과 연변>,《중국현대문학》 43, 2007.

염인호, <중국 연변 문화대혁명과 주덕해의 실각>,《한국독립운동사연구》 25, 2005.

이강원, <문화대혁명과 소수민족지구의 정치지도 : 내몽고자치주와 어룬춘자치기의 사례>,
《한국지역지리학회지》 8-1, 2002.

이욱연, <소설 속의 문화대혁명>,《중국현대문학》 20, 2001.

이해영, 진려, <연변 문혁과 그 문학적 기억>,《한중인문학연구》 37, 2012.

전인갑, <근현대 속의 문화대혁명 - 수사(修史)의 당위와 한계>,《역사비평》 77, 2006.

차희정, <문화대혁명의 발생과 중국 조선족의 대응>,《한국문학논총》 60, 2012.

천쓰허, 윤해연 역, <중국당대문학과 '문화대혁명'의 기억>,《문학과사회》, 2007년 여름호.

최병우, <조선족소설에 나타난 민족의 문제>,《현대소설연구》 42, 2009.

최병우, <정치우위 시대의 조선족소설에 나타난 주제 특징 연구>,《한중인문학연구》 36,
2012.